枕草子章段構成論

古瀬雅義
Furuse Masayoshi

笠間書院

はじめに

本書は『枕草子』を「章段構成」の視点から考察した研究である。ここでいう「章段構成」とは、一つの話のまとまりとして、一章段内の話の展開を意味するものであり、章段相互の配列を指すものではない。書き手が、設定した各章段のテーマにどのような素材と表現を選択しているのか、それらをどのように組み立てて話の筋を展開しているのかという視点で、各章段の構成の有り様を考察した。『枕草子』が現代文学として成立した平安時代当時、書き手と読み手が共有していた知識と解釈について詳細に検証して、章段の中で素材と表現が対応しながら絡み合い、有機的に関連しつつ展開していく構成の「仕組み」を明らかにすることを目指した。

書き手の清少納言は、章段の前半に「仕掛け」となる素材と表現をさりげなく記しておき、話の展開とともにそれらをある特定の意味へと「変容」させながら後半に深く関わらせ、基本軸となる解釈の「指標」を示して、章段末尾に至って首尾良く収束させている。この事象が随所に確認できることから、書き手は読み手を意識して書き進め、一章段が緊密な構成を持つ様に設計し、話の展開を計算して書いていることが明らかになった。

清少納言は、『枕草子』の本文をただ筆に任せて記したのではない。あらかじめ綿密に考案した「設計図」をもとに推敲しながら各章段を書き、それが好評を博していたのである。本書『枕草子章段構成論』は、各章段における素材や表現の展開と構成に注目し、『枕草子』の文学史的な到達点と位置付けをとらえ直したものである。

本書は**第Ⅰ部**を「**章段構成を支える漢詩文・和歌の表現と論理**」、**第Ⅱ部**を「**章段構成の方法と論理**」と題し、大きく二部の構成としてそれぞれの視点から考察した。

第Ⅰ部は、漢詩文や和歌の表現が同時代のコンテクストとして共有されていることを前提に、書き手・清少納言はそれをどのように活用しながら章段を構成しているか、そのねらいも視野に入れて考察した。

第一章では「**漢詩文の表現を活かす章段構成**」と題して、藤原行成や藤原斉信、そして定子とのやりとりを描いた日記的章段を取り上げ、『論語』、『晋書』、『世説新語』、『白氏文集』など、一条朝当時の共通理解となっていた漢詩文の一節をふまえた会話と、それを基本軸とした章段構成の有り様を細かく分析して読み解いた。

第二章では「**和歌の表現を活かす章段構成**」と題して、和歌における歌語としての表現が、一条朝当時の共通理解としてどのような意味とイメージを含有していたかを、「くらげの骨」、「ほととぎす」、「下蕨」、「椎柴の袖」などの歌語を手掛かりにして各々検証し、その連想による章段構成の有り様を考察した。

第Ⅱ部は、話の展開としての章段構成が、どのような方法と論理に支えられているかについて考察した。

第一章では「**主題を活かす章段構成の方法**」と題して、『枕草子』における最も長編の「積善寺供養」章段と、それに次ぐ長さを持つ「雪山」章段において、双方に確認できる時間軸の不統一と不連続性に着目し、その章段構成が主題のために論理的必然性を有していることを明らかにした。「懸想人にて来たるは」章段と「殿などのおはしまさで後」章段では、『古今和歌六帖』第五帖の所収歌「心には下行く水のわき返りいはで思ふぞ言ふにまされる」の歌句「下行く水」と「いはで思ふぞ」を、記号として本文に示すことによって展開する章段構成の論理を考察した。「職の御曹司の西面の立蔀のもとにて」章段では、「かたらふ」という表現が重ねて用いられることに注目し、表現の関連性による章段構成の方法を考察した。さらに「一条の院をば」章段では、「芹摘みし」という古歌が引用されるねらいと「めでたし」評が繰り返されることの意味を考察することで、書き手が周到に計算して主題を活かし、意図的に表現を選択してプロットを構成していく方法を明らかにした。

第二章では**「表現の展開を活かす章段構成の論理」**と題して、「鳥のそら音」章段では、清少納言が行成との手紙のやりとりの中で詠んだ「夜をこめて鳥のそら音にはかるともよに逢坂の関は許さじ」において焦点化された素材「鶏の声」をめぐる表現とその位相による応酬が、その後の章段の展開とも緊密に関わっていく有り様を明らかにした。「さてその左衛門の陣などに行きて後」章段では、『宇津保物語』の仲忠と涼に関する話に見える表現「なかなる乙女」を用いることで章段が展開する点に注目して、章段構成における意図と論理を考察した。また「などて官得《つかさえ》はじめたる六位の笏に」章段では、「職の御曹司の辰巳《たつみ》の隅の築土の板」として「辰巳」という表現が言葉遊びの観点からの必然性によって記され、それが章段を構成する基盤となっていることを論じた。さらに「積善寺供養」章段においては、清少納言の言動を「申しなほす」という表現に注目することによって、プロットの展開を論理づけている有り様を詳細に分析した。そして冒頭の「春は曙」章段の構成について、対比の構図を詳細に分析することで、対応する表現の展開が章段構成の論理を決定していることを考察した。

第三章では**「〈場〉を活かす章段構成の論理」**と題して、「無名といふ琵琶の御琴を」章段では、「宣陽殿の一の棚に」と発言した「頭中将」の人物考証と発言意図に注目して、章段構成の論理を考察した。また「雪山」章段をはじめとする四章段六場面に登場する右近内侍に注目し、この人物が登場することで急速に場面が展開していく様相とその論理について考察した。そして平兼盛の和歌「山里は雪降り積みて道もなし今日来む人をあはれとは見む」の歌をふまえて展開する章段で、その和歌の表現の一部を引用することによって〈場〉が展開していく有り様とその効果を分析した。さらに「うちとくまじきもの」章段を中心に、清少納言の船旅や〈海〉に関する記述を同時代の他作品と比較検証し、実体験に基づく写実的な記述の展開とその様相について論じた。最後に「花の木ならぬは」章段にみえる「楠の木は」「千えに分かれて恋する人のためしに言はれたる」という表現が、この〈場〉において用いられる様相を、異文との比較や出典である『古今和歌六帖』所収歌本文と比較して考察し、清少納言が見た『古今和歌六帖』は寛文九年版本の祖本であることを論証した。
これらの考察を通じて、書き手・清少納言の『枕草子』の章段構成論を多角的にまとめたものが本書である。

なお、本書で引用した『枕草子』本文については、以下の通りである。

三巻本系本文および章段は、陽明文庫蔵及び相愛大学・相愛女子短期大学図書館蔵（弥富破摩雄氏・田中重太郎氏旧蔵）を底本とする新編日本古典文学全集『枕草子』松尾聰氏・永井和子氏校注・訳（小学館　平成九年）による。

能因本系本文は、学習院大学蔵（三条西家旧蔵）を底本とする『枕草子〔能因本〕』松尾聰氏・永井和子氏訳注（笠間書院　平成二十年）により、日本古典文学全集『枕草子』（小学館　昭和四十九年）も参照した。

適宜、影印本、マイクロフィルム、紙焼写真で確認した。その他のものについては、凡例に示したほか、注などで随時明記した。

枕草子章段構成論——目次

第Ⅰ部　章段構成を支える漢詩文・和歌の表現と論理

第Ⅱ部　章段構成の方法と論理

【凡例】

①本書で引用した『枕草子』本文

・三巻本系の本文は、陽明文庫本及び相愛大学・相愛女子短期大学図書館蔵（弥富破摩雄氏・田中重太郎氏旧蔵）を底本とする新編日本古典文学全集『枕草子』松尾聰氏・永井和子氏校注・訳（小学館　平成九年）による。また『枕草子』枕草子研究会編（勉誠出版　平成十年）も随時参照した。

・能因本系本文は、学習院大学蔵（三条西家旧蔵）を底本とする『枕草子〔能因本〕』松尾聰氏・永井和子氏訳注（笠間書院　平成二十年）による。日本古典文学全集『枕草子』（小学館　昭和四十九年）も参照した。

・三巻本系諸本の本文校異は、『三巻本枕草子本文集成』杉山重行氏編著（笠間書院　平成十一年）による。

・三巻本系と能因本系との本文校異は、『校本枕冊子』田中重太郎氏編（古典文庫）および『新校本枕草子』根来司氏編著（笠間書院　平成三年）を参照し、適宜、影印本、マイクロフィルム、紙焼写真で確認した。

②本書で引用した和歌および『和漢朗詠集』の本文

・『新編国歌大観』（角川書店）

・『私家集大成』（明治書院）および『新編私家集大成CD―ROM版』（エムワイ企画）

・『和歌文学大系』（明治書院）

・その他については注に明記した。また適宜、影印本、マイクロフィルム、紙焼写真で確認した。

③本書で引用した物語・日記・随筆・説話・歴史物語などの本文

・「新編日本古典文学全集」（小学館）および「日本古典文学全集」（小学館）

・「新日本古典文学大系」（岩波書店）および「日本古典文学大系」（岩波書店）

・「新潮日本古典集成」（新潮社）
・「日本古典全書」（朝日新聞社）
・その他については、注に明記した。影印本、マイクロフィルム、紙焼写真で適宜確認した。

④本書で引用した『枕草子』諸注釈書
・『清少納言枕双紙抄』加藤磐斎「加藤磐斎古注釈集成2」の複製本（新典社　昭和六十年）
・『枕草子春曙抄』北村季吟「延賓二年甲寅七月十七日北村季吟書」の刊本奥書を有する青森県立図書館蔵工藤文庫本（国文学研究資料館マイクロ資料／請求番号二〇八―一五八―三）
・『枕草紙通釈』全二巻　武藤元信氏（有朋堂書店　明治四十四年）
・『枕草子評釈』金子元臣氏（明治書院　大正十三年初版・昭和十七年増訂二八版）
・『補訂　枕草子集註』関根正直氏（思文閣出版　昭和五十二年復刻　もとは昭和六年刊）
・『枕草子精講　研究と評釋』五十嵐力氏・岡一男氏（学燈社　昭和二十九年・国研出版　平成十四年復刻）
・『枕草子評釈』塩田良平氏（学生社　昭和三十年）
・『全講枕草子』全二巻　池田亀鑑氏（至文堂　昭和三十一～三十二年）
・『枕草子必携』岸上慎二氏（学燈社　昭和四十四年）
・『枕草子講座』全四巻（有精堂　昭和五十～五十一年）
・『新版　枕草子』全二巻　石田穣二氏訳注（角川ソフィア文庫　昭和五十四～五十五年）
・『枕草子入門』稲賀敬二先生・上野理氏・杉谷寿郎氏（有斐閣　昭和五十五年）
・『枕草子　大鏡』〈鑑賞日本の古典5〉稲賀敬二先生・今井源衛氏（尚学図書　昭和五十五年）
・『枕草子解環』全五巻　萩谷朴氏（同朋舎　昭和五十六～五十八年）
・『枕冊子全注釈』全五巻　田中重太郎氏他（角川書店　昭和四十七～平成七年）

・『枕冊子』全二巻　田中重太郎氏訳注（対訳古典シリーズ　旺文社　昭和六十三年）
・『枕草子』〈和泉古典叢書1〉増田繁夫氏校注（和泉書院　昭和六十二年）
・『枕草子』全三巻　神作光一氏・上坂信男氏全訳注（講談社学術文庫　平成十一～十五年）
・『枕草子大事典』枕草子研究会編（勉誠出版　平成十三年）
なお、①・②・③の本文には、一部私に仮名表記を漢字に改めた箇所がある。

序　研究史の概観と問題の所在

一　「章段構成」の定義

現存する『枕草子』諸本の系統分類は、池田亀鑑氏が昭和七年に岩波講座『日本文学』において発表された「枕草子の形態に関する一考察」によって二種類四系統に分類されたものを基礎としている。『枕草子』の章段は、その内容と形式によって随想的章段、類聚的章段、日記的章段の三大グループに大別されるが、章段配列がグループごとにまとまっているか否かに注目して、類纂形態本と雑纂形態本との二種類に分類される。そして後者の雑纂形態本として三巻本系統と能因本系統が、前者の類纂形態本として前田家本と堺本系統が伝わるとされ、その分類は今日に至るまで大きく変更されることなく、定説となっている。現在は総体として三巻本系が原初形態に近いものとされ、中でも三巻本系統第一類本に属する陽明文庫本が最も善本とされる。当該本は陽明叢書10『枕草子　徒然草』として影印本が出されているほか、多くの活字化された『枕草子』の底本となっているが、残念ながら第一冊に相当する部分を欠くため、その部分に存在する第一段「春は曙」から第七五段「あぢきなきもの」までを三巻本系統二類本に属する相愛大学・相愛女子短期大学蔵の弥富本や刈谷市中央図書館蔵の村上文庫本で補っている。

現在の『枕草子』の注釈書は、およそ三百段ほどの章段に分割して第一段以下の章段番号を付しているが、それらは研究者が内容のまとまりを判断して章段に区分し、便宜的に番号を付したものである。実際に底本となった写本や刊本には章段分割のための改行などの形跡はあまり認められず、むしろ後世に合点による印や朱書が補筆されているにすぎない。したがって、原初形態から各章段は見た目上でとくに区分されてはいなかったものと見てよいだろう。

書き手が各々の章段の独立性を明示していなかったとすれば、それはおのずからテーマに沿った記述のまとまりが読者にわかるだろうと考えていたからではないか。そのためには、書かれた内容のまとまりが章段ごとに緊密性と必然性を持った構成になってまとめられている必要があるだろう。

本書においては、「章段構成」という語をキーワードとして用いて考察を進める。これは章段ごとの配列を意味するものではなく、一章段内における話の構成の有り様を指す。以下、本書の各章は書き手が「書く内容」を章段のテーマに沿って順序立てて書き記す時に、そこで用いられている表現と話の展開とが有機的に絡み合うように工夫して配置し、結果として一章段全体の構成が緊密になるように意図的に計算して書いていることを明らかにするものであり、書き手の構想に迫る新しい視点の『枕草子』研究である。

二　記録と表現の研究史

平成十七年五月に『国語と国文学』が「平安文学研究の展望」という題で特集号を組んだ。そこでは作品別、あるいはジャンル別にそれぞれの研究における問題点の整理と展望が、幅広い視点から様々に論じられている。『枕草子』については小森潔氏と中島和歌子氏が担当された。小森潔氏は「『枕草子研究』論―『言説史』へ―」との題で執筆され、「枕草子が個々の読者によって様々に読まれながら各々の時代に現象してきた様相をたどること」を『枕草子』の「言説史」と名付けられている。その上で各時代の注釈もその時代の読みを反映させた創造的な言説としてとらえて、研究自体を運動体としてとらえることで「読者論」から「言説史」へと提唱された。一方、中島和歌子氏は「枕草子二十五年―『この草子』をどこに置くか―」との題で執筆され、かつて文学作品であることさえも否定された時期があったことや、それを乗り越えて現在の活発な研究状況に至るまでの道のりなど『枕草子』の研究史を丁寧にたどられた上で、「枕草子は文学観の偏りを映し出し、相対化を迫る存在でもある」と位置付けられた。さらに「今日の枕草子研究のキーワードの一つは〈表現〉である」と今後の視点を指摘されている。

『枕草子』の表現研究史は、江戸前期の延宝二年（一六七四）に相次いで刊行された加藤磐斎による『清少納言枕双紙抄』（五月刊）と北村季吟による『枕草子春曙抄』（七月十七日刊）から始まると言ってよい。いずれの著作も、校訂本文を整えた上、頭注または傍注として表現の意味を明らかにしながら注釈するものであった。

近代に入ってからは、明治四十四年に武藤元信氏著『枕草紙通釋』（有朋堂）、大正十年に金子元臣氏著『枕草子評釈』（明治書院）等が続いて、章段内部における表現と構成との関わりにも目が向けられ論じられる様になった。しかしながら大正十五年に和辻哲郎氏が「枕草紙に就ての提案」を『国語と国文学』（大正十五年四月号）に発表し国文学研究に欧州レベルの原典批判的研究を求めたことや、昭和二年には尊経閣叢刊として前田家本『まくらの草子』が公にされたことが大きな契機となり、枕草子研究の主流は異本を含む本文研究へと急速に移っていった。

和辻氏に対する学界からの回答として池田亀鑑氏が『国語と国文学』昭和三年一月特別号に「清少納言枕草子の異本に関する研究」を発表し、引き続いて昭和七年には岩波講座『日本文学』所収論文として「枕草子の形態に関する一考察」（七月）と「清少納言とその作品」（十一月）が刊行された。この流れは戦後昭和二十八年から三十二年にかけて出版された田中重太郎氏著『校本枕冊子』（古典文庫）に至る本文の基礎研究に結実していった。

池田亀鑑氏の論文は、昭和二十二年三月に「中古國文學叢考　第一分冊」として『枕草子に関する論考』（目黒書店）にまとめられて刊行されたが、そこに収められた論文は、章段の年時考証に関するものや、『白氏文集』引用に注目しての表現の関わりに関するものも所収されており、枕草子の研究テーマの広がりを示唆するものであったと言える。一方では昭和六年に関根正直氏著『枕草子集註』（六合館）が出て、『春曙抄』の註を基とし、その後の注釈と自身の解釈を加えて戦前の『枕草子』本文注釈の一到達点を示した。

昭和三十一年は枕草子研究にとって画期的な年となった。『国文学　解釈と鑑賞』（至文堂）が一月特集増大号として「清少納言枕草子」を刊行し、『国文學　解釈と教材の研究』（学燈社）が昭和三十二年一月特集として「枕草子の総合探求　附枕草子研究文献総覧」を十二月に刊行した。そこでは野村精一氏による「枕草子をかし論の問題点」や林和比古氏による「枕草子の文体と話法」が、「をかし」論を再考している。池田亀鑑氏の『全講枕草子』（上）（下）（至文堂）が出されたのも昭和三十一年から翌三十二年にかけてであった。本文の表現に即した解釈方法は着実に進んでいたと言えよう。

昭和三十四年九月号『国文学　解釈と鑑賞―清少納言と枕草子―』において、清水好子氏は「枕草子の言葉の使い方」で文献学中心の流れに異論を唱える。これは塚原鉄雄氏「美的理念―「をかし」その他」（『国文学　解釈と鑑賞』昭和三十九年十一月号）、目加田さくを氏『枕草子論』（笠間書院　昭和五十年）、松田豊子氏『枕草子の獨創表現』（風間書房　昭和五十八年）そして沢田正子氏『枕草子の美意識』（笠間書院　昭和六十年）など、一連の作品論研究へと発展していった。また国語学的な視点からの研究として根来司氏の『平安女流文学の文章の研究』（笠間書院　昭和四十四年）が特筆される。玉井幸助氏「枕草子の人間描写について」（『国文學　解釈と教材の研究』学燈社　昭和三十一年一月号）や森本元子『古典文学論考』（新典社　平成元年）に所収された「皇后定子―『枕草子』日記の部分に関して―」（昭和三十一年）や「枕草子の人物描写」（昭和四十二年）は人物を描写する表現に注目した論文である。

一方で一九六〇年代の歴史社会学派の研究による『枕草子』の文学性の否定は、研究の停滞をもたらしてもいた。秋山虔氏「枕草子論」（『源氏物語の世界―その方法と達成―』所収、東京大学出版会　昭和三十九年）は、清少納言という書き手は自らの出身階級を忘れ、中宮定子とその周りの最上層貴族社会の美意識にひたすら追従し、一体化を図った結果、作者の主体が喪失されている、と裁断した。石田穣二氏は角川文庫『新版　枕草子』（昭和五十四年）の解説においても『枕草子』は「女房清少納言としての述作」であって「作者個人の個人の資格においての述作ではない」ゆえに「定子をいただく後宮の文明の記録」にすぎず「つまらない作品」と断言し、しかもこの見方を終生変えなかった。塚原鉄雄氏「枕草子の本質」（『国文学　解釈と鑑賞』昭和三十八年一月号）及び今井源衛氏「枕草子の本質」（『国文学　解釈と鑑賞』昭和三十九年十一月号）では、清少納言は上層志向による最上層貴族との同化をめざしながらも受領階級出身の者にはどだい無理な話で、評価対象に分裂とずれが生じている、と指摘している。漢文学研究の立場からは、昭和四十二年六月号の『国文學　解釈と教材の研究―枕草子の世界―』（学燈社）において、大曾根章介氏「『枕草子』と漢文学」（のちに『日本漢文学論集』汲古書院　平成十一年所収）は漢詩文受容の表現と効果に注目し、清少納言の漢詩文の知識は当時の常識の範囲ながらも、時間的空間的な環境と対人関係のタイミングに優れ、原典の巧みな応用にその才能を見出した。

源氏物語論のための階梯的研究の様相を示していた中で、地道な研究と整理も進んでいた。昭和五十年から翌五一年にかけて『枕草子講座』全四巻（有精堂）が出され、多彩な研究者による様々な視点からの研究と章段鑑賞がまとめられたことは特筆されよう。『枕草子』の注釈として、昭和四十九年に松尾聰氏・永井和子氏による『枕草子』〈日本古典文学全集〉（小学館）は能因本系を底本とし、昭和五十二年には萩谷朴氏の『枕草子』（上）（下）〈新潮日本古典集成〉が三巻本の絶対的優位の立場で本文批判を展開している。

こういった流れを受けて、昭和五十五年に稲賀敬二先生・上野理氏・杉谷寿郎氏による『枕草子入門』（有斐閣）

と、稲賀敬二先生・今井源衛氏による『枕草子　大鏡』〈鑑賞日本の古典5〉（尚学図書）が相次いで出され、『枕草子』の内容のおもしろさと魅力が強烈に照射された。萩谷朴氏『枕草子解環』（同朋舎　昭和五十六～五十八年）や田中重太郎氏他『枕冊子全注釈』（角川書店　昭和四十七～平成七年）と並行して、表現研究は大きく発展することになった。その中で三田村雅子氏は「枕草子を支えたもの―書かれなかった『あはれ』をめぐって―（上）・（下）」（『文芸と批評』四―三～四・昭和四十九～五十年）及び「枕草子の虚構性」（『枕草子講座』第一巻所収・昭和五十年）において、いち早く「語り」の視点から日記的章段の中に独自の論理による宇宙を見出し、自立した表現世界を読み取っている。

日記的章段における表現に注目する研究過程では、史実考証と表現論を積極的に関連づける方向が示され、そのための有効な手段として関白道隆の死没（長徳元年四月）を境に前期と後期に分割して考察していく方法が現れた。原岡文子氏「『枕草子』日記的章段の「笑い」についての一試論」（『平安文学研究』第五七輯・昭和五十二年六月、のちに『源氏物語　両義の糸』有精堂　平成三年所収）は、「笑い」に注目し「をかし」の世界を構築するための方法として「現実の再構成、虚構化」を指摘する。さらに三田村雅子氏「枕草子の〈笑ひ〉と〈語り〉」（『物語・日記文学とその周辺』〈今井卓司博士古稀記念〉桜楓社　昭和五十五年所収）は、清少納言の自画像の機能と役割を「道化」と見なし、それこそが清少納言の「書くこと」の姿勢に関わる態度選択であったと積極的に捉えた上で、独自の論理を見出した。中島和歌子氏「枕草子日記的章段における表現の一方法―「がうな」の段の「笑ひ」を中心に―」（『国文論叢』十五・昭和六十三年）も、史実考証と表現と〈語り〉の視点から考察する。中島氏は読者論の方法も取り入れて平成三年三月に相次いで「枕草子『香炉峯の雪』の段の解釈をめぐって―白詩受容の一端―」（『国文学研究ノート』二五）及び「枕草子『香炉峯の雪』の段の受容をめぐって―中世近世の説話集を中心に―」（『国文論叢』一八）を発表され、表現を「読まれる」対象と見て「香爐峯の雪」章段の分析を提示した。

これらの研究を承けて、三田村雅子氏は『日本文学研究資料新集　枕草子』（有精堂　平成六年）において表現研究に関する論文を多く編集し、翌年『枕草子表現の論理』（有精堂　平成七年）を発表した。平成八年一月号の『国文學　解釈と教材の研究　枕草子―表現の磁場』（学燈社）は、田畑千恵子氏「定子晩年章段の語りと表現」、西山秀人氏「歌枕への挑戦」など、表現からの日記・類聚章段の新しい研究論文を収めている。また小論「「この君にこそ」という発言―典拠の『空宅』と清少納言―」（『国語と国文学』平成九年二月号・本書第Ⅰ部第一章第二節所収）および「枕草子「憚りなし」の指示する論語基本軸―行成との会話を支える『論語』古注と章段構想―」（稲賀敬二先生編著『論考　平安王朝の文学―一条朝の前と後―』新典社　平成十年・本書第Ⅰ部第一章第一節）は、受容した表現とその応用の有り様から、書き手の章段構成の意図を考察したものである。

小森潔氏『枕草子　逸脱のまなざし』（笠間書院　平成十年）は、テクストの分析に表現の〈場〉の視点を導入して、新たな地平を開くものであった。鄭順粉氏『枕草子　表現の方法』（勉誠出版　平成十四年）は、作家論から切り離して『枕草子』固有の表現の世界を読み取り、一見無秩序に見えながらも論理性を獲得している点に独創性を見出して再評価している。藤本宗利氏『枕草子研究』（風間書房　平成十四年）は、類聚的章段、随想的章段、日記的章段それぞれについて伝統的な知の享受と応用展開の諸相を分析し、伝統的な美とされから離れようとする二つの方向性が読者の固定観念的通念を混乱させるが、それは書き手の狙ったものであり、それこそが『枕草子』の本質であると提示した。圷美奈子氏『新しい枕草子論　主題・手法そして本文』（新典社　平成十六年）は、三巻本と能因本の二題本文系統を共に視野におさめながら本文の文脈を考察することで、主題と手法を詳細に考察している。武久康高氏『枕草子の言説研究』（笠間書院　平成十六年）は、『枕草子』と言う作品をテクストととらえ、言説論的な視座から丁寧な分析を重ね、さらに発話に関わる問題から古典教育にも論及している。

『枕草子』という作品が、こうした多角的な視点と方法から研究されるようになった状況をふまえて企画された論文集が、浜口俊裕氏・古瀬雅義編著『枕草子の新研究　作品の世界を考える』（新典社　平成十八年）であった。

そこでは、素材、表現、音楽、信仰、身体、和歌、人物、官職呼称、章段内構成、章段配列順、語りの言説、定子後宮文化圏、後世文学の作品受容などから迫った論考を十四篇集めて研究の広がりを概観し、今後の『枕草子』研究の道筋を示している。そういった研究の方向性の中で、赤間恵都子氏『枕草子　日記的章段の研究』（三省堂　平成二十一年）は、研究対象を歴史的背景を最も反映する日記的章段に絞り込み、そこに描かれた舞台や官職などの人物呼称に注目しながら史実年時やその背景との関わりを詳細に考証し、書き手清少納言の主体的な執筆意志を捉え直すことで『枕草子』の作品論を展開し、さらに執筆年時の推定をも試みたものであった。

また中田幸司氏『平安宮廷文学と歌謡』（笠間書院　平成二十四年）は、第二部で『枕草子』と表現についての論考をまとめ、「宮廷の論理」としての共通認識が実在し、それに沿った表現の受容と共感の道筋を考察し論証している。近年、津島知明氏著『枕草子論究　日記回想段の〈現実〉構成』（翰林書房　平成二十六年）は、「日記回想段」では、書き手によって『枕草子』なりの〈現実〉構築が図られていることを確認した上で、同時代人ではない我々は、「想定されざる」読者であることを覚悟してテキストに向かうべきであるという立場で論究している。

三　本書における問題意識と視点

以上の研究史をふまえて本書は、本文に用いられている表現の技法と、それが章段の展開に深く関わっている有り様に注目して、書き手が意図した「章段を構成する論理」について考察する。

『枕草子』の書き手は「他者」とのコミュニケーションにおいて、和歌や漢籍などの同時代の共通理解すなわちコンテクストに基づいた対応を駆使し、その応酬による展開を描くことによって章段をひとつのまとまった話として描き出す場合が多い。この「他者」とは、章段内部の語られている世界においてはそこに描き出された登場人物（作中人物としての相手）であり、外部においては読み手である。また、ものを「書く」という行為は、書き手が読み手である「他者」とのコミュニケーションを図る行為と言えよう。

現在は古典文学と言われる作品も、それが書かれた当時においては現代文学であった。『枕草子』も、清少納言が書き上げた当時においては当然のことながら、現代文学として読まれていた。書き手は、時代のコンテクストと「言説」の中で、それらを共有している「モデル読者」をコミュニケーションの相手として想定し、互いに共有していることをプロトコル（議定書）として作品を紡ぎ上げていく。「逸脱」や「ずれ」、「異化」等ととらえられるものでさえ、既定されたものがあることを前提にしている。

したがって書き手が発するメッセージと内容を読み解くために、読み手はその作品本文をその時代のコンテクストと「言説」に、できるだけ照らし合わせて考えていく必要がある。書き手が本文に用いた表現は、その時代のコンテクストと「言説」に支えられたコードであり、そのコードをできるだけ読み解かなければ章段に描かれた内容をよく理解することができず、その結果「読む」という行為としてのコミュニケーションが十分に図れないからである。

だからこそ基礎作業として本文研究と注釈が重要なのであり、それに支えられた次の段階として、表現に注目した研究へと進んでいくことになる。さらに個々の表現に込められた意味と狙いを明らかにしていく研究の先には、書き手がそういったいくつかの表現を意図的に連携させていることの意味を明らかにすることが求められよう。それは本文研究に絶えず目を配りながら、本文それ自体を細心に読み進める作業によって次第に明らかになろう。表現の積み重ねによって、書き手は何を描こうとしているのか、その意図と効果は何かという、章段全体を見渡した『枕草子』の作品研究が進展していくのである。本書はこういった個々の表現を考えるのみならず、互いに関わり合う表現どうしの効果と狙いに注目するという新しい視点で「章段構成」の考察を重ねていく。

『枕草子』の章段は、書き手がそこで語ろうとする主題に基づいて一つ一つの「出来事」を選び出し、「書く内容」が効果的になるように再構成したものである。「書く内容」は表現を用いて描き出される。その際に書き手は、話の展開と選んだ表現とが有機的に絡み合うように工夫し、章段の構成が緊密になるようにまとめている。例を示せば、時間や空間の異なる話を一章段にまとめ上げる際には、基本軸となるものを設定し、それと関連した表現を駆使して章段全体の話の流れを緊密にまとめあげていくという構想を持っていた。また日記的章段においては、時間軸にそった展開を外してまでも、中心となるテーマを補強する構成を優先させるなど、多様な手法を用いて話を再構成している。これは広い意味での表現の技法の一つと見ることができよう。これを書く行為として実行するために、書き手はあらかじめ「章段構成」の全体を見渡した設計図を考え、それを基にして書き進めたものと思われる。本書では本文とその表現にこだわって考察することで、平安時代後期の一条朝を彩る散文学の一つである『枕草子』の到達点とその位置付けを明らかにしていきたい。

第Ⅰ部

章段構成を支える漢詩文・和歌の表現と論理

第一章　漢詩文の表現を活かす章段構成

第一節　「憚りなし」が指示する『論語』古注と基本軸

はじめに

『枕草子』第四七段「職の御曹司の西面の立蔀のもとにて」は、藤原行成と清少納言との交流を話題の中心に据えた章段である。行成の「奥深き心ざま」を「見知」ると自認する清少納言は、女房たちから「うたて見えにくけれ」「けすさまじ」と言われて「あしざまに啓」せられるほど評判の悪い行成を、それとは全く対照的に「おしなべたらず」と定子に言上し、また行成の方も自分のことを理解している人物として清少納言と言葉を交わしている。

当該章段は史実年時を考証すると、時期も場所も異なる二つの出来事が、文学作品の文言を媒介として交わされる二人の会話部分をその間にはさみ込み、相互に関連付けられることで一つの章段に仕立てられたものである。今でこそ定説となっているが、森本元子氏が「三月つごもり方は」を境にして分け、冒頭部は「長徳三年六月二十二日（中宮の職遷御）以後、同四年十月二十三日（行成任右大弁）以前のある時」、続く第二部は「別に時を定めず、種々の方面から例証しているもの」、第三部は長保二年三月の「一条院今内裏における事実」と指摘される[1]以前は、既に三巻本勘物が第三部当該部分に「長保二年三月事歟」[2]と傍注記していたにもかかわらず、全体を長徳四年もしくは長保元年の三月の一つの出来事として考証されていたほどであるから、そのつながりに無理が感じられないほど緊密な章段構成であると言える。(3)とすればそこには当然、一連の話として再構成した書き手清少納言の構想が、積極的に認められなければならない。

行成登場章段において、章段の話の展開と表現が有機的に絡み合い、章段全体が意図的に構成されていることについては次節で呉竹に「この君」と応じた第一三一段「五月ばかり、月もなう」の検証を通じて考察する。(4)第一三一段は一つの出来事をまとめたものだから話のまとまりがよいのは当然として、第四七段は複数の出来事を再構成したものでありながら、その構成の緊密さゆえ時期の離れた二つの出来事という事実が長く見過ごされてきた。それは第四七段全体を貫き、緊密な章段構成を支えている何か軸のようなものがベースにあるからではないだろうか。この点について、第四七段における二人の会話に『史記』刺客列伝における豫譲の発言「士為二知レ己者一死、女為二説レ己者一容」(5)をふまえたものをはじめ、『万葉集』『九条殿御遺戒』『白氏文集』あるいは『論語』陽貨篇三をふまえたと考証されるもの、そして『論語』学而編第一―八その他に見える「過てば則ち改むるに憚ること勿かれ」をふまえた文言「『憚りなし』とは、何を言ふにか」が続いて登場することに着目して章段構成の方法を考えてみたい。この掛け合いが二人の間柄を示してもいるのだが、とくに最後の『論語』学而篇第一―八の全文「子曰、君子不レ重則不レ威、學則不レ固、主二忠信一、無レ友二不レ如レ己者一、過則勿レ憚レ改」(6)に注目して当該章段を読み直してみると、その章段構成が『論語』の各部分に対応していること(7)に気付く。

本節は行成が本格的に登場する最初の章段である第四七段について、全体を三部に分け、第二部で清少納言が藤原行成を諭した時にふまえられた「憚りなし」を手掛かりにして、当該章段の各部分において『論語』学而編第一―八の全文が基本軸として『論語』古注の解釈に基づいてふまえられていることを明らかにし、書き手としての清少納言の、行成登場章段における構想を考察するものである。

一　『論語』古注における「過則勿憚改」の解釈

「憚りなし」の文言は、行成が定子への言上を依頼する取次女房役を清少納言に固定し、全く融通が利かないことを清少納言がたしなめる会話の中で用いられる。『枕草子』本文では「さて『憚りなし』とは、何を言ふにか」とある。この「憚りなし」が『論語』の「過則勿憚改」を引いていることについては、既に北村季吟が『春曙抄』の頭注において「彼論語に過則勿憚改といへるはいかなる事ぞ。かやうの折こそ思ひ出給はめと也」と指摘し、加藤磐斎も『清少納言枕双紙抄』の標注で「論語云、過則勿憚改」と指摘しており、現代の注釈もこれにならっている。そこでまず『論語』における「過則勿憚改（過てば即ち改むるに憚ることなかれ）」の部分を例示してみたい。

〈資料一〉『論語』

①学而編第一—八

子曰、君子不ㇾ重則不ㇾ威、學則不ㇾ固、主㆓忠信㆒、無ㇾ友㆓不ㇾ如ㇾ己者㆒、過則勿ㇾ憚ㇾ改。

②子罕篇第九—二五

子曰、主㆓忠信㆒、無ㇾ友㆓不ㇾ如ㇾ己者㆒、過則勿ㇾ憚ㇾ改。

②子罕篇は①学而篇の後半と全く同文で、このことは既に北宋の邢昺《けいへい》が十世紀末に著した『論語』の疏で、『十三経注疏』の一つである『論語正義』（邢疏）の子罕篇当該部末尾において「學而篇已有㆓此文㆒。記者異ㇾ人、故重㆓出之㆒」[8]と指摘されており、その注釈も学而篇当該部で既に述べたことを抄出している。

清少納言が『論語』など漢籍を読み、知識として所有していたことについては、既に目加田さくを氏が清原家の家庭環境の考察から指摘[9]しておられる。清少納言が『論語』の文言をどのように解釈していたかを考えるに当たっては、朱子の『論語集注』より前の時代のもの、即ち十世紀以前のいわゆる「古注」の注釈が手掛かりになろう。九世紀後半に藤原佐世が撰じたわが国最古の漢籍目録『日本国見在書目録』(10)には、『論語』十巻として鄭《じょう》玄《げん》注をはじめ、何晏《かあん》集解、皇侃《こうかん》撰『論語義疏』十巻などが記されていることから、これらの古注が日本に輸入されていたことが確認できる。このうち二世紀に活躍した鄭玄の注は、敦煌から発掘された残欠が述而篇以後郷党篇までのもので、残念ながら学而篇を欠く。また三世紀半ばに三国魏の何晏がまとめた『論語集解』も逸書であるため、後の注に引かれたものを用いざるを得ない。さらに六世紀前半に梁の皇侃が『論語集解』を再検討してまとめた『論語義疏』は「四庫全書」経部一八九に『論語集解義疏』として所収されるが、枝葉にわたって冗漫と評されている。(11)

そこで鄭玄の注を適宜引用する何晏『論語集解』と、皇侃が『論語集解』を再検討してまとめた『論語義疏』(12)と、それらを十世紀末に邢昺《けいへい》が再注釈し編纂した『論語正義』を見るために、『十三経注疏』の「論語」を用いて学而篇第一―八当該部分の注釈を見てみよう。

〈資料二〉『十三経注疏』論語注疏解経巻一―六（学而篇第一―八）

「子曰君子不重則不威學則不固」孔曰、固蔽也。一曰、言人不能敦重既無威厳。學又不能堅固識其義理。

「主忠信無友不如己者過則勿憚改」鄭曰、主親也。憚難也。

〔疏〕子曰至憚改○正義曰、此章勉人為君子也。君子不重則不威學則不固者、其説有二。孔安國曰、固蔽也。言君子當須敦重。若不敦重則無威厳。又當學先王之道以致博聞強識、則不固蔽也。一曰、固謂堅固。言人不能敦重既無威厳。學又不能堅固識其道理也。明須敦重也。主忠信者、主猶親也。言凡所親狎皆須有忠信也。無友不如己者言無得以忠信、不如己者為友也。過則勿憚改者、勿無也。憚猶難也。言人誰無過。過而不改是謂過矣。過而能改善莫大焉。故苟有過、無得難於改也。

これによると清少納言の発言「憚りなし」に相当する「過則勿レ憚レ改」の注釈には、鄭玄『論語注』を伝えた「鄭曰、主親也。憚難也」があり、また邢昺『論語正義』には「勿無也。憚猶難也。言人誰無レ過。過而不レ改是謂レ過矣。過而能改善莫レ大レ焉。故苟有レ過、無レ得レ難二於改一也」とある。皇侃『論語義疏』にも鄭玄の注「主親也。憚難也」は引かれ、疏においても皇侃は「勿猶莫也。憚難也」とする。どちらも「憚」は「難」の意味であると言うのだから「憚りなし」とは「難しいことではなく、また拒んではいけないことだ」ということになろう。またその理由として『論語正義』は「人誰か過つこと無からん。過ちて改めざるを是れ過と謂ふ。過ちて能く改むれば善きこと焉より大なるは莫し。故に苟しくも過ち有らば、改むるに難《はばか》るを得る無きなり」と言うのだから「誰にでも過る所はあるもので、これを改めないことが過ちであり、過っている所を認めてこれを十分に改めればその善は図り知れないものがある。だから少しでも過っている所があったならば、改めることを難しいと思ってはいけないのだ」ということになる。

なお、皇侃『論語義疏』には「友主二切磋一、若有二過失者一、當更相諫諍莫レ難レ改也。一云、若結レ友過誤、不レ得二善人一、則改二易之一莫レ難レ之也。故李充云、若友失二其人一改レ之為レ貴也」とある。友とは切磋琢磨し合い、もし過失を犯したものがあれば、互いに諫め合って改めることを難しがってはいけないとし、また友人の選択を過誤した場合には友人関係を解消することを難しがるなという、急進的な他説も示している。

二　清少納言の「憚りなし」とその意味

このようにおさえた上で、『枕草子』の当該場面におけるこのやりとりを解釈してみたい。行成は「そのはじめ言ひそめてし人」である清少納言が局に下がっていようと里下がりしていようと、一向にお構いなく訪ねて来て用件を依頼する。他の人に依頼したらどうかと清少納言が提案しても、行成は「さしもうけひかず」と頑強に承知しない。清少納言は行成の曽祖父にあたる師輔の『九条殿御遺戒』[13]の倹約を説く文言「有るに随ひて用ゐよ。美麗を求むることなかれ」を引き合いに出し、「あるに従ひ、定めず。何事ももてなしたるをこそ、よきにすめれ」と現実的な対応をするように「後見きこ」えて忠告するのだが、行成は「わがもとの心の本性」とだけ言い、『白氏文集』巻六詠拙の「不レ可レ改者性」あるいは『論語』陽貨篇第十七―三「子曰、唯上知與下愚不レ移」をふまえたと考証[14]される文言「改まらざるものは心なり」で抵抗する。行成は自分の頑固さを認めた上で、「これは自分の本性だから直らないのだ」と言い張って、自分の過っている点を改めようとはせず、仕方がないと答えたのである。

　これに対して清少納言は、さらに『論語』をふまえて返した。「憚りなしとは、何を言ふにか」と言ったのだから、鄭玄の注を参考にすれば、行成に対し「過っている所を直すのに、難しいと言うな」と言いたかったことになろう。あるいは邢昺『論語正義』の解釈にまで広げて「誰にでも過っている所はある。それを改めないことが過ちである。改めることを難しがってはいけない」と言っていることになる。また皇侃が『論語義疏』に記した一説によれば、友人関係の解消を匂わせたことにまで広がる。いずれにせよ「性格だから直らない」と開き直り改めようとはしない行成に対して『論語』の文言を引き合いに出して痛い点を突き、諭したことになる。『論語正義』は「此の章、人の君子為るを勉《はげ》ますなり」と総括する。年長者たる清少納言が行成を諭す故事として適した文言であり、大変効果的である。

　なお、「何を言ふにか」と遠回しな言い方になっているのは、続く「あやしがれば」という清少納言の様子と併せて解釈すべきであろう。直接『論語』の文言「過則勿憚改」を口すると皇侃の注のような解釈もあり、きつく叱ったことになりかねない。また、むきになって言い返すような場面でもないので、自分が引き合いにしたい『論語』の文言を「憚りなし」だけで示し、『論語』のあの文言はどういうことを言っているのかしら、と不思議がって見せることで、多少芝居がかってはいるものの、和やかな雰囲気のもとで清少納言が年下の行成をやんわりと諭したことになろう。

これを受けて行成は笑いながら「仲よしなども人に言はる。かく語らふとならば、何か恥づる。見えなどもせよかし」と清少納言を口説きにかかる。この展開については、『論語』の「憚りなし」を男女の仲のことに転じ「顔を見せるのも憚りなしとしよう」と切り返しているという稲賀敬二先生の解釈[15]に従いたい。さらに言えば『論語』において「憚りなし」に相当する「過則勿憚改」の直前にある「主忠信、無友不如己者」をふまえて「仲よし」という文言を持ち出してきたのだろう。鄭玄の注によれば「主は親なり」とあり、邢昺も『論語正義』で「主は猶ほ親しむのごときなり。言ふこころは、凡そ親狎《しんこう》する所皆須らく忠信有るものたるべきなり」とあることに注目すれば、行成は親身になって諭してくれる清少納言を、忠信ある人物ゆえに友とするにふさわしい相手と判断して「仲よし」と規定し、それを男女間の間柄に延長させて「かく語らふとならば、何か恥づる。見えなどもせよかし」と話の流れをもっていったことになる。また友人関係の解消を匂わせた皇侃の一説によるなら、それを回避するためにも「仲よし」の確認が必要であったことになる。さらに『論語』の「學則不固」も関係してこよう。何晏の『論語集解』に孔安國《くあんこく》の注として「孔曰、固は蔽なり」の他「一に曰く、言ふこころは人は敦重なること能はざれば、既に威厳無し。学ぶに又堅固にして其の義理を識る能はず」とあり、皇侃『論語義疏』でも「言君子不レ重非二唯無一レ威、而學業亦不レ能二堅固一也」とある。『論語正義』は「一に曰く、固は堅固を謂ふ」と補った上で『論語集解』を踏襲し、「須らく敦重たるべきを明らかにするなり」とまとめている。

行成は「憚りなし」の文言が出てくる前に漢文をふまえたやりとりをしているから、それらを理解し応用できるほどの学問的教養を備えた人物である。だから学問は「堅固」であり、また君子の徳としても「蔽」であってはならない。これはまた、行成がふまえたと見られる「下愚」をフォローしたことにもなる。「憚りなし」という返答は、行成の「奥深き心ざま」を「見知り」、「おしなべたらず」と評する清少納言だからこそ適用できる文言なのである。このように様々な要素が絡み合っていると考えられるが、いずれにせよ第二部の後半は『論語』学而篇第一―八を基本軸とし、これを古注の解釈に基づいてふまえることによって二人の会話が展開していると見るべきである。

三　第四七段第一部と「主忠信、無友不如己者」

では、第一部において『論語』という基本軸は想定できるのだろうか。

〈資料三〉『枕草子』第四七段第一部

職の御曹司の西面の立蔀のもとにて、頭弁、物をいと久しう言ひ立ち給へれば、さし出でて「それは誰ぞ」と言へば、「弁候ふなり」とのたまふ。「何か、さも語らひ給ふ。大弁見えば、うち捨て奉りてむものを」と言へば、いみじう笑ひて「誰か、かかる事をさへ言ひ知らせけむ。『それさなせそ』と語らふなり」とのたまふ。

職の御曹司は、第七四段「職の御曹司におはしますころ、木立ちなどの」によれば、大内裏の東門の近衛の門（陽明門）から入って内裏の東門の左衛門の陣（建春門）へ向かう殿上人たちの通勤途中に位置し、また第一三一段「五月ばかり、月もなういと暗きに」では職の御曹司から内裏に帰る殿上人たちは、左衛門の陣を経由している。おそらく職の御曹司の西門あたりを通用しているのだろう。

この第一部において、清少納言と行成との会話を記した表現に注目してみたい。当該場面は「頭の弁」である行成が職の御曹司を訪れたが、入ったばかりのところにある西面の立蔀の所で清少納言以外の人物と長い時間立ち話をしていた所から始まる。三巻本系本文では誰と話をしていたのか明らかにされていないが、能因本系本文では「頭弁の、人と物をいと久しく言ひ立ち給へれば」とあり、この本文に『春曙抄』では「べん行成卿也。ある女房と物がたりしのふ也」と傍注が付されている。また『春曙抄』本文では行成の答えが「弁の内侍なり」とあり、「中宮の御方の女房也」との傍注がある。当該部分の能因本系本文には「弁侍なり」(16)とあって『春曙抄』の本文には問題があるとしても、いずれにせよ行成が職の御曹司の西面の立蔀の所で、或る女房と長い時間立ち話をしていた所からこの章段は始まり、それに気づいた清少納言がわざわざ「さし出て」「それは誰ぞ」と誰何し、それに対して行成が「弁候ふなり」と答えることから二人の会話となる。

行成と確認した後の清少納言の会話は実に興味深い。「何か、さも語らひ給ふ。大弁見えば、うち捨て奉りてむものを」と言う部分で「そんなに口説いても、大弁がやってきたら、その人はあなたなどあっさりと見捨ててしまうでしょうに」という皮肉もさることながら、行成が他の女房と長く立ち話をしていたことを、情景描写では「物をいと久しう言ひ立ち給へれば」と記していたのに、行成に話しかけた会話文においては「さも語らひ給ふ」と言い換えている点に注目すべきである。

『枕草子』における「語らふ」の用例は十五例確認できるが、このうち女友達同志の二例と雪山の管理を木守に依頼する一例を除く十二例は、程度の差こそあれ男女間でその親しさを表現する場合に用いられている。

〈資料四〉『枕草子』の「語らふ」用例

①仲よしなども人に言はる。かく語らふとならば、何か恥づる。見えなどもせよかし。（第四七段）

②かう語らひ、かたみに後見などするに、（第八〇段「里にまかでたるに」）

③女の、少し我はと思ひたるは、歌詠みがましくぞある。さらぬこそ語らひよけれ。（第一二七段「二月、宮の司に」）

④などか、まろを、まことに近く語らひ給はぬ。（第一二九段「故殿の御ためにに」）

①と③は共に行成の発言、④は斉信の発言に見える用例、②は前夫橘則光との親しい付き合いを表現した用例である。③は行成が餅餤と立文を送り付けた返答に、清少納言が歌を詠まずに「いと冷談《れいたん》なり」と音韻をふんで返したことを評価して、親しく付き合うのにちょうどよいと強調している。また①と④は共に男性の行成と斉信が、清少納言を口説いている時の用例であることにも注目したい。

つまり「語らふ」の意味には、ただ「語り合う」だけではなく、親密さが加わった「親しく言い交わす」がさらに発展して「男女が互いに言い交わす。契る」意味合いまでも含まれているのである。したがって「物をいと久しく言ひ立」つという描写とそれを「さも語らひ給ふ」と言い換えた表現とでは、単なる長立ち話から男女間の親密な語らいへ、という大きな差が出てくることになる。金子元臣氏は『枕草子評釈』において「あまり長話をする所から、岡焼（ママ）半分にからかふと、行成もさる者『それさなせそと語ふ』の戯謔一番、この氣の利いた好會話は、只『久しくいひ立つ』の一語に胚胎してゐる」と評されたが、この軽妙な会話はむしろ清少納言が「物をいと久しく言ひ立」つ状況を「語らふ」と言い換えた所こそ眼目なのではあるまいか。この清少納言の発言に対し行成は「いみじう笑ひて」即座に「『それさなせそ』と語らふなり」と返した。清少納言の「語らふ」という表現を受けてそのまま「語らふ」で返したのだから、行成の方も話していた女房との親しさを清少納言に対してことさら強調してみせたことになる。

このように第一部において二人の間で交わされた会話を「語らふ」を中心にしておさえていくと、その基本軸に『論語』の「主二忠信一、無レ友二不レ如レ己者一」を想定することできる。『論語』の古注において、皇侃『論語義疏』は「主忠信」について「言君子既須二威重一、又忠信為二心百行之主一也」とし、「無友不如己者」について「或通云、擇レ友必以二忠信者一為レ主。不レ取二忠信一不レ如レ己者耳。不レ論二餘才一也」として、忠信の有無を第一の選択基準とせよ、と解釈する。邢昺『論語正義』は「無レ得以二忠信一、不レ如レ己者為レ友也」とし、自分が忠信を以ってつきあっても得るものが無いのは、己に如かざる者を友としているからだ、とする。『枕草子』本文において清少納言は、行成が長く立ち話をしている相手の女房を「大弁見えば、うち捨て奉りてむ」と評している。『春曙抄』はこの女房を「弁の内侍」ととり、「大弁は弁内侍が忍びたる男なるべし。今清少のいふ心は、行成のいかにむつましく語らひ給ふとも、大弁が見え来らば弁内侍は行成を打捨てゆかん物をとさかしらする也」と注をつけ、行成の「誰か、かかる事をさへ言ひ知らせけむ」には「行成の詞也。内侍と大弁と忍ひたる中の事を、誰か清少に聞かせしと也」と傍注を付ける。話し相手を「弁の内侍」とする点は本文の異同によるもので、「かかる事」の内容はこの解釈でほぼよいだろう。行成の話している相手が大弁の愛人であるかどうかはともかく、清少納言から「大弁が来たら、行成をあっさり捨ててしまうだろう」と評されたこの人物は、行成にとって「忠信」の者ではなく、「忠信」に親しんでもいない。だから行成がいくら「それさなせそ」と「語ら」ったところでその甲斐は無く、また「語らふ」までもない相手ということになる。これらの解釈において『枕草子』当該部分の会話の展開と『論語』古注の論理は通じている。

また「君子不レ重則不レ威」も想定できる。何晏『論語集解』には「一に曰く、言ふこころは人は敦重なること能はざれば、既に威厳無し。学ぶに又堅固にして其の義理を識る能はず」とあり、『論語正義』もこれをふまえた上で「君子當に須らく敦重たるべし。若し敦重ならざれば則ち威厳無し」とする。「君子」たる者は常に「敦重」に振る舞わなければならないのに、「忠信」の無い女房と長立ち話をして「語らふ」行成はどっしりとした落ち着きがないように見え、それではいくら学んでも学問が確立せず底が浅くなる。それを清少納言はたしなめているのではないか。

つまり清少納言は、誰か他の女房と長く立ち話をして親しんでいるように見える行成に対し、『論語』を基本軸として「君子不重則不威」と「主忠信、無友不如己者」をふまえ、「友」を男女の間柄にずらして話しかけ、行成もそれを心得て返答していると見ることができる。これを伏線として見れば、第二部後半において清少納言の発言「憚りなし」が一層効果的となる。『論語』の文言「君子不重則不威」や「主忠信、無友不如己者」に従わず、皮肉を言われても「『それさなせそ』と語らふ」と受け流す行成は、第二部において「過則勿憚改」にも従わずに「わがもとの心の本性」とか「改まらざるものは心なり」と頑固に言い張る。そして清少納言が「過則勿憚改」を持ち出してたしなめると、行成は第一部で清少納言が「語らふ」と表現して「友」を男女間の間柄にずらしたことを援用して、「仲よし」と転じていく。このように『論語』の文言を基本軸にして、古注の解釈に基づいてふまえていると想定すれば、このつながりはより一層明らかになる。

四　第二部における『論語』基本軸

「いみじう見え聞えて」から「まごころに、そら言《ごと》し給はざりけりと思ふに」に至る第二部では、史実年時を特定する手掛かりはなく、行成との個人的な短い逸話をいくつか記し、二人の信頼感に基づく親しい交流が描かれる。その前半部でとくに注目すべき点は、行成に対する評価が清少納言と他の女房とでは全く異なり、それが行成の対応の違いと絡めて対照的に記している点である。

まず「をかしき筋など立てたる事はなう、ただありなるやうなる」に見える行成を、他の女房たちは「皆人さのみ知りたる」としか理解しないのに対して、清少納言は「なほ奥深き心ざまを見知りたれば」と対比させる。次に行成の対応を記し、清少納言との間柄については「いみじう見え聞えて」「『女はおのれをよろこぶ者のために顔づくりす。士はおのれを知る者のために死ぬ』となむ言ひたる」と常に「言ひ合はせ給ひつつ、よう知り給へり。『遠江《とほたあふみ》の浜柳』と言ひかはしてある」と記してお互いに相手をよく理解し合ったとするのに対して、他の女房たちとは「さらにこれかれに物言ひなどもせず」であったため、「若き人々、ただ言ひに、見苦しき事どもなど、つくろはず言ふに『この君こそ、うたて見えにくけれ。こと人のやうに歌うたひ興じなどもせず、けすさまじ』などそしる」と評判が悪いとし、しかも相互理解の働きかけもしないままに「まろは、目は縦《たた》ざまにつき、眉は額ざまに生ひあがり、鼻は横ざまなりとも、ただ口つき愛敬づき、おとがひの下、頸《くび》清げに、声にくからざらむ人のみなむ思はしかるべき。とは言ひながら、なほ顔いとにくげならむ人は心憂し」とだけ言うものだから、すっかり嫌われて「ましておとがひ細う、愛敬おくれたる人などは、あいなくかたきにして、御前にさへぞあしざまに啓する」という扱いをうけると記す。定子に対する言上に至るまで、『おしなべたらず』など、御前にも啓し」た清少納言とは全く対照的に描き出されている。それぞれの短い逸話が密接なバランスを持った上で統括されており、かなり計算された対比構成になっていると言えよう。

第一部と第二部とのつながりを考え合わせると、この第二部前半において清少納言と他の女房たちに対する行成の態度が対照的に描かれているのは、第一部で会話の基本軸となった『論語』の文言「主二忠信一、無レ友二不レ如レ己者一」の実践例と見ることができる。つまり行成にとって清少納言は「忠信なる者」で「親しむ」べき「友」として特異で貴重な存在であり、その他の女房は「友とすることなかれ」であったことを具体的に記しているのである。

第二部の後半では、既に前述したように行成が定子への取次女房役を清少納言に固定し、全く融通の利かない逸話が記されている。『白氏文集』巻六詠拙あるいは『論語』陽貨篇三をふまえた行成の発言「改まらざらむものは心なり」に対して、清少納言は「改める」ことを肯定する『論語』学而篇第一―八の文言を典拠として「さて『憚りなし』とは、何を言ふにか」と応酬した。これは「改める」ことをめぐる反論として有効であるだけでなく、後半でのやりとりを包括していると見ることができる。局や里にまで自ら訪ねてくる行成の行動は「君子」のあるべき姿とは程遠く、皇侃『論語義疏』に「君子之體不レ可二軽薄一也」とあるのに反している。さらに『論語』の古注の多くは「重々しくないと威厳が無いばかりでなく、学問をしてもその真理を識ることはできない」と解釈するから、これは必ず改めるべきである、と行成の「心」と行動の在り方を諭していることにもなる。前述した皇侃『論語義疏』にある急進的な解釈によれば、友人関係の解消をもほのめかせているのである。

　これでは清少納言を頼みとする行成は反論のしようがない。だから行成は「仲よし」に話題を転換し、清少納言を「語らふ」相手として「見えなどもせよかし」と迫った。「友」を「仲よし」に替えるような行成のずらし方は、第一三〇段「頭弁の、職に参り給ひて」における「いと夜深く侍りける鳥の声」を、孟嘗君の鶏の虚音で開いた函谷関から逢坂の関にずらしたものと通じる。行成の人柄を『論語』をふまえて効果的に描き出せている。

　これを清少納言は、前半部で行成が容貌に関して述べていた文言を引き合いにして断るが、その後で「さらば、な見えそ」という発言を、「おのづから見つべきをりも、おのれ顔ふたぎなどして見給はぬ」と実行して見せる行成を描き、それを「まごころに、そら言し給はざりけり」と評価する。この展開は、皇侃の『論語義疏』にある「擇レ友、必以二忠信者一為レ主。不レ取二忠信一不レ如レ己者耳。不レ論二餘才一」や「又忠信為二心百行之主一也」という解釈と照合する。「忠信」を実行する行成は「友」として十分な人物で、友人関係を解消する必要もなく、「な見えそ」を実行しているのだから、「仲よし」が男女の間柄に進行することもない。

　つまり第二部は『論語』学而篇第一―八を基本軸にし、古注に基づく解釈をふまえて話を展開しており、そうすることでいくつかの逸話を連ね、話題が拡散しがちであった話の展開と内容の関連性が、より緊密にまとめられているのである。さらに論及すれば、後半部の清少納言の発言「憚りなし」は、それまで表層から隠れていた『論語』学而篇第一―八という基本軸が明らかにされたものとして見ることができるのではないか。

五　第三部における『論語』基本軸

「三月つごもり方は」以降の第三部は、「『さらば、な見えそ』と言い「おのづから見つべきをりも、おのれ顔ふたぎなどして見給はぬ」と実行していたはずの行成が、わざわざ清少納言の寝起きの顔を覗きに訪れ、油断した隙にしっかりと顔を見られる羽目になった顚末が語られる。三巻本勘物が「長保二年三月事歟」と傍注し、森本元子氏が提唱された長保二年一条院今内裏での「三月つごもり方」と考証される出来事である。当初行成は登場せず、同僚女房の式部のおもとと小廂で日が上るまで寝ていた時、不意に一条天皇と定子が揃って訪れ、陣から出入りする人々の様子をこっそり覗き見て興じた後、帰っていく場面が記される。ここで定子が登場することについては、赤間恵都子氏が「史実上それこそめったに見られなくなっていた定子の『めでたき』姿は枕草子にぜひとも記さなければならない場面であったろう」と指摘された解釈に従う。

それと共に注目したいのは、この後で行成に寝起きの顔を覗き見られる伏線として、清少納言の有様が記されていることである。「起きもあへずまどふ」や「唐衣をただ汗衫《かざみ》の上にうち着て、宿直物も何も埋《うづ》もれながらある」という自分の様の描写は、朝日が上るまで式部のおもとと寝ていた自分たちの控え部屋である小廂に、不意に一条天皇と定子が訪れて慌てた様子として記されているのであるが、北二対の中宮御座所もしくは北対の清涼殿に帰ろうとする一条天皇から「二人とも一緒に参上せよ」と命ぜられても、「今顔などつくろひたててこそ」と固辞してお供しなかったことから、まだ参上する用意が整っておらず、不意に一条天皇と定子が訪れた時とほとんど変わらない有様でいたことが読み取れる。殿上人たちを一条天皇たちと小廂からこっそり気づかれないように覗き見ることに興じて、寝起きそのままの格好でいたのである。これは、覗き見た行成が「いとかたき」と言われる女の「寝起き顔」を「いみじく名残なくも見つるかな」と話す展開と緊密に関連する。

また行成は、見るのが難しいとされる女性の寝起きの顔を見に他の女性の所へ行った後で「またも見やすると来たりつるなり」と確信犯的に訪れ、それも一条天皇と定子が訪れていた時から見ていたと明かすのだから、「いみじく名残なくも見つる」は誇張ではない。さらに清少納言の、覗き込んでいた人物を則隆と誤認していた時の油断と、則隆以外の人物と気が付いてからの笑いながらの反応、そして行成とわかってからの対応へと続くこの一連の展開は、「いとくちをし」という感情をより効果的に盛り上げている。このように第三部はその構成がとくに緊密である。

加えて第二部から第三部への展開の観点から指摘すれば、行成から「いみじく名残なくも見つるかな」と言われた清少納言は、則隆と思い込んで油断していたと弁解すると同時に「などかは、『見じ』とのたまふに、さつくづくとは」と返し、第二部後半での行成の前言「さらば、な見えそ」を引き合いにして抗弁している。第二部と第三部との緊密な関連が看取されるが、それはこの「見じ」という前言に対する現在の行成の「見つる」という行動の対比だけではない。「仲よし」と人からも言われ「語らふ」間柄と自認していた行成の「見えなどもせよかし」という願望が、「局の簾うちかづきなどし給ふめりき」として達成されたという章段末尾の結末への展開も関わってこよう。顔を隠したままの「仲よし」から、対面する仲へ、という流れで話が展開している。そして他の女房たちから「うたて見えにくけれ」（つきあいにくい）と評されていた行成と「友」から一歩進んだ関係に深まり、それ以後は「局の簾うちかづきなどし給ふ」という間柄になったことを、「めり」で少しぼかすことで明言を避けて記し、章段を終えている。

『論語』学而篇第一—八との対応では、第二部とのつながりから考えてみたい。第二部の前半で「主二忠信一、無レ友二不レ如レ己者一」を実践しているかに見えた行成が、後半で清少納言の「憚りなし」という発言を受けてから『論語』の「友」を「仲よし」とずらして「語らふ」間柄になることを誘ったが、それが断られると見るや、再び『論語』にそった行動を実践して見せた。しかし第三部に至り一転これを破り、清少納言の顔をつくづくと見ていた。他の女房の寝顔まで覗き見たことも話したのだから、第一部と同様「無レ友二不レ如レ己者一」も反故にしている。これはすなわち、『論語』学而篇第一―八という基本軸が表層に提示された後で、第三部では行成がそれとは逆の行動をとってみせたことになる。「まごころに、そら言し給はざりけり」と思っていた清少納言は「見え奉らじとしつるものをと、いとくちをし」「などかは、『見じ』とのたまふに、さつくづくとは」と悔しがって反論するが、これは、「君子」としての在り方を『論語』によって諭し、一旦はそれに従っていた行成が反したことに対するものでもあるのではないか。『論語』が基本軸として認識されているという前提に立てば、行成は『論語』学而篇第一―八が提示されると、天の邪鬼のように「不レ重則不レ威」「主二忠信一、無レ友二不レ如レ己者一」「過則勿レ憚レ改」と反対の行動をとっていることが看取できる。これは清少納言の狙いであり、当該章段における行成の描き方の基盤なのではないか。読者もそれを承知で興味を覚えて読み進めるからこそ、当該章段は緊密にまとまる。そして残る「学則不レ固」が今後の行成登場章段の関心として継続する。

まとめ

当該章段について、金子元臣氏は『枕草子評釈』で「漸をおうて進む、事に次第があり、文に秩序がある」と評されている。しかし三部からなる当該章段の話の展開を、ただ表現の関連性だけではなく、それを支える基本軸という視点から分析していくと、『論語』学而篇第一―八の存在を見過ごしてはならない。

本文に見られる表現の緊密な関連をおさえた上で、第一部から続く基本軸の『論語』学而篇第一―八を考え合わせてみると、行成の言動は、清少納言が基本軸としてふまえている『論語』学而篇第一―八の教えから一貫してはずれていることに気が付く。すなわち第一部では、職の御曹司の西面の立蔀のもとで女房と長立ち話をしていて、それを清少納言から皮肉られると行成は「語らふ」と受け、『論語』学而篇第一―八の「君子不レ重則不レ威」と「主二忠信一、無レ友二不レ如レ己者一」に従わないそぶりを示す。第二部で前半部においては「主二忠信一、無レ友二不レ如レ己者一」を実践するものの、清少納言から「憚りなし」として「過則勿レ憚レ改」を引き合いに頑固さをたしなめられると、「過失を改める」に従うそぶりは見せずに『論語』学而篇第一―八の枠組みの中で対応し、「友」を「仲よし」にずらして口説く。そして「主二忠信一」を実践しているかに見えたが、第三部に至り一転してこれを破り、清少納言の顔をつくづくと見ていた。同時に他の女房の寝顔まで覗き見たことも話して「無レ友二不レ如レ己者一」も反故にしている。つまり当該章段は、清少納言と行成が『論語』を基本軸として意識し、それをふまえながらずらしていく過程を、いくつかの逸話を通して追うことで話が展開し、章段として形成されているのである。

この見方を発展させれば、『論語』は清少納言と行成の間に介在し、当時の読者にもあったであろうはずの、共有されている基本軸（いわば「文化のコード」[17]）と規定できよう。そして『日本国見在書目録』に存在が確認される鄭玄注や何晏『論語集解』、皇侃『論語義疏』と、それらの延長線として導き出された邢昺『論語正義』までを含めたいわゆる『論語』古注に基づく解釈は、当時の「君子」の在り方を規定していたもう一段上の基本軸（いわば「コンテクスト」[17]）として機能していると言える。

つまり清少納言は、当時共有されていた知識であった『論語』とその古注の解釈を、「さて『憚りなし』とは、何を言ふにか」の会話部分だけに限定された典拠（いわば「解釈のコード」[17]）としているのではなく、行成との交流を記した最初の章段たる第四七段全体において、三部からなる当該章段を一つのまとまった話として緊密な構成で組み立てるための基本軸として、意識的に用いているのである。もちろん複数の短い逸話もただ対比させるためだけに焦点を当てて散りばめられているのではなく、素材を基本軸にそう形で意図的に再構成していることになる。

第二部における二人の会話部分において、さりげなく清少納言が持ち出した「憚りなし」という発言は、この基本軸たる『論語』の存在を顕在化し、その古注に基づく解釈によって当該章段が構成されていることを表明すると同時に、章段のまとまりの緊密性を強化する役割を果たしているのではないか。これはすなわち、書き手である清少納言が、章段における話の展開の道筋を『論語』を基本軸にしてその古注の解釈をふまえ、それを明確に意識しながら、複数の逸話を再構成していったことにほかならない。章段をまとめるに当たって、いわば全体構想としてのマスタープランの存在が想定できると言えるだろう。

【注】

（1）森本元子氏「枕草子『寝起きの顔』の段の史実年時」『国語と国文学』（昭和三十三年一月号初出）、後に『古典文学論考 枕草子 和歌 日記』に所収。

（2）刈谷市中央図書館蔵村上文庫本『枕草子』の上巻五四丁表三行目他で確認できる。刈谷本については、本書巻末に所収した資料報告を参照されたい。

（3）赤間（上丸）恵都子氏は「枕草子一五七段の読み―章段構成についての一考察―」『国文目白』第二九号（平成元年十一月初出。後に『枕草子日記的章段の研究』第二章第一節「宰相中将斉信の段の章段構成」に所収）において、斉信の登場する「故殿の御服のころ」と当該章段を分析され、「二章段は作者が斉信、行成との思い出を最終的に作者の個人の思い出として綴った面が強いと考えられる。そのような主題意識のもとに書かれたからこそ歴史上の年時に拘束されることも少なく、長い期間の出来事を自由に構成できたのであろう」と説かれる。

（4）本書第一部第一章第二節の「『この君にこそ』という発言と『空宅』の取りなし」を参照されたい。

（5）水沢利忠氏著　新釈漢文大系八九『史記』九「列伝」二（明治書院　平成五年）による。
（6）吉田賢抗氏著　新釈漢文大系一『論語』（明治書院　平成七年改訂三五版）による。
（7）萩谷朴氏は『枕草子解環』一において、「『なに』とは『改むる』の語を指す。こうした打てば響くような応酬が、『己レニ如カザル者ヲ友トスルコト』のない忠信そのものの交友だと言いたいのである」と語釈され、『論語』の文言の部分的関連を示された。
（8）清・阮元校勘の『十三経注疏附校勘記　論語・孝経・爾雅・孟子』（中文出版社　一九七二再版）による。
（9）目加田さくを氏「清少納言の漢才」『平安文学研究』第十七輯（昭和三十年六月）初出。日本文学研究資料叢書『枕草子』（有精堂　昭和四十五年）所収による。
（10）『日本國見在書目録』（名著刊行会　平成八年）による。
（11）近藤春雄氏著『中国学芸大事典』（大修館書店　昭和五十三年）による。
（12）四庫全書一九五〈経部一八九〉所収の皇侃『論語集解義疏』（上海古籍出版社）による。
（13）大曾根章介氏校注　日本思想大系八『古代政治社會思想』所収「九条右丞相遺戒」（岩波書店　昭和五十四年）による。
（14）萩谷朴氏著『枕草子解環』一（同朋舎　昭和五十六年）による。
（15）稲賀敬二先生著『鑑賞日本の古典5　枕草子・大鏡』による。この解釈は「枕草子実録的章段の虚構性」『源氏物語の研究―物語流通機構論―』所収（笠間書院　平成五年）においても言及され、「現実の会話から余分のものを捨象し、会話の流れの緊密な再現をねらった」結果の工夫であり、「表現効果を考えての虚構」が介入してくる可能性を指摘された。
（16）三条西家旧蔵現学習院大学蔵本『枕草子』［能因本］では「弁侍なり」とする。
（17）前田愛氏『文学テクスト入門』第四章「コードとコンテクスト」（ちくまライブラリー9　筑摩書房　昭和

六十三年）及びロバート・スコールズ著　高井宏子・柳谷啓子・岩本弘道・具島靖各氏訳『スコールズの文学講義―テクストの構造分析に向けて―』（岩波書店　平成四年）による。

第二節　「この君にこそ」という発言と「空宅」の取りなし

はじめに

『枕草子』第一三一段「五月ばかり、月もなういと暗きに」は、職の御曹司を来訪した殿上人たちに対して、中宮定子の指示を受けて応対に出た清少納言が、御簾の下より突然差し出された呉竹の枝を見て、「おい。この君にこそ」と言葉を返したことから始まる。

清少納言の返答は、『晋書』巻八〇「王徽之伝」、『世説新語』任誕第二三、『蒙求』「子猷尋戴」に見える、竹に対して「何可㆔一日無㆓此君㆒」という詩句、または清少納言にとって前世代の漢詩人藤原篤茂の詩で、後に『和漢朗詠集』巻下「竹」[1]と『本朝文粋』巻十一[2]に所収されている詩に見える「栽称㆓此君㆒」という詩句をふまえてのもので、同行した殿上人の一人である藤原行成は、「誰が教へを聞きて、人のなべて知るべうもあらぬ事をば言ふぞ」と、清少納言の返答の基盤にある漢詩文の教養の幅に驚く。

ところがその褒め言葉ともとれる行成の発言に対して、清少納言は自分の知識を隠し、「竹の名とも知らぬものを」ととぼけてみせる。さらに翌朝、清少納言の返答「おい。この君にこそ」が漢詩文の教養を踏まえた名文句と殿上で評価され、噂になっていると定子から直に聞くに至っても、「知らず。何とも知らで侍りしを、行成の朝臣の取りなしたるにや侍らむ」と述べて、当事者でありながらとぼける態度を崩していない。定子の様子は『取りなすとも』とて、うちゑませ給へり」とだけ記され、最終的には「をかし」という定子賛美で締めくくられている。

清少納言が最後まで「知らず」ととぼけていること、「行成がうまく取りなしてくれた」と発言して行成の存在を強く印象づけていること、さらに職の御曹司での出来事でありながらも冒頭部ではそれが示されず、半ばで行成の発言として唐突に示される構成になっていること、そして定子賛美で急に締めくくられる結末に不自然なものが感じられよう。そもそも、清少納言の名答とされる「おい。この君にこそ」は、はたして無条件に評価を勝ち得たものなのだろうか。

本節はこれらの点について、表現に即して細かく検討すると同時に、表現相互の関わり合いを軸にして、章段の展開と構成の両面からとらえ直し、当該章段の新たな解釈を提示してみたい。

一　「おい。この君にこそ」の当初の意図と反響

定子の命により応対に出た清少納言が、いきなり呉竹を差し出されて「おい。この君にこそ」と返事したのは、漢詩文の知識から竹の異名をもって即答した正しく清少納言の才気を示したもので、それは、定子の「誰そ」に対する返答であったと同時に、「例ならず」夜分に連れだって来た殿上人たちと、文学的な雰囲気のもとで楽しく語り明かす布石となるべき対応を瞬時に考えてのものでもあったと読み取れる。「竹でした」と事務的に答えたのでは返答にならない。差し出された竹に「おい」と驚いてみせ、「この君にこそ」と応対することで、定子好みの漢詩文的世界がそこに拡がっていく。つまり清少納言のこの返答は、多分に意図的なものであり、周囲の者あるいは読者は、清少納言の面目躍如と感じる場面である。

ところが殿上人たちは「いざいざ、これまづ殿上に行きて語らむ」と言い、その場を去る。この章段の史実年時は、中宮定子たちが職の御曹司にいた長徳四年（九九八）五月説と、登場する式部卿宮中将が長徳四年十月二十二日に右中将となった源頼定と考証されることから翌長保元年（九九九）五月説がある。どちらかに確定し得る十分な資料を持ち合わせないが、いずれにせよ道隆没後すでに三、四年が過ぎ、中関白家の定子後宮の威勢はとうに傾いていた時代のことになる。そんな中で「例ならず」訪れた殿上人たちが、自分の返答によって期待した反応を示さなかったのであるから、応対役を命ぜられた清少納言としては「しまった」と思ったに違いない。さらに行成の口から、殿上人たちがここを訪ねてきた理由を聞くに及んで、その思いはますます強くなる。

〈資料一〉行成の発言

「あやしくても去《い》ぬる者どもかな。御前《ごぜん》の竹を折りて、歌詠まむとしつるを、『同じくは職《しき》に参りて、女房など呼び出で聞えて』とて持て来つるに、呉竹の名をいととく言はれて去ぬるこそいとほしけれ。誰が教へを聞きて、人のなべて知るべうもあらぬ事をば言ふぞ」

行成は「あやしくても去ぬる者どもかな」と評している。当初の予定は、職の御曹司にいる中宮定子の女房たちを訪ねて「呉竹」を素材にした和歌を詠もうということであった。この計画には行成も加わっていたのである。ところが清少納言から漢詩文を基盤にして「この君」と機先を制されたために、あっさりと引き上げてしまう。行成の言葉は同僚たちに対しての批判であった。行成はしばらくしてまた集まって来た同僚たちに「殿上にて言ひ期しつる本意もなくては、など帰り給ひぬるぞと、あやしうこそありつれ」と、再度彼らの反応を咎めている。つまり行成の論理では、当初の予定通り「呉竹」を素材にして定子方の女房たちと歌を詠むべきであって、漢詩文をふまえた清少納言の返答にすっかり気勢をそがれ、あっさり連れだって帰ってしまうとは、困ったものだ、ということになる。

第四七段「職の御曹司の西面の立蔀のもとにて」においても、行成は「物など啓せさせむとても、そのはじめ言ひそめてし人をたづね、下なるをも呼びのぼせ、常に来て言ひ、里なるは、文書きても、みづからもおはして」という様に、あくまで取り次ぎ女房として清少納言に固執し、「わがもとの心の本性」「改まらざるものは心なり」とまで言う。律儀で一旦決めたら頑なにそれを貫くと描かれた『枕草子』の行成の人間像に照らしても、これは合理的な言動として認められよう。

二　「おい。この君にこそ」は名答か

清少納言は、行成の語った内容から殿上人たちがわざわざ職の御曹司まで夜分にやってきたことの目的を知るに至り、漢詩文をふまえた自分の返答は、対応として実は失敗だったかもしれないと悟ったはずである。なぜなら殿上人たちが御簾の下から呉竹を差し入れたのは、漢詩文の知識を試すためではなく、これを素材に歌を詠みましょうという誘いかけであったわけで、それに対し漢詩文をふまえて「おい。この君にこそ」と返答した自分の発言は、相手の庶幾したものではなかったからである。少なくとも清少納言は切り札を早く出しすぎた。つまり相手の意図を取り違えて、漢才に走った返答をした結果、「歌詠まむ」とせっかく訪ねてきてくれた殿上人たちの行為を台無しにしてしまったことになってこよう。

それに加えて、もう一つの見解を提示してみたい。そもそも清少納言の「おい。この君にこそ」という返答は、先学諸説が賞賛するようにそれほど素晴らしい名答なのだろうか。まずは清少納言の返答の典拠となっている漢詩文から検証してみよう。

〈資料二〉「おい。この君にこそ」の典拠

①『晋書』巻八十「王徽之伝(3)」

嘗寄二居空宅中一、便令レ種レ竹。或問二其故一。徽之但嘯詠、指レ竹曰、「何可三一日無二此君一邪」。

②『世説新語』任誕第二十三[4]

王子猷嘗暫寄二人空宅一住。便令レ種レ竹。或問「暫住何煩レ爾」。王嘯詠良久、直指レ竹曰「何可三一日無二此君一」。

③『蒙求』「子猷尋戴」[5]

晋王徽之字子猷、右軍義之之子。性卓犖不羈、為二大司馬桓温参軍一、蓬首散帯、不レ綜二府事一。嘗寄二居空宅中一、便令レ種レ竹。或問二其故一。徽之但嘯詠、指レ竹曰「何可三一日無二此君一邪」。

④『本朝文粋』巻十一　藤原篤茂「冬夜守庚申同賦修竹冬青応教」

晋騎兵参軍王子猷、種而称二此君一、唐太子賓客白楽天、愛而為二我友一。

ここで特に注目したい点は、篤茂以外の漢詩文①・②・③に見られる「空宅」という詩句である。「空宅」とは、人のいない邸宅を意味する。[6]道長政権が着実に勢力を伸ばし、殿上人たちが追従していく時期において、「空宅中に寄居し」というのは、実家を火災で焼失[7]して行き場が無く、鬼が出る[8]と言われた職の御曹司住まいを余儀なくされた当時の定子たちの置かれた状況と付き過ぎている。『蒙求』のように、王徽之の「嘗寄居空宅中」という時期の故事を用いたとなれば、殿上人たちにとっては返しのしようがなかろう。

一方、「呉竹」を素材にして詠んだ和歌は『古今和歌集』に三首（うち二首は長歌）、『後撰和歌集』に五首見え、私家集にもいくつか見られる。「よ」（夜・世）を隔てる「ふし」（節、臥し）に掛けた意味あいの和歌が多く、清少納言自身も次のように詠んでいる。

〈資料三〉『清少納言集』一三番歌（異本系宮内庁書陵部蔵本）

物へ行くとて、夢忘れ給ふなといひてよつきといふに、呉竹につけて

忘るなよ世世と契りし呉竹のふしを隔つる数にぞありける

「呉竹」を素材とした和歌で、この場にふさわしい詠み方がなされていると思われる歌もいくつか見られる。

〈資料四〉「呉竹」を素材とした和歌

A群

①『後撰和歌集』巻十三「恋」五（九二〇番歌）

題知らず　　兼茂朝臣女

思ふてふ事こそ憂けれ呉竹のよにふる人のいはぬなければ

②『拾遺和歌集』巻十三「恋」三（八〇五番歌）

（題知らず）　　（読人知らず）

いかならむ折節にかは呉竹の夜は恋しき人に逢ひ見む

③『源公忠集』（二三番歌）

恋、女に送る

逢ふことを世世に隔つる呉竹のふしの数なき恋にもあるかな

④『清原深養父集』（五六番歌）

（巻末集歌群の一首）

逢ふことのよよを隔つる呉竹のふしの数なる恋もするかな

⑤『一条摂政御集』（二七、二八番歌）

男まかり初めて又えまからで

呉竹の行く末遠き節なるをまだき夜離れと人や見るらん

女の
一夜だに苦しかりけり呉竹の行く末かかる節は憂からん

B群

⑥『後撰和歌集』巻二十「慶賀」（一三八二番歌）
東宮の御前に呉竹植ゑさせ給ひけるに　きよたゞ
君がため移して植うる呉竹に千代もこもれる心地こそすれ

⑦西本願寺蔵本『伊勢集』（一二二七番歌）
こ中宮の内侍のもとに
百敷の花の匂ひは呉竹のよよにも似ずときくはまことか

⑧a西本願寺蔵本『中務集』（六五番歌）
（御屏風）たかうなほる所
つちわくる庭来てみれば呉竹のこもれる春のよとも知られず

b書陵部蔵本『中務集』（七一番歌）
又、こと屏風歌、たかうなぬく所
つちわくる春までみれば呉竹のこもれるよよの数も知られず

⑨『元真集』（二一五番歌）
（朱雀院御屏風会に）人の家に竹のある所
窓近きときはのかげは呉竹のよを経て深き緑なりけり

月のない夜分、職の御曹司を訪ねて女房を呼ぶ殿上人たちに対してA群の歌を使えば、恋の雰囲気を絡めた挨揆としておもしろい上、一緒に歌を詠もうとやってきた殿上人たちの気分をさらに盛り上げることにもなる。

またB群の歌は、この場にも援用でき得るめでたい歌である。とくに⑥の「千代もこもれる心地こそすれ」という藤原清正の歌や、⑨の「よを経て深き緑なりけり」という『元真集』の歌などは注目される。『伊勢集』には「亭子院六十御賀、京極の宮す所つかうまつり給ふ御屏風の歌」の「竹おほかるところ」の歌として第七六番歌「年ごとに生ひそふ竹のよゝを経て変はらぬ色を誰とかは見む」と詠まれている例もあり、同様に注目される。

このように、典拠となっている漢詩文と和歌の世界での呉竹の詠まれ方を比較してみると、漢詩文をふまえた清少納言の返答は必ずしも「名答」とは言えず、むしろ極めて微妙な意味にとられる可能性のある、甚だ危険なものであったのではないか。

三　「知らぬものを」ととぼけた理由

そう読んでいくと、行成の「誰が教へを聞きて、人のなべて知るべうもあらぬことをば言ふぞ」に対する答え、すなわち「竹の名とも知らぬものを。なめしとやおぼしつらむ」は、自らの返答に対する言い訳と解釈できる。「人のなべて知るべうもあらぬこと」と言われた清少納言は、藤原篤茂の漢詩文以外の文献の当該箇所を思い出し、重ねて「しまった」と思ったのではあるまいか。

歌を詠もうと夜やってきた殿上人たちにとって、「呉竹」を差し入れることで庶幾された返答は、和歌の世界において伝統的に「呉竹」の縁語である「よ」（夜・世）や「節」（伏し・臥し）にひっかけたものだったのではないか。「これで一夜、語り明かそう」という誘いかけに対する答えとして、いきなり「おい、この君にこそ」という漢詩文をふまえた返答は、実のところ的を外している。

しかも藤原篤茂の漢詩文以外における当該箇所は、「嘗寄二居空宅中一」という状況下のもので、当時の定子たちの置かれた状況と付き過ぎているとなれば、清少納言の返答は評価の分かれるものとなる。殿上人たちがすぐに帰ってしまったこととも合わせて、三重の失敗をした危険性が想定できよう。行成だけが残っている時点では、殿上人たちが清少納言の返答に対して最終的にどのような評価を下していくのかは、まだわからないのである。

　和歌ではなく漢詩文の一節をもって返答したことで賞賛された例として、第一〇一段「殿上より梅の花散りたる枝を」において、花の散った梅の花を差し出された清少納言が「早く落ちにけり」と答えたものなどがある。これは延長七年（九二九）正月二十一日の内宴での「停盃看柳色」題の詩序の一節「大庾嶺梅早落。誰問二粉粧一。匡廬山之杏未レ開。豈趁二紅艶一」をふまえてのもので（後に『和漢朗詠集』巻上春「柳」第一〇六番に所収）、帝に「よろしき歌など詠みていだしたらむよりは、かかることはまさりたりかし。よく答《いら》へたり」とほめられたと記されている。花の散った梅の枝を差し出された清少納言は、春の華やかな雰囲気を彩る柳に盃をとめて見やるという詩全体を視野に入れて、梅の花が散り杏の花はまだ咲いていないが、青柳の色をめでればよいではないか、と答えたのである。

　つまり散った梅の花から、時の華やかな春の景物である青柳へ視点の転化を促し、それを和歌ではなく漢詩文の知識をうまく援用したからこそ高い評価が得られたのであろう。

　だが漢詩文の教養に基づいた返答が必ずしも賞賛を得るとは限らない。その場にふさわしいものだったという評価を得られるかどうかにかかっている。「おい。この君にこそ」という応答は、即答としてはあっけにとられるものであるとしても、顧みれば前述の如く評価が分かれそうで、清少納言にとって正に危惧されるものだったのではないか。当初は興あることとされても、別の見方から後に評価が一転してしまう可能性は大いにあり得たのである。

　この「竹の名とも知らぬものを」について、『春曙抄』は「清少ハ竹の名ともしらで殿上人達なれバ此きみといひし物をと也」と注を付けている。言葉通りの解釈であろう。また「なめしとやおぼしつらん」という発言を、清少納言の謙遜の言葉とする金子元臣氏の解釈や、知ったかぶりをしないためにとぼけてみせたものとする萩谷朴氏の解釈[9]も、行成の発言「人のなべて知るべうもあらぬこと」を、典拠の漢詩文があまり著名なものではなかったと見ることから導き出されるものであろう。しかし『蒙求』は当時の初学者用のテキストでもあったから、殿上人たちは知識として共有していたはずである。行成が「人のなべて知るべうもあらぬこと」と言ったのは、清少納言のふまえた漢詩文を『蒙求』ではない他の作品とすることへの方向転換を促す発言だったのではないだろうか。

殿上人たちが殿上に去った後、残った行成から夜に呉竹を持って訪れた意図を聞き、さらにその発言内容から自らがふまえた漢詩文の内容を考えた清少納言は、「空宅」の失敗に気付き、後の展開に備えるために「竹の名の異名とは知らなかった。ただ呉竹を差し出した殿上人に対して『おい。この君にこそ』と答えただけです[11]」と答えたのではないか。これは決して謙遜などではなく、後からも「なめし」（無礼だ）と言われないための伏線でもあった。つまり清少納言は、行成の問いかけに対して「竹の異名とは知らなかった」と意図的にとぼける必要性があったのである。

四　行成の「取りなし」の解釈

さて、清少納言が「竹の名とも知らぬものを。なめしとやおぼしつらむ[12]」と答えたのを受けて、行成は「まことに、そは知らじを」と答えている。この行成の発言の解釈は、従来から諸説分かれている。『春曙抄』に「清少ハよもえしらじと行成の詞也」と注されていることから、清少納言の無学を行成が認めたものとするもの。「行成も清少が卑下した虚言と見抜きながら、それを反らさず、わざと真に受けて挨拶したもの」（金子元臣氏[13]）、「清少納言が『竹の名とも知らぬものを』と言ったのは、もちろんとぼけたのであるし、行成が『まことに、そは知らじを』と言ったのも、調子を合わせたのである」（石田穣二氏[14]）、「作者の卑下したうそのことばを、行成はうそと知りながら、わざと真にうけて受け答えしているのである」（田中重太郎氏[15]）、「清少納言が王子猷の故事を知らないと言ったのも、なまじ知ったかぶりをしたくないためのおとぼけだし、それを真に受けた顔で調子を合わせるのも、行成のユーモアである」（萩谷朴氏[16]）というように、「そ」の指示するものを清少納言として、行成はただ調子を合わせただけ、と解釈するもの。また、「当時あまり著名な故事ではなかったから。ただし、ここも反語」（増田繁夫氏[17]）と注を付けて、本当は清少納言の漢詩文の教養の幅に感じ入っている行成の姿を窺わせるもの。あるいは「そ」の指示するものと「知らじを」の主語を殿上人たちとして、「べつの意味で言ったことは、あの連中は知るまいからね。とも解せるし、さあそれはどうでしょうね。あなたが知らないはずはないな。ともとれる」と注を付けた上で「ほんとうに（あの連中は）そんなこととは知るまいからね」（塩田良平氏[18]）と解釈するものがあった。

当該部分は、行成と清少納言がその場で交わした応答だけではなく、翌朝定子から問われた時に、清少納言が「知らず。何とも知らで侍りしを、行成の朝臣の取りなしたるにや侍らむ」と答えていることにまで連動すると位置付けて解釈すべきではないか。とくに行成の「取りなしたる」とする清少納言の発言に注目したいのである。

『枕草子』において、動詞「取りなす」は四例認められ、当該章段の二例のほか、さらに二例見られる。

〈資料六〉

①第二三段「すさまじきもの」

あやしう遅き、と待つほどに、ありつる文、立て文をも結びたるをも、いときたなげに取りなし、ふくだめて、

②第一五六段「弘徽殿とは」

「すべて、物聞えじ。方人と頼み聞ゆれば、人の言ひふるしたるさまに取りなし給ふなめり」など、いみじうまめだちて怨じ給ふを、「あなあやし。いかなる事をか聞えつる。さらに聞きとがめ給ふべき事なし」など言ふ。

第二三段では手紙を実際に手に取る意、第一五六段ではそのように受け取る意で、当該章段の意とは必ずしも同一ではないが、「なす」とは意識的にそうすることで、当該章段における「取りなす」の意は「良いように取り計らう。うまく取り繕う」でよいだろう。そもそも行成と清少納言は、第四七段「職の御曹司の西面の立蔀のもとにて」において互いに「常に」「言ひ合はせ給ひつつ、よう知り給へり」という間柄であったとある。行成は若い女房たちから「この君こそ、うたて見えにくけれ。異人のやうに歌うたひ興じなどもせず、けすさまじ」と謗られ、また容姿について遠慮せず言うことから、「愛敬おくれたる人などは、あいなくかたきにして、御前にさへぞ悪しざまに啓する」という具合に評判が悪かった。それに対して清少納言は、自分を取り次ぎ女房として律義に探し回る行成を「いみじう見え聞えて、をかしき筋など立てたることはなう、ただありなるやうなるを、皆人さのみ知りたるに、なほ奥深き心ざまを見知りたれば」、定子に対して行成のことを「ただ人ではありません（おしなべたらず）」と申し上げ、定子もそのように「知ろしめしたる」と記されていることから、女房たちに人気のない行成を清少納言が「取りなし」ていると見ることができる。

一方、第一三〇段「頭弁の、職に参り給ひて」において、行成と『史記』「孟嘗君伝」の函谷関の鶏の故事をふまえた和歌の贈答を交わした後、源経房が「頭の弁はいみじうほめ給ふ」と伝えていることなどから、行成は男性貴族の中で清少納言を賞賛していたことが確認できる。また『大鏡』伊尹伝に、行成は「この大納言、よろづにととのひたまへるに、和歌の方や少しおくれ給へりけむ」と見え、清少納言同様に和歌が苦手であったらしい。『枕草子』においても、第一二七段「二月、宮の司に」で、行成が偽名でよこした「餅餤《へいだん》」に対して「みづから持てまうで来ぬ下部《しもべ》は、いと冷淡なりとなむ見ゆめる」と返事を送った清少納言のもとに、「下部候ふ、下部候ふ」と駆け付けた行成が、「さやうの物、そらよみしておこせ給へる、と思ひつるに、びびしくも言ひたりつるかな。女のすこし我はと思ひたるは、歌詠みがましくぞある。さらぬこそ語らひよけれ。まろなどにさる事言はむ人、かへりて無心ならむかし」と話したことが記されている。ことによるとこの発言は行成のものでありながら、実はこれをわざわざ書き留めた清少納言の、一般的な女房の「歌のそら詠み」に対する自らの意見なのかも知れない。和歌以外の返答をことさら持ち上げてみせた行成に、清少納言は、我が意を得たりとばかりに書き記しているのではないか。

つまり行成と清少納言は、双方の所属する社会において互いに相手を褒めて「取りなし」合っていたという間柄であった。このように、当該章段が語られる以前に、両者は「取りなし」合う間柄と語られていることを確認した上で、当該章段における行成の言動をさらに検討してみたい。

残った行成とまめ言なども語り合ううち、先程引き上げていった殿上人たちが、「栽ゑてこの君と称す」と吟じながら再び集まってきた。殿上人たちが「殿上にて言ひののしりつるを、上も聞しめして興ぜさせおはしまつ」と語っていることから、殿上においても高い評価を得たことがわかる。そしてこの後は行成も交えて同じ言を繰り返し吟ずるなど和やかに語り明かし、帰る道すがらも皆で声を合わせて吟じていった、と記されている。

さりげなく書かれている記述ではあるが、ここで殿上人たちの行動に批判的な発言をしている行成までもが、殿上人たちと「もろともに」吟じているのは注目に値する。おそらく殿上人たちは篤茂の漢詩文における「栽ゑてこの君と称す」の次句「唐太子賓客白楽天、愛而為二我友一」まで視野に入れ、「愛して我が友と為す」を匂わせてやって来たのだろう。それが漢詩文に詳しい行成のこの言動により認められ、翌朝に至るまで当初と変わらぬ高い評価が固まったのではないか。篤茂の漢詩文によるものならば、「空宅」は切り離されて清少納言の危惧は杞憂に終わる。そればかりか篤茂の漢詩文の次句「唐太子賓客白楽天、愛而為我友」まで持ち出すことができ、女房たちと親しく語り明かす口実にもなろう。そう決定づけていったこの行成の言動こそ、清少納言の言うところの「行成の朝臣の取りなしたる」ことそのものではないだろうか。

行成の発言により「空宅」の失敗に気付いた清少納言は、万一のことを考えて「竹の名とも知らぬものを」と言い、「なめしとやおぼしつらむ」という危惧を表明し、その意図を汲んだ行成は口裏を合わせて「本当にあなたは竹の名とも知らないで『おい。この君にこそ』と答えたのだね。さすがのあなたもそこまではまさか知るはずがないだろうし」という発言になったのではあるまいか。つまり行成は、清少納言の失言発覚を回避するべく、うまく「取りなし」てくれたことになるのではないか。

五　当該章段の話の展開と構成

さて、当該章段には構成の面で興味深いことがある。それはこの話が職の御曹司での一件であることについて、冒頭で示されることなく話が始まり、章段半ばに至って、行成の発言の中で「同じくは、職に参りて、女房など呼び出て聞えて、と持て来つるに」と、職の御曹司での出来事であることが明らかにされるという点である。職の御曹司時代の章段の特徴については、既に清水好子氏(19)、森本元子氏(20)、三田村雅子氏らの優れた御論考がある。三田村雅子氏は「回想の論理―『職の御曹司におはします頃』章段の性格(21)」において詳細な分析と考察をされ、冒頭表現としての「職の御曹司におはします頃」を「『回想』的な姿勢を冒頭から強く打ち出す章段」ととらえて、冒頭のみならず当該章段のように「職在住期間の出来事であることを明示する姿勢」は「客観的には不幸であったはずの日々を明るい笑い満ちた日々として提示するものとなってい」て、「実際明るかったかどうかは別として、明るい楽しげな雰囲気が横溢しているのが『職の御曹司におはします頃』の世界」と指摘されている。

また「〈語り〉と〈笑ひ〉―伝達と距離」[22]において、清水好子氏の論を「現実的効用を強調した政治読みとして刺激的である」とされた上で、宮仕え後半期は「政治的には何の力もない中宮のサロンであっても、女房達の気の利いた応対と話題づくりのうまさは、知らず知らずのうちに定子を無視できない存在と感じさせたに違いない。定子の今内裏への入内が可能になったのは、やはりそのように醸成された宮廷世論の力による所が大きかったとみるべきであろう」と考察されている。当該章段も職の御曹司での出来事であるから、定子が清少納言を当初応対役に命じたことや、清少納言が話題づくりを職務として請け負ったことも、三田村氏の御論考の延長線上で考えられるのだが、それよりは冒頭において「職の御曹司におはします頃」と前置きして語ってはいないことを、書き手である清少納言の意図的なものと積極的にとらえ、それを当初その役目の持つ意味に気が付かなかった清少納言が、危惧を伴う不用意な発言を自覚していることの投影と見る。殿上人たちがすぐに去っていくという中宮の信頼を裏切った事態と、続く行成の発言内容から、重なる失敗に気が付いた清少納言が急速に姿勢制御して身構え、行成の「取りなし」によって話題づくりが完成していく話の展開を構成に活かし、章段半ばにして「職の御曹司での出来事」と規定していく意味が生じたのではないかと考えるのである。もし行成の「取りなし」がなければ、当該章段において三田村氏の指摘されるような世界はあらわれ得なかったのであるから、「取りなし」の持つ意味は大きく、構成にも反映されていると読めるのではないか。

つまり、章段構成の面から、章段半ばで職の御曹司での出来事と示されることと、清少納言が途中で自らの失敗に気が付き姿勢制御していくことが、パラレルに語られていると考える。このように考えていくと、当該章段は事実と表現形式を話の展開に合わせて意図的に再構成して書いていると読める。

さらに三田村氏は「職時代の章段を貫くのは、定子への一方的な讃仰の姿勢ではなく、自ら先導し、中宮によって承認賛同を受ける自信であり、信頼であった(21)」と述べられているが、当該章段は最終部分で、定子は『取りなすとも』とて、うち笑《ゑ》ませ給へり」と語られるだけで、必ずしも定子の承認を受けたとは言い難い。さらに定子賛美を続けて終えられることは、自賛談と読む話の展開としては唐突であり、章段構成の面からも、やはり不自然である。ここは、定子賛美で語り終える必然性があったと考えるのが筋ではないか。またそれは、当事者の清少納言が定子の問いに対して「知らず」と頑なに言い張ることと連動して考えるべきであろう。その筋道で当該章段最終部分を考えてみたい。

行成の「取りなしたる」ことにより、清少納言の心配は殿上においては杞憂に終わった。しかし最後の難関は定子である。漢詩文に造詣の深い定子は、清少納言の失敗に気が付いているかも知れない。定子に召されて「さる事やありし」と問われた時、清少納言としては実のところ自信もなく、定子の信頼に十分に応えてはいないのであるから、自分が当事者であるにもかかわらず「知らず。なにとも知らで侍りしを」と答え、未だ高い評価を得ているのは、行成がうまく「取りなし」てくれたからでしょう、と答えざるを得ない。定子の承認が得られてようやく「おい。この君にこそ」の返答は名答として完成するのであろうが、この後定子は『取りなすとも』とて、うち笑ませ給へり」と語られるだけで、清少納言の答えた「行成の朝臣の取りなしたるにや侍らむ」の意味を、定子はどのようにとらえていたのかは不明のままである。当然そうせざるを得なかったはずである。清少納言としては、定子が気付かなかったと書くわけにもいかないし、また気付いたとしてもそれを詳細に記すわけにもいかない。せっかく行成に「取りなし」てもらった失敗を、自ら露見させてしまうことになるからである。

おそらく定子は楽しげに笑ったのではなく、「私はお見通しよ」という感じの笑みだったのだろう。定子の「うち笑ませ給へり」という描写から続けて「誰が事をも、殿上人ほめけり、など聞しめすを、さ言はるる人をも喜ばせ給ふもをかし」と、定子の人柄に対する賛美を語ることによってこの章段が終えられてしまうのは、名答としての定着を図り、行成の配慮の内容を曖昧にしたまま早く話を終えてしまおうといった話題転換を意図したことによると考えられるのではないか。このように読んでいくと、当該章段の展開と構成が素直に読めてくる。

まとめ

清少納言の返事には、自分の属する社会の評価がかかっていた。その責任は大きい。当該章段の、差し出された呉竹に対して「おい。この君にこそ」と応じた返事は、とり方次第では危惧されるものであったが、行成の配慮でどうにか難関をくぐりぬけることができ、結果的にうまくいったというものだったのではないか。最終的に名答として評価されるものであっても、それ自体では名答たり得ない場合がある。大事なのは、受け手側が結果的にどう判断するかということにかかってくる。その過程において、清少納言が行成の配慮を受けたことは大きな効果があった。本節で「行成の朝臣の取りなしたるにや侍らん」と語る清少納言の発言に注目する理由はこの点にある。そして、このような配慮を男性貴族から期待できた清少納言の存在そのものも、当時の定子サロンにおいてはとくに大きな意味を持っていたのではないか。それと同時に、この発言には定子サロンにおいて行成の存在を印象づける効果があることも見逃せない。

清少納言の「おい。この君にこそ」という返答が、とり方次第では危惧されるものでありながら、行成が「取りなす」ことによって評価が固まっていったと読むことから、いわば協力しあっての名答作り、ひいては話題作りという相互補完的な一つの舞台裏が看取できるのではないか。また話の展開と表現とが、意図的な章段構成にと密接な関わりを持っていることにも注目すべきである。

このように清少納言と藤原行成の間柄を互いに「取りなす」関係ととらえ、話の展開と構成に着目しながら、『枕草子』に描かれた行成の登場する章段を読み直していく必要があるのではないだろうか。

【注】

（1）『新編国歌大観』第二巻（角川書店　昭和五十九年）による。長和年頃成立説と寛仁三年頃成立説があるが、いずれにせよ当該章段の史実年時である長徳年間には、まだ存在していない。

（2）大曾根章介氏・金原理氏・後藤昭雄氏校注の新日本古典文学大系『本朝文粋』（岩波書店　平成四年）による。長元三年冬に藤原斉信が執筆した「後一条院御時女一宮御着袴翌日宴和歌序」（三四六）を所収する。

（3）『晋書』七、傳（中華書局）による。

（4）目加田誠氏著の新釈漢文大系七八『世説新語』下（明治書院　昭和五十三年）による。

（5）早川光三郎氏著の新釈漢文大系五八『蒙求』上（明治書院　昭和四十八年）による。

（6）『広漢和辞典』（大修館書店　昭和五十七年）「空宅」項による。

（7）『小右記』長徳二年六月九日条に「今暁中宮焼亡」とある。また『詞花和歌集』巻九雑上所収の伊周詠（三〇八番歌）には、「筑紫より帰りまうで来てもと住み侍りける所の、ありしにもあらず荒れにけるに、月のいとあかく侍りければ詠める　帥前内大臣　つれづれと荒れたる宿をながむれば月ばかりこそ昔なりけれ」とある。長徳三年十二月に帰京した伊周が以前住んでいた所の様を詠んだ歌で、『栄花物語』「浦々の別」では舅の源重光邸に入り、そこが荒れていたとあることから、この歌も重光邸を詠んだものとされることが多いが、角田文衛氏は「皇后定子の二条の宮」『王朝文化の諸相』所収（法蔵館　昭和五十九年）において、この邸宅を火災によって一部炎上した二条宮と考証される。「荒れたる宿」とあるから、火災後に定子らが居住することはなかったのだろう。

（8）『枕草子』第七四段「職の御曹司におはしますころ、木立などの」において、「母屋は鬼ありとて、南へ隔て出だして、南の廂に御帳立てて、又廂に女房は候ふ」とある。

（9）金子元臣氏著『枕草子評釈』（明治書院　大正十三年初版・昭和十七年増訂二八版）による。なお『春曙抄』を底本とする本文では「なまねたし」とある。
（10）萩谷朴氏校注の新潮日本古典集成『枕草子』（新潮社　昭和五十二年）による。
（11）金子元臣氏が『枕草子評釈』において、「竹の名とも知らぬ」の解釈として、「此君が二様の意味に兼用されてゐ」て「竹の異名以外に、殿上人をさしていつた」と指摘された。
（12）能因本系本文では「なまめかしとやおぼしつらん」（三条西家旧蔵本）とあるが、この筋道で考えると自己満足的な返答は合わない。三巻本系本文の「なめし」を採るべきと考えられる。
（13）注（9）に同じ。
（14）石田穣二氏訳注『新版　枕草子』（角川ソフィア文庫）による。
（15）田中重太郎氏著『枕冊子全注釈』三（角川書店　昭和五十三年）による。
（16）注（10）に同じ。
（17）増田繁夫氏校注の和泉古典叢書1『枕草子』（和泉書院　昭和六十二年）による。
（18）塩田良平氏著『枕草子評釈』（学生社　昭和三十年）による。
（19）清水好子氏「紫式部と清少納言」『鑑賞日本古典文学　枕草子』所収（角川書店　昭和四十五年）による。
（20）森本元子氏「職の御曹司におはしますころ」『古典文学論考』所収（新典社　平成元年）による。
（21）三田村雅子氏著『枕草子　表現の論理』所収（有精堂　平成七年）による。
（22）注（21）に同じ。

第三節　返りごととしての「草の庵を誰かたづねむ」

はじめに

『枕草子』の日記的章段には、清少納言と男性貴族たちとの交遊が多く描かれている。長徳元年（九九五）二月のこと。頭中将藤原斉信は清少納言に腹を立てていた。その理由は清少納言の斉信に対する「すずろなるそら言《ごと》」を聞いたからである。この顚末は斉信の『白氏文集』をふまえた問「蘭省花時錦帳下」に対する清少納言の返り事《ごと》が、斉信の更なる返り事を諦めさせるほど見事であったので、斉信は思い直して仲直りしたという。『枕草子』第七八段「頭中将のすずろなるそら言を聞きて」で始まる章段に描かれている話である。[1]

この二人が交わした問と返り事については、多くの先学の御論考があるが、いずれも「草の庵を誰かたづねむ」という清少納言の返り事に対して、公任の「たかただ」（六位蔵人挙直か）[2]に対する問に用いた同じ下句を引き合いにしてその前後関係を考証したり、また『白氏文集』当該律詩における頷聯（第三句・第四句の対）である「蘭省花時錦帳下　盧山雨夜草庵中」のみと二人のやりとりとの関係を論じたり、その意図を解釈するもので、「なぜ斉信が更なる返り事を送ることを放棄したのか」について十分な説得性を持つ考察は管見に入らなかった。[3]

本節は清少納言の返りごとを、直接ふまえた『白氏文集』当該律詩における頷聯だけではなく、詩全体の中で再検討することによって、この返りごとの持つ意味が多様に解釈できることを明らかにし、その結果、斉信が返りごとをしようにも作るに作れなかったことを指摘する。さらにその理由を考察することによって、この章段の清少納言の返りごとをめぐる読みの可能性を探ろうとするものである。

一　斉信の問がふまえているもの

清少納言にとっては「すずろなるそら言」（根も葉もない噂話）であり、ほうっておいてもそのうち誤解は解けるだろうと楽観していたが、それを聞いた斉信の怒りは相当なもので、「いみじう言い落とし」「なにしに人と思ひほめけむ」等と殿上で散々に言うばかりか、黒戸の前などを渡る時でも、訂正も弁解もしてこない清少納言に対してその声が聞こえようものなら「袖をふたぎて、つゆ見おこせず」という行動をとるほどの憎みようであった。清少納言も意地になって無視していたため、絶交状態が続いていたが、「二月つごもり方、いみじう雨降りてつれづれなるに」、宮中の物忌で頭中将斉信も殿上の間に籠もっていたという状況のもと、斉信は「さすがにさうざうしくこそあれ。物や言ひやらまし」と、あらかじめ女房を通じて自分の予定行動を噂として伝えておいた上で、主殿司を清少納言のもとに遣わして手紙を送った。清少納言が返事をせかされるまま開いてみると「青き薄様に、いと清げに」「蘭省花時錦帳下」とあり、「末はいかに、末はいかに」と性急に返りごとを求めるものであった。

「蘭省」とは尚書省の別名。「錦帳」は天子のおられる所。花の美しい三月間近の二月末という時期であり、斉信が送ったこの句は宮中にいる二人の状況にあっている。

斉信の問「蘭省花時錦帳下」が、『白氏文集』巻十七所収の「廬山草堂、夜雨独宿、寄牛二・李七・庾三十二員外」と題する七言律詩の第三句であることは、周知のことである。

〈資料一〉『白氏文集』(4)

丹霄攜手三君子　白髪垂頭一病翁　(首聯)
蘭省花時錦帳下　**廬山雨夜草庵中**　(頷聯)
終身膠漆心応在　半路雲泥迹不同　(頸聯)
唯有無生三昧観　栄枯一照両成空　(尾聯)

斉信は手紙の中で「末はいかに」としているが、この「末」とは先学の御指摘のように第四句に当たると考えてよいだろう。(5)斉信は、第三句と第四句が詩歌の本末となっている『和漢朗詠集』巻下「山家」題の五五五番のように、当該律詩の頷聯だけを念頭においていたものと考えられる。

〈資料二〉『和漢朗詠集』

五五四　遺愛寺鐘欹枕聴　香爐峰雪撥簾看　白
五五五　**蘭省花時錦帳下**　**廬山雨夜草庵中**　同
五五六　漁夫晩船分浦釣　牧童寒笛倚牛吹　杜荀鶴

いずれにせよ、清少納言の答えるべき句は『白氏文集』当該律詩の頷聯の末句即ち第四句で、『和漢朗詠集』五五五番の末句でもある「廬山雨夜草庵中」となり、これが模範解答となることに関しては、何ら問題はない。(6)折しも「いみじう雨降りてつれづれなる」夜という状況でもある。

ところで、この斉信からの文に対して清少納言は「心ときめきしつるさまにもあらざりけり」との感想を記している。「心ときめき」とは「胸がどきどきすること」を表し、『枕草子』では期待と心配の双方に用いられる。当該箇所の「心ときめきしつるさま」の解釈は分かれるところであるが、(7)「期待していた内容」ととり、斉信が「すずろなるそら言」を誤解だったとして機嫌を直したことを伝える内容を指す、と解釈してよいだろう。ところが手紙を読んだ清少納言は「あらざりけり」と記しているのだから、絶交状態を回復させるような期待していた内容ではなかった、と感じたことになる。

ではなぜ清少納言は、斉信からの手紙を読んでそのように感じたのか。また返りごととして、何故求められている「廬山雨夜草庵中」と書かずに、わざわざ「草の庵を誰かたづねむ」と和歌の下句をしたためたのだろうか。

二　『白氏文集』の第五句をめぐる斉信の配慮

この問題を考えるために、『白氏文集』当該律詩の第五句「終身膠漆心応レ在」（終身の膠漆《かうしつ》、心応《まさ》に在るべし）に注目したい。「膠漆心」とは膠や漆で固めたような固い友情のこと。第六句と合わせて解釈すると「境遇がどう異なろうとも、お互いの固い友情はきっと生涯不変で続いていくだろう」という意味になる。

斉信が「蘭省花時錦帳下」という句を手紙にしたためようとした時、『白氏文集』を基礎教養としていた斉信は、[8]当然この二句先の第五句「終身膠漆心応在」も同時に思い浮かんだであろうことは想像に難くない。武藤元信氏は『枕草紙通釋』の当該章段において「頭中将が少納言との舊交を思ひて、第五句なる『終身膠漆心應在』といふ意をもほのめかしたるにや」と指摘しておられる。二人のやりとりをめぐる考察で、この第五句「終身膠漆心応在」を視野に入れられたのは、管見に入る限り武藤氏のみであり、優れた着眼と思われる。

しかしながら、斉信の脳裏に思い浮かんだことは推察できるが、ほのめかしたとする点には疑問が残る。「すずろなるそら言」に大層怒り、清少納言に対して殿上で散々に言うほど立腹していた斉信である。斉信の方から先に手紙をやることが仲直りの糸口になるとしても、そうも簡単にはっきりと仲直りをほのめかすだろうか。

また仮にこの手紙がはっきりと仲直りをほのめかしていたのならば、それを受け取った時に清少納言は「心ときめきしつる」はずである。そうでなかったのは、斉信からの手紙が第五句「終身膠漆心応レ在」のつながりをはっきりと明示することはおろか、ほのめかせもしていなかったからに他ならない。

つまり、斉信は「末はいかに」と強く指定することで、求めたものが『白氏文集』当該律詩全体ではなく、『和漢朗詠集』五五五番のように頷聯（第三句と第四句の対）に限定していることを知らしめ、その中に土俵を限定することで、終身変わらぬ固い友情を述べた第五句を斉信自身が言って和を講じるのではなく、清少納言の方から頭を下げさせようとしたのだろう。

斉信としては衆目の手前という外的要因と、自身のプライドという内的要因から、たとえ仲直りしたいと思ってはいても、自分からそれをはっきりと言い出すことはできなかったに違いない。だからこそ『白氏文集』当該律詩の頷聯に限定して出題し、それがために清少納言にとっては、萩谷氏が指摘されたようにこの問題がやさしすぎるまでになってしまったけれども、望むべくは清少納言に頭を下げさせること、一歩退いては末句「廬山雨夜草庵中」を答えさせ、教養試験に合格ということで、絶交状態からの好転を図るつもりだったのだろう。あるいは易しい出題に対する清少納言の、機知による返りごとを楽しみに待っていたのかもしれない。

いずれにせよ、清少納言からの返事をきっかけにするつもりだったので、「その出題のやさしさに寧ろ測り知れぬ斉信の意地悪さ(9)」があったというよりは、とにかく清少納言からの返事を求めていたのだと考えたほうが良さそうである。このことは「返事がすぐに貰えないのなら、さっきの手紙を取り返してこい」と主殿司に命じるほど、返事をせかしていることからも動かないだろう。

三　清少納言の返りごと

さて、清少納言は「心ときめくさま」でもなかった斉信の手紙への返りごととして、模範解答たる「廬山雨夜草庵中」の句を答えるのではなく、「草の庵を誰かたづねむ」としたためた。その理由として、末句を「知り顔にたどたどしき真名に書きたらむも、いと見苦し」と、咄嗟に思案したからと記している。後にこの返事について、中宮が既に御寝所に入っていたので相談できず、さらに返事をせかされて熟慮する暇がなかったにもかかわらず、一条天皇までもご存じになるほど評判になったと聞き、「あさましう、何の言はせけるにか」と思ったとあるから、謙遜してはいるものの清少納言にとってかなり自信のある、そして成功した返りごとだったに相違ない。

この下句「草の庵を誰かたづねむ」については、池田亀鑑氏が指摘されて以来[10]、公任の句を引き合いにして考察されている。

〈資料三〉『公任集』

401　いかなるをりにか

　草のいほりをたれかたづねむ

　　とのたまひければ、いる人、たかただ
　　ここのへの花の宮こをおきながら

このやりとりが『白氏文集』当該律詩の頷聯たる第三・四句の対をベースに交わされている事は、すでに先学諸賢の指摘されるところである。この公任の問いかけた下句が先行するか、清少納言の答えた下句が先行するか、諸説あるところであるが、群書類従本に[11]「いる人」が「くら人」とあることから「蔵人たかただ」と考えられた萩谷氏が「南家藤原氏武智麿流、能登守利博男」の藤原挙直《たかただ》と考証されたのは[12]、卓見と思われる。

藤原挙直は、花山朝の永観二年（九八四）十月十七日から寛和二年（九八六）までと一条朝の永延元年（九八七）から同三年（九八九）まで六位蔵人を勤め、主殿助などを兼任し、また『七言詩秀句』を著すなど文人としての評判も伝わる。公任が蔵人頭を勤めた永延三年二月二十三日から正暦三年八月二十八日までの時期とあわせて『公任集』当該詠歌年代を永延三年（永祚元年）春頃と考え、池田亀鑑氏に始まる「清少納言は先行する公任の下句を転用した」とする立場をとる。

さらに、公任と挙直のやりとりが先行し、また清少納言や斉信たちがそれを知っていたということに関する『枕草子』本文の内部徴証として、斉信の発言「これが本《もと》、付けてやらむ。源中将、付けよ」に注目する。源中将宣方は斉信と共に『公任集』に登場し、公任と極めて親しい交流が認められる人物である。斉信が清少納言から「草の庵を誰かたづねむ」の返りごとを受け取った時、上句を付けてやろうとして、まず源中将宣方を指名したのは、共にこの挙直の先行する上句「ここのへの花の宮こをおきながら」を知っていたからではないか。

それでは「廬山雨夜草庵中」と答えるべきところを、公任の下句を転用し「草の庵を誰かたづねむ」としたことで、清少納言は斉信に対してどのような意味を含んだ返事をしたことになるのだろうか。その波及効果も併せて考えてみたい。

まず第一に、本文中に明記しているように、模範解答の漢詩文をしたり顔に答えるような見苦しいまねを避けたことになる。そして「草庵」を「草の庵」と直訳してあることや、転用した『公任集』における公任と挙直のやりとりが『白氏文集』当該律詩の頷聯を和歌に翻案したものであることから、斉信に対して自分は模範解答の漢詩文がわかった上で、あえて和歌にアレンジして答えたということを明示していることになろう。

第二に、自分のいる場所を「草の庵」と喩えることで、仲違いして疎遠になった斉信が以前のようには訪ねてくれないので寂しい、と訴えかけるしおらしい返事となる。

自分の居る場所を「草の庵」と表現した先行歌として、狛野院で秋の朝に源順の独り言を耳にした元良親王の返歌がある。

〈資料四〉『元良親王集』

狛野の院にて秋のつとめて、人々起きたりけるに、源順がひとりごとに言ひける

138　白露のきえ返りつつよもすがら見れどもあかぬ君が宿かな
　　　といふことを聞こしめして
139　蓬生の草の庵と住みしかどかくはたしのぶ人もありけり

白露の美しい狛野院を誉めたたえた源順の和歌に対し、「侘び住まいに住んでいても偲んでくれる人もいることだ」という元良親王の返歌は、変わらぬ友情を想起させる点で『白氏文集』当該律詩の第五句と通じる。「草の庵」を「錦帳」と表現して手紙をよこした斉信に対し、清少納言は挨拶と礼を込めているととるのは穿ちすぎかもしれないが、いずれにせよここまでは、謙虚にしおらしい返り事をした体裁になる。

しかしこの清少納言の返事が含む意味は、そのレベルにとどまってはいないのではあるまいか。まず第一に、公任の句を転用したことで、萩谷氏が「清少納言の深謀遠慮」の一つとして指摘された(13)ように、返りごとの句の出来について、斉信方の批判を回避できるという効果がある。

第二に、斉信の思惑通りに『和漢朗詠集』にも採られた領聯に限定された中での末句で返したならば、その返事を以てこのやりとりは終了したであろうが、和歌の下句で返したことから、領聯に限定された土俵を、『白氏文集』当該律詩全体に拡張することができる。この延長線上には、当初に斉信が排除した第五句「終身膠漆心応ㇾ在」の復活を考えてよい。すなわち「すずろなるそら言」ぐらいで立腹し、絶好状態にまで進んだ斉信に対し、「あなたが手紙に書いてよこした『白氏文集』の律詩とは大違いね」と、たしなめることもできるのである。

さらに第三として、和歌の下句で返事を送ったことによって、今度は清少納言が斉信に対して「上句をつけてみて」と、逆に問いかけることができる。清少納言は斉信からさらなる返事がくると思っていたことは、『枕草子』本文中に「草の庵を誰かたづねむ、と書きつけて取らせつれど、また返事《かへりごと》も言はず」とわざわざ記していることからも看取できよう。おかげで斉信は「これが本、付けてやらむ」と、夜の更けるまで考えなければならない羽目に陥ったのである。

四　清少納言の返りごとをめぐる斉信たちの反応

清少納言の返りごとに対し、斉信から返事の来る様子もないので、その晩は寝て翌朝早く局に下りていたところ、源中将宣方がやってきて「ここに草の庵やある」と声をかけた。清少納言はまず宣方から返りごとを送った後の斉信たちのいきさつを聞く事になる。

〈資料五〉『枕草子』本文

夜べありしやう、「頭中将の宿直所にすこし人々しき限り、六位まで集まりて、よろづの人の上、昔今と語り出でて言ひしついでに『なほこの者、むげに絶え果ててのちこそ、さすがにえあらね。もし言ひ出づる事もやと待てど、いささか何とも思ひたらず、つれなきもいとねたきを、今宵あしともよしとも定めきりてやみなむかし』とて、みな言ひ合はせたりしことを、『ただ今は見るまじ、とて入りぬ』と主殿司が言ひしかば、また追ひ返して、『ただ手をとらへて、東西せさせず乞ひ取りて、持て来ずは、文を返し取れ』と戒めて、さばかり降る雨のさかりにやりたるに、いととく帰り来《き》、『これ』とて、さし出でたるが、ありつる文なれば、返してけるかとてうち見たるに、あはせてをめけば、『あやし、いかなる事ぞ』と、みな寄りて見るに、『いみじき盗人を。なほえこそ思ひ捨つまじけれ』とて、見騒ぎて、『これが本、付けてやらむ。源中将付けよ』など、夜ふくるまで付けわづらひてやみにし事は、行く先も語り伝ふべき事なりなどなむみな定めし」など、いみじうかたはらいたきまで言ひ聞かせて、「今は御名をば、草の庵となむ付けたる」とて、急ぎ立ち給ひぬれば、「いとわろき名の、末の世まであらむこそ、口惜しかなれ」と言ふほどに、

この宣方の話から、斉信方の状況が明らかになる。斉信は「今宵あしともよしとも定めき」るために、宿直所

にいた者たちと言い合わせて「蘭省花時錦帳下　末はいかに」の手紙を清少納言に送り、返りごとをせかしたところすぐに返事がきた。早速読んでみた斉信は「あっ」と大声をあげた。まわりにいた者たち（源中将宣方や修理亮橘則光を始め、六位蔵人まで含めた、気の効いた連中）が「いかなる事ぞ」と寄ってみると、斉信は「いみじき盗人を。なほえこそ思ひ捨つまじけれ」と言い、「見騒ぎて」さらに「これが本、付けてやらむ。源中将付けよ」と言って、皆で夜が更けるまで上句をつけようと考えたが、結局付けられずじまいであったという。そして気の利いた連中が集まっていながら清少納言にしてやられてしまったので、この一件を語り草にしてしまおうということになり「今は御名をば、草の庵となむ付け」たので、宣方は「ここに草の庵やある」と声をかけてきたのであった。

ここで返事についての話を検証すると、斉信たちは返事を出さなかったのではなく、上句が付けられなかったので出せなかったのだ、ということがわかる。このことは源中将宣方に続いて清少納言のもとを訪れた修理亮橘則光の言からも確認できる。

〈資料六〉『枕草子』本文

　本付け試みるに「言ふべきやうなし。ことに、またこれが返しをやすべき」など言ひあはせ、「わるしと言はれては、なかなかねたかるべし」とて、夜中までおはせし。

つまり斉信たちは、どうにも上句の付けようがないので、返事をすべきものだろうか[14]、などと言い出し、下手な返事をして大したことないと言われたのではかえって癪だ、という本音も覗かせて話がまとまり、結局のところ返事をしないことになったというのである。

では、なぜ斉信方は「少し人々しき限り、六位まで集り」ながら、清少納言の返りごとに対して上句を付けて返すことができなかったのであろうか。

五　斉信たちが上句を付けられなかった理由

先にも触れたが、本節では清少納言の返りごと「草の庵を誰かたづねむ」は、公任の句をそのまま転用したとする池田、萩谷両氏の論に賛成する立場をとる。斉信方にしてみれば、『白氏文集』当該律詩をふまえた上句の例として、すでに挙直の句「九重の花の都をおきながら」があるので、それ以上の出来の句を返事として作らなければならないことになる。「わるしと言はれては、なかなかねたかるべし」という斉信方の言葉は、かなりのプレッシャーを受けてのものであったはずである。

だからといって漢詩の句で返すとしても、『白氏文集』当該律詩の頷聯の本句すなわち第三句の「蘭省花時錦帳下」は、既に自分たちが当初に問いかけたもので、繰り返しになってしまう。また清少納言がふまえた第四句の次の第五句「終身膠漆心応レ在」は、変わらぬ友情を信じると言う詩句であるから、これを返事に用いると、斉信の方から絶交状態の回復に歩み寄ることになってしまうため、この句をふまえた返しなど、斉信のメンツという外的要因と、プライドという内的要因の両面から、到底できないことである。

さらに、清少納言の返りごとの句の出来を批評しようにも、この「草の庵を誰かたづねむ」は公任の作ゆえに、その出来を云々することは憚られるという状況である。

つまり清少納言の返りごとは、謙虚でしおらしい外面上の句意とは裏腹に、内実はすこぶる難問という二重構造となっていて、斉信にとってはどうにも返事のしようがないものであったのである。

そうなってくると、斉信の「いみじき盗人を」(15)の発言は、どうにも答えようがなく「してやられた」と感じた斉信が、プライドから負けを認めることができず、公任の句をそのまま借用した清少納言に「ずるいぞ」と非難した負け惜しみの言、と考えられるのではないか。そして続けて「だからこそ、清少納言を無視するわけにはいかないのだよ」と言うことにより、自分をここまでやりこめた清少納言の才能と機知を、まわりの者たちと共に再確認したと同時に、これをもって当初の計画通り、仲直りするに当たっての大義名分としたのではないか。

また、清少納言に「草の庵」というあだ名を付けてやったというのは、斉信たちが「このまま引き下がるのは癪だ」と感じたせいもあるのだろうが、それ以上に「行く先も、語り伝ふべき事なり」とし、皆で扇に詩句を書き付けて持つなどし、このやりとりをめぐる顚末をエピソードとして喧伝しようとした時に、人々の注意を惹き易いという効果もあったのではないか。

つまり斉信としては、殿上で大きな話題とすることで、「すずろなるそら言」がもとで仲違いしていた斉信と清少納言が、いかにも文人らしい方法で仲直りしたということを、周囲に知らせる意味もあったのではないか。そして清少納言に対しては「せうと」の橘則光を呼んで「人に語れ、とて聞か」せ、斉信方では「そこらの人のほめ感じ」て、一気に仲直りの方向へ好転していった状況を伝えさせたのだろう。このエピソードは斉信の思惑通りに一条天皇が殿上の話題として定子に話すほど有名になったので、「さて後ぞ、袖の几帳なども取り捨て、思ひ直り給ふめりし」と記されているように、友情が復活したのである。

まとめ

『枕草子』に藤原斉信が登場するのは、全部で八章段を数える。その配列は必ずしも史実年時の順ではないが、三巻本系と能因本系ともにこの第七八段「頭中将のすずろなるそら言を聞きて」が最初に配列されている。考証される史実年時の順から考察すると、五月の長雨の頃に斉信の薫物の香をめでた第一九〇段「心にくきもの」の章段で「斉信の中将」という呼称から考証される史実年時が正暦五年五月か翌長徳元年五月か不明なものの、ほかの六章段はすべて長徳元年二月より後の出来事と考証される。つまりこの第七八段が、最も早い時期の出来事として描かれているのである。

この後、斉信は同年九月には自身の口から「などかまろをまことに近く語らひ給はぬ」（第一二九段）と口説くほど清少納言を強く意識し、折にふれ『白氏文集』に限らず漢詩文を仲立ちとしたやりとりを交わし（第七九・一二九・一五五段）、里下がりすると居場所を則光に執拗に問い直したりする（第八〇段）。清少納言も口説かれたのは巧みにかわしたけれども、その後も斉信の姿や立居振舞を称賛し続けていく（第一二三・一九〇段）。

このように三巻本と能因本いずれの系統においても、斉信が登場する最初の章段に、豊かな文学的教養を共通ベースとして、外見上は謙虚でしおらしい句意でありながら、内実は斉信に更なる返事を放棄させるような二重構造を持った返りごとを、中宮に相談することなく自らの才覚で即座に送り、斉信に自分の才能と機知を再確認させることによって「すずろなるそら言」による仲違いの状況を回復した話を記しているのは、『枕草子』に描かれている斉信の人物像や清少納言と斉信の交流を考えていく上で大変に示唆的である。また同時にこのような読みが可能となる当該章段は、『枕草子』における書き手が自身を語るものとして注目されるものであろう。


【注】

（1）この章段は、能因本系でも全体にわたり解釈上大きな問題となる本文異同は認められない。
（2）萩谷朴氏著『枕草子解環』二（同朋舎　昭和五十七年）に詳細な考証がある。
（3）池田亀鑑氏「大納言公任卿集と枕草子―『草の庵を誰か尋ねむ』考その他―」『日本文学論纂』所収（明治書院　昭和七年）、山脇毅氏著『枕草子本文整理札記』一一六（関西大学文学部内国文学研究室発行　昭和四十一年）、萩谷朴氏著『枕草子解環』二などによる。ただし岡田潔氏が「枕草子七十七段『頭中将のそぞろなるそら言をききて』

―斉信と清少納言の応答の際の意識―」『女子聖学院短期大学紀要』所収（平成二年三月）において、清少納言の返答を「公任の出題をそのまま使用したことにより、その上の句を請求する形式になっている」と捉えられて「用紙、用具、形式などあらゆる面に対する周到な心配りによる立場の逆転」を指摘されたことは注目される。

（4）岡村繁氏著の新釈漢文大系一〇〇『白氏文集』四（明治書院　平成二年十一月）による。

（5）武藤元信氏著『枕草紙通釋』（有朋堂書店　明治四十四年）は「これが末、盧山雨夜草庵中の句をさせり」とされ、金子元臣氏著『枕草子評釈』（明治書院　大正十三年初版・昭和十七年増訂二八版）は「末とは聯句のうちの下句をさせり。即ち對句たる第四句を如何にと問へる也。（中略）『これ』は『蘭省云々』の句をさす。『末』は即ち盧山雨夜草菴中の句をさす」とされる。

（6）『和漢朗詠集』の成立時期は寛弘八、九年ころと考証されるので、同集に基づいたやりとりではない。

（7）北村季吟著『春曙抄』は「にくみ給へる心も引かへてやさしきさまの事もやと心ときめきせしに」とある。金子元臣氏著『枕草子評釈』は「文を開かぬ前に何ならんと氣遣ひしたるやうにもなしとなり。上に『いかなる御文ならむ』と怪めるに對へて今は心安く思へるなり」とされる。池田亀鑑氏著『全講枕草子』（至文堂　昭和三十一年）は「『心ときめき』は期待による胸のときめき」とされる。池田亀鑑氏・岸上慎二氏校注の日本古典文学大系（旧大系）『枕草子』（岩波書店　昭和三十三年）頭注は「どんな文かしらと期待に胸がときめいたが、それ程のこともなかった」とされる。萩谷朴氏は諸注を検討され、『枕草子解環』二で「心配していた内容でもなかったのだ」とされる。

（8）類聚本系『江談抄』巻四に『白氏文集』所収の「三五夜中新月色　二千里外故人心」の解釈をめぐって、斉信が公任と議論した話が見える。『枕草子』にも『白氏文集』をふまえたやりとりが散見する。なお『江談抄』巻四冒頭に、古人は「蘭省花時錦帳下　盧山雨夜草庵中」を『白氏文集』中第一の句としていたことを伝える記述がある。

（9）注（2）に同じ。

(10) 池田亀鑑氏「大納言公任卿集と枕草子―『草の庵を誰か尋ねむ』考その他―」『日本文学論叢』所収(明治書院昭和七年)による。
(11) 群書類従本『公任集』が流布本系統で、『新編国歌大観』第三巻所収の底本は異本系統の宮内庁書陵部本。
(12) 注(2)に同じ。
(13) 注(2)に同じ。
(14)「ことにまたこれが返しをやすべき」の解釈も分かれる。『春曙抄』には「別に返歌をやせんと人々いひしと也」とあり、金子元臣氏著『枕草子評釈』は「特別にこの返歌を作りて贈らんかと也。上句の旨く付かぬ故なり」とされるのに対し、石田穣二氏著『新版 枕草子』は「それにわざわざ改めてこれの返歌をすべきものだろうか」とされ、萩谷朴氏著『枕草子解環』二は「それにまたこれだけのものに返しをすべきだろうか」とされる。本節では「や」を反語、「返し」を清少納言の返事の句に対する返歌と解釈して、後の二者に従う。
(15) この解釈も分かれる。公任の句を借りたことをふまえて「文字通りの鮮やかな盗用という意味」とし「大泥棒めが」と訳された萩谷氏は、『枕草子解環』二で諸注を比較されて、『春曙抄』の「只人ならずとほめんとてざれていへる詞也。禅話に比老賊などいふたぐひなるべし」という解釈に準拠した諸注を、「盗人本来の語義を避けた」ものとして批判された。本節では『枕草子』の「盗人」用例(花盗人、みそか盗人を含む)五例すべてが、語義通り「物を盗む人」であることも考え合わせて、自分のオリジナルではなく、公任の句を借用した事に対しての「盗人」と解釈する。

第四節　「香爐峯の雪いかならむ」への対応と展開

はじめに

『枕草子』に描かれた章段の中で、清少納言のイメージを代表する著名なエピソードの一つに第二八〇段「雪のいと高う降りたるを」があげられるだろう。「香爐峯の雪いかならむ」という中宮定子の問に対して、「御簾を高く上げ」る行動でお応えして賞賛された、という話である。このエピソードは『枕草子』の当該章段が基となって、鎌倉時代の説話集『十訓抄』(1)に「今の世までもいみじき例にいひ伝へたり」の評言とともに記されたり、江戸時代後期の『百人一首』注釈書である『百人一首一夕話』(2)に清少納言のエピソードの一つとして記されているなど、時代を越えて人口に膾炙しているものである。

芸州浅野家伝来の「鎌倉時代、十三世紀最末期のころの制作」という説の『枕草子絵詞』(3)現存部分は、わずかに七章段のみで、残念ながらこの話を絵にしたものは見当たらない。しかし江戸時代、平安王朝文学を題材とした土佐派の絵の一つとして描かれた土佐光起筆『清少納言図』(4)に、「簾を巻き上げて見る」清少納言が描かれていることからも、清少納言の「香爐峯の雪」のエピソードは、広く一般に定着しているイメージといえよう。

清少納言が簾を巻き上げて外を眺めて立つ姿を、斜め正面から描いた土佐光起の『清少納言図』は、知的な自信に満ち溢れた才女の、面目躍如のシーンとして描かれているようだ。このエピソードは、紫式部が『紫式部日記』[5]において、清少納言を「清少納言こそ、したり顔にいみじう侍りける人。さばかりさかしだち、真名書き散らして侍るほども、よく見れば、まだいとたらぬこと多かり」と酷評したことによるイメージと重なるせいか、自慢げに簾を巻き上げて一人いい気になっている清少納言の姿を想像させ、それ故に「嫌味な才女」という側面を増幅させるエピソードにもなっているようだ。『枕草子』という作品そのものから離れたところで、エピソードから形成されたイメージが、言わば一人歩きしているようである。

このエピソードは有名なわりには細部に至っての誤伝も見られる。すでに鎌倉時代において、『十訓抄』では「香爐峯の雪いかならん」という問が、定子からではなく、一条天皇から発せられたものとして記されている。歌人藤原基俊に仮託された偽書とみられる歌論書『悦目抄』[6]も同様である。『十訓抄』のこの記述を実証的に指摘して「清少納言みづから書かれたる『枕草子』によりて、皇后のお前にての事と定むるなり」と訂正する『百人一首一夕話』ですら、清少納言が簾をかかげたことを記した後、「これよりいよいよ皇后の御寵愛まさりて、この事を帝へ奏聞ありければ内侍にもなさるべく思召されけれど、その頃かの儀同三司伊周公、花山院へ狼藉の御ふるまひありし流罪の事などにてかれこれ物騒がしかりし程にその儘になりにたり」と記しており、『枕草子』の他の章段である第一〇二段「二月つごもりごろに」に記されている、藤原公任への返歌を源俊賢が聞いて賞賛した発言「なほ内侍に奏してなさむ」を援用して、このエピソードをまとめているのである。

こういった事象は、エピソードが、その典拠である『枕草子』の当該章段から離れて一人歩きしていることに起因するものであり、そこから形成される清少納言のイメージというものも、興味本位で増幅されたりその時代の解釈も加味されて、ますます『枕草子』から離れたものとなっているのではないか。

そもそも『枕草子』本文にはどのように記されているのか。これを章段の構成を含め詳細に読み解くことで、書き手の清少納言がこのエピソードを日記的章段の一つとして『枕草子』に書き記すにあたり、何を書きとめたかったのかが、はじめて明らかになってこよう。それによって明らかとなる「清少納言」のイメージが、「簾を上げる」エピソードから出てきたイメージとどう異なるのかを考えてみるのも、興味深いことと思われる。まずこの第二八〇段を本文に即して読み進めてみたい。

一 『枕草子』第二八〇段の本文

この第二八〇段は短い章段である。以下に全文をあげて分析してみたい。

〈資料一〉『枕草子』第二八〇段

雪のいと高う降りたるを、例ならず御格子参りて、炭櫃に火おこして、物語などして集まり候ふに、「少納言よ。香爐峯の雪いかならむ」と仰せらるれば、御格子上げさせて、御簾を高く上げたれば、笑はせ給ふ。人々も「さる事は知り、歌などにさへ歌へど、思ひこそ寄らざりつれ。なほこの宮の人にはさべきなめり」と言ふ。

エピソードとして有名な部分は、中宮の「少納言よ。香爐峯の雪いかならむ」という問いかけと、清少納言の「御簾を高く上げ」る行動である。しかし『枕草子』に記された章段では、中宮が発言する前の状況がまず記され、また清少納言が「御簾を高く上げ」た後の中宮の反応や、その場にいた女房たちの発言も記されている。

書き手清少納言がこの章段を『枕草子』に記したことの意味を考えるとき、この章段全体を細かな表現にまで注意して読み解いていく必要がある。そしてひとつひとつの表現が全体の中で、互いにどのように関わりあい、全体としてどのような効果を引き出しているのか、章段内の構成を明らかにすることによって、この章段で清少納言が伝えたかったことが理解されるのではないか。そういった観点からこの章段の表現を分析してみたい。

まず、状況設定として描かれた最初の部分、即ち「雪のいと高う降りたるを」について考えてみる。「雪がたくさん降って、高く積もった」という外界の何気ない状況説明であるが、「いと高う」という表現に注目したい。わざわざ「いと高う」というからには、雪が降り積もった通常の状態と比べてはるかに大雪だった、ということになる。萩谷朴氏によれば「平安朝のこの頃は、平均して気温が高く、降雪も珍しかった」[7]という。つまりこの章段は、珍しい大雪の日の出来事として始まるのである。

次に「例ならず御格子参りて」とある。「いつもとは異なり、御格子をおろしたままで」という室内の状況が描かれる。「御格子参りて」は、後に記される「御格子上げ」と対比されているのだが、ここでも「例ならず」とある表現に注意すべきで、通常なら上げられているはずの御格子が、その時には降ろされていたからこそ、「例ならず」と記されているのである。

なぜ御格子を降ろしたままかという理由は、女房たちの様子が描写されている次の部分、即ち「炭櫃に火おこして、物語などして集まり候ふ」から類推されよう。大雪で気温が下がり大変寒かったためである。定子の御前に伺候した女房たちは、あまりの寒さに通常なら上げられている御格子を降ろし、炭櫃に火をおこして暖をとっていたのだろう。おそらくは炭櫃の周りに大勢集まり、そこでいろいろとりとめもない話をしながら伺候していたのではないか。

こういった状況のもと、定子が行動を起こす。それが「少納言よ。香爐峯の雪いかならむ」の発言であった。

二　典拠となった『白氏文集』

この定子の発言が、『白氏文集』[8]巻十六所収の「香爐峯下、新卜山居草堂、初成偶題東壁五首」の中の第四首を踏まえたものであることは、江戸時代延宝二年に相次いで刊行された『枕草子』注釈書である加藤磐斎『清少納言枕双紙抄』や北村季吟『枕草子春曙抄』などに指摘がなされ、すでに周知のことである。

〈資料二〉『白氏文集』「香爐峯下、新卜山居草堂、初成偶題東壁五首」第四首

日高睡足猶慵起　日高ク睡リ足リテ猶起クルニ慵《ものう》シ
小閣重衾不怕寒　小閣衾ヲ重ネテ寒サヲ怕《おそ》レズ
遺愛寺鐘欹枕聴　遺愛寺ノ鐘ハ枕ヲ欹《そばだ》テテ聴キ
香爐峯雪撥簾看　香爐峯ノ雪ハ簾ヲ撥《かか》ゲテ看ル
匡廬便是逃名地　匡廬便チ是レ名ヲ逃ルルノ地
司馬仍為送老官　司馬ハ仍《なほ》老ヲ送ルノ官為リ
心泰身寧是帰処　心泰ク身寧《やす》キハ是レ帰ル処
故郷何独在長安　故郷何ゾ独リ長安ニ在ランヤ

この七言律詩の頷聯（第三・四句）「遺愛寺鐘欹枕聴　香爐峯雪撥簾看」は、『枕草子』当該章段においても「さることは知り」とあることからも類推されるように、当時よく知られた句であった。長保二年（一〇〇〇）十二月の定子の死から十年余り後の、寛弘八、九年（一〇一一、一二）に成立かと考証される藤原公任撰の『和漢朗詠集』にも、巻下雑「山家」題の五五四番として採られている。ちなみに五五五番「蘭省花時錦帳下　廬山雨夜草庵中」も、同じく『白氏文集』巻十七に所収されている「廬山草堂、夜雨独宿、寄牛二・李七・庾三十二員外」と題する七言律詩の頷聯であり、これをふまえたやりとりを清少納言は斉信との間で交わしたことが、『枕草子』第七八段に記されている。[9] 当時『白氏文集』所収の詩句はたいそうもてはやされ、それをふまえたやりとりが、殿上人や女房たちの間でよく行われていた様相が伺われる。

定子の発言「少納言よ。香爐峯の雪いかならむ」の「香爐峯の雪」は、当時よく人口に膾炙し、好まれていた

『白氏文集』巻十六所収の当該律詩頷聯下句、すなわち第四句「香爐峯雪撥レ簾看」の詩句を用いたものである。

三　定子の問と清少納言の答

定子はわざわざ「少納言よ」と指名している。清少納言が定子のサロンで「少納言[10]」という女房名で呼ばれていたことがわかるのもおもしろいが、その上で「香爐峯の雪いかならん」という問を発した。この問の意味は、石田穣二氏が言われるように「外の雪景色をながめたい[11]」ということであろう。それを『白氏文集』の詩句で問いかけるところに、定子らしさがある。定子は漢学の知識が豊かで、女房を制するときにさえ漢文訓読に多用された「まな（勿）」という言葉を発する（第一七七段「宮にはじめて参りたるころ」）など、それを日常生活に融け込ませていた。

さて、この発言を請けた清少納言は、「問」に対して速やかに対応しなければならなくなった。それには二つの条件を満たす必要があった。即ち、定子が引用された当該句の続きである「撥簾看」をふまえながら、外の雪景色をお見せすることであった。定子の問の意味は「外の雪景色をながめたい」ということであったから、降ろしてあった御格子を上げれば、その要求は満たすことができる。そしてその時に御簾を巻き上げればよい。それは他の者たち、たとえば下仕えの女官たちに命じてさせてもよかったのである。

ところが『枕草子』本文では、他の者には御格子だけ上げさせて清少納言が自らの手で御簾を高く上げた、と記されている。行動としては二度手間であるが、この「答」に対して定子は「笑はせ給ふ」とあり、人々（物語などして集まって伺候していた女房たちであろう）もその行動を賞賛しているから、清少納言のこの行動はそれなりの意味を持ったものでなくてはならない。

つまり、そこに清少納言の工夫が付け加えられていた、と見るべきである。この点において中島和歌子氏が説かれたように「わざわざ自分で簾を巻き上げて、香爐峯下の草庵の中の白楽天をそっくり真似て見せたのである。清少納言は白楽天を演じつつ雪景色を見せるという、合格点以上の答え方をした」[12]とする解釈に従う。このように解釈することによって、定子の問を請けた清少納言が、まず他の者に「御格子上げさせて」、次に自分の手で「御簾を高く上げた」という、いわば二度手間の行動が意味を持ってくる。中島氏は「笑はせ給ふ」の語に「定子の満足感」がよく表れていると指摘される。首肯されるべき解釈と思われる。

定子にしてみれば、女房たちとこの珍しい雪景色を話題にした談笑を愉しみたかったのだろう。ところが女房たちは、珍しい大雪にもかかわらず、それに目を向けようとはせず、ただ寒いので暖をとることだけに集中し、「例ならず」格子を降ろして炭櫃に火をおこして当たりながら、そこでいろいろとりとめもない話をしているだけである。そこで定子はまず、外の雪景色に目を向けさせることを目的とした言動を発する必要があった。しかし「格子を上げて、外の雪景色を見ましょう」と言えば、伺候していた女房たちに対しその不粋さをたしなめることになりかねない。定子から叱られたと感じた女房たちは恐縮し、せっかくの和やかな談笑の雰囲気が停滞してしまうだろう。そうなると格子を上げて雪景色を眺めたところで、それを話題にした談笑も盛り上がらないものになりかねず、それではつまらない。サロンの主人として、定子はこの和やかな雰囲気のまま、話題を外の雪景色に持っていく必要があった。そこで定子は清少納言に『白氏文集』の詩句をふまえた発言をすることで、円滑に話題を転じる行動を試みたのである。そしてそれは文学的な話題を誘いだすための定子なりの布石でもあったのだろう。

この定子の発言に対し、清少納言は自ら御簾を高くあげ、白楽天の様を演じて見せるという趣向で応えてくれた。これによって当初定子が庶幾した、和やかなまま話題を外の雪景色に転じることに成功しただけでなく、この場に文学的な雰囲気を強く醸しだしてもくれた。この後はそれらを基にした和やかな談笑を十分愉しむことができるだろう。清少納言は予想通りに定子の意をくんだ対応をみせてくれた。定子のもくろみは十分達成できたことになる。それで定子は満足気に笑ったのではないか。この「笑はせ給ふ」の意味するところは深い。そしてここで当該章段において初めて一文が終わる。

四　人々の発言

当該章段ではこの後「人々も、さることは知り、歌などにさへ歌へど、思ひこそ寄らざりつれ。なほこの宮の人にはさべきなめり、と言ふ」の本文が続く。この部分は解釈の分かれるところである。「人々もさることは知り、歌などにさへ歌へど、思ひこそ寄らざりつれ」を地の文として「なほこの宮の人にはさべきなめり」のみを人々の発言ととる解釈と、「さることは……さべきなめり」と全体にわたって人々の発言ととる解釈がある。

この二通りの解釈は、すでに江戸時代の延宝二年に刊行された加藤磐斎と北村季吟の注釈書においてそれぞれ見られる。前者の解釈は、加藤磐斎『清少納言枕双紙抄』より確認できる。「さる事以下は、少納言、謙退して書れたる義。地の心なり。猶此宮の人以下も其時の人々云ひし詞也」とある。この解釈でとれば、清少納言が他の女房たちに対して、「この詩句は皆もよく知っているものであるけれども、中宮の問に対して私のような行動をとるなんてことは、他の人には思い付くこともできなかったのよ」という具合に、他人と比べて得意になっている心の内を語ったことになる。[13]その後で人々が、「この定子にお仕えする人として、清少納言は然るべき人だ」と賞賛したことが記されるのだから、自分も得意になり人も賞賛した、つまり自他共に認めるすばらしい行動をとったということになり、全体としてこれは自慢話であると解釈されてしかるべきものとなってこよう。

一方、後者の解釈ではどうか。北村季吟『枕草子春曙抄』において「人々のほめていふ詞也」と傍注がなされていることから、周囲の者たちの賞賛の言と解釈され、清少納言自身の自慢話というよりも、そういった賞賛を得た喜びと誇りを書きとめたことになろう。

後者の解釈をとる池田亀鑑氏は、「思ひこそ寄らざりつれ」について、助動詞「つ」の用法から話者自身の告白と解釈するべきで、他人のことを推量したことになる前者の解釈は矛盾し、また前者の解釈によると清少納言は「傲慢不遜の詞」を記したことになり、「この逸話が有名であればあるだけに、清少納言の性格に対する誤解は大きかつたことを反省しなければなるまい」[14]と説かれた。現在はこれにならって後者の解釈即ち「さることは」以下を人々の発言ととるものが主流になっている。[15]この解釈に従う。

さて、人々の発言が「さることは」以下として論を進めよう。この発言を書きとめた書き手清少納言の意図はどこにあるのだろうか。「さることは知り」とはもちろん「香爐峯雪撥簾看」の詩句に関することで、「香爐峯雪」の続きに「撥簾看」が続くと言うこととその有名な詩句自体を知っていた、ということである。能因本系本文でこの箇所は「人々もみなさることは知り」となっていて、この詩句は誰でもが知っている、と強調された形になっている。次の「歌などにさへ歌へど」の解釈は、従来、この詩句をそのまま朗詠するというものと、この詩句を句題として歌に詠み込むというものとあったが、中島和歌子氏によって「和歌であったか、その他の歌謡であったか、或いはその両方であったか、いずれの形式かは決定し難いが、少なくとも女房達が『歌』として歌っていたというのである」という説が唱えられた。[16]いずれにせよ「さへ」とあることから、知っているだけでなく、何らかの形でよく口にしていた程度には親しんでいた詩句ということになる。それはまた、定子の出された問に対する知識上の正解は、その場にいた者たちもわかっていたということにもなってこよう。

「思ひこそ寄らざりつれ」は、前の部分と逆接の接続助詞「ど」で対比されていることにも注目すべきである。「思いも付かなかった」のは、定子の発言の意図である。この場でなぜそんな発言をしたのか、その真意が他の者たちにはわからなかったのである。従って、清少納言のすばやい反応と定子の満足げに笑う様を見て、「なほこの宮の人にはさべきなめり」という言葉につながっていく。これは清少納言への賞賛と同時に、発言者たちの反省である。すなわち「この定子に仕える女房としては、こういった反応を即座にしてみせる機転が利かなくてはならないのね」ということになろう。

なお、結果的に自慢話と解釈できるかどうかはともかく、少なくとも清少納言自身は、自慢話を書き残すためにだけこの章段を記したのではないだろう。清少納言は、第九八段「中納言参り給ひて」で隆家の言う「(余りにすばらしくて今まで)見たことのない(扇の)骨」に対し、「それはクラゲの骨なんじゃないの」とやりかえして隆家にほめられた時のように、自分の言動が賞賛を得た場合でもこれは「かたはらいたき事のうちに入れつべけれ」と記して自慢話を「かたはらいたき事」とことわり、無邪気に書きとめているのではないという姿勢を見せている。ところが当該章段には、そのように自慢話を謙遜する記述が全く書かれてはいないのである。

まとめ

当該章段が清少納言の自慢話として読まれたのは、「人々もさることは知り、歌になど歌へど、思ひこそ寄らざりつれ」を清少納言自身の言葉と解釈されたことが、その最大原因であると言えよう。また前述した様に、この部分を人々の発言ととったところで、他人の口を借りた間接的な自賛談と読まれる可能性があることも確かである。いったい清少納言は、どういうつもりでこの章段を『枕草子』に書き記したのであろうか。自分が賞賛されたことを自慢したかったのか、それとも他に何か意図があったのか。

この章段は、いつ頃、どの場所での出来事なのか考証するための手掛かりがない。定子の御前に伺候していたある大雪の日の、ほんのひと時の出来事を書き留めた短い章段である。細かな心理をすべて読み解こうとするには言葉が足りず、何が書きたかったのか、読み手には正直に言ってとらえにくい章段である。(17) いわば抑えた書き方となっているのだろう。

しかし饒舌にではなく、無駄のない書き方がなされていると見た場合、それだけ枝葉が捨象されたぎりぎりのところで、なおかつ記されている本文とその表現には、書き手の清少納言がこの話を書き留めることで言いたかったことが、ひとつひとつの言葉に込められているはずであり、何気なく記された表現もポイントを押さえた重要な要素として意味を持っていることになる。

「笑はせ給ふ」という定子の様子と、「この宮の人にはさべきなめり」に注目したい。定子は清少納言の反応に満足してお笑いになったと記されていることと、人々が「この宮の人」と言った発言が共に記されていることは、不可分に考察されるべきではない。

自分の行動が同僚女房たちに手本として賞賛されているが、それは定子が満足してお笑いになるような「この宮にふさわしい行動をとった」ためなのであって、その賞賛は清少納言の行動から反射し、清少納言にそういった行動をとらせた定子自身に戻って向けられ、収束していく類のものではないか。つまり清少納言の意識の中では、結果的に「この宮」即ち定子に向けられた賞賛なのではなかったか。珍しい大雪にもかかわらず、寒いので「例ならず」御格子を降ろして炭櫃の周りに大勢集まり雑談している女房たちに対して、その和やかな雰囲気を損なうことなく、外の珍しい雪景色を見ましょうと話題を転じる時に、『白氏文集』の詩句をふまえて「香爐峯の雪いかならむ」とさりげなく問を発する定子への賛美が中心にあってこの章段を書き留めたのではないか。

そういった漢詩文の知識を十分にふまえて会話を交わし、その原文の詩句さながらに演じて応えてみせることで、文学世界を日常生活の中に広げ、そのなかで生活しているかのような錯覚を楽しむ。もちろん、清少納言の対応も賞賛に値するもので、定子との息のあったやりとりも賞賛されるものであるが、当事者で、しかもこれを書き留めた本人である清少納言としては、きっかけとなった定子の問、ひいてはそうした問をさりげなく口にする定子自身に向けられた賛美こそ、記しておきたいことであったのではないか。
この章段を解釈して、無邪気な自慢話と見るか、それとも清少納言の意識の中では定子賛美が中心にあると見るか、これは『枕草子』の執筆意図とも、また『枕草子』をどう読むかという「読み」とも関係してくる問題である。そして同時に書き手清少納言のイメージとも深く関わってくる問題でもある。

【注】

（1）浅見和彦氏校注・訳の新編日本古典文学全集『十訓抄』（小学館　平成九年）の巻第一「可定心操振舞事」二十一話所収の「清少納言香爐峯の雪」による。
（2）尾崎雅嘉著・古川久氏校訂『百人一首一夕話』（岩波文庫）の巻五所収「清少納言の話」による。
（3）小松茂美氏編集・解説『日本の絵巻』十（中央公論社　昭和六十三年）解説による。
（4）東京国立博物館蔵の『清少納言図』による。
（5）中野幸一氏校注・訳の新編日本古典文学全集『紫式部日記』（小学館　平成六年）による。
（6）佐佐木信綱氏編『日本歌学大系』第四巻（風間書房　昭和三十一年）の解題による。
（7）紫式部学会編の古代文学論叢第三輯『源氏物語・枕草子研究と資料』（武蔵野書院　昭和四十八年刊）所収の「三巻　本枕草子実録的章段の史実年時と執筆年時の考証」による。
（8）岡村繁氏著の新釈漢文大系九九『白氏文集』三（明治書院　昭和六十三年）による。
（9）本書第一部第一章第三節「返りごととしての『草の庵を誰かたづねむ』」を参照されたい。
（10）清少納言の呼称が出仕初期の頃から「少納言」であり、それが関白道隆以下に周知されていたことは、正暦五年（九九四）二月の積善寺供養の前後を記した第二六〇段「関白殿、二月二十一日に」において、定子が父道隆に「少納言は春の風におほせける」と発言していることや、長徳二年（九九五）二月の出来事を記した第一〇〇段「淑景舎、春宮に参り給ふほどのことなど」において、定子がやはり道隆に「少納言が物ゆかしがりて侍るなり」と発言していることからも確認できる。

（11）石田穣二氏訳注『新版　枕草子』（角川ソフィア文庫）による。

（12）中島和歌子氏「枕草子『香炉峯の雪』の段の解釈をめぐって―白詩受容の一端―」『国文学研究ノート』第二五号所収（平成三年三月）による。

（13）川瀬一馬氏校注・現代語訳『枕草子』下（講談社文庫　昭和六十二年）などによる。川瀬氏は加藤磐斎『清少納言枕双紙抄』を底本とされており、当該章段もこれに従ったものと思われる。

（14）池田亀鑑氏著『全講枕草子』（至文堂　昭和五十二年）の「香炉峯の雪」章段の［要説］による。

（15）枕草子研究会編『枕草子大事典』（勉誠出版　平成十三年）における当該章段解説（小池博明氏担当）による。

（16）注（12）に同じ。

（17）松尾聰氏、永井和子氏校注・訳の新編日本古典文学全集『枕草子』（小学館　平成九年）の頭注にも指摘されている。

第五節　「少し春ある心地こそすれ」の解釈と対応

はじめに

世に「一条朝の四納言」の一人と称されるようになる藤原公任は、『枕草子』に参議として一章段のみ登場する。中宮に従って上の御局に伺候していた清少納言に対し、二月末にもかかわらず粉雪まじりの風が強く吹いていた時分のこと。「公任の宰相殿」が懐紙に「少し春ある心地こそすれ」と和歌の下句を書き付けた文を寄越してきた。折から一条天皇が訪れていたため、中宮定子に相談する事もできないまま主殿司から返事を急かされた清少納言は、「さはれ」と思い切りつつも恐れに打ち震えながら「空寒み花にまがへて散る雪に」と上句を付けて返した。その評価は知りたいけれども、批判されていたら聞きたくない、などと気に掛けていたが、結果的に源俊賢が「なほ内侍に奏してなさむ」と賞賛していたと「左兵衛督の中将におはせし」人から伝え聞いた、といういきさつまで記した日記的章段である。

昭和十三年に金子彦二郎氏が、この贈答は『白氏文集』巻十四所収の七言律詩「南秦雪」の一節をふまえたものであると指摘され(1)て以来、当該章段はこの説をふまえて解釈されてきた。公任から届いた下句（問い）とそれに返した清少納言の上句（答え）が、当該漢詩の頷聯「三時雲冷多飛雪、二月山寒少有春」を共通理解としていたことは首肯されるべきであろう。しかし公任が送りつけてきた「少し春ある心地こそすれ」の解釈には、諸説間に対照的な振幅が存在する。すなわち「わずかに春の気配が感じられる」と肯定的に見る説と、「春らしい感じはきわめて少ない」と否定的に見る説があり、どのように解釈すべきか、未だ解決を見ていないのである。

清少納言が返した上句「空寒み花にまがへて散る雪に」については、「空が寒いので、花が散ると見まがうように雪が降ってきて」という解釈に諸説変わりはないが、公任からの問い（下句）に対して清少納言が上句を付けて返したのであるから、契機となった公任の問いかけの解釈に振幅がある以上、清少納言がこのように上句を付けた対応の論理も連動することになろう。この解決を図るため、このやりとりのコンテクストとして機能している『白氏文集』「南秦雪」の当該句本来の解釈と『枕草子』本文に記されている〈場〉の状況から、まずこの表現の意図するところを比較し、さらに話の展開を詳細に分析することを通して考察してみたい。

一　「少し春ある心地こそすれ」の振幅

当該章段は『枕草子』第一〇二段「二月つごもりごろに」として見える。二月末日ごろ、風が強く吹き、雲が黒く立ちこめて、雪が少しちらつく空模様であった時、黒戸に来た主殿司が応対に出て来た清少納言に、懐紙に記された公任宰相からの手紙を渡すところからはじまる。

〈資料一〉『枕草子』第一〇二段「二月つごもりごろに」

二月つごもりごろに、風いたう吹きて、空いみじう黒きに、雪少しうち散りたるほど、黒戸に主殿司来て、「かうて候ふ」と言へば、寄りたるに、「これ、公任の宰相殿の」とてあるを見れば、懐紙に「少し春ある心地こそすれ」とあるは、げに今日のけしきにいとようあひたる、これが本《もと》はいかでかつくべからむと、思ひわづらひぬ。

「誰々か」と問へば、「それそれ」と言ふ。みないとはづかしき中に、宰相の御いらへを、いかでか事なしびに言ひ出でむと、心一つに苦しきを、御前《おまへ》に御覧ぜさせむとすれど、上のおはしまして御殿籠りたり。主殿司は「とくとく」と言ふ。げに遅うさへあらむは、いと取り所なければ、「さはれ」とて「空寒み花にまがへて散る雪に」と、わななくわななく書きて取らせて、いかに思ふらむと、わびし。これが事を聞かばやと思ふに、そしられたらば聞かじとおぼゆるを、「俊賢の宰相など、『なほ内侍に奏してなさむ』となむ定め給ひし」とばかりぞ、左兵衛督の中将におはせし、語り給ひし。

当該章段には一条天皇（「上」）、中宮定子（「御前」）をはじめ、内裏に伺候していた錚々たる殿上人たちの名が登場する。清少納言が活躍した時期にあわせて確認してみたい。

〈資料二〉本文に記された人物たち

①公任の宰相殿（藤原公任）　康保三年（九六六）生。小野宮流の故関白太政大臣頼忠の長男。
正暦三年（九九二）任参議、長徳二年（九九六）任右衛門督、検非違使別当。
長保三年（一〇〇一）八月任中納言。

②俊賢の宰相（源俊賢）　天徳三年（九五九）生。故西宮左大臣源高明の息。道長室の明子や経房の兄。
長徳元年（九九五）任参議。長保三年八月任右近中将。一条朝四納言の一人。

③左兵衛督の中将におはせし（三巻本勘物「実成卿歟」）　藤原実成は内大臣公季の長男。
天延三年（九七五）生。長徳四年（九九八）十月任右近中将。
寛弘元年（一〇〇四）二月任蔵人頭。寛弘六年（一〇〇九）三月任左兵衛督。

ここで③「左兵衛督の中将におはせし」と記された人物については、三巻本勘物に「実成卿歟」と記されることに疑義を挟む説もあるが、ひとまず実成に従っておきたい。(2) なお長徳二年から長保三年までの間の「左中将」は、藤原正光・藤原斉信・藤原頼親・源経房・源頼定がおり、「右中将」は、藤原道綱・源宣方・源経房・源頼定・源成信・藤原実成・藤原成房・源俊賢の名が見える。また「左兵衛督」を勤めた人物として、藤原高遠（長徳三年九月〜寛弘元年十二月）・藤原懐平（寛弘元年十二月〜寛弘六年三月）・藤原実成（寛弘六年三月〜長和六年（一〇一七）四月）の三名が確認できる。

公任・俊賢・実成ともに『枕草子』に当該章段のみ登場する人物で、その公任から届いた懐紙に「少し春ある心地こそすれ」という和歌の下句が記されていた。まずこの下句の解釈について、従来の説を整理してみよう。

〈資料三〉公任「少し春ある心地こそすれ」の解釈

①此歌、心あきらかなり。即俊賢《ママ》より送られし歌の句なり。前の詞書をとりあはせみるべし。
（加藤磐斎『清少納言枕双紙抄』）

②雪など降荒て春色の少き心也。（北村季吟『枕草子春曙抄』）

③わづかばかり春のある気持がする。（金子元臣氏『枕草子評釈』[3] 増訂版）

④春二月とは名のみで、春らしい趣はきわめて少ないの意。（五十嵐力氏・岡一男氏『枕草子精講 研究と評釈』[4]）

⑤いささか春の気配を感ずる意。（塩田良平氏『枕草子評釈』[5]）

⑥わずかに春の気配があるようだ。（石田穣二氏 角川ソフィア文庫『新版 枕草子』[6]）

⑦ちょっぴり春らしい心地がする。（稲賀敬二先生 鑑賞日本の古典5『枕草子』[7]）

⑧ちょっと春めいた気分がするじゃないか。（萩谷朴氏『枕草子解環』[8]二・新潮集成も同）

⑨少しばかり春がある気持がする。（川瀬一馬氏 講談社文庫『枕草子』[9]）

⑩風が吹いて寒いし、空も黒いが、雪が散らついている今日の情景は「白楽天」の詩の「二月山寒くすこし春あり」とそっくりですね。（田中重太郎氏 対訳古典シリーズ旺文社『枕冊子』[10]）

⑪少し春があるような気持がする。（松尾聰氏・永井和子氏 新編日本古典文学全集『枕草子』・旧全集と同）
⑫少し春らしさを感じることです。（上坂信男氏・神作光一氏 講談社学術文庫『枕草子』）[11]

一方、解釈や現代語訳を記していないものに、武藤元信氏『枕草紙通釋』・関根正直氏『枕草子集註』・池田亀鑑氏『全講枕草子』・田中重太郎氏『枕冊子全注釈』がある。

②北村季吟『枕草子春曙抄』と、④五十嵐力氏・岡一男氏『枕草子精講 研究と評釈』の解釈が「春らしくない」と否定的に捉えているのに対し、それ以外の多数の説が「少しは春らしい感じがする」と肯定的に解釈しており、両者の間には対照的な振幅が存在する。

さらに本文に「げに今日のけしきに、いとようあひたる」とあることから、書き手清少納言は「今日の様子に、よく合っている」とみていたことになる。ここで注目したい解釈として、③金子元臣氏『枕草子評釈』の〔釋〕をあげておきたい。金子元臣氏は「すこし春あるこゝちこそすれ」について「空寒く雪さへ降りて、春とも覚えねど、とにかく二月も晦日にて、春の半なれば、かくいへり。こゝは雪の花かと見ゆるを『すこし春ある』といへるにあらず」と説かれている。寒空に雪さえちらつくという今日の様子は、ちっとも春らしいとは思われないのだけれど、二月も末で春の半ばでもあるので、公任は「少し春ある心地こそすれ」と詠んで寄越したのだとし、さらに雪を花と見立てて「少し春ある」と言ったのではない、と解釈されている。すなわち、公任から送られた下句の意味は、春らしさは実感されないが、二月も末になるので時期的に「少しは春らしい心地がする」と言ったのだ、とみるのである。

二 「空寒み花にまがへて散る雪に」の解釈

この公任からの問いかけ（下句）に対し、清少納言は主殿司から急かされるままに「空寒み花にまがへて散る雪に」と上句を付けて返した。この上句について、先学の解釈を整理してみよう。

〈資料四〉清少納言「空寒み花にまがへて散る雪に」の解釈

①此歌の心、前の歌の心にかよひて、聞へやすし。前の歌の詞書とよく見合せ味はふべし。（加藤磐斎『清少納言枕双紙抄』）

②花にまがへてちる雪にといふにて、少し春あるをあへしらへる也。（北村季吟『枕草子春曙抄』）

③空が寒さに、花に似せてうち散る雪に（金子元臣氏『枕草子評釈』増訂版）

④空が寒いので、花に似せて散る雪によって、の意。（五十嵐力氏・岡一男氏『枕草子精講　研究と評釈』）

⑤空が寒いので、落花に見まがうばかり降つてくる雪を眺めると。（塩田良平氏『枕草子評釈』）

⑥空の寒さにまるで花ともみまがうばかりに雪が散り落ちるので（石田穣二氏 角川ソフィア文庫『新版　枕草子』）

⑦空が寒いので花の散るのに見まがうような雪が散り落ちてきて（稲賀敬二先生 鑑賞日本の古典５『枕草子』）

⑧上空が寒いので梅の花びらのように散る雪を見ると（萩谷朴氏『枕草子解環』二・新潮集成も同）

⑨空が寒くて花に見まがうように散る雪に（川瀬一馬氏　講談社文庫）

⑩（おっしゃるとおり、そして白楽天の詩にございますように、きょうは）空が寒いので散る雪はまるで桜の花が散るようでございまして（田中重太郎氏　対訳古典シリーズ旺文社）

⑪空が寒いので花に見まがうばかりに散る雪に（松尾聰氏・永井和子氏 新編日本古典文学全集・旧全集と同）

⑫空が寒いので、花に見間違えるよう散ってくる雪に。（上坂信男氏・神作光一氏　講談社学術文庫）

諸説を一覧してみても「空が寒いので、花が散ると見まがうように雪が降ってきて」という解釈に、振幅は認められない。

③金子元臣氏は『枕草子評釈』の〔釋〕において「空寒み云々」を「空の寒さに、花に似せて散る雪景色に、

その花と見紛へらるゝ點が、すこしは春の心地すると也。『散る』といへるも春の雪の趣なるべし」と説かれる。公任から届いた下句「少し春ある心地こそすれ」に対する書き手清少納言の評言「げに今日のけしきに、いとようあひたる」（まことに今日の景色にとてもよく合致している）から、「少しは春の心地する」理由を、空から散り来る雪を花と見まがうところに見出し、「降る」ではなく「散る」と詠んでいる点に「春の雪」らしさが感じられるとされる。金子元臣氏は、公任が寄越した下句を「わづかばかり春のある気持がする」〈資料三〉の③として春の気配を肯定的にみる立場でとらえて解釈されるが、この解釈の論理は「春らしい感じはきわめて少ない」と否定的にみる説でも「春らしさを発見した反論」として十分成り立つだろう。清少納言は「今日のけしき」をどのようにとらえていたのだろうか。

当該章段の本文に記された天候の描写を、金子元臣氏は「詞書」とされている。公任からの下句と清少納言が返した上句をあわせて「空寒み花にまがへて散る雪に少し春ある心地こそすれ」という和歌ができたのだから、その時の状況を記した「詞書」として本文の描写が機能しているという点は、もちろん首肯されよう。

その上であらためて検証してみたい。「二月つごもりごろに／風いたう吹きて／空いみじう黒きに／雪少しうち散りたるほど」とある本文の描写からイメージされる状況は、「二月の末ごろ、風が強く吹き、空も雪雲に覆われて真っ暗で、雪も少しちらついている」という設定である。これは金子元臣氏が『枕草子評釈』の〔釋〕で指摘された「春とも覚えねど」という感覚と実のところ合致している。つまり、この本文の描写からは、「少し春ある心地」とはとても言えないのではあるまいか。

三　『公任集』所収の贈答の解釈

公任が寄越したこの下句「少し春ある心地こそすれ」は、『公任集』第五七番歌に別の人物との贈答句として見えることを塩田良平氏が指摘されている。[12]

〈資料五〉『公任集』

人に、春のはじめなり

57 a すこし春ある心ちこそすれ

と、のたまひければ、

b 吹きそむる風もぬるまぬ山里は

この公任の問いかけ（第五七a番歌）は、『枕草子』において清少納言に対してなされたものと全く同じ問いかけであるが、どちらが先行するかは不明である。それに対する上句（第五七b番歌）は、「吹き始めた春風もまだまだ温かくない山里では」と答えており、一首仕立ての贈答になっている。

公任の問いかけである第五七a番歌で「春の気配」をめぐる解釈を整理してみよう。伊井春樹氏、津本信博氏、新藤協三氏は『公任集全釈』において「少し春の訪れたような気配がしますよ」[13]として春の訪れを感じられると肯定的にみる立場で解釈されるのに対し、後藤祥子氏は『平安私家集』所収の『公任集』において「春の気配もまだわずかという気がしますね」[14]としてやや否定的にみる立場で解釈される。また竹鼻績氏は『公任集注釈』において「ほとんど春らしい感じがしませんね」[15]とほぼ否定する立場で解釈され、さらに『中古歌仙集』一所収の『大納言公任集』においても「ほとんど春らしい気がしないよ」[16]と継承される。したがって、肯定的にみる説と否定的にみる説があり、対照的な解釈がなされていることになる。

この贈答は、詞書に「春のはじめなり」とあることから、「二月つごもりころ」とある『枕草子』の時とは異なり、春まだ浅い正月のはじめころにやりとりされたものということになる。第五七b番歌で詠まれた情景は、『古今和歌集』巻一春上で第二番歌として所収される紀貫之の歌「袖ひちて結びし水のこほれるを春立つけふの風やとくらむ」の発想を反転させて、春風が吹きはじめたとはいえ、山里ではまだ風が温かくならない、とするものである。それが順接で結合して一首仕立てを構成することから、この詠者は第五七a番歌の公任からの問いかけを「春らしさをまだ感じとることができない」と否定的にみる立場で解釈し、風が温まない山里では、まだ春らしさを実感できない、ということを軸に成り立っている贈答ということになる。

四　典拠の『白氏文集』「南秦雪」の解釈

清少納言に寄越した公任の下句「少し春ある心地こそすれ」は、『白氏文集』巻十四「南秦雪」をふまえたもので、清少納言はそれを理解した上で「空寒み花にまがへて散る雪に」という上句を付けて返したというご指摘は、前述の金子彦二郎氏(17)によるものである。

金子彦二郎氏は両者の間で交わされたこの贈答が『白氏文集』「南秦雪」を出典とした応酬であると指摘され、「当日の眼前の景状に対して、此の両人（公任・清少納言）がそれぞれ心々からおのづと詠出唱酬した当座即興の和歌と看做して居り、さて其の後現代まで何等の不審を挟まれることなく、見遁されて来てゐたのであつた」とし、二人のオリジナルな発想によるとしてきた従来の解釈を否定して、しかも公任の寄越した下句は「香爐峯の雪」などと異なり、「ほぼ當時の文壇からはさして愛讀愛誦を博しては居なかつた白氏文集中での凡作詩の中閒《ママ》詩句をば私かに拉し來り、さて、如何ばかり博識洽通を誇る清女と雖も（中略）『すこし春ある…』の如く和歌に翻案し去つた白詩句ならば、よもやそれと観破し、其の對句の詩意を以て直ちに應答することは出来まいと打案じつゝ挑みかけた計畫的所行であつたのであらう」と位置づけておられる。当該漢詩は数年後に撰進された『和漢朗詠集』以下に所収されていない。つまり当該句は公任自身も選んでいない漢詩の詩句だったのである。

『枕草子』の贈答で踏まえられていると指摘された『白氏文集』巻十四所収の七言律詩「南秦雪」について詳

しく検討してみよう。

〈資料六〉『白氏文集』巻十四「南秦雪(18)」

往歳曾為西邑吏　往歳、曽て西邑の吏と為り
慣従駱口到南秦　駱口より南秦に到るに慣る
三時雲冷多飛雪　三時雲冷やかにして　多く雪を飛ばし
二月山寒少有春　二月山寒うして　春有ること少なし
我思舊事猶惆悵　我は舊事を思うて　なほ惆悵す
君作初行定苦辛　君は初行を作《な》して　定めて苦辛せん
仍頼愁猿寒不叫　なほ頼《さいわひ》に　愁猿寒うして叫ばず
若聞猿叫更愁人　もし猿の叫ぶを聞かば更に人を愁へしめん

当該詩の頷聯「三時雲冷多飛雪　二月山寒少有春」と『枕草子』当該章段の冒頭部分「二月つごもりごろに、風いたう吹きて、空いみじう黒きに、雪少しうち散りたるほど」と比較してみると、「二月」「寒うして」「雲冷やかにして」「雪を飛ばし」の部分がそれぞれ重なっており、状況設定が通じていることは明確である。「南秦雪」の頷聯を共通知識として、公任は第四句「二月山寒少有春」をふまえて「少し春ある心地こそすれ」という下句を寄越し、それに対し清少納言は第三句「三時雲冷多飛雪」をふまえて「空寒み花にまがへて散る雪に」と上句を返したことになる。初句を「空寒み」とすることで『白氏文集』「南秦雪」をふまえた謎かけと理解したことを示すことができたのだが、この論理で行けば、「南秦雪」の頷聯は「春夏秋の三時にも、雲は冷たくて、雪が舞うことが多く、二月になっても山は寒くて、春の期間が短い」ことを詩句に作っているのだから、「春の気配」は否定されていることになろう。

伊東倫厚氏は当該詩における「少」の字義を精査され、「少有春」は「春色が殆ど無い」という否定的な意味であるとおさえた上で、改めて公任の句を捉えなおし、「春有ルコトスクナシ」と「スコシ春有ル」の二種類ある当時の訓読法のうち「いかにも和語らしく、且つ七音になる」「少し春ある」を採用した、と指摘されている。(19)

この延長線上に位置づけられるのが鄭順粉氏のご指摘で、「『少有春』の部分は、春の気配がほとんどない、という否定的な意味に傾いた表現として見ることができる」とされる。(20) 鄭氏は「公任の句における『すこし春ある』のあらわす世界も、実際の現実的なものではなく、気持ちの上での仮想的なものであることになる（中略）その背後には、現実的には春の気配が沢山あるはずだという意味合いが含まれている」と解釈された上で、「白詩の『少有春』句を、当日の状況にぴったり合うものとして再構成するためには、確定的な事実である『少有春』の世界を気持ちの上で架空なものに変換させる必要があった」ので、公任の下句の「心地こそすれ」は「白詩の句を当日の天気に一致する内容の和歌として詠み変えるための媒介的な存在」と見て、「公任の句は、白詩の句『少有春』を『すこし春ある』と和語化して表現し、白詩の世界に基盤を持ちながらも『ここちこそすれ』句を付加することによって、白詩の世界とは異なる、当日の特殊さをあらわしたものと見ることができる」とし、「白詩の句の世界に依存しながらも、白詩の世界からの離脱をはかっている。いわば〈重なり〉と〈ずれ〉の面を同時に具有している二重なものだった」ことを指摘される。『白氏文集』当該詩の「少し春ある」は「春の気配がほとんどない」として否定的な意味だが、「心地こそすれ」を付加して下句を「少し春ある心地こそすれ」と仕立てることで『白氏文集』の世界からの離脱を意図した、と見る鄭氏のご指摘は「内容上『少有春』の理由に当たる『山寒』の部分がぬけている」という点も含めて注目されよう。

ただ、春の気配に否定的な意味であった『白氏文集』の「少し春ある」を、二月末で「春の気配が沢山あるはず」だから「白詩の句を当日の天気に一致する内容の和歌として詠み変える」と解釈するより、むしろこの日の天気が春の気配を感じられないようなものであったと語る『枕草子』の本文に注目して、『白氏文集』の世界と公任のいる今日の現実世界が「〈重なり〉と〈ずれ〉の面を同時に具有している」ことをさらに進め、「春の気配は感じられないが、もう二月も末ゆえ、春らしさはどこかにあるはず」というように、その両面性に注目し考察してみてもよいのではないか。

『白氏文集』の世界を転換したものとして、圷美奈子氏は清少納言の返した上句を「原詩の世界を十分に承知した上で、その文言を原詩の世界とは異なる、現時点の状況に合わせて巧みに生かした方法」と見て「今日のこの景色にこそかえって春を感受するその手立てとして、散りくる雪を花に見立ててみせている」と指摘される。(21)清少納言の発想として興味深いが、順接で一首仕立てとなる贈答歌の視点で考察すれば、前提として公任は原詩と異なり、春の気配を感じ取って肯定的にみる立場で下句を寄越してきたことになろう。

そもそも清少納言は、公任が寄越してきた下句「少し春ある心地こそすれ」を受け取った時、どのように解釈したのだろうか。

五　清少納言の躊躇と機転

公任から送られた下句「少し春ある心地こそすれ」は、『白氏文集』「南秦雪」頷聯の第四句「二月山寒少有春」にみえる「少有春」がふまえられたもので、「少」の字義の検証から『白氏文集』において「春の気配は感じられない」と否定的にみる説が導き出された。一方で「心地こそすれ」を付加することで、その『白氏文集』の世界から『枕草子』当該章段の当日の世界へ転換が図られていることも導き出された。書き手清少納言は本文で「げに今日のけしきにいとようあひたる」（今日の様子によく合っている）としているが、このようにいろいろ考えられる下句を受け取り、しかも自分が返しを作らなければならない状況に追い込まれて、かなり困惑したはずである。

その様子は当該章段本文の表現に繰り返し記されている。

〈資料七〉清少納言の躊躇

①　これが本は、いかでかつくべからむと、思ひわづらひぬ。

②　いかでか事なしびに言ひ出でむと、心一つに苦しきを、

③　げに遅うさへあらむはいと取り所なければ、

④　「さはれ」とて「空寒み花にまがへて散る雪に」と、

⑤　わななくわななく書きて

⑥　いかに思ふらむと、わびし。

⑦　これが事を聞かばやと思ふに、そしられたらば聞かじとおぼゆるを、

清少納言は、公任から下句を受け取った瞬間から①この上句（本）はとても付けられそうもない、と思い悩んでいた。主殿司に公任のほかどのようなメンバーがいるのかと尋ね、錚々たる連中が揃っていることを知ると、②どうして無難な答えができようか、と自分一人で悩み苦しむ。定子に相談しようとするが、一条天皇とお休みになっているのでそれもできず、主殿司に急かされるまま、③返事が遅くなれば、なおのこと取り柄もなくなるので、④ついに腹をくくり、「えいやっ」と思い切って「空寒み花にまがへて散る雪に」と上句を作りあげて、⑤震えながら紙に書いて主殿司に渡し、⑥これを見た公任たちはどう思うだろうか、と心細く思っている。そして、⑦公任たちの反応を聞きたいが、けなされているならば聞きたくないと、気に掛け振り回されている複雑な心境と行動を記している。

当時から公任が一目置かれる存在であったことに加え、「みないとはづかしき中」（公任をはじめ、俊賢などのいる中）で清少納言からの返事が披露されるという〈場〉の状況は、第七八段「頭中将のすずろなるそら言を聞きて」に

おいて、頭中将斉信から送りつけられた「蘭省花時錦帳下」に対し、清少納言が主殿司に急かされるまま「草の庵を誰かたづねむ」と返した時と同様の状況であった。[22]

それに加え、公任から送られた下句「少し春ある心地こそすれ」を見た清少納言は、文字通り「それでも春の気配が感じられることだ」として肯定的な意味で取るべきなのか、それとも典拠の『白氏文集』「南秦雪」の「少有春」に従って「春色が殆ど無い」という否定的な意味で取るべきなのか、今日の空模様も考え合わせながら、公任の「真意」を測りかねていたのではないか。[23]

清少納言は定子に、どちらの解釈に立って上句を付けたらよいか、なおさら相談したかったのだろう。しかしそれができなかったことは「上のおはしまして御殿籠りたり」という本文で明確に記される。おそらく公任たちは、一条天皇が定子のもとに渡御していることを承知でこの下句を送りつけ、清少納言が一人で対応しなければならなくなる状況を狙っていたのだろう。

こうした場合の対応は、どちらでも解釈できる「玉虫色」の回答をしておくのがよい。清少納言が返した上句は、肯定的にも否定的にも解釈可能なものであった。現代の解釈になお振幅があるのは、この点に起因するからなのではあるまいか。

まとめ

この視点に立ち、改めて清少納言が返した「空寒み花にまがへて散る雪に」を解釈してみたい。「寒い空から、白い花のように舞い散る雪に」という清少納言の上句は、今日の空模様（「雪少しうち散りたるほど」）に合った「雪」に焦点を当てて解釈すれば、公任が寄越した下句を「春の気配はまだ感じられない」として否定的な意味で受け取って返したことになる。一方、「花」に焦点を当てて解釈すれば、「それでも春の気配は感じられる」として肯定的な意味で受け取って返したことになる。つまり清少納言は、定子に相談できないまま主殿司に急かされ、ぎりぎりの状況で機転を利かせて、否定的・肯定的のどちらでも解釈できる上句「空寒み花にまがへて散る雪に」を詠んで返したものと考えられるのである。[24]

空から降りくる雪を花が散る様に見立てる発想は、『古今和歌集』以来の伝統的なものであった。

〈資料八〉空から降る雪を花に見立てる発想

①『古今和歌集』巻一「春上」雪の降りけるをよめる　紀貫之

9　霞たち木の芽も春の雪降れば花なき里も花ぞ散りける

②『古今和歌集』巻六「冬」雪の降りけるを詠みける　清原深養父

330　冬ながら空より花の散りくるは雲のあなたは春にやあるらむ

①は「霞たち」として春の訪れを予感させており、②は清少納言の曾祖父が詠んだ和歌であった。また①は類題集の『古今和歌六帖』第一帖「残りの雪」の第一九番歌として、②も第一帖「雪」の第七三〇番歌として見える。公任や清少納言にとって、春に降り来る雪を花が散る様に見立てる発想は典型的なものであったと言えよう。

この見立ては逆の発想も確認できる。

〈資料九〉散る花を空から降る雪に見立てる発想

『古今和歌六帖』第六帖「桜」の第四一八二番歌

4182　桜散る木《こ》の下風は寒からで空に知られぬ雪ぞ降りける

桜の花が風に舞い散る様を、空から降り来る雪に見立てたこの歌は、宇多法皇主催の延喜十三年三月十三日『亭子院歌合』[25]に「春」の第七番左歌（第十三番歌）として紀貫之が詠出した歌で、右歌の躬恒「わが心春の山辺にあくがれて長々し日を今日も暮らしつ」に対して「勝」と判じられている。公任も『拾遺抄』巻一「春」第四二番歌に「亭子院の歌合に　貫之」として入集し、『拾遺和歌集』巻一「春」第六四番歌にも見える。公任編の私撰集『金玉集』「春」の第十四番歌や『和漢朗詠集』上「落花」の第一三一番歌にも見えるから、和歌の伝統を踏まえたものとして公任もよく理解していた発想であった。一方、「花にまがへて散る雪」の発想は『白氏文集』「南秦雪」に見えないことから、清少納言が詠んだ上句は、和歌の見立てをふまえたものと見てよい。

このように章段構成の論理を考えていくと、源俊賢による「内侍」推薦奏上も新たな意味を帯びてくる。清少納言にとって「内侍」は、第一六九段「女は」において「女は、内侍のすけ。内侍」と記しているほど憧れのものであったから、この上句の出来によって「内侍」に推薦しようとまで評価されたことは、至上の喜びであった。

公任が寄越した下句「少し春ある心地こそすれ」は、『白氏文集』でもあまり知られていなかった「南秦雪」の頷聯を踏まえたものであった。受け取った清少納言はその典拠には気付いたものの、今日の空模様と合わせて考えると、「少し春ある心地こそすれ」を、出典の「少有春」本来の否定的な意味で解釈するべきか、それとも逆に二月末という今の時節に即して肯定的な意味で解釈するべきか、にわかに判断しがたく、かなり対応が難しい問い(下句)であった。そして定子に相談することもできない状況に追い込まれた清少納言は、急かされて、ついに独力で典拠の『白氏文集』当該部分本来の意味と伝統的な和歌の見立てとを融合させることで、どちらにでもとれる上句「空寒み花にまがへて散る雪に」を返して、この危機を無難に切り抜けた。当該章段はこういった清少納言の才覚が男性貴族たちから『なほ内侍に奏してなさむ』となむ定め給ひし」とまで高く評価された顛末を記したものなのではあるまいか。

【注】

（1）金子彦二郎氏のご指摘による。（「白氏文集と日本文學―主として平安朝和歌との関係に就て―」『国語と国文学』昭和十三年四月刊、後に『平安時代文学と白氏文集（句題和歌、千載佳句研究編）』培風館　昭和十八年刊に所収）

（2）増田繁夫氏は「実成以外に適当な該当者は探せない」（和泉古典叢書1『枕草子』の補註190　和泉書院　昭和六十二年）とされるが、赤間恵都子氏は藤原実資を想定されている。（『枕草子日記的章段の研究』三省堂　平成二十一年）

（3）金子元臣氏著『枕草子評釈』（明治書院　昭和十七年増訂二八版）による。

（4）五十嵐力氏・岡一男氏共著『枕草子精講』（学燈社　昭和二十九年）による。

（5）塩田良平氏著『枕草子評釈』（学生社　昭和三十年）による。

（6）石田穣二氏訳注『新版　枕草子』上巻（角川ソフィア文庫）による。

（7）稲賀敬二先生著『鑑賞日本の古典5　枕草子・大鏡』（尚学図書　昭和五十五年）による。

（8）萩谷朴氏著『枕草子解環』二（同朋舎　昭和五十七年）による。新潮日本古典集成『枕草子』も同じ。

（9）川瀬一馬氏校注・現代語訳『枕草子』上（講談社文庫　昭和六十二年）による。

（10）田中重太郎氏訳注の対訳古典シリーズ『枕冊子』上（旺文社　昭和六十三年）による。

（11）上坂信男氏・神作光一氏他全訳注の講談社学術文庫『枕草子』中巻（講談社　平成十三年）による。

（12）注（5）に同じ。

（13）伊井春樹氏・津本信博氏・新藤協三氏著『公任集全釈』（私家集全釈叢書七　風間書房　平成元年）による。

（14）後藤祥子氏校注『公任集』（新日本古典文学大系二八『平安私家集』所収　岩波書店　平成六年）による。

（15）竹鼻績氏著『公任集注釈』（私家集注釈叢刊十五　貴重本刊行会　平成十六年）による。

(16) 竹鼻績氏校注『大納言公任集』(和歌文学大系五四『中古歌仙集』一所収　明治書院　平成十六年)による。
(17) 注(1)に同じ。
(18) 『白氏文集』は岡村繁氏著の新釈漢文体系九九『白氏文集』三(明治書院　昭和六十三年)による。
(19) 伊東倫厚氏「『枕草子』「少し春ある心地こそすれ」と『白氏文集』「二月山寒少春」と―又名「少有春」小考―」『竹田晃先生退官記念　東アジア文化論叢』(汲古書院　平成三年)による。
(20) 鄭順粉氏『枕草子　表現の方法』(勉誠出版　平成十四年)による。
(21) 圷美奈子氏『新しい枕草子論―主題・手法そして本文』(新典社　平成十六年)による。
(22) 本書第一部第一章第三節「返りごととしての『草の庵を誰かたづねむ』」を参照されたい。
(23) 和歌における「少し春ある心地」の用例は、平安時代末期に藤原俊成が文治六年(一一九〇)の五社百首で日吉社に奉納した「埋み火に少し春ある心地して夜深き冬を慰むるかな」まで確認できない。当該歌は『風雅和歌集』巻八「冬」第八七九番歌に「日吉社へ奉りける百首歌の中に、炉火を」として、また『夫木和歌抄』巻十八「冬部三」第七五九二番歌に「文治六年五社百首」として見える。当該歌で俊成は「埋み火」を夜深き冬を慰めるものとし、「少し春ある心地」を肯定的にみる解釈で用いている。
(24) 五十嵐力氏と岡一男氏は『枕草子精講』において、『白氏文集』「南秦雪」の第三句に見える「雲冷」(雲冷やかにして)をふまえて「空寒み」と言い換えたことに、清少納言の才能の非凡さを認めている。この「空寒み」の表現が当時の和歌ではかなり珍しく独創的なものであったことについては、針本正行氏が「枕草子自讃譚の構造(一)―三巻本九十八段を中心として」(『江戸川女子短期大学紀要』第五号　平成二年三月刊)において指摘される。
(25) 萩谷朴氏著『平安朝歌合大成』(増補新訂)第一巻(同朋舎　平成七年刊)による。

第二章　和歌の表現を活かす章段構成

第一節　「扇」から「くらげ」への展開と構成

はじめに

『枕草子』第九八段「中納言参り給ひて」には、定子の弟である中納言藤原隆家が、定子に扇を奉ろうとして、その前宣伝に訪れた時のやりとりが描かれている。

〈資料一〉『枕草子』第九八段

　中納言参り給ひて、御扇奉らせ給ふに「隆家こそ、いみじき骨は得て侍れ。それを、張らせて参らせむとするに、おぼろけの紙はえ張るまじければ、求め侍るなり」と申し給ふ。「いかやうにかある」と問ひ聞こえさせ給へば、「すべていみじう侍り。『さらにまだ見ぬ骨のさまなり』となむ人々申す。まことにかばかりのは見えざりつ」と言《こと》高くのたまへば、「さては扇のにはあらで、くらげのななり」と聞ゆれば、「これは隆家が言《こと》にしてむ」とて、笑ひ給ふ。

　かやうの事こそは、かたはらいたき事のうちに入れつべけれど、「一つな落としそ」と言へば、いかがはせむ。

定子と隆家の姉弟に清少納言を含めての、和やかな一場面を記した日記的章段である。隆家は、姉定子に献上しようとする扇のその骨がいかにすばらしいかということについて「さらにまだ見ぬ骨のさまなり」という人々の賛を紹介し、その後に得々として自らも「まことにかばかりのは見えざりつ」と語るのであるが、それを聞いていた清少納言が「さては扇のにはあらで、くらげのなり」と返したところ、隆家は「これは隆家が言《こと》にしてむ」と言って笑ったという。

当該章段はあまりに有名なものであり、先学の御論考も多い。しかしながら、清少納言がなぜ「くらげ」を持ち出してきたかという点について論じられたものがほとんどであり、扇の骨と「くらげ」の骨とをつなぐ論理の解明に終始していて、章段全体の会話の展開と構成については、取り立てて考えられたことはなかったように思う。話の流れとしては極めて分かり易いものであるがために、かえってとりあげられることがなかったのかもしれない。

だが当該章段の構成を注意深く追ってみると、隆家が扇を献上しようという時の前宣伝として、その扇の「いみじき骨」(すばらしい骨)の話から始まり、「いまだかつて誰も見たこともない骨のようだ」と人も褒め、隆家自身もそう思うという具合に「いみじき」様の形容がエスカレートし、それを「言高《こと》く」述べたその得意の最高潮の瞬間に、突然清少納言が「海月《くらげ》のなり」と返すという展開になっていることに気付かされる。

本節では、当該章段全体にわたっての会話の展開と構成に焦点を当て、清少納言が当該章段を執筆するに当たって意図したであろう効果的な章段構成について考察してみたい。

一　「くらげの骨」という表現

清少納言の発言「さては扇のにはあらで、海月《くらげ》のなり」が、当該章段の中心に位置するものであることはもはや動かないであろう。従来の諸説もこの発言の解釈を中心になされてきた。

「くらげの骨」という表現に込められた「清女の真意」について述べられたものとして、圷美奈子氏の御論考(1)がある。圷氏は「蝙蝠扇」の使用例の調査を基にして、隆家が献上しようとした扇が「中宮の御宝となるほどの品であった」と考えられることから「希少なものとしての価値」を認められた上で、「話題の中心である隆家献上の扇そのものの価値が看過されているためではないだろうか」と指摘され、また「『くらげの骨』とは「得難いもの」の喩として用いられ」ていることから、「単純に『この世にないもの』というような意味でもちいられているのではないことが言える」とまとめられ、さらに倉田実氏の解釈「見たことのない骨なら、あるはずのない海月の骨だろうと揶揄したわけであるが、一方で、あるはずがないから貴重なもの、珍しいものという意を働かせていたのかも知れない(2)」を圷氏自らが引用し、一歩進めた上でこの二つを連動させて、清少納言の「海月《くらげ》のななり」という発言を「隆家の気持ちに沿う方向で発想された『非常に珍しく、貴重なもの』の喩としての秀句であると理解される」とする解釈を提示された。

この解釈に近いものとしては、江戸時代の延宝二年（一六七四）五月に刊行された加藤磐斎の『清少納言枕双紙抄』が特筆されよう。当該章段において「くらげの、とは、ありがたきこゝろを云也」と傍注を付し、また標注では「海月も骨にあふなどいへる諺も侍れば、それにちなみ、かける成べし。是、大切なる事をいはん為なり」としている。「ありがたきこころ」（めったにない、珍しいことを表現したもの）と解した上で、「大切なる事をいはん為なり」（この扇が大事な宝物であるというためのもの）として両者を繋ぎ併せていることに注目したい。

もっとも加藤磐斎の注釈によると、「すべていみじく侍る」を隆家の発言とはとらずに「御前の人々の詞也」とし、「さて扇のにはあらで」の発言者を清少納言ととらずに、「御前の人々、公達などの詞成べし」としている上、「これは隆家がことにしてん」に至っては「以下、中宮の仰也」と注釈している。末尾の一文を「人ごとなおとしそ」としているのは北村季吟の『枕草子春曙抄』と同じとしても(3)、『枕草子春曙抄』が「人毎也」と傍注を付しているのとは異なり、『清少納言枕双紙抄』では「人事」として「中宮の仰也」と解釈し、続けて「人のうえのことを、かたはらいたきさまいひおとしめなど也。此故に、ここにいれしも、口おしきといふ心もみへたり。いかゞはせんとかけるは、此心なるべし」とするなど、当該章段全体にわたる解釈は現在のものとはかなり異なる箇所が存在するので、十分注意を払う必要がある。

圷氏の御論考は傾聴すべきものであろうが、しかしながら「くらげの骨」を「得難いもの」の喩えとする論拠として挙げられた和歌三首の処理に関しては、もう少し検討の必要があるように思う。

① 世にし経ばくらげの骨は見もしてむ網代の氷魚は寄る方もあらじ

（『元真集』第三三二番歌）

② みづはさすやそぢあまりの老のなみくらげのほねにあひにけるかな

（増賀上人『袋草紙』[4] 希代歌）

③ 我が恋は海の月をぞ待ちわたるくらげのほねにあふ夜ありやと

（源仲正『夫木和歌抄』巻二七 第一三一五六番歌）

まず①の『元真集』所収歌に関しては、清少納言以前の用例である以上に、当該例が贈答歌の返歌に当たるものであることに注目して解釈しなければならないだろう。また②の増賀上人の歌に関しては、長保五年（一〇〇三）に詠まれたこの辞世和歌に対して、源信らが「くらげの骨」という表現をめぐって詩歌を詠作していることからの検討がなされる必要があろう。さらに③の源仲正の歌に関しては、「後代のもの」という観点ではなく、「くらげの骨」という表現が前代のものと比べてどのように変化しているかという検討が加えられる必要があろう。そこで、和歌における「くらげの骨」という表現について、整理して考察してみよう。

二　和歌における表現としての「くらげの骨」

①の『元真集』における和歌は、以下に挙げる贈答歌として所収されている。

〈資料二〉『元真集』

忘れたる人に言ひにやるとて、

331 葦間行く宇治の河浪流れてもおのが屍を見せむとぞ思ふ

返し

332 世にし経ばくらげの骨は見もしてむ網代の氷魚《ひを》は寄る方もあらじ

『尊卑分脈』(5)によれば、藤原元真は南家藤原氏の武智麻呂六代の末裔で、清邦の子、修理進とある。生没年は未詳。天徳四年（九六〇）内裏歌合に出詠し三十六歌仙に数えられる。『後撰和歌集』には入集されず、『後拾遺和歌集』が初出である。康保三年（九六六）に丹波介に補任された人物である。

わかりにくい内容の歌であるが、元真が疎遠になった女に「貴女にさし上げる氷魚を採るために、自分は宇治川の早い流れに流されてしまうかもしれないが、屍になってでも、貴女にまた逢いたいと思う」という歌を贈ったところ、「長生きしたらくらげの骨を見るようなことがあるかもしれないが、私の家はあなたが夜に寄る所ではあるまいから、宇治川の網代で採った氷魚など私の所に持って来ないでほしい」という返事が来たということになろうか。

これと大変よく似た贈答歌が大中臣能宣の私家集『能宣集』に見える。

〈資料三〉『能宣集』

宇治の氷魚の使し侍る人の、昔語らひ侍りける女のもとに遣はせる

387 石間行く宇治の河浪流れても氷魚の屍は見せむとぞ思ふ

これが返しして「得む、氷魚はとどめじ」と申せば

388 いきたらばくらげの骨は見もしてむ氷魚の屍は寄る方に寄れ

こちらの贈答では、「宇治の氷魚の使」に任じられた人が昔の恋人に贈った歌と、その返しということになり、返歌の詞書から推察できる状況は「申せば」に注意すると、女が能宣に「歌はいただきましょう。ただし氷魚は私の所にはおいておきませんよ」という内容での代作を依頼したということになろうか。

和歌の内容としては、「岩間を流れる宇治川の早い河浪が寄ることのないように我が身は流れ去り、もはや昔のように貴女とよりを戻すことができないにしても、こうして採った氷魚は貴女にさし上げたいと思います」という贈歌に対し、「長生きしたら、くらげの骨という物は見ることがあるかも知れないけれども、あなたが下さるという氷魚の屍は、今のあなたにとって持っていくべき所に持って行きなさい。私の所へは持ってきて下さいますな」と返したことになろう。つまり、氷魚のみならず相手の気持ちまでも受け取りを拒否した女の返歌ということになる。

増田繁夫氏は『能宣集注釈』(6)において、『元真集』所収の贈答歌との関連について「『能宣集』にいう『宇治氷魚使』が藤原元真であり、その元の妻の返歌を能宣が代作してやったということであろう。『元真集』では形が違うのは、後に整えられたのであろう」との見解を示しておられ、首肯すべきご指摘と考える。

いずれにせよ共通しているのは、宇治の河浪と氷魚をだしにして復縁をちらつかせた男の歌に対して、これをきっぱり拒否した女の返歌ということである。そして「長生きしたら、くらげの骨を見ることがあるかもしれないが、それでもあなたとは二度と逢うつもりはない」という女の強い拒絶の歌において「くらげの骨を見る」という表現が用いられている点が注目される。ここでは滅多に見ることがないものとして「くらげの骨」が象徴的に用いられ、あなたが命懸けで宇治の氷魚を採って私にくださろうとしても、私はそれを受け取るつもりはないし、この先長生きして「くらげの骨」のような珍しいものを目にする機会があったとしても、あなたとはもう二度と逢うつもりはない、という論理で歌が構成されているのである。当該歌の「くらげの骨」という表現には、「すばらしいもの」という意味合いはないようであるし、また「極楽往生」も関係ないだろう。

藤原元真も参加していた天徳四年内裏歌合にも出詠し、正暦二年（九九一）に没するまで歌人として活躍した大中臣能宣は、清少納言の父清原元輔とともに梨壺の五人として『後撰和歌集』編纂に携わり、元輔が肥後守として赴任していく時には「共に老いて別るる」と詠みかわしている。この和歌における「くらげの骨」という表現は、あるいは元輔の娘である清少納言の目にとまったことがあるのかも知れない。

②の増賀上人の歌は、『今昔物語集』巻十二「多武峰増賀聖人語三三」[7]に、「往生極楽ニ寄テ」「聖人モ自ラ和歌ヲ読テ云ク」として「ミヅハサスヤソヂアマリノオヒノナミ、クラゲノホネニアフヅウレシキ」の形でも見える。『袋草紙』では上巻で「権化の人の歌」（仏菩薩の化身の歌）として書写山の性空上人の歌の直前に配されている。この歌については、冨永美香氏がその御論考「増賀説話における辞世和歌」[8]において、増賀上人の辞世歌に応じて作られた「結縁衆詩歌」を詳しく考察されている。冨永氏はこの詩歌詠作のメンバーである土佐君定仁・龍門聖春秀・検校（聖昭）・平救・安養願証尼・横川禅門僧都源信・書写の聖（性空上人）・智静聖とその詠作について検討され、源信が「不審なり海月の骨」とし、智静も「海月の骨と何思ひけむ」としていることから、両者共に納得しかねて疑問を呈しており、また増賀を師とした平救は「極楽の迎へ」に遭うと解し、源信の末妹の安養願証尼は「世になきものに遇ふ」と解しているなど、「くらげの骨」という表現の解釈をめぐってそれぞれが戸惑っていたことを指摘された。冨永氏は「増賀は臨終の時点で完全には理解されることのない謎に満ちた辞世を残した。結縁の衆も辞世と臨終に対して各自がそれぞれの思いを述べ、『くらげの骨』の語に不審を抱きながら往生を見た。彼らは増賀の辞世から現世が問いと内省の期間であることをおのずから体験したと言えよう」とまとめられている。

ここで注目したいのは、長保五年（一〇〇三）六月八日未刻の臨終前日に詠まれた当該歌における「海月の骨」という表現は、親しい間柄であっても、はっきり意味が通じるものではなかったことである。つまり、清少納言が定子に仕える女房として活躍した直後の時代においても、「海月の骨」という表現はこれというはっきり定まった意味を示していたとはみなすことができない、ということになる。

③の源仲正の和歌は鎌倉時代後期に成立した類題和歌集である『夫木和歌抄』巻二七雑九動物部「海月」に所収されている。仲正は『尊卑分脈』によれば「仲政」と見え、源三位頼政の父で『金葉和歌集』初出の歌人である。『金葉和歌集』に二首、『詞花和歌集』に一首、『千載和歌集』に七首見える。『詞花和歌集』所収歌から後二条関白師通に勾当として仕えたことが確認でき、『千載和歌集』には下総守を終えて帰郷京した折に、源俊頼と交わした施頭歌の贈答が所収されている。

当該歌は「くらげ」の漢字表記「海月」を活かし、実りそうにない恋と知りつつもかすかな望みを抱いて海に月が出る暗い夜時分まで待ち続けた、という表記と音の掛詞を駆使したかなり技巧的なものになっている。これと類似した発想のものには、三条天皇皇女禎子内親王の乳母として活躍した弁乳母の歌に例が見られる。

〈資料四〉『弁乳母集』

しほゆの所に、くらげのありしを

105　山の端を出づるのみこそさやけけれ海なる月のくらげなるかな

弁乳母の歌には「くらげの骨」という素材は見えないが、源仲正の当該歌と比較してみると、「海なる月」と「くらげ（海月）」の発想や、「くらげの骨」と「暗げ」の掛詞の技法が用いられていることの他に、「さやけけれ」と「暗げ」の対比及び「山の端」と「月」の縁語を駆使した、かなり技巧的な歌と言えよう。仲正の歌は決してオリジナルな発想ではないことが確認できる。仲正は弁乳母の和歌に見られる発想をもとに「くらげの骨」という表現を詠み込み、実現しそうにない恋の成就すなわち「逢ふ夜」の到来を、かすかな望みを託して待ち続けることを、

「くらげの骨にあふ夜ありや」と表現しているのである。

したがって、③仲正の歌の「くらげの骨」という表現は「めったにないもの」でありながらも「もしかしたらありえるかも知れないもの」というかすかな期待をかけているものであることになろう。①の元真の歌と比べて、拒絶とは正反対の、すがるようなかすかな期待をこめた男の歌に用いられている点に注目したい。

以上「海月《くらげ》の骨」という表現を用いた和歌について考察してきた。「ありえないもの」から少し譲歩して、「長生きすれば、あるいは見ることができるもの」で、「もしかしたらあるかもしれないもの」というかすかな期待をかけることもあり、だから「めったに見ることのない珍しいもの」という、段階の幅をもった意味が込められ、しかも強い拒絶からすがるような期待まで、諧謔的な表現として用いられていることが指摘できる。

また仏教的な意味としては「極楽往生」という比喩も見られたが、しかしその意味のとり方は、親しい者同士であっても謎めいた表現としてとらえられていることも確認できた。つまり、表現としては固定されたものではなく、それゆえに意味のとらえ方に幅のあるものであったということになってこよう。

三　特異な語を活かす章段の構成

では当該章段における「海月《くらげ》のななり」は、どのように解釈すればよいのだろうか。この解決を図るに当たり「扇の骨」と「くらげ」の骨の論理的解釈という視点ではなく、清少納言が「見たこともない骨」を「さては扇のにはあらで、くらげのななり」と返した発言に至る展開と章段の構成についてこだわって考えてみたい。

そもそも「くらげ」なる語は『源氏物語』にすら一例も確認されず、清少納言以前に用いられた文学作品における用例も、『古事記』上巻にイザナギとイザナミが天地を創造する箇所において、「次に国稚く、浮かべる脂の如くして水母なす漂へる時に」と見えるぐらいで、あるにはあるものの極めて少ない。食用とされていたことについては、『延喜式』第三一宮内省「諸国例貢御贄」に「備前甘葛煎水母」とあることから確認できるが、いずれにせよ文学作品においては、極めて特異な語と言えよう。

さらにもう一つ、清少納言の発言の直前にみえる「言高《ことたか》くのたまへば」という叙述は、隆家の発言の様を形容しているものであるが、この「言高《ことたか》くのたま」ふという表現も「くらげ」同様に『源氏物語』において一例も確認されないという特異なものなのである。これらの特異な語を用いた清少納言の書き方に注目すれば、新たな問題点が浮かび上がってこよう。

そこで注目したいのが、北村季吟の『枕草子春曙抄』における当該章段の注の付け方である。まず北村季吟の付けた注をすべて確認してみたい。

本文の傍注として冒頭の「中納言殿参らせ給ひて」に対しては「是より別の事也隆家の事也」と付けて、独立した話であることを確認している。隆家の最初の発言「たかいへこそ、いみじき骨をえて侍れ」に対して「隆家のみづからの給ふ詞也」「扇の骨也」と付し、「おほろけの紙ははるまじければもとめ侍る也」に対しては「大かたの心也」「かくよき骨に大かたの紙は張まじければ可然紙を尋ると也」と付けている。これを受けた定子の発言「いかやうなるにかある」に対しては「后宮の御詞也」と確認させ、続く隆家の二つ目の発言の「すべていみじく侍る」に対して「隆家の詞也。見事なるほねと也」と付け、「まことにかばかりのは侍らざりつと」に対して「かほどのほねはなしと也」と付けている。そしてこの隆家の発言の様子を描写した「ことたかく申給へば」に対しては「言高く也高上の心也」と付け、漢字表記による意味の提示とその時の隆家の心情を確認している。次の、清少納言の発言「さて扇のにはあらでくらげのなり《（ママ）》」に対しては「清少の詞也」と確認した上で、「海月の骨はまれなる心也」と注釈し、頭注で「くらげのなり《（ママ）》」に対して増賀上人の歌「みつわ《（ママ）》さす八十餘りの老の波海月のほねにあひにけるかな」を例歌として掲げている。また清少納言の発言を受けた隆家の三番目の発言「これはたかいへかことにしてん」に対しては「隆家の詞也」と確認した上で、「此清少の戯言の面白きをうらやめる詞也」と付け、「扇の骨ではなくて海月の骨である」という清少納言の発言を、清少納言のおもしろい「ざれごと」として解釈し、隆家はそれを羨んでの発言と注釈している。末尾の一文の「かやうの事こそ、かたはらいたき物のうちに入れつべけれど」に対しては、「自賛めきし事なれば也」と付け「人ごとな《(ママ)》おとしそ」に対して、「ごと」については「毎也」と漢字表記による意味の提示をし、「なおとしそ」に対しては「書落しそ也」と付けた上で、頭注には「かたはらいたき物の内に」に対して「自賛めきたる事いふは此双紙の片腹痛き物の内に入りて、こゝには書まじけれど、人毎にな書落しそといへば、せんかたなくて書しと也」と付けている。

　以上が『枕草子春曙抄』における北村季吟の注である。季吟は「海月の骨」に対して、頭注で増賀上人の歌を参考にした上で「まれなる心也」とし、これを「戯言」として「面白きをうらやめる」と注を付けていることから、清少納言の発言を「秀句」として評価しているのであり、それは当該章段に続く本文「雨のうちはへふるころ」に対して「是亦別の秀句のものがたり也」と傍注を付しているからも確認できる。しかしそればかりではなく、季吟の「骨」についての注の付け方を丹念に見ていくと、次のことを指摘できるのではないだろうか。

　まず隆家の最初の発言における「いみじき骨」を「扇の骨也」と確認させ、次の隆家の発言における「すべていみじく侍る」を「見事なるほねと也」と注釈し、続く「まことにかばかりのは侍らざりつ」を「かほどのほねはなしと也」と注釈して、その骨のすばらしさを強調すると同時に、それを語る語気についても「言高く也。高上の心也」と注釈することで、すばらしい骨をめぐる隆家の形容と興奮とがエスカレートしていくことを印象付けている。その後で清少納言の発言「くらげのなり《(ママ)》」を「海月の骨はまれなる心也」と注釈しているのであるから、この注の流れとしては、「扇の骨」が話題であることをまず確認した上で、それがエスカレートして行き、その頂点に達したところで、一挙に清少納言によって「まれ」な海月の骨に転換させられることに注目させるようになっていると言えよう。

北村季吟自身が意識的にそのように注を付けていたのか、あるいは本文にそって注を付けていくうちに自然とそのようになったのかは俄に判断しがたいところだが、『枕草子春曙抄』の注の付け方をこのように読み解くことは、当該章段の構成を解釈する上で極めて重要な点であり、もっと注目されるべきではないだろうか。

四 「秀句」を支えるもの

当該章段の白眉が、清少納言の「さては扇のにはあらで、海月《くらげ》のななり」にあることは諸注の指摘するところである。金子元臣氏は『枕草子評釈』(9)において「海月の骨の洒落は大出来である。秀句、地口などの駄洒落とは一つにならぬ」と述べられ、関根正直氏は『枕草子集註』(10)において「此の段は、隆家中納言の、扇の骨の事をいひしにつきて、清少の秀句いひたる事をかけり」「我が言ひたる秀句を、人に望まれつる事など、自賛がましければ」とされ、塩田良平氏は『枕草子評釈』(11)の「鑑賞」において「この作者の警句はおもしろい。この當時、警句とかしゃれとかを「秀句」といつた。このばあいの秀句は、非常に自然で氣取ったところがない」と述べられ、池田亀鑑氏も『全講枕草子』(12)において「作者の機智が他を感心させたという一挿話である」とされる。この点は動かない。

また、末尾の一文に対する評は、概して悪い。金子元臣氏の「文章は軽々と書かれて、甚だ妙である。『かやうの事こそ云々』以下は蛇足の感じがする」という注釈や、池田亀鑑氏の「いわばちよつとした自慢話でもあるので『かやうの事こそはかたはらいたきことのうちに入れつべけれど云々』と言い訳めいたことを書き添えているのであろう」という「要説」、そして萩谷朴氏が『枕草子解環』(13)において「まことに他愛のない自慢話であることに気がさすのであろう」「作者が読者に直接語りかけて弁解を試みている」との語釈に代表されるように、「蛇足」「言い訳」「弁解」と見られることがほとんどである。

しかしながら、ここで改めて確認しておきたいことは、諸注が既に指摘していることではあるが、清少納言が読者の反応を想定して書いているという点である。末尾の一文には清少納言の当該章段執筆に当たっての舞台裏が記されていると読めるのだが、「一つな落としそ」という指示に従い、「いかがはせむ」としながらも書き記しているのだから、清少納言としては、たとえ「かたはらいたきことのうちに入れつべけれど」とわざわざことわらなければならないような自慢話であるにせよ、書く以上は中心となる「さては扇のにはあらで、海月《くらげ》のななり」と返した自分の発言がより効果的になるように、意図的に章段を構成したとは考えられないだろうか。

同じ内容を一章段として書き記すにしても、話の展開と構成の書き方によってはおもしろくもなり、また大したことではないと感じられるようにもなる。末尾の一文は、読者に対する弁解と同時に、読者を意識しての執筆と言う証拠にもなる。この点から遡及していくと、当該章段の構成も読者に対する効果を想定して書かれたとは考えられないだろうか。自慢話からできるだけ「灰汁《あく》」を除くには、簡潔にして端的に記せばよい。そこで生きてくるのが、話の展開と構成であろう。「秀句」を支えるものとして、「海月《くらげ》の骨」という表現それ自体のおもしろさだけではなく、それを効果的にする章段の構成までも視野に入れるべきではないか。

五　当該章段の展開と構成

当該章段は、中納言隆家が定子のもとに参上した所から話が始まる。いきなり扇を献上する話題が提示され、「いみじき骨は得て侍れ。それを、張らせて参らせむとするに、おぼろけの紙はえ張るまじければ、求め侍るなり」という隆家の発言が記される。隆家が手に入れた扇は、骨自体が既に大変すばらしいものであったから、並大抵の紙を張るわけにもいかず、これにふさわしい紙を今探し求めています、という。献上しようとする「扇」が「骨」

の段階ですでにすばらしいというのである。まだ張るべき紙も探し当てていないのだから、隆家としては「骨」を中心としてしか話ができないわけだが、それだけに「骨」の段階でいかにすばらしいかについて、「おぼろけの紙はえ張るまじければ」と宣伝することで、完成時の様を彷彿とさせることに成功している。その意味でこの隆家の最初の発言は、いわば話の前座とも言うべき導入部としての機能を果たしていると言えよう。

　事前にこれほどの前宣伝をされては、貰う方の定子も興味を示し「どれほどすばらしいものなのか」と問うことになる。この発言は当然の展開であり、しかも隆家にさらなる説明を語らせる役目を果たす。その上で、定子の興味を惹くことに成功した隆家が、さらにその「骨」のすばらしさを語り続けるのであるから、一層説明過剰になっていく。つまり定子の発言は、隆家の話が大きく膨らんでいく次の発言を引き出すための、言わば誘い水として機能していると言えよう。

　隆家の二番目の発言を見ると、「いみじき骨」のさらなる説明に終始していることがわかる。その説明の論法に注目して読み解いてみたい。まず自分の感想として「すべていみじう侍り」と話し、何もかもすばらしいとした上で、自分以外の人々も「さらにまだ見ぬ骨のさまなり」と口々に言っていると続け、他人も他に見たこともないほどすばらしい骨と認めていることを示している。これによって他人の評価を引き合いに出して客観性を持たせることができ、自分だけの誇張ではないことを示すことができた。そして、さらに重ねて「まことにかばかりのは見えざりつ」と「言《こと》高く」言い、まことにこれほどすばらしいものは見たことがない、と声高に話したのである。つまり隆家の発言は、すばらしい骨であることを何度も繰り返しているのであって、その最大の表現として最終的に「これほどのすばらしい骨は、未だ嘗て見たことがない」ということを他人の評と自分の評とで二度も繰り返し、それを興奮しつつ声高に話して、得意の頂点に至ったのである。滑稽でもあると同時に、また「いみじき骨」という表現を読者に強く印象づける機能を果たしている点にも注目したい。

ところで、ここまでを「骨」をめぐる言説に焦点を当てて整理すると、「扇」の骨は「いみじき骨」（すばらしい見事な骨）として登場し、定子の関心を得たことでそれが誇張され、「いみじき」を強調するために、「さらにまだ見ぬ骨のさま」（未だ嘗て見たことがない骨の様）という表現にエスカレートしている。隆家の論法でいけば「さらにまだ見ぬ（いみじき）骨」ということになろう。

また「骨」のすばらしさが、張る「紙」との取りあわせで強調されている点と、隆家の発言に「扇」という言葉がない点にも注目したい。三巻本系のみならず、能因本系の諸本にも記されていないのだから、これは執筆当初から清少納言は書いていないと見てよい。もちろん話題が扇なのだから「骨」が扇のそれをさすことは自明のことなのだろうが、隆家の三つの発言の中に、全く「扇」の語が見られない点については大いに注目する必要があろう。「扇」の語が発言中で語られるのは、清少納言の発言のみである。これらの点を確認していくと、清少納言の意図的な章段構成が見えてくるのではないか。

そこでいよいよ清少納言の発言を考えてみたい。清少納言の唯一の発言「さては扇のにはあらで、くらげのななり」は、「さらにまだ見ぬ骨のさま」という表現を通して、それまで自明であった「骨」が、「扇」から「海月《くらげ》」へと一気に転換させられてしまっている。急転直下の展開ながら、おかしさとおもしろさがあるのは、隆家が得意になって、「骨」の「いみじき」様を「さらにまだ見ぬ骨」と過剰に表現し過ぎたために、表現が浮き過ぎて一人歩きした滑稽さをとらえ、「見たこともない骨ならば、海月《くらげ》の骨なのでしょう」と足元をすくった形になっているからである。海月《くらげ》の骨なら、なくなってしまう。たとえあったとしても長生きでもしないかぎりお目にかかる機会はないもので、それに張るべき紙も容易に探し求められるはずもなく、したがって献上品としての扇は当分完成しそうもなく、前宣伝にやってきたのに、実際に献上するのは、随分と先の話になってしまいそうである。事実『枕草子』の中で、この時話題にした扇を隆家が定子に献上した記事は見当たらない。準備中のプレゼントがいかにすばらしいものであるかを誇張するあまり、表現のすりかえにより「扇の骨」が「海月《くらげ》の骨」になってしまった。年若い定子と隆家の姉弟の会話として、長生きしたらあるいは見ることができるかもしれないという「海月《くらげ》の骨」という形容は、めったにない貴重な品としての評価ととることもできようが、このように見ていくと、どうも清少納言は「この世にあるはずもないもの」としてとらえ、この「ずれ」による「異化」から生じる落差こそが滑稽なのであるとして、この章段の中心に据えているのではないか。得意げに自慢する隆家のエスカレートし過ぎた表現に対して、「それは言い過ぎよ。はやく差し上げなさい。定子様も関心を示されていることだし」というぐらいのつもりであったのではないか。また『元真集』や『能宣集』に見られる「海月《くらげ》の骨」という表現を強く意識していると見るならば、長生きしたらあるいは目にする機会があるかもしれないという素材を持ち出すことによって、まだ年若い隆家とのギャップも滑稽さにつながってくるだろう。

さて、隆家は清少納言の発言を受けて「これは、隆家が言《こと》にしてむ」と言って笑った。自分の秀句にしてしまおう、と特許権の譲渡を願い出ている。もしこれが「さぞすばらしい、ありがたいもの」として理解されたのなら、献上する扇のすばらしさを形容する最上級の誇張の表現として、端的に「海月《くらげ》の骨」を使おう、ということになる。しかしそれでは「扇の骨」を「海月《くらげ》の骨」とずらし、異化したことが活かされては来ない。ストレートであるがくどくどしい隆家の論法よりも、清少納言の「海月《くらげ》の骨」のほうが、端的であると同時におもしろくもあり、また様々に解釈できる。相手の反応もいろいろ見ることができる。いわば大人の会話としての余裕のある表現なのであり、それを少年隆家は自分の表現として権利譲渡を願い出ているのではあるまいか。

清少納言は決して隆家の表現の揚げ足をとったのではない。中関白家が清少納言に求めていた、気の利いた表現として「海月《くらげ》の骨」を持ち出したのである。だから隆家は笑いつつ受け入れたのであり、それを認めて受け入れる姿勢を示した隆家の姿を描くことで、結果的に隆家の人物像を書き記したことにもなってくるのである。

まとめ

当該章段のストーリーは、「扇」の前宣伝をしにやってきた年若い隆家が、姉定子の関心を得て、いっそう得意になって終始「骨」のすばらしさを繰り返し、「見たこともない骨」というエスカレートした表現になったところを、清少納言がすかさずとらえ「くらげ（海月《くらげ》）」と、ずらして笑い話にしたという、他愛ない話ではある。しかしその内容を、話の展開と章段構成に視点を当てて読み解いていくと、「扇の骨のすばらしさ」をめぐる各表現が、相互に極めて有機的に機能していると言えよう。そこに清少納言の書き手としての意図的な章段構成が見えるのではないだろうか。

言うまでもなく、当該章段における隆家の発言は、一字一句正確に清少納言が再現したものではない。内容として記憶していたことを書き手である清少納言が執筆時に再構成したものであると考えなくてはならない。発言内容に大異がない範囲で、細かな表現については清少納言の意図によって再構成されたものということになる。したがって話の焦点をどこに設定するかにより、話の展開と章段の構成が考えられ、それを活かす形で意図的に細かな表現も記されていることになる。つまり、書き手としての意図的な脚色と演出が介在することになろう。そこに『枕草子』の書き手としての清少納言が存在し、この話をわざわざ書き記すという意図が認められるのではないか。

こういった視点で読み解いていくと、書き手は当該章段の話の展開と構成を意図的に計算して書いていることがわかる。当該章段を記すに当たり、当初から意図的な章段構成が存在していたと想定できるのである。

【注】

（1）圷美奈子氏『枕草子』「中納言殿まゐらせたまひて」の段をめぐって」『中古文学』第五五号所収（平成七年五月）による。のちに『新しい枕草子論　主題・手法・そして本文』（新典社　平成十六年）に採録。

（2）『国文學─解釈と教材の研究─』（学燈社　平成六年十月臨時増刊号）「海月」項による。

（3）『清少納言枕双紙抄』の本文は『枕草子』諸本の混態本文であり、『枕草子春曙抄』の本文は能因本系の本文である。当該部分は三巻本系本文では「一つな落としそ」とあるが、能因本系の最善本とされる三条西家旧蔵現学習院大学蔵本では「ことに落としそ」、それ以外の富岡本など能因本系の多くが「ひとことな落としそ」という本文を有する。

（4）藤岡忠美氏校注の新日本古典文学大系『袋草紙』（岩波書店　平成七年）による。

（5）新訂増補国史大系第二篇（吉川弘文館　昭和六十二年）による。

（6）増田繁夫氏著の私家集注釈叢刊七『能宣集注釈』（貴重本刊行会　平成七年）による。

（7）『今昔物語集』は、馬淵和夫氏、稲垣泰一氏、国東文麿氏校注・訳の新編日本古典文学全集（小学館　平成十一年）による。

（8）『日本文学』（東京女子大学）第七二号（平成元年九月）による。

（9）金子元臣氏著『枕草子評釈』（明治書院　昭和十七年増訂二八版）による。

（10）関根正直氏著『増訂　枕草子集註』（思文閣出版　昭和五十二年　もとは昭和六年刊）による。

（11）塩田良平氏著『枕草子評釈』（学生社　昭和三十年）による。

（12）池田亀鑑氏著『全講枕草子』（至文堂　昭和三十一年）による。

（13）萩谷朴氏著『枕草子解環』二（同朋舎　昭和五十七年）による。

第二節　「ほととぎす」の歌ことば世界と創造への志向

はじめに

　長徳四年（九九八）五月五日の朝、清少納言は中宮定子が用意した車に乗り、女房三人を従えて職の御曹司から郭公の声を尋ねに、賀茂の奥へと出掛けていった。第九五段「五月の御精進のほど」に記されたこの外出は、五月一日から雨がちな曇りの日が続き、「つれづれ」のあまり清少納言自ら「郭公の声尋ねに行かばや」と提案したことが発端で、中宮職よりわざわざ車を一台用意してもらい、同行希望者の多い中をわずか四人で日帰り探訪を許されたものであった。一行は洛北にあった中宮の伯父高階明順の館を尋ね、そこで「げにぞかしがましと思ふばかりに鳴き合ひたる郭公の声」を聞く。[1]

　本来ならばここで郭公の声を聞いたことを和歌に詠み、それを「公務出張」の「報告書」[2]として帰参の後に披露することになるのだが、清少納言ら一行は他の興味深い事に興じてしまい、歌が詠めずじまいで帰ってきてしまった。歌を詠まないまま帰参した清少納言たちを定子は珍しく強い調子で叱る。そして今ここででも詠むよう命じるが、また突発的な用事に追われるうちに取り紛れ、結局歌を詠めないままになってしまった。

　この後、開き直った清少納言は晴の席での詠歌免除を定子に願い出てそれが許されるのだが、時として笑いを誘うようなことが和やかに語られるこの章段に対して、「なぜ清少納言は、当然詠むべきであった郭公の歌を、詠めずじまいで終わってしまったのか」という疑問を禁じ得ない。

清少納言は和歌の才が劣っていた、と言ってしまえばそれまでだが、『枕草子』で清少納言の古典をふまえた和歌のやりとりが随所に見出せることから、この章段で清少納言が郭公詠を詠めなかったことに、積極的な理由の存在が想定できるのではないか。以下、第九五段を中心に、定子の文言「あまり儀式定めつらむこそ、あやしけれ。ここにても詠め」と、清少納言が「元輔が後と言はるる君」と見られていたことを手掛かりにして、伝統と創造の間で苦闘していた清少納言の姿を読み取ってみたい。

一　注目されていた清少納言の詠歌

清少納言が郭公の歌を詠むことを自分の任と考え、気に掛けて何度も詠もうと試みていたことは、田舎の見せ物に興じて「郭公の歌詠まむとしつる、まぎれぬ」と記し、五月雨に追われるように田舎の明順の館を出て帰途に付く時、「さてこの歌は、ここにてこそ詠まめ」と提案し、土御門の前で藤侍従公信から「歌はいかが。それ聞かむ」と所望された時には、「今、御前に御覧ぜさせて後こそ」と答えていることなどから確認できる。

また帰参後「さていづら、歌は」とお聞きになった中宮定子に、「かうかう」と歌を詠まなかったわけを申し上げた(3)ところ、「口惜しのことや。上人《うへびと》などの聞かむに、いかでか、つゆをかしき事なくてはあらむ。その聞きつらむ所にて、きとこそは詠まましか。あまり儀式定めつらむこそ、あやしけれ。ここにても詠め。いと言ふ甲斐なし」と叱られ、清少納言は「げにと思ふに、いとわびしきを、言ひ合はせなど」していることから、なおも郭公の歌を詠もうとしていた姿勢を読み取ることができる。

しかしながら藤侍従公信から和歌が送られてきて、その返歌を先に考えたり、急な雷の音に脅えながら御格子をおろしたり、また雷の見舞いに中宮を来訪する人々の応対をしたりなど、歌の考案中に諸事に追われたため、結局郭公の歌を詠むことは紛れてしまった。それぱかりか公信への返歌すら詠めなかった清少納言は「今日は歌はだめだ」と一旦は気落ちするが、ここまでくると逆に開き直り、なおも歌を求め「詠む気がないのでしょう」と不満気な定子に対して、「されど、今はすさまじうなりにて侍るなり」と意見し、「そんなことがあろうか」と言う定子の言を無視して、とうとう沙汰やみになってしまったのである。

定子が「さていづら、歌は」と尋ねて、「上人などの聞かむに、いかでかつゆをかしき事なくてはあらむ」と叱ったことは、「郭公の声聞きて、今なむ帰る」と聞いた公信が「歌はいかが。それ聞かむ」と言っていることと対応すると見てよいだろう。郭公の声を聞きに出掛けていった清少納言の一行が、いったいどんな歌を土産として詠んできたかということは、大きな関心事でもあった。それ故に「報告書」の次元を越えて、定子が執拗に清少納言たちに求めたものだったのであろう。

二　清少納言と郭公

郭公に寄せる清少納言の思いは強い。第三九段「鳥は」で異国のものとして鸚鵡を挙げた後に、郭公、水鶏、鴫、都鳥と和歌によく詠まれる鳥を列挙している。そして「郭公は、なほさらに言ふべき方なし」と言い、石田穣二氏が「歌を踏まえたような書きぶり」(4)と注された文言を書き連ねて礼賛し、人より先に聞こうとして寝ずに起きていて、ようやく明け方に聞いた鳴き声を「らうらうじう愛敬づきたる」と感じ、これを「いみじう心あくがれ、せむかたなし」と評する。

清少納言にとって郭公は、「忍びたる」声で「遠く空音かとおぼゆばかりたどたどし」く鳴くのを聞いて「何心地かせむ」(第三段「正月一日は」)と感じるのは勿論のこと、夕暮時に郭公が「名乗りしてわたる」のも「すべていみじき」（第三七段「節は」）と感じている。また五月の節会の帝の御輿の先で舞人が舞う情景で最高の取り合わせとして、郭公が鳴いたら「似るものなかりけむかし」と想像する。そして賀茂祭の帰さを見物しに早朝出掛けたとき、日は昇ったものの曇り空のもと、郭公が「あまたさへあるにやと鳴きひびかす」のも「いみじうめでたし」（第二〇六段「見物は」）と感じているから、夕方から夜にかけて忍び音で鳴こうと、日が昇ってからたくさん鳴く声を聞こうと、お構いなしにとにかくすばらしいと評価していることになる。

そればかりか郭公を悪く歌う田植え歌をきいて「心憂き」と感じ、「『郭公、鶯に劣る』と言ふ人こそ、いとつらう憎けれ」（第二一〇段「賀茂へ詣《まゐ》る道に」）とまで言い切る。橘の花も桜の美しさに劣らないばかりか、郭公の宿と古歌に詠まれているせいか「なほさらに言ふべうもあらず」（第三五段「木の花は」）という具合に、取り合わせに郭公を出してくるのである。

郭公は和歌の世界でよく詠まれる素材であると同時に、書き手の清少納言自身にとってかなり思い入れの強いものであった。第九五段ではその郭公の声を尋ねに出掛けたのである。

三　三代集の郭公詠

郭公を詠んだ歌は古来より多く、その数に比例して詠まれ方も多種多様である。時代は下るが平安末期に藤原清輔は『袋草紙』(5)の中で能因の言として「郭公秀歌五首也。而相加能因歌、六首云々」を伝え、能因の歌「郭公来鳴かぬ宵のしるからば寝る夜も一夜あらましものを」（『後拾遺和歌集』第二〇一番歌）を記した後で、五首を次の様に勘案している。

①夏の夜の臥すかとすれば郭公鳴く一声に明くる東雲　（紀貫之『古今和歌集』第一五六番歌）

②行きやらで山路暮らしつ郭公今一声の聞かまほしさに　（源公忠『拾遺和歌集』第一〇六番歌）

③深山出て夜半にや来つる郭公暁かけて声の聞ゆる　（平兼盛『拾遺和歌集』第一〇一番歌）

④五月闇倉橋山の郭公おぼつかなくも鳴きわたるかな　（藤原実方『拾遺和歌集』第一二四番歌）

⑤都人寝で待つらめや郭公今ぞ山辺を鳴きて出づなる　（道綱母『拾遺和歌集』第一〇二番歌）

夜から明け方にかけて鳴く郭公のほのかな一声を聞いたとする趣向の他に、郭公の声聞きたさに自ら山里で暮らす趣向のもの、夜に山でかすかに聞いたとする趣向の歌である。

勅撰集における郭公詠は、夏部を中心に多い。当然ながら私家集にも多く詠まれ、また詠み方も多岐にわたっている。寝ずに待ち続けることを詠んだものが多いが、それは声を聞いたことに価値を認め、自分だけが初音を聞けたという「山がつと人は言へども郭公待つ初声は我のみぞ聞く」（坂上是則『拾遺和歌集』第一〇三番歌）や、他人が聞いたことを憧憬し自分も聞きたいという「春は惜し郭公はた聞かまほし思ひ煩ふしづ心かな」（清原元輔『拾遺和歌集』第一〇六六番歌・『元輔集』第九五番歌）という詠み方もなされている。

また郭公の鳴く声に自分の「泣く」声と合わせて「五月山梢を高み郭公なく音空なる恋もするかな」（紀貫之『古今和歌集』第五七九番歌）と詠まれたり、郭公を浮気な相手に喩えて「里ごとに鳴きこそ渡れ郭公すみか定めぬ君たづぬとて」（敦慶親王『後撰和歌集』第五四八番歌）のように恋の歌としても詠まれるなど、郭公を素材として様々な趣向で歌が詠まれていたのである。

四　郭公詠の趣向と清少納言の状況

清少納言は郭公を大変好んだにもかかわらず、『枕草子』にも『清少納言集』にも郭公詠は見当たらない。だから清少納言の郭公詠の趣向を類型化することは不可能である。そこで、この第九五段における状況を本文に即して分析してみたい。

時間的には夜でもない五月雨がちな昼間である。また「かしがましと思ふばかりに鳴き合ひたる郭公の声」だったから、忍び音を聞いたわけでも、待ち続けてやっと聞いたわけでもない。女房四人で出掛けて聞いたのであるから、自分一人だけ聞いたわけでもない。従って『袋草紙』の郭公秀歌五首の趣向は、何れも状況に合わないことになる。

さらに定子が職の御曹司を居所としていた長徳四年（九九八）というこの時期、中関白家のかつての栄華は過去のものとなってしまっているから、往時を回想するという「石上古き都の郭公声ばかりこそ昔なりけれ」（素性法師『古今和歌集』第一四四番歌）のように詠むわけにもいかない。当日の状況として五月雨がちの空模様が記されているが、五月雨と合わせた歌「この頃は五月雨近み郭公思ひ乱れてなかぬ日ぞなき」（詠人不知『後撰和歌集』第一六三番歌）のように、共に「なく」（鳴く・泣く）わけにもいかない。また、都では中宮定子をはじめ同僚女房たちが郭公の声を聞きたがっていたのだから、前掲した坂上是則の歌（『拾遺和歌集』第一〇三番歌）や、「あし引の山郭公うちはへて誰かまさると音をのみぞ鳴く」（詠人不知『後撰和歌集』第一八四番歌）のように、同行できなかった人たちの神経を逆撫でするような趣向も採るわけにはいかないだろう。

また道長方との繋がりをいろいろ取り沙汰されていた清少納言だけに「郭公初声聞けばあじきなく主定まらぬ恋せらるはた」（素性法師『古今和歌集』第一四三番歌）のように詠むわけにもいかない。(6)

このように当日の諸状況から郭公を素材とした和歌の構成要素と趣向を考えてみると、伝統的な詠み方で一首仕立てようとしても、発想の上で様々な制約があり、かなり難しい状況であったと言えよう。

五　清少納言の狙った郭公詠

このような状況下で、清少納言が詠む歌としては、どのようなものが考えられるのだろうか。

郭公詠の伝統に基づいて詠むならば、鄙で目的の郭公の声を聞くことができたうれしさを基本骨格とし、「口惜しう御前に聞こしめさせず、さばかり慕ひつる人々を」の文言から勘案して、内裏にいる定子たちにもお聞かせしたいというものや、そこから定子に思いをはせて「郭公人待つ山に鳴くなれば我うちつけに恋まさりけり」(紀貫之『古今和歌集』第一六二番歌)のようなものが、採用されうる趣向となってこよう。もっとも定子思慕の歌は、中宮職の「公用車」を仕立てていただいた「公務出張」の報告書として、あまりふさわしくはないかも知れない。

この第九五段に見える清少納言の「尋郭公」という行動を、車田直美氏は「実景・実感を重視しそれに適する場を尋ねるという当代歌人たちの詠歌姿勢の変質と連動」したものと位置付けられ、「郭公探訪」が「必ずしも定子サロンの独創ではなかった」と指摘された。(7)「―を尋ぬ」という題設定を『後拾遺和歌集』の新風の一つと見られる川村晃生氏の説(8)をふまえられた説は首肯されるものと考えるが、そういった新趣向のものなら清少納言は時代をリードする歌を詠もうと意図したはずである。自ら言い出した「尋郭公」を実践している最中でもあり、大好きな郭公を従来の詠まれ方とは異なる新しい趣向で詠んだ一首を見事に仕立てて、「さすがは清少納言よ」と評価されたいと意気込んでいたのではないか。

ここで合わせて考えたいのが、高階明順の館からの帰途、車を卯の花で垣根の様に飾り立てた行動である。遊びの様に記してはいるが、実のところ「卯の花の咲ける垣根の月清みいねず聞けとや鳴く郭公」(詠人不知『後撰和歌集』第一四八番歌)をはじめ、郭公詠によく取り合わされる「卯花垣根」という素材を実際に「モドク」ことでその趣向を体験して実感し、昂揚した気分の内に「大好きな郭公の声が聞けた」という報告内容を一首に仕立てようと考えていたのではないか。

しかし卯の花は「郭公我とはなしに卯の花のうき世の中に鳴きわたるらん」(凡河内躬恒『古今和歌集』第一六四番歌)のように、しばしば「憂し」とかけて詠まれるため、なかなか難しい素材でもあった。しかもこの車の様を人に見せようと思ったところが、「さらにあやしき法師、下衆の言ふ甲斐なきのみたまさかに見ゆるに、いと口惜しく」感じ、それで「この車の有様を人に語らせてこそやまめ」とわざわざ藤原公信を呼びにやるのだが、この行動などは、友人の訪問がないことを恨んで遣わした歌「白妙に匂ふ垣根の卯の花の憂くも来てとふ人のなきかな」（詠人不知『後撰和歌集』第一五四番歌）そのままの行動である。牛車を「郭公」の住処とされる「卯花垣根」にしつらえることで、定子たちが待望する郭公を内裏まで引っ張ってこようという趣向も考えられようが、いずれにせよ清少納言一行は「卯花垣根」と「郭公」を取り合わせる趣向を「モドク」ことをしても、なお結局のところ歌が詠めなかったのである。

六　詠めずじまいの理由

ここで考え合わせたいのが、定子の発言「あまり儀式定めつらむこそあやしけれ」（三巻本系）である。この本文は、能因本「あまり儀式ことさめつらむぞあやしきや」、前田家本「あまりきしきしこと定めつらむぞあやしきはや」と諸本間に異同が存在し、解釈が微妙に分かれる。いくつか参照してみたい。

三巻本系の本文による先学の解釈は「儀式定めつ」を「格式ばる」ととられたものが多い。「あまり格式ぶったのがいけないのですよ」（池田亀鑑氏『全講枕草子』[9]）、「趣向をこらさうとして、格式ばり過ぎたのがよくないのだわ」（田中重太郎氏、日本古典全書『枕冊子』）、「あまり格式ばったりするとは、いつものお前の流儀にも似ぬ事をしたわね」（稲賀敬二先生、鑑賞日本の古典『枕草子』）、あるいは少し意訳して「あんまり勿体ぶり過ぎたのは、感心できませんね」（石田穣二氏、角川ソフィア文庫『新版　枕草子』）、「あまり慎重ぶってたらしいのが、けしからぬことよ」（萩谷朴氏『枕草子解環』[10]二）、「儀式ばった形の歌にしようとしているのは」（増田繁夫氏、和泉古典叢書『枕草子』[11]）とされている。

また能因本系の本文「儀式ことさめつらむ」についても、「さめつ」を「興醒め」ととり「あまり儀式めきてよまんとするによりて哥のおそければ興さめつらんよと也」（北村季吟『枕草子春曙抄』）、「儀式の字を活かしいへるにて、意は儀式ばりて折角の興もさめつらむと也」（岩崎美隆『枕草子杠園抄』[12]）、「余り儀式だち重々しく考へ過ぎて、歌の出来ずなりて、却りて興の醒めつらんと也」（金子元臣氏『枕草子評釈』[13]）、「あまり形式張って詠もうとし過ぎて、かえって興ざめしたのでしょうよ」（田中重太郎氏『枕冊子全注釈』[14]二）とされる。

本文校異について、今は深く立ち入らないが、いずれにせよ定子は「出張報告書として詠もうとしたために、かえって肩に力が入り、あれこれ考え過ぎたので、歌が詠めなかったのでしょう」と推察していることになる。この定子の推察は的を射ているのではないか。

まとめ

清少納言が聞いた郭公の声は聴覚的美意識である。一方で清少納言が得意としたのは、視覚的美意識である。聴覚と視覚を対比させた郭公詠に「郭公峯の雲にやまじりにしありとは聞けど見るよしもなき」（平篤行『古今和歌集』第四四七番歌）がある。視覚的描写に秀でた清少納言は、聴覚でとらえた郭公の声と視覚でとらえた田舎の新鮮な景物とを、どのように関わらせて詠もうかとあれこれ考えていたのではないか。清少納言は動植物を描く時「いとをかしげなる猫の、赤き首綱に白き札つきて」（第八五段「なまめかしきもの」）のように色彩の対比という視覚面でとらえて描くことが多い。さらに冒頭章段において「春は曙」と記している様に、人が気づかなかったものに美を見出す傾向も指摘される。もちろん第六五段「草の花は」のように「観察も特に独創的というほどのものはあるまい」（石田穣二氏、角川ソフィア文庫『新版　枕草子』）というものもあるが、大好きな素材である郭公の声を聞きに出掛け、「報告書」として郭公詠を披露する場を与えられた清少納言は、実際に経験してきた田舎の景物に対する新鮮な感覚を活かし、伝統にとらわれない新しい趣向の郭公詠を創作しようと悪戦苦闘していたのではないか。

父の清原元輔は、家集を見ると歌合での出詠をはじめ屏風歌や祝賀歌など晴の歌が多く、一条朝において近き世の代表的歌人であった。その元輔が「梨壺の五人」として編纂に携わった『後撰和歌集』において郭公は実に様々な趣向で詠まれている。清少納言が『後撰和歌集』の和歌をふまえた「卯花垣根」の趣向を実践し、それを吹聴しながら郭公詠を詠めなかったことは、「元輔の娘」としての立場を余計に危うくさせるものでもあった。さらに「めでたき事など人の言ひ伝へぬは甲斐なきわざぞかし。また見苦しきこと散るがわびしけれ」(第一三〇段「頭弁の職に参り給ひて」)と行成に言い放っていた清少納言としては、「出張報告書」と注目された郭公詠として自信作しか披露したくなかったはずである。

清少納言はなんとか詠まずにすませたいと逃げて「まぎれぬ」と言っているのではない。考えている間に他の用事が入ってしまったということであって「紛らわした」のではなかろう。清少納言は必死になって「報告書」たる郭公詠を創ろうと悪戦苦闘していたのではないか。それこそが「歌人清原元輔」の娘として注目されていた清少納言の、自らの提案から端を発した「公務出張」の「報告書」たる郭公詠に対する姿勢であり、結果として詠めなかったことから、今後は公式の場での詠歌免除願を申し出る次の行動に展開していくのではないか。

以上の考察から、第九五段「五月の御精進のほど」において、伝統的なものをふまえながらもとらわれまいとする清少納言の、創造への苦闘を読みとることができよう。

【注】

（1）本書では「ほととぎす」の表記を「郭公」で統一する。
（2）稲賀敬二先生、今井源衛氏著『鑑賞日本の古典5　枕草子・大鏡』（尚学図書　昭和五十五年）の『枕草子』当該章段解説による。
（3）田中重太郎氏校註『枕冊子』（日本古典全書　朝日新聞社）の頭注による。北村季吟の『枕草子春曙抄』にも「かやうかやうの首尾にて哥はよみ侍らずと申あぐる也」との注が見える。
（4）石田穣二氏訳注『新版　枕草子』上巻（角川ソフィア文庫）による。
（5）藤岡忠美氏校注の新日本古典文学大系『袋草紙』（岩波書店　平成七年）による。
（6）『枕草子』第一三七段「殿などのおはしまさで後」において、同僚の女房たちから「左の大殿方の人知る筋にてあり」と噂を立てられて気まずくなり、しばらく里下がりしていた様子が描かれている。
（7）車田直美氏「「尋郭公」考―『枕草子』「五月御精進のほど」の段をめぐって―」『中古文学』第五四号（平成六年十一月）による。
（8）川村晃生氏著『摂関期和歌史の研究』（三弥井書店　平成三年）による。
（9）池田亀鑑氏著『全講枕草子』（至文堂　昭和五十二年）による。
（10）萩谷朴氏著『枕草子解環』第二巻（同朋舎　昭和五十七年）による。
（11）増田繁夫氏校注の和泉古典叢書1『枕草子』（和泉書院　昭和六十二年）による。
（12）岩崎美隆『枕草子杠園抄』は、『枕草子古注釈大成』（日本図書センター　昭和五十三年）による。
（13）金子元臣氏著『枕草子評釈』（明治書院　大正十三年初版・昭和十七年増訂二八版）による。
（14）田中重太郎氏著『枕冊子全注釈』二（角川書店　昭和五十年）による。

第三節　「ほととぎす」から「下蕨」への展開とねらい

はじめに

前節「『ほととぎす』の歌ことば世界と創造への志向」において、『枕草子』第九五段「五月の御精進のほど」を中心に「なぜ清少納言は、当然詠むべきであった郭公の歌を、定子の再三の要求にもかかわらずとうとう詠めずじまいで終わってしまったのか」という視点から考察した。

『枕草子』において郭公をめぐる言説をすべて検討してみると、「郭公は、なほさらに言ふべき方なし」「五月雨の短き夜に寝覚をして、いかで人より先に聞かむと待たれて、夜深くうち出でたる声のらうらうじう愛敬づきたる、いみじう心あくがれ、せむ方なし」（第三九段「鳥は」）をはじめ、「郭公、鶯に劣るといふ言ふ人こそ、いとつらうにくけれ」（第二一〇段「賀茂へ詣る道に」）、また橘について褒めたあとに「郭公のよすがとさへ思へばにや、なほさらに言ふべうもあらず」（第三五段「木の花は」）と記すなど、清少納言にとって「ほととぎす」という素材はかなり思い入れの強い素材であり、ほとんど贔屓の引き倒しである。また郭公を素材とした和歌は、『古今和歌集』や『後撰和歌集』は勿論、清少納言以前の歌人に数多く詠まれているが、それらを検討してみると、季の歌だけではなく恋の歌としても詠まれるなど表現も多彩で、かつ様々な趣向で歌が詠まれていた伝統を確認することができる。

しかしながら和歌の構成や取り合わせる素材と趣向などを検討すると、伝統的な趣向の基になっている発想の中には、この場で披露するべき歌としては好ましくないものも散見し、制約を受けるものがかなりあるために、清少納言が伝統的な詠み方で一首仕立てようとしてもなかなか難しい状況であった。

すでにベテラン女房であり、「出張報告書」として和歌を詠んで帰る必要性を自認していた清少納言は、何度も歌を詠もうと試みていた。卯の花の枝を牛車にさし、郭公と取り合わされる「卯花垣根」という素材を実際に「モドク」ことで、その趣向を実感しても詠むことができなかった。藤侍従公信に「歌はいかが。それ聞かむ」と所望された時には、まだ詠めていなかったにもかかわらず「今、御前に御覧ぜさせて後こそ」と勿体ぶり、さらに定子の再三の要請に、何度も詠もうと試みたものの突発的な他の用事の対応に追われて、結局一首たりとも仕立てることができなかった。最後は「今さらもう」と開き直り、さらに今後の詠歌免除まで願い出て、笑われつつも認めてもらうに至る。

前節では、定子の「あまり儀式定めつらむこそあやしけれ」という発言に注目し、これを「出張報告書として詠もうとしたために、あれこれ考え過ぎてかえって詠めなくなってしまったのでしょう」と解釈し、「郭公」を素材とした和歌の伝統と、その後に記される歌人元輔の娘という歌についてのこだわりなど当該章段に描かれた「郭公」の和歌をめぐる言説を細かく検討した。さらに「尋郭公」という行動は当代歌人たちにとって、実感を重要視して実際にその場を尋ねて歌を詠むという新しい趣向を実践したものと見て、そういった状況下でなぜ清少納言は歌を詠めなかったのかについて考察した。

その結果、手放しに好きな郭公の声を聞きに出掛け、「報告書」として郭公詠を披露する場を与えられた清少納言は、ただ歌が苦手だったから詠めなかったという単純なものではなく、むしろそこに清少納言のある種の姿勢ともいうべきもの、すなわち実際に経験してきた田舎の景物と、それに対する新鮮な感覚を活かして、伝統にとらわれない新しい趣向の郭公詠を創造しようと悪戦苦闘していたのではないか、と結論づけた。

本節では、郭公の和歌を詠まねばならない状況下にありながらも、「下蕨」などというおよそ和歌としては縁遠い言葉を用いた連歌が記された後に続いて、元輔の娘であることと歌を詠むこととを関連付けた会話がわりの軽い戯れ歌のようなやりとりしか記されていないことに注目し、これらの文言から清少納言の非和歌的世界への志向について考えてみたい。

一　「下蕨」が語られる状況

当該章段は、清少納言の「郭公の声たづねに行かばや」という提案で始まり、それがかなってわざわざ洛北まで出掛け、目的の郭公の声を聞くことはできたのだが、課題の郭公詠は結局詠めずじまいで終わり、開き直った清少納言は詠歌免除願いを申し出て、定子に許可していただいたものの、そのことによって庚申の夜に伊周から責められる、という具合に話が展開する。したがって話題の軸は、庶幾された歌を詠めなかったことにあると見ることができるだろう。

清少納言が後々まで郭公の歌を詠めなかったことを気にかけていたことは、二日後に定子が清少納言に「下蕨こそ恋しかりけれ」[1]と書いて「本言へ」と言い、この下の句に上の句を付けるよう命じた時、清少納言は「郭公たづねて聞きし声よりも」と付けて返したことからも読み取ることができる。

定子はこれを見て「いみじううけばりけり。[2]かうだにいかで郭公の事をかきつらん」（随分と思ったことを憚ることなく言ったものね。これほどまでどうして郭公にこだわっているのかしら）とお笑いになっているから、周りにいた者たちもそのように感じていたのだろう。

話題の「下蕨」が最初に語られるのは、郭公探訪に出掛けた清少納言たちの一行が郊外の高階明順邸に到着し、そこで郭公の声を聞いた後、館の主人である高階明順が田舎料理を用意して勧めた時の発言としてである。

〈資料一〉

「所につけては、かかる事をなむ見るべき」とて、稲といふものを取り出でて、若き下衆どものきたなげならぬ、そのわたりの家の娘など、ひきもて来て、五、六人してこかせ、また見も知らぬくるべく物、二人して引かせて、歌うたはせなどするを、珍しくて笑ふ。郭公の歌詠まむとしつる、まぎれぬ。

唐絵に描きたる懸盤して物食はせたるを、見入るる人もなければ、家の主「いとひなびたり。かかる所に来ぬる人は、ようせずは主逃げぬばかりなど、責め出だしてこそ参るべけれ。むげにかくては、その人ならず」など言ひてとりはやし、「この下蕨は、手づから摘みつる」など言へば、「いかでか、さ女官などのやうに着き並みてはあらむ」など笑へば、「さらば、取り下ろして。例の這ひ臥しにならはせ給へる御前たちなれば」とて、まかなひ騒ぐほどに、「雨降りぬ」と言へば、急ぎて車に乗るに「さてこの歌は、ここにてこそ詠まめ」など言へば、「さはれ、道にても」など言ひて、皆乗りぬ。

この場面で注目したいのは、清少納言たちにとっては目新しい、農村の娘たちによる稲こきや脱穀の実演を見たり、その時に歌う歌謡を聞いたりなど、田舎の光景に接して興味を惹かれたために、当初の目的であった郭公の歌を詠むことなど忘れてしまいそうになるほど興じていたという点と、その後の食事の用意が唐絵風の懸盤で女官のように並んで食するようになっていたため、食べようとしなかった清少納言たちに、館の主の高階明順が勧める発言が「この下蕨は、手づから摘みつる」と記され、わざわざ「下蕨」を取り上げている点である。

そして詠むべき郭公の和歌については、念願の郭公の声を聞くことはできたものの「かしがましと思ふばかりに鳴き合ひたる」という状態で、眼前の珍しい田舎の光景に関心が集まってしまったため、当初の目的であったにもかかわらず「まぎれぬべし」となおざりになってしまった。さらに田舎の食事を用意されて「下蕨」や食事の仕方を話題にしているうちに雨が降ってきたため、急いで帰途につくことになってしまった。その時も「郭公の歌は是非ともここで詠んでしまおう」という提案に対して、「まあ途中ででも詠めるから」という意見が出て、結局そのまま歌を詠まずに出発することになってしまったという。

田舎の農村の光景にせよ、館の主の高階明順が手づから摘んだ下蕨の田舎料理にせよ、和歌とは程遠い世界のものである。それに興じたことが原因で現地で郭公の和歌を詠むことができなかったと記される。さらに帰ってきて二日後、宰相の君ら女房たちとの雑談の中でこの「下蕨」が再び話題にのぼり、そこに定子が加わる。

〈資料二〉

二日ばかりありて、その日の事など言ひ出づるに、宰相の君、「いかにぞ。手づから折りたりと言ひし下蕨は」とのたまふを聞かせ給ひて、「思ひ出づる事のさまよ」と笑はせ給ひて、紙の散りたるに、

「下蕨こそ恋しかりけれ」

と書かせ給ひて、「本言へ」と仰せらるるも、いとをかし。

「郭公たづねて聞きし声よりも」

と書きて参らせたれば、「いみじううけばりけり。かうだにいかで郭公の事をかけつらむ」とて笑はせ給ふも恥づかしながら、「何か、この歌詠み侍らじとなむ思ひ侍るを、物の折など人の詠み侍らむにも『詠め』など仰せらるれば、え候ふまじき心地なむし侍る。（後略）」

宰相の君は清少納言の同僚で、この郭公探訪に同行した女房の一人である。その仲間同士で先日の日帰り探訪を振り返っていた時に出てきた話題が「下蕨」であった。それを耳にした中宮定子は「思い出すにも事欠いて、下蕨のことなんて」と笑い、その辺にあった紙に「下蕨こそ恋しかりけれ」と書き付けて寄越し、「これの上句

をつけなさい」と命じたので、清少納言は「郭公たづねて聞きし声よりも」と付けた、というのである。

郭公探訪を目的とした旅行で、発案のきっかけとなった郭公の声を聞くことができたにもかかわらず、それを素材とした和歌を詠むことができず、帰参後定子に再三要請されたもののついに詠めないままであった。挙げ句の果てには開き直って「今更詠んだところでかえって興醒めになる」と放棄してしまったばかりか、後日それを思い出した時の話題が田舎料理の「下蕨」では、旅の目的自体もどこかに飛んでしまっている。これでは、定子ならずともからかいたくなるだろう。

この場面で押さえておかなければならないのは、清少納言や宰相の君ら探訪に出掛けた女房一行にとって、それほど「下蕨」が印象的であったということである。定子の「下蕨こそ恋しかりけれ」という下の句は、そこをうまく突いていると言えよう。これに対し清少納言は「郭公たづねて聞きし声よりも」と付けた。当初の目的の「郭公の声」よりも「下蕨」の方が、思い出として印象的だったことを率直に認めたものと解釈できる。

この連歌のやりとりから、清少納言は今回和歌が詠めなかった理由を、関心が「郭公」から「下蕨」へ移ったためと表明しているのではないか。あるいは定子との連歌のやりとりのように、「郭公」に「下蕨」をからめた歌を考えていたが、ついに一首を仕立てるには至らなかったのかも知れない。そこで、素材としての「下蕨」が他の平安時代の文学作品においてどのように用いられているのかを検証してみたい。

二　素材としての「下蕨」

和歌の世界において「下蕨」の語が登場する例は、管見に入る限り歌道に執心した平安後期歌人の能因法師の歌学書『能因歌枕』が初見である。

〈資料三〉『能因歌枕』(3)（広本系の元禄九年版本）

○さわらびとは、はじめのわらびをいふなり。
○したわらびとは、ときならぬわらびなり。

この『能因歌枕』は成立年時未詳ながら歌語の解説などを記した作歌手引き書としては初期のもので、後世にもよく引用されている。能因自身は永延二年（九八八）に生まれ、歌人として活躍した人物だが、この能因の時代に「下蕨」を詠みこんだ歌は確認できない。にもかかわらず「下蕨」が『能因歌枕』で解説されているのは興味深いことである。能因が『枕草子』を所持していた（いわゆる能因本『枕草子』）こととも関わりがありそうだが、この点について今は触れない。

「下蕨」が和歌の素材として確認できるのは、『枕草子』より百年以上後の長治二、三年（一一〇五～六）頃、堀河天皇の時代にまとめられ奏覧された『堀河百首』における「早蕨」題の和歌十六首中の三首が初見である。

〈資料四〉『堀河百首』「早蕨」

132 武蔵野はまだ焼かなくに春くれば急ぎ萌え出づる**下蕨**かな　（源師頼）
138 春たてば雪げの水やぬるからん先萌え出づる**下蕨**かな　（藤原顕仲）
139 深山木のかげのの下の**下蕨**萌え出づれども知る人ぞなし　（藤原基俊）

このうち第一三九番の藤原基俊の詠歌は、平安末期に藤原俊成によって『千載和歌集』巻一春上の第三四番歌「堀河院御時、百首歌奉りける時、早蕨を詠める　藤原基俊」として入集され、勅撰和歌集における「下蕨」用例の嚆矢で、この「下蕨」はいずれも「萌え出づる」という表現で詠まれている。ここでの「下蕨」は「早蕨」とほぼ同意であり、「早蕨」が「萌え出づる」という表現は、既に『万葉集』の志貴皇子の歌に見える。

〈資料五〉『万葉集』巻八
　志貴皇子懽御歌一首

1422　いは走る垂水の上の早蕨の萌え出づる春になりにけるかも

この歌は『新古今和歌集』では巻一春上第三二番歌に、初句を「岩そそく」、五句を「なりにけるかな」として撰入されている。

ちなみに八代集において「早蕨」が素材として用いられている例として、この『新古今和歌集』の志貴皇子の和歌の他には、『拾遺和歌集』と『金葉和歌集』の二首のみである。

＊『拾遺和歌集』巻十七雑秋

東宮御屏風に冬野焼く所　藤原通頼

1154　早蕨や下に萌ゆらん霜枯れの野原の煙春めきにけり

＊『金葉和歌集』（二度本）巻一春

奈良にて人々百首歌詠みけるに早蕨を詠める　権僧正永縁

71　山里は野辺の早蕨萌え出づるをりにのみこそ人は訪ひけれ

「蕨」を素材とした和歌は、『古今和歌集』にも例が見られる。

＊『古今和歌集』巻十物名

蕨　真静法師

453　煙たちもゆとも見えぬ草の葉を誰かわらびと名付け初めけむ

しかし、この物名歌において「わらび」は「藁火」の単なる掛詞に過ぎない。「蕨」と「萌ゆ」の取り合わせは、『大和物語』[4]第八六段「正月のついたちころ」において、平兼盛の即詠に感心した藤原顕忠の返歌

片岡にわらび萌えずはたづねつつ心やりにや若菜摘ままし

あるいは『宇津保物語』[5]の「忠こそ」の並巻「春日詣」において、侍従藤原仲忠の和歌

雪解くる春の蕨の萌ゆればや野辺の草木の煙出づらん

が例として挙げらる。

「下蕨」が「萌え出でて」とする表現は、鎌倉時代の建仁元年（一二〇一）に編纂された『後鳥羽院御集』の例まで時代が下る。

＊『後鳥羽院御集』

建仁元年三月内宮御百首、春二十首

206　あは雪の未だふる野の**下蕨**おのれ萌え出でて春ぞ知るらん

『金葉和歌集』に見られた早蕨の「萌え出づる」「をり」に「人」が「訪ふ」という趣向は、藤原俊成の家集『長秋詠藻』にも例が見られる。

＊『長秋詠藻』

堀河院御時百首題を、述懐によせて詠みける歌、保延六、七年の頃の事にや、「早蕨」

110　嘆かめやおどろの道の**下蕨**跡をたづぬるをりにしありせば

「をり」や「をる」と組み合わせた表現は、崇徳院歌壇で活動し、崇徳天皇初度百首や二度百首（久安百首）に詠進した平安末期の歌人源行宗の家集『行宗集』、藤原俊成の妻となった六条院宣旨の家集『六条院宣旨集』、藤原良経の家集『秋篠月清集』、藤原家隆の家集『壬二集』、藤原定家の家集『拾遺愚草員外』、さらに反御子左家グループに属し、鎌倉歌壇にも属した鎌倉中期の歌人藤原顕氏の家集『顕氏集』にも例が見られる。

＊『行宗集』

百首「蕨」

191　片岡のおどろがしたの**下蕨**をる人なしにおいやしぬらむ

＊『六条院宣旨集』
春二十　「蕨」
8　春のくるけしきの森の**下蕨**をり知れとてや萌えわたるらん

＊『秋篠月清集』
院第二度百首「春」
805　つまごひのきぎす鳴く野の**下蕨**下に萌えてもをりを知るかな

＊『壬二集』
春部
2143　吉野山散り敷く花の**下蕨**桜にかへてをるも物憂し

＊『拾遺愚草員外』
春二十首　堀河題略之
679　谷せばみさかしき岩の**下蕨**いかにをるべきかけ路なるらん

＊『顕氏集』
伊賀前司会「岡蕨」
66　片岡になほふる雪の**下蕨**いかにとめてかしづがをるらん

この藤原良経の和歌は、正治二年（一二〇〇）の『千五百番歌合』に第七七番の左歌として出詠され、俊成卿女の和歌「梅の花あかぬ色かも昔にて同じ形見の春の夜の月」と合わせられたが、判者忠良卿は「左も歌がら宜しく侍れども、右同じ形見の春の夜の月尤も宜し。勝とすべし」と判を下して負けとなっている。

その他「下蕨」が詠み込まれた和歌は、『行宗集』にもう一首、定家の従兄の藤原長方の家集『長方集』などに例が見られる。

＊『行宗集』

大原尼上のもとより

157　**下蕨**摘みにや来ると待つ程に野辺にて今日もひをやくらさむ

＊『長方集』

春「蕨」

22　武蔵野のすぐろが中の**下蕨**まだうらわかし紫の塵

ちなみに『源氏物語』には「早蕨」巻があり、「蕨」二例、「早蕨」一例、「初蕨」一例が見られ、すべて宇治の故八宮を偲ぶ物として用いられ和歌にも詠まれているが「下蕨」の用例は見られない。当の『枕草子』さえも「下蕨」は当該章段の三例のみである。かろうじて「鬼蕨」が第一四七段「名恐ろしきもの」に「生霊。くちなはいちご。鬼蕨。鬼ところ。荊。からたけ。いり炭。牛鬼。碇、名よりも見るはおそろし」とある。

そもそも「下蕨」は、独立した歌題として平安時代には登場しない。「蕨」題は前掲『古今和歌集』第四五三番歌の真静法師の歌と、天暦十年（九五六）頃に没した藤原輔相の『藤六集』に得意の物名歌の例がある。

＊『藤六集』

人の、蕨、みづふき、たからなを詠ませしに

38　にはなかに蕨をたきてみづふぶききえなん折は花にたからな

このような座興の歌の他には、「萌ゆ」と「燃ゆ」を掛け、その縁語として「煙」を出して詠みこんだ『古今和歌六帖』の三首が確認できる程度である。

＊『古今和歌六帖』第六　「蕨」

3920　みよしのの山の霞を今朝見れば蕨のもゆる煙なりけり
3921　わがために嘆きこるとも知らなくに何に蕨を焚きてつけまし
3922　煙たちもゆとも見えぬ草の葉を誰か蕨と名つけ初めけん

むしろ春先に萌え出る「早蕨」題が多く、紫式部の娘大弐三位が筑紫国で詠んだり、後朱雀天皇皇女祐子内親王に出仕した女房紀伊が百首歌で、また赤染衛門の曽孫大江匡房が子の日に詠んだりしている。

＊『大弐三位集』

筑紫にて早蕨といふ題を

37　かまどやま降りつむ雪もむら消えていま早蕨ももえやしぬらん

＊『祐子内親王家紀伊集』

早蕨（左京の権大夫百首のうち）

49　まだきにぞ摘みに来にけるはるばると今もえいづる野辺の早蕨

＊『江帥集』

六条内裏子日、早蕨

9　春の日に野辺の早蕨もえにけり煙や空の霞とはなる

また歌合では、大江匡房が誕生した長久二年（一〇四一）開催の歌合にも用例が見られる。

＊『長久二年二月十二日弘徽殿女御生子歌合』(6)

第五番「早蕨」　左　相模

狩人の外山をこめて焼きしより下もえ出づる野辺の早蕨

右勝　侍従乳母

花をだに折りて帰らむ早蕨は荻の焼野に今ぞ生ひ出づる

しかしながら、いずれの例も清少納言の時代よりは下る。以上検証してきたように、「蕨」は『古今和歌集』や『藤六集』などの用例から物名歌における言葉遊び的に用いられているに留まる。また「早蕨」は、春に野辺もしくは岡や山に「萌え出づる」もので、田舎の春の風物詩としての素材であり、当該章段のように夏も仲夏の五月に至ってまでの話題となるような例は見当たらないのである。

就中「下蕨」という素材が和歌に登場するのは、「早蕨」題として詠まれた院政期の『堀河百首』からであり、「早蕨」同様に「萌え出づ」「をる」などと組み合わされた趣向で詠まれ、院政期から鎌倉時代初期にかけて御子左家の流派の和歌に「下蕨」の例がいくつか見える程度である。つまり『能因歌枕』に「時ならぬ蕨なり」と解説されてはいるものの、それ以前の清少納言の時代には、全く用いられない素材だったのである。

三 「下蕨」の話題を書き記すことの意味

下蕨について古語辞典を紐解いてみると、「物陰にはえる蕨」(『新潮国語辞典』―現代語古語―)、「ものの下陰に生えたワラビ」(『岩波古語辞典』)、「古草の下から芽を出したワラビ」(小学館『新選古語辞典』)と、文字通りの語義説明をしている。

しかし『能因歌枕』によれば、「下蕨とは、時ならぬ蕨なり」とあり、これは現代の古語辞典と解釈を異にしていると思われる。だが『枕草子』当該章段の「下蕨」は、五月の記事に登場していることや、夏を代表する素材の「郭公」と対峙されていることを考え合わせると、『能因歌枕』の解釈も見過ごせない。あるいは『能因歌枕』の解釈は、この『枕草子』の「下蕨」についてのものなのかもしれない。

ここで考え合わせたいのが、清少納言が聞いた郭公の声である。都では聞けなかった郭公の声が、この洛北の高階明順邸では「げにぞかしがましと思ふばかりに鳴き合ひたる」という状態であった。平安時代末期に藤原清輔が著した『袋草紙』(7)は、能因の言として「郭公秀歌五首也。而相加能因歌、六首云々」を伝える。能因の詠歌「郭公来鳴かぬ宵のしるからば寝る夜も一夜あらましものを」の後に、

夏の夜の臥すかとすれば郭公鳴く一声に明くる東雲　(紀貫之)
行きやらで山路暮しつ郭公今一声の聞かまほしさに　(源公忠)
深山出て夜半にや来つる郭公暁かけて声の聞ゆる　(平兼盛)
五月闇倉橋山の郭公おぼつかなくも鳴きわたるかな　(藤原実方)
都人寝で待つらめや郭公今ぞ山辺を鳴きて出づなる　(道綱母)

の五首を簡略に記している。郭公の鳴き声は「一声」「おぼつかなくも鳴きわたる」「暁かけて」聞くのがよいとされていたらしい。これは出発前、賀茂の奥の某所あたりで郭公が鳴くという情報に対し、ある女房が「それは蜩なり」と答えたことと対応していると考えられる。郭公は滅多に鳴き声を聞くことができないからこそ、聞いたことが珍重されるのであり、そこに行けば必ず聞くことができるぐらいのものではありがたみもないから、そんなものは「日暮らし(蜩)だ」と指摘したのだろう。しかも昼間にやかましいほど鳴いていたのでは、歌にならない。その意味では、郭公の声も「下蕨」と同様「ときならぬ」ものであり、どちらの素材も鑑賞美の対象からは、かなりずれたところに位置するものではないか。

帰途に「卯花垣根」を実演してみた趣向も空しく、ついに郭公詠を詠むことができなかった清少納言は、開き直ってとうとう詠歌放棄の挙に出る。そして定子の下句「下蕨こそ恋しかりけれ」に対して「郭公たづねて聞きし声よりも」を付けた後、「物の折」での詠歌免除を願い出るに至るのだが、その願い出の場面で「下蕨」に関する話題をきっかけにしたと書き記している点こそ、着目すべきではあるまいか。

まとめ

清少納言の時代、「下蕨」は歌に詠まれるものではなかった。そんな「下蕨」を話題にしてしかも「郭公」と対峙させ、「尋ねて聞いた郭公の声よりも下蕨の方が恋しい」と表現することで、「郭公」という和歌的世界から「下蕨」という非和歌的世界に話を展開していく書き手清少納言の意図を読み取ることができるのではないか。

「郭公の声をたづねる」という行動が「尋郭公」の実践と考えられるならば、そこで郭公詠を詠むことはまさしく題詠すなわち「物の折」に命じられて詠むことであり、それは当該章段の後半部で伊周が庚申の夜に訪れた時に清少納言に「題取れ」と命じたこととも関連してこよう。清少納言は題詠のような晴の場での詠歌要請には「詠歌免除」の御墨付きを盾にして従わなかったのだけれども、定子の「元輔が後と言はるる君しもや今宵の歌にはづれてはをる」（歌人元輔の娘であるあなたは、なぜ今宵の歌会から外れて歌を詠もうとしないのか）という褻の会話のような歌に対しては、「をかしき事ぞたぐひなきや」と興じ、すぐさま「その人の後と言はれぬ身なりせば今宵の歌をまづぞ詠ままし」（誰それの子と言われないような身だったなら、今宵の題詠など真っ先に詠むでしょうに）と、歌で返している。

晴の場の要素の濃い庚申夜の題詠は拒否し、褻の会話のような歌には興じ、即座に会話代わりの返歌を詠む。この言動には「郭公」を題とする晴の歌すなわち和歌的世界から逸脱し、当時素材にすらならなかった「下蕨」の方が恋しく思われるような、いわゆる非和歌的世界への志向を自ら表明していると読めるのではないか。

ここには、それを「書くこと」の「意味」を問う問題が含まれていると思われる。体験談を『枕草子』の中に書き記していく行為の中で、清少納言は全ての出来事を記しているわけではない。「書く」という行為によって「書かれたもの」は、必ず書き手たる清少納言が数ある出来事の中から意図的に選び出して再構成し、わざわざ書き記したものである。何を題材とし、どう書くか。その選び出されたものこそが、書かれた内容なのであり、その一つとして「郭公」から「下蕨」への関心の移動が詠歌免除願いを導き出すものとして記されるのである。

以上、「下蕨」を「尋郭公」の思い出として話題にしたことを書き記している点に注目し、当該章段の前半と後半を繋ぐ素材として「下蕨」を用いて章段を構成している点に書き手清少納言の意図を認めることで、非和歌的世界への志向という主題を効果的に描き出している有り様を論じた。

【注】

（1）北村季吟は『春曙抄』において、この定子の下句に「清少や宰相などの心をおしはかりて后宮の御たはぶれ也」と注を付している。

（2）『枕草子春曙抄』では「清少のあまりはゞかりなく蕨をしたふ事をたはぶれての給ふ也」と注を付している。

（3）佐佐木信綱氏編『日本歌学大系』第一巻所収（風間書房　昭和五十八年刊の第六版）の「廣本」による。

（4）『大和物語』本文は、新編日本古典文学全集『竹取物語・伊勢物語・大和物語・平中物語』（小学館）による。

（5）『宇津保物語』本文は、尊経閣文庫蔵前田家各筆本二十冊本を底本とした中野幸一氏校注・訳の新編日本古典文学全集『宇津保物語』1（小学館）による。

（6）萩谷朴氏著『増補新訂　平安朝歌合大成』第二巻（同朋舎　平成七年十月）による。なお当該歌合の特徴としての新しさについては、小論「長久二年弘徽殿女御生子歌合のもたらしたもの―関白頼通のあせりと歌合に対する姿勢の変化―」『狭衣物語の新研究―頼通の時代を考える』所収（新典社　平成十五年）を参照されたい。

（7）藤岡忠美氏校注の新日本古典文学大系『袋草紙』（岩波書店　平成七年）による。

第四節　「円融院の御果ての年」章段における歌ことば「椎柴」の応用と展開

はじめに

「椎」は、『枕草子』第三八段「花の木ならぬは」において、「椎の木、常盤木はいづれもあるを、それしも、葉がへせぬためしに言はれたるもをかし」と記され、清少納言は「葉がへせぬ」素材としての定着を「をかし」と評している。そして「椎柴の袖」という歌語として、第一三二段「円融院の御果ての年」に見える和歌、

これをだにかたみと思ふに都には葉がへやしつる椎柴の袖

に「椎」は再度登場する。

この歌は、正暦三年（九九二）二月に円融院の諒闇が明けてまもなく一条天皇が、乳母の藤三位繁子に対して、法師の筆跡を装い、差出人不明の手紙として戯れに遣わした和歌である。

当該歌の表現に着目すると、「椎柴の袖」は椎を染料として染めた「喪服」の比喩表現として用いられ、円融院の諒闇の期間に世間で着用していた喪服の比喩となっている。したがって、それを「葉がへす」とは「喪服を脱ぐ」ことを意味することは明らかである。また上の句では、都ではない所に住む詠者は「椎柴の袖」を円融院

をしのぶ形見と思ってまだ脱ぎかえてはいない、つまり「葉がへ」してしまった情の薄い都と対比させた趣向になっている。このことから、当該歌は「椎柴の袖」が「喪服」を意味しているにもかかわらず、その発想の源には第三八段の記述通りに、「椎」は「常盤木」で「葉がへせぬため しに言はれたる」という共通理解の存在が確認できよう。

この発想で詠まれた和歌は、早い時期のものでは『兼盛集』（第四八番歌）、『恵慶集』（第二八九番歌）、『仲文集』（第八三番歌）、『拾遺和歌集』（第一二三〇番歌）、そして『公任集』所収の贈答歌（第三七六・三七七番歌）が認められる。そして大変興味深いことに、和歌の世界においてこの表現が、正暦年間ごろに急に出現して広まり、永久四年（一一一六）十二月二十日披講の「堀河次郎百首」とも称される『永久百首』の冬部の歌題に、「椎柴」が初出して定着したことがうかがわれるのである。

本節は、和歌における「椎柴」が「葉がへせぬ」という表現の出現した時期に注目することによって、この表現が円融院の諒闇という状況のもとで流行しながら定着していった実態を、『公任集』と『枕草子』所収の和歌を通して考察するものである。

一　『枕草子』の一条天皇御製歌

『枕草子』第一三二段は、まだ十三歳の一条天皇が、亡父円融天皇の諒闇が明けた正暦三年（九九二）二月ごろ、中宮定子と図って乳母の藤三位繁子をからかい、その笑いのうちに語り終えられるという、ほのぼのとした日記的章段である。また、清少納言が実際に定子のもとへ女房として出仕する以前の出来事を記した章段と見なされ、(1)その点からの考察ではよく知られた章段であるが、発端となる歌

これをだにかたみと思ふに都には葉がへやしつる椎柴の袖

について語られることは、管見に入る限りあまりないようである。この和歌は、後に『後拾遺和歌集』において、『枕草子』から要約したとみられる詞書とともに、一条天皇の御製歌として所収されている。

〈資料一〉『後拾遺和歌集』第十「哀傷」

円融院法皇うせさせたまひて又の年、御果のわざなどの頃にやありけん、うちに侍りける御乳母の藤三位の局に胡桃色の紙に老法師の手のまねをして書きて差し入れさせ給ひける　一条院御製

583　これをだに形見と思ふを都には葉がへやしつる椎柴の袖

中世に入ってからも、藤原俊成が歌論書『古来風躰抄』(2)においてこの和歌を『後拾遺和歌集』抄出歌として掲出している。また一条天皇当該歌と第四句がわずかに異なるものの酷似している和歌が藤原仲文の家集に見られるという指摘も多くなされてきた。

〈資料二〉『仲文集』

仁和寺の御果の日、物忌にさし籠もりて居たるに、立文にて法師童子、今日過ぐすまじき文なりとて、さし置きたるを見れば、胡桃色の色紙にあやしき手して、

83　これをだに形見と思ふに都にはかへやしつらむ椎柴の袖

『拾芥抄』(3)によれば、藤原仲文は正暦三年（九九二）二月に七十歳で没した勅撰集歌人であるから、円融院の諒闇明けをめぐる当該歌への関与はぎりぎりではあるが可能である。さらに円融院は仁和寺の寛朝大僧正より灌頂受戒を受けたから、詞書の状況は『枕草子』の「円融院の御果ての年」と類似し、『仲文集』の「法師童子」が持ってきた立文の歌は一条天皇の悪戯とも受け取れる。

しかしこの点については、既に萩谷朴氏が指摘(4)された通り、続く第八四番歌の詞書「後に聞けば、春宮わたりよりあるなりけり、聞きていみじうあやしがりけり、同じ事なれど、かくこそはと思ふ」の「春宮」が、正暦年

間では後の三条天皇となる居貞親王であって、一条天皇の歌を再利用するとは考えにくい上、仮に「春宮」が一条天皇を指すならば、一条天皇の春宮時代は花山朝の寛和二年（九八六）六月二十三日までであることなどから、史実年時と詞書の記述に明らかな齟齬が生じてくる。

やはり、当該歌はもともと『仲文集』にあった歌ではなく、巻末へ混入したものとみてよいと思われる。

二　贈答歌にみる「椎柴」と「葉がへ」

「椎柴」が「葉がへ」することを詠む発想の例歌として、先学の諸研究では『拾遺和歌集』所収の例が多く指摘されている。

〈資料三〉『拾遺和歌集』巻十九雑恋部

題知らず　　　　よみ人知らず

1230　はし鷹のとがへる山の椎柴の葉がへはすとも君はかへせじ

たとえ常緑樹の「椎柴」が「葉がへ」するようなことがあっても、あなたは心変わりしないだろう、と愛情の変わらないことを期待する趣向のこの歌は、『拾遺抄』には所収されておらず詠歌年時は全く未詳である。『枕草子』第三八段「花の木ならぬは」における「椎の木」を、「葉がへせぬためしに言はれたる」一条朝の参考例の一つとして注目はできようが、『拾遺和歌集』の成立は「寛弘二年（一〇〇五）六月十九日より同四年正月二十八日までの間の頃か」と推定され(5)、それより十年以上前の正暦三年（九九二）二月までにこの歌が詠まれて知られていたかどうか、今一つ慎重を要しよう。むしろ『公任集』に注目すべき贈答歌が見られることに注目したい。

〈資料四〉『公任集』

蔵人これすけが、抜き出でにかうぶり得べきころ、しひをおこすとて

376　身を君にまかせつるより椎柴のかはらん世まで頼もしきかな

かへし

377　しゐしばにそむる衣はかはるとも此身をよそに思はざらなん

この贈答歌は、六位蔵人の藤原伊祐《これすけ》が当時の上司で蔵人頭であった藤原公任と交わしたものである。蔵人伊祐が抜擢されて「かうぶり得べきころ」すなわち昇進する予定になっていた頃のもので、伊祐が上司の公任のもとに贈った「椎」を素材とし、「椎柴」という表現を軸に、互いに和歌を詠み交わしている。

伊祐の贈歌（第三七六番歌）は、変わらないはずの「椎柴」が「かはる」という、逆転的発想の比喩表現を効果的に用い、「自分は公任殿にこの一身をお任せしてからというもの、常緑樹で葉が替わることのない椎柴が生え替わろうとも、また喪服を脱ぐ日が来て私が昇進し、蔵人の職から離れて上司と部下の関係ではなくなってしまっても、相変わらずあなたを頼りにしておりますので、宜しくお願いします」という、いわゆる別れの挨拶の歌である。比喩として用いた「椎」を実際に贈り、効果を狙っているところも、上司の公任に対する伊祐なりの心遣いなのだろう。

公任の返歌は「椎柴で染めた喪服を脱ぐ日が来て、あなたが昇進して蔵人ではなくなり、公的な関係が途切れても、私のことをもはや関係のない他人と疎遠には思わないでほしい」という、自分のもとを離れてゆく部下への、今後の親交の持続を詠んだ挨拶歌ということになる。〈資料三〉で示した『拾遺和歌集』第一二三〇番歌の表現「椎柴の葉がへはすとも君はかへせじ」と一脈通じる論理であると言える。

さらに公任と伊祐は、蔵人所の上司と部下というだけではなく、伊祐の父為頼を介して親交があったらしい。公任は永延三年（九八九）二月二十三日に二十四歳で蔵人頭に補任されており、六位蔵人として永延・永祚・正暦年間に伊祐が勤めた時を通しての上司となっている。伊祐の父為頼とは、円融院や具平親王を中心とする和歌グループでの交遊もあった。為頼は小野宮一族とのつながりも深かったから、その絆を確かめるような贈答をいくつか交わし、為頼の晩年まで親交が続いていた[6]。

伊祐の父為頼は、具平親王のグループに加わって公任たちと共に活動し、いわゆる『拾遺和歌集』時代に活躍し、長徳四年（九九八）に没した歌人である。その詠歌が『後十五番歌合』に入れられ、『拾遺和歌集』以下、『後拾遺和歌集』、『千載和歌集』、『新古今和歌集』に採られる著名な歌人であった。

伊祐の生年は未詳であるが、その動向は『本朝世紀[7]』永祚二年（正暦元年、九九〇）十月二十三日条に「唐物使」として太宰府下向することが記述されるほか、小野宮実資の『小右記[8]』や藤原道長の『御堂関白記[9]』そして藤原行成の『権記[10]』など、貴族の日記に散見する。それらによると、永延・永祚・正暦年間に六位蔵人を勤めた後、受領として讃岐介・信濃守・阿波守・讃岐守を歴任し、讃岐守在任中の長和三年（一〇一四）一月に危篤となり、三月五日以前に死去した足跡をたどることができる[11]。

伊祐は紫式部と従兄妹の関係にあって共に堤中納言兼輔の曹孫にあたるが、和歌の面から見てみると父為頼や叔父為時と異なり勅撰集歌人ではない。父の家集『為頼集』では詞書には登場する（第四一、四六、八三番歌）ものの、伊祐の詠歌は見えない。わずかに『公任集』に二組（第二〇八・二〇九番歌と第三七六・三七七番歌）、『赤染衛門集』に一組（第一一六一・一一六二番）の贈答歌が所収されるのみで、合計三首の詠歌となる。『赤染衛門集』所収の和歌によると、赤染衛門から「あなたの妻がお持ちの見事な玉鬘を貸してほしい」と頼まれ、逆に妻から二人の仲を疑われてしまうほどの親しさであったというから、日常生活の一コマを伺い知ることができる贈答歌である。伊祐は歌人としての力量はともかく、当代貴族のたしなみ程度には歌を詠んでいたのである。

そんな伊祐が公任との贈答歌に用いた「椎柴」について、『拾遺和歌集』成立以前に詠まれた和歌の用例の検証を通して、時代の流行表現という視点でとらえ直してみたい。

三　円融院の諒闇と「椎柴の袖」

正暦二年（九九一）二月十二日、円融院が崩じたことにより、世の中は諒闇となり、翌三年の二月までの一年間、世間は椎柴の袖（喪服）を着用していた。その時の様子が『栄花物語』[12]に「あはれにはかなき世」と記されている。

〈資料五〉『栄花物語』巻四「見果てぬ夢」

かくて月日も過ぎていきて、正暦三年になりぬ。あはれにはかなき世になん。二月には、故院の御果てあるべければ、天下急ぎたり。御果てなどせさせ給ひつ。世の中の、薄鈍など果てて、花の袂になりぬるも、いとものはえある様なり。

これによると、正暦三年（九九二）二月に円融院の諒闇が明け、「世の中」が「薄鈍」の喪服から「花の袂」の華やかな服に戻ったというのである。円融院崩御関係の記事では「椎柴」は用いられていないが、『栄花物語』巻一「月の宴」における康保四年（九六七）夏の村上天皇の葬送の記事では、「宮々御方々の墨染どもあはれに悲し。同じ諒闇なれど、これはいといとおどろおどろしければ、ただ一天下の人、烏のやうなり。四方山の椎柴残らじと見ゆるも、あはれになん」とあり、「墨染」の喪服の原料としての「椎柴」が取り尽くされたという表現が見られる。「椎柴」が直接「喪服」の比喩となってはいないものの、その関係が注目される。

さて、〈資料四〉『公任集』と、〈資料五〉『栄花物語』の記事を対比させて考察すると、『公任集』当該贈答歌の詠歌年時が推定できる。すなわち、伊祐と公任が共に椎柴の衣を着用しており、それが「かはる」時のことを話題にしているのだから、円融院の諒闇明け間近の贈答歌であると想定することができる。[13]

『日本紀略』[14]によればこの正暦二年は諒闇により八月の定考では威儀饗がなく、十一月の節会も行われなかった。また人事異動も小規模に終わり、蔵人所では正月二十六日に参議昇進で離任した蔵人頭伊周の後任として平惟仲が就き、その惟仲が三月二十五日に辞任した後、源扶義が補任されたのみである。また『公卿補任』[15]によると、道隆が七月十四日に内大臣を辞し、摂政だけを勤めることになったことをうけての除目が行われた程度である。円融院の崩御により世は喪に服し、それによって除目も小規模になった。その結果、太宰府に下向して「唐物使」の任を果たし、帰京後の正暦二年春に予定されていた伊祐の巡爵が丸一年遅れてしまったのだろう。そして翌正暦三年春、円融院の諒闇明けが近づき、伊祐の遅れていた巡爵も目途がついた正暦三年（九九二）二月二十四日以前に、上司の公任との間で当該贈答歌が交わされたものと考えられる。

ところで、当該贈答歌の「椎柴」と「葉がへ」を組み合わせた表現については、〈資料三〉にあげた『拾遺和歌集』の和歌のほか、常緑樹の「椎」や「椎柴」が紅葉せず、葉も替わらないことから、「心がわりしない」不変の比喩として用いられている平兼盛や恵慶法師の和歌を合わせて考える必要があろう。

〈資料六〉

・『兼盛集』

女のもとより忘れわたるかなど云ひおこせたるに

48　忘るとは恨みざらなんはし鷹のとがへる山のしひはもみじず

・『恵慶集』（百首歌中）

ひのえ

289　はし鷹のとがへる山の椎の枝のときはにかれぬ中と頼まむ

この二首と〈資料三〉『拾遺和歌集』の和歌においては、はし鷹の生え変わる羽と、紅葉もせず永遠に変わることのない椎を対比させて詠むことで、親しさが変わらないことの象徴として「椎」を用いている所に共通点を見いだすことができる。

また詠者の平兼盛と恵慶法師は、共に安法法師の河原院グループで三十六歌仙に数えられる著名歌人である。平兼盛は正暦元年（九九〇）十二月に没し、また恵慶法師は正暦三年頃まで活躍していた。ということは、永延年間から正暦三年に至る伊祐の蔵人時代には、和歌においてまさにこのような表現方法としての「椎」が用いられていたことになる。

したがって、伊祐の贈歌は当時の用法をそのまま踏襲したものであると見ることができる。しかも伊祐と公任が交わした当該贈答歌に用いられている「椎柴のかはらん世」と「椎柴にそむる衣はかはる」という表現は、同じころに一条天皇が藤三位に戯れて贈った「葉がへやしつる椎柴の袖」という表現と、「椎柴」が「かはる」という比喩において、共通の発想が看取できることになる。

この発想で詠まれたものとしては、時代が下った永久四年（一一一六）十二月二十日の『永久百首』の「椎柴」題詠にも、藤原仲実が詠んだ和歌、

373　いつとなく葉がへぬ山の椎柴に人の心をなすよしもがな

がある。「葉がへぬ」「椎柴」を「人の心」と対応させている点で、『兼盛集』以来の歌の詠み方の伝統を受け継いでいると言えよう。仲実は天喜五年（一〇五七）に生まれ、『堀河百首』や各種歌合に出詠し、康和二年（一一〇〇）五月五日に自宅で『備中守仲実女子根合』を主催するなど、堀河院歌壇における有力な歌人であった。『永久百首』は仲実の勧進でなったという。歌学の知識も豊富で、歌学書『綺語抄』(16)を著し、その下巻の動物部において、「鷹」について歌語を説明する箇所で「とかへる」を項目に立て、「たゞとにていづことも知らでかへるをいふ也。またとやかへると同じ心といふ心もあるべきか」と説明したのち、「忘るとは恨みざらなむはし鷹のとかへる山の椎はもみぢじ」と平兼盛の例歌を挙げた上で、さらに「とやかへる」について「とやにてかへる也。此かへるといふは毛のかはる也。今年とりて次の年の秋過ぎてかへるをば、かたかへりといふ。胸の毛のふのよこざまにな

る也。次の年をばもろかへり、ふの細かになる也」と説明している。この仲実の詠歌などからも、和歌の表現として定着していったことが確認できよう。

また、〈資料四〉『公任集』の和歌のように「椎柴の袖」を「喪服」の比喩として用いる例は、時代が下った『千載和歌集』の頃にも見られる。

〈資料七〉『千載和歌集』巻十七「雑歌中」

十月に重服になりて侍りける又の年の春、傍官ども加階し侍りけるを聞きて詠める　中納言長方

1116　もろ人の花咲く春をよそに見てなほしぐるるは椎柴の袖

これは、仁安二年（一一六七）十月十八日に没した父顕長の喪に服している藤原長方が、翌春に詠んだ歌である。仁安年間は平清盛の勢力が強い時期で、当時従四位下の長方が参議に昇進していくのは難しかった。父の服喪期間もあって、仁安三年に長方の昇進は全くない。長方は俊成の甥（妹俊子の息）にあたる。長方が蔵人頭を経てようやく参議に任官したのは、安元二年（一一七六）十二月のこと。さらに「正四位下」から従三位に昇進したのは、鹿ヶ谷の陰謀事件のあった治承元年（一一七七）十二月である。この歌では「葉がへ」と合わせて用いられてはいないが、「椎柴の袖」は喪服を意味するだけでなく、「椎」が官位の「四位」を掛けている趣向となっている。

まとめ

和歌に見える「椎柴」をめぐる表現を追っていくと、平兼盛の歌に見られることから、正暦元年（九九〇）以前に用いられ始めたものが、正暦二年の円融院崩御と諒闇の時期を通じて一気に広まり、それが伊祐と公任の贈答歌や、年若い一条天皇の御製歌にも見られ、やがて「堀河次郎百首」とも称される『永久百首』の時代に至って「歌題」として採りあげられるようにもなった一連の動きをたどることができる。

詠歌年時が限定できない恵慶法師の歌も、藤原仲文の作かどうか定かとはいい難い歌も、正暦三年までには詠まれていたはずのものであろうから、この想定は成り立つだろう。

しかも藤原伊祐のような歌人とは言いがたい人物までもが、正暦三年の二月以前に円融院の諒闇明けを「椎柴のかはらん世」と表現し、それを受けた当代一流の歌人藤原公任が「椎柴に染むる衣はかはるとも」と返していることから考えると、正暦年間において「椎柴」が「かはる」という表現は、その時代の言わば流行表現として広く通行していたのではあるまいか。

そうだとすれば一条天皇もその流行表現を取り込んでこの歌を作り、乳母の藤三位繁子に送ったことになる。また流行表現であればこそ、誰の作なのかなおさらわかりにくいものにもなる。藤三位繁子が当初に詠者として見当をつけた藤原朝光は、『大鏡』によると「和歌などこそ、いとをかしくあそばししか」[17]と伝えられ、家集『朝光集』も伝わる。「葉かへやしつる椎柴の袖」ぐらいの表現は、十分に詠み得る人物でもあった。

『枕草子』第一三二段の「円融院の御果ての年」における話は、この一条天皇の御製歌をめぐって展開していく。聞書と目されるこの逸話[18]を書き留めた書き手清少納言は、年若い一条天皇が作った和歌の「椎柴の袖」という表現が、当時の流行をうまく活かしていたことをも評価して記録したのではないだろうか。中宮定子との協力によって作られた御製歌であったなら、この章段は定子賛美につながるエピソードにもなり得る。さらに言えば、当時の読者は流行表現の摂取という視点でも、当該章段を読むことができたということも考えられる。「跋文」に記しているように、書き手清少納言自身にとっておもしろいと感じられたことの一つとして、これらの点も考え合わせることができよう。

以上、『枕草子』「円融院の御果ての年」章段に見える和歌の「葉がへやしつる椎柴の袖」という表現が発する魅力を、同時期に詠まれた『公任集』所収の贈答歌などと比較しつつ、和歌表現の面から論じた。このように清少納言が流行表現を一早く評価して記しているということも、聞書を記した意図の一つに考えてよいのではないだろうか。

【注】

（1）枕草子研究会編『枕草子大事典』（勉誠出版　平成十三年）においても、高橋由記氏は解説で「清少納言の出仕以前の出来事を記したもので、直接経験ではない打聞に当たる」とされる。
（2）『古来風躰抄』本文は、新編日本古典文学全集『歌論集』（小学館）による。
（3）『拾芥抄』は、新訂増補故実叢書二二（臨川書店）による。
（4）萩谷朴氏『枕草子解環』三（同朋舎　昭和五十七年）の当該章段の語釈による。
（5）小町谷照彦氏校注の新日本古典文学大系『拾遺和歌集』（岩波書店　平成二年）の解説による。
（6）伊井春樹氏「公任と為頼―公任集覚え書き―」『国語と国文学』所収（昭和五十三年九月号）による。
（7）『本朝世紀』は、新訂増補国史大系九（吉川弘文館）による。
（8）『小右記』は、大日本古記録（岩波書店）による。
（9）『御堂関白記』は、大日本古記録（岩波書店）による。
（10）『権記』は、史料纂集（続群書類従完成会）による。
（11）小論「藤原伊祐年譜稿」『安田女子大学国語国文論集』第三〇号所収（平成十二年一月）を参照されたい。
（12）『栄花物語』本文は、新編日本古典文学全集『栄花物語』（小学館）による。
（13）小論「藤原伊祐と公任の贈答歌―『椎柴のかはらん世』からみた詠歌年時考―」『安田文芸論叢―研究と資料―』

所収（平成十三年三月）を参照されたい。なお当該贈答歌の詠歌年時について、抜出叙位に注目されて正暦二年末から正暦三年始めの詠歌と設定された先行論文に、杉田（杉本）まゆ子氏「『公任集』の敬語表現―成立と関連から―」『和歌文学研究』第六四号所収（平成四年十一月）があり、首肯すべきものと考える。

(14)『日本紀略』は、新訂増補国史大系十一（吉川弘文館）による。

(15)『公卿補任』は、新訂増補国史大系（吉川弘文館）による。

(16)『綺語抄』本文は、久曽神昇氏編『日本歌学大系』別巻一（風間書房　昭和五十九年第五版）による。

(17)『大鏡』本文は、新編日本古典文学全集『大鏡』（小学館）による。

(18) 池田亀鑑氏著『全講枕草子』（至文堂　昭和五十二年）の当該章段〈要説〉などによる。

第II部
章段構成の方法と論理

第一章　主題を活かす章段構成の方法

第一節　積善寺供養章段の時間軸とモザイク的様相

はじめに

文学史上「随筆」に分類される『枕草子』は、その内容の特質から随想的章段、類聚的章段、日記的章段の三つの部分に分類される[(1)]。本書は『枕草子』の章段内構成に注目して分析を進めているが、書き手が「出来事」を「書く内容」としてまとめ、順序立てて話を再構成する時、その展開と表現を有機的に絡み合わせ、結果として章段全体の構成が緊密になるよう、意図的に計算して書いていることを論証してきた。とくに日記的章段において顕著な手法と見られる。

本節では日記的章段の中で最も長文で知られる「積善寺供養章段」（第二六〇段「関白殿、二月二十一日に」）をとりあげる。当該章段は中関白家の晴舞台である二月二十一日の「積善寺供養」前後の記録として描かれ、その準備のため、中宮定子が二月一日に内裏から実家の二条宮へ退出する所から始まる。私見では場面と内容によって章段全体が十四の部分に分類できる。雨で見苦しくなった桜の造花を早朝に撤去した「花盗人」をめぐる関白道隆との和歌をふまえた応酬や、最末尾の一文「されど、その折、めでたしと見奉りし御事どもも…」が三巻本系の独自本文であり、中関白家の栄華を描く主題とは異なる視点が確認できる「位相」の問題、また日記的章段でありながら時間の流れが相前後する部分があり、時系列に沿った構成になっていないなど見所の多い章段であるが、本節では書き手による「出来事」の記述と時間の進行という視点から、話の再構成の有り様を論じる。

時間軸に注目すると、その進み方が相前後する部分が存在するが、この現象は三巻本系・能因本系ともに共通し、異本間による相違はないため、当初からの現象と見てよいだろう。日記的章段としては、時間軸の不統一は極めておかしな現象であると言わざるを得ない。しかし章段内構成の緊密性を狙った結果の現象という視点からとらえ直してみれば、これは書き手の必然性による「再構成の工夫」と見ることができるのではないか。

本節では女房たちの乗車順争いを後で定子が問題にした時、清少納言の言動が事態の収拾に果たした役割と、当該章段において定子に仕える女房たちの一人としての清少納言の位置付けを手がかりとし、さらに当該章段の大主題「関白道隆の栄華と定子のすばらしさを描くこと」の下に位置する小さな各主題、たとえば清少納言の臨機応変な対応能力、定子の感覚との共通点、定子から特別扱いを受けている点、新参者として見られている点、出来事への対応に女房としての成長ぶりが確認できる点など多面的な要素に対し、時間軸の不統一を犯してまでも、そこに位置付けられた場面がモザイク的に融合しており、それぞれの小主題を支える構成要素として有機的かつ効果的に機能していることを論証する。

一　史実としての積善寺供養

当該章段に描かれた内容は、正暦五年（九九四）二月二十一日に、中関白家総出で行われた法興院の積善寺での一切経供養を題材にして、それに向けての諸準備と当日及び後日談までを記し、中宮定子の父関白藤原道隆が、栄華を極めた時期の出来事にかかわった自分の見聞を描き出している。まず記録類の関係記事[2]から検証し、史実年時を考証してみたい。

〈資料一〉記録類の関係記事[3]

・『本朝世紀』正暦五年二月条

十一日癸巳。天朝間晴。今日列見也。午後。権大納言藤原道長卿。参議同道綱卿。同安親卿参着左仗座。

被定来

十三日中宮行啓可供奉諸衛官人。仰其事。

十三日乙未。此日以亥刻。中宮幸啓東三条院。

二十日壬寅。今日。関白〈道隆〉有被供養積善寺。辰一剋。東三条院〈詮子〉件寺被参入。同點。中宮〈定子〉有行啓。供奉諸司諸衛如常。又、弾正尹為尊親王。四品敦道親王。右大臣。内大臣〈道兼〉。大納言藤原朝光卿。同済時卿。権大納言道長卿。〈朽損〉中納言同顕光卿。参議同懐忠卿。同時光卿。同実資卿。平惟仲卿。藤原公任朝臣。同誠信朝臣参入。辨少納言外記史皆参。自餘四位五位不可勝計。

二十一日癸夘。天陰雨降。(以下略)

・『日本紀略』正暦五年二月条

十三日乙未。中宮〈定子〉行啓東三条院。

廿日　壬寅。関白供養積善寺。中宮〈定子〉行啓。東三条院〈詮子〉同以御幸。弾正尹為尊親王。四品敦道親王。右大臣〈道兼、但し重信の誤〉。内大臣以下諸卿参入。先之去十七日。関白申請以件寺為御願寺。

勅許之。

正暦五年二月二十日に関白道隆が積善寺で供養を行い、中宮定子をはじめ東三条院詮子・為尊親王・敦道親王・諸卿から弁・少納言・外記・弁官局の史《し》に至るまで皆参上している。『公卿補任』[4]及び『蔵人補任』[5]から当日の官職と人物を一覧してみよう。

〈資料二〉正暦五年二月時点の官職(6)

・『公卿補任』

関白　道隆。

左大臣（前年に源雅信の薨去以後、空席）。

右大臣　源重信。*

内大臣　道兼*（右大将）。

大納言　朝光。済時（左大将。皇后宮大夫。按察使）。

権大納言　道長（中宮大夫）。伊周。*

中納言　顕光（左衛門督。別当）。源保光。公季（春宮大夫）。

権中納言　源時中。源伊陟（太皇大后宮権大夫。右衛門督）。道頼。*

参議　道綱（右中将。備前権守）。安親（修理大夫。備前守）。懐忠*（左大弁。勘解由長官）。時光（大蔵卿）。実資（左兵衛督。美作権守）。平惟仲（右大弁。近江権守）。公任（近江守）。誠信（春宮権大夫。侍従）。

非参議　懐平（修理大夫）。源泰清（左京大夫）。高遠（兵部卿）。源清延。在国。菅原輔正（式部大輔）

・『蔵人補任』

蔵人頭　源扶義*　左中弁、内蔵頭、中宮権大夫、播磨権守。八月二十八日任参議。

源俊賢　右中弁、太皇太后宮権亮。

中関白家を中心とした系図をまとめると次のようになる。正暦五年二月当時の官職と年齢を（　）内に示した。

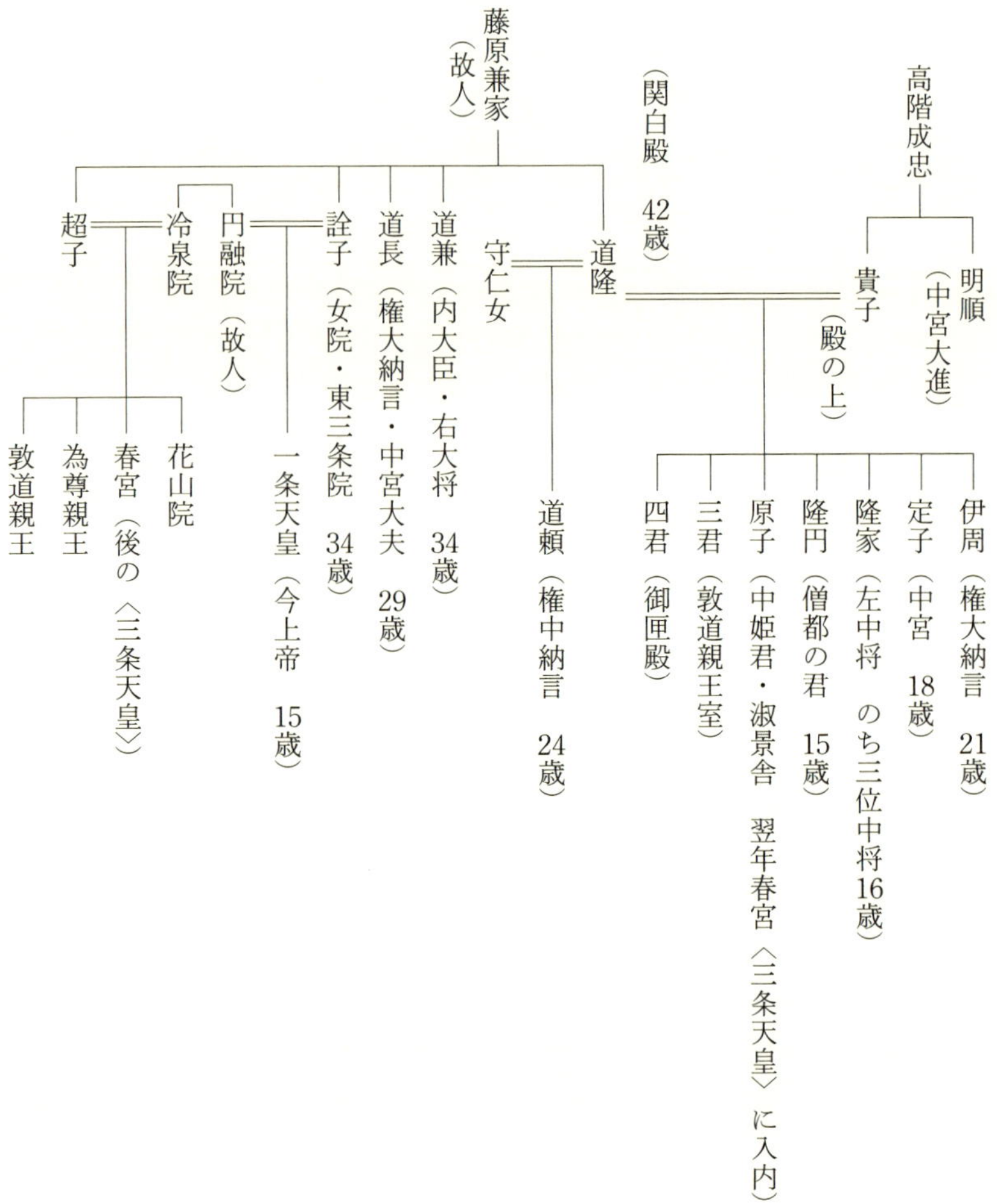
藤原兼家（故人）
（関白殿　42歳）
高階成忠
明順（中宮大進）
貴子（殿の上）
道隆
守仁女
道兼（内大臣・右大将　34歳）
道長（権大納言・中宮大夫　29歳）
詮子（女院・東三条院　34歳）
円融院（故人）
冷泉院
超子
伊周（権大納言　21歳）
定子（中宮　18歳）
隆家（左中将　のち三位中将16歳）
隆円（僧都の君　15歳）
原子（中姫君・淑景舎　翌年春宮〈三条天皇〉に入内）
三君（敦道親王室）
四君（御匣殿）
道頼（権中納言　24歳）
一条天皇（今上帝　15歳）
花山院
春宮（後の〈三条天皇〉）
為尊親王
敦道親王

〈資料一〉から、史実と『枕草子』に記された「二月二十一日」との齟齬が確認できる上、次の五点が指摘できる。

i　二月一日に中宮が「二条宮」へ里下がりする記事は、史書の類には見えないこと。

ii　『本朝世紀』二月八日条に「天陰《てんくもる》。大雨終日降」とあること。従って「花盗人」の出来事は二月九日早朝と推定される。

iii　二月十三日の「中宮行啓」は、内裏からの里下がりを指すのではなく、実家の二条北宮から東三条院への表敬訪問を指すと考えられること。『本朝世紀』にはこの扱いを中宮大夫道長が十一日に協議したとある。十三日の行啓は『枕草子』には描かれていないため、清少納言の里下がり期間中と考証できよう。

iv　史実上、積善寺供養の当日は二月二十日であること。

v　『本朝世紀』で二月二十一日の天気は「天陰《てんくもり、あめふる》　雨降」とあり、『枕草子』当該章段末尾の「又の日、雨の降りたるを」は二十一日の雨を指すものと考証できること。

とくにivとvから、積善寺供養は二十日の出来事となるはずであり、『枕草子』本文にみえる「二月二十一日」の記述は誤り、ということになる。現在これが定説となっており、首肯すべきと考える。(7)

二　当該章段の場面展開

当該章段全体を、時間軸と場面展開に着目し、十四の部分に分割して考えてみたい。日付は、供養当日を史実年時の「二月二十日」に訂正したことを除いて『枕草子』本文の記述に従った。

〈資料三〉当該章段の十四場面

①　二月一日（394頁5行目「関白殿、二月二十一日に」〜）

積善寺供養に先立ち、定子が二条宮に退出。自分の乗車の事⑤は省筆。翌二日朝の二条宮の様子。

②二月二日（395頁7行目「殿渡らせ給へり」～）
関白道隆の登場。兄、妹君たちや母貴子ら家族が会合する様子。内裏から一条天皇の使者が日参。

③二月三～七日（398頁11行目「御前の桜」～）
雨にしおれた桜の造花を「泣きて別れけむ顔に心劣りこそすれ」と喩え、その撤去と顚末（花盗人）で見せた清少納言の気の利いた対応（「春の風」の仕業として、さらに壬生忠見の「我より先に」の歌を引いて答えたこと）に満足する関白道隆と定子の様子。

④二月八日か九日（401頁14行目「さて、八、九日のほどに罷づるを」～）
里下がりした清少納言と定子の間で、『白氏文集』「長相思」をふまえた私信が往来。

⑤**二月一日夜**（402頁4行目「出でさせ給ひし夜」～）
時間進行がさかのぼる。女房たちの乗車争いの顚末。定子が清少納言を特別扱いし、乗車争いを繰り広げたりそれを制しなかった古参女房たちを非難する。清少納言がその場をとりなし、収拾させる。

⑥当日前夜　二月十九日（404頁14行目「御経のことにて」～）
供養前日、清少納言は二条宮南院に帰参。女房たちの支度の様子。

⑦当日朝　二月二十日（405頁8行目「さて、まことに寅の時かと」～）
伊周・隆家直々の指揮のもと、女房たちが乗車。

⑧当日　二月二十日（406頁13行目「皆乗り果てぬれば」～）
二条宮南院を出発。土御門殿から来た女院詮子の行列と、それを世話する関白等の様子。

⑨当日　二月二十日（408頁15行目「皆乗り続きて立てるに」～）
　定子の輿の行列の様と、到着した積善寺の様子。
⑩当日　二月二十日（411頁1行目「参りたれば」～）
　積善寺到着後、定子のもとに参上。定子から上席を与えられる特別扱いに感激する。
⑪当日　二月二十日（413頁7行目「女院の御桟敷」～）
　関白道隆が参上。道隆が感激する様子。道隆一家の様子。
⑫当日　二月二十日（415頁11行目「事始まりて」～）
　一切経供養開始から終了までを簡略に記述。宣旨により、定子は内裏へ直に参上する。
⑬当日　二月二十日（416頁10行目「宮は内に参らせ給ひぬるも知らず」～）
　一条天皇の再度の要請による定子の急な内裏帰参のため、二条宮と内裏との双方で連絡が十分に行き届かず、女房たちが混乱する。
⑭翌日　二月二十一日（417頁3行目「またの日、雨の降りたるを」～）
　翌日の雨を見た道隆の自賛。三巻本系は章段末尾に独自本文(8)を有し、清少納言の後日の評言をもって、章段を締めくくる。

当該章段は、二月一日に中宮定子が内裏から里邸として正暦三年に新造された「二条宮(9)」に移御するところから始まり、記述は日を追って進行する。場面③が雨の翌朝で「花盗人」の応答で知られる部分である。場面④では、積善寺での一切経供養参加準備のため、清少納言が里下がりしていた時に定子から手紙を賜り、『白氏文集』「長相思」の一節をふまえたやりとりをしている。

〈資料四〉『白氏文集(10)』巻十二感傷「長相思」（前半部）

九月西風興	九月西風興ル	
月冷霜華凝	月冷カニシテ露華凝《こ》ル	
思君**秋**夜長	君ヲ思ヒテ**秋**夜長シ	（答）清少納言
一夜魂九升	**一夜魂九タビ升《のぼ》ル**	
二月東風来	二月東風来タリ	
草拆**花心開**	草拆《ひら》ケテ**花ノ心開ク**	
思君春日遅	君ヲ思ヒテ春日遅シ	（問）定子
一日腸九廻	一日腸九タビ廻ル	

定子は「二月」の春の昼間に「花の心開《ひら》けざるや、いかに、いかに」と問いかけ、それに対し清少納言はその前の部分を用いて「秋はいまだしく侍れど、夜《よ》に九度《ここのたび》のぼる心地なむし侍る」と返事をし、『白氏文集』をコンテクストとして互いに「君ヲ思ヒテ」過ごしていることを示したやりとりとなっている。定子は清少納言の不在を寂しく思い、里下がりも「今少し近うなりてを」と引き留め、また里下がり中にもこのような手紙を遣わしていたのである。ここで比較されるべき箇所が、[場面②]に記される「夜さり、罷づる人多かれど、かかる折の事なれば、えとどめさせ給はず」の本文である。女房たちは積善寺供養当日の装束などを準備するため、夜分に里下がりする者が多いのだが、当日の準備のための里下がりと心得ている定子は、女房たちを引き留めてはいない。つまり、清少納言は定子から特別扱いを受けていたことが語られていることになる。

清少納言が準備を調えて再び定子のもとに参上したのは、積善寺への行啓当日前夜の[場面⑥]である。この時、定子は二条宮の南院に移御していた。この後、話は積善寺への行啓の見事さと供養、そして後日談へ進むのだが、枠で囲った[場面⑤]に注目したい。里下がりしていた[場面④]と再び参上してきた[場面⑥]とに挟まれた部分である。

三　「出でさせ給ひし夜」はいつの事か

場面⑤は「出でさせ給ひし夜」の出来事で、女房たちが我先に車に乗ろうと争う場面から始まる。まず、この「夜」とはいつの事かについておさえておきたい。三巻本系勘物（陽明文庫本）には何も記述がないが、江戸時代前期の延宝二年（一六七四）に相次いで刊行された古注釈以降、二条の宮から積善寺へ行啓した日とする説と、内裏から二条の宮へ移御した日とする説がある。

古注釈では「二条の宮から積善寺へ行啓した日」（すなわち、二月二十日未明のこと）と解釈する。加藤磐斎『清少納言枕双紙抄』（延宝二年五月刊）は、場面④から「二條の宮より中宮幷女房達の、積善寺へ移りおはしますさまをかけり」とし一連のことと捉え、続く場面⑤を「以下は、中宮の、積善寺へ移入給ふ夜、供奉の車の物《モノ》惣《サハ》がしきさまを云也」と解釈する。また、北村季吟『枕草子春曙抄』（延宝二年七月刊）は、場面④については「此一切経供養は十日比（ママ）なれば。后宮の御供の用意に清少退出する也」とし、現在の解釈の基盤となっているものの、場面⑤の「出させ給ひし夜」を「釋泉寺へ行啓の夜也」とし、「二条の宮から積善寺へ行啓した日」とするのは加藤磐斎と同じである。つまり江戸前期の古注釈は現代の解釈と異なり、時間が遡ってはいない、とするのである。

一方、現在の定説となっている「内裏から二条の宮へ移御した日」とする説[11]は、明治四十四年刊行の武藤元信氏『枕草紙通釋』[12]から確認できる。「此詞によれば中宮は一旦二條の宮より内裏へ還らせ給ひ、更に二條の院へ行啓ありしなり。前の『内の御使、日々にまゐる』とあるを併せ考ふべし」とある。しかし一度内裏へ還御した後の二度目の二条宮移御としており、この点で現在の解釈と異なる。また史書の記録とも合わないために従わない。

時間を遡って「二月一日の夜の出来事」の記述とみるのは、大正十三年刊行の金子元臣氏『枕草子評釈』(13)からである。「中宮の二條の宮へ出でさせ給ひし夜の略。以下、上に『二月朔日のほどに二條の宮へ入らせ給ふ』とある折の記事なり。『通釋』以降の註に、中宮は一旦内裏へ還御ありて、更に二條の宮へ行啓ありし也とあるは、大いなる誤なり」と先行説を強く否定され、これが現在の解釈の基盤となっている。昭和六年刊行の関根正直氏『枕草子集註』(14)も「二月朔日のころ、内裏を出でて二條の宮へ入らせ給ひし夜をいふ。立ちかへりて、最初の夜の事を記せるなり」とする。大正末期に金子元臣氏が「時間を遡った記述」との解釈を強く唱えて以後、昭和初期に至って「時間軸の不統一」を認める説が定着してきたという研究史をたどることができる。

そうなると「時間軸」についての問題が浮上してこよう。当該章段は二月一日の場面①から記述が始まる日記的章段で、時間の進行を追って出来事が書き進められるはずにもかかわらず、女房たちの乗車争いの場面⑤は、時間軸を遡って記述されていることになる。すなわち二月八日か九日ごろ、清少納言が自分の支度のため里下がりしていた場面④の後、再び二月一日に遡り、内裏から二条宮へ移動した場面①に当然含まれていたはずの乗車順をめぐる出来事が、場面⑤として後から詳細に語られていることになってくる。

四　場面⑤の本文分析

時間軸の不統一箇所として、場面⑤を詳細に分析してみたい。

〈資料五〉場面⑤前半部

出でさせ給ひし夜（二月一日の夜に相当）、Ⅰ車の次第もなく、「まづ、まづ」と乗り騒ぐが憎ければ、Ⅱさるべき人と「なほこの車に乗る様のいと騒がしう、祭の帰《かへ》さなどのやうに倒れぬべくまどふ様のいと見苦しきに、Ⅲただされ、乗るべき車なくてえ参らずは、おのづから聞しめしつけて、賜はせもしてむ」など言ひ合はせて、立てる前よ

(他の女房たちが)り押しこりてまどひ出でて乗り果てて、(宮司)「からか」と言ふに、「まだし、ここに」と言ふめれば、宮司《みやづかさ》寄り来て「誰々おはするぞ」と問ひ聞きて「いとあやしかりける事かな。今は皆乗り給ひぬらむとこそ思ひつれ。こはなどかう遅れさせ給へる。今は得選《とくせん》乗せむとしつるに。めづらかなりや」など、驚きて寄せさすれば、「さはまづその御心ざしあらむをこそ乗せ給はめ。次にこそ」と言ふ声を聞きて、(宮司)「けしからず、腹ぎたなくおはしましけり」など言へば、乗りぬ。その次には、まことに御厨子《みづし》が車にぞありければ、火もいと暗きを笑ひて、二条の宮に参り着きたり。

中宮定子の二条宮移御に従い、お仕えする女房たちも移動するが、配車の指示もなされず、女房たちは我先に乗車を争い、騒がしくしていた。その様子を記した箇所が傍線部ⅠⅡⅢである。「乗り騒ぐが憎ければ」や「いと見苦しき」「おしこりてまどひ出でて」の表現から、清少納言は「見苦しい」と感じていることが確認できる。そして清少納言は然るべき女房たちと「乗れずに参上できなければ、定子の方から気が付いて車を回して下さるでしょうよ」と話し合い、騒ぎから身を引いていた。結局、下級女官の得選たちが乗る直前に、女房グループの最終便として二条宮へ移動することになった。

一方すでに先着していた定子は、清少納言を待ちかね、右京や小左近など若い女房たちに命じて探させていた。ようやく参上した清少納言たち一行に対して遅くなった理由を問い質したところ、清少納言と同乗していたベテラン女房の右衛門たちが答えている。

〈資料六〉場面⑤後半部

御輿はとく入らせ給ひて、しつらひ居させ給ひにけり。(宮)Ⅰ「ここに呼べ」と仰せられければ「いづら、いづら」と右京、小左近などいふ若き人々待ちて、参る人ごとに見れど、なかりけり。下るるに従ひて四人づつ御前に参り集ひて候ふに、(宮)Ⅱ「あやし。なきか。いかなるぞ」と仰せられけるも知らず、ある限り下り果てゝぞ、からうして見つけられて、（右京等）「さばかり仰せらるるに、遅くは」とて、ひきゐて参るに、見れば、いつの間に、かう年ごろの御住まひの様におはしましつきたるにかと、をかし。（宮）Ⅲ「いかなれば、かうなきかと尋ぬばかりまでは見えざりつる」と仰せらるるに、ともかくも申さねば、もろともに乗りたる人「いとわりなしや。最果ちの車に乗りて侍らむ人は、いかでか疾くは参り侍らむ。これも御厨子《みづし》がいとほしがりて譲りて侍るなり。暗かりつるこそわびしかりけれ」とわぶわぶ啓するに、（宮）Ⅳ「行事する者の、いとあしきなり。また、などかは。心知らざらむ人こそはつつまめ。右衛門など言はむかし」と仰せらる。

（右衛門）「されど、いかでかは走り先立ち侍らむ」など言ふ、かたへの人、憎しと聞くらむかし。

（宮）Ⅴ「様悪しうて、高う乗りたりとも、かしこかるべき事かは。定めたらむ様の、やむごとなからむこそよからめ」と、ものしげにおぼしめしたり。（清）「下り侍るほどの、いと待ち遠に苦しければにや」とぞ申しなほす。

清少納言は遠慮して答えなかったので、同乗した女房が「最後の車だったので仕方ないし、それも危なかったのです」と答えた。定子は二重傍線部Ⅳで行事役の不手際のみならず、右衛門などベテラン女房がいながらそれを黙認していたことを叱りながらも、新人で不慣れな清少納言には「などかは心知らざらむ人こそはつつまめ」と言い、仕方ないとかばう。叱られた右衛門が「どうして我先に走って乗れましょうか」と弁解すると、それを聞いた先着の女房たちは自分たちをそういう言い方で表現されたことに対して「憎し」と感じていたようだった。一方、定子は二重傍線部Ⅴで自分の女房たちが我先に争って乗車し、品位を保たなかったことを聞いて「ものしげにおぼしめしたり」と不満げである。その場の雰囲気が悪くなったことを察した清少納言が、取りなしの言葉を定子に申し上げ(15)てこの場面⑤が終わる。

ここで我先に乗車の先立ちを争う事に対する〈資料五〉の清少納言の感覚と〈資料六〉の定子の感覚を対比すると、両者に共通する感覚が二つあることが確認できる。すなわち傍線部ⅠⅡと二重傍線部ⅣⅤ、及び傍線部Ⅲと二重傍線部ⅠⅡⅢが対応しているのである。

二人が共有している感覚は、前者においては、①行事役はきちんと準備をし、仕切らなければならないこと。②乗車はあらかじめ定めた順序通りに行い、静かで上品に振る舞うべきであること。③先を争って騒ぐなど優雅ではなく、見苦しいと感じることの三点である。

また後者では、清少納言は車争いなどせずとも、定子が気付いて迎えを寄越して下さるだろうと余裕を持って構え、また定子は清少納言を心待ちにし、到着次第自分の所に来させるよう指示するなど、お互い相手をなくてはならぬ存在として意識しあっていたことが語られる。この点でも二人の通い合う感覚が確認できる。

五　章段内構成の視点から

「乗車争い」は、場面①で「ねぶたくなりにしかば、何事も見入れず」と完全に省略されているが、場面⑤に至り時間を遡って詳細に記され、場面⑦の積善寺への移動時には伊周と隆家が直々に配車を仕切り、女房たちを名簿順に呼び立て、整然と乗車させている。

この構成にいち早く注目されたのが稲賀敬二先生で、「車に乗る時の二つのエピソードを対照して書こうという意識が、①に続いて（あるいは①の段落の中で）書かれるのが自然である⑤の記事を、⑦の近くに移すことになった。そう考えれば、この積善寺供養記は、文章効果まで計算に入れた構成的な文章であることになる」(16)と述べられ、女房たちの乗車を巡る二つのエピソードを対照的に構成した、と指摘しておられる。また「この配車の不手際があったから、二十日の供養当日は、伊周・隆家の陣頭指揮のもとに女房たちは車に乗せられるはめにもなるわけでもある。その意味では、二条宮行啓当夜の記事を後の方へ廻したのは、表現効果を考えた執筆意識のあらわれと理解できなくもない(17)」と述べられ、後に続く場面⑦との関連を指摘される。早く文章効果まで計算に入れた構成になっていることを指摘された説であり、女房たちの乗車をめぐる二つのエピソードを対照的に構成したと見る説として注目されよう。

一方、萩谷朴氏は当該章段を、時間意識の歴然たる稀有の章段としてとらえながらも、当該箇所を「繰り返し叙法(18)」と見てそこに時間意識を認め、実録的日記的効果を狙った、とされた。「清少納言は、二条北宮に到着した翌朝の新鮮な印象を読者に伝える為に、到着までの波瀾に富んだ事件は、敢えて省略したのであろう。しかしその事は、是非書き留めて置きたかったから、一たん宿下がりして、次に法会の前夜帰参するまでの空白の時間に、行啓当夜の時点に立ち戻って、叙述を繰り返すこととしたのであろう」と述べられ、読者を意識した省略として解釈し、書き留めておきたかったから叙述を繰り返して多角的描写とした、と指摘される。両者の説ともに書き手の意図的な構成としてとらえ、読み手に対する効果を狙ったものと見る点が共通する。

これらの説をさらに進め、このような書き方をした書き手・清少納言の意図した狙いを、書かれている内容と章段内の構成、つまり話の順序としての必然性の視点からとらえ直してみたい。

当該章段の全体を通して、清少納言が定子から特別扱いを受けていることは、五点の指摘ができる。

i　場面③の「花盗人」の箇所で、雨にしおれた桜の造花を「泣きて別れけむ顔に心劣りこそすれ」と喩え、造花の撤去とその顚末に、「春の風」の仕業と答えた清少納言の対応を、定子は父道隆に誇らしげに語る。

ii　場面④で、定子から直々に里下がりを引き留められ、さらに準備のための里下がり中、定子から『白氏文集』「長相思」をふまえ「君ヲ思ヒテ」過ごすという私信を受け取っている。

iii　場面⑤で、二条宮への到着を定子から心待ちにされていた。また清少納言は新参者として、対応の不備を免責されている。

iv 場面⑨で、積善寺到着時に定子が兄伊周に指示した結果、清少納言は伊周自らに引率され、参上している。

v 場面⑩で、定子は几帳から出て清少納言を迎え「我をばいかが見る」と問い、さらに上臈女房の宰相の君に対し、清少納言と席を替わるように、とまで指示する。同僚から「殿上許さるる内舎人なめり」と皮肉を言われつつも「いと面だたし」と得意げで、「身の程に過ぎたる事ども」と感激している。

ちなみにこの宰相の君は冨小路右大臣顕忠の孫娘で、決して不出来な女房などではない。第七九段「返る年の二月二十余日」では斉信との会話に『白氏文集』「驪宮高」をふまえて「瓦に松は有りつるや」と応対するなど、和歌漢籍の知識が豊富で、定子のもとで才女ぶりを発揮するほどの女房である。

六　主題の位相と各場面の相関

当該章段は、積善寺での一切経供養前後の中関白一家の栄華の様と、定子のすばらしさを描いた章段で、それに自分がどう関わったのかを中心に記している。本節ではこれを〈大きな主題〉ととらえ、その下に五つの〈小さな主題〉が設定されていると見る。

i 清少納言が、女房として臨機応変な対応能力を発揮したこと。

ii 定子と清少納言に共通する感覚が存在すること。

iii 清少納言が、定子から上臈古参女房たち以上の特別扱いを受けていること。

iv 出来事への対応に、清少納言の女房としての成長ぶりが見られること。(19)

v 清少納言がまだ新参者の扱いを受け、自らもその気分を記していること。

この〈小さな主題〉に、出来事としての各場面がどのように関係づけられているかを考えてみたい。

まずⅰ清少納言の臨機応変な対応能力の発揮については、場面③では和歌をふまえた表現をしたことで、場面④では『白氏文集』「長相思」と理解しての返答をしたことで、場面⑤では定子の不興と先輩女房の怒りを回避するための言動をしたことで、それぞれ描き出している。

次にⅱ定子と清少納言の共通する感覚については、場面④では『白氏文集』「長相思」をふまえた贈答で描き出し、場面⑤では乗車争いを見苦しいと見る感覚が共通することで、それぞれ描き出している。

ⅲ定子から上臈古参女房たち以上の特別扱いを受けていることについては、場面④では里下がり中に参上を促す手紙を個人的に受け取っていることで、場面⑤では到着を心待ちにされわざわざ探されていることで、場面⑨では指示どおり伊周に引率されて参上していることで、場面⑩では長押の上の席を上臈女房の宰相の君と交替させてまで用意しようとされたことで、それぞれ描き出している。

ⅳ出来事への対応に女房としての成長ぶりが見られることについては、場面③では「花盗人」事件に古歌の引用で応対し評価されたことで、場面④では定子からの『白氏文集』「長相思」の詩歌引用を理解した返事を出したことで、場面⑤では定子の好まないことはせず、また場を取りなす論理で対応したことで、描き出している。

ⅴまだ新参者の扱いを受け、自らもその気分を記していることについては、場面⑤では定子が清少納言を新参者として弁護していることで、場面⑥では再出仕の遅れた清少納言が「などか今まで参り給はざりつる」と女房から叱られていることで、場面⑦では乗車場所への移動で渡殿を通る時の緊張感を「まだうひうひしきほどなる今参りなどは、つつましげなるに」と記すことで描き出している。

まとめ

以上の分析から、当該章段においてⅰからⅴの〈小さな主題〉は、いずれも出来事としての各場面がモザイクの様に嵌《は》め込まれ、そのモチーフが何度も繰り返されることで、より効果的に印象づけられている有り様が指摘できるだろう。なかんずく場面⑤は、モザイクの様に完全に組み込まれ、どの〈小さな主題〉にとってもそれを引き立たせる様に関連づけられている。その点で、場面⑤のこの位置への配置は、章段構成の点で有機的に機能していると言える。

つまり当該章段は、場面⑤がこの位置に嵌《は》め込まれたことで時間軸の不統一が起こったけれども、それぞれの〈小さな主題〉を支える構成要素という点では、場面⑤がむしろ中枢的な部分として有機的に機能しているために〈小さな主題〉がより一層印象づけられる効果を生んだと見ることができる。場面①と場面⑦で、移動の際の車の手配の件が対照的となるのはもちろん、それ以外にもこれら〈小さな主題〉をさらに効果的にするために、場面⑤の「乗車争い」における清少納言の感覚や言動の描写をこの位置に置くことの必然性は、章段構成の上で大きい。この点を書き手清少納言は考えて、時間軸の進み方が相前後する部分が存在する、という現象を引き起こしてまでも、このように話を再構成したのではないか。

日記的章段を「記録」として考えると、時間軸の不統一は極めておかしな現象と言わざるを得ない。しかし、章段内構成の緊密を狙った必然性という視点からこの現象をとらえ直すと、書き手による意図的な再構成の工夫と見ることができるのではないか。

【注】

(1) 本節では、時系列順に出来事を記していない書き手の意図的な構成を考えるという観点から、「日記章段」とせず、「日記的章段」と称する。『枕草子大事典』(勉誠出版　平成十三年)によると「日記章段の呼称は『日記的章段』

の略と考えてよい」とある。本節の趣旨に鑑みて「日記的章段」で統一した。

（2）『本朝世紀』と『日本紀略』は増補新訂『国史大系』（吉川弘文館）による。正暦五年二月の条は『小右記』『権記』共に現存する記述がない。『小右記』は『百錬抄』からの逸文資料（二月四日条）を確認できるが、菅丞相の託宣詩の記事であり、積善寺供養に関する記述は見えない。

（3）□は校勘者の黒板勝美氏による欠字補入を示し、〈　〉は傍注として付された人物考証を示す。

（4）『公卿補任』は、増補新訂国史大系（吉川弘文館）による。

（5）『蔵人補任』（続群書類従完成会　平成元年）による。

（6）名前右肩に付した＊は、半年後の八月の司召にて昇進する人物を示す。隆家は正四位下・左中将でまだ三位中将ではない。八月三十日に非参議・従三位左中将として『公卿補任』に掲出される。

（7）萩谷朴氏『枕草子解環』五（同朋舎　昭和五十八年）の当該章段論説、及び『枕草子大事典』（勉誠出版　平成十三年）等による。

（8）三巻本系では章段末尾に独自本文「されど、その折めでたしと見奉りし御事どもも、今の世の御事どもに見奉り比ぶるに、すべて一つに申すべきにもあらねば、もの憂くて、多かりし事どもも皆とどめつ」という清少納言の後日の評言で章段を締めくくる。

（9）『小右記』正暦三年十一月二十七日条に「新宮二条宮」とある。別称「二条北宮」として長徳二年三月四日条、同年四月二十四日条に見える。

（10）平岡武夫氏・今井清氏編『白氏文集歌詩索引』下冊（同朋舎　平成元年）の「白氏文集歌詩編」（陽明文庫蔵那波本）本文による。

（11）松尾聰氏、永井和子氏校注・訳の新編日本古典文学全集『枕草子』（小学館　平成九年）頭注に「内裏から二条の新邸にお出になった夜」とあり、『枕草子大事典』もその様に解釈する。

(12) 武藤元信氏著『枕草紙通釋』(有朋堂　明治四十四年)による。

(13) 金子元臣氏著『枕草子評釈』(明治書院　大正十三年初版・昭和十七年増訂二八版)による。

(14) 関根正直氏著『補訂　枕草子集註』(思文閣出版　昭和五十二年復刻　もとは昭和六年刊)による。

(15) 「申しなほす」が、車争いをした先着女房たちの所作を取りなすことになる論理については、第Ⅱ部第二章第四節「積善寺供養章段における『申しなほす』の効果」で改めて論証する。

(16) 稲賀敬二先生・上野理氏・杉谷寿郎氏著『枕草子入門』(有斐閣　昭和五十五年)による。当該章段の解説は稲賀先生が担当された。なお①・⑤・⑦は、場面①・場面⑤・場面⑦と同部分を指す。

(17) 稲賀敬二先生「枕草子実録的章段の虚構性〈枕草子研究の指針〉」『国文学　解釈と鑑賞』(至文堂　昭和五十二年十一月特集号)所収。後に「枕草子実録的章段の虚構性」として『源氏物語の研究―物語流通機構論―』(笠間書院　平成五年)に所収。

(18) 萩谷朴氏著『枕草子解環』五(同朋舎　昭和五十八年)の当該章段論説において「積善寺供養の段における繰り返し叙法―『枕草子』に稀有なその日記性―」と題し、述べられている。

(19) 第一七七段「宮にはじめて参りたるころ」における新参女房としての清少納言は、不慣れからくる自信のなさが目立つ。定子の問いに対してもまともな対応ができなかった様が描かれている。

第二節　雪山章段における表現の対比と効果

はじめに

『枕草子』の日記的章段には、「積善寺供養章段」や「雪山章段」などの長編が存在する。それらはいくつかのプロットが互いに関連し合いながら一つの章段として構成されているのだが、興味深いことに最も分量の多いこの長編二章段には、日記的章段でありながらも時系列をさかのぼって記述された部分がある。

本節では、日記的章段の中で「積善寺供養章段」に次いで二番目に長い「雪山章段」と呼ばれる第八三段「職の御曹司におはしますころ、西の廂に」を取り上げ、十六の場面に分けて詳細に考察する。（188頁〈資料三〉参照）

この章段の場面は、職の御曹司・内裏・清少納言の里下がり宅・再び内裏、の四箇所で、職の御曹司で行われた「不断の御読経」の「常陸の介」の話題と、大がかりな「雪山の作成」に続いて、「雪山はいつまであるか」という定子の問いから始まる「残存期間の予想当て競争」に熱中した顛末を、一条天皇の言動も交えて描き出している。

時系列順の配置ではない場面⑧において内裏からの使者式部丞忠隆の話を聞き、雪山が方々で作られていて、大きな雪山の作成だけではもはや話題性を持たないことに気がついた書き手清少納言が、定子の発案「雪山はいつまであるか」を受けて、話題の方向を「残存期間の予想当て競争」へと急転換していった方法を考察する。とくに直前の場面⑦で「白山」という歌枕を出していることを手掛かりとする。長編の当該章段における基本軸として設定した「ここだけのめずらしい話題」に収束させるための「仕掛け」として、「白山」という歌枕表現を機能させていると見られるからである。そして場面⑧以後のプロットの展開と話題の方向を転換していく様相を詳細に分析することで、「雪山章段」の構成とその論理を考察し、表現の対比とその効果という視点から、主題を活かす章段構成の方法と有り様を明らかにしてみたい。

一　史実としての雪山章段

この章段の場面は、職の御曹司・内裏・清少納言の里下がり宅・内裏の四箇所である。まず、この長編章段の概要についてまとめておきたい。

長徳四年（九九八）冬十一月頃、職の御曹司で盛大に行われた不断の御読経の期間に現れた「なま老いたる女法師（常陸の介）」をめぐる話題に、一条天皇の信任が厚い内裏女房の右近内侍が関心を寄せる。同年十二月十日ごろ大雪が降り、定子の命令として職の御曹司の庭に大きな雪山を作成した。定子の発案で雪山の残存期間を予想しあう。大方は「年末までは持たない」とするのに対し、指名された清少納言は大胆にも「正月十日過ぎまで持つだろう」と答えるものの自信はなく、白山の観音に祈る。訪れた式部丞忠隆の話から、雪山は内裏をはじめ方々でも作られた事を知る。翌長徳五年（一月十三日改元・長保元年）正月二日の早朝に、大斎院選子から卯槌が届いた事や、正月三日の急な定子参内の事など交えながら、雪山がいつまで残るかを中心に話題が展開していく。年を越した雪山は、正月十五日まで保つのかどうかに焦点が絞られたが、十四日夜までは残存しており、それを確認した清少納言は勝利を確信し、報告の準備に怠りなかったが、夜半になって雪山は消滅してしまい、翌朝手ぶらで帰ってきた使者の姿を見ていたく落胆した。その後、二十日に内裏にいる定子のもとへ参内して悔しがる清少納言に対し、定子は自分の指示で雪山を撤去させたことを白状して清少納言の勝ちを認めた。そして一条天皇も話題に参加したことを記し、この章段は終わる。

当該章段の史実年時考証は、諸説あるものの長徳四年（九九八）冬十一月頃の不断の御読経から、十二月十日頃の大雪を経て、翌長保元年（九九九）一月二十日まで、二ヶ月間の出来事を記した日記的章段と認められると考えられる。

三巻本系第一類本に属する陽明文庫本勘物には、以下に示した七つの記述があり、長徳四年から五年の出来事と考証されている。

〈資料一〉陽明文庫本の勘物(1)

・勘物26「長徳四年」
・勘物27「長徳四年十二月十日大雪此後中旬雪不見」
・勘物28「十六日女一宮自式卿曹司参内殿上人候御共輦車十七日於登華殿着袴年三大臣腰袴」
・勘物29「未補蔵人不審于時式部丞藤泰通」
・勘物30「長保元年正月一日乙夘雪降」
・勘物31「入内事無所見若蜜《ママ》儀歟七日中納言實資卿」
・勘物32「入内之事無所見若蜜《ママ》儀歟七日中納言實資卿叙正三位拝賀参式《ママ》御曹司已無人令啓直罷出外人猶存御式《ママ》
　御曹司ノ由歟」

これによると、長徳四年（九九八）から翌年の長保元年（九九九）にかけての出来事と考証されていることが確認できる。

また、近代以降の考証では、池田亀鑑氏が「長徳四年十二月～翌長保元年正月(2)」とするのに対し、田中新一氏が「長徳元年十二月～二年にかけて」[3]と考証されたが、弘徽殿に誰がいたのか考証できないところが存疑で、以後この二説に対する首肯否定が展開していく。森本元子氏[4]が池田説を補強されたのに対し、河内山清彦氏[5]は田中説を支持された。これに対して萩谷朴氏[6]は池田氏説を支持した森本氏説をさらに補強され、金内仁志氏[7]も池田氏説を支持した森本氏説をさらに裏付けられた。池田亀鑑氏が考証された「長徳四年十二月～翌長保元年正月」の説は首肯されるものと考えられる。

当時蔵人頭右大弁の要職にあった「頭の弁」藤原行成の『権記』から長徳四年（九九八）冬の定子関係記事を抜粋すると、以下のようになる。

〈資料二〉『権記』長徳四年[8]

①長徳四年十一月十六日条

女一宮脩子内親王の件で、勅により決定事項あり。家別当は藤原陳政。来月十七日に著袴の儀。同日、左大臣道長が職の御曹司に定子を訪問。行成も参上。

②長徳四年十二月十日条

大雪にもかかわらず、行成は結政のため参内。

③長徳四年十二月十六日条

陣の定、官奏あり。夜、女一宮脩子内親王が職の御曹司から輦車で参内。

④長徳四年十二月十七日条

登花殿で亥刻に、脩子内親王著袴の儀。三歳。父一条天皇は御物忌で欠席。左大臣道長が御裳腰を結ぶ。子刻に脩子内親王は祖母東三条院詮子のもとに参上。

ちなみに『栄花物語』の長徳三・四年の記事は史実年時が混乱しており、長徳三年のこととして中宮と脩子内親王参内は記されているが、脩子内親王着袴の記事は見られない。また『枕草子』には、これらの出来事は一切記されていない。

二　当該章段の場面展開

この雪山章段について、その内容から私に十六の場面に分類して詳細に考察を進めていくことにする。場面を分類して考察するこの方法は、すでに昭和四十二年に橘誠氏(9)が二十一場面に、また河内山清彦氏が中心話題と付随的話題に二分して合計二十一場面に分割しておられる。本節ではもう少し大きく括って、十六場面に分割した。なお（　）内は、該当する新編日本古典文学全集『枕草子』の頁と行を示している。

〈資料三〉雪山章段の十六場面

〔不断の御読経と常陸の介〕

①長徳四年冬十一月ころのある日（151頁6「職の御曹司に」～）**女法師との交流**

職の御曹司で「不断の御読経」を開催。二日目頃に粗末な身なりのなま老いたる女法師が現れ、「御仏供おろし」を所望したが、僧が却下。次に清少納言が直に対応する。華やいで雅やかに「仏の御弟子」を自称する女法師を「うたて」と感じつつも、果物や餅を渡して親しく談笑する。

②同日（152頁9「若き人々出て来て」～）**作法通りの所作で不興**

若い女房たちの興味本位な質問に俗謡で応じた女法師の所作が皆の不興を買い、退去を命じる。定子が下賜した白い衣を投げて渡すと、女法師は伏し拝み、作法通り肩に掛けて拝舞した。それがさらに皆の不興を買う。

③後日（153頁8「後ならひたるにやあらむ」～）**「常陸の介」と右近内侍**

味を占めて常に来る女法師を「常陸の介」と名付ける。定子は来訪した内裏女房の右近内侍に、この顚末を話し、女房の小兵衛にまねをさせると、右近内侍は強い関心を寄せる。

④さらに後日（154頁1「その後、また」〜）**尼なる乞児の来訪**

別の上品な「尼なる乞児《かたゐ》」が来る。きまりが悪そうで哀れなので、定子の下賜した衣を一つやると伏し拝み泣き喜びながら立ち去る。来合わせた常陸の介はそれを見て以来、姿を見せなくなった。

〔雪山の作成〕

⑤十二月十余日（154頁7「師走の十余日のほどに」〜）**雪山の作成**

大雪が降る。当初は女官たちが縁に雪を積み上げていたが、女房の発案で、中宮の仰せ言として侍に命じ、庭に雪山を作らせた。中宮職の役人に加え、内裏から雪掻きに参上した主殿寮の官人で二十人ほどに増えて作る。勤務評定の考課を持ち出し、非番の侍も自宅から呼び寄せて大がかりな作業となる。完成後、作業を指揮した中宮職の役人たちに定子からの褒美として絹二結を下賜すると、狩衣姿ながら作法通り頂戴して退出する。

⑥同日　十二月十余日（155頁6「これいつまでありなむ」〜）**雪山の残存期間予想**

定子の発案で、完成した雪山をめぐり残存期間の予想当て競争を始める。大方の女房たちは十日前後と見たのに対し、定子に指名された清少納言は「正月十余日まで」と回答して反発を買う。同僚たちは「年末までは保つまい」と答えた。自身でも内心失敗と思うが、頑固に突っぱねる。

⑦十二月二十日ころ（156頁6「二十日のほどに」〜）雪山　**降雨と「白山観音」**

降雨。雪山は消えないが、丈が低くなる。雪山の歌枕「白山」の観音に必死に祈る。「もの狂ほし」と自照する。

⑧雪山作成当日　十二月十余日（156頁9「さてその山作りたる日」〜）**式部丞からの雪山情報**

時間進行がさかのぼる。雪山作成の当日、天皇からの使者式部丞忠隆が参上し、清少納言と雪山をめぐる会話をする。「今日は方々で雪山を作り、御前の壺・春宮・弘徽殿（義子）・京極殿（道長邸）でも作らせていた」と聞く。

清少納言が「**ここにのみめづらしと見る雪の山ところどころに降りにけるかな**」と詠んだが、歌好きなはずの忠隆は返歌を作れず、内裏で人々に披露すると語り退散した。この顚末を定子に報告する。

⑨十二月晦日頃（157頁6「つごもり方に」〜）雪山　**「常陸の介」再訪**

雪山は少し小さくなったが、まだかなり高いままで残存。昼ごろ常陸の介が来訪。久しく来なかった理由を問うと、歌で回答し「うらやまし足も引かれずわたつ海のいかなる人に物賜ふらむ」と拗ねた。無視すると、雪山に登るなどうろついてから立ち去る。あとで右近内侍に伝えると、関心を寄せた返事が来て、皆で笑った。

〔年を越す雪山〕

⑩長保元年正月一日（158頁8「さて雪の山つれなくて」〜）雪山　**新雪除去の命令**

雪山は変わらずに年越し（この時点で、年内までは持たないと予測した女房たちの負けが確定。以後は十日過ぎまで保つかどうかが争点となる）。一日夜に大雪が降り、清少納言は喜ぶが、定子直々の命令で新雪は除去された。

〔斎院からの卯槌と和歌〕

⑪正月二日の早朝（158頁7「局へいと疾く下るれば」〜）**斎院からの届け物と対応**

局に下りた清少納言は、職の侍の長から斎院より届いた文を受け取る。すぐに定子のもとへ参上し、一人で御格子を上げて定子を起こす。文には卯杖の様に設えた卯槌二つのみで、手紙は見当たらなかったが、卯杖の頭を包んでいた小紙片に書かれた和歌「山とよむ斧《をの》の響きをたづぬれば祝の杖の音にぞありける」を発見する。定子が心を込めて自ら返事を書いたことを賛美する。斎院の使者には褒美として白い織物の単衣と蘇芳色梅襲を下賜し、使者は作法通り肩に掛け雪の中を退出した。定子の返歌を知らないままで残念だと回顧する。

〔内裏へ入御〕

⑫同日　正月二日〜七日（160頁3「さてその雪の山は」〜）雪山　**急遽内裏へ入御**

雪山は「越の白山」の様に消える気配もないが、黒ずんで見る甲斐もない。女房たちは「七日までは保たない」と予測した。十五日まで保つかが焦点となった時、急に明三日の内裏入御が決定した。雪山の残存結果への関心は高いので、準備に追われつつ清少納言は木守《こもり》（庭木番）に雪山監視を依頼した。十五日まで保てば褒美を出すと言い果物で手なずけて、清少納言は定子の参内に従って内裏へ移るが、雪山の状態を心配し、たえず職の御曹司に家人をやって確認させた。木守には「七日の節供のおろし」など与えて手なずけた。

〔里下がり〕

⑬正月八日〜十四日夜（161頁12「里にても」〜）雪山　**里居の様子と確信**

里下がりしても関心は雪山に集中し、夜明けには使いを出して確認させる毎日が続く。正月十日ころ「あと五日は保ちそうだ」との報告に安堵したが、昼も夜も確認させる毎日。正月十四日夜の雨にはらはらし、それを聞いた人から「もの狂ほし」と笑われる。家人に確認させると、雪山は円座ほど残存し、木守もよく監視して褒美を所望しているとの報告を受けた。勝利を確信し、喜びながら明日内裏にいる定子に披露する段取りを考案しながら、夜明けを心待ちにしていた。

⑭正月十五日（162頁10「暗きに起きて」〜）雪山　**消滅と定子からの仰せ言**

暗いうちから起きて家人に雪山残存の証拠を回収する細かな指示を出し、職の御曹司に行かせたが、雪山は消滅していた。用意した和歌も無駄となりこの顚末に大変落胆する。家人は木守から聞いた話を伝えたが、そこに参内中の定子から「今日まで雪は残っていたか」との仰せ言が届く。定子の仕業と気付いた清少納言は「雪山は昨夕まで残存したが今日までは残らず、誰かが夜中に取り捨てた」との返事を託した。

〔参内して真相を聞く〕

⑮正月二十日（163頁11「二十日参りたるにも」〜）雪山　**参内し定子の仕業と確認**

参内してまず定子に雪山の顚末を報告した。考案した披露の段取りも話すと、定子や女房たちは笑う。定子は清少納言の推測通り、自らの指示で雪山を撤去させたことを白状した。木守に口止めを命じて、職の御曹司の東に位置する左近衛府の南の築地に残存の雪山を遺棄したが、固くて量もあったから、今日（二十日）まで保っただろうと話し、清少納言の勝利を認めた。さらに一条天皇も殿上人たちに清少納言の思慮深い予測を話題にしていたと話し、用意した和歌を披露せよと求めたが、落胆した清少納言は応じなかった。

⑯同日　正月二十日（164頁15「上も渡らせ給ひて」〜）雪山　**天皇も話題に参加**

一条天皇も渡御。雪山の話題に参加し「定子のお気に入りと思っていたが、これでは怪しい」とからかう。清少納言は「新雪の除去」を命じた定子の仰せ言が辛かったと話すと、一条天皇も定子の思慮を推察し、「清少納言を勝たせまいと思ったのだろう」と、笑った。

大きな場面構成としては、〔不断の御読経と常陸の介〕場面①～場面④、〔雪山の作成〕場面⑤～場面⑨、〔年を越す雪山〕場面⑩、〔斎院からの卯槌と和歌〕場面⑪、〔内裏へ入御〕場面⑫、〔里下がり〕場面⑬～場面⑭、〔参内して真相を聞く〕場面⑮～場面⑯となっている。この章段の構成は〔不断の御読経と常陸の介〕場面①～場面④が導入部となり、〔雪山の作成〕場面⑤が契機となって、場面⑥の定子の問いから「雪山の残存期間」を焦点としてプロットが展開していくことが看取できる。その間に〔斎院からの卯槌と和歌〕場面⑪が挟み込まれている。このように場面を細かく見ていくと、当該章段を構成する対比要素としていくつかの視点が存在することに気がつく。

1 「不断の御読経」の時の珍客

・常陸の介・尼なる乞児

2 下賜した物に対する拝領の所作（作法）と評価

・常陸の介・尼なる乞児・中宮職の役人・斎院の使者

3 雪山の作成と残存期間の予想当て競争

・「白山」と「もの狂ほし」と「めづらし」の話題性

4 定子と一条天皇を繋ぐ線（内裏から遣わされた人たち）

・右近内侍・式部丞忠隆・（雪山作成作業の者たち）

5 雪山の記述がない大斎院と、卯杖をめぐるやりとり

いずれも長編を構成するための工夫と認められるもので、深く掘り下げると書き手清少納言の章段構成の方法が見えてこよう。本節では、3「雪山の作成と残存期間の予想当て競争」の要素に絞って考察を進める。

三　話題作りとして展開する雪山

問題点の所在は、雪山を作成した当日に式部の丞源忠隆が職の御曹司を来訪し、書き手清少納言と会話をする場面⑧が、時間軸をさかのぼって記述されることの「狙い」は何か、またそれを機能させるための「仕掛け」はどこに認められるか、である。当該章段は、十一月頃の職の御曹司での不断の御読経における珍来訪者の記述から始まり、十二月十日頃の大雪で庭に雪山を作成して、その残存期間の予想とその結果に熱中したことが争点となって展開する日記的章段である。ただし式部丞忠隆が一条天皇の使者として職の御曹司に参上する場面⑧だけが、時間軸をさかのぼって記述されている。まずは当該場面前後の内容から確認してみたい。

・場面⑤　大雪の降った十二月十日ころ、定子の仰せ言として庭に雪山を作成した。
・場面⑥　定子の発案で雪山がいつまで残存するか予想当てを競う。大方は「年末まではもたない」とする中、清少納言だけが「正月十日過ぎまで持つ」と答え、内心では自信がないのに、意固地になっている。
・場面⑦　十二月二十日ごろ雨が降り、心配で白山の観音に祈るが、そんな自分を自ら「もの狂ほし」と自照する。
・場面⑧　大雪当日（十二月十日ごろ）、式部丞忠隆が、内裏からの使者として職の御曹司を来訪した事を、時間軸をさかのぼって記述する。
・場面⑨　久しぶりに訪れた常陸の介が、雪山をうろつき廻る。

日記的章段は通常、時間の進行に従い出来事が書き進められる。にもかかわらず場面⑧の「式部丞忠隆からの雪山作成情報の提供」は、「その山作りたる日」とある記述から、時系列重視の構成ならば場面⑤と並べて収められるべき出来事であることがわかる。つまり場面⑤で省筆されていたことが場面⑧に至り時間をさかのぼって詳細に追記されているのである。いったい書き手にとって、章段構成の方法として場面⑥・場面⑦の後に時系列がさかのぼる場面⑧を記した必然性は何か。さらには続く場面⑨で常陸の介が久しぶりに再登場し、相手にされないまま雪山をうろうろ歩く事が記される意図は何か。

時系列の遡及に関しては、江戸時代の注から指摘されている。

〈資料三〉時系列の遡及に関する先学の指摘

・加藤磐斎『清少納言枕双紙抄』（延宝二年）

「さてとは、是より又、初の作り日の事を云也」

・北村季吟『枕草子春曙抄』（延宝二年）　注記無し

・岩崎美隆『枕草子杠園抄』(10)（文政十二年）

「こゝは其山つくりはじめし日、ありしことをたちかへりいふなり」

・武藤元信氏『枕草紙通釋』(11)（明治四十四年）岩崎美隆の説の紹介のみ。

・関根正直氏『増補枕草子集註』(12)（昭和六年）　注記無し

・金子元臣氏『枕草子評釈』(13)増訂版（昭和十七年二八版）

「式部丞忠隆勅使の條は、元来雪山作りの處にあるべきだが、山作りの叙事があまりにいそがしく、筆を轉ずる遑がなかつた為、遂にこゝに持込んで、挿話のやうな形式を取つたものである」

すでに江戸時代前期の加藤磐斎『清少納言枕双紙抄』から指摘がなされ、岩崎美隆『枕草子杠園抄』、武藤元信氏『枕草紙通釋』と引き続いて指摘されてはいるものの、「狙い」と「仕掛け」という視点からの考察はない。金子元臣氏『枕草子評釈』増訂版では「山作りの叙事があまりにいそがしく、筆を轉ずる遑がなかつた為」とし、そこに構成上の意図など認めていない解釈となっている。

なお、三巻本系本文と能因本系本文との異同について、当該部分の本文を比較すると、場面⑧において清少納言が式部丞忠隆に詠みかけた歌に続く「と、かたはらなる人して言はすれば、たびたびかたぶきて」が能因本系本文にはなく、[14]清少納言が誰かを介して歌を詠みかけ、それに首を傾けて思案する忠隆の様が記されるか否かのほかには、大きな差異が認められない。

四　歌枕としての「白山」

では場面⑦について、具体的に分析してみよう。

〈資料四〉場面⑦本文

二十日のほどに、雨降れど、消ゆべきやうもなし。少し丈ぞ劣りもて行く。「白山の観音、これ消えさせ給ふな」と祈るも、物狂ほし。

この場面は十二月二十日ごろ雨が降り、雪山は消える様子はないが、少しばかり高さが低くなったので、白山の観音に雪山の残存を祈り、そういう自分を「物狂ほし」と自照気味に記している。

ここで「白山」と「物狂ほし」に注目しながら考察する。片桐洋一氏は『歌枕歌ことば辞典　増訂版』[15]において、「白山《しらやま》」を以下のように解説されている。

〈資料五〉歌枕「白山」

越前国の歌枕。今の石川・富山・福井・岐阜の各県にまたがる白山《はくさん》。「越の白嶺」参照。『古今集』の躬恒の歌「消えはつる時しなければ越路なる白山の名は雪にぞありける」（羇旅）のように、雪がよまれることが圧倒的に多かった。また右の「消えはつる時しなければ」もそうだが、その雪は「あら玉の年をわたりてあるが上に降り積む雪の絶えぬ白山」（後撰集・冬・読人不知）、「白山に降る白雪の去年の上に今年も積もる恋もするかな」（古今六帖）などとよまれ、年を越しても消えないというイメージを持っていた。

ここで注目すべきは、「白山」が「年を越しても消えないというイメージを持っていた」ことである。具体的に白山を詠み込んだ和歌を検証すると、『枕草子』当該章段においてもこのイメージをふまえて話題が展開していく方向性が看取される。以下、当時の和歌のコンテクストとして機能していた『古今和歌集』、『後撰和歌集』、『古今和歌六帖』について分析してみたい。

〈資料六〉『古今和歌集』の「白山」

ⅰ巻八（離別）

大江千古が越へまかりける餞別によめる　藤原兼輔朝臣

391　君が行く越の**白山**知らねども雪のまにまに跡はたづねむ

ⅱ巻九（羇旅）

越国へまかりける時、白山を見てよめる　躬恒

414　消えはつる時しなければ越路なる**白山**の名は雪にぞありける

ⅲ巻十八（雑歌下）

宗岳大頼《むねをかのおおより》が越よりまうで来たりける時に雪の降りけるを見て、己が思ひはこの雪のごとくなむ積れると言ひける折によめる　（躬恒）

978　君が思ひ雪と積らば頼まれず春より後はあらじと思へば

返し　宗岳大頼

979　君をのみ思ひこし路の**白山**はいつかは雪の消ゆる時ある

『古今和歌集』において、ⅰの「君が行く越の**白山**」の表現から場面⑧に記された式部丞忠隆の来訪を引き出

し、さらに下句「雪のままに跡はたづねむ」をふまえて、場面⑫・⑬・⑭に記された別の場所から雪山の状態を確認する行動へ展開する方向性を指摘できる。

ⅱの「消えはつる時しなければ越路なる**白山**の名」からは、残存期間の永続を祈る場面⑩と場面⑫・⑬を引き出すことができ、さらに「消えはつる時」がないのに消滅したことで反転した場面⑭・⑮・⑯の落胆（「あさまし」「心憂」）へと話題が展開していく。

ⅲからは、君を思う「思ひ」の懸詞「思ひの火」を白山の消えない雪に喩える手法と、下句の反語表現「いつかは雪の消ゆる時ある」をふまえ、残存期間の永続を祈る場面⑩と場面⑫・⑬を引き出すことができる上、またそれが反転したことによる場面⑭・⑮・⑯での落胆（「あさまし」「心憂」）へと話題が展開していく方向性を示すことができる。

〈資料七〉『後撰和歌集』の「白山」

ⅳ巻八（冬）　題知らず　　　よみ人しらず

482　あら玉の年を渡りてあるが上に降り積む雪の絶えぬ**白山**

ⅴ巻十四（恋六）　女につかはしける　　源善《よし》の朝臣

1063　厭はれて帰り越路の**白山**は入らぬに迷ふ物にぞ有ける

『後撰和歌集』において、ⅳの「年を渡りてあるが上に降り積む」から場面⑩のに描かれた雪山の年越しと新春に降った大雪へと話題が展開していく。

ⅴからは、上句「厭はれて帰り越路の白山は」と下句「迷ふ物」をふまえて、場面⑨における「常陸の介」の描写「登り、かかづらひありきて去ぬる」と「登りつたよひけむ」へと話題が展開していくことを指摘できる。

〈資料八〉『古今和歌六帖』の「白山」

vi 694 白山にふる白雪の去年の上に今年も積もる恋もするかな
vii 738 消えはつる時しなければ越路なる白山は猶雪にぞ有ける
viii 2676 白山の雪の下草我なれや下にもえつつ年の経ぬらん

『古今和歌六帖』においては、viの「白雪の去年の上に今年も積もる」から場面⑩に記された雪山の年越しと新春に降り積もった大雪へ話題が展開できる。さらに「うれしくもまた降り積みつるかな」と喜んでいたのに、定子が「今のは掻き捨てよ」と命じたことへの落胆にも繋がる。

viiの歌は『古今和歌集』のiiとほぼ同じもので、前述したように「消えはつる時しなければ越路なる白山」から場面⑩と場面⑫・⑬へ、さらに場面⑭・⑮・⑯の落胆へと展開していく。

viiiの「下にもえつつ年の経ぬらん」は、雪山が年を越すことに賭けた書き手清少納言の、並々ならぬ意気込み「我なれや」を示して、話題を展開させている。

このように『枕草子』の雪山章段では、場面⑦で示された歌枕「白山」が表象となることによって、それを素材にする和歌の指し示すイメージが喚起され、その後のプロット展開と深く関わっていく構成になっているのである。これは書き手清少納言の「仕掛け」と読み解くことができるだろう。この雪山章段には、話題の拡散を収束させるために周知の和歌をコンテクストとして応用し、歌枕「白山」を素材とすることで、話題の展開に一定の方向性が示され、それが章段を構成する軸となっているのではないか。

さらに「物狂ほし」という表現は『枕草子』に八例確認でき、「端から見れば取るに足らぬ様なことに大げさに熱中する状態を揶揄する表現」として用いられる。では場面⑦において「白山の観音、これ消えさせ給ふな」と祈ることが、なぜ「物狂ほし」と表現されるのだろうか。この点を考察するために、続く場面⑧の内容とあわせて分析してみたい。

五　和歌の構成と話題の焦点化

場面⑧には、清少納言が内裏からの使者式部丞忠隆より聞いた情報と、それへの対応が記されている。

〈資料九〉場面⑧本文

さてその山作りたる日、御使に式部丞忠隆参りたれば、褥《しとね》さし出だして物など言ふに、「今日雪の山作らせ給はぬ所なむなき。御前の壺にも作らせ給へり。春宮にも、弘徽殿にも作られたり。京極殿にも作らせ給へりけり」など言へば、

ここにのみめづらしと見る雪の山ところどころに降りにけるかな

と、かたはらなる人して言はすれば、たびたび傾きて「返しはつかうまつりけがさじ。あざれたり。御簾の前にて人にを語り侍らむ」とて立ちにき。歌いみじう好むと聞くものを、あやし。御前に聞こしめして「いみじうよくとぞ思ひつらむ」とぞのたまはする。

内裏から職の御曹司へ御使としてやってきた式部丞忠隆は、御前の壺・春宮・弘徽殿・京極殿でも雪山を作成していることを伝えた。ここで言う四箇所の雪山の場所について、「御前の壺」は**一条天皇**の清涼殿の壺庭を指し、「春宮」は冷泉帝第二皇子の**居貞親王**（後の三条天皇）で、宣耀殿にいた。(16)さらに「弘徽殿」とは、閑院の内大臣藤原公季娘**義子**の居所で、長徳二年七月に入内しているから、以上の三箇所が内裏の中に作られた雪山ということになる。さらに「京極殿」とは左大臣道長邸で、源倫子が父雅信から伝領した邸宅を指す。

つまり清少納言が式部丞忠隆から得た情報とは、雪山の作成がすでに内裏の三殿舎と道長邸でも実施されていて、職の御曹司だけではない、というものであった。ここでは清少納言の対応に着目したい。大きな雪山をただ作るだけでは「古くさくてありきたり」で話題性に欠けることを感じた直後、「ここにのみ」の和歌を詠みかけ

る言動へと展開していく点である。

この清少納言の和歌は、上句と下句で対比を構成している。それによって話題の方向性を転換する機能が認められることに注目したい。

〈資料十〉和歌の構成図

ここにのみめづらしと見る雪の山　ところどころにふりにけるかな

上句　ここにのみ（職の御曹司）　⇔　「めづらし」（珍し・愛づらし）と見る

雪の山

下句　ところどころに（御前の壷・春宮・弘徽殿・京極殿）　⇔　「ふり」（降り・古り）にけるかな

このように構成を図示すると、「雪の山」をはさんで上句と下句が対になるように構成されていることが確認できる。和歌の第五句「ふりにけるかな」には懸詞として「降る＝雪が降る／古る＝古くさくなる」が機能し、この歌を詠んだ清少納言は、ここだけの珍しい「雪の山」と思っていたら、あちこちで作られていてありきたりな存在となってしまったことを認めている。その存在だけではもはや関心を引く話題として機能しない「雪の山」と知った清少納言は、定子の発案で新しい意味での「ここにのみめづらしと見る雪の山」として関心を引く雪山の残存予想当て競争へと、話題の転換を図ったのではないか。

このように分析すると、清少納言が式部丞忠隆に詠みかけた和歌は、「ここ（職の御曹司）にのみ」行われている「雪山はいつまで残るかという予測当て競争」が、「めづらしと見る」べきものとして、中心的話題に浮上してくることになる。つまり場面⑥で定子の発案から始まった「雪山残存期間の予想当て競争」と清少納言の突飛な予測、及び場面⑦で白山の観音に祈るという「物狂ほし」い熱中ぶりが、場面⑧に至り「話題を呼ぶもの」として収束し、そのまま正当化されていく展開になるのである。

結果としてこのもくろみは成功している。場面⑮では内裏で一条天皇が話題とし、清少納言の思慮深い予測を愛でることにつながり、さらに場面⑯では、定子の言動「それはあいなし、掻き捨てよ」に対する一条天皇の推察（「勝たせじとおぼしけるなななり」）が示されて章段が終わることにつながってくる。その代償として、定子が雪山を密かに強制撤去させた横槍と、それを白状し清少納言の勝ちを認める配慮があったのだが、それらを描くことで定子と一条天皇との良好な関係を自然に描出することができたわけで、話題の方向転換を図った「ここにのみ」の和歌が果たした役割[17]を指摘することができるだろう。

以上のことから、場面⑦の歌枕「白山」と場面⑧の清少納言の詠歌が、「雪山」をめぐる話題の方向を大きく転換させ、「残存期間の予測当て競争」という「ここ（職の御曹司）」だけで行われている「めづらし」い話題に焦点を絞り込むために機能し、当該章段の構成上のカギとなっていることが確認できよう。とくに書き手清少納言の「仕掛け」と「狙い」に注目したい。これ以後、当該章段の軸は、雪山がいつまで残るのか、清少納言の大胆予測は果たして当たっているのか、に絞られていくからである。

六　話題作りの発案と展開

そもそもこの雪山をめぐる話題は、大雪当日に定子の仰せ言として雪山を作らせ、完成した雪山を見た定子が「残存期間の予想当て競争」を発案したことから始まり、清少納言の突拍子もない答えをきっかけに白熱して、内裏の一条天皇や殿上人ら周囲の人々をも巻き込みながら、清少納言の大胆な予測が当たるかどうか関心を持ち続けることで展開していったものであった。そのプロットの流れを、定子の言動を中心に確認しておきたい。

〈資料十一〉

場面⑤　十二月十余日に大雪が降り、女官たちが雪を固めて縁に積み上げていたのを見た女房たちの発案で、定子の仰せ言として大々的に雪山を作成した。

場面⑥　完成した雪山を見て、定子は「これいつまでありなむ」と予想させ、十日程度とする女房たちの答えを聞いたあとで清少納言に「いかに」と問い、「正月の十余日までは侍りなむ」との答えに対して「えさはあらじ」と思った。

場面⑩　正月一日に降った新雪に対し、「これはあいなし。はじめの際を置きて、今のは掻き捨てよ」と撤去を命じた。

場面⑫　正月三日の急な内裏還御に際して、女房たちは雪山残存期間の結果を「いみじう口惜し。この山の果てを知らでやみなむ事」と話題にし、定子自身も「仰せらるる」と関心を維持していた。

場面⑭　正月十五日早朝に雪山が消滅した直後、内裏から定子の仰せ言「さて雪は今日までありや」が届き、雪山撤去が定子の仕業と気が付いた清少納言はたいそう悔しがる。

場面⑮　正月二十日過ぎに内裏へ出仕した清少納言に対し、定子は雪山消滅の真相について「かう心に入れて思ひたる事をたがへつれば、罪得らむ。まことは、四日《(ママ)》の夜、侍どもをやりて取り捨てしぞ。返事《かへりごと》に言ひ当てしこそ、いとをかしかりしか。その女出て来て、いみじう手をすりて言ひけれども、『仰せ言にて。かの里より来たらむ人に、かく聞かすな。さらば、屋打ち壊たむ』など言ひて、左近の司の南の築土《ついぢ》などに皆捨ててけり。『いと固くて、多くなむありつる』などぞ言ふなりしかば、げに二十日も待ちつけてまし。今年の初雪も降り添ひてなまし。上も聞しめして『いと思ひやり深くあらがひたり』など、殿上人どもなどにも仰せられけり。さてもその歌語れ。今は、かく言ひ表はしつれば、同じ事、勝ちたるなり」と語り、自分の仕業であることを白状して清少納言の勝ちを認め、用意していた和歌を披露するように勧めた。

場面⑯　真相を知ってつらい思いを述べる清少納言に対して、居合わせた一条天皇は、定子の心情を代弁して「勝たせじとおぼしけるななり」と答えて笑ったことを記し、この長編章段が終わる。

一連のプロットの展開を確認すると、場面⑤で定子が雪山作成の下命者に仕立て上げられたことから始まる。その後の言動を追うと、場面⑥で定子の問い「雪山はいつまで残るか」が、以後の章段構成の中心的話題となり、答えを指名された清少納言の突拍子もない答えを契機として「雪山残存期間の予想当て競走」が加熱していく。なんとか年を越した場面⑩では雪山に積み重なった新雪をわざわざ除去させ、場面⑫で内裏還御を間近にしてもなお雪山の残存結果に関心を持ち続けることで、話題を持続させる役割を果たしている。場面⑭では強権を発動して雪山を撤去した上で清少納言の反応を見ており、場面⑮では定子自らの仕業であることを白状し、清少納言の勝ちを認めて用意した和歌の披露を勧めている。そして場面⑯では正月一日に降った新雪に対する定子の仰せ言「それはあいなし。掻き捨てよ」が再び提示された上で、一条天皇自らがこの勝負の顛末に関心を持ち続けていたことが記されている。つまりこの章段は、雪山をめぐる定子の一連の言動を記すことによって、意図した話題作りが成功したことを明らかにしているのである。

まとめ

この雪山章段において、場面⑧は「内裏とのつながり」をさらに強化する機能を持つと見られる。場面③では「常陸の介」を話題にすることで内裏女房の右近内侍を通じて連絡を取るに過ぎなかったのに対し、場面⑦で歌枕「白山」を提示することによって話題の広がりを準備し、続いて内裏からの使者式部丞忠隆とのエピソードとして場面⑧を配置することで、使者を遣わした一条天皇と定子とのつながりを浮かび上がらせ、雪山の話題を内裏に持ち帰らせることになる。そして時系列としてはさかのぼることになるけれども、清少納言の詠んだ和歌によって「雪山残存期間の予想当て競走」を中心的な話題に据えるという方向転換を図った。それを固めるために場面⑨では久しぶりに登場した「常陸の介」が雪山をそぞろ歩きしたことを記し、和歌に詠まれてきた歌枕「白山」のイメージと連結させ、その後の展開の伏線としている。

さらに内裏以外との関係については、時系列で記された場面⑪で正月に大斎院選子から親しく卯槌を贈られた事に対し、定子自ら筆をとって返事を書くことで両者のつながりを記している。[18] 場面⑮では、一条天皇も関心を示して殿上人たちにも話し、清少納言の大胆でありながらも思慮深い予測を話題にして「いと思いやり深くあらがひたり」と評価していたことが明らかにされる。これは職の御曹司で定子の発案による「雪山残存期間の予想当て競走」が、内裏でも話題として広がり、一条天皇たちも関心を持っていたことを記しているわけで、だからこそ最後の場面⑯では、定子の思慮を推察した一条天皇の言葉「勝たせじとおぼしけるなり」で章段が締めくくられるのである。このことは定子の居所であった職の御曹司が、決して外界から途絶された空間ではなかったことを語っているのではないか。

この雪山章段は従来、定子の発案による「雪山残存期間の予想当て競走」に対し、一ヵ月も残っているだろうと答えた清少納言の暴走気味な答えとその収拾に注目して読み解く説が多くみられた。しかし清少納言が長編の当該章段を構成する基本軸として、場面⑦で「白山」という歌枕を表象に出してくることに注目すると、伝統的な和歌のイメージを喚起させることで、その後の話題を展開させていった効果を読み取ることができる。

とくに場面⑧では、式部丞忠隆から方々で雪山が作成されているという情報を得た清少納言が詠んだ和歌が、第三句の「雪の山」をはさんで上句と下句で対比を構成していることに注目し、「雪山残存期間の予想」という方向に話題を転換させる効果を読み解いてみた。さらに「ここ（職の御曹司）だけのめずらしい話題」として「雪山残存期間の予想当て競走」に世間の関心を収束させ、これを当該章段の基本軸として設定し、定子と清少納言の言動によってさらに持続させることで、内裏と職の御曹司、ひいては定子と一条天皇との良好な関係を描き出すことに成功していると読み解くことができる。

つまり雪山章段において、「白山」という歌枕の提示と場面⑧の配置は、書き手清少納言が表現と展開を有機的に絡み合わせ、その構成を緊密にするために話題の軸を設定し、それによって章段を再構成した「仕掛け」と「狙い」である、と見ることができるのではないか。

【注】

（1）杉山重行氏編著『三巻本枕草子本文集成』（笠間書院　平成十一年）による。

（2）池田亀鑑氏「枕草子雪山の段の年時について」『国語と国文学』（昭和十三年六月号）による。

（3）田中新一氏「枕草子雪山の段の年時考証」『国語と国文学』（昭和三十四年六月号）による。

（4）森本元子氏「職の御曹司におはしますころ—枕草子日記的章段に関する覚え書き—」『お茶の水女子大学附属高等学校教育研究会紀要』10所収（昭和三十九年三月）による。

（5）河内山清彦氏「枕草子『雪山』の段の構成」『解釈』所収（昭和五十六年三月）による。

（6）萩谷朴氏「中宮は『雪山の賭』に何故清少納言を勝たせなかったのか」『枕草子解環』二所収（同朋舎　昭和五十七年三月）による。

（7）金内仁志氏「枕草子『雪山』の段について」『立教高等学校研究紀要』13所収（昭和五十七年十二月）による。

（8）『権記』は史料纂集（続群書類従完成会）による。

（9）橘誠氏「職の御曹司にをはします頃、西の廂にて」『国文學―解釈と教材の研究』所収（学燈社　昭和四十二年六月）による。

（10）岩崎美隆『枕草子杠園抄』の本文は、『枕草子古注釈大成』所収（日本図書センター　昭和五十三年）による。

（11）武藤元信氏著『枕草紙通釋』（有朋堂書店　明治四十四年九月）による。

（12）関根正直氏著『補訂　枕草子集註』（思文閣出版　昭和五十二年復刻　もとは昭和六年刊）による。

（13）金子元臣氏著『枕草子評釈』（明治書院　大正十三年初版・昭和十七年増訂二八版）による。

（14）三条西家旧蔵現学習院大学蔵本を能因本系本文として校合した根来司氏編著『新校本　枕草子』（笠間書院　平成三年）の本文篇第八三段による。

（15）片桐洋一氏著『歌枕歌ことば辞典　増訂版』（笠間書院　平成十一年）による。

（16）『権記』長徳四年十二月二日条によると「宣耀殿有偸児、取女房等衣装、儲君鶯**遷御彼殿**」（春宮女御娍子の居所である宣耀殿に偸盗が入り、女房装束などを盗んだので、春宮は遷御した）とあるから、春宮は内裏の中の宣耀殿に居ることになる。

（17）もっとも和歌としてはさして勝れた出来ではない。この点についてはすでに金子元臣氏が『枕草子評釈』増訂版の増補註釈に「但し拾遺集や朗詠集に見える源景明の『都にて珍しと見る初雪の吉野の山にふりにけるかな』が先鞭を著けてゐるから、一向清少の手柄にならない」と指摘されている。源景明は頼忠・中務・源兼澄らと交友のある人物で、当該歌は『拾遺和歌集』巻四冬所収の第二四三番歌として見える。

（18）定子と清少納言の関係が悪化していたわけではないことは、雪山の話題と直接関係のないプロットを時系列で配置した場面⑪において、大斎院選子から届いた文（卯杖に付けた謎懸けの歌）とそれへの対応を描くことから読み取れる。この場面は定子と清少納言二人の良好な関係を明示するという、副次的な意味を担うものとして機能するように配置されたものと見る。

第三節　「いはで思ふ」歌からみた『古今和歌六帖』享受の様相

はじめに

平安時代前期の天元・貞元頃までに成立したと見られる『古今和歌六帖』は、類題集の嚆矢として位置付けられる私撰集である。作歌手引き書として書写されながら活用され続け、江戸前期の寛文九年には版本として広く流布し、現在に伝えられてきた。

また『枕草子』の本文には、『古今和歌六帖』に採られている和歌の表現をふまえたと見られる記述が私見で十八例ほど確認できる。その箇所では、会話や文をやりとりする相手あるいは読み手に対し、その和歌をふまえたことがはっきりわかるように、部分的ながらも視点となる表現を本文の中に的確に提示している。このほか類従的章段に地名や動植物名として見える素材の中に、『古今和歌六帖』の歌題で確認できる例も見られる。

本節では前者の例の中から、『古今和歌六帖』第五帖に所収されている第二六四八番歌

心には下行く水のわき返りいはで思ふぞ言ふにまされる

の第二句「下行く水」と第四句「いはで思ふ」を提示した二つの章段、すなわち『枕草子』第七一段「懸想人にて来たるは」と第一三七段「殿などのおはしまさで後」を比較することによって、同じ歌を活用しながらも異な

る効果が認められる点に注目して考察を進める。後者の第一三七段については、「いはで思ふぞ」の歌の上句を思い出せなかったことをめぐって、定子と清少納言との「問」と「答」との構図で考え、左大臣道長の台頭という政治的背景も視野に入れて「理想的であるべき主従関係がまさに崩壊せんとすることを示している」[(1)]と考える小森潔氏の見解や、定子と清少納言の意識の「ずれ」から新しく構築されていく関係性に注目した三田村雅子氏の読み[(2)]も出されているが、本節では『枕草子』の章段本文において、『古今和歌六帖』所収歌の一部分を、いわば「記号」として提示することで、書き手は何を狙い、どのような効果が認められるのか、その表現が指示する意味と効果という視点からとらえ、展開する表現の有り様と章段構成の方法を考えてみたい。

一　『古今和歌六帖』における「いはで思ふ」と「下行く水」

『古今和歌六帖』において「いはで思ふ」と「下行く水」という表現を用いた歌を検索すると、「言はで思ふ」については第五帖「雑思」の中の題の一つとして「いはで思ふ」があり、第二六四八番歌「心には」から第二六五三番歌「見し夢の」までの六首が配列されている。また「下行く水」については、歌題として独立して立てられてはいないけれども、これを表現として用いている歌が六例確認できる。

第五帖には「雑思」「服飾」「色」「錦綾」の四項目が立てられており、その「雑思」の題として「しらぬ人」「いひはじむ」以下「かたみ」まで六四題が分類され、その類題の一つに「いはで思ふ」がある。

〈資料一〉『古今和歌六帖』における「言はで思ふ」題の歌

「いはでおもふ」

2648　**心には下行く水のわき返りいはで思ふぞ言ふにまされる**

2649　逢坂の関に流るる石清水言はでしもこそ恋しかりけれ

2650　漕ぎ離れ浦漕ぐ舟の帆に上げて言はでしもこそかなしかりけれ　とものり

2651　ことに出でて言はぬばかりぞ水無瀬川下に通ひて恋しきものを　人丸

2652　ことに出でて言はばいみじみ山がはのたぎつ心をせきぞかねつる　伊勢

2653　見し夢の思ひ出でらるる宵ごとに言はぬを知るは涙なりけり

この六首に共通しているのは、すべて恋歌と見られる点である。第二六四九番歌の「恋しかりけれ」、第二六五一番歌の「恋しきものを」の歌句はとくに顕著であるが、第二六五〇番歌は舟に乗って漕ぎ離れゆく別れの場面における「かなしかりけれ」、第二六五二番歌では「たぎつ心」を「せきぞかねつる」という歌句、そして第二六五三番歌においては「見し夢」で「思ひ出」される「宵ごとに」「言はぬを知る」ことで「涙なりけり」と詠んでいることから、この類題としての「いはでおもふ」は、恋歌の表現の一つと言えるだろう。

一方、「下行く水」という表現は、次の六首に詠み込まれている。

〈資料二〉『古今和歌六帖』における「下行く水」表現の歌

①第三帖「橋」

1610　恋しくは浜名の橋を出でて見よ**下行く水**に影や見ゆると

②第三帖「沼」

1686　隠れぬの**下行く水**の思ほえばいかにせよとか我がねそめけん

③第四帖「祝」

2290　菊の花**下行く水**に影見ればさらに波なく老《おい》せざりけり

④**第五帖「言はで思ふ」**

2648　**心には下行く水のわき返りいはで思ふぞ言ふにまされる**

⑤第五帖「人しれぬ」

2657　山高み**下行く水**の下にのみ流れて恋ん恋はしぬとも

⑥第六帖「花」

4038　朝ぼらけ**下行く水**は浅けれど深くぞ花の色は見えける

この六首において、③「祝」と⑥「花」に分類配置されている二首を除く四首が恋歌と見られる。すなわち、①第一六一〇番歌の「恋しくは」、②第一六八六番歌の「思ほえば」「我がねそめけん」、④当該歌の「いはで思ふぞ言ふにまされる」、そして⑤第二六五七番歌の「流れて恋ん恋はしぬとも」に見られるように、相手を恋うる我が思い、という状態とともに「下行く水」が詠み込まれているのである。

ちなみに③第二二九〇番歌は長寿を言祝ぐ歌であり、また⑥第四〇三八番歌は『後撰和歌集』巻三春下の第一三〇番歌に紀貫之の詠歌として所収され、第一二五番歌から六首一連のこの歌群は、堤中納言兼輔邸に招かれた三条右大臣定方と紀貫之が三人で歌を詠み交わしたもので、この貫之の歌は邸宅の主人兼輔の心を「花の色」に喩え、その深さを詠んだものであるから、この二首は恋歌とは認められない。

この「いはで思ふ」と「下行く水」という表現を「記号」として本文中に用いた例が、『枕草子』において第七一段「懸想人にて来たるは」と第一三七段「殿などのおはしまさで後」の二章段で確認できる。その表現が指示する内容と用いた狙いを考えてみたい。

二　『枕草子』における「下行く水」①―第七一段「懸想人にて来たるは」―

まず第七一段「懸想人にて来たるは」について検証してみよう。人の邸宅を訪ねる時に貴人が連れ歩く供人の器量について、あれこれ批評している章段である。

〈資料三〉『枕草子』第七一段「懸想人にて来たるは」

懸想人にて来たるは、言ふべきにもあらず、ただうち語らふも、またさしもあらねど、おのづから来などもする人の、簾《す》の内に、人々あまたありて物など言ふに居入りて、とみに帰りげもなきを、供なるをのこ、童など、とかくさしのぞき、けしき見るに、「斧の柄も朽ちぬべきなめり」と、いとむつかしかめれば、長やかにうちあくびて、みそかにと思ひて言ふらめど、「あなわびし。煩悩苦悩かな。夜は夜中になりぬらむかし」など言ひたる、いみじう心づきなし。かの言ふ者は、ともかくもおぼえず、このゐたる人こそ、をかしと見え聞えつる事も失するやうにおぼゆれ。

また、さいと色に出でてはえ言はず、「あな」と高やかにうち言ひうめきたるも、「下行く水の」と、いとほし。立蔀、透垣などのもとにて、「雨降りぬべし」など聞えごつも、いとにくし。

いとよき人の、御供人などはさもなし。君達などのほどはよろし。それより下れる際は、皆さやうにぞある。あまたあらむ中にも、心ばへ見てぞ率《ゐ》てありかまほしき。

ここで注目したいことは、供人の反応として三例挙げた上で、それらを相互に対比させながら批評を展開している点である。

第一の例は、「『斧の柄も朽ちぬべきなめり』と、いとむつかしかめれば、長やかにうちあくびて、みそかにと思ひて言ふらめど、『あなわびし。煩悩苦悩かな。夜は夜中になりぬらむかし』など言ひたる」供人である。待たされ続けて大あくびをし、小声ながらも「ああ、つらい」と不満を爆発させた供人に対して、書き手清少納言は「いみじう心づきなし」と不愉快感を露わにしている。ここでは本文中に斧の柄が朽ちた『述異記』(3)「爛柯」王質の故事を引用することによって、主人の退出を待ちくたびれた供人の心情を示している。

〈資料四〉『述異記』「爛柯」王質の故事（巻上・十三）

晋王質、石室山見数童子囲碁。与質一物如棗核。人含之不飢。局未終、斧柯《ふか》腐尽。既帰無旧時人。

（晋の王質、石室山に数童子の碁を囲むを見る。質に一物の棗《そう》核の如きを与ふ。人之を含めば飢えず。局未だ終らざるに、斧柯腐尽せり。既にして帰れば旧時の人無し）

この故事をふまえることで、供人が主人を待ち続けている時間がいかに長いかを強調する効果がある。

続く第二の例は「また、さいと色に出でてはえ言はず、『あな』と高やかにうち言ひうめきたる」供人である。訪問先からなかなか帰ろうとしない主人を待つ従者が、待ちくたびれた不満をはっきりと口には出さないものの「あな」と声高に言い嘆く様子を、「下行く水の」と推測し「いとほし」と見ている。供人が「あな」とうめいて不満を外面に出しているから、この「いとほし」は同情する意味ではなく、さらに「いとにくし」と続くことから、「みっともない、目を背けたくなる」といった否定的な評言とみてよいだろう。なおかつ『古今和歌六帖』第五帖所収の当該歌第四句「下行く水の」を本文中に引用し提示している。

第三の例は、「立蔀、透垣などのもとにて『雨降りぬべし』など聞えごつ」供人である。不満を直接口外したり溜息をついたりするなど表明したりはしないが、「雨が降ってきそうだ」と聞こえよがしに言うことで不満をしっかり言動で示す供人に対して、書き手清少納言は「いとにくし」と切り捨てている。

これらの三例に対して「いとよき人の、御供人などはさもなし。君達などのほどはよろし」と続け、それよりも低い身分の者が連れている供人は、前述の三例のようなものばかりであると記した後、数多いるであろう供人たちの中から不満をおくびにも出さない者たちを選んで連れ歩きたいものだ、と結んでいる。
つまりこの章段は、第一の例として不満をそのまま口に出す供人、第二の例として不満をそのまま口にはしないが「あな」と声高に嘆く供人、第三の例として「雨が降りそうだ」などと別の言動で不満を表す供人を順に提示し、最後に高い身分の人が連れている供人はそういうふるまいはしない、と比較する展開で構成されている。
この章段構成から解釈すれば、第二例で用いられている当該歌第四句「下行く水の」という表現が言わんとすることは、供人の心の中で主人の退出を待ちわびている不満が「わき返」っている状態であることを推測し、その上で「言はで思ふぞ言ふにまされる」を導き出して、口外せず思っている方が、口に出して言うよりもなおさら思いが強いものなのに、態度に出してしまった事に対する批判を示していることになる。
では次に、この箇所における「下行く水の」についての先行論を確認してみよう。

〈資料五〉

①加藤磐斎『清少納言枕双紙抄』（延宝二年五月刊）

下行水とは、わきかへりせきあまる心ぞと也。

②北村季吟『枕草子春曙抄』

本文「したゆく水のと、いとをかし」

傍注「清少の心也。いはぬは猶いふにまさるものをと也」

頭注「したゆく水のと」六帖「心にはしたゆく水のわきかへりいはで思ふぞいふにまされる」此うたは、ならの帝磐手といふ鷹を愛して大納言にあづけさせ給へるに、大納言其たかをそらしてえ尋出ざる事を奏し申されたれば、帝物もの給はで、「いはでおもふぞいふにまされる」との給ひしに、後人上句をさまざまつけたるよし大和物語にあり。

③武藤元信氏『枕草紙通釋』(4)上巻（七四段）

○下ゆく水の　六帖に「心には下ゆく水のわきかへりいはでおもふぞいふにまされる」とあり。さてこゝも「下行く水の」といふ句をとりいでて「いはでおもふぞいふにまされる」といふ意をおもはするなり。

④池田亀鑑氏『全講枕草子』(5)

○下ゆく水のと　『古今六帖』五「心には下行く水の湧きかへりいはで思ふぞいふにまされる」により、口に出せない思いをいったのである。

江戸時代前期の注釈書である①加藤盤斎『清少納言枕双紙抄』には、『古今和歌六帖』所収歌の表現と指摘してはいないけれども「わきかへりせきあまる心ぞ」という解釈は当該歌の第三句「わき返り」を示していることから、この歌をふまえた指摘であると見てよいだろう。②北村季吟『枕草子春曙抄』は、頭注ではっきりと『古今和歌六帖』当該歌を傍証として示している。ただし『大和物語』をも引いている点に特徴がある。この点については後述する。近代の注釈書においては、③武藤元信氏も、④池田亀鑑氏も、ともに『古今和歌六帖』当該歌を傍証に掲げて、「いはで思ふぞ言ふにまされる」を示したいのだとされる。

つまり「下行く水」とは、主人に付き添ってきた従者が、主人の退出を待たされ続けていることに対する「本音」を推し量る表現として、『古今和歌六帖』所収歌を活用していることになる。しかも、従者の不平不満に同情しつつも、それを口に出すのはもちろんのこと、態度で示してもマイナス評価に転落し、しかもその情け容赦ない批判は従者だけに留まらない。そんなことを口に出して言う従者の性格を見抜けないまま、引き連れて訪ねてくる主人に対しても批判の対象とし、その主人の品格まで論じた章段になっている。

また、当該章段において「下行く水の」表現は、恋歌の場面で用いられているのではないことに注意したい。ここでの「いはで思ふ」は、訪問先で主人の退出を「心が沸き返」るほど待ちくたびれている供人の不満を、そのまま指しているのである。

三　『枕草子』における「下行く水」②―第一三七段「殿などのおはしまさで後」―

次に第一三七段「殿などのおはしまさで後」を検証してみよう。道隆が死去した長徳元年（九九五）四月以降、急速に家運が傾いた中関白家は、翌年に花山院に対する不敬事件と東三条院詮子に対する呪詛の罪により、定子の同母兄弟である伊周、隆家が流罪となった。そのころ同僚女房たちから左大臣道長方とのつながりを噂されて居づらくなった清少納言は、定子からの帰参を促す仰せ言をたびたび受け取りながらも里居を長く続けていた。右中将源経房の来訪により、定子方の時節にあった風流なたたずまいの様子と帰参を促す同僚たちの声を伝え聞いても、まだ同僚たちと和解する気持ちになれず、なお里居を続けた。さらに後日、定子からの便りも途絶えて心細さを感じていたころ、長女《をさめ》の来訪により内々に定子から宰相の君を通じて「言はで思ふぞ」と書かれたメッセージを受け取った。その定子のメッセージとして『古今和歌六帖』当該歌第四句に見える「言はで思ふぞ」が明示され、さらに上句を思い出す契機として「下行く水」の歌句が本文に記されている。

〈資料六〉『枕草子』第一三七段「殿などのおはしまさで後」

殿などのおはしまさで後、世の中に事出で来、騒がしうなりて、宮も参らせ給はず、小二条殿といふ所におはしますに、何ともなくうたてありしかば、久しう里に居たり。御前わたりのおぼつかなきにこそ、なほえ絶えてあるまじかりける。

右中将おはして物語し給ふ。「今日、宮に参りたりつれば、いみじう物こそあはれなりつれ。女房の装束、裳、唐衣、折にあひ、たゆまで候ふかな。御簾のそばのあきたりつるより見入れつれば、八、九人ばかり、朽葉の唐衣、薄色の裳に、紫苑、萩などをかしうて居並みたりつるかな。御前の草のいと茂きを、『などか、かき払はせてこそ』と言ひつれば、『ことさら露置かせて御覧ず』と、宰相の君の声にて答へつるが、をかしうもおぼえつるかな。『御里居、いと心憂し。かかる所に住ませ給はむほどは、いみじき事ありとも、必ず候ふべきものにおぼしめされたるに、甲斐なく』と、あまた言ひつる。語り聞かせ奉れとなめりかし。参りて見給へ。あはれなりつる所の様かな。台の前に植ゑられたりける牡丹などの、をかしき事」などのたまふ。「いさ、人のにくしと思ひたりしが、またにくくおぼえ侍りしかば」と答へ聞ゆ。おいらかにも笑ひ給ふ。げにいかならむと、思ひ参らする御けしきにはあらで、候ふ人たちなどの、「左の大殿方の人知る筋にてあり」とて、さし集ひ物など言ふも、下より参る見ては、ふと言ひやみ、放ち出でたるけしきなるが、見ならはずにくければ、「参れ」など度々ある仰せ言をも過して、げに久しくなりにけるを、また宮の辺には、ただあなた方に言ひなして、そら言なども出て来べし。

例ならず仰せ言などもなくて、日ごろになれば、心細くてうちながむるほどに、長女《をさめ》、文を持て来たり。「御前より宰相の君して、忍びて賜はせたりつる」と言ひて、ここにてさへひき忍ぶるも余りなり。人づての仰せ書にはあらぬなめりと、胸つぶれてとくあけたれば、紙にはものも書かせ給はず、山吹の花びらただ一重を包ませ給へり。それに「言はで思ふぞ」と書かせ給へる、いみじう日ごろの絶え間嘆かれつる、皆なぐさめてうれしきに、長女もうちまもりて「御前にはいかが、物の折ごとにおぼし出で聞えさせ給ふなるものを、誰もあやしき御長居とこそ侍るめれ。などかは参らせ給はぬ」と言ひて、「ここなる所に、あからさまに罷りて参らむ」と言ひて、去ぬる後、御返事書きて参らせむとするに、この歌の本、さらに忘れたり。「いとあやし。同じ古言と言ひながら、知らぬ人やはある。ただここもとにおぼえながら、言ひ出でられぬは、いかにぞや」など言ふを聞きて、前に居たるが、「『下行く水』とこそ申せ」と言ひたる。などかく忘れつるならむ、これに教へらるるも、をかし。

御返り参らせて、少しほど経て参りたる、いかがと、例よりは慎ましくて、御几帳にはた隠れて候ふを、「あれは今参りか」など笑はせ給ひて、「にくき歌なれど、この折は、言ひつべかりけりとなむ思ふを、大方見つけでは、しばしもえこそなぐまじけれ」などのたまはせて、かはりたる御けしきもなし。

童に教へられし事などを啓すれば、いみじう笑はせ給ひて、「さる事ぞある。あまりあなづる古言などは、さもありぬべし」など仰せらるるついでに、「謎々合せしける、方人にはあらで、……（以下略）

ここで注目したいのは、清少納言の里下がりが長くなって定子からの連絡も途絶えたころ、長女《をさめ》が宰相の君経由で定子の仰せ言を書きつけた文を持ってきた場面である。定子からの音沙汰が無いことに心細さを感じていた清少納言は、長女が忍んで携えてきた「山吹の花びらただ一重」と「言はで思ふぞ」とのみ書き付けた手紙を見て、日ごろの嘆きも慰められるほどうれしく思ったが、返事を書く際に上句をど忘れしてしまう。そして遂に思い出すことができないまま、自分に仕えている童から「下行く水、とこそ申せ」と教えられたことを「をかし」と興じる。後日、定子の元に帰参した時にこの経緯を報告すると、定子は「（あの歌は）にくき歌なれど」とことわりながら「こういう時には、あの様に言うのがふさわしいかなと思った」と述べ、さらに続けて「清少納言の姿が見えないと、心が晴れないのだ」と本音を吐露し、以前と変わりない様子で対応した。その様子に安心したのか、清少納言が歌をど忘れした話をすると、定子は「あまりあなづる古言などは、さもありぬべし」として、謎々の時の「天に張り弓」の話を始める。

ここに至る定子とのやりとりで、「山吹の花びらただ一重」「言はで思ふぞ」「下行く水」が、相互に関連していることについては、すでに江戸時代の延宝二年（一六七四）刊の加藤磐斎『清少納言枕双紙抄』や北村季吟『枕草子春曙抄』において指摘されている。

〈資料七〉

①加藤磐斎『清少納言枕双紙抄』

標注　山吹の花びらとは、山吹色の口なしにしてなどいふも、いはでおもふと云義也。されば今の山吹の花びらもくちなしにしてと云義を此花びらにふくめたる心也。斎宮家集に、たかきほどに渡らせ給ひてをとづれきこえ給はねば、女三宮より　隔けるけしきをみれば山吹の花心ともいひつべき哉
おほん返し　女御四宮　いはぬ間をつゝみし程に口なしの色にや見えし山吹のはな
山吹の花色衣ぬしやたれとへどこたへず口なしにして　これらも山吹を口なしと云縁に取りなす心也。源氏引哥に、心には下行水のわきかへりいはでおもふぞいふにまされる　此哥の第四の七文字をとりて山吹の花びらに書給ふて也。下行水とは、前の哥の第二の七文字也。七文字をとなへてわらはが少納言へ告ると也。

注　「山吹の花びら」とは、口なしの色と哥にもよみ侍れば、いはでおもふといふよせにおくらせ給ふ也。

「いはでおもふ」の哥、頭書にしるす。

「下行水の」とは、哥の本をかのわらはがいふ也。

②北村季吟『枕草子春曙抄』

○山吹の花びら山吹は口なし色なればいはで思ふといふ心なるべし。
○いはでおもふに（ママ）「心には下ゆく水のわきかへりいはで思ふぞいふにまされる」前におほせ事もなくて日ごろになればとある首尾なり。

山吹は春に黄色い花を付け、くちなし（山梔子）は夏に白い花を付けるから、それぞれ別の植物ではあるが、染め色となると山梔子（支子）色は鮮やかな黄色で、深みのある黄色の山吹色とともに同じ黄色系統の類似色となる。池田亀鑑氏が『全講枕草子』において「通説に、山吹は山梔《くちなし》色なれば、口無しの意を寓すとするのは、従

いがたい(5)」と指摘されたのは、おそらく②北村季吟の「山吹は口なし色なれば」に対するもので、花の色と染め色の違いを厳密に考えた結果であろうが、それはともかく、①加藤磐斎が『古今和歌集』第一〇一二番歌や『古今和歌六帖』第五帖の第三五〇九番歌として所収されている素性法師の歌「山吹の花色衣ぬしやたれとへとこたへず口なしにして」を挙げて、「これらも山吹を口なしと云縁にとりなす心也」としている点は注目されてよい。すでに「山吹」と「くちなし」は、相互に関わるものと理解されていたのである。それが清少納言の理解でもあったことは、父清原元輔が『元輔集』(6)(前田家蔵本)第六四番歌「物も言はでながめてぞおらる山吹の色に心ぞうつろへぬらし」や、『拾遺和歌集』巻一春の第七〇番歌「物も言はでながめてぞふる山吹の花に心ぞうつろひぬらん」と詠み、「物も言はで—口なし—山吹」の連想を用いた屏風歌を詠んでいることからも確認できよう。

これをふまえた上で、定子がよこした「山吹の花びら」に注目し、素材として用いられている歌語「山吹」について整理してみたい。

〈資料八〉「山吹」の引歌

①『古今和歌六帖』第六帖「山ふき」

3615 なにしおへばやへ**山ぶき**ぞうかりけるへだてゝをれる君がつらさに

②『古今和歌六帖』第五帖「くちなし」

3509 **山ふき**の花色衣ぬしやたれ問へど答へずくちなしにして　素性

まず①第三六一五番歌は、「山ふき」の題に配列される第三五九六番歌から第三六一六番歌までの二十一首の一つである。定子から送られてきたのは「山吹の花びらただ一重」であったが、「朽葉の唐衣、薄色の裳に、紫苑、萩など」と秋の衣裳を記した後の山吹は、いずれにせよ季節はずれの素材であった。萩谷朴氏は「返り咲き」の山吹とし、「返り咲け」(帰参せよ)の意味を重ねて解釈されている(7)。その上で一重にせよ八重にせよ、「山吹」が「憂かりける」理由として「隔てて居れる君がつらさに」と詠んでいる点に注目したい。この歌をふまえているのであれば、「言はで思ふぞ」は里居が長く続いている清少納言の「つらさ」（薄情さ）を指摘したものとなる。そして、人伝ての「仰せ言」ではなく、内々に宰相の君を通じて長女にこっそり託された定子の本音を、清少納言に伝えるメッセージであったことになる。

②第三五〇九番歌は、前述した様に『古今和歌集』巻十九「雑体」誹諧歌の第一〇一二番歌「題知らず」素性法師」として見える。「ぬしや誰」と「問へど」も「答へず」の理由を、「くちなし（口無し）にして」と喩えた歌である。加藤磐斎が指摘しているように、「山吹」は「口なし」と関連が深い素材であった。『古今和歌六帖』において「くちなし」題に三首配列されているが、興味深いことに「くちなし」と「言はで思ふ」は、関わり深いことが確認できる。

〈資料九〉『古今和歌六帖』第五帖「くちなし」

3508　思ふとも恋ふとも言はじくちなしの色に衣を染めてこそ着め

3509　山ふきの花色衣ぬしやたれ問へど答へずくちなしにして　そせい

3510　くちなしの色に心を染めしより言はで心にものをこそ思へ

「くちなしの色」に染めて「思ふとも恋ふとも言はじ」、あるいは「言はで心にものをこそ思へ」という一首の構成は、心に秘めた言えぬ思いを想起させるものになっている。

武藤元信氏は『枕草紙通釈』下巻において「いはでおもふは、くちなしの意なり」と指摘される。「言はで思ふ」と「くちなし」が直接繋がる例としては、源重之の家集に所収されている歌が挙げられる。

〈資料十〉『重之集』

むつましき人のめの、をかしと思ふには寝むとて

51　心をば染めて久しくなりぬれど言はで思ふぞくちなしにして

中田幸司氏はこの歌に注目され、「帰参の思いが伝えきれずにいた定子の述懐に重なってこよう」[8]と指摘される。この場面と詞書の状況とは合わないが、「言はで思ふぞくちなしにして」という下句は、やはり看過しがたい。そしてこの定子の思いは反転し、清少納言の定子に対する思いともなって共有された。このあと帰参当初の清少納言が「例よりは慎ましくて、御几帳にはた隠れて候ふ」とふるまったことは、度重なる帰参を促す仰せ言を頂戴したにもかかわらず、長らく里居を続けたことへの謝罪もせず、まさに「くちなし」(口無し)であったことと重なってこよう。当該章段の対比の構成としても関連してくるものであり、その点でも「叙述に見る読者への仕掛け」として見ることができるから、首肯されるべきものと思われる。

さて、定子からの手紙に感激した清少納言は、返事を書こうとして「言はで思ふぞ」の歌の上句をどうしても思い出すことができなかった。「どうしたことか」と呟いたところ、そこにいた童から「下行く水、とこそ申せ」と教えられ興じているから、この時に思い出そうとしていた歌は「心には下行く水のわき返り言はで思ふぞ言ふにまされる」であったことになる。

しかしながら話の展開から考えると、上句をど忘れした清少納言が、定子の文に書き付けてあった「言はで思ふぞ」から推察できたのは下句のみ、すなわちこれに続く「言ふにまされる」や「くちなしにして」だけであったはずである。その時点では、定子からの仰せ言がしばらく届かなかったわけを、自分が見限られたからではなくて「言はで思ふぞくちなしにして」や「言はで思ふぞ言ふにまされる」からだったと知り、うれしく思ったが、返事を書く段になって上句をど忘れしていることに気がついたことになる。

四　歌語としての「言はで思ふ」

ところで定子が書き付けた「言はで思ふ」という表現は、『古今和歌集』の時代から和歌に詠み込まれてきたものである。いくつか例を挙げて検証してみよう。

〈資料十一〉「言はで思ふ」

①『壬生忠岑集』

59　露寒み声弱りゆく虫よりも**言はでもの思ふ**われぞかなしき

②『後撰和歌集』巻十「恋二」

人を思ひかけて心地もあらずや有けん、物も言はずして日暮るれば、起きもあがらずと聞きて、この思ひかけたる女のもとより「などかく好き好きしくは」と言ひて侍りければ　（よみ人しらず）

689　**言はで思ふ**心ありその浜風に立つ白浪のよるぞわびしき

③『清原深養父集』（巻末収集歌群の一つ。混入歌か）

51　いはで思ふこともありその浜風に立つ白浪のよるぞわびしき

④『源順集』　思

43　吉野川そこの岩波いはでのみくるしや人を**言はで思ふ**よ

⑤『一条摂政御集』（伊尹）

しのぶ草のもみぢしたるをふえに入れ給へる

122　恋しきを人にはいはで忍草忍ぶに余る色を見よかし

返し

123　**言はで思ふ**ほどに余らば忍草いとどひさしの露や茂らむ

⑥『重之集』

むつまじき人のめの、をかしと思ふにはねむとて

51　心をば染めて久しくなりぬれど**言はで思ふ**ぞくちなしにして

⑦『古今和歌六帖』第五帖「いはで思ふ」

2648　こゝろにはしたゆく水のわきかへり**いはで思ふ**ぞいふにまされる

清少納言たちの時代までの和歌の用例として見ると、これらの歌はいずれも口に出せない恋の思いを詠み込む表現として用いられているが、とくに①『壬生忠岑集』第五九番歌の初句「露寒み」と、⑤『一条摂政御集』第一二三番歌の第五句「露や茂らむ」に注目したい。前者は、露の寒さで秋が深まり虫の声も弱まってきたが、それよりも何も言わずに物思いをする自分の悲しさを詠んだ歌である。また後者の贈答歌は、忍草が紅葉したものを素材としてやりとりした贈答歌で、「いはで忍ぶ」から「忍ぶに余る色を見よ」という恋心を詠んだ贈歌に対し、「言はで思ふ」限界が越えたなら涙の「露」で廂の忍草はさらに生い茂っただろうに、紅葉するはずはない、と切り返した返歌になっている。贈答歌の内容はともかく、素材の取り合わせとして「言はで思ふ」と「忍ぶ」「忍草」「露」「茂る」に着目すると、これは『枕草子』第一三七段で、右中将源経房によって伝えられた小二条殿の庭の様子として本文に記述されている「御前の草のいと茂きを、『などか。かき払はせてこそ』と言ひつれば、『ことさら露置かせて御覧ず』とて、宰相の君の声にて答へつるが、をかしうもおぼえつるかな」と関連するのではないか。「御前の草」が忍草だったかどうかはわからないが、内々の仰せ事を忍んで持参し、清少納言宅にてもなお「ひき忍ぶる」有様であったという「忍ぶ」まで表現が関わっていると見てよいのではないか。

そして看過できないのが、逃げた御手鷹を思う帝の「仰せ言」として「いはで思ふぞいふにまされる」を伝える『大和物語』第一五二段[9]の逸話である。

〈資料十二〉『大和物語』第一五二段「いはで思ふ」

同じ帝、狩いとかしこく好み給ひけり。陸奥の国磐手の郡より奉れる御鷹、世にかしこかりければ二なう思して御手鷹にし給ひけり。名をば磐手となむつけ給へりける。それをかの道に心ありて預かり仕うまつりける大納言に預け給へりける。夜昼これを預かりて、とりかひ給ふほどに、いかがし給ひけむ、そらし給ひてけり。心肝を惑はして求むるに、さらにえ見出でず。山々に人をやりつつ求めすれど、さらになし。自らも深き山に入りて惑ひ歩き給へど、甲斐もなし。このことを奏せでしばしもあるべけれど、二三日にあけず御覧ぜぬ日なし。いかがせむとて、内に参りて、御鷹の失せたるよし奏し給ふ時に、帝ものも宣はせず。聞こしめしつけぬにやあらむとて、また奏し給ふに、面をのみまもらせ給うてものも宣はず。たいだいしと思したるなりけりと我にもあらぬ心地してかしこまりていますかりて、「この御鷹の、求むるに侍らぬことを、いかさまにかし侍らむ。などか仰せ言も給はぬ」と奏し給ふ時に、帝、「**いはで思ふぞいふにまされる**」と宣ひけり。かくのみ宣はせて、こと事も宣はざりけり。御心にいと言ふ甲斐なく惜しく思さるるになむありける。これをなむ、世の中の人、もとをばかくと付けける。もとは、かくとのみなむありける。

この「同じ帝」とは、第一五〇段で猿沢の池に身を投げた釆女の話から続く「ならの帝」を指すものと見られる。陸奥国磐手郡から献上された御鷹をお気に入りの御手鷹として大事にしていた帝は、鷹の扱いになれていた大納言に預けたが、その大納言はどうしたことか鷹を逃してしまった。方々手を尽くして探しても見つからない。意を決して鷹を逃してしまったことを奏上したが、帝は何も仰ってくれない。恐縮して何度か奏上したところ、やっと「いはで思ふぞいふにまされる」とだけ仰せ言を賜った。その真意を「いと言ふ甲斐なく惜しく思さるるになむありける」と推量し、世間の人がこれに本〈上句〉をいろいろ付けたが、元は末〈下句〉だけであったことを伝える逸話である。

『枕草子』は第三六段「池は」において「猿沢の池」にふれ、「釆女の身投げたるを聞こしめして行幸などありけむこそ、いみじうあはれなれ」と批評し、人丸が「寝くたれ髪を」と詠んだことを思い合わせて評価しているのは、『大和物語』第一五〇段「猿沢の池」にも見える和歌「わぎもこが寝くたれ髪を猿沢の池の玉藻と見るぞかなしき」をふまえてのものであるから、『大和物語』に見えるこの御手鷹磐手の逸話も、定子と清少納言の共通理解であったと見てよいだろう。その上で、定子の発言に見える「にくき歌」が「記号」表現として、どのように機能しているのか検証してみたい。

『大和物語』の記述によればもともと「いはで思ふぞいふにまされる」は下句しかなく、いなくなったものをこの上なく残念に思う、という意味であった。『枕草子』第一三七段において、定子の真意としてはこれで充分であったはずである。長女を通じて清少納言が定子から受け取ったものは、山吹の花びらただ一重と、包み紙に記された「言はで思ふぞ」という歌句であった。上句の「心には下行く水のわき返り」が整って、一首仕立てになっている『古今和歌六帖』当該歌を童が持ち出したけれども、『源重之集』所収歌も含め、定子のメッセージはいろいろ推量できるものでもあった。

定子がわざわざ「にくき歌なれど」と断って語り出しているのは、この『大和物語』の逸話に見える「二なら思して御手鷹にし」ていた「磐手《いはで》」が逃げていなくなり、「求むるに侍らぬ」ようになってしまったことを聞き、「御心にいと言ふ甲斐なく惜しく思さるる」という喪失感を描いたこの話をあからさまに思い起こさせる歌だったからではないか。それは真情の吐露としてはあまりに露骨なものではあったが、それだけに帰参した清少納言を喜び、「大方見つけでは、しばしもえこそなぐまじけれ」と語り、その対応が里居以前と変わらなく見えたことに繋がっていくのだろう。定子のもとへ帰参した清少納言が、仰せ言への返しもしないで長らく里居を続けたことの謝罪もせず、まさに「くちなし」(口無し)であっても、定子は「あれは今参りか」と冗談を言って笑うだけで、あとは以前と変わらないまま迎え入れたことになる。

その対応を見て、清少納言は童に「下行く水の」と教えられた経緯を話すと、定子は「あまりあなづる古言などは、さもありぬべし」と興じたが、この文言は、この歌を思い出そうとしてど忘れした時に発した清少納言の独り言「同じ古言といひながら、知らぬ人やはある」と対になっている表現であることにも注目したい。つまり『古今和歌六帖』当該歌が明示される展開に対応した構成となっているのである。

まとめ

以上、『古今和歌六帖』第五帖所収「言はで思ふ」題の第二六四八番歌「心には下行く水のわき返りいはで思ふぞ言ふにまさされる」をふまえた『枕草子』の二つの章段について考察してきた。同じ歌をコンテクストとして活用しながら、第七一段では「下行く水の」を引用し、第一三七段では「いはで思ふ」を契機として引用している。その差異はどう考えればよいのだろうか。

ここでは「いはで思ふ」が恋歌の表現として通行していたことに注目したい。『枕草子』第一三七段「殿などのおはしまさで後」に記された定子からのメッセージは、素材と表現の関係を図示すれば、

山吹の花—くちなし（口無し）—言はで思ふ—言ふにまさされる

となる。そしてそれは親しい者たちが遠ざかっていく境遇に置かれた定子からの、清少納言に対する慕情とでも言うべき思いであった。これは歌句としての「いはで思ふ」が指示するものと重なり合うものである。

それに対して第七一段「懸想人にて来たるは」は、恋人として来訪した貴人が連れ歩く供人たちのふるまいについて批評した章段であった。『述異記』爛柯の故事を引くなど、主人の退出を待ちくたびれた供人たちの不満の度合いを推量するものであり、恋歌とは全く関係がない。仮に恋歌の表現である「いはで思ふ」を用いると、視点の対象が冒頭部分でふれた「恋人として来訪している貴人」とまぎらわしくなり、当該章段の主題の焦点が

ぼやけてくる事態を引き起こしかねない。この第七一段で「下行く水」を用いたのは、この歌句が恋歌の表現としては固まっておらず、しかも続く「わき返り」を供人たちの本音、すなわち「待ちくたびれて早く帰りたい」という不満が心の中に渦巻いていることを印象づけたかったからではないか。書き手にとって、供人たちがその不満を「言はで思ふ」ふるまいが、かえって「言ふにまされる」高まりを示す、という論理になるのだろう。

つまり、それぞれの章段の主題と展開にあわせて意図的に歌句を引用したからこそ、第七一段では「下行く水」を用い、第一三七段では「いはで思ふ」を用いて契機としていると考えられる。そしてこの差異は、書き手が当時の共通理解をふまえて章段を書き進めていく上で、読者の反応を計算しながらその後の展開を考え、表現として用いる歌句を意図的に使い分けた事象によるものであると指摘できるのではないか。

【注】

（1）小森潔氏「枕草子の『謎合』を〈読む〉―「殿などのおはしまさで後」の段をめぐって」『枕草子 逸脱のまなざし』所収（笠間書院 平成十年）による。

（2）三田村雅子氏「〈問〉と〈答〉―日記的章段の論理―」『枕草子 表現の論理』所収（有精堂 平成七年）による。

（3）『述異記』本文は、佐野誠子氏注釈「中国古典小説選2」所収（明治書院 平成十八年）による。なお「斧の柄が朽ちる爛柯の故事は、すでに『古今和歌集』巻十八雑下所収の第九九一番歌「ふるさとは見しごともあらず斧の柄の朽ちし所ぞ恋しかりける」紀友則から見られるもので、『源氏物語』松風巻や胡蝶巻にも引かれるほど、一条朝当時にはよく知られていた故事であった。

（4）武藤元信氏著『枕草紙通釋』（有朋堂書店 明治四十四年九月）による。

（5）池田亀鑑氏著『全講枕草子』（至文堂　昭和五十二年）による。
（6）『元輔集』は、後藤祥子氏著『元輔集注釈』（私家集注釈叢刊6・貴重本刊行会　平成十二年第二版）による。なお田島智子氏著『屏風歌の研究』資料編（和泉書院　平成十九年）によると、当該歌は後撰集時代の「天暦十一年師輔五十賀屏風か」と考証され、通し番号八五六・題材「山吹」とされている。
（7）萩谷朴氏著『枕草子解環』三（同朋舎　昭和五十七年）の当該章段（第一三六段）語釈による。
（8）中田幸司氏「枕草子『殿などのおはしまさで後』章段攷―叙述に見る読者への仕掛け―」『平安宮廷文学と歌謡』（笠間書院　平成二十四年）による。初出は『平安朝文学研究』復刊第十八号（平成二十二年三月）。
（9）『大和物語』本文は、新編日本古典文学全集『大和物語』（小学館　平成六年）による。

第四節　「寝起きの顔」章段における一手法としての再構成

はじめに

『枕草子』において、藤原行成は五つの章段に登場する。その中で第四七段「職の御曹司の西面の立蔀のもとにて」は、藤原行成と清少納言との交流を話題の中心に据えた最初の章段と位置付けることができる。当該章段の史実年時については元来、長徳四年と長保元年説があったが、森本元子氏が、後半部の記述と一条院今内裏在住時の記述との近似性および三巻本勘物「長保二年三月事歟」の再評価により、「三月つごもりがたは」を境にして前後二部に分ける説を出され、それを受けて章段構成の面から、阿部永氏が前半部をさらに二節に分けて三節構成とする見解を提示され、これらの説を受けて萩谷朴氏は「序破急三段の構想」と論じられた。当該章段は森本氏が日記的章段について説かれたように、「一つの段の中に、年月を異にする種々の史実が語られ、往々読者の理解を迷わす類がある」ものの一例と言えるだろうし、このことは「枕草子は文学として書かれ、初めから記録書として書かれたのではない」ことの有力な証左の一つとなろう。

既に三巻本勘物が注記していたにもかかわらず、森本氏のご指摘以前は一連の出来事として史実年時考証されていたということは、当該章段のつながりはかなり緊密なものと読まれていたからに他ならない。それは書き手清少納言が、時も場所も異なる別々の出来事を一連の話として再構成した結果、もたらされた読者の解釈であり、これを過剰解釈として切り捨てるのではなく、むしろ翻ってそういう読み方を可能にしてきた書き手清少納言の章段構成における意図と構想を考えてみるべきであろう。

藤原行成が登場する章段の最後尾に位置する第一三一段「五月ばかり、月もなういと暗きに」は、差し出された呉竹に「この君」と応じた長保元年（九九九）の出来事を記したものであるが、話の展開を詳細にたどってみると、定子に対して行成の「取りなし」と繰り返し語ることと、章段半ばでこれが職の御曹司での出来事と明らかにされる点との関わりを通して、章段の話の展開と表現が有機的に絡み合い、章段全体が意図的に構成されていることが指摘できる。(7)

これに対し第四七段は、行成が本格的に登場する最初の章段であるという点、しかも二つの出来事が一連の話として、再構成されて記されているという点で、極めて興味深い章段である。本節はこの二点を軸として、当該章段における話の展開を、本文に語られる表現相互の関わりという視点から詳細に追い、書き手としての清少納言による章段構成の意図と構想を考察するものである。

一　第一部の行成像

第四七段の冒頭は、職の御曹司にやってきた頭の弁藤原行成が、西面の立蔀の所で誰かと長立ち話をしているのを、清少納言がからかう場面が記され、第一部に相当する部分となっている。

〈資料一〉

職の御曹司の西面の立蔀のもとにて、頭弁《とうのべん》、物をいと久しう言ひ立ち給へれば、さし出でて「それは誰《たれ》ぞ」と言へば、「弁候ふなり」とのたまふ。「何か、さも語らひ給ふ。大弁見えば、うち捨て奉りてむものを」と言へば、いみじう笑ひて「誰か、かかる事をさへ言ひ知らせけむ。『それさなせそ』と語らふなり」とのたまふ。

長徳元年（九九五）八月二十九日に蔵人頭に任ぜられた行成が「頭弁」と呼ばれるようになるのは、翌年の長徳二年（九九六）四月二十四日に権左中弁を兼任（『蔵人補任』『公卿補任』）してからのことである。同年八月五日に左中弁に転じ、さらに長徳四年（九九八）十月二十三日右大弁に転任（『弁官補任』）する。行成は長保三年（一〇〇一）八月二十五日参議に転任（『権記』）した時に蔵人頭を辞しているから、『枕草子』の中ではほぼ「頭弁」であり続けたわけだが、この場面では「大弁見えば、うち捨て奉りてむものを」という清少納言の発言から、行成は「大弁」よりも下位者であったことが読み取れるので、行成が「中弁」であった時期、すなわち権左中弁に任ぜられた長徳二年四月二十四日から、右大弁に転任する長徳四年十月二十三日までの間ということになる。

またさらに「職の御曹司」での出来事であることから、『日本紀略』長徳三年（九九七）六月二十二日条の「天皇行幸東三条院、中宮参職曹司」と合わせると、史実年時としては長徳三年六月二十二日から長徳四年十月二十三日までの間ということに絞り込める。

『弁官補任』によれば、当時の「大弁」は左大弁が源扶義、右大弁が藤原忠輔であった。源扶義は正暦四年（九九三）七月八日から中宮権大夫を勤めていた（『弁官補任』）から、萩谷氏のご指摘の通り源扶義である蓋然性は高い。扶義は長徳四年七月二十五日に薨じているので、その場合、当該場面の史実年時の下限が三か月ほど繰り上がることになる。

この第一部において、清少納言と行成とのやりとりを記した表現に注目してみよう。

職の御曹司は、第七四段「職の御曹司におはしますころ、木立ちなどの」によれば、大内裏の東門の近衛の門（陽明門）から入って内裏の東門の左衛門の陣（建春門）へ向かう殿上人たちの通勤途中に位置し、また第一三一段

「五月ばかり、月もなういと暗きに」では、職の御曹司から内裏に帰る殿上人たちは左衛門の陣を経由している。おそらく職の御曹司の西門あたりを通っているのだろう。当該場面では「頭弁」である行成が職の御曹司を訪れたが、入ったばかりのところにある西面の立蔀の所で、ある女房と長い時間立ち話をしていたので、清少納言が誰何し、それに行成が答えることで会話が始まる。ここでは清少納言が自らの行動を「さし出でて」と表現し、「それは誰ぞ」と問いかけ、さらに行成がある女房と長立ち話をしていることを、「語らふ」と言い換えている点に注目したい。

まず「さし出づ」という表現から見てみよう。

〈資料二〉

①物語するに、さし出でして、我一人さいまくる者。すべてさし出では、童も大人もいとにくし。

（第二六段「にくきもの」）

②なほめでたき事どもなど、言ひ合はせてゐたる、南の遣戸のそばの几帳の手のさし出でたるにさはりて、簾の少しあきたるより、（中略）いとよく笑みたる顔のさし出でたるも「なほ則隆なめり」とて見やりたれば、あらぬ顔なり。

（第四七段）

①は人と話をするときの用例で、「でしゃばる。出すぎたことをする」というマイナス評価を含む。また②は調度の几帳の手が外へ突き出ていることと、行成がその隙間から顔をさし覗かせて清少納言の顔を見ていた行為を言い、評価には関係がない。当該場面で「さし」という強意の接頭語を活かした解釈をすると、清少納言は、誰かと長く立話をしている相手が行成と知った上で、関心を持ってわざわざ出ていったことになろう。

「それは誰《たれ》ぞ」（「こは誰《た》そ」）という誰何の仕方は『枕草子』に他に五例ほど見られる。

〈資料三〉

①「出て見よ。例ならず言ふは誰ぞとよ」（第一三一段「五月ばかり月もなう」）

②「こは誰ぞ。いとおどろおどろしうきはやかなるは」と言ふ。（第一三一段「五月ばかり月もなう」）

③局のもとに来て、いみじうよく似せてよむに、あやしくて、「こは誰ぞ」と問へば、（第一五五段「故殿の御服のころ」）

④「御几帳の後なるは、誰ぞ」（第一七七段「宮にはじめて参りたるころ」）

⑤「かの花盗むは、誰ぞ。あしかめり」（第二六〇段「関白殿、二月二十一日に」）

①は、五月闇に職の御曹司を殿上人たちが不意に訪れて、「女房や候ひ給ふ」と声を何度もかけてきたのに対して、中宮定子が清少納言に応対を命じたもので、それを受けた清少納言が実際に相手に問うたのが②である。その答えの代わりに「呉竹」が差し出され、清少納言の「おい。この君にこそ」が導き出される。③は、斉信の朗詠の声をまねた源宣方に対して掛けた清少納言の発言で、この後、宣方が「まづ似たるななり。『誰ぞ』とにくからぬけしきにて問ひ給ふは」と言っているから、斉信が来ているのか、と半信半疑で声を掛けたのだろう。④は、定子のもとを訪れた権大納言伊周が、几帳の後で見ている女房に気づいて周りの者に聞いた発言で、これが清少納言であると知った伊周は寄ってきて、直接話を始める。⑤は、雨に濡れて汚くなった御前の桜の造花を、道隆の命を受けた侍者や下仕えの者たちが夜明けに撤去しにやって来た時に、道隆の指図であると知った上で、清少納言が冗談でかけた発言である。

⑤はともかく、清少納言が殿上人に誰何する場合（②・③）にいずれも敬語を用いてはいないが、不審尋問をするような詰問口調ではない。むしろ会話の口火としての発言である。

その清少納言に「それは誰ぞ」と問われて、行成は「弁候ふなり」と答えた。それに対して清少納言はさらに「なにか、さも語らひ給ふ。大弁見えば、うち捨て奉りてむものを」と言う。さきほど「物をいと久しう言ひ立ち給へれば」と描写していたことを「語らふ」と言い換えている点に注目すべきである。「語らふ」としたのは、この語がただ「語り合う」だけではなく、親密さが加わった「親しく言い交わす」のが発展して、「男女が互いに言い交わす。契る」意味合いまで含んでいるからだろう。

「語らふ」の用例は、『枕草子』において十五例確認でき、女友だち同士の二例と雪山の管理を木守に依頼する一例を除く十二例は、男女の間でその親しさを表現している。特に当該章段の行成の発言「仲よしなども人に言はる。かく語らふとならば、何か恥づる。見えなどもせよかし」や、第一二九段「故殿の御ために」における斉信の発言「などか、まろをまことに近く語らひ給はぬ」は、共に清少納言を口説いていることにも注目したい。

これらの表現に注目すると、「物をいと久しく言ひ立」つという情景描写から「さも語ら」ふという表現を用いた展開にすることによって、ただの長立ち話から男女間の親密な語らいを思わせる効果が生じることになる。しかも行成はこの清少納言の発言に「いみじう笑ひて」、「『それさなせそ』と語らふなり」と返答しているから、清少納言の「語らふ」という表現にそのまま「語らふ」で返したことになり、清少納言に対し、自分と長立ち話をしていた女房との親しさを強調していることにもなった。もちろんこの行成の「語らふ」という表現は、相手の女房に対してではなく、水を向けた清少納言に向けられたものと考えてよいだろう。清少納言とそういった冗談を交わし合う行成の親しさの描出がより活きてくることになり、清少納言の巧妙な仕掛けが看取できよう。

こういった仕掛けを用いた構成によって描き出された第一部における藤原行成像は、清少納言と親しく打ち解けた会話をする人物として登場するだけではなく、職の御曹司の女房と親しく「語らふ」ことをし、それを自ら語ったりする一般的な男性貴族として、登場していることになる。

二　対比して描出される行成像―第二部前半―

第四七段の第一部で自分と親しい行成を描き出した清少納言は、第二部の初めにおいても「いみじう見え聞えて」と続ける。ここから「まごころに、そら言し給はざりけりと思ふに」までの第二部には、史実年時を特定する手掛かりはないが、この部分では何時の出来事かが問題なのではなく、むしろ行成との個人的な短い逸話をいくつか記すことで、清少納言と行成との人間関係を描き出していくことが目的のようである。まず第二部の前半を分析してみたい。

〈資料四〉『枕草子』第四七段　第二部前半

①いみじう見え聞えて、②をかしき筋など立てたる事はなう、ただありなるやうなるを、③皆人さのみ知りたるに、④なほ奥深き心ざまを見知りたれば、⑤「おしなべたらず」など御前にも啓し、また、⑥さ知ろしめしたるを、⑦常に「『女はおのれをよろこぶ者のために顔づくりす。士はおのれを知る者のために死ぬ』となむ言ひたる」と、言ひ合はせ給ひつつ、⑧よう知り給へり。⑨「遠江の浜柳」と言ひ交はしてあるに、⑩若き人々、ただ言ひに見苦しき事どもなど、つくろはず言ふに、「この君こそうたて見えにくけれ。異人のやうに歌うたひ興じなどもせず、けすさまじ」などそしる。

⑪さらにこれかれに物言ひなどもせず、⑫「まろは目は縦《たた》ざまに付き、眉は額ざまに生《お》ひあがり、鼻は横ざまなりとも、ただ口つき愛敬づき、頤《おとがひ》の下、頸清げに、声にくからざらむ人のみなむ思はしかるべき。とは言ひながら、なほ、顔いとにくげならむ人は、心憂し」とのみのたまへば、⑬まして、頤細う、愛敬おくれたる人などは、あいなくかたきにして、⑭御前にさへぞ、悪しざまに啓する。

当該部分で注目すべきは、行成に対する見解が清少納言と他の女房たちとで全く異なり、それが行成側の対応の違いに起因している点である。本文を詳細に検証し整理してみよう。

〈資料五〉行成に対する見解

・清少納言

④なほ奥深き心ざまを見知りたれば、

⑤「おしなべたらず」など御前にも啓し、

⑦（『史記』「刺客列」の文言を）言ひ合はせ給ひつつ、

⑨「遠江の浜柳」と言ひ交はしてあるに、

・他の女房たち

③皆人さのみ知りたるに

⑩若き人々はただ言ひに見苦しき事どもなど、つくろはず言ふに、「この君こそうたて見えにくけれ。異人のやうに歌うたひ興じなどもせず、けすさまじ」などそしる。

⑬まして、頤細う、愛敬おくれたる人などは、あいなくかたきにして、

⑭御前にさへぞ、悪しざまに啓する。

・定子

⑥（清少納言の言上を受けて）さ知ろしめしたるを

行成に対する清少納言と他の女房たちの見解には、④に対する③、⑤に対する⑭、⑦⑨に対する⑩⑬、という対比が指摘できる。

〈資料六〉行成の言動

・外面

②をかしき筋など立てたることはなう、ただありなるやうなるを

・清少納言に対して

①いみじう見え聞えて、

⑦常に「『女はおのれをよろこぶ者のために顔づくりす。士はおのれを知る者のために死ぬ』となむ言ひたる」と言ひ合はせ給ひつつ、

⑧よう知り給へり。

⑨「遠江の浜柳」と言ひ交はしてあるに、

・他の女房たちに対して

⑪さらにこれかれに物言ひなどもせず、

⑫「まろは目は縦ざまに付き、眉は額ざまに生《お》ひあがり、鼻は横ざまなりとも、ただ口つき愛敬づき、頤の下、頸清げに、声にくからざらむ人のみなむ、思はしかるべき。とは言ひながら、なほ、顔いとにくげならむ人は、心憂し」とのみのたまへば、

行成の言動からは、清少納言とそれ以外の女房たちに対して、①⑧に対する⑪、⑦⑨に対する⑫という対比が指摘できる。

これらの対比を概観した上で、章段の構成を考察してみたい。まず行成の外面は、②「をかしき筋など立てたる事はなう、ただありなるやうなる」であったことをベースとして、それを③「皆人さのみ知りたる」に対し、清少納言は①「いみじう見え聞えて」いたために、④「なほ奥深き心ざまを見知りたれば」と大きく対比させている。つまり、行成の、目立つような風流ぶったことはしない外見と知識豊富な内面の才とが異なっていることを、自分は承知していると述べて、行成の外面だけしか知らず、そのままつまらぬ人物としてしか見ていない皆

人と比較することで、自分と皆人との見解の相違を対照的に際立たせ、まず行成という人物に対する清少納言側からの理解の深さを示している。

しかし、それだけでは、清少納言が定子に⑤「おしなべたらず」と言上し、定子も⑥「さ知ろしめしたる」と清少納言の判断を認めていると言うのには弱い。行成と①「いみじう見え聞えて」いるから②「ただありなるようなる」外見からわかったというだけでは、行成の本性を清少納言が了解しているという説得力に欠ける。そこで清少納言と行成の交流を示す逸話を通して、行成側からの清少納言に対する言動を記すことになる。行成が自分との会話の中で『史記』「刺客列伝」の文言⑦「女はおのれをよろこぶ者のために顔づくりす。士はおのれを知る者のために死ぬ」を引用し、これをいつも互いに「言ひ合はせ」て、また⑨「『遠江の浜柳』と言ひ交はして」いたという逸話を紹介する必要があった。つまり話を展開する構成上、行成の側も清少納言を⑧「よう知り給へり」であり、二人は⑦「言ひ合はせ」、⑨「言ひ交はし」ていたと畳み掛け、相互理解と信頼で結ばれていたことが語られなければならなかった。

一方、若い女房たちの無遠慮な人物評において、行成が⑩「そし」られ悪評だったのは、③「皆人さのみ知りたる」という外面からの判断しか受けていないことの延長線上と考えてよいだろう。これは行成が清少納言以外の女房たちに対しては、⑪「さらにこれかれに物言ひなどもせず」ばかりでなく、女性の容姿について、ずけずけと臆面も無く⑫「なほ顔いとにくげならむ人は、心憂し」とだけしか言わないことにも起因する。行成の付き合い方に差があるのである。だからただでさえ女房たちから⑩「この君こそうたて見えにくけれ。異人のやうに歌うたひ興じなどもせず、けすさまじ」と「そし」られて人気の無い行成は、その条件に合致する「頤細う、愛敬おくれたる人など」から、さらに⑬「あいなくかたきに」されるだけではすまず、定子の⑭「御前にさへぞ、悪しざまに啓」されてしまうのである。

第二部の前半部をこのように分析してみると、清少納言が行成の「なほ奥深き心ざまを見知」っていたのは、二人で『史記』の文言や「遠江の浜柳」の引用を「言ひ合はせ」「言ひ交はし」ていたからで、行成も清少納言を「よう知り給へり」であったこと、これに対し「皆人」は行成を外面からの安易な判断しかせず、「若き人々」からは興醒めな人とそしられていたこと、容貌に関する無遠慮な発言で「愛敬おくれしたる人」からは「あいなくかたき」にされていたことが記され、しかもそれぞれの逸話が対比するように、意図的に構成されていることが指摘できる。しかも定子に言上する行成評が、それぞれの逸話で語られる双方の見解に基づいて「おしなべたらず」と「あしざま」と全く対照的に記されることから、それぞれの逸話が密接なバランスを持った上で統括されていることが指摘できる。これはかなり計算された構成になっていると言えよう。

また第一部で他の女房と「語らふ」人物として登場した行成は、第二部で清少納言以外とは⑪「さらにこれかれに物言ひなどもせず」と記されることにも注目したい。これは定子に⑤「おしなべたらず」と言上することと相まって、行成にとって清少納言は、特異で貴重な存在であったことも描き出される。そしてこれが第二部後半へ続くテーマとなっていくのである。

三 『論語』引用の効用と構成―第二部後半―

第二部の後半は、行成が定子への取り次ぎ女房役を清少納言だけに固定して、全く融通の利かない逸話から、文献の本文を引き合いにしてやりとりする二人の会話へと発展する。

〈資料七〉『枕草子』第四七段　第二部後半

物など啓せさせむとても、そのはじめ言ひそめてし人をたづね、下なるをも呼びのぼせ、常に来て言ひ、里なるは、文書きても、みづからもおはして「遅く参らば『さなむ申したる』と申しに参らせよ」とのたまふ。「それ、人の候ふらむ」など言ひ譲れど、さしもうけひかずなどぞおはする。「あるに従ひ、定めず、何事ももてなしたるをこそ、よきにすめれ」と後見きこゆれど、「わがもとの心の本性《ほんじょう》」とのみのたまひて、「改まらざるものは心なり」とのたまへば、「さて『憚《はばか》りなし』とは、何を言ふにか」とあやしがれば、笑ひつつ、「仲よしなども人に言はる。かく語らふとならば、何か恥づる。見えなどもせよかし」とのたまふ。「いみじくにくげなれば、『さあらむ人をばえ思はじ』とのたまひしによりて、え見え奉らぬなり」と言へば、「げににくくもぞなる。さらば、な見えそ」とて、おのづから見つべき折も、おのれ顔ふたぎなどして見給はぬも、まごころに、そら言し給はざりけりと思ふに、

行成が「そのはじめ言ひそめてし人」である清少納言に取り次ぎをこだわる律義さは、度を越している。局に下がっていようと里下がりしていようと構わない。しかも行成の発言「遅く参らば、『さなむ申したる』と申しに参らせよ」を実行すれば、清少納言が行成の用件を人を介して定子に言上するのだから、行成が直接清少納言以外の女房に依頼しても同じ事で、清少納言の提案「それ、人の候ふらむ」は、普通の方法を示しただけでなく、結果的に行成の言い分と同じになる合理的な方法でもあったのに、それを行成は「さしもうけひかず」と頑固にも納得しない。

全く承知せぬ頑固な行成に対し、清少納言は『九条殿御遺戒』[8]の倹約を説く文言「随レ有用レ之、勿レ求二美麗一」を引き合いに出して「あるに従ひ、定めず、なにごとももてなしたるをこそ、よきにすめれ」と忠告してたしなめる。この転用は少し苦しい。行成が別に贅沢をしたわけではなく、その心構えという所まで掘り下げなければ通用しないからである。

行成はそれを「わがもとの心の本性」とだけ言って心の在り方に直接焦点を戻した上で、「改まらざるものは心なり」と返答している。萩谷朴氏のご指摘によれば、『白氏文集』巻六詠拙の「所レ稟有二巧拙一、不レ可レ改者

性」が典拠であり、これは『論語』陽貨篇第十七―三「子曰、唯上知與下愚不レ移」をふまえているという。

清少納言も負けてはいない。「改める」ことを肯定する『論語』(9)の文言を引いて応酬する。

〈資料八〉『論語』学而篇第一―八

子曰、君子不レ重則不レ威、學則不レ固、主二忠信一、無レ友二不レ如レ己者一、過則勿レ憚レ改。

行成の言う「改まらざるものは心なり」に対して、過ちはすぐに改めよという『論語』を引いて「さて『憚りなし』とは、何を言ふにか」と返している。これは「改める」ことをめぐる反論として有効であるだけではなく、それまでのやりとりをも包括しているのではないか。すなわち局や里にまで自ら訪ねて来る行成に対し、「君子は重々しくなければ威厳が無い」とその行動を諭し、「学問をすれば頑固でなくなるはずなのに」とその性格を諭してもいることになる。これでは行成も反論しようがない。

もし「君子不重則不威、學則不固」を欠いた子罕篇第九―二五を念頭にしていたとしても、「主忠信」以下は同文だから、行成が「仲よしなども人に言はる」と話題を変えてきたのは、「無レ友二不レ如レ己者一」(己れにしかざる者、友とすること無かれ)の実践として活用したからだろうという解釈は成り立つ。

行成は「仲よし」に話題を転換し、清少納言を「語らふ」相手として「見えなどもせよかし」と迫る。前半部で「さらにこれかれに物言ひなどもせず」と記された行成のこの言動は、清少納言が特別な存在であったことを印象づけるが、さらに清少納言が行成の容貌に関して述べていた文言を引き合いにして答えるところから、第二部の前半と一層つながってくる。また「さらば、な見えそ」という発言を実行してみせる行成を描いて、それを「まごころに、そら言し給はざりけり」と評価するのは、さきほど自らが引用した『論語』本文の、誠実の徳である「忠信」を「主」として、と関連しており、行成の人柄を『論語』をふまえて効果的に描き出せてもいる。

つまり、いくつかの逸話を重ね、話題が拡散しがちな章段の構成として、前の話題をふまえることで第二部の前半と後半を緊密に結び付け、『論語』の引用を軸として緊密に関連づけることで、話の展開と内容にまとまりが出てくるのである。(10)

四　第三部への展開と構成

第三部は、第二部の行成の言動「『さらば、な見えそ』とて、おのづから見つべき折も、おのれ顔ふたぎなどして見給はぬ」を、嘘は言わず実行する性格の表れとみていた清少納言が、わざわざ寝起きの顔を覗きに訪れた行成に、しっかりと顔を見られる羽目になった顚末が語られる。ただし前述したように、三巻本勘物に「長保二年三月事歟」とあり、森本元子氏が提唱された長保二年一条院今内裏での「三月つごもり方」と考証される出来事である。

当初、行成は登場せず、同僚女房の式部のおもとと小廂で日が上るまで寝ていた時、不意に一条天皇と定子が二人で訪れて、こっそりと陣から出入りする人々の様子を覗き見て興じ、帰っていく場面が記される。

〈資料九〉

三月つごもり方は、冬の直衣の着にくきにやあらむ、うへの衣がちにてぞ、殿上の宿直姿もある、つとめて、日さし出づるまで、式部のおもとと小廂に寝たるに、奥の遣戸をあけさせ給ひて、上の御前、宮の御前出でさせ給へれば、起きもあへずまどふを、いみじく笑はせ給ふ。唐衣をただ汗衫の上にうち着て、宿直物も何も埋もれながらある上におはしまして、陣より出で入る者ども御覧ず。殿上人の、つゆ知らで寄り来て物言ふなどもあるを、「けしきな見せそ」とて笑はせ給ふ。さて立たせ給ふ。「二人ながら、いざ」と仰せらるれど、「今、顔などつくろひたててこそ」とて、参らず。

当該場面で注目したいのは、この後で行成に寝起きの顔を覗き見られる伏線として、清少納言の有様が記されている点である。「起きもあへずまどふ」や「唐衣をただ汗衫の上にうち着て、宿直物も何も埋もれながらある」という自分の有り様の描写は、朝日が上るまで同僚の式部のおもとと寝ていた自分たちの控え部屋である小廂に不意に一条天皇と定子が訪れて慌てた様子として記されているが、北二対の中宮御座所もしくは北対の清涼殿に帰ろうとする一条天皇から「二人とも一緒に参上せよ」と命ぜられても、「今、顔などつくろひたててこそ」と固辞してお供しなかったことから、まだ参上する用意が整っておらず、不意に一条天皇と定子が訪れた時とほとんど変わらない有り様でいたことが読み取れる。寝起きそのままの様で、殿上人たちを一条天皇たちと小廂からこっそり気づかれないように覗き見ることに興じて、そのままの格好でいたのだろう。この直後、それを行成に覗き見られていたという話に展開する。

〈資料十〉

入らせ給ひて後も、なほめでたき事どもなど、言ひ合はせて居たるに、南の遣戸のそばの、几帳の手のさし出でたるにさはりて、簾の少しあきたるより、黒みたる物の見ゆれば、則隆が居たるなめりとて、見も入れで、なほ異事どもを言ふに、いとよく笑みたる顔の、さし出でたるも、「なほ、則隆なめり」とて、見やりたれば、あらぬ顔なり。あさましと笑ひ騒ぎて、几帳引き直し隠るれば、頭弁にぞおはしける。見え奉らじとしつるものをと、いと口惜し。もろともに居たる人は、こなたに向きたれば、顔も見えず。

立ち出でて「いみじく名残なくも見つるかな」とのたまへば、「則隆と思ひ侍りつれば、あなづりてぞかし。などかは、『見じ』とのたまふに、さつくづくとは」と言ふに、『女は寝起き顔なむいとかたき』と言へば、ある人の局に行きて、かいば見して、またも見やするとて来たりつるなり。まだ上のおはしましつる折からあるをば、知らざりける」とて、それより後は、局の簾うちかづきなどし給ふめりき。

一条天皇と定子が帰られた後も、清少納言は式部のおもとと話し合っていたが、その時誰かが南の遣戸の近くに居ることに気付いている。それを則光の弟で六位蔵人を勤めていた橘則隆と誤認したのだが、やがて則隆ではない誰かと気が付き、それが「頭弁」行成であった、とわかるに至る顚末とその対応に注目してみたい。

はじめに南の遣戸の向こう側から、几帳の手が突き出て簾を押し開けた隙間を通して「黒みたる物」が見えたと記している。室内の清少納言から見れば、几帳の手が突き出て簾を押し開けた隙間を通して「黒みたる物」が見えたと記している。室内の清少納言から見れば、南の遣戸から覗いている人物は逆光となって、直衣の色の違いなど判別できるはずもない。「則隆が居たるなめり」と間違えるのも無理はないが、その時の反応は「見も入れで、なほ異事どもを言ふ」というのだから、隠すでもなく話に熱中し、全く油断していたことになる。

次に「いとよく笑みたる顔のさし出でたる」と顔を室内に突っ込んで覗き込まれるに至っても、「なほ、則隆なめり」という思い込みのまま見やった所、ようやく「あらぬ顔なり」と気付いた。そこで簾を押し上げていた几帳を室内側に引いて、自分たちが隠れるようにしたわけだが、その時でも清少納言の反応は「あさましと笑ひ騒ぎて」という具合で、笑いながらの行動である。

ところが覗き込んでいたのが「頭弁」行成であったとわかってからは、反応が一変する。「見え奉らじとしつるものをと、いと口惜し」と大変残念がってみせ、また共にいた式部のおもとは、向いていた方向から行成には顔を見られずにすんだと記す。自分だけが見られてしまったことを強調して、残念がってみせるのである。

則隆と誤認していた時の油断と、則隆以外の人物と気付いてからの笑いながらの反応、そして行成とわかってからの対応へと続くこの一連の展開は、「いと口惜し」という感情をより効果的に盛り上げるための構成と言えよう。だからこそ、この後の行成との会話が活きてくる。

行成から「いみじく名残なくも見つるかな」と言われるに至り、てっきり則隆と思い込んで油断していた、と弁解すると同時に、「などかは、『見じ』とのたまふに、さつくづくとは」と返し、以前の行成の発言「さらば、な見えそ」を引き合いにして、その言行不一致に抗弁している。それに対して行成は、見るのが難しいとされる女性の寝起きの顔を見に、他の女性の所へ行った後、「またも見やするとて来たりつるなり」と、いわば確信犯的に清少納言を目当てに訪れ、それも一条天皇と定子が訪れていた時からずっと見ていたと明かす。行成の発言「いみじく名残なくも見つる」は誇張ではなく、そのままの様を言っていたことになる。第二部で引き合いにしていた『論語』の「過則勿憚改」は、もとから従ってはいなかった。今「主忠信」を破り、他の女性の寝顔を見に行ったと語ることで「無友不如己者」も反故にした。そして最後に、他の女房たちから「うたて見えにくけれ」（つきあいにくい）と評されていた行成と「友」から一歩進んだ関係に深まり、それ以後は「局の簾うちかづきなどし給ふ」間柄になったことを、「めり」で少しぼかし、明言を避けた形にして記して章段を終えている。

ここで第二部と第三部が緊密に関連してこよう。それはこの「見じ」という前言に対し、今現在の行成の「見つる」という行動だけではなく、第二部で語られていた「仲よし」と人からも言われ、「語らふ」間柄と自認していた行成の「見えなどもせよかし」という願望が、第三部での出来事を通じて最終的に「局の簾うちかづきなどし給ふめりき」として達成されたという、章段末尾の結末への展開も関わってこよう。つまり、清少納言と行成は、顔を隠したままの「仲よし」から、対面する仲になった、という話の流れで章段が展開するように構成されていることになる。

まとめ

第一部で、ある女房と長立ち話をする行成に対して、自分から「さし出で」て「語らふ」という表現を用いてからかい、そのやりとりを記して自分と軽妙な会話を楽しむ人物として登場させながら、第二部で、行成は外面だけから判断する女房たちから地味な人物と見られて人気がないことを示し、その一方で、自分は行成の「奥深き心ざまを見知」る良き理解者である、と対比させて、他の女房たちとは異なった交流の有り様を『史記』や『万葉集』、『九条殿御遺戒』、『白氏文集』、『論語』に見られる文言を典拠とした会話を交わした逸話によって示し、それらを相互に関連させながら、章段内における話の流れを展開させている。しかも『論語』の引用を軸とすることで構成を緊密にしている。

また第二部から第三部に至る展開は、行成の「見えなどもせよかし」という願望が最終的に達成された過程を、そのきっかけとなった寝起きの顔を見られた事件を記すことによって、「おのづから見つべき折も、おのれ顔ふたぎなどして見給はぬ」から、「またも見やするとて来たりつる」結果、「名残なくも見つる」ことになり、「局の簾うちかづきなどし給ふめりき」という変遷を、「見る」という語を中心に組み立てることによって、軽妙に語る構成にもなっている。

このように章段を詳細に分析し、話の展開を表現の関連性とそのつながりから見ていくと、章段を貫き、逸話を緊密に連関させていく表現の配置と展開のさせ方の手法を明らかにすることができる。清少納言の仕掛けとも言えるものだろう。そしてそれはすなわち、書き手清少納言の意図的な再構成によるものである、と言えよう。当該章段は行成が中心人物として登場する最初の章段であり、しかも「局の簾をうちかづきなどし給ふ」人物としてそこに至る顚末を、いくつかの逸話を有機的に関連付けて一連の話に再構成していることは、『枕草子』における行成の位置付けを考察する上で、見過ごせないのではないか。

【注】

（1）金子元臣氏著『枕草子評釈』（明治書院　昭和十七年増訂二八版）、岸上慎二氏著『清少納言伝記攷』（畝傍書房　昭和十八年）、田中重太郎氏校注の日本古典全書『枕冊子』（朝日新聞社　昭和四十五年）などによる。

（2）池田亀鑑氏著『全講枕草子』（至文堂　昭和三十一年）などによる。
（3）森本元子氏「枕草子「寝起きの顔」の段の史実年時」『古典文学論考』所収（新典社　平成元年）による。初出は『国語と国文学』（昭和三十三年一月）。
（4）阿部永氏「清少納言と藤原行成の交渉の時期について」『国語国文研究』所収（昭和三十九年二月号）による。
（5）萩谷朴氏著『枕草子解環』一（同朋舎　昭和五十六年）による。
（6）森本元子氏「日記的の章段を読む」『古典文学論考』所収（新典社　平成元年）による。初出は岸上慎二氏編『枕草子必携』（学燈社　昭和四十二年）に「日記的の章段の鑑賞」と題して収載される。
（7）第Ⅰ部第一章第二節の「『この君にこそ』という発言と『空宅』の取りなし」を参照されたい。
（8）大曾根章介氏著の日本思想大系八『古代政治社會思想』所収（岩波書店　昭和五十四年）の「九条右丞相遺戒」による。
（9）吉田賢抗氏著の新釈漢文大系一『論語』（明治書院　平成七年改訂三五版）による。
（10）第Ⅰ部第一章第一節の「『憚りなし』が指示する『論語』古注と基本軸」を参照されたい。

第五節　「芹摘みし」歌の異化作用と「めでたし」評

はじめに

『枕草子』において、一条院今内裏を舞台とする日記的章段は、五つ描かれる。その中で居所が本文中に明記されるのは、第二二八段「一条の院をば今内裏とぞいふ」と第一〇段「今内裏の東をば」、そして第二七四段「成信の中将は」である。あと二つは第七段「上に候ふ御猫は」および第四七段「職の御曹司の西面の立蔀のもとにて」の後半部「三月つごもり方は」以降で、「一条院今内裏」と明記はされないものの、本文中の手掛かりから一条院今内裏での出来事と考証される。

第二二八段と第四七段後半は、定子晩年の一時期に束の間ながらも一条天皇と中宮（皇后）定子が仲睦まじく過ごす様子が描かれ、そこでの出来事が生き生きと描かれている。とくに第二二八段は短い章段で、春の陽だまりでの一コマがさらりと描かれた内容だが、書き手清少納言がこのような章段を書き留めた意図は何なのか。

本節では、本文中で畳みかけるように用いられる「めでたし」の内容分析と引用される古歌「芹摘みし」に着目して、当該章段の構成を細かく分析する。さらにこの出来事の史実年時（長保二年）から、定子たちが置かれていた当時の政治状況を視野に入れて本文を読むと、書き手清少納言によって計算された章段構成と意図が見えてくる。とくに、江戸時代前期の『枕草子』古注釈で指摘された内容を検討しながら、当該章段の構成について考察したい。

一　「一条の院をば」章段に描かれた世界

一条院は、第二〇段「家は」において「家は　近衛の御門。二条。みかゐ。一条もよし」と見えるように、書き手清少納言も評価していた。第二二八段の全文は以下の通りである。

〈資料一〉第二二八段

一条の院をば今内裏とぞ言ふ。おはします殿は清涼殿にて、その北なる殿におはします。西東は渡殿にて、わたらせ給ひ、まうのぼらせ給ふ道にて、前は壺なれば、前栽植ゑ、籬結ひて、いとをかし。

二月二十日ばかりの、うらうらとのどかに照りたるに、渡殿の西の廂にて、上の御笛吹かせ給ふ。高遠の兵部卿、御笛の師にて物し給ふを、御笛二つして、高砂を折り返して吹かせ給ふは、なほいみじうめでたしと言ふも、世の常なり。御笛の事どもなど奏し給ふ、いとめでたし。御簾のもとに集まり出でて見奉る折は、「芹摘みし」などおぼゆる事こそなけれ。

すけただは木工の允にてぞ、蔵人にはなりたる。いみじく荒々しくうたてあれば、殿上人、女房「あらはこそ」とつけたるを、歌に作りて、「左右なしの主、尾張人の胤にぞありける」と歌ふは、尾張の兼時が娘の腹なりけり。これを御笛に吹かせ給ふを、添ひに候ひて、「なほ高く吹かせおはしませ。え聞き候はじ」と申せば、「いかが。さりとも聞き知りなむ」とて、みそかにのみ吹かせ給ふに、あなたよりわたりおはしまして、「かの者なかりけり。ただ今こそ吹かめ」と仰せられて、吹かせ給ふは、いみじうめでたし。

当該章段は、一条の院が「今内裏」と呼ばれ、そこで「清涼殿」と呼ばれる殿舎に一条天皇が、その「北なる」

殿舎に定子が起居し、渡り廊下を互いに行き来して、仲睦まじく過ごしていた状況が描かれることから始まる。壺庭には植栽を施し、周囲には柵も儲けて、「いとをかし」と評価している。

続いて「二月二十日ばかり」と日時が具体的に示され、うららかな春の日の一コマが描かれる。一条天皇とその管絃の師匠である藤原高遠が二人で「高砂」を折り返し吹いている光景を見た書き手清少納言は、「なほいみじうめでたしと言ふも、世の常なり」との賛辞を記し、また笛を教える師匠の高遠に対しても重ねて「いとめでたし」と評する。そして女房たちが集まりその光景を見ている時には、古歌「芹摘みし」など、もはや実感することはない、とも記す。

続いて、殿上人や女房たちから「あらはこそ」とあだ名をつけられていた蔵人の「すけただ」に話題が移る。尾張兼時の娘を母とする「すけただ」は粗野な性格もあって軽く見られていたらしく「左右なしの主、尾張人の胤にぞありける」とはやし立てる歌があった。一条天皇はその歌に節をつけて笛で吹いていたが、「もっと大きな音でお吹きなさい」とそそのかされても、さすがに「本人が聞き知ったら悪い」と遠慮してひっそりと小さな音でしか吹かなかった。しかしある時、清涼殿からわざわざ定子やその女房たちのいる殿舎にやってきて、「今日はその者（すけただ）がいないから、今のうちに思い切り吹こう」と言って遠慮せずに吹いた。その様を「いみじうめでたし」と評して章段が終わる。

二　当該章段の史実年時

章段冒頭部で〈場〉の「一条の院」が「今内裏」と呼ばれていることを手掛かりに、史実年時を考証することができる。

『日本紀略』長保元年（九九九）六月十四日条に「亥剋、内裏焼亡」とある。また『本朝世紀』同日条に「今夜亥剋許。従修理職内造木屋発火炎。内裏悉以焼亡。午後天皇乗腰輿。指左兵衛陣御出。経左衛門陣頭着職御曹司。幸間。左大臣乍騎馬自陽明門馳入。天皇御所馳対。下馬被奏云。職御曹司者是火末。御座有事恐歟。八省大極殿之間。可被行幸由奏了。仍返向八省行幸。暫逗留小安殿間」、翌十五日条に「天晴。依去夜内裏焼亡。無尋常政」とあって、内裏の火事とその後の様子が記されている。一条天皇は火事を避けて中宮定子と関わり深い職の御曹司に入られた、と知った左大臣道長は騎馬に跨って馳せ参じ、慌てて理由を付けて他の場所に逗留するよう奏上したので、小安殿間に暫く逗留したという記述が興味深い。

『日本紀略』同年同月十六日条に「天皇渡御一条大宮院」とあり、『本朝世紀』の同日条の記述には、「天皇従官司御一条女院。諸司供奉如常」とあるから、長保元年（九九九）六月十四日に内裏が焼失した後、翌々日の十六日に一条天皇は、母の東三条院詮子の所有する一条院に遷御したことがわかる。

藤原行成の日記『権記』によると長保二年（一〇〇〇）十月十一日条に「今日依還御内裏、被賞本院司歟」とあるから、一条院を今内裏とする当該章段は、長保元年（九九九）六月十六日から翌長保二年十月十一日までの出来事と史実年時を限定して考証できる。

本文に「おはします殿は清涼殿にて、その北なる殿におはします」とあるから、一条天皇が「清涼殿」と呼ばれた建物におられ、定子はその北の殿舎に起居していたことになる。定子が一条天皇と共に一条院今内裏にいたという状況については『権記』長保二年（一〇〇〇）二月十一日条に「中宮入御内裏」とあり、また『御堂関白記』同日条にも「又中宮参内給。神事日如何、事与毎相違」とあるから、二月十一日に定子が一条院今内裏に参内したことが確認できる。その上で『日本紀略』の同年三月二十七日条に見える「皇后宮出御散位平生昌宅」を勘案すると、当該章段に描かれた出来事の史実年時は、長保二年（一〇〇〇）の二月十一日から三月二十七日までの一ヶ月余りの期間と限定することができる。

なお、「西東は渡殿にて、わたらせ給ひ、まうのぼらせ給ふ道にて」という本文で描かれる一条天皇と定子が仲睦まじく過ごしていた状況は、『権記』の同年二月十六日条に見える「男一宮（敦康）百日、主上渡御北殿、中宮御上壺寝」からも裏付けられる。一条天皇と定子は、定子の起居する北の殿舎において対面したのである。

このような日々は、『枕草子』第四七段「職の御曹司の西面の立蔀のもとにて」の後半部「三月つごもり方は」以下にも描かれている。この章段は『論語』学而篇をめぐる共通知識（コンテクスト）を軸とし、それをふまえた行成との会話によって話が展開しており、さらに別々の時期の出来事が一つの章段として再構成されている点で興味深い。[1] この第四七段の後半部は長保二年三月下旬と考証される一条院での出来事である。清少納言の控え室である小廂に同僚女房の「式部のおもと」と朝日がさし込むまで寝ていた時、突然「上の御前」（一条天皇）と「宮の御前」（定子）が二人揃って奥の遣戸をあけて入って来られた。あわてふためく清少納言たちを笑いながら制し、北の陣から参内してくる殿上人たちの様子を気づかれぬようにこっそりと御覧になったという場面が描かれている。当該章段はそのような日々の一コマとして、長保二年（一〇〇〇）二月二十日ごろの穏やかな春の日の出来事を記しているのである。

三　「めでたし」とみる姿勢

当該章段の記述によれば、この日、一条天皇は渡殿の西廂で笛を吹いていた。笛の師匠藤原高遠は天暦三年（九四九）生まれで五十二歳。参議右衛門督斉敏の一男で実資の兄、文芸に秀でた小野宮実頼の孫である。中古三十六歌仙の一人に数えられる歌人で『太宰大弐高遠集』が伝わる。管絃にも秀で、実資の日記『小右記』の永祚元年（九八九）十月十日条の殿上の御遊びの記事に「有御遊、主上令吹御笛、上下拭涙、是可謂天之奉授、御笛師内蔵頭高遠」と見える。『禁秘抄』によれば、一条天皇は父円融天皇の指示で十一歳から高遠に師事し、笛の才も優れていたらしい。
当該章段の一条天皇は二十一歳。高遠に師事して十年を数える。師の高遠と共に「高砂」の曲を二人で吹いている様子を見た清少納言は「なほ、いみじうめでたしと言ふも世の常なり」と手放しで賛嘆し、「御笛の事どもなど奏し給ふ」高遠を「いとめでたし」と評する。そして二人が笛を演奏する様を、定子の女房たちは御簾のもとに集まり出て拝見する時、古歌「芹摘みし」を実感することは全くない、と言い切る。この論理は第八四段「めでたきもの」で才学ある博士を、貴人に近侍するという理由で挙げる姿勢と通じる。

〈資料二〉第八四段「めでたきもの」

博士の才あるは、めでたしと言ふもおろかなり。顔にくげに、いと下臈なれど、やむごとなき人の御前に近づき参り、さべき事など問はせ給ひて、御書《ふみ》の師にて候ふは、うらやましくめでたしとこそおぼゆれ。願文、表《へう》、物の序など作り出だしてほめらるるも、いとめでたし。

この「御書の師」を「管絃の師」に置き換えれば、全く同じ論法である。

四　「芹摘みし」をめぐる古注の解釈

当該章段の前半部末で「めでたし」を重ねた後に続けて記された「芹摘みし」という文言は、書き手清少納言が意図した章段構成を考える上で重要な鍵となるべきものである。そこでまず江戸時代前期の延宝二年（一六七四）に相次いで刊行された加藤磐斎『清少納言枕双紙抄』と、北村季吟『枕草子春曙抄』から当該箇所の注釈を見てみたい。ただし『清少納言枕双紙抄』と『枕草子春曙抄』の本文は共に慶安刊本の影響を強く受けており、とくに当該章段は三巻本系や能因本系と章段配列が異なる。また「一条院」を「小一条院」とするなど慶安刊本の影響が顕著である。「芹摘みし」の部分では、三巻本系には「『芹摘みし』などおぼゆる事こそなけれ」とある箇所が、能因本系と同様に「わが身に芹つみしなどおぼゆることこそなけれ」とあるなどの違いがある。

加藤磐斎『清少納言枕双紙抄』は、本文注に加えて頭注に長文の記述がある。

〈資料三〉『清少納言枕双紙抄』巻二

・（本文注）

わが身に芹つみしとは。高遠が事を云也。高遠いやしき身にて、御門の御前ちかふまいる事の辱《カタシケナキ》を彼猛福太《マフクダ》が事にたとへ云也。是迄、高遠がいみじきさまをしるせり。すけたゞ以下は又高遠がにくげなるさまを云也。すけたゞは木工のぞうにて

蔵人に成たるとは、木工の允より蔵人に轉任《テンニン》したると也。

・（頭注）

芹つみしと云事　芹つみし昔の人も我ことや心に物はかなはざりけん　顕昭云、芹つみし昔の人とは家々の髄脳にさま〳〵にいひたれど慥なる證文も見えず。尚、献芹と云本文こそさもと聞え侍れ。献芹の由ならは、さて有なん。朝きよめの事ならば、すでにおほけなきこゝろをおこすよしになりぬべし。如何。嵯峨の后事、かけまくもおそろし。又、芹を御簾の邊に置事も難㆑信歟。又小野僧正説法之条、不審也。就中行基教㆓化智光㆒事、不審也。件のまふくた丸、たとひ十余歳にて没して、没後に行基為㆓導師㆒者、其後まふくた生㆓人界㆒又受㆓智光之身㆒歟云々。

今案、木屑云、袖中抄に此芹つみし事を博く色々に沙汰して未㆓一決㆒也。證文に文選の献芹博物記の説など挙て略是に同心せられし也。亦綺語抄、無名抄等の朝きよめの者芹つみし和国の昔物語をおほけなきおそろしなどいひて不㆓信用㆒。又奥義抄の猛福太丸か芹つみつゝ姫君を恋にしたりしも、時節相違の義をいひ立て不㆓信仰㆒。

かれといひ是といひ、和国の昔の物語の義は、みな浮説のやうに成もてゆく。只、唐の献芹の義のみ、證拠に成べきやうに見ゆるこそ、うたてあれ。抑、和歌の本意は、唐の故事のみにかぎらず。和国のむかし語も、折ふしごとによむならひぞかし。況や本朝のいにしへより、中古風土記にのせ給ふ比迄、口づから語傳ふる所のかやうの説、繁多なるぞや。されば口傳の義、参差區々なればとて、浮怪のうたがひをおもふべからず。いにし事の口説を後に書傳ふるは皆如レ此。異説《イセツ》ありて後日に見る人、怪異浮虚の疑ある物ぞかし。すべて今本文の芹つみのこと、いづれのゆへと人とはゞ、只遠く、唐迄なくとも、大和の国のむかし物語にまかせて尺《(ママ)》し侍らんは、親しからん歟。只、書つらねし古抄の詞に纂縛《ケバク》せられずとも、古人奥旨にて、義理を味はふべき事肝要也。今いふ事も、詞は心をつくさねば、略して今案を書しるす也。

現在の解釈と最も大きな相違点は、「我が身に」を「清少納言ら女房たちにとって」ではなく、「高遠にとって」とみる点である。

頭注では「芹つみし昔の人も我ごとや心に物はかなはざりけん」を示し、その記載内容は顕昭が『袖中抄』で説く要点をまとめて示している。『袖中抄』では『文選』や『和歌童蒙抄』、『奥義抄』を引用して検証し、「私云、献芹は憔の古本文也。其心も相叶二此古歌一歟。掃除唱事は、無二憔説一歟」とし、「献芹のよしならばさて有なん」と説いて以下「まぶくだ丸」の説話を示す。この部分を『清少納言枕双紙抄』は引用しているのである。加藤磐斎の説は「今案」以下に相当するが、引用してきた顕昭の説を検討し、「かれといひ是といひ」以下の部分で、解釈に唐の「献芹」のみを偏重する危険性を説いている。

これに対して、北村季吟『枕草子春曙抄』は『和歌童蒙抄』と『文選』を示すのみである。

〈資料四〉『枕草子春曙抄』巻二（頭注）

心に物のかなはぬなどやうの愁へなしとの心也。『童蒙抄』云、せりつみし昔の人もわがごとや心に物はかなはざりけむ。文選の山巨源にあたふる絶交の嵇叔夜が書注云、芹をほめて甘しとて、其里の長に奉るに、里の長にがしとて笑。しかもこれをうらみき云々。されば此歌の心は、我心によしと思ひていふ事を用られぬをうらみてよめるなるべし。

と注釈する。「心に物のかなはぬなどやうの愁へなしとの心也」と解釈し、平安後期の歌学書である藤原範兼の『和歌童蒙抄』に見える逸話を紹介している。

『清少納言枕双紙抄』と『枕草子春曙抄』が共に示す「芹つみし」の和歌説話は、院政期の歌学書『俊頼髄脳』に見える。

〈資料五〉『俊頼髄脳』

芹つみしむかしの人も我ごとや心に物はかなはざりけむ

これは、文書に献芹と申す本文なりとぞ、疑へども、おぼつかなし。ただ物語に人の申すは、九重のうちに、朝ぎよめする者の庭はきたてる折に、にはかに風の御簾を吹き上げたりけるに、后の、物めしけるに、芹と見ゆる物をめしけるを見て、人知れず、物思ひになりて、いかで今一度、見奉らむと思ひけれど、すべきやうもなかりければ、めしし芹を思ひ出でて、芹を摘みて、御簾の、風にふきあげられたりし御簾のあたりに、置きけり。年を経れども、させるしるしもなかりければ、つひに病になりて、失せなむとしけるほどに、めにもあきらめで死なむがいぶせさに、「この病は、さるべきにてつきたる病にあらず。しかじかありし事によりて、物思ひになりて、失せぬるなり。我をいとほしと思はば、芹を摘みて功徳につくれ」と息の下に言ひて、失せ果てにけり。その後、言ひ置きし如くに芹を摘みて、仏にまゐらせ僧に食はせなどぞしける。それが娘の、その宮の女官になりて侍りけるが、この物語をしけるを、聞こし召して、あはれがらせ給ひて、「我こそ、芹をば食ひて、さる者には見えたりしやうにはおぼゆれ」とのたまひて、その女官を常に召して、あはれにさせ給ひける。その后、嵯峨の后とぞ申しける。さもやおぼしけむ、常に陣なにのとに《(ママ)》、いで給ひける。一度はくだ物とおぼしく長櫃に入りてぞ出で給ひける。持ち奉りける下司どもや、心得たりけむ、心をあはせて、さかさまに奉りたりければ、顔に血たまりて、堪へ難くおぼして、外歩き、それよりぞ懲りて留まりにけると、物語に人のしけるとかや。

この本文から、内裏で朝掃除する官人が、偶然に芹を食べていた后（嵯峨の后）を見て恋慕し、芹を摘んでは御簾あたりに置いていたが、その甲斐もなく遂に焦がれ死にしたという故事が伝わる。

近代以降の注釈書によれば、関根正直氏が『枕草子集註』において浜臣の説を紹介し、「俊頼口傳にいへる故事也。昔よりいひ傳へけむ、献芹の本文、こゝにかなはず」を採用し、「さて清少のいへる詞は、昔の芹つみて、物思ひせしやうなる事もなく、よろづ満足せぬこともなしとなり」と注釈されている。金子元臣氏も『枕草子評釈』において「狭衣(2)にもこの語出でたり。文選の献芹の故事は、物々しけれど違ふべし」とし、「心に物のかなはぬ事を芹摘むと、当時常にいひ習ひしが如し」と注釈される。唐の故事ではなく「芹つみし」の和歌をふまえたとるこれら先学(3)の説は首肯されよう。

以上の検討から、「芹摘みし」という古歌の引用表現は下句「心に物はかなはざりけむ」こそが真意で、願いが叶わぬ不遇不如意を嘆く、ということになる。清少納言ら定子の女房たちは、中関白道隆の死後にそのような辛い状況に置かれた時期がたびたびあり、それらと対照的なめでたい日々こそ、当該章段に描かれたこの一コマであった。「芹摘みし、などおぼゆる事こそなけれ」と、係り結びを用いて強調されている点に注目したい。

五　中関白家の政治的状況と定子の動向

中関白家の不遇は、長徳元年（九九五）からはじまる。定子の父道隆が四月十日に病没後、粟田関白道兼のいわゆる「七日関白」を経て、道長が政権を掌握すると、中関白家は権勢斜陽となった。定子の身辺では異母兄道頼が死没、翌年には同母兄弟の伊周・隆家の左遷、里邸二条宮の焼失や母貴子の死など次々と不幸が見舞う。かつての栄華はすっかり過去の物となり、定子は「鬼が住む」(4)とまで言われた職の御曹司を居所とし、また出産準備のために三条にある平生昌邸に出御(5)せざるをえず、一条天皇とも逢えぬ日々が続いた。

さらに、唯一の拠り所とも言える中宮という地位さえ次第に圧迫されていく。長保元年十一月一日には道長が長女彰子を入内させ、定子が一条天皇の第一皇子敦康親王を出産した十一月七日の同日に、彰子を女御とした。定子に付き従った清少納言ら女房たちも、古歌「芹摘みし」に象徴される「心に物はかなはざりけむ」といった状況に長く置かれていたのである。

長保二年二月十一日になって、十八日に近づいた敦康親王百日御儀のため定子とその女房たちはようやく一条院今内裏へ参内する。『権記』によればその前日に彰子は父道長のいる源奉職邸に退出しているから、当該章段の時期は定子が第一皇女脩子内親王と第一皇子敦康親王の二人の子を伴い、久しぶりに一条天皇と水入らずで過ごした明るい日々となった。中関白家の血を引く第一皇子の誕生で、清少納言ら女房たちにも、長かった不遇の時代をくぐり抜け、一筋の光明が見えた気がしたのだろうか。

しかしこの期待は裏切られる。『日本紀略』によれば、この後まもなく二十五日に女御彰子が立后して中宮となる。皇后にまつりあげられた定子は、三月二十七日再び平生昌邸に出御(6)する。その後八月に一度参内の後、十二月十五日に第二皇女媄子内親王を出産した翌日、二十四歳で他界(7)した。

当該章段の後半部は「木工の允」で蔵人「すけただ」の話題をめぐり話が展開する。「すけただ」は藤原輔尹と為済の両説(8)があり、確定の決め手に欠ける。石田穣二氏や増田繁夫氏など通説では「輔尹」とされるが、萩谷朴氏は『御堂関白記』寛弘元年(一〇〇四)正月十日条に見える「雑色木工助為済」をもって「為済」とされる。『権記』は内裏火事の翌月長保元年（九九九）七月十一日条に「今日有造宮定」とあり、「興木工・修理職大少工等令勘申也」と割注のあることなどから、萩谷氏も説かれた様に、新造内裏建設中ゆえ木工寮出身者が蔵人として天皇の傍らに勤めていたのだろう。

この「すけただ」なる人物は言動に遠慮がなかったため疎んじられ、「あらはこそ」とあだ名を付けられた上に、母が尾張兼時の娘だったことから「左右なしの主、尾張人の胤にぞありける」と歌われていた。年若い一条天皇も笛で吹きたいのだが、清少納言が傍らで「もっと高くお吹きなさいませ。わかりはしませんから」とそそのかしても「本人が気付くといけない」と言って密かな音でしか吹かなかった。ところがある時清涼殿から定子のいる北の対にやって来る。「吹かせ給ふは、いみじうめでたし」と記される当該章段末尾は、能因本系本文では「吹かせたまふ、いみじうをかし」とあるから慎重に扱う必要があるが、「ここに彼はいないから、今こそ吹こう」と言って笛を吹き、それをプラスの評価でとらえていることは動かない。ではなぜここで、プラスの評価がなされているのだろうか。

まとめ

定子が楽器と共に語られる章段は多い。第九〇段「上の御局の御簾の前にて」は、弘徽殿の上の御局の前での演奏会の後、戸が開いていたため琵琶を立てて顔を隠していた定子の上品な様が描かれ、さらに白楽天「琵琶行」の一節「別れは知りたりや」とつぶやいたことを絶賛する著名な章段である。

楽器を持って定子のもとに渡る一条天皇の姿は、第八九段「無名といふ琵琶の御琴を」でも「上の持て渡らせ給へるに」と描かれるが、続いて父道隆の没後、定子とその妹で東宮妃の淑景舎と弟隆円の三人が、父の遺品の笙の笛をめぐる話になる。その中で一条天皇所持の名笛「いなかへじ」の名を懸詞にした会話がなされ、その後に琴や笛など御物の名器が記されていることに注目したい。この第八九段は道隆の死後、中関白家の権勢が傾いていく中での一コマであり、その意味で古歌「芹摘みし」と重なり合う時期でもあった。ここで楽器が語られる理由は、笛という楽器が一条天皇と定子とを結ぶ「表象」として機能する効果を狙ったからではあるまいか。

そうであるならば第二七三段「日うららとある昼つ方」も新しい解釈ができる。本文に「夜中ばかりに御笛の声の聞えたる、またいとめでたし」とあり、夜に一条天皇が吹いた笛の音を聞き「めでたし」と賞賛するその前に「大殿籠りおはしましてにや」とあるのは、定子と共にある一条天皇の姿を印象づけているのではないか。

第二二八段において、若い一条天皇は得意の笛で流行歌を吹きたかったが、蔵人「すけただ」の心情に配慮して自制し、清少納言らにそそのかされても、高く吹こうとはしなかった。「かの者なかりけり」という発言は、一条天皇が本人に絶対に聞かれない状況を確認して吹いたことを印象づける。つまり末尾の「めでたし」評は、相手に一定の心遣いをされる一条天皇を賛辞するものになろう。この文脈でそう考えると、この「めでたし」評は単に賞賛だけではなく、長くつらい「芹摘みし」の時期を経て一条天皇と共にある春がようやくめぐってきた定子と自分たち女房に対して、蔵人「すけただ」にかけた様な優しいお心遣いを今後も宜しくお願いします、という思いを込めたものと読み解くことができよう。章段末尾の「めでたし」評は、それを導き出すためのプラス評価ではないだろうか。

また当該章段の前半部で、師の高遠と笛を唱和する一条天皇の姿を御簾から見た清少納言は、重ねて「めでたし」と表現し、古歌「芹摘みし」で象徴される「心に物はかなはざりけむ」という不遇の時期をようやくくぐり抜けたと実感している。ここでは天皇と共にいる高遠を対象として「めでたし」と評しているが、楽器を手にする一条天皇と共にあるという図式において、中関白家の栄華の時期における定子の姿と重なり合う。それが再び実現可能になったのが、当該章段に描き出される一条院今内裏での日々であった。そして今、一条天皇はかつての日々と同様に、定子の前で笛を奏でているのである。
後期章段では、定子自身があまり登場しない。その中で当該章段は、楽器と古歌引用によって「めでたし」の対象が高遠からずらされ、定子に向けて異化されていく。書き手の清少納言によって計算された章段構成の一方法と指摘できるのではないか。

【注】

（1）第I部第一節の「「憚りなし」が指示する『論語』古注と基本軸」を参照されたい。
（2）『狭衣物語』に見られる「芹つみし」の表現についての論考は、当該説話が物語にどのような効果を狙って摂り込まれているかを論じた点で、斎木泰孝氏著『物語文学の方法と注釈』の第三節「狭衣物語下紐と里村紹巴の源氏物語紹巴抄―芹摘みの説話について―」（和泉書院　平成八年）が注目される。初出は「狭衣物語『下紐』の注をめぐって―もう一つの《芹摘み説話》―」『平安文学研究』第七四輯所収（昭和六十年十二月）。
（3）枕草子研究会編『枕草子大事典』（勉誠出版　平成十三年）の当該章段解説において、赤間恵都子氏がこの解釈をとられている。
（4）『枕草子』第七四段「職の御曹司におはしますころ、木立などの」において、「母屋は鬼ありとて、南へ隔て出だして、南の廂に御帳立てて、又廂に女房は候ふ」とある。
（5）『日本紀略』長保元年八月九日条に「中宮自職曹司、移御前但馬守平生昌宅」とある。
（6）『日本紀略』同日条に「皇后宮出御散位平生昌宅」とある。
（7）『権記』長保二年十二月十六日条に「皇后諱、定子、前関白正二位藤原朝臣長女、母高階氏、正暦元年春入内、為女御、冬立為皇后、年十四、（中略）、立十四年崩、年廿四」とある。『日本紀略』には「十六日、己未、皇后崩

給〈年二十五、在位十一年〉」とある。『栄花物語』巻七「とりべ野」の定子崩御記事の勘物は「定子皇后依御産事崩給事、生媄子内〃〃、年廿五。」とする。享年に二説あるが、『権記』に従い二十四歳とした。

（8） 増田繁夫氏は和泉古典叢書1『枕草子』の当該章段頭注で「藤原輔尹か」とされる。また萩谷朴氏は「輔尹」説を取り消し、新潮日本古典集成『枕草子』及び『枕草子解環』四（同朋舎　昭和五十八年）の当該章段注釈で「為済」説を述べられた。松尾聰氏・永井和子氏校注訳の新編日本古典文学全集『枕草子』（小学館　平成九年）は「輔尹か」とされる。枕草子研究会編『枕草子大事典』（勉誠出版　平成十三年）で赤間恵都子氏は「輔尹」が「長保二年に既に蔵人でない点で不審が残る」と指摘される。

第二章　表現の展開を活かす章段構成の論理

第一節　「鳥のそら音」章段における表現の重層性と論理

はじめに

『枕草子』第一三〇段「頭弁の職に参り給ひて物語などし給ひしに」は、清少納言と藤原行成の交流を描いた章段の一つで、後に『後拾遺和歌集』や『百人一首』にも撰入された清少納言の和歌「夜をこめて鳥のそら音にはかるとも世に逢坂の関は許さじ」(1)を含む贈答歌を中心に話が展開することでよく知られた章段である。

職の御曹司を訪れた頭弁行成は、明日が一条天皇の御物忌に当たるため、丑の刻になる前に辞して参内する。翌朝内裏から蔵人所の紙屋紙に「昨夜は名残惜しかった。本当は昔物語をしながら夜を明かしたかったのに、鶏の声に催促されて立ち去ってしまった」とこまごま書き付けた手紙を寄越してきた。当該章段はこれを始めとする行成からの手紙三通と、清少納言の返事二通が交互に記され、その後に再び対面した二人の会話が記される展開になっている(2)。

前半部に記される手紙の贈答は順に**行成①**・**清少納言①**・**行成②**・**清少納言②**・**行成③**という構成になっている。**清少納言②**の手紙に記された和歌「夜をこめて鳥のそら音にはかるとも世に逢坂の関は許さじ」に対し、**行成③**の手紙にその返歌「逢坂は人越えやすき関なれば鳥鳴かぬにもあけて待つとか」が記されていたが、清少納言は返しをしなかった。この部分は三巻本系と能因本系の本文間に大きな異同が見られ、とくに能因本系本文では、清少納言の対応を定子が笑いながら批評する（「いとわろし」と笑はせ給ふ）こともあって、本文解釈の問題が検討されてきた章段でもあった。(3)

本節で考察したい問題は、後半部の清少納言と行成との会話である。この会話も順に**行成Ⅰ・清少納言Ⅰ・行成Ⅱ・清少納言Ⅱ・行成Ⅲ**という構成になっている。行成は「その文は、殿上人みな見てしは」**（行成Ⅰ）**と話し、清少納言の手紙を殿上人たちがみな見てしまった、と言ったのに対して、清少納言は「見苦しきこと散るがわびしければ、御文はいみじう隠して、人につゆ見せ侍らず」**（清少納言Ⅰ）**と答えた。**行成**③の手紙を「見苦しきこと」とし、それは隠して人には全く見せていない、と言ったのである。これを聞いた行成は、清少納言の対応を「かく物を思ひ知りて言ふが、なほ人には似ずおぼゆる」**（行成Ⅱ）**と評価し、笑って褒め称える。この発言を受けて清少納言は「喜びをこそ聞えめ」**（清少納言Ⅱ）**と礼を言い、行成はさらに「今よりもさを頼み聞えむ」**（行成Ⅲ）**と答えて、二人の信頼がより強固となる確認をして会話が終えられる。続いてそれを証明する後日談として源経房の話から、行成が清少納言をたいそう褒めていたことを知り、それを書き留めたという展開になっているのである。

この二人の手紙と会話は、その展開が対比しているだけではなく、個々の発言の表現や内容にも対となる構成になっているという特徴が認められる。清少納言の言う「見苦しきこと」とは何を指しているのか。行成の言う「かく物を思ひ知りて言ふ」とは清少納言のどのような様を評価したものなのか。その賞賛に対して清少納言はなぜ改めて「喜び」を言うのか。結果としてなぜ行成は清少納言への信頼を一層深めたのか。一連の手紙と会話の展開の様相を明らかにしながら、表現の重層性について考えてみたい。

一　手紙の対比と論理

まずは前半部に記された二人の手紙の贈答について、表現に注目しながら内容とその展開を分析してみたい。行成が紙屋紙に書いて寄越した最初の手紙には、

「今日は残り多かる心地なむする。夜を通して昔物語も聞え明さむとせしを、鶏《にはとり》の声にもよほされてなむ」**(行成①)**

とあった。これに対して「いみじう言《こと》多く書き給へる、いとめでたし」と記しているから、他の事柄も合わせて多くの内容が細かに書き記されていて、それを書き手の清少納言は「いとめでたし（すばらしい）」と評価していたことがわかる。この評価が手紙の内容に対するものか、あるいは能書家行成の見事な筆跡に対するものかははっきり区別されていないが、ここでは他の内容についても記されていたのに、当該章段の話の展開に合わせて「夜明けまで話をしていたかったが、鶏の声に急き立てられて帰ったので心残りが多い」という点に絞り込んで書いていることに注目したい。

清少納言は、後朝の文を匂わせる手紙として焦点を絞った上で、

「いと夜深く侍りける鳥の声は、孟嘗君《まうさうくん》のにや」**(清少納言①)**

と返事を送る。日付の変わる寅の刻（午前三時）になる前に、用事があると言って帰ったのだから、夜明けまでには十分すぎる時間があった。そんな夜半に鳴く鳥の声というのは本当の鶏ではありえない。『史記』孟嘗君列伝(4)に見える函谷関を通過するため関守をだました鶏の鳴き真似の声でしょうか、と切り返した。書き手によって漢籍のコンテクストをふまえた応酬に焦点を当てた展開に再構成され、職の御曹司から退出した行成が孟嘗君に擬され、退出の口実とした「鶏の声」は、関を開かせるための鳴き真似の声だったことになる。(5)

ただしこの論理で行くと、清少納言は騙されて時間外に門を開けた愚かな関守という役回りになってしまう。立ち返り行成から、

「『孟嘗君の鶏《にはとり》は、函谷関を開きて三千の客わづかに去れり』とあれども、これは逢坂の関なり」（行成②）

と記した手紙が届く。清少納言が「鶏《にはとり》の声」から『史記』孟嘗君伝の函谷関の逸話を持ち出したことを確認した上で、「これは逢坂の関なり」と返している。この対応を漢詩文のコンテクストから和歌のコンテクストへの転換と見る解釈もあるが、(6)むしろ行成は自分がレトリックとして用いた「鶏《にはとり》の声」が主眼となっていく展開を感じ取って、本来伝えたかったはずの立ち去り難かった自分の気持ち（「夜を通して昔物語も聞え明さむとせしを」）に話を戻した上で、さらに進めて「逢坂の関」を持ち出したのではあるまいか。しかもそこから早く離れたい「函谷関」と、いつまでも逢っていたい「逢坂の関」とを対比させることで、清少納言は「鶏の声」に騙され関門を開いてしまう愚かな関守の役から、いつまでも語り合っていたい相手に転換されるのである。

それを支えているコンテクストとして、『古今和歌集』巻八離別部所収の第三九〇番歌に見える紀貫之の和歌「かつ越えて別れも行くか逢坂は人頼めなる名にこそありけれ」は注目されよう。関を越えてこれから別れ行くのに「逢坂」とは期待を持たせるだけの名ばかりであることよ、と嘆く和歌で、しかも後半部に記される行成の発言「今よりもさを頼み聞えむ」とも繋がってくるからである。

だが「逢坂の関」を越えることとは、男女が一線を越えて逢瀬を持つ喩えでもあった。そのあからさまな誘いを回避するため、清少納言は『後撰和歌集』巻九恋一部所収の第五一七番歌に見える三統公忠の和歌「思ひやる心は常に通へども逢坂の関越えずもあるかな」をふまえる手もあったが、「鶏の声」を含まないこの和歌ではなく、自ら持ち出した「函谷関」の関守と行成が持ち出した「逢坂の関」の関守を対比させた和歌を詠んで応酬する。

「夜をこめて鳥のそら音にはかるとも世に逢坂の関は許さじ、心かしこき関守侍り」（清少納言②）

和漢古典籍の素材を対比させて上下句を構成[7]した和歌の即詠もさることながら、さらに言い添えた「心かしこき関守侍り」の文言に注目したい。夜半に鳥（鶏《にわとり》）の虚音《そらね》にだまされ関門を明けて通した函谷関の愚かな関守と、そんなものにはだまされず関を開かない「心かしこき関守」を対峙させて「逢坂の関は開かない」と応じ[8]ているのである。最初の手紙**（行成①）**で「鶏の声」を持ち出して関を通る口実とした行成を孟嘗君になぞらえ、その知謀にもだまされませんよ、と切り返していることを示唆する加藤磐斎『清少納言枕双紙抄』の指摘[9]は、改めて見直されるべきであろう。

こう返されると、後朝めいた手紙からは外れてくる。行成は「心かしこき関守侍り」に対し、「また立ち返り」返歌をしてきた。

「逢坂は人越えやすき関なれば鶏《とり》鳴かぬにもあけて待つとか」**（行成③）**

「心かしこき（逢坂の）関守」を自認して「鶏の声」などに騙されずに関を開かないと応じてきた清少納言に対して、行成は「逢坂の関」を「人越えやすき関」として反論し、「心かしこき関守」どころか、鳥（鶏《にわとり》）が鳴かなくてもはじめから関を開いて待っているらしいね、と言って来た。

北村季吟は『枕草子春曙抄』で「清少に詞しりをとられていひやらんかたになさに。まげていひなしたる哥也」と指摘し、清少納言にやりこめられた行成が苦し紛れに言ってやった歌だとする。さらに「すでに逢語らふ中なればむづかしき。関とがめにとりあはぬ中なるべし」と続くが、これは同じく行成との交流を記した第四七段「職の御曹司の西面の立蔀のもとにて」の末尾に見える「それより後は、局の簾うちかづきなどし給ふめりき」を考え合わせた解釈であろう。加藤磐斎は『清少納言枕双紙抄』で「鶏が鳴ぬ間は通さぬ関さへ有に、相坂の関は、鶏鳴ぬ内も通り侍るなれば、尤《イト》心やすき事ぞとなり」と注釈する。行成は、自分が当初持ち出して清少納言が主眼に据えた「鶏《にはとり》の声にもよほされてなむ」**（行成①）**というモチーフを、裏返した形で対比させていると見ることができよう。

この返歌（**行成③**）は、冗談とはいえ、やはり失礼な言いようであることは動かない。この点をおさえた上で、この後の展開を検討してみたい。

二　手紙の行方

この後、行成からの手紙を中関白家の「僧都の君（隆円）」と「御前（定子）」が所望し入手していったことと、**行成③**の手紙に対して返事をしなかったことが記されている。

はじめのは、僧都の君いみじう額をさへつきて取り給ひてき。後々のは、御前に。さて逢坂の歌は、へされて、返しもえせずなりにき。いとわろし。

この部分は能因本系本文では「はじめのは、僧都の君の額をさへつきて取り給ひてき。後々のは、御前は『さて逢坂の歌はよみへされて、返事もせずなりにたる、いとわろし』と笑はせ給ふ」とあり、本文に大きな異同が認められる。能因本系の本文を用いた注釈の『枕草子春曙抄』と『清少納言枕双紙抄』は、定子が「さて逢坂の歌はよみへされて返りごともせずなりたる、いとわろし」とお笑いになったとする。「のちのちのは」を**行成②**と**行成③**の二通の手紙ととることは『清少納言枕双紙抄』、金子元臣氏の『枕草子評釈』、松尾聰氏・永井和子氏校注訳の日本古典文学全集（旧全集）『枕草子』においても変わらない。能因本系の本文ではそうなってこよう。

一方、三巻本系の本文では、このあとに続く後半部の行成の発言「さてその文は殿上人みな見てしは、とのたまへば」と、どうつなげて解釈するかによって会話の部分が変わってくる。石田穣二氏訳注『新版　枕草子』では、行成の発言を前の部分からと見て「逢坂の歌は、へされて返しもせずなりにき。いとわろし。さて、その文は殿上人みな見てしは」とする。(10)行成は清少納言に「自分が詠み送った逢坂の歌（**行成③**）に圧倒されて、君は返事もせずになってしまった。それはよくないことだ。それはそうと、君からの手紙は殿上人たちがみな見てしまったよ」と話したことになる。

これについては萩谷朴氏が詳細に整理し考察された結果、武藤元信氏が『枕草紙通釋』(11)ではじめて唱えた**行成**①を隆円が、**行成**②を定子が所持したとする説を支持してさらに進め、**行成**③は「返り事もできなかったし、もちろん誰にも見せなかったのである」と解釈する説を論じられた。首肯されるべき論証であり、従いたい。同様に「いとわろし」までが地の文で、行成との会話は「その文は殿上人みな見てしは」から始まる、と見る立場(12)で考察を進めたい。そのように解釈する理由は、後半部で行成に「見苦しきこと散るがわびしければ、御文はいみじう隠して、人につゆ見せ侍らず」と語る清少納言の発言と、章段構成が密接に関わると思われるからである。

三　行成との会話と展開

後半部は、行成と清少納言の会話**（行成Ⅰ・清少納言Ⅰ・行成Ⅱ・清少納言Ⅱ・行成Ⅲ）**と、後日談として源経房との会話の二つの部分から構成されている。まず行成との会話の部分を提示する。

さて、（行成Ⅰ）「その文《ふみ》は、殿上人みな見てしは」とのたまへば、（清少納言Ⅰ）「まことにおぼしけりと、これにこそ知られぬれ。めでたき事など人の言ひ伝へぬは、甲斐なきわざぞかし。また、見苦しき事散るがわびしければ、御文はいみじう隠して、人につゆ見せ侍らず。御心ざしのほどを比ぶるに、等しくこそは」と言へば、（行成Ⅱ）「かく物を思ひ知りて言ふが、なほ人には似ずおぼゆる。『思ひ隈《ぐま》なく、悪しうしたり』など、例の女のやうにや言はむとこそ思ひつれ」など言ひて笑ひ給ふ。（清少納言Ⅱ）「こはなどて。喜びをこそ聞えめ」など言ふ。（行成Ⅲ）「まろが文を隠し給ひける、またなほ、あはれにうれしき事なりかし。いかに心憂くつらからまし。今よりもさを頼み聞えむ」などのたまひて後に、行成が「清少納言からの手紙は、殿上人がみな見てしまったよ」（**行成Ⅰ**）と話したことに対する清少納言の発言を分析してみたい。

「まことにおぼしけりと、これにこそ知られぬれ。めでたき事など人の言ひ伝へぬは、甲斐なきわざぞかし。また、見苦しき事散るがわびしければ、御文はいみじう隠して、人につゆ見せ侍らず。御心ざしのほどを比ぶるに、等しくこそは」と言へば、（**清少納言Ⅰ**）

この発言が、対を巧みに用いた構成となっている点に注目したい。まず「まことにおぼしけりと」で始め、「御心ざしのほどを比ぶるに、等しくこそは」と結ぶことで、行成が自分の言動を理解してくれている点を重ねて強調し、その間に「めでたきこと」と「見苦しきこと」を対比した構成になっている。また、それらが指す内容は前半部で示された各々の手紙とも関連し、各々の場合でのあるべき対応を実践したとして清少納言が語っていると見られる。しかもそれは筆跡よりも内容に関する要素が主となっている。

この点から前半部で贈答した手紙を考察すると、**行成**①は文字数の多い長文の手紙で、清少納言自身が「いとめでたし」と評価するものであった。また**行成**②は『史記』の孟嘗君列伝を持ち出して、漢詩文の「函谷関」と和歌の「逢坂の関」を対として用いるというしゃれた趣向の手紙でもあり、ともに「めでたき事」と認められる内容であるから、清少納言の判断基準に照らし合わせると、この二通は「人の言ひ伝へぬは、甲斐なきわざ」に相当する。

この論理で考えると、実際に行成からの手紙は明言した判断基準によって対応され、**行成**①＝僧都の君（隆円）に、**行成**②＝御前（定子）に、**行成**③は「いみじう隠して、人に見せ侍らず」としたことになり、行成に対して嘘言《そらごと》や嘘偽りを言ったことにはならない。隠したと言いながらも実際は中関白家の人々に見せて譲り渡している、という解釈や批判は、清少納言の判断基準から検討すると当を得ていない。「めでたき事」とは**清少納言**①・②

の手紙だけではなく、**行成**①・②の手紙も指示しているものと見られる。以上の考察結果をまとめると、

・「めでたき事」＝**清少納言**①②＋**行成**①②＝人の言ひ伝ふ＝甲斐あり

・「見苦しき事」＝**行成**③＝散るがわびし＝隠して人に見せず

という図式で示すことができ、個々の表現も対を構成している。

ここでの「見苦しき事」は、清少納言にとっての「見苦しき事」と、行成にとっての「見苦しき事」の二つの意味が認められよう。すなわち「人越え易き関」の関守に喩えられた清少納言にとっての「見苦しき事」であり、また失礼な歌を不躾に送りつけてきた行成にとっての「見苦しき事」である。どちらにとっても「散るがわびし」に相当するから、「いみじう隠して、人につゆ見せ侍らじ」と対応するのが最も良かった。つまり「見苦しき事散るがわびしければ」には、和歌における懸詞のように、表面上の意味とその裏面での意味が並行して重層的に語られているのではあるまいか。

なお能因本系本文には、やや異同が認められ「見苦しければ御文はいみじく隠して、人につゆ見せ侍らぬ」となっているが、「めでたき事」と対の構成になっている点に全く変わりはない。

清少納言Ⅰの発言の内容は、**行成**Ⅰの発言によって知った、自分の手紙（**清少納言**①・②）が殿上人たちに公開されたことに対するコメントでありながら、行成からの手紙（**行成**①・②・③）に対するそれぞれの判断基準との対応を示したもので、しかも行成から届いた三通の手紙の中に「見苦しき事」と判断されたもの（**行成**③）があったことを伝えるもの(13)であった。

したがって**清少納言**Ⅰの発言は『枕草子』の本文として書き記す際、三通の手紙に対してそれぞれどのように対応したのか推測できる様に、図式で対の構成を示すことが可能なほど緻密に計算した上で再構成されたものであり、そこに書き手の意図が認められると言えよう。

この点を確認した上で、これを受けた**行成Ⅱ**の発言についても対の構成という視点から細かく分析してみたい。

「かく、物を思ひ知りて言ふが、なほ人には似ずおぼゆる。『思ひ隈なく、悪しうしたり』など、例の女のやうにや言はむとこそ思ひつれ」など言ひて笑ひ給ふ。**（行成Ⅱ）**

ここでは**清少納言Ⅰ**の発言を受けて「かく、ものを思ひ知りて言ふ」と述べ、「このようによく分別をつけてものを言う」と確認した上で「なほ人には似ずおぼゆる」と高く評価している。「かく、ものを思ひ知りて言ふ」とは、清少納言が「めでたき事」と「見苦しき事」をきちんと判断して対応したことを指すと見られる。この「人には似ず」の「人」とは「普通の女房たち」のことで、行成は清少納言を「やはり普通の女房たちとは違う」と高く評価している。その上で『思ひ隈なく、悪しうしたり』など、例の女のやうにや言はむとこそ思ひつれ」と続けることで、普通の女房なら「深い考えもなしに、ひどいことをなさった」と怒りの発言をぶつけてくる所だと想定し、それとは異なる清少納言の言動と比較することで個別化を認め、清少納言をさらに評価する構成になっている。

このように分析すると、「『思ひ隈なく、悪しうしたり』など、例の女のやうにや言はむ」が指す内容にも二つの意味が認められるのではないか。すなわち、清少納言の手紙を殿上人たちにみな見せてしまった行成の無遠慮さに対し怒りをぶつけることと、「見苦しき事」と判断される手紙**（行成③）**を清少納言に送りつけてきた行成の不躾な様を面と向かって難詰することである。「例の女」とは、第四七段「職の御曹司の西面の立蔀のもとにて」に記されている若い女房たちの言動が思い合わされる。「ただ言ひに、見苦しき事どもなど、つくろはず」言う女房たちは、行成を「この君こそ、うたて見えにくけれ」「けすさまじ」などあからさまに非難し、定子にも「あいなくかたきにして、御前にさへぞ悪しざまに啓する」有様であった。

つまり**行成③**の無遠慮な歌に怒りを露わにして、あちこちで悪口を言うのが普通の女房であるのに対し、清少納言は直接に指摘することはなく、和歌の懸詞の様に表現の裏面から伝える。そういった「かく物を思ひ知りて言ふ」点が行成から高く評価されているのである。金子元臣氏は『枕草子評釈』で「空とぼけた」とされるが、対の構成に着目して読み解くと従えない解釈である。

行成はこの時点で、**清少納言Ⅱ**の発言内容が**行成③**の手紙に対する清少納言の気遣いとたしなめであることを理解し、清少納言の判断で「見苦しき事散るがわびし」の対象として、人目から隠されたことを読み取ったのではないか。この展開を感じ取った清少納言は、

「こはなどて。喜びをこそ聞えめ」（**清少納言Ⅱ**）

と言う。意図するところを理解し、評価までしてくれた行成に対し、感謝と御礼を申し上げたことになろう。表面の意味では、自信作を公開してくれたことに対しての「喜び」であり、それと並行する意味では、**行成③**の歌が行成自身にとっても「見苦しき事」をやんわり伝えたことに行成が気づき、そういう風にたしなめた清少納言の配慮を高く評価してくれたことに対する「喜び」である。つまり、**清少納言Ⅱ**の発言における「喜び」という表現も、二つの面での意味を有することになる。

この「喜び」を受けて、行成は一層清少納言への信頼を深める。

「まろが文を隠し給ひける、また、なほあはれにうれしき事なりかし。いかに心憂くつらからまし。今よりもさを頼み聞えむ」（**行成Ⅲ**）

この発言も、対の構成となっている点に注目したい。行成は、自分が送った返歌（**行成③**）を隠して人に見せなかった清少納言の配慮に対して「また、なほあはれにうれしき事なりかし」と感謝する。続けてあれが人目にふれていたら「いかに心憂くつらからまし」であったか、と反対の状況を想定し、対を構成することで清少納言の配慮への感謝を際立たせている。その上で「今よりもさを頼み聞えむ」と言う。行成が清少納言に対してより

一層の信頼を寄せるに至る経緯を示す文脈で書かれている。

以上見てきたように、行成と清少納言の会話には、対となる構成が随所に見られ、それによって表現が二つの面での意味を形成し、その重層性が次の展開に関連し、それらが効果的に機能していると読み解くことができる。この一連の会話は、逆の表現をした応酬ではなく、そのままに受け取ってよいものであり、なおかつ、並行するもう一つの意味を読み取るべきものではないか。

四　「いとわろし」の対象

ところで、**行成Ⅲ**の発言「まろが文を隠し給ひける、また、なほあはれにうれしき事なりかし。いかに心憂くつらからまし」は、「ものを思ひ知りて」（**行成Ⅱ**）それぞれの手紙を判断し、**行成③**の和歌を隠した清少納言の対応に対する感謝を具体的に述べたものであることは動かない。しかしそれは前半部で清少納言に送った**行成③**の和歌の内容が「いとわろし」であったことを、自ら認めているからこその発言であることを確認しておかなければならない。

清少納言は、自分を「人越えやすき関」の関守と見立て失礼な返歌（**行成③**）を送りつけてきた行成に対し、「見苦しき事散るがわびしければ、御文はいみじう隠して、人につゆ見せ侍らず」（**清少納言Ⅰ**）と教え諭している。この「見苦しき事」が、清少納言にとってのものと行成にとってのものと両面あることは既に確認した。

ここで改めて注目したい表現が、前半部の末尾に「へされて返しもえせずなりにき、いとわろし」とある所の「いとわろし」である。この「いとわろし」についても後半部の「見苦しき事散るがわびし」（**清少納言Ⅰ**）や「思ひ隈なく、悪しうしたり」（**行成Ⅱ**）と同様に、二つの面が読み取れるのではないか。ここで「いとわろし」が指示する内容とは、清少納言にとっては**行成③**「逢坂は」の歌の露骨な表現に圧倒されて返歌できなかった自身の反省を指す。そして行成にとっては「見苦しき事」と同様に清少納言②「夜をこめて」の歌に対して行き過ぎて失礼な内容の歌を不躾に送り付けてきた言動に対するマイナス評価と見る。そして「いとわろし」が両者にとっての「いとわろし」であるなら、この部分は行成の発言ではありえず、地の文とならざるを得ない。

以上、当該章段における「いとわろし」、「見苦しき事」、「思ひ限なく、悪しうしたり」、「喜び」が、章段構成の展開から検討すると、表の意味だけではなく文脈上それと並行する裏の意味も含んでいる重層性について考察した。この分析と解釈がけっして深読みではないことを示す切り札として、章段末尾の源経房との会話部分から「をかし」と「うれしき事二つ」について注目してみたい。

五　後日談としての源経房の発言

当該章段の最後に、源経房が清少納言のもとを訪れて、行成がたいそう褒めていたと伝えたことが、行成Ⅲに続いて記されている。

> 経房の中将おはして、「頭弁はいみじうほめ給ふとは知りたりや。一日の文に、ありし事など語り給ふ。思ふ人の、人にほめらるるは、いみじううれしき」など、まめまめしうのたまふもをかし。「うれしき事二つにて。かのほめ給ふなるに、また、思ふ人の中《うち》に侍りけるをなむ」と言へば、「それ珍しう、今の事のやうにも喜び給ふかな」などのたまふ。

これは後日談に相当する部分で、源経房の口から、行成は清少納言の手紙を「めでたき事」として人に披露し、しかも自分への対応を評価していたことが伝えられる。経房は清少納言を「思ふ人」と表現し、「思ふ人の、人にほめらるるは、いみじううれしき」と真面目に語るのを「をかし」とする。これも経房の真面目な報告ぶりに対する「をかし」と並行して、行成が自分に語ったことの有言実行ぶりを確認して感じた「をかし」との二つの意味がある。

また、経房の発言に答えて清少納言が「うれしき事二つにて」と言うのは、行成が自分を褒めていたことと、経房が自分を「思ふ人」として認識してくれたことの二つを「うれしき事」と表現しているからである。つまりここでの「うれしき事」とは、並行する二つの対象に対しての表現であることを本文中で明示している。

これは当該章段の構成を読み解く「指標」で、当該章段の表現にはこのように二つの対象に向けて並行して用いたものがあることを示しているのではないか。もっとも、経房は自分に対する「うれしき事」にしか反応していないけれども。

まとめ

当該章段の話の展開と表現を、対の構成に着目して分析すると、行成と清少納言とのコミュニケーションは、冗談交じりの軽快なやりとりとして書かれながらも、構成は緻密に計算され、前半部の手紙では**行成①・清少納言①・行成②・清少納言②・行成③**、後半部の会話では**行成Ⅰ・清少納言Ⅰ・行成Ⅱ・清少納言Ⅱ・行成Ⅲ**、という具合に、構成が同じとなっていることが確認できる。

さらに、一つの表現に二つの意味が込められている箇所が確認できた。「いとわろし」、「見苦しき事」、「思ひ限なく、悪しうしたり」、「喜び」、「をかし」について、対を構成する表現とその展開から考察すると、あたかも和歌における懸詞の様に、表面上の意味とその裏面での意味が対になるように並行して語られていた。

そして一つの表現に二つの面をこめて文脈を構成していることが、後日談として章段末尾におかれた経房との会話「うれしき事二つにて。かのほめ給ふなるに、また、思ふ人の中に侍りけるをなむ」で示される。「うれしき事」が二つあると記されることによって、当該章段のやりとりにおける表現の重層性が読み手に対し「指標」

として示されているのではあるまいか。
以上の考察から、『枕草子』の書き手は本文におけるそれぞれの表現を相互に対応させ、その重層性によって文脈上関連を持つよう緻密に当該章段を構成している有り様を確認したい。

【注】

（1）三巻本系と能因本系との本文異同については、根来司氏編著『新校本　枕草子』（笠間書院　平成三年）本文篇の第一三一段による。三巻本第一類本系本文の多くは「鳥のそらねに」とあることが杉山重行氏編『三巻本枕草子本文集成』（笠間書院　平成十一年）により確認できる。この歌は『後拾遺和歌集』巻十六雑二部の第九三九番歌にも「鳥のそらねに」として撰集されるが、三巻本第二類本系や能因本系本文及び『百人一首』は、「鳥のそらねは」とするものが多い。

（2）金子元臣氏が『枕草子評釈』（明治書院　昭和十七年増訂二八版）当該章段の「評」において「この文、前後の二節に、劃然と分割される。発端から『後々のは御前に』までが前節、その以後が後節である」と指摘され、「前節は書簡の贈答」「後節は口頭の応酬」と明記される。

（3）この問題点については、江戸時代の加藤磐斎『清少納言枕双紙抄』、北村季吟『枕草子春曙抄』以来、金子元臣氏著『枕草子評釈』（明治書院　昭和十七年増訂二八版）、田中重太郎氏著『枕冊子全註釈』三（角川書店　昭和五十三年）、萩谷朴氏著『枕草子解環』三（同朋舎　昭和五十七年）及び『枕草子解釈の諸問題』（新典社　平成三年）にて検討が重ねられている。

（4）『史記』巻七五「孟嘗君列伝第十五」に「孟嘗君至関。関法鶏鳴而出客。孟嘗君恐追至。客之居下坐者、有能為

鶏鳴。而鶏尽鳴。遂発伝出。出如食頃。秦追果至関。已後孟嘗君出。乃還」とある。『和漢朗詠集』巻下「暁」四一二にも「佳人尽飾晨粧　魏宮動鐘　遊子猶行於残月　函谷鶏鳴」とふまえられ、一条朝当時に広く知られていたと見られる。

（5）松尾聰氏、永井和子氏校注・訳の新編日本古典文学全集『枕草子』（小学館　平成九年）頭注に「『孟嘗君のにや』は、定めしにせの鶏でしょう、早く帰った申しわけに、鳴きもしない鶏を鳴いたと言ったのでしょうの意」とある。この解釈に従う。

（6）『枕草子大事典』（勉誠出版　平成十三年）当該章段の解説による。

（7）この点については、すでに北村季吟が『枕草子春曙抄』で「函谷の関と相坂のとをやすらかに一首によみ出ける事上手のしわざ也」と指摘する。

（8）『文徳天皇実録』天安元年（八五八）四月庚寅二十三日条に「唯相坂是古昔之旧関也。時属聖運、不閉門鍵、出入無禁、年代久矣。而今國守正五位下紀朝臣今守上請加二處関。而更始置之也」とあるから、長らく出入り自由となっていた逢坂関は、近江守紀今守の上請で改めて関を設置したことになる。『文徳天皇実録』本文は　新訂増補国史大系（吉川弘文館）による。『後拾遺和歌集』巻十二恋二所収の第六七六番歌に藤原道信朝臣の「題知らす」詠として「たまさかにゆきあふ坂の関守は夜を通さぬぞわびしかりける」とある。道信は、正暦五年（九九四）没で一条朝初期の和歌の上手と言われた歌人。懸詞ながら「逢坂の関守」が通してくれぬわびしさを詠んでいるから、和歌の世界では当時必ずしも通行が自由だったわけではなかった。また藤本宗利氏は「『枕草子』の宮廷文学的性格—『とりのそら音』をめぐって—」（『枕草子研究』所収　風間書房　平成十四年）において、この手紙のやりとりを擬似恋文性の視点から検討した上で「和歌ならぬ漢籍の非恋文的性格で応じたのである」とされる。

（9）『清少納言枕双紙抄』は、「かしこき世ノ人なれば、假令《タトヒ》孟嘗君ほどの智謀《チバウ》有共、中〱ゆるすまじきぞと也」とする。

（10）石田穣二氏訳注『新版　枕草子』（角川ソフィア文庫）の章段本文による。

（11）武藤元信氏著『枕草紙通釋』（有朋堂書店　明治四十四年）は三巻本系本文の十三行古活字本を底本とし、『枕草子春曙抄』と比較しながら検討している。そのため当該章段の注釈では「さてあふさかの歌は、よみへされて、かへしもせずなりにたる、いとわろし。さてその文は殿上人みな見てしは」を定子の発言とした上で、「後々のは『まうさうくんのにはとりは云々』の文なり。これを人に見せしとき、『あふさかは』の歌もそへたるにや」とする。**行成**③の歌も一緒に見せたかとするが、萩谷説は**行成**③は見せずに隠したとする。

（12）萩谷朴氏著『枕草子解環』三（同朋舎　昭和五十七年）、増田繁夫氏校注の和泉古典叢書1『枕草子』（昭和六十二年）の当該章段（第一三〇段）や、松尾聰氏、永井和子氏校注・訳の新編日本古典文学全集『枕草子』（小学館　平成九年）による。

（13）君子として取るべき態度を諭すため、表面上はやんわりとした表現を用いながらも、その裏でぴしゃりと示した例として、第四七段「職の御曹司の西廂の立蔀のもとにて」があげられる。「改まらざるものは心なり」と頑固に言い張る行成に、「さて、憚りなし、とは、何を言ふにか」と話し、『論語』学而篇第一―八の「過則勿憚改」とその古注に基づく解釈をコンテクストに用いて諭す。これについては本書第Ⅰ部第一章第一節「『憚りなし』が指示する『論語』古注と基本軸」を参照されたい。

（14）増田繁夫氏は和泉古典叢書1『枕草子』（昭和六十二年）の当該章段の頭注で、**清少納言**Ⅰ・Ⅱの発言をいずれも「反語的にいっている」とされるが、萩谷朴氏は『枕草子解環』三の語釈で「和歌でも服装でも有心な点を他人に見てもらい、世間の評判となってこそ甲斐がある清少納言の自己顕示性」とされる。第一三一段「五月ばかり、月もなういと暗きに」の章段末尾には、定子は自分に仕える女房を殿上人がほめたと聞くととても喜ぶとある。この歌は後の評価を待つまでもなく、即興で和漢古典籍の素材を対比させながら一首を作り上げている点で、清少納言に求められた「めでたき事」であると見なされよう。

第二節　「なかなるをとめ」の表現意図と「ずれ」の様相

はじめに

『枕草子』第八二段「さてその左衛門の陣などに行きて後」は、里居している清少納言に定子が文を遣わし、清少納言がその返事に『宇津保物語』所収の和歌の一句「なかなるをとめ」という表現を用いたところ、再び定子から「仲忠が面《おもて》伏せなること」との批判を受け、さらに出仕を強くせかされたため、その語気の強さに清少納言はあわてて参上したという話が記されている章段である。

〈資料一〉『枕草子』第八二段

さてその左衛門の陣などに行きて後《のち》、里に出でてしばしあるほどに、「とく参りね」などある仰せ言《ごと》の端に、「左衛門の陣へ行きし後《うしろ》なむ常に思しめし出でらるる。いかでかさつれなくうち古りてありしならむ。いみじうめでたからむとこそ思ひたりしか」など仰せられたる御返しに、かしこまりのよし申して、私《わたくし》には「いかでかはめでたしと思ひ侍らざらむ。御前《おまへ》にも『なかなるをとめ』とは御覧じおはしましけむとなむ、思ひ給へし」と、聞えさせたれば、立ちかへり「いみじく思へるなる仲忠が面伏《おもてぶ》せなる事は、いかで啓したるぞ。ただ今宵のうちに、よろづの事を捨てて参れ。さらずはいみじうにくませ給はむ」となむ、仰せ言あれば、「よろしからむにてだにゆゆし。まいて『いみじう』とある文字には、命も身もさながら捨ててなむ」とて、参りにき。

この章段冒頭の「さてその左衛門の陣などに行きて後」は、これよりも八章段前の第七四段「職の御曹司におはしますころ、木立などの」を受けたものと従来から考察されている。(1) 両章段の関わり合いについては首肯する立場をとりたい。従って定子の最初の手紙に記された「左衛門の陣へ行きし後《うしろ》なむ常に」思い出しているという文脈は、第七四段の職の御曹司にいる清少納言たちが、霧のたちこめる庭におりて歩き回るだけではあきたらなくなってさらに左衛門の陣まで足をのばした時の清少納言の後姿をいつも思い出していると読むことになる。

当該章段において、清少納言が話題として持ち出した「なかなるをとめ」の表現に対し、定子が「仲忠が面伏《おもてぶ》せなる事」と反論していることと、さらに続けて「今宵のうちに、よろづの事を捨てて参れ。さらずはいみじうにくませ給はむ」と厳しい言葉を伝える展開との相互の関連に注目したい。定子がこのような厳しい言葉で清少納言に今宵中の出仕を求めたのは「仲忠が面伏せなる事」との批評に続いてのことであるから、清少納言の「なかなるをとめ」の発言に対する定子の反応によると認められる。それを聞いた清少納言はあわてて参上することになるのだが、「いみじうにくませ給はむ」という定子の言葉に対し、「命も身もさながら捨ててなむ」とあわてて参上する清少納言の行動には、切端詰まった様相が感じられよう。これは「なかなるをとめ」という表現をめぐり、清少納言が言おうとした内容と、定子の受け取ったものとの間に「ずれ」が生じているからではないか。

本節では清少納言がふまえたと見られる『宇津保物語』の和歌を中心に、その表現を用いた清少納言の意図と、それに対する定子の受け取り方について、両者の対応をもとに実証的に考察し、「なかなるをとめ」という表現をめぐる両者の「ずれ」という視点から、当該章段の構成を考えてみたい。

一　『宇津保物語』における当該歌

清少納言の返事に見られる「なかなるをとめ」とは、『宇津保物語』の和歌の第四句「中なる乙女」を引いてきたものであるとする注釈は、江戸時代延宝二年刊の跋文を有する北村季吟『枕草子春曙抄』と加藤磐斎『清少納言枕双紙抄』[2]などの江戸時代前期の注釈書にはまだ示されていないが、関根正直氏が『枕草子集註』[3]で「濱臣も美隆も心付きていへるが如し」と記しているように、江戸時代後期になって清水濱臣補注本や岩崎美隆『枕草子私記』[4]から見られるようになり、現代の注釈もこれを受け継いでいる。

しかしながら、「なかなるをとめ」が何を言わんとするための表現かについての解釈は、今日にいたるまで諸説入り乱れている状況である。そこでまず、清少納言が引用したとされる『宇津保物語』[5]の和歌について考えてみたい。

〈資料二〉『宇津保物語』「吹上・下」

かかるほどに、涼・仲忠、御琴の音等し。右大将のぬし、持たせたまへるなん風を、帝に「これなむ仲忠が見たまへぬ琴にはべるなり。仕うまつらせむ」と奏したまふ。賜はりて何心なくかき鳴らすに、天地ゆすりて響く。帝よりはじめたてまつりて、大きにおどろきたまふ。仲忠、今は限り、この琴まさに仕うまつり静まりなむや。ねたくくちをしきに、同じくは天地おどろくばかり仕うまつらむ、と思ひぬ。涼、弥行《いやゆき》が琴、なん風に劣らぬあり。このすさの琴を院の帝に参らす。帝同じ声に調べて賜ふ。仲忠、かの七人の一つてふ山の師の手、涼は弥行が琴を、少しねたう仕うまつるに、雲の上より響き、地の下よりとよみ、風雲動きて、月星騒ぐ。礫《つぶて》のやうなる氷《ひ》降り、雷《いかづち》鳴り閃《ひらめ》く。雪衾《ふすま》のごと凝りて、降るすなはち消えぬ。仲忠、七人の人の調べたる大曲残さず弾く。涼、弥行が大曲の音出づる限り仕うまつる。時に天人、下りて舞ふ。仲忠、琴に合はせて弾く。

朝ぼらけほのかに見れば飽かぬかな中なる乙女しばしとめなむ

帰りて、今一かへり舞ひて上りぬ。

帝御覧ずるに、はかりなくすべき方思されず。すなはち仲忠に正四位の位賜ひて、左近中将になされぬ。涼に同じ位、同じ中将になされぬ。涼源氏なり、琴仕うまつらずとも、この官位賜はるべし。その代はりに、祖父種松に五位賜はりて、紀伊守になされぬ。

この箇所をふまえたとする『枕草子』諸注を比較すると、次の二点において説が異なる。

①天人が降りてきたのは涼の琴の音によるものか、それとも仲忠と涼両人の琴の音によるものか。

②「朝ぼらけほのかに見れば飽かぬかな中なる乙女しばしとめなむ」の歌は仲忠・涼のいずれが詠んだものか。

あらかじめこの二点について、検討しておきたい。

岩崎美隆は『枕草子私記』において、「仲忠すずしにおふせて、ことをひかせさせたまふに、月星さわぎ、氷ふり、雷ひらめき雪ふりなどして仙人くだりて、まふ事あり。其時、仲忠きんにあはせて、ひきける歌の詞なり」としているから、初期の注釈では、二人の琴の力によるもので、仲忠の歌であるとしていることがわかる。だが大正期以降の金子元臣氏による『枕草子評釈』(6)では、涼一人の力によるもので、しかも「朝ぼらけ」の歌を源涼の詠歌としている。

金子氏は「中なるをとめ」の注釈において、『宇津保物語』諸本に「仲忠琴にあはせて弾く」とある本文について「仲忠は、涼の誤写なり。古註は出典に及ばず。新註は空穂の誤写に心付かで『中なるをとめ』を清少自身の事として、全文を曲解したり。共に非なり」としている。多少強引な解釈と思われるが、金子氏は第七九段「返る年の二月二十余日」における仲忠と涼の優劣論の評に現在の解釈とは異なり、「宮は一體仲忠贔負で清少が仲忠の面伏になることをいつたとてお咎めなされたほどだが、こゝではわざと非難をして、当座の興をお添へになつたのであらう。（中略）清少はまた、極端な仲忠贔負で」と記されており、その立場から当該章段の「いみじく思へるなる仲忠が」の注釈で「ここより『いみじくにくませ給はむ』までは、使者の中宮の御詞を伝えたる也。非常に平生贔負に思はるゝ仲忠がと也。『いみじく思ふ』は中宮の思ひ給ふなり。諸註、清少が思ふやうに解けるは非なり」と説かれた。したがって「面伏せなる事」の注釈では「仲忠の競争者たる涼が、琴を弾きて天人が下りて舞ふ如き奇特を現したる時の『中なるをとめ』の歌を何故に啓したるぞ。この歌を啓するは仲忠の面伏即ち恥辱に当るなり、と中宮の清少を責め給へる也」と説かれるのである。

また池田亀鑑氏は『全講枕草子』(7)において、「宇津保物語吹上の下の巻に見える源涼の歌」と注釈され、「面伏せなる事」については「『なかなるをとめ』は、仲忠の競争者である涼が琴をひいて天人を天降らせた時の歌なので、これを引用することは、ひいて仲忠の不面目になるという意」とされている。

仲忠と涼の優劣論は『枕草子』第七九段「返る年の二月廿余日」において定子のまわりで論じられ、その時「仲忠が童生ひのあやしさ」を切に難じた定子に対して、清少納言は仲忠弁護にまわり「何か。琴なども、天人の降《お》るばかり弾き出で、いと悪き人なり。御門の御むすめやは得たる」と反論している。これと合わせて解釈されるべきことではあるが、どうやらこの発言から「涼一人の琴の力」とする解釈が生じるらしい。また、当該章段においては、どうやら歌の内容の吟味からではなく、「仲忠が面伏せなる事」との関連で、仲忠が涼より劣っている場面を清少納言が持ち出したと解釈することにより、「朝ぼらけ」の歌を涼の優位を示した歌として見ていったために、涼の歌となったり、涼一人の琴の力量に天女が天より下ったという解釈になったりするらしい。

しかし『宇津保物語』の当該箇所を素直に読むと、石田穣二氏が角川ソフィア文庫『新版　枕草子』(8)脚注において「仲忠、涼両人の演奏に、天に異象を現じ、天人が降りて舞った。現存伝本では特に涼の演奏によってとは読めない」と指摘され、補注に「『朝ぼらけ』の歌は、『宇津保』の現存伝本によるに、仲忠の歌としか読めない」と説かれた如く、天人は仲忠と涼両人の琴の力で下ったものであり、「あさぼらけ」の歌は仲忠の歌であるとみるのがよいと思われる。

この解釈を強く主張されたのが萩谷朴氏である。萩谷氏は『枕草子解環』[9]二において、「『宇津保物語』の本文を『枕草子』の従来の解釈に牽制されることなく虚心担懐によめば、仲忠と涼とが次々に演奏したが為に、二人の音楽の力によって、天変地異が起こり、遂には天人が降って舞い、御門も感動して、両人に同位同官を与えて、その功験を賞されたものであることが理解出来よう。ただ『宇津保』の作者が仲忠を涼よりも重んじるが故に、仲忠・涼の順に叙述しているので、天人降下の事実の直前に涼の名が置かれたに過ぎないのである」とされ、さらに「対照法解釈」を示された上で「つまり天変地異が生じたのも、天人が天降って舞ったのも、仲忠と涼とが、交々秘曲の限りを尽くして弾奏した結果であって、しかも最終的には仲忠の弾き語りの和歌に感応して、天人は今一かえり舞ったのである。決して、天人は、涼の弾奏にだけ感応して天降ったのではないから、御門も、両人に、同じく四位中将の官位を賜わったのである」とされた。正に首肯されるべき見解と思われる。本節においても、仲忠と涼両人の琴の力によって天人が下りて舞い、仲忠が「あさぼらけ」の歌を詠んだことによって天人が今一度舞ったものと解釈し、考察を進める。

二　「なかなるをとめ」をめぐる解釈

では、『宇津保物語』の当該歌と当該箇所をこのように解釈することから、清少納言が持ち出した「なかなるをとめ」という表現は、どのような内容を伝えようとしたものと解釈できるのだろうか。古注から見ていきたい。

岩崎美隆は『枕草子私記』において、『宇津保物語』の当該箇所を抄出してながら、次のように述べている。

〈資料三〉『枕草子私記』

此中なるをとめとは、うつほ物語吹上上に帝神泉にて、もみぢの賀せさせたまふ時、仲忠すずしにおふせて、ことをひかせさせたまふに、月星さわぎ、氷ふり、雷ひらめき雪ふりなどして仙人くだりて、まふ事あり。其時、仲忠きんにあはせて、ひきける歌の詞なり。其歌「あさぼらけほのかにみればあかぬ哉中なるをとめしばしとめなん」とあり。さて此次に、仙人今ひとかへりまひて、のぼりぬるよしあり。（中略）なり《（マヽ）》忠がおもてぶせとは、吹上巻の趣、さいふべき由はなきやうなれど、こは、仲忠が仙人をとゞめかねて、なかなるをとめしばしとめなんと、あかずおもへる事を、仲忠がおもてぶせなる事と、いひなしたまへるなるべし。（後略）

岩崎美隆の解釈によれば、帝の命で仲忠と涼の両人が琴を弾くと天変が起こり仙人が天より降りてきて舞った。その時仲忠が「あさぼらけ」の歌を詠み、そのため仙人が今一度舞ってから天に上っていったことになる。また「仲忠が面伏せ」については、仲忠が天から降りて舞った仙人をそのままとどめることができないので「なかなるをとめしばしとめなん」と物足りなく思ったからだとする。当該歌に照らし合わせてみると、上句の「あかぬかな」と下句の「なかなるをとめしばしとめなん」が導き出されて解釈していることになる。

関根正直氏は昭和六年に『枕草子集註』において、『宇津保物語』の歌を示した岩崎美隆の注釈を参照しつつ「中なるをとめ」の注を記しているが、「あさぼらけ」の歌を涼の詠んだ和歌とし、しかもその和歌の第五句を「いかでとめなむ」という本文異同のある形で示し、しかも「中なるをとめ」は「飽かぬ」の「隠語」と見て、「いかでとめなむ」といふ意ではない、と強く主張されている。

〈資料四〉関根正直氏『枕草子集註』

中なるをとめ　是れは宇津保物語吹上に、源涼の「朝ぼらけほのかに見ればあかぬ哉なかなる少女いかでとめなむ」とうたひし詞によりてかける由、濱臣も美隆も心付きていへるが如し。此のあたり大體の意は、后宮よりの御文に「曾て左衛門の陣に行きし朝ぼらけの事を思へば、今も清女のいたく愛づべき事と思ふに、何とて之を嫌ひて参らぬならむ」と仰せ下されたれば、御返事を御許なる女房に申し遣はすには「其の時の事を思へば、いかで愛でたしと思ひ侍らざらむ。宮の御前にも、何はありとも、飽かぬかな（中なるをとめ）とは思し召すらむと存じ奉る」と申し上げたりとなり。諸註誤解して、初學の人惑ひぬべければ、くど〳〵しくも釋き試みつ。中なるをとめとは「飽かぬ」といふ隠語につかひたるなり。いかでとめなむといふ意にいへるにはあらず。混ふべからず。

関根氏は、清少納言の「中なるをとめ」の解釈として『宇津保物語』の歌を参照することには賛成であるが、この歌は仲忠ではなく涼の歌であるとし、しかも清少納言は当該歌の上句の「あかぬ哉」を導き出すために「中なるをとめ」の語を用いているのであって、下句「いかでとめなむ」という意ではないから混同するな、としている。「あかぬ哉」との関係を強く主張されたのである。

涼の歌とするのはともかく、この後「あかぬ哉」と関連付けて、清少納言が自らの姿を天女のようなすばらしいものと自讃した、と解釈するものが殆どとなる。

田中重太郎氏は『枕冊子全注釈』(10)二において、当該歌を「仲忠が詠んだ歌である」としつつも関根氏の説を引用し、「ここでは、『なかなるをとめ』の句を出すことによって、『朝ぼらけほのかに見れば飽かぬかな』の句を示そうとしたのである」とされる。石田穣二氏は角川ソフィア文庫『新版　枕草子』の当該章段補注において「仲忠が面伏せなる事」について論及された箇所で、「実際にはパッとしたものでなかった自分（清少納言）の姿を仲忠の歌を引いて「なかなるをとめ」などと言ったからである。機智に溢れたやりとりである」とされる。萩谷朴氏は『枕草子解環』二において、問題点（四）として「仲たゞがおもてぶせなる言」を取り上げられ、石田氏の解釈と一致することを示しつつ、次のように述べられている。

〈資料五〉萩谷朴氏『枕草子解環』二

『宇津保物語』の本文を正しく解釈して、仲忠・涼両人の妙技によって天人が天降ったものであることを認めるならば、仲忠の歌は自画自讃の歌となって、決して、涼の下風に立つことを自ら認めたものでないことが知られよう。むしろ中宮は、清少納言が、朝霧の中を左衛門の陣の方へ散歩した自分の後ろ姿を仲忠のいう「中なる少女」と中宮はご覧になったに違いないなどと、とんでもない自惚れたことを言って寄越したものだから、「お前のようなお婆ちゃん『中なる少女』だなんていったのでは、仲忠の歌も琴の霊験もすっかりぶちこわしだ。とんだ贔負のひき倒しで仲忠が迷惑するだろう。どうしてそんな馬鹿なことをいうのだ」と、手厳しくやりこめられたものと解さねばならない。

石田氏、萩谷氏の解釈は、ともに当該歌を仲忠の歌と認めてのもので、「なかなるをとめ」の発言は、先日の自分の姿を天人にたとえたこと自体を指すとされるものである。増田繁夫氏も和泉古典叢書1『枕草子』(11)の頭注で「なかなる少女」について「私のことを見飽きないすばらしい少女の姿だと」とされ、さらに補注において、当該歌を「仲忠の歌である」とした上で、「仲忠が面伏せなる事」については、「中宮が『うち古りて』とあるように御覧になっていた清少納言の姿を、仲忠がそんな女の姿をすばらしい少女と見ていたことになり、仲忠の審美眼が疑われることになるからである」と述べられている。

一方、関根氏の「諸註誤解して、初學の人惑ひぬべければ」という文言に圧倒されたのか、その後「なかなるをとめ」の解釈として「しばしとめなむ」を持ち出す注釈書はほとんど現れなかった。その中で管見に入る限りでは、塩田良平氏が『枕草子評釈』(12)当該章段の［鑑賞］において「有明けのことを『宇津保物語』の吹上巻の朝ぼらけにかけて、宇津保の歌の『中なる乙女』を引きとめたいお心で、あの朝ぼらけをお惜しみになったでございましょう、と御傳言したわけである」とされたものと、山脇毅氏が『枕草子本文整理札記』[13]において「しばしとめなん」の復権を提唱されたものがある。

〈資料六〉山脇毅氏『枕草子本文整理札記』一〇九

「中なるをとめ」は、中宮も、私が里へ退出するのを、引き留めたいとは思し召したらうと思つたの意ではないか。即ち宇津保の歌は「飽かぬ」にかけるのではなく、「しばしとめなむ」にかけたと見るべきではないか。

なお山脇氏は続けて『宇津保物語』の当該箇所を示し、本文を素直に読まれて仲忠の歌と認めた上で、「仲忠が琴にあはせてこの歌を歌ふと、天人は又之に感じて、初にかへつて、今一かえり舞つてから昇天したと解せられる」とされ、さらに「仲忠が面伏せ」について「天人は二人の琴に感じて下つて舞つたのであり、この歌は、下つて舞つた天人を讃美した仲忠の歌ではないか」「『朝ぼらけ』の歌が涼の作であることが、どこで分るのか、又この歌は朝ぼらけをほめた歌であらうか。『朝ぼらけ』は『ほのかに』の序ではないか」と述べられた。

このように「なかなるをとめ」の表現が指し示す内容について、諸説入り乱れている状況である。この解決を図るには、『枕草子』当該章段における定子と清少納言のやりとりの展開の中で、「なかなるをとめ」という表現の持つ意味の広がりを、二人がどのような意味でとらえていたのかについて、細かく規定していく必要がある。そこで、当該章段の話の展開に即して見ていくことによって考察を進めたい。

三　清少納言の意図

そもそも清少納言の「なかなるをとめ」という表現は、中宮定子が里居中の清少納言に私信として「先日の左衛門の陣まで出歩いていったあなたの後姿が常に思い出される。どうしてあんなに古くさい格好で行ったのか。

自分ではたいそうよい格好だと思っていたのか」と問い掛けたことに対する清少納言の返答の中で用いられたものである。

清少納言たちが明け方に左衛門の陣まで出歩いた時の服装について第七四段では全く記されていないため、実際にはどのように見える格好だったのかは不明である。当該章段において定子は「とく参りね」という主用件をまず伝えた後に、常に思い出すこととして、先日の清少納言の後姿を「つれなくうち古りてありし」と批評し、続けて「いみじうめでたからむとこそ思ひたりしか」と言う。「めでたからむと」に推量の助動詞「む」が用いられ、「思ひたりしか」に敬語がないことから、動作主は清少納言であり、定子が清少納言の心中を推測したものとみる萩谷氏の説は首肯されよう。萩谷氏は「後から、見送った中宮の目には、年寄りじみて見えた清少納言本人は、霧にまぎれてゆく幻想的で浪漫的な気分に浸って、すっかりすばらしい後姿と見えることだろうと自惚れていたに違いないと、からかわれたのである」と述べられている。中宮定子は清少納言を「からかわれた」とする解釈に注目したい。定子は清少納言に対して「早く出仕するように」と求めながら、不在の清少納言を思い出すものとして、敢えて先日の早朝に左衛門の陣まで出歩いた清少納言の古ぼけた後姿をあげて批評しているのである。里居中の清少納言を、定子は決してなだめすかして出仕を促しているわけではない。

これに対する清少納言の返事が定子の文の内容とどのように対応しているか押さえてみたい。主用件の「とく参りね」に対しては、「かしこまりのよし申して」とあるだけである。定子からのわざわざの手紙に恐縮して、お詫びを申し上げたらしいことはわかるが、それは礼儀としてのものでしかなく、具体的に定子の意向にそって即出仕するかどうかにまでは直接言及するに至っていない。一方で「いみじうめでたからむとこそ思ひたりしか」に対しては具体的な言及をしている。即ち「いかでかはめでたしと思ひ侍らざらむ」と、自分ではとくに自信があったことを表明し、続けて「御前にも、『なかなるをとめ』とは御覧じおはしましけむとなむ思ひ給へし」と付け加えることによって、定子の批評に対して真っ向から反論した形になっているのである。

その文脈の中で、改めて「なかなるをとめ」が指示する意味を考えてみたい。確認しておきたい点は、清少納言の返事における「なかなるをとめ」の表現とは、何よりもまず「いみじうめでたからん」ということを強調するための引用であった、ということである。仲忠の詠んだ歌との関連では、状況として「朝ぼらけ」の中を遠ざかっていく後姿に対しての感慨という共通要素を持っていた。その時の自分の後姿を「いかでかさつれなくうち古りてありしならむ」と批評した定子に対して強く反論するために「それは心外なお言葉です。あの時の自分の姿を、『宇津保物語』で天女が舞い降りた時に仲忠が詠んだ歌に見える『なかなるをとめ』と比して御覧下さり、きっと満足されたことと思っておりました」と大げさな比喩で答える必要があった。つまり、朝霧の立ち込める庭に降りたち、起きてきた定子に後姿を見せて左衛門の陣に向かって歩いていった自分の姿と、『宇津保物語』において琴の音によって天から降って舞い、また天に帰っていくだろう天女とをオーバーラップさせて、「すてきな姿だったからこそ見飽きないのであり、だから思い出していただけるのでしょう」と言いたかったのだろう。この筋道で考えていくと、清少納言は「なかなるをとめ」という表現を用いることで、何よりも「飽かぬかな」（いやにならない。飽きがこない）が言いたかったことになる。

四　定子の解釈

この返事を受け取った定子は、主用件たる「とく参りね」に対し、即出仕するとの答えが無かったことにまず不満足であった。それが「ただ今宵のうちに、よろづの事を捨てて参れ。さらずはいみじうにくませ給はむ」という強い出仕命令になって表れていると読めるのであるが、しかしこの言葉の厳しさは、『枕草子』に描かれている温厚な定子像と比較すると、やはり尋常ではない。これほどまでに定子が厳しい言葉で過剰反応する要因がどこかにあったと考えられよう。しかもそれは「仲忠が面伏せなる事をいかで啓したるぞ」という定子の言葉と関わらせて考えるべきである。

定子は仲忠に言及しているから、『宇津保物語』の当該歌を軸としていることは確かである。『宇津保物語』では、仲忠が演奏する琴に合わせてこの歌を詠んだために天女が今一かえり舞ったのだから、仲忠は天から降りて舞っている天女に対して「なかなるをとめしばしとめなむ」と詠んだ願いが叶えられたことになる。つまり仲忠の歌の主眼は、「しばしとめなむ」にあったと見られる。天女を今しばしとどめおきたいとする著名な和歌に、舞が終わって帰る五節舞姫を空に帰っていく天女に見立て、良岑宗貞（のちの僧正遍照）が詠んだ「天津風雲の通ひ路吹き閉ぢよをとめの姿しばしとどめむ」（『古今和歌集』第八七二番歌）がある。この「をとめの姿しばしとどめむ」と『宇津保物語』当該歌の「なかなるをとめしばしとめなむ」とは、きわめて近い表現であり、その意とする所も同じである。

定子は、『宇津保物語』の当該箇所全体から、清少納言の返事にあった「なかなるをとめ」という表現意図を「しばしとめなん」を示したものと解釈し、清少納言が自らを天女に比したことと合わせて、その二重の自惚れに対して厳しく反応したのではないか。

また外的要因からも厳しく対処する必要があったと思われる。使者として遣わした女房を通じて、他の女房たちにもこの表現は伝わったはずである。清少納言は道隆没後、中関白家の威勢が衰えていくにつれて、道長方と通じていると噂されたりするなどあれこれ言われ、それが煩わしくて里居していた。この歌もいろいろ取り沙汰されるような表現である。もし清少納言が「しばしとめなん」まで意図して「なかなるをとめ」という表現を用いたとすれば、「天女をしばらく留めておきたいと思うように、この私（清少納言）に、今しばらく近くにいてほしいとお考えでしょう」と言っていることになる。そう取られかねないのである。当然女房たちの間で話題になったことだろう。定子と清少納言の二人だけの間ならばともかく、他の女房たちの手前、定子としてもこれを認めることはできない。そんなあやうげな表現を、清少納言は不用意に用いてしまったのではないか。

したがって定子はこの表現に対して異を唱え、仲忠の当該歌を持ち出してきたことに対して「清少納言らしくない」という必要があった。それが「いみじく思へるなる仲忠が面伏せなる事は、いかで啓したるぞ」の文言に表れているのであり、清少納言が贔負している仲忠にとって面目ないことになる、と言うことで清少納言の失敗ということを前面に出した形になっているのではないか。定子は、「つれなくうち古り」て見えたという前言を撤回してはいない。むしろ今でも「めでたし」と自信を持ち、『宇津保物語』において天女を指して用いられた「なかなるをとめ」という表現まで持ち出して反論してきた清少納言に対し、「お前が天女に見えるぐらいなら、仲忠の目はたいしたものじゃなくなるわね」と答え、清少納言が強く反論すればするほど贔負の仲忠の立場が悪くなるという論法で、この問答に決着を図ったのではないか。そして、明確な回答がなかった「とく参りね」について、再度強く要求したのではないか。

まとめ

「なかなるをとめ」という表現は様々な意味にとることができる。『宇津保物語』吹上巻下に見られる当該歌の第四句を引用したことはもはや動かないが、「なかなるをとめ」という表現を用いることで、何を伝えようとしたのか、あるいはどう受け取ったのかは、当該章段のやりとりとその展開に即して読んでいくと、清少納言の意図と定子の受け取り方にどうやら「ずれ」が見られるようである。

定子のさらなる返事を受け取った清少納言は、「めでたし」を強調するために用いた「なかなるをとめ」という表現が、当初の表現意図とは異なる「しばしとめなむ」と受け取られてしまった「ずれ」に気がつき、定子の

「いみじうにくませ給はむ」の文言にあわてた。里居中の清少納言にとって、最も懸念されることは、定子との意思疎通に齟齬が生じることである。そこで「よろしからむにてだに、ゆゆし。まいて『いみじう』とある文字にては、命も身をもさながら捨ててなむ」と言い、定子の主用件たる「とく参りね」に応えて、即出仕していったのではないか。

当該章段において語られていることは、『宇津保物語』所収歌の表現をめぐる他愛ないやりとりではあるが、そのやりとりの対応関係を表現と展開に即して読んでいくと、実は清少納言と定子との間において、引用表現の解釈に「ずれ」が存在したことが焦点になっているのではないか。つまり、清少納言の意図が定子に十分に伝わらない状態が起こり、定子の厳しい文言による予想外の展開から、里居によって空間的に離れている定子と意思疎通にも隔たりが生じはじめたことに気が付き、清少納言は文字通り「命も身もさながら捨て」てあわてて定子のもとに即出仕したということではないか。

さらに、両者の間の意思疎通における「ずれ」が生じたとき、その修復にすべてを捨ててその溝を埋めようとする清少納言の姿勢は、定子の晩年を記した章段における定子と清少納言との関係を考える上でも看過できない。たとえば第二二三段「三条の宮におはしますころ」において、若い女房たちが五月五日の節句で薬玉に興じている時、定子が清少納言に「皆人の花や蝶やといそぐ日もわが心をば君ぞ知りける」と歌を書いてよこしたことに感激して「いとめでたし」と記したり、また続く第二二四段「御乳母の大輔の命婦、日向へ下るに」において、日向へ下る乳母に、餞別として渡した扇に「あかねさす日に向ひても思ひ出でよ都は晴れぬながめすらむと」と直筆で書かれた定子に対して「いみじうあはれなり」と賛美し、続けて「さる君を見おき奉りてこそ、え行くまじけれ」と決意を述べる(15)に至る清少納言の、定子に対する心の軌跡の一環として位置付けられるのではないか。

【注】

（1）江戸時代に北村季吟が『枕草子春曙抄』当該章段において既に注記している。
（2）『清少納言枕双紙抄』の本文は、加藤磐斎古注釈集成2の複製本（新典社　昭和六十年）による。
（3）『枕草子集註』（六号館　昭和六年）の引用部分は、後に昭和五十二年に思文閣出版より復刻された本による。
（4）国文學註釋叢書二『枕草紙』（名著刊行會　昭和四年）所収の『枕草子私記』による。
（5）『宇津保物語』本文は、現存諸本の中では最善本とされる尊経閣文庫蔵前田家各筆本二十冊本を底本とした中野幸一氏校注・訳の新編日本古典文学全集『宇津保物語』1（小学館　平成十一年）による。なお校訂付記によれば、「時に天人」の部分は底本では「□仙人」とあり、二字分空白であるが、文意をとって校訂本文を立てたとある。室城秀之氏校注『うつほ物語　全』（おうふう　平成七年）では「□天人」とある。「仙人」を「天人」と校訂され、頭注で「時に、を補う説もある」とされる。
（6）金子元臣氏著『枕草子評釈』（明治書院　昭和十七年増訂二八版）による。
（7）池田亀鑑氏著『全講枕草子』（至文堂　昭和三十一年）による。
（8）石田穣二氏訳注『新版　枕草子』（角川ソフィア文庫）の章段本文による。
（9）萩谷朴氏著『枕草子解環』二（同朋舎　昭和五十七年）による。
（10）田中重太郎氏著『枕冊子全注釈』二（角川書店　昭和五十年）による。
（11）増田繁夫氏校注の和泉古典叢書1『枕草子』（和泉書院　昭和六十二年）による。
（12）塩田良平氏著『枕草子評釈』（學生社　昭和三十年）による。
（13）山脇毅氏著『枕草子本文整理札記』（関西大学文学部内国文学研究室発行　昭和四十一年）による。
（14）第一三七段「殿などのおはしまさで後、世の中に事出で来」には、同僚女房たちから「左の大殿方の人知る筋にてあり」と陰で噂されていたこと等が原因で、しばらく里居していたことが記されている。

（15）田畑千恵子氏「枕草子『御乳母の大輔の命婦』の段の表現構造―末尾の一文と「あはれ」の位相をめぐって―」『日本文学』第四二号所収（平成五年六月号）の説に従う。

第三節　「六位の笏」と「辰巳《たつみ》」の隠し題とその論理

はじめに

『枕草子』第一二八段「などて、官得《つかさ》はじめたる六位の笏に」の章段は、定子に仕える女房たちが、物の「名」とその「実態」の齟齬と合致について、あれこれ言い立てていたのを書き留めたものである。書き手の清少納言ははじめから「あぢきなき事ども」と評し、また夜ということもあって、なおも話を続けようとする同僚女房たちに対して「いで、あなかしがまし」と制して「寝給ひね」と指導しているが、この章段は「言葉遊び」的な話題が顕著であると同時に、そういうものを書き留める「書き手」としての有り様が垣間見られる点で興味深い。

改めて言うまでもないが、『枕草子』の会話部分は、その人物が話した「会話文」として書き留められているものであっても、作品内にあるものはすべて書き手の章段構成に基づいた再構築によるものであり、実際に話した会話文そのままを一字一句書き写したものであるということはあり得ない。その観点に立って表現と内容を検証していくと、書き手の章段構成における発想と章段全体を貫く設計図ともいうべきものが見えてこよう。

三田村雅子氏は「〈名〉と〈名〉を背くもの」として当該章段にふれておられる。(1) すなわち「〜は」章段の性格を考える糸口として注目され、名称から実態への関心の推移というだけでは見落とされがちな類聚章段の性格について論じられた。「〜は」章段と「〜もの」章段との関連性を論じられたもので、「共同感覚」という視点で捉えるその一部に「名称についての女房達の討論の場」における「言葉遊び」を指摘されている点で注目される。また萩谷朴氏はこの章段に「衣称談義」との見出しを付けられている。(2)「衣装」とはせずに「衣称」とされているところが卓見であり、もちろん首肯されるべきものであるが、この章段の冒頭は「新任の六位の笏」の素材として「職の御曹司の辰巳の隅の築土《ついひぢ》の板」が使われることをめぐる話題から始まっていることに注目し、その内容と言葉の発想を検証することによって、当該章段の基盤となっている文章構成を考察してみたい。

一　言葉遊びの構造

当該章段の冒頭は、同僚女房の発言からいきなりはじまる。「官得《つかさ》はじめたる六位の笏」の素材に「職の御曹司の辰巳《たつみ》の隅の築土《ついひぢ》の板」を使うことに対する「なぞ」（なんでだろう）という問いが口火となり、「衣称談義」に続いていく。書き手の清少納言はこれらの会話を聞く側にまわり、「あぢきなき事どもを」「よろづの事を言ひののしる」と評し、やがて制止する側にまわっている。

〈資料一〉第一二八段
「などて、官得《つかさ》はじめたる六位の笏に、職の御曹司の辰巳の隅の築土《ついひぢ》の板はせしぞ。さらば、西東《にしひがし》のをもせよかし」などいふ事を言ひ出でて、あぢきなき事どもを「衣《きぬ》などに、すずろなる名どもをつけけむ、いとあやし。衣の中に細長《ほそなが》はさも言ひつべし。なぞ、汗衫《かざみ》は。尻長《しりなが》と言へかし。男童《をのわらは》の着たるやうに」「なぞ、唐《から》衣《ぎぬ》は。短衣《みじかぎぬ》と言へかし」「されど、それは、唐土《もろこし》の人の着る物なれば」「上の衣、上の袴は、さも言ふべし。下襲《したがさね》、よし。大口《おほぐち》また、長さよりは口広ければさもありなむ」「袴《はかま》いとあぢきなし。指貫《さしぬき》は、なぞ、足の衣《きぬ》とこそ言ふべけれ。もしはさやうの物をば、袋と言へかし」など、よろづの事を言ひののしるを、「いで、あなかしがまし。今は言はじ。寝給ひね」と言ふ答《いら》へに、夜居の僧の「いとわろからむ。夜一夜《よひとよ》こそ、なほ、のたまはめ」と、にくしと思ひたりし声様《こわざま》にて言ひたりしこそ、をかしかりしに添へて、驚かれにしか。

当該章段は、金子元臣氏(3)や関根正直氏(4)、田中重太郎氏(5)の解釈のように、「あぢきなき事どもを」以下「袋と言へかし」までの部分を一人の女房の発言と見る説(6)もあるが、この部分を複数の女房たちの対話形式と見る萩谷氏や石田穣二氏(7)、松尾聰氏(8)の解釈を、当の田中氏本人が容認しておられ、また増田繁夫氏(9)、永井和子氏(10)、上坂信男氏・神作光一氏(11)らによる近年の『枕草子』注釈書や、『枕草子大事典』(12)「主要章段解説」における当該章段の項に「宿直の女房達の他愛ないおしゃべりを写した一編。ほとんど会話のみで構成されており」とあることから、複数の女房たちの会話として解釈することを首肯し、その視点で考察を進めたい。

この会話の素材としてあげられたものは、「笏」からはじまり、その後すぐ「衣《きぬ》など」に話題が移り「細長《ほそなが》」「汗衫《かざみ》」「唐衣《からぎぬ》」「上の衣」「上の袴《はかま》」「下襲《したがさね》」「大口《おほぐち》」「袴《はかま》」「指貫《さしぬき》」に及んでいる。「すずろなる名ども」をつけたと感じる「名」と、その「実態」とのギャップに対するコメントを口々に言い合い、時には「唐衣」の名の由来として「それは、唐土《もろこし》の人の着る物なれば」などの説明や、「大口また、長さよりは口広ければさもありなむ」など、女房たちにとって「実態」と合致していると感じられる「名」に対しての肯定も描かれている。

具体的に検証すれば、「細長」「上の衣」「上の袴」「下襲」「大口」については「実態」と比較してその「名」を認めているものの、「汗衫」(童女の上着と解する)を裾の長いことから「尻長」と言い、「唐衣」をその丈の短さから「短衣」と言い、「指貫」は足首の箇所を紐で縛ることから「足の衣」と言うのがふさわしい、とするこれらの評言は、いずれもそれぞれの「実態」を視覚的によく観察した結果から導き出される「名」であると言えよう。

ところで、衣装についての談義を始める直前の章段冒頭部に記されているのが、「六位の笏」の素材をめぐる談義である。能因本系の三条西家旧蔵現学習院大学蔵本の本文[13]では、第一三七段「などて司得はじめたる六位笏に、職の御曹司の辰巳の隅のついたちの板をせしそ。さらば西東をもせよかし。また五位もせよかし」とあり、三巻本系本文との間に異文が存在するが、笏の素材に焦点を当て、「辰巳の隅」の「板」を使用することについて「西東をもせよかし」と談義している点は動かない。ここが当該部分の眼目となっていると言えよう。「笏」が「衣装に付属する物」であることは当然として、それ以上に当該章段において「笏」談義がすぐに「衣称談義」に続き、それが「名」と「実態」を比較して論じられていることから考えれば、この「笏の素材」をめぐる談義もやはり同様に、その「名」と「実態」との合致と齟齬という視点で語られていることも動かないと言えよう。

二 「辰巳」と「立身」

この点において注目されなければならないのは、関根正直氏が『補訂 枕草子集註』において当該章段の注釈として説かれた補説である。

〈資料二〉『補訂 枕草子集註』

◎たつみの隅のついぢの板 補 たつみは巽。辰巳の方、東南の間をいふ。ついぢは築墻。泥土を築きたる垣。所々に柱立てり。其の板を削りて、笏に作るなり。何故かゝるわざをせしぞ。諸本其の解なし。按ずるに、タツミは立身《タツミ》の字になれば、六位の新蔵人になりける者の、立身栄達の前途を祝する意より、かゝるわざ為《シ》出でしが、遂に慣例となりしならむ。

この説はしばらく等閑視されていたようだが、三十余年後に萩谷朴氏によって再評価された。萩谷氏は昭和三十八年十月刊の『国文學―解釈と教材の研究―』所収「枕草子解釈の諸問題[14]（53）」においてこの関根氏の説を紹介され、また六位の笏について『延喜式』などを引用して詳しく述べられている。さらに『服飾管見』に「五位巳上はふくら、六位巳下は櫟《いちい》・桜などを用うべきにこそ」[15]とあり、また『深窓秘抄』に「福等柴ノ笏、一位ノ笏（位山の櫟也）[16]」とあることに注目されて、「木笏を製するのに一位の木を用いるのも、その一位の木は飛騨の位山の産を尊しとするのも、元来はその材質の適当佳良なことによったのではあろうが、一方また、位山に昇り、一位の高さに進むといった幸先縁起を祝う心のあることも疑いを容れない。このように、官職にはじめてつく時には、誰しも将来の出世開運を祈る気持が強いものであるから、辰巳に立身をかける解釈も、単なる思いつきではなく、客観的に妥当性を有するものと証し得ることとなるのである」と説かれ、「立身」に音が通じる縁起担ぎで「辰巳《たつみ》」の板を笏の素材にするという説を支持された。当該章段は、「名」に注目して談義されていることが主眼であるから、その点においても首肯されるべき御論と思われる。

ただ残念なことに、「辰巳《たつみ》」に続く「西東」については、管見に入る限りこれを論じた説は未だ見ない。『枕草子』本文において「西東のをもせよかし」とあるのだから、「辰巳」の方角の隅の築土の板だけではなく「西や東の築土の板も、新任六位が笏の素材として使ってもよいのに」というのは、当該章段の論理から考えて「西東」の板を使っても「辰巳」の板と同様に、縁起担ぎという「実態」に合致すると思われるからこそ、そう言っていることになろう。

ではその「西、東のものでもよいのに」と言う論理として、何が想定され得るのだろうか。

三　「辰巳」から「西、東」への論理

方角としての「辰巳《たつみ》」は、「南東」を指す方向を十二支方位で表現した言い方である。「西、東」も同じく方角を指すものであり、これをそれぞれ十二支方位で言い換えれば、「西」は「酉《とり》」、「東」は「卯《う》」となる。音が通じることによって「辰巳《たつみ》」が将来の「立身《たつみ》」と結びつく縁起担ぎであるならば、それと同じ論理で「西」は

「酉《とり》」で「採《と》り・執《と》り・獲《と》り」に通じ、「東」は「卯《う》」で「得《う》」に通じる縁起として注目できるのではないか。さらにだからこそ、次の官職に繋がる縁起担ぎとしても「辰巳」と同様に十分機能することになり、この発話者の女房は「西東のをもせよかし」と続けていることになるのではないか。

方角を指す呼称として、「西」を「酉《とり》」と言ったり、「東」を「卯《う》」と言った用例は『枕草子』に見当らない。『枕草子』において「とり」は、「唐土に名つきたる鳥[17]」（第三五段「木の花は」）をはじめ、「鳥は」（第三九段）以下、「鳥のそらね」（第一三〇段「頭弁の職に参り給ひて」）など、十二例すべてが動物の「鳥」「鶏」である。同様に「卯」は、「卯の花」以外には「兎の毛」（一本第一四段「筆は」）の一例のみで、やはり動物の「兎」しか指していない。

また、「西」の方角を指すものとしては、「西の京」「西の廂」「西の対」などの慣用的な熟語と、第七九段「返る年の二月二十余日」の頭中将藤原斉信の発言で漢詩文引用箇所の「西の方、都門を去れる事いくばくの地ぞ」を除いて、第七九段「返る年の二月二十余日」に見える「御前の梅は、西は白く、東は紅梅にて」と、第一三六段「なほめでたきこと」に見える「西によりて向ひて立ちぬ」の二例すべてが「西」と記されており、「酉」の用例は見当たらない。「東」についても、「東の廂」などの慣用的な熟語を除いて、第六段「大進生昌が家に」に見える「東の門」以下、七例すべてが「東」と記されており、「卯」の用例は見当たらない。さらに「西、東」と連続するものは、当該章段の用例も含めて、第二二八段「一条の院をば今内裏とぞ言ふ」における「西東は渡殿にて、わたらせ給ひ、まうのぼらせ給ふ道にて」など四例が確認されるが、「酉、卯」と表現される用例は見当たらない。したがって方角に関する記述は、こと「西」「東」に関して言えば、「酉」「卯」と記されることはない、ということになろう。

ちなみに「辰巳」の方角の用例は、当該箇所のみの一例であり、「南東」「東南」という語を用いた例はない。「未申《ひつじさる》」と「南西」「西南」、「戌亥《いぬゐ》」と「北西」「西北」の用例も見当たらない。一方「丑寅《うしとら》」の方角の用例は、第二一段「清涼殿の丑寅の隅の」の冒頭箇所である「清涼殿の丑寅の隅の、北の隔なる御障子は」と、第五四段「殿上の名対面こそ」における「蔵人のいみじく高く踏みこほめかして、丑寅の隅の高欄に、高膝まづきといふゐずまひに、御前の方に向ひて」の二例が見られるものの「東北」や「北東」の用例は見当たらない。どうやら中間方位である「辰巳」や「丑寅」が、慣用的に用いられていたと言えよう。

十二支の「酉」「卯」などが、通常は時刻表記にもっぱら用いられていたことは、『枕草子』第二七二段「時奏するいみじうをかし」において「時、丑三つ、子四つ」と表記されていることや、第二九三段「大納言殿参り給ひて」において「『丑四つ』と奏すなり」など、その読み上げ方が記されていることからも確認できる。時刻と方位が共に十二支を用いていたがために混同しやすく、したがって正方位を指すときは、東西南北の四方位を用いていたのだろう。

しかしだからこそ、この女房の発言における「辰巳」から「西東」への展開は、「西」＝「酉」＝「採《と》り・執《と》り・獲《と》り」、「東」＝「卯《う》」＝「得《う》」に繋がるという、いわば「隠し題」としての遊びの要素が看取されるべきではないか。章段の冒頭部に「などて官得はじめたる」として、「官を得《う》ること」が見えることにも注目したい。そしてそれらが「あぢきなき事ども」へと続いていく会話の方向性を、章段構成面からも支えているのではないだろうか。

四　「西、東」である理由

この箇所の「西東」がそれぞれ十二支方位の「酉」「卯」を指し、それが将来的な官位昇進の縁起担ぎに音が通じているとするこの仮説が正しいならば、それ以外の方角は逆に縁起でもない事に音が通じるケースがあるということになろう。

想定される同音の語呂から連想されることを推測してみると、「北南」ではそれぞれ「子《ね》」「午《うま》」を指すから、同音で考えるなら、「子《ね》」は「根」や「音」に通じ、官位昇進の停滞や、今度こそと狙っていた官位官職に就けず泣く「音《ね》」という、縁起でもないことに繋がる。「午《うま》」については、「うま」の場合はこの音に相当する縁起の悪い同音異義語が比定できないが、「ご」とも読むことまで広げるならば「後」に通じ、やはりライバルの後塵を拝し官位昇進が遅れることに繋がってこよう。「丑寅《うしとら》」は「憂し・獲ら（る）」と同音となり、これは期待していた昇進ができずに憂い悲しみ、また自分が狙っていたポストを他人に獲られるということに繋がる。なおかつ鬼門の方角でもある。「未申《ひつじさる》」は「必事、去る」となろうか。すなわち今度こそ間違いなしと確信していた昇進の沙汰がなかったことに繋がる。「戌亥《いぬゐ》」は「去ぬ（往ぬ）、居」に通じるだろう。今の官職を失ったり、あるいはそのままで居続けるということに繋がる。いずれも「辰巳《たつみ》」＝「立身」や、「西」＝「酉」＝「採《と》り・執《と》り・獲《と》り」、「東」＝「卯《う》」＝「得《う》」に繋がる語呂の縁起の良さとは正反対で、まことに縁起の悪いことになる。

　さらに職の御曹司から「辰巳」と「西東」の方向にあるものを見てみると、「辰巳」すなわち南東の方角には左兵衛府があり、「西」には内裏、「東」には左近衛府がそれぞれ位置している。官位相当表によれば、正六位上に左右近衛府の「将監《しょうげん》」のポストが見える。この職は「殿上の将監《ぞう》（丞）」として貴人に供奉することもあった。[18] また将監は五位に昇進してもそのまま留まることもあったが、その場合は左近大夫、右近大夫と呼ばれ、昇殿を許されたりするケースもあった。[19]『枕草子』第一六七段「大夫は」において「大夫は、式部大夫、左衛門大夫、右衛門大夫」とあることから、この「大夫」という官職は注目されていたことが確認できよう。

　従五位上には「左右兵衛佐《すけ》」「左右衛門佐《すけ》」、正五位下には「左右近衛少将」のポストがある。従四位下となると「近衛中将」「左右衛門督」「兵衛督」、従三位は「近衛大将」が官位に相当する。「官得はじめたる六位」の者たちにとって、いずれも出世した暁の勤務先が「辰巳」「西、東」それぞれの方向にあるということになる。

『枕草子』の書かれた十世紀後半における官位官職争奪をめぐるすさまじい競争と涙ぐましい努力は、司召し近くの猟官運動と司召しの日の一喜一憂を記した章段に、如実に描かれている。たとえば『枕草子』第三段「正月一日は」に「除目のころなど内わたりいとをかし。雪降りいみじう氷りたるに、申文持てありく四位五位、若やかに、心地よげなるは、いとたのもしげなり」とある。この後、年老いた白髪頭の老人が女房の局にまで出向いて自己推薦を述べる様子を描写する。得意になって述べる様は若い女房たちの笑いの対象にされてはいるものの、「よきに奏し給へ。啓し給へ」と懇願しても任官されなかった様を「いとあはれなれ」と記している。また第二三段「すさまじきもの」においても「除目に司《つかさ》得ぬ人の家」の様子が描かれている。これは県召（国司任官）を逃したケースで、「今年はかならず」と聞き、一族が家に集まり期待して待っていたにもかかわらず当てが外れたことが知らされると、「まことに頼みける者は、いと嘆かしと思へり」、「古き者どもの、さもえ行き離るまじきは、来年の国々手を折りてうち数へなどして、ゆるぎありきたる」と記し、期待がはずれた一家の落胆ぶりを描いている。

若い女房たちにとっては笑いごとの対象であっても、当の男性貴族たちにとって、官職を得ることは間違いなく重大事であった。それが、「官得はじめたる六位」の者が、笏の素材にまで縁起を担ぎ、職の御曹司の「辰巳《たつみ》」＝「立身《たつみ》」にこだわるということにも表れていたのではないか。だからこそ同じ縁起を担ぐなら「西」＝「酉《とり》」＝「採《と》り・執《と》り・獲《と》り」、「東」＝「卯《う》」＝「得《う》」の板を使ってもよいではないか、という若い女房の発言が展開され、本文に記されているのではないか。

五　笑いの対象としての「六位」

将来の立身出世への願いを込めて笏の素材にこだわる六位の者たちが、なぜ若い女房たちの笑いの対象となるのか。ここで注目したいのが第一七〇段「六位の蔵人などは」に描かれている巡爵して従五位に昇進した者たちの生活の様相である。

〈資料三〉第一七〇段「六位の蔵人などは」

六位の蔵人などは、思ひかくべき事にもあらず。冠《かうぶり》得て、何の権の守、大夫などいふ人の、板屋などの狭き家持たりて、また小檜垣などいふ物新しくして、車宿《くるまやどり》に車引き立て、前近く、一尺ばかりなる木生《おほ》して、牛つなぎて、草など飼はするこそ、いとにくけれ。

庭いと清げに掃き、紫革して伊予簾かけわたし、布障子張らせて住まひたる。夜は「門《かど》強くさせ」など、事行ひたる、いみじう生ひ先なう、心づきなし。

親の家、舅はさらなり、叔父、兄などの住まぬ家、そのさべき人なからむは、おのづから、むつましくうち知りたらむ受領の、国へ行きていたづらならむ、さらずは、院、宮ばらの屋あまたあるに住みなどして、司待ち出でて後、いつしかよき所たづね取りて住みたるこそよけれ。

冒頭の部分は、諸説ある箇所であるが、「六位の蔵人なんかは、（次のようなことを）夢にも考えてはならない」とする萩谷氏(20)の説に従う。この章段では、蔵人を一定期間勤めたあと巡爵して従五位に昇進した者が、いきなり板葺きの家に住み、小檜垣をめぐらし、紫革の伊予簾布障子を張り巡らせ、車をしたてて牛を小さな杭に繋ぐなど、わずかばかりの昇進に安んじ、それでいてあるじ顔をしている様を「そんなことでは将来性がなく、気に入らない」として揶揄している。従五位になった程度では、まだ家なども知り合いから借り受けているだけで十分であり、さらに昇進してから良い家を探し求めて移り住むほうがよいのに、というのである。

『枕草子』にこういった記述が存在するということは、逆に揶揄されているケースが目についたということなのだろう。この事と第一二八段「などて官得はじめたる六位の笏に」を併せて考えてみると、笑われる対象としての「六位」の姿が看取できよう。すなわち「辰巳《たつみ》」＝「立身《たつみ》」の縁起担ぎまでして笏の素材にこだわった新任六位の者が、せいぜい従五位になったぐらいで「いみじう生ひ先なう、心づきなし」と批評されるような行動をとることが多いのに対する揶揄の笑いである。

まとめ

はじめて「官《つかさ》」を得た新任六位の者が、後の立身出世を願うこと自体は、決して笑われるべきことではない。当時の官位官職を得るための猟官運動と、その成果がいかに厳しいものであったかは、書き手の清少納言や定子に仕える女房たちにとってみればよく理解していることであり、同時に親、兄弟、親戚、夫、恋人、子など身内の切実な問題でもあった。

ただ、笏の素材を「職の御曹司の辰巳の隅の築土の板」にするなどして「辰巳《たつみ》」＝「立身《たつみ》」の縁起担ぎをしてまで願った将来の立身出世が、第一七〇段に描かれたように、数年後には巡爵による従五位程度の小さな成功に甘んじてしまう、その将来性のなさに対しては、「いとにくけれ」「いみじう生ひ先なう、心づきなし」と非難し、きびしく揶揄することになる。そこに「笑われる六位」の姿が立ち上がってくるのではないか。

そういう大方の「六位」の者たちにとって、所詮「辰巳《たつみ》」でも「西（＝酉）」や「東（＝寅）」でも同じこと。「辰巳《たつみ》」＝「立身《たつみ》」であろうと「酉」＝「採《と》り・執《と》り・獲《と》り」、「卯《う》」＝「得《う》」であろうと、構わないのであって、別段「辰巳《たつみ》」にこだわる必要もない。そしてそれは同時に「あぢきなき事ども」（しょうもない事ども）、すなわち無益なことであり、清少納言らの女房たちにとっては、わけのわからぬつまらないことでもある。

衣装の一部でもある笏のその素材について、新任六位の者たちが好んで素材とした「職の御曹司の辰巳の隅の築土の板」の「辰巳《たつみ》（＝立身《たつみ》）」から、隠し題としての「西（＝酉）」や「東（＝寅）」を出し展開させていく。そして「笑われる六位」の行動を介在させ、「名」と「実態」が合致しないことをベースとして、「衣称」についてのあれこれへと話が弾んで行き、勢いをつけて展開していく。このように考えていくと、新任六位の笏の素材をめぐる話題が冒頭部分に記されていることは、章段構成が書き手の設計図によるものである、と指摘できる。それもまた当該章段における一つの視点として設定できるのではないだろうか。

【注】

（1）三田村雅子氏著『枕草子　表現の論理』（有精堂　平成七年）所収の第三章「類聚の論理」2「〈名〉と〈名〉を背くもの――「〜は」章段の性格――」による。

（2）萩谷朴氏著『枕草子解環』三（同朋舎　昭和五十七年）による。なお萩谷氏は当該章段を「若い女房が興奮して言い募り、甲論乙駁、いつ果てるとも判らぬお喋舌りを活写しているのであるから、すべて、地の文抜きの、会話対白の応酬で書き続けられているものと見なければならない」と指摘される。

（3）金子元臣氏著『枕草子評釈』（明治書院　昭和十七年増訂二八版）による。

（4）関根正直氏著『補訂　枕草子集註』（思文閣出版　昭和五十二年復刻　もとは昭和六年刊）による。

（5）田中重太郎氏著『枕冊子全注釈』三（角川書店　昭和五十三年）の当該章段の「評」による。

（6）ただし、金子氏と田中氏は能因本系本文をテキストとされているため、当該会話文の末尾を「足袋《あしぶくろ》などもいへかし」とする。

（7）石田穣二氏訳注『新版　枕草子』（角川ソフィア文庫）による。

（8）松尾聰氏、永井和子氏校注・訳の日本古典文学全集（旧全集）『枕草子』（小学館　昭和四十九年）による。

（9）増田繁夫氏校注の和泉古典叢書1『枕草子』（昭和六十二年）による。
（10）松尾聰氏、永井和子氏校注・訳の新編日本古典文学全集『枕草子』（小学館　平成九年）による。
（11）上坂信男氏・神作光一氏他全訳注の講談社学術文庫『枕草子』中巻（講談社　平成十三年）による。
（12）枕草子研究会編『枕草子大事典』（勉誠出版　平成十三年）による。
（13）能因本系の三条西家旧蔵現学習院大学蔵本の本文は、根来司氏編著『新校本　枕草子』（笠間書院　平成三年）による。
（14）これはのちに新典社注釈叢書1としてまとめられ、萩谷朴氏著『枕草子解釈の諸問題』（新典社　平成三年）となった。当該部分の引用は本書による。
（15）改訂増補　故実叢書第二五巻所収『服飾管見』（明治図書　平成五年）の巻四「笏」項による。
（16）群書類従第八輯（巻百十九）「装束部八」所収『深窓秘抄』（續群書類従完成會大洋社　昭和十七年第三刷）による。
（17）能因本系の三条西家旧蔵現学習院大学蔵本の本文は「唐土にことごとしき名つきたる鳥」（第四四段「木の花は」）とある。
（18）『源氏物語』「葵」巻で、六条御息所と葵上との車争いの直後に描写される斎院御禊に供奉した光源氏の行列の様に「大将の御仮の随身に、殿上の丞などのすることは、常のことにはあらず、珍しき行幸などの折のわざなるを、今日は右近の蔵人の丞仕うまつれり」とある。
（19）和田英松氏著　所功氏校訂『新訂　官職要解』（講談社学術文庫）の「近衛府」項による。
（20）萩谷朴氏著『枕草子解環』四（同朋舎　昭和五十八年）の当該章段の問題点（一）による。

第四節　積善寺供養章段における「申しなほす」の効果

はじめに

『枕草子』の章段の中で最も長編の「積善寺《しやくぜんじ》供養章段」（第二六〇段「関白殿、二月二十一日に」）は、中関白家の晴舞台でもあった「積善寺供養」の行事をめぐる一連の出来事を、中宮定子に仕える清少納言が記した日記的章段である。当該章段はその準備のため、中宮定子が二月一日に内裏から実家の二条宮[1]へ退出する所から始まり、定子を迎えた実家の様子や、積善寺へ移御した時のきらびやかな様子、また史実では二月二十日[2]である供養当日の様子、そして後日談までを記している。

私見では場面と内容によって、章段全体が十四の部分に分類[3]できる。その中の場面⑤が二条宮に移動した二月一日夜の出来事と考証されるのだが、場面②が移動の翌朝二日の出来事であり、場面④は八日か九日の出来事、また場面⑥は積善寺供養当日前夜の十九日の出来事と考証されるため、当該章段は日記的章段でありながら時間の流れが相前後し、時系列にそった構成とはなっていないことになる。この点について本書第Ⅱ部第一章第一節「積善寺供養章段の時間軸とモザイク的様相」において、書き手による話の再構成の有り様を論じた。そこでは女房たちの乗車順争いをめぐる清少納言と定子の各々の言説が対応するように描かれていること、定子に仕える女房としての清少納言の位置付けを手がかりとして、当該章段の大主題である「関白道隆の栄華と定子のすばらしさを描くこと」と、その下に位置する〈小さな主題〉―清少納言の臨機応変な対応能力、定子と感覚が共通する点、定子から特別扱いを受けている点、新参者として見られている点、出来事への対応に女房としての成長ぶりが確認できる点など―多面的な要素に対し、時間軸の不統一を冒してまでも、そこに位置付けられた各場面がそれぞれの〈小さな主題〉を支える構成要素として有機的かつ効果的に機能していることを論証した。

その結果、当該章段ではそれぞれの〈小さな主題〉は、出来事としての各場面がモザイクの様に嵌《は》め込まれ、繰り返されることによる相乗効果で、強く印象付けられている現象を指摘した。とくに場面⑤はモザイクの様に完全に組み込まれ、どの〈小さな主題〉にとってもそれを引き立たせる様に関連付けられていることを示した上で、場面⑤のこの位置への配置は章段構成の点で有機的に機能しており、「乗車争い」における清少納言の感覚や言動の描写をこの位置に置くことの必然性は、話を効果的にまとめる上でとても高いことを指摘した。そしてこれは書き手である清少納言による意図的な再構成の工夫と見ることができる、と結論付けた。

このように場面⑤は、当該章段において大変大きな役割を果たしていることになる。本節では、この場面⑤において、女房たちが乗車順を争ったことを後で定子が問題にした時に、清少納言が定子に「申しなほす」ことによって事態が収拾した点に注目する。そして、本文に記された「申しなほす」が成立するための論理を細かく検証することによって、定子に仕える女房たちの一人としての清少納言の位置付けを考えてみたい。

一　乗車争いとその顛末

当該章段の時間軸に従って二月一日から二月二日に至る場面、即ち冒頭の場面①と場面⑤について、出来事の記録という視点からその展開を詳細に分析してみたい。場面①は「積善寺供養」の準備のため、二月一日夜に中宮定子が内裏から実家の二条宮へ退出したこと、及び翌二日朝、起床した清少納言が目にした二条宮の様子が描かれている場面である。

〈資料一〉場面①―二月一日の移動と翌朝の描写―

　関白殿、二月二十一日に、法興院の積善寺といふ御堂にて一切経供養ぜさせ給ふに、女院《にょうゐん》もおはしますべければ、二月朔日（二月一日）のほどに二条の宮へ出でさせ給ふ。ねぶたくなりにしかば、何事も見入れず。つとめて（二月二日朝）、日のうららかにさし出でたるほどに起きたれば、白う新しうをかしげに造りたるに、御簾よりはじめて、昨日かけたるなめり。御しつらひ、獅子、狛犬など、いつのほどにか入り居けむとぞをかしき。桜の一丈ばかりにていみじう咲きたるやうにて、御階《みはし》のもとにあれば「いととく咲きにけるかな、梅こそただいまは盛りなれ」と見ゆるは、作りたるなりけり。すべて、花のにほひなど、つゆまことに劣らず。いかにうるさかりけむ。雨降らばしぼみなむかしと思ふぞ、口惜しき。小家《こいへ》などいふもの多かりける所を、今造らせ給へれば、木立など見所ある事もなし。ただ宮の様ぞけ近う、をかしげなる。

二条宮に移動した翌朝、清少納言が目にした光景は、まだ新しい屋敷の「白う新しうをかしげに造りたる」様と、「小家」を撤去して新造したため「木立など見所ある事もなし」という庭に、造りものとして仕立て御階のもとに置いた一丈ばかりの満開の桜であった。二条宮全体の印象としては「ただ宮の様ぞけ近う、をかしげなる」と記し、親しみやすくてよいと評価している。

　また中宮の身辺の様子については「御簾よりはじめて、昨日かけたるなめり、御しつらひ、獅子、狛犬など、いつのほどにか入り居けむとぞをかしき」と描写している。清少納言自身は、前日夜には「ねぶたくなりにしかば、何事も見入れず」としか記していないから、何もせず、また何も目に留まらずに寝てしまったと言いたいのだろう。翌朝になって朝日の射し込む中で、内裏からの移動後に他の女房たちがそのように設えた調度品の見事さを発見した感想が述べられていることになり、御簾など昨日設置した様に見え、獅子や狛犬などの調度品は「いつの間にこの場所に入り込んでそこに居るのか」と感じられて、「おもしろい」と評価していることになる。(4)

場面①には全くふれられていないが、内裏から二条宮へ移動する中宮定子を追って女房たちが移動した時に、宮司《みやづかさ》の配車の不手際から、女房たちが我先に乗車順を争うという事態が起こった。その顛末を記しているのが場面⑤である。

〈資料二〉場面⑤—二月一日の乗車争いとその後—

（二月一日の夜に相当）出でさせ給ひし夜、車の次第もなく「まづ、まづ」と乗り騒ぐが憎ければ、さるべき人と「なほこの車に乗る様のいと騒がしう、祭の帰《かへ》さなどのやうに倒れぬべくまどふ様の、いと見苦しきに、たださはれ、乗るべき車なくてえ参らずは、おのづから聞しめしつけて、賜はせもしてむ」など言ひ合はせて、立てる前より（他の女房たちが）押しこりて、まどひ出でて乗り果てて、（宮司）「かうか」と言ふに、「まだし、ここに」と言ふめれば、宮司《みやづかさ》寄り来て「誰々おはするぞ」と問ひ聞きて「いとあやしかりける事かな。今は皆乗り給ひぬらむとこそ思ひつれ。こは、などかう遅れさせ給へる。今は得選《とくせん》乗せむとしつるに。めづらかなりや」など驚きて寄せさすれば、「さはまづその御心ざしあらむをこそ乗せ給はめ。次にこそ」と言ふ声を聞きて、（宮司）「けしからず、腹ぎたなくおはしましけり」など言へば、乗りぬ。その次には、まことに御厨子《みづし》が車にぞありければ、火もいと暗きを笑ひて、二条の宮に参り着きたり。

御輿はとく入らせ給ひてしつらひ居させ給ひにけり。（宮）「ここに呼べ」と仰せられければ、「いづら、いづら」と右京、小左近などいふ若き人々待ちて、参る人ごとに見れど、なかりけり。下るるに従ひて、四人づつ御前に参り集ひて候ふに、（宮）「あやし。なきか。いかなるぞ」と仰せられけるも知らず、ある限り下り果ててぞ、からうじて見つけられて、（右京等）「さばかり仰せらるるに、遅くは」とて、ひきゐて参るに、見れば、いつの間に、かう年ごろの御住まひの様におはしましつきたるにかとをかし。「(宮)いかなれば、かうなきかと尋ぬばかりまでは見えざりつる」と仰せらるるに、ともかくも申さねば、もろともに乗りたる人「いとわりなしや。最果《さいはち》の車に乗りて侍らむ人は、いかでか疾くは参り侍らむ。これも、御厨子《みづし》がいとほしがりて、譲りて侍るなり。暗かりつるこそわびしかりつれ」とわぶわぶ啓するに、「(宮)行事する者のいとあしきなり。また、などかは。心知らざらむ人こそはつつまめ。右衛門など言はむかし」と仰せらる。「(右衛門)されど、いかでかは走り先立ち侍らむ」など言ふ、かたへの人、憎しと聞くらむかし。「(宮)様悪しうて、高う乗りたりとも、かしこかるべき事かは。定めたらむ様の、やむごとなからむこそよからめ」と、ものしげにおぼしめしたり。「(清少納言)下り侍るほどの、いと待ち遠に苦しければにや」とぞ、申しなほす。

この場面の展開を、表現と構成に注目して分析してみたい。まず配車の指示がなされなかったため、女房たちは我先に乗車を争って騒がしかった。その様子を「乗り騒ぐが憎ければ」「いと見苦しき」「押しこりて、まどひ出でて」と記した表現から、書き手の清少納言は批判的に見ていたことがわかる。そして、然るべき女房たちと「乗るべき車なくてえ参らずは、おのづから聞しめしつけて、賜はせもしてむ」(乗れずに参上できなければ、定子の方から気が付いて車を回して下さるでしょうよ)と話し合い、乗車争いの騒ぎから敢えて身を引いていた清少納言たちは、乗るべき車が出払って最終確認に来た宮司に急き立てられて「御厨子が車」即ち得選用の車に乗り、女房グループの最終便としてようやく二条宮へ移動したのである。

すでに二条宮に移御していた定子は、なかなか参上しない清少納言を待ちかね、右京や小左近などの若い女房たちに命じて探させていた。最終便で二条宮に到着した清少納言は、右京たちに急き立てられながら連れ添われて、定子の御前に参上する。ここで清少納言は、定子の身辺の設えが既に完了していることに目を留めている。待ちかねていた定子は、ようやく参上した清少納言たち一行に対して、遅くなった理由を問いただしている。

定子は、自分に仕える女房たちが内裏から移動する際に我先に、乗車しようとして争いを繰り広げていたことはまだ知らないから、清少納言はもっと早く二条宮に到着していたと思っていたのだろう。この時点での定子の不満は、清少納言が二条宮にいながら自分の前になかなか参上しなかったことに向けられている。

これに対し清少納言は「ともかくも申さねば」と遠慮して答えなかった。この遠慮は萩谷氏が指摘される様に「新参意識が明白に見られる」(5)と解釈してよいだろう。そんな清少納言に代わって、同乗していたベテラン女房の右衛門たちが笑いながら事情を説明している。「いとわりなしや。最果《さいはち》の車に乗りて侍らむ人は、いかでか疾くは参り侍らむ。これも、御厨子《みづし》がいとほしがりて、譲りて侍るなり。暗かりつるこそわびしかりつれ」という答えから、定子ははじめて清少納言たちが最終便で移動して来たこと、それも得選たちが自分たち用の車を譲ってくれたから何とか来られたのであり、本当は危なかったという事を知る。

定子は「行事する者のいとあしきなり。また、などかは。心知らざらむ人こそはつつまめ。右衛門など言はむかし」と言い、行事役の不手際を非難したのみならず、右衛門などベテラン女房が指示すべきであったと叱るが、新人で経験のない清少納言に対しては「仕方ない」とかばう。思わぬ矛先に対して右衛門が「されど、いかでかは走り先立ち侍らむ」と反論し、「どうして我先に走って乗れましょうか」と弁解する。右衛門の口から、女房たちが我先に乗車争いを繰り広げていたことが語られたのである。すると「かたへの人」すなわち定子の近くに伺候していた先着の女房たちは、自分たちがそういう言い方で表現されたことに対して「憎しと聞くらむかし」と描写され、女房間での感情の溝が明らかになっている。

一方の定子は「様悪しうて、高う乗りたりとも、かしこかるべき事かは。定めたらむ様の、やむごとなからむこそよからめ」と、不愉快そうに述べた。当事者の右衛門の口から、移動の際に自分の女房たちが我先に争って乗車し、品位を保たなかったことを聞いて、不快感を表しているのである。

この場面を整理すると、なかなか参上しない清少納言がまず叱られ、代わって事情を説明したベテラン女房の右衛門は定子から行事の不手際を指導しなかったことを非難され、それに反論した右衛門が、移動の際に女房たちは我先に乗車争いを繰り広げて走り回っていたことを話したところ、今度は先着していた女房たちに憎まれてしまい、また定子は定子で、品位を保たなかった自分の女房たちの振る舞いに対し不快感を露わにしている、ということになる。清少納言は定子から「新参者ゆえ仕方がない」と免責されてはいるが、特別扱いを受けていることに対する風当たりが何時向いて来るとも限らない。

つまり、定子の御前でその場の雰囲気が極度に悪くなっていた状況が読みとれる。これを察知して定子に申し上げた発言こそ、二重傍線部「下り侍るほどのいと待ち遠に苦しければにや」であり、それが「申しなほす」と表現されて、場面⑤が終わっているのである。

二　「申しなほす」の解釈

この発言がなぜ定子に対して「申しなほす」ことになるのか。「申しなほす」という表現について考察したい。「申しなほす」は、三巻本系の本文で諸本「申しなをす」[6]とあるが、能因本系・前田家本では「申しなす」と本文異同[7]が認められる。ただし、慶安刊本の当該部分が「申なをす」とあるのを採ったことによるのだろうが、江戸時代中期の古注釈である加藤磐斎『清少納言枕双紙抄』と北村季吟『枕草子春曙抄』はともに「申なをす」とあり、三巻本系本文と同形になっている。いずれの諸本でも単独用例である。『源氏物語』に「申しなす」の用例は三例確認できるが、「申しなほす」の用例はない。「申しなほす」は版本・流布本系の『狭衣物語』（第四系統[8]）において一例確認できる。

〈資料三〉

i　『源氏物語』行幸巻　「尚侍《(近江君)》にをのれを申しなし給へ」
ii　『源氏物語』真木柱巻　おいらか《(髭黒大将が)》に申しない給ひて
iii　『源氏物語』東屋巻　少し《(右近)》慌たたしげに申しなせば
iv　『狭衣物語』巻一下　「おと《(道成)》どこそ、なをこれ申しなをし給へ」などいひあだへつゝ

『源氏物語』の用例は「申しなす」のみで、iの用例は、内大臣の娘である近江君が、姉妹に当たる弘徽殿女御に自分を尚侍にうまく申請してくれるよう依頼している。iiの用例は、髭黒大将が宮中から退出した玉鬘を自邸に引き取るため、穏便な理由をこしらえて申し上げている。iiiの用例は、中の君のもとにいた浮舟を見つけた匂宮を浮舟から引き離すために右近が匂宮の母である明石中宮の病の知らせを匂宮に言上するところで、これを良い機会とみた右近は、使者の口上よりも病状の悪化をわざと強調して伝えている。ivの『狭衣物語』の用例は第四系統に見られる用例である。欺かれた飛鳥井女君が筑紫行きの船に乗せられて嘆いている時に、欺いた道成がしつこく言い寄る場面で、飛鳥井女君に同行する乳母に対して不本意な展開を嘆く女君への取りなしを依頼する道成の発言である。つまり「申しなほす」も「申しなす」も、ともに「その場をうまく取りなす」という意味になる。

また「申しなほす」の主体と内容については、それぞれ説が二つに分かれている。まず主体については、

i　清少納言とするもの。
ii　右衛門とするもの。

と二説がある。iとする説は、江戸時代延宝二年刊の古注である加藤磐斎『清少納言枕双紙抄』や北村季吟『枕草子春曙抄』をはじめ、近代以降の武藤元信氏『枕草紙通釋』(9)、金子元臣氏『枕草子評釈』(10)、関根正直氏『枕草子集註』(11)以下、現代にいたる注の大多数である。

一方、iiとする説は、萩谷朴氏『枕草子』(12)（新潮日本古典集成）及び『枕草子解環』五のみである。萩谷氏は「諸注はこの主語を清少納言と見ているが、そんな出過ぎた発言はできまい。予想以上に薬がきき過ぎて、中宮のお気持を傷つけたのを見た右衛門自身が豹変して、他の女房たちのための取りなし役に廻ったと見なすべきであろう」(12)と説明されるのだが、ここは古注以下の解釈に従い、主体をiとして清少納言の言動と解釈する。

次に、「申しなほす」の内容については、

Ⅰ　清少納言が局に下りていたので、待ちかねて先に乗車してしまった、とする説。

Ⅱ　後の車で移動すると、到着先では先がつかえ、下車するまでに時間がかかって待ち遠しいのが苦痛、とする説。

の二説がある。Ⅰの説は、北村季吟『枕草子春曙抄』をはじめ、武藤元信氏『枕草紙通釋』、金子元臣氏『枕草子評釈』、五十嵐力・岡一男氏『枕草子精講』(13)、川瀬一馬氏『枕草子』(14)である。

一方、Ⅱの説は、加藤磐斎『清少納言枕双紙抄』をはじめ、池田亀鑑氏『全講枕草子』(15)、石田穣二氏『新版枕草子』(16)、田中重太郎氏『枕冊子全注釈』(17)、萩谷朴氏『枕草子』（新潮日本古典集成）及び『枕草子解環』五、増田繁夫氏『枕草子』(18)（和泉古典叢書1）、松尾聰氏・永井和子氏『枕草子』（新編日本古典文学全集）、東望歩氏の説(19)がある。

Ⅰの説では、女房たちが順次乗車して移動すべき時に、清少納言は局に下がっていてなかなか来なかったことになる。清少納言を待ちかねていた定子に対しての発言という点で、これは認められない。また他の女房たちが自分たちを待ち切れずに出発したと言ったのでは、定子に特別扱いをされている新参の清少納言に対する風当たりが一層強くなるだけで、すでに右衛門の発言によって怒らせてしまった先着女房たちをなだめることはとても不可能である。

ここは加藤磐斎が『清少納言枕双紙抄』で「車が一度に参り着て下侍るに程経し故。遅く出る由。少納言の断《コトハリ》啓《ケイ》せらる丶也」が最も首肯できるものと考えてⅡの説を採り、「後の車で移動すると到着先では先がつかえ、下車するまでに時間がかかって待ち遠しいのが苦痛だから」と解釈したい。

三　「申しなほす」の論理

以上の確認をした上で、「申しなほす」が成立するための論理を考えてみたい。

定子は、乗車の次第を守らずに先発争いをして見苦しい混乱を招いた古参の女房たちを「かしこかるべき事かは」と非難するものの、清少納言に対しては「新参者ゆえ仕方ない」と免責している。先発を争って乗車したために定子の不興を被った古参女房たちの「憎し」という怒りの矛先は、当然清少納言や右衛門たちに向けられたわけで、それを察知して回避すると同時に、定子が女房たちの振る舞いに対して感じた不満の両方を収めるための発言であるからこそ、当該部分は「申しなほす」と表現されているのである。

「申しなほす」とは「その場をうまく取りなす」ことを表現したのであるから、清少納言の発言「下り侍るほどの、いと待ち遠に苦しければにや」の解釈と論理はこの文脈で考えられなければならない。従来の説では、乗車順や下車順を待つのがじれったくていやだから、と解釈されているが、それだけでは先着した女房たちのわがままが強調されるだけで、その場を「取りなし」たことを説明する論理にはならない。増田氏が「申しなほす」について「先を競った人たちを、弁護して申し上げる」と頭注で示されていることは注目されるべきである。

この状況では、順番を心がけずに乗車争いをして先を急いだ女房たちが、そうせざるを得なかった正当な理由を清少納言が見つけて、定子に対する申し開きを代弁するのが最も効果的ではないだろうか。その文脈で「申しなほす」の論理を考えるために、最後に到着した清少納言が、定子の身の回りの調度品の完璧な配置が完了していることに気が付いて、繰り返し描写している点に注目したい。

〈資料四〉

i　御簾よりはじめて、昨日かけたるなめり。御しつらひ、獅子、狛犬など、いつのほどにか入り居けむとぞをかしき。

ii　御輿はとく入らせ給ひて、しつらひ居させ給ひにけり。

iii　見れば、いつの間に、かう年ごろの御住まひの様におはしましつきたるにかとをかし。

場面①では、〈資料一〉の傍線部で示した様にiの記述があり、場面⑤では、〈資料二〉の傍線部で示した様にiiとiiiの記述がある。いずれも中宮定子の居場所としてふさわしい様に、調度品などがきちんとしつらえてある〔20〕ることを記したものであり、しかも三度にわたって繰り返し記述されていることから、これらは「申しなほす」の伏線として見ることができよう。

つまり清少納言は、この状況を取りなすために「乗車順を争って先着した古参女房たちは、定子が移御した二条北宮を、中宮の居場所としてふさわしくしつらえるという任務のために急いだのです」と言っているのではないか。「下り侍るほどの、待ち遠に苦しければ」の理由を、ただ「なかなか車から下りられないことでいらいらする」のではなく、「早く下車して定子のもとに参上し、定子の身辺を中宮の居場所としてふさわしいしつらえに調えたいのに、それが待ち遠しく」感じて、はしたなくも順番を守らずに急いでしまった、と代弁していると解釈するのである。これなら先着した女房たちも、わがままで乗車争いをしたのではなく、定子に仕える女房として仕事熱心のあまり、順番を守らずに急いでしまったということになる。したがって定子の不興も緩和され、また先着した女房たちの立場も守られることになるから、右衛門や清少納言に対する「憎し」という怒りの矛先も抑えられる。また、最終便で到着した清少納言が気が付いて繰り返し記した定子の身の回りの調度品の完璧な配置についての描写も、「申しなほす」を印象づけるための構成上の工夫として活きてくることになる。

まとめ

このように読み解いていくと、当該場面において清少納言は中宮定子の御前で、その場の雰囲気を敏感に察知し、的確な発言で気まずい空気を収拾させていることになる。これは和漢の学識を駆使した応答ではないが、女房として仕えるために必要とされた技量であったであろう。それはまた同時に新参者扱いされていたとはいえ、清少納言はすでにこの時期にそういった才能を発揮していたということにもなる。

これは「香爐峯の雪」で有名な第二八〇段「雪のいと高う降りたるを」において、同僚の女房たちから「なほこの宮の人にはさべきなめり」と賞賛されたこととも関連してくるだろう。[21] 珍しい大雪であったにもかかわらず寒いので御格子を下ろし、炭櫃の周りに集まって雑談しているだけの女房たちに対し、定子が指名して「少納言よ、香爐峯の雪いかならむ」と問うた時、清少納言がとった「御格子上げさせて、御簾を高く上げたれば」という行動は、『白氏文集』所収の漢詩文をそのまま体現してみせたという洒落た所作だけで評価されたのではない。定子を満足させるだけではなく、無粋だった自分たちを非難することなくその立場を守ってあげながら、その場をするりと『白氏文集』の世界へ導いたということで、定子に仕える女房としての技量を改めて評価したものでもあろう。[22] 第二八〇段は手がかりが少なすぎて史実年時の考証ができない短編章段であるけれども、定子の御前で的確な所作をとることによってその場の雰囲気を収拾させるという、清少納言の女房としての役割を描き出している点で、第二六〇段の積善寺供養前後を描いた最長編章段との共通点が指摘できる。

以上、積善寺供養章段における「申しなほす」という表現を手がかりとして、清少納言の論理と、定子に仕える女房としての役割について考察してきた。当該章段では、自分の発言がその場の空気を和らげたことを論理的に示すために、定子の身の回りの調度品の完璧な配置についての描写を、場面①と場面⑤において伏線となる様に情景描写として周到に記していることも確認できた。『枕草子』の最長編章段において、このような細かな点にも工夫が見られるということは、書き手が章段をまとめ上げていく時に、章段内構成と表現を意図的に工夫していたと見ることができよう。

【注】

（1）古く『枕草子』第一三七段「殿などのおはしまさで後、事出で来」の本文「小二条殿」について『三巻本勘物』が「東三条院東町、今鴨院也、世称二条宮」と考証している。『日本紀略』正暦三年（九九二）十一月二十七日条には「今日中宮自内裏遷御新造二条院」とある。また『小右記』正暦三年十一月二十七日条には「新宮二条宮」とあり、別称「二条北宮」として長徳二年三月四日条、同年四月二十四日条に見える。これらを合わせて、新造後まだ一年余りの建物であると考証できる。当該章段にも「白う新しうをかしげに造りたるに」「小家などいふもの多かりける所を、今造らせ給へれば、木立など見所ある事もなし」と記されている。

（2）『本朝世紀』と『日本紀略』は、増補新訂国史大系（吉川弘文館）による。正暦五年二月の条は『小右記』『権記』共に現存する記述がない。『小右記』は『百錬抄』からの逸文資料（二月四日条）を確認できるが、菅丞相の託宣詩の記事であり、積善寺供養に関する記述は見えない。

（3）当該章段における十四の場面（①〜⑭）と内容は、第Ⅱ部第一章第一節で示したものと同じく以下の通り。

①二月一日（394頁5行目〜）積善寺供養に先立ち、定子が二条宮に退出。自分の乗車の事⑤は省筆。翌二日朝の二条宮の様子。

②二月二日（395頁7行目〜）関白道隆登場。兄、妹君たちや、母貴子ら家族が会合する様子。内裏か

ら一条天皇の使者が日参。

③二月三～七日　（398頁11行目～）雨にしおれた桜の造花を「泣きて別れけむ顔に心劣りこそすれ」と喩え、その撤去と顚末（花盗人）で見せた清少納言の気の利いた対応（「春の風」の仕業とし、さらに壬生忠見の「我より先に」の歌を引いて答えたこと）に満足する関白道隆と定子の様子。

④二月八日か九日　（401頁14行目～）里下がりした清少納言と定子の間で『白氏文集』「長相思」をふまえた私信往来。

⑤二月一日夜　（402頁4行目～）時間進行が遡る。女房たちの乗車争いの顚末。定子が清少納言を特別扱いし、乗車争いをしたりそれを制しなかった古参女房たちを非難する。清少納言がその場を取りなし収拾させる。

⑥当日前夜二月十九日　（404頁14行目～）供養前日、清少納言は二条宮南院に帰参。女房たちの支度の様子。

⑦当日朝二月二十日　（405頁8行目～）伊周・隆家直々の指揮のもと、女房たちが順に乗車。

⑧当日二月二十日　（406頁13行目～）二条宮南院を出発。土御門殿から来た女院詮子の行列と、それを世話する関白等の様子。

⑨当日二月二十日　（408頁15行目～）定子の輿の行列の様と、到着した積善寺の様子。

⑩当日二月二十日　（411頁1行目～）積善寺到着後、定子のもとに参上。定子から上席を与えられる特別扱いに感激する。

⑪当日二月二十日　（413頁7行目～）関白道隆が参上。道隆が感激する様子。道隆一家の様子。

⑫当日二月二十日　（415頁11行目～）一切経供養開始から終了まで簡略記述。宣旨により定子は内裏へ直に参上する。

⑬当日二月二十日　（416頁10行目～）一条天皇の再度の要請による定子の急な内裏帰参のため、二条宮と内裏との双方で連絡が十分に行き届かず、女房たちが混乱する。

⑭翌日二月二十一日　（417頁3行目～）翌日の雨を見た道隆の自賛。三巻本系では章段末尾に独自本文「されどその折～みなとどめつ」を有し、書き手清少納言の後日の評言をもって章段を締めくくる。

（4）後に場面⑤では二条宮到着後の出来事が詳しく記され、待ち構えていた右京たちに引率されて定子の御前に参上する時、設えの見事な様子をすでに目にしていたことが記される。場面⑤では夜すでに気付いていたことになるが、場面①では翌朝陽が射し込んでから起きてきた時に気が付いたことになる。これを矛盾と見ることもできようが、場面①の中で定子身辺の見事さを際立たせる効果を考えて話が再構成されたため、とみたい。

（5）萩谷朴氏『枕草子解環』五（同朋舎　昭和五十八年）の当該章段の語釈による。萩谷氏は「中宮のご下問に対しても、清少納言は直答を憚って、古参の右衛門の君に譲っている」と指摘される。新参のころの清少納言が遠慮がちであったことや、ベテランの女房たちが余裕のある言動で伺候している様子については、初出仕の頃を描いた第一七七段「宮にはじめて参りたるころ」にその描写が見られる。当該章段で清少納言に替わり答えた古参の右衛門の言動は、三巻本系本文では「わぶわぶ啓する」とあるが、能因系本文では「笑ふ笑ふ啓する」とある。ここなどにも共通点が認められる。

（6）杉山重行氏編著『三巻本枕草子本文集成』（笠間書院　平成十一年）による。三巻本諸本では「なをす」であるが、「直す」の歴史的仮名遣いに照合し、本節も「なほす」とし、「申しなほす」とした。

（7）能因本系本文は、三条西家旧蔵現学習院大学蔵本を底本とする根来司氏編著『新校本　枕草子』（笠間書院　平成三年）による。

（8）版本・流布本系の『狭衣物語』（第四系統）本文は、「承応三甲午歳季秋吉辰　谷岡七左衛門板行」の刊本奥書を有する承応三年刊絵入版本旧宝玲文庫蔵・現東京芸術大学付属図書館蔵本による。当該本文は三谷栄一氏編の平安朝物語板本叢書一『狭衣物語上』(有精堂　昭和六十一年)による。元和九年古活字本を継承する江戸前期の刊本で、当該箇所は元和九年古活字本と本文異同はない。ちなみに、第一系統の深川本(吉田幸一氏蔵)本文は「これなほ申しなしたまへ」とあり、第二系統では飛鳥井雅章筆本が「それ猶申なをし給へ」とある。本文にゆれが見られる箇所である。

(9) 武藤元信氏著『枕草紙通釋』(有朋堂　明治四十四年)による。
(10) 金子元臣氏著『枕草子評釈』(明治書院　大正十三年初版・昭和十七年増訂二八版)による。
(11) 関根正直氏著『補訂　枕草子集註』(思文閣出版　昭和五十二年復刻　もとは昭和六年刊)による。
(12) 萩谷朴氏校注の新潮日本古典集成『枕草子』(新潮社　昭和五十二年)の当該頭注による。
(13) 五十嵐力氏・岡一男氏共著『枕草子精講』(学燈社　昭和二十九年)による。
(14) 川瀬一馬氏校注・現代語訳『枕草子』(講談社文庫　昭和六十二年)による。
(15) 池田亀鑑氏著『全講枕草子』(至文堂　昭和五十二年)による。
(16) 石田穣二氏訳注『新版　枕草子』(角川ソフィア文庫)による。
(17) 田中重太郎氏著『枕冊子全注釈』五(角川書店　平成七年)による。
(18) 増田繁夫氏校注の和泉古典叢書1『枕草子』(和泉書院　昭和六十二年)による。
(19) 東望歩氏「清少納言出仕の背景—正暦年間の一条後宮—」『中古文学』第八九号所収(平成二十四年六月)による。
(20) 『枕草子』第八三段「雪山章段」において、職の御曹司から急に内裏へ移御することになった定子の準備を描いた場面で「御物の具ども運び、いみじう騒がしきに」とある。
(21) 第Ⅰ部第一章第四節の「『香爐峯の雪いかならむ』への対応と展開」を参照されたい。
(22) 中島和歌子氏「枕草子『香炉峯の雪』章段の解釈をめぐって—白詩受容の一端—」『国文学研究ノート』第二五号所収(平成三年三月)のご指摘による。

第五節　「春は曙」章段における対比構成の変容

はじめに

『枕草子』の冒頭章段は「春はあけぼの」で始まる。そして春・夏・秋・冬のいわゆる四季の進行に従い構成されている。しかし単に春夏秋冬の四季の対比という構図でとらえるだけで果たして十分なのだろうか。大きな枠組みでの季節の対比という構成は一目瞭然であるが、さらにそれを支える文章の構成に注目すると、細部の表現にまでこだわった対比によって章段本文が構成されていることに気付く。これは三巻本系、能因本系、前田家本、堺本系の諸本がみな章段配列とその方法を異にしながら、冒頭章段は「春はあけぼの」で始められていることからも見過ごせない事象である。当該章段の対照性については、すでに萩谷朴氏による「分解表」[1]などで問題にされているが、本節ではその学恩を享受しながら、冒頭章段の対比を構成する各々の表現に焦点を当て、それらを図示することで詳細に分析してみたい。まずは、冒頭章段の全文[2]を三巻本から引用してみよう。

〈資料一〉

春は曙。やうやう白くなりゆく山際、少し明りて、紫だちたる雲の細くたなびきたる。

夏は夜。月のころはさらなり、闇もなほ。蛍の多く飛びちがひたる。また、ただ一つ二つなど、ほのかにうち光りて行くもをかし。雨など降るもをかし。
秋は夕暮。夕日のさして山の端いと近うなりたるに、烏の寝所《ねどころ》へ行くとて、三つ四つ、二つ三つなど飛び急ぐさへあはれなり。まいて雁などのつらねたるが、いと小さく見ゆるは、いとをかし。日入り果てて、風の音、虫の音など、はた言ふべきにあらず。
冬はつとめて。雪の降りたるは言ふべきにもあらず、霜のいと白きも、またさらでもいと寒きに、火など急ぎおこして、炭持てわたるも、いとつきづきし。昼になりて、ぬるくゆるびもていけば、火桶の火も、白き灰がちになりてわろし。

前述したように、「春は曙」「夏は夜」「秋は夕暮」「冬はつとめて」と、季節の対比で当該章段全体が四つの部分で構成されていることは一目瞭然である。まず最初に目に付く点であり、当該章段における一大特徴となっていることでもある。この点を確認した上で、個別の季節の記述について順次考察を加えてみたい。

一 「春」について

「春」に関する記述は、他の「夏」、「秋」、「冬」と比較すると相対的に最も短い。ここで「山際《ぎは》」と「雲」という二つの素材と、その様態の記述に注目してみると、表現の上で対比するようにバランスよく構成されていることに気が付く。図示してみると次のようになる。

【図二】 春

やうやう白くなりゆく	山際	少し	明りて
⇔【色彩】	⇔【素材】	⇔【分量】	⇔【様態】
紫だちたる	雲の	細く	たなびきたる

ここでは二つの素材「山際」と「雲」に対し、まず「やうやう白くなりゆく」と「紫だちたる」と記しており、それぞれの色彩が対比するように構成されている。その上でそれらの様態が「明りて」と「たなびきたる」として対になるように記され、しかもその分量が「少し」と「細く」と示されて、それぞれの描写の構成を意識したようなバランスをもって、明確に対比されている。

この対比の構成は、二つの素材（「山際」「雲」）に対する関心が等分の割合で意識され、しかも「なりゆく」に対する「だちたる」という対応から、刻々と変化していく様子をとらえた視点までもが対になるような構成を示すことにもなろう。つまり刻々と移り変わっていく情景の描写を、二つの素材でそれぞれ対比させている文章構成となっている。これは単なる偶然ではなく、導入部としてのパターン提示と見られるのではないか。以下、文章構成の対比という視点で、続く夏・秋・冬の各本文を分析してみたい。

二　「夏」について

「夏」の部分では、「夜」のものとして「月」「闇」「蛍」そして「雨」の四つの素材が登場する。一見、何の関連もないような素材ではあるが、対比の構成という視点でとらえ直した場合、次の点が指摘できよう。まず、「月」と「闇」とは「月」があるかないかという対比がなされ、そして「月」と「蛍」とでは、夜に光る素材の大きさの極端な対比がなされている。次のように図示してみると、より一層明確にとらえることができる。

「月」に関しては、満月（月のころ）と闇夜（闇）といった月の有無の中で両極端な状態が対比されている。しかもそれぞれを「さらなり」「なほ」と評価していると同時に、夜に光るものとして「月」とは極端に大きさが異なる「蛍」を第二の素材として取り上げ、さらに「月」と同様の視点でとらえて「多く飛びちがひたる」と「ただ一つ二つほのかにうち光りて行くも」といった分量的に極端な状況を対比させているのである。

【図二】　夏①

（月）月のころは　さらなり
⇔【素材・有無】⇔【評価】
闇も　なほ
⇔【素材】
蛍の　多く　飛びちがひたる
また　⇔【分量】　⇔【様態】　をかし
ただ一つ二つ　ほのかにうち光りて行くも

また、多くの蛍が無数の光点の明滅により「飛びちがひたる」ととらえられているのに対し、一、二匹の蛍は「うち光りて行く」と記され、共に動きを視野に入れた表現となっていることも注目されよう。「月」も「蛍」も、それぞれ極端な様態が対比され、その数量の少ない方に対しても同レベルで評価がなされている。これは「闇も」「ほのかにうちひかりてゆくも」といった助詞「も」によってそれぞれが列挙されている点からも確認できよう。

この方法は、続く「雨など降るもをかし」にも敷衍されていると見ることができる。すなわち「月」や「蛍」が見えるのは晴れた日の夜であり、その対比項として「雨」という素材が選択されたのではないか。この対比の論理に注目すれば、夏に取り上げられた四つの素材は、当該本文のように「月」「闇」「蛍」そして「雨」という順序でしか書き進められようがないことになる。これは素材の配列という点でも、微妙なバランスが保たれていることになろう。大きなレベルでの対比だけではなく、その下のレベルでも対比がきちんと意識されており、その配列までもが徹底されて、この文章が構成されていることになる。

以上の点をふまえ、前提となっていることを注記しながら、「夏は夜」全体の対比の構成を図示すれば、次のようになろう。

【図三】　夏②

（晴れた日の夜）

（月）　月のころは　⇔【素材・有無】　さらなり　⇔【評価】

闇も　なほ

⇔【素材】

蛍の　多く　飛びちがひたる

また　⇔【分量】　⇔【様態】

ただ一つ二つ　ほのかにうち光りて行くも　をかし

⇔【評価】

雨など降るも　をかし

このように整理してみると、書き手の清少納言は、晴れた日の夜の景物としての素材「月」と「蛍」を取り上げて、それぞれの極端な分量対比に注目して文章を構成し、ともに評価した後、前提となっていた「晴れた日」への対比項として「雨」を選択したのではないか、と分析できよう。清少納言の視点は「月」という大きなものから「蛍」という小さなものへという素材の大きさの対比から、「月」「蛍」それぞれの有無や極端な分量の対比、そして「晴れた日」から「雨」へという状況の対比まで、視点が自在に移動していることがわかる。そして二項が一意的対応をすることで完結した構成になっている「春」と比べ、「夏」においては同様な対比の手法をとりながらも、やや複雑な対比の構成になっていると言えよう。

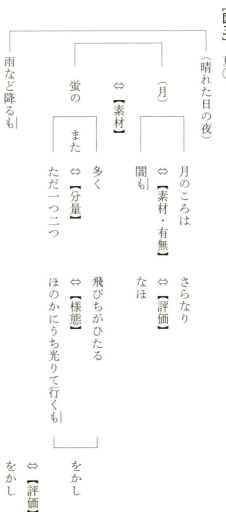

三　「秋」について

「秋」の部分では、「夕日のさして」いる時間帯と「日入り果てて」後の時間帯といった大きく二つの時間帯においてそれぞれの景物を素材として取り上げていることに気付く。

まず「夕日のさして」いる時間帯においては、山の端がたいそう近くに感じられることが示されている。傾いた「夕日」が沈み行く先の「山の端」という遠景を眺めることから始まり、次に作者の視線を横切って空中を飛翔して行く「烏」と「雁」を素材として記している。対比の構成という視点からとらえると、寝所へ行くとおぼしき「烏」が「三つ四つ、二つ三つなど」と小単位で「飛び急ぐ」ように見える様態を「あはれなり」とするのに対して、夕暮の空を大集団で連なり旋回飛行する「雁」が「いと小さく見ゆる」様態を「いとをかし」ととらえている。

このことから、「烏」と「雁」という二つの素材を景物とし、まず飛翔の様を「三つ四つ、二つ三つなど」と「つらねたる」という分量の対比としてとらえ、次に「飛び急ぐ」と「小さく見ゆる」という様態の対比でとらえ、最後にそれぞれに対して「あはれなり」と「いとをかし」という異なる感覚批評による対比で、各々の特有性を評価していると指摘できよう。それはまた、二つの景物をそれぞれのレベルで対比させながら記している文章の構成を意図したと見ることができる。

後半の「日入り果てて」後の時間帯においては、「風の音」と「虫の音」が対比されているが、これは前半の「夕日のさして」の時間帯の景物がすべて「視覚」によってとらえられているのに対し、「日入り果てて」後においては、すっかり日が落ちた後の時間帯となり視覚でとらえられる景物がないために、「聴覚」においてしかとらえられないものを素材として対比させたと考えられるのではないか。

なおかつ「風の音」にせよ「虫の音」にせよ、どちらも耳に聞こえるものであるのだから、これはごく近い所のものであり、それはとりもなおさず視覚でとらえた遠景とも対比されるものとなっていることになる。

これを図示すると、次のようになろう。

［図四］ 秋

夕日のさして、山の端いと近うなりたるに、

まいて　烏の　寝所に行くとて　三つ四つ／二つ三つ　など　飛び急ぐさへ　あはれなり

⇔【素材】　⇔【分量】　⇔【様態】　⇔【評価】

雁などの　つらねたるが　いと小さく見ゆるは　いとをかし

⇔【時間帯】　⇔【視覚と聴覚】

日入り果てて　風の音／虫の音　など　はた言ふべきにあらず

⇔【素材】　⇔【評価】

それぞれの時間帯において、素材が視覚と聴覚によってとらえられている。しかも視覚においては分量と様態の対比でとらえられ、それが「あはれなり」と「いとをかし」という感覚で各々が評価されている。そして最後に聴覚によってとらえられた素材「風の音」「虫の音」に対しては、今までとは異なって「あはれ」「をかし」といった端的な評価を下すのではなく、「はた言ふべきにあらず」として記している。この点に注目すれば、評言の微妙な使いわけにもまでも、対比の構成を強く意識して記していることが指摘できよう。

四　「冬」について

「冬」においても、「秋」と同様に「つとめて」（早朝）と「昼になりて」という二つの時間帯が記されている。ただし「つとめて」（早朝）に対する「昼」において注目されるのは、ここに至り初めて「わろし」とマイナスの評言が登場することである。これまでの記述のように、各時点における評価対象となってきた事象が、プラスから一気にマイナスへと転換させられていることで、それまでそれぞれの段階ごとに多角的な評価によって構成されていた図式が、この章段の末尾に至っていきなり崩れて、予定調和的な構成ではなくなっているのである。したがって「冬」における対比の構成は、より一層注意深く考えていかなければならないだろう。そこに書き手の意図した構成は指摘できるのだろうか。

まず冬の「つとめて」（早朝）における素材の景物として、「雪の降りたる」様と「霜のいと白き」様が、二項の対比として並べられていることが指摘できる。この点に関しては「春」「夏」「秋」までの部分と同様の構成であるとしても、前者の「雪の降りたる」に対しては「言ふべきにもあらず」という評言がなされ、これは直前に位置する「秋」の最末部分「はた言ふべきにあらず」と重複していると言える。能因本系本文においては「秋」の最末尾の部分「はた言ふべきにあらず」が見えないこととも関わってくる問題でもあるが、三巻本系本文に従えば、秋の日没後の「風の音」や「虫の音」も、また早朝の雪も、ともに他の言葉では言い表せないほどすばらしいものとしてとらえていることになる。

その最上級とも言える事象と対比されているのが、当該本文に続く「霜のいと白き」である。またそういった「雪」「霜」に対して一歩引いて、「またさらでも」に続いて示される「いと寒きに、火など急ぎおこして、炭持てわたる」という状況までもが、それぞれ冬の早朝には「いとつきづきし」と評価されているのである。

この部分では従来の二項対比の原則が崩れているように見えるのだが、次のように整理すると、二項ずつずれながら対比されており、最終的には三項がバランスを保って対比されている構成になっていることが理解できる。すなわち、当初提示された「雪の降りたる」と「霜のいと白き」という対比が、「白きも」に続いて譲歩を示す「またさらでも」によって、最上級の「雪」でも、またそれに次ぐ「霜」が「いと白き」でもないが、それらが存在するのと同じくらい「いと寒き」という状況において、とくに「火など急ぎおこして、炭持てわたるも」という行動に限定されているのは、色彩において赤い「火」と黒い「炭」が、「いと白き」と対比されているためと考えられるのである。

このように、段階を追って順に対比されていく「冬」の部分において、「霜のいと白き」と「火など急ぎおこして、炭持てわたる」が対比の構成となっていることは、隠れた応用として意図的に仕組まれていると見た方がよいのではあるまいか。一見しただけでは分かりにくい対比の構成ではあるけれども、当該章段は「春」の部分から対比の構成が少しずつ複雑に変化しながらも、それが基本型として貫かれていることに注目すれば、書き手の清少納言が意図的に仕組んだ対比の構成の変容であると見ることができるのではないか。したがって、「いとつきづきし」という評言は、「霜」の白、「火」の赤、「炭」の黒の、凛とした様を統括して「冬はつとめて」にふさわしい、とまとめていることになろう。

これに対して、続く「昼になりて」の時間帯では、「つとめて」(早朝)の「またさらでもいと寒きに」という最も譲歩した最低の条件に対して「ぬるくゆるびもていけば」といった正反対の状況が提示されている。気温が上がって寒さが緩んだと同時に、時間の経過によって「火など急ぎおこして、炭持てわた」ったものが燃え尽きてしまって、当初は評価の対象であった「火桶」の赤い「火」も、黒い「炭」も、今や「白き灰がち」になってしまって見る影もなくなってしまったことを記している。その結果、ついに「わろし」というマイナス評価が初めてここの評言として記されることになったのではないか。これを図示すると次のようになる。

【図五】

冬
（秋の最末尾評言「はた言ふべきにあらず」）
つとめて　（白）　⇔【評価】
雪の　降りたるは　言ふべきにもあらず
⇔【素材】　⇔【色彩】
霜の　いと白きも　⇔【評価】
またさらでも　⇔　⇔【色彩】
火など急ぎおこして（赤）　いとつきづきし
いと寒きに　⇔【色彩】
炭持てわたるも（黒）
⇔【時間帯】　⇔【色彩】　⇔【評価】
昼になりて、ぬるくゆるび持ていけば、（白）
火桶の火も白き灰がちになりて　わろし

寒い早朝に、急いでおこした真っ赤な「火」と、使いたての黒い「炭」が、気温がぬるんだ昼になると、同じ炭火ではありながらも燃え尽きて「白き灰がち」になってしまうという展開は、やはり色彩の対比を見据えての構成であり、それだけに同じ「冬」の季節の「白」い色彩であっても、異なった感覚でとらえられることになる。すなわち「つとめて」（早朝）と「昼」において、継続して着目し続けられた「火」の様態が変化し、その対比の構成が基本軸となって感覚の評言が百八十度転換して、プラス評価からマイナス評価となり、書き手の清少納言にとって、ついに認めがたい対象になってしまったのである。

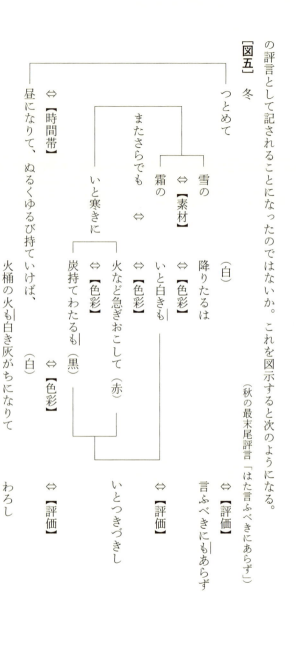

まとめ

このように対比の構成を視点として章段を分析していくと、四季として最後に記された「冬」の部分の構成は、三巻本系本文によれば直前の「秋」の最末尾の評言「はた言ふべきにあらず」を反復することから始まり、この変則的な対比は一見したところでは三項の対比を導くような構成の破綻をはらんでいるように見えながら、実はよく整理すると二項の一意対応による対比の構成が、互いにずれながら変容していった結果もたらされたものであることが指摘できよう。それは「春」から続く対比の構成という当該章段の原則を崩すことなく、章段構成の基本型として一貫させつつ、しかも単調に堕することを回避するため、意識的に対比の有り様を複雑にしていると読み取ることができるのではないか。

それは読み手の存在を意識して執筆していたと思われる書き手清少納言の、言わば腕の見せ所でもあり、また自らにとっても推敲し甲斐のあることでもあっただろう。(3)『枕草子』という書物の冒頭にこの様な構成を基本型とした章段を配し、四季の対比という大枠にそって、各季節の記述が「春」の部分の単純な対比からはじまって「夏」「秋」「冬」と進むにつれ、次第に複雑な対比へと変容していく構成は、読み手にとっても印象深い導入部分となり得る。

また「〜ゆく」や「〜たる」というような状況の進行形や存続という動きのある表現が多用されていることは、その対象の刹那的な事象に敏感に反応する清少納言の感性とも相応していよう。「春」の部分における「やうやう白くなりゆく山際」が「少し明りて」という瞬間や、「紫だちたる雲」が「細くたなびきたる」という刻々と変化し、決して回帰することのない一回性の瞬間を好む感覚とも通じるものが看取できるのではないか。

『枕草子』の冒頭章段は、漢籍における対句構造を引き合いに出して論じられた先行論文も多く(4)、様々な特徴が指摘できるが、それが書き手清少納言によって意図的に仕組まれているとしたら、読み手はその意図と狙いを解き明かしながら読み進むことで、書き手清少納言と向き合うことになる。そして読み手は書き手と知恵比べを楽しむ感覚で、表現の対比を手がかりにして章段の中に仕組まれた構成を発見しつつ読み進め、書き手の対象のとらえ方や着眼点を鑑賞していくことで、『枕草子』という作品をさらに印象深いものとするだろう。

本節では、章段の配列順序や本文異同の多い四系統の『枕草子』諸本に共通して「春は曙」が冒頭章段として確定されていることの意味を、表現の対比に注目し、章段構成の視点から問い直す試みの一つとしてまとめた。

当該章段においても、能因本系本文では「秋」の最末尾に「はた言ふべきにあらず」は記されていない。また、三巻本系に分類される諸本においても、刈谷市中央図書館蔵村上文庫本[5]『枕草子』においては、弥富破摩雄氏・田中重太郎氏旧蔵の現相愛大学・相愛女子短期大学図書館蔵本と同様に「冬はつとめて。雪の降りたるは、言ふべきにもあらず」が本文に見えず、『枕草子春曙抄』による校合で朱筆にて「冬は雪の降たるは」と補うものの、「冬はつとめて」という本文はついに記されていない。しかしそのような刈谷市中央図書館蔵村上文庫本の本文においても、「霜のいと白きも」に対して「またさらでも」を挟んで、「いと寒きに、火など急ぎおこして炭持てわたるもいとつきづきし」が、対比の構成としてとらえられていたことは動かない。また能因本系に分類される北村季吟『枕草子春曙抄』の本文においても、「虫のねなどいとあはれなり、冬は雪のふりたるはいふべきにもあらず」とあり、「つとめて」は見えない。それでも後半部の「昼になりて」から翻れば、冬の前半部が朝まだ寒い時分のことであると容易に推測できよう。したがってよほどの脱文がないかぎり、『枕草子』を読んだ人は、冒頭章段の本文が、表現の対比による構成を意図して記されたものであると気が付く機会があったことになる。それが書き手清少納言の意図したねらいでもあったと見てよいのではないか。

【注】

（1）萩谷朴氏著『枕草子解環』一（同朋舎　昭和五十六年）の当該章段の論説に詳しい。また萩谷氏著『枕草子解釈の諸問題』（新典社　平成三年）にも、氏の説かれる「対照法解釈」による詳細な論説がある。

（2）三巻本系統第一類本の陽明文庫蔵本は、第一段から「あぢきなきもの」まで欠くため、当該部分は弥富破摩雄氏・田中重太郎氏旧蔵の相愛大学・相愛女子短期大学図書館蔵本を底本としている。

（3）『枕草子』の跋文に「思ふほどよりはわろし、心見えなりとそしられめ」「物に立ちまじり、人並み並みなるべき耳をも聞くべきものかはと思ひしに」とあることから、書き手清少納言は、読み手を意識して書いていたことが看取できる。

（4）中島和歌子氏「『枕草子』初段「春は曙」の段をめぐって―和漢の融合と、紫の雲の象徴性―」『むらさき』第四一輯所収（平成十六年十二月）での指摘が特筆される。

（5）刈谷市中央図書館蔵村上文庫本の本文については、本書巻末の資料紹介を参照されたい。

第三章　〈場〉を活かす章段構成の論理

第一節　「宜陽殿の一の棚に」と発言した「頭中将」は源経房か

はじめに

『枕草子』の章段に描かれた男性貴族は、脇役として登場していながら、章段構成の上で解釈の鍵となるべき極めて重要な発言をしていることが多い。それは書き手としての清少納言が、各章段の主題にそって実際に見聞した事象を取捨選択して的を絞り込み、書き記したい内容を一層効果的に読み手に伝達するために、章段構成のためのいわば設計図を考え、それに基づいて意図的に配置したためとも言えよう。したがって一見何気なく描かれたように見える登場人物たちの発するひと言を主題の「表象」としてとらえて、その表現の意味するところを章段構成の鍵として注目し考えていくことは、書き手の清少納言が何を主題とし、どのような意図で当該章段を構成しまとめたのかを考えていく上で、きわめて重要なことであろう。

その点において『枕草子』第八九段「無名といふ琵琶」の章段末尾に記されている「『宜陽殿の一の棚に』といふ言ぐさは、頭中将こそし給ひしか」という一文は看過できない。古くは北村季吟が『枕草子春曙抄』において、「斉信卿にや」との傍注を加えて以来、先学諸注はこの「頭の中将」を藤原斉信[1]として人物考証をしている。当該章段後半部に描かれた「職の御曹司」での出来事は長徳元年（九九五）四月二十四日に薨じた藤原道隆を、その子供たちである定子や淑景舎（原子）、僧都の君（隆円）が「故殿」と呼んでいることから、「長徳元年九月十日、中宮が職の御曹司において、故父関白の忌日法要を営まれた時のことと思われる」と考証された萩谷朴氏の説[2]をはじめ、「長徳二年二月二十五日から三月四日まで[3]」とするものなど諸説がある。加えて斉信が「頭中将」を勤めた時期は、正暦五年（九九四）八月二十八日から長徳二年（九九六）四月二十四日であった[4]。これを史実年時考証の傍証として援用することも可能なのだろう。

また「宜陽殿」の母屋には、「累代の御物の楽器・書籍・武器などを収蔵した[5]」という。当該章段末尾の一文は、「御前に候ふ物は、御琴も御笛も、みな珍しき名つきてぞある」として天皇御物の楽器の銘を琵琶、和琴、横笛の順で、それぞれいくつか列挙して記している。

ここで注目したいことは、それらを「頭中将」なる人物が「宜陽殿の一の棚に」と常々口癖にしていたという記述である。清少納言の耳に届くほど繰り返して話していたのだから、当然これらの楽器について、宝物としての価値をその「頭中将」は十分認識していたはずである。また同時にそれら楽器の持つ価値について相応の知識を持ち得た人物の文言でなければ、珍しい名のついた故殿道隆形見の楽器を「宜陽殿の一の棚に」と口癖にしていたという話をわざわざ書き記すことの重みもなくなる。つまり書き手の清少納言が、当該章段において末尾に当該の一文をわざわざ書き記したことの意味が説明できなくなってくる。この「頭中将」は、どうしても楽器に通じた人物でなければならない。

しかしながら諸注が考証する藤原斉信は、楽器についてそれほど明るい人物であったのかどうかは、はなはだ心もとない。「宜陽殿の一の棚に」を口癖にしていたと言う「頭中将」なる人物は、はたして藤原斉信なのか。あるいは、この文言を発するにふさわしい別の人物を想定することはできないのだろうか。

一　藤原斉信の呼称

『枕草子』において、「頭の中将」と呼称される人物が藤原斉信しか該当しないことは、すでに諸注の指摘されるところである。斉信が登場する章段は、当該章段を含めないで数えると七つにわたる。まずそれぞれの章段における斉信の呼称を検証してみたい。

〈資料一〉斉信の章段別呼称

①第七八段「頭中将のすずろなるそら言を聞きて」

a「頭中将」　地の文・源宣方と橘則光の発言

b「頭の殿」　主殿司の発言

②第七九段「返る年の二月二十余日」

a「頭中将」　地の文

b「頭の殿」　主殿司の発言

c「斉信」　定子の発言

③第八〇段「里にまかでたるに」

d「宰相の中将」　橘則光の発言

④第一二三段「はしたなきもの」後半部「八幡の行幸の還らせ給ふに」

e「斉信の宰相中将」　地の文

⑤第一二九段「故殿の御ためにに」

f「頭中将斉信の君」　地の文

⑥第一五五段「故殿の御服のころ」
a「頭中将」　地の文・源宣方の発言
d「宰相中将」　地の文・源宣方の発言
g「宰相の中将斉信」　地の文
⑦第一九〇段「心にくきもの」
h「斉信の中将」　地の文

このように呼称として、a「頭中将」、b「頭の殿」、c「斉信」、d「宰相の中将」、e「斉信の宰相中将」、f「頭中将斉信の君」、g「宰相の中将斉信」、h「斉信の中将」の八種類あるが、c「斉信」と実名だけで呼称されるのは定子からのみで、またb「頭の殿」と呼ばれるのは主殿司からのみである。h「斉信の中将」以外では、必ずa「頭中将」、もしくはd「宰相の中将」と官職名を付して呼ばれていることが確認できる。

また、斉信が登場する章段の内容は、仲たがいしていた関係を漢詩文等の教養をベースにしたやりとりを通じて復交に至る顚末を描いた第七八段、第一二九段と一五五段。斉信のすばらしい服装を賞賛した第七九段と第一二三段。清少納言に執心する様子を記した第八〇段。五月の長雨の頃の斉信の薫物の香を賞賛した第一九〇段となっている。斉信は漢詩文や和歌を応用したやりとりに才能を発揮し、記憶力もよく、しゃれたふるまいをする人物として、清少納言から大変好意的に記されている。しかし、管絃の遊びの場面で演奏者として登場することはない。

二　藤原斉信と管絃

次に『枕草子』から離れて、斉信の音楽にまつわる話を歴史物語などから検証してみたい。『大鏡』には管絃をめぐる斉信の逸話はない。『栄花物語』(6)で斉信は、巻第四「見果てぬ夢」において一条太政大臣為光の子として正暦三年（九九二）に中将と記述されてから、長元八年（一〇三五）三月に正二位大納言・民部卿・中宮大夫として六九歳で薨じる巻第三二「歌合」までの長きにわたって登場するが、管絃の遊びに関わる場面で斉信の参加が記されるのは、唯一、巻第八「初花」において土御門第での中宮彰子の敦成皇子出産（後の後一条天皇）に関わる、寛弘五年（一〇〇八）八月下旬の一連の記述箇所のみである。

〈資料二〉『栄花物語』巻八「初花」

かくいふ程に、八月廿余日の程よりは、上達部、殿上人、さるべきは皆とのゐがちにて、階の上、対の簀子、渡殿などにうたたねをしつつあかす。そこはかとなき若君達などは、読経争ひ、今様歌ども声を合せなどしつつ、論じあはて《ママ》給ふもをかしう聞ゆ。ある折は宮の大夫、左の宰相中将、（左兵衛督）、美濃少将などして遊び給ふ。それはまことにをかしうて、そらざれの何となきは、まめだちたるもさすがに心苦し。この頃薫物合せさせ給へる、人人に配らせ給ふ。御前にて御火取ども取り出でて、さまざまのを心みさせ給ふ。

この場面で「宮の大夫」とあるのが藤原斉信で、この時四十二歳。従二位権中納言で右衛門督と中宮大夫を兼任している。また「左の宰相中将」は源経房。従三位参議で左近衛権中将と近江権守を兼任し四十歳。「左兵衛督」は陽明文庫本と西本願寺本に見える本文で勘物によれば藤原懐平。正三位参議で東宮大夫、左兵衛督、検非違使別当、伊予権守を兼任し五十六歳。「美濃の少将」は源済政で右近衛権少将であった。経房、済政ともに勘物注記がある。

また『栄花物語』のこの記述が『紫式部日記』を基にしたものであることは、すでに松村博司氏が『栄花物語全注釈』において指摘され、周知のことである。『紫式部日記』[7]においては冒頭近くの場面に見える。

〈資料三〉『紫式部日記』

八月二十余日のほどよりは、上達部、殿上人ども、さるべきは、みな宿直がちにて、橋の上、対の簀子などに、みなうたたねをしつつ、はかなうあそび明かす。琴、笛の音などには、たどたどしき若人たちの読経あらそひ、今様うたども、ところにつけては、をかしかりけり。宮の大夫、左の宰相の中将、兵衛の督、美濃の少将などして、あそびたまふ夜もあり。わざとの御あそびは、殿おぼすやうやあらむ、せさせたまはず。年ごろ里居したる人々の、中絶えを思ひおこしつつ、まゐりつどふけはひ、さわがしうて、そのころはしめやかなることなし。

二十六日、御薫物あはせはてて、人々にもくばらせたまふ。まろがしゐたる人々、あまたつどひゐたり。

この管絃の遊びのメンバーが「左兵衛督」ではなく「兵衛の督」となると、源憲定が考証される。村上天皇孫で一品式部卿為平親王と源高明娘との間に生まれた一男で、頼定の同母兄。従三位非参議で右兵衛督を兼任しているとみられる。同母弟の頼定が貞元二年（九七七）生まれだから、兄の憲定はこの時三十三歳以上であった。この場面は『紫式部日記』の記述によると、彰子の父道長の考えで「わざとの御あそび」（表だった管絃の遊び）ではなかった、という事情がわかる。御産を間近にした中宮彰子が、宿直として詰めている男性貴族たちと管絃の遊びを楽しんだということだったのである。しかし「わざとの御あそび」ではなかったにせよ「琴、笛の音などには、たどたどしき若人たち」ではなかった。このメンバーすなわち藤原斉信・源経房・藤原懐平もしくは源憲定・源済政という顔ぶれのうちで、源済政と源経房は次に述べるように一条朝の管絃の名手としての活躍が様々に記録されているのだが、藤原斉信に関するものとなると、当該記事の『紫式部日記』と『栄花物語』に共通するこの記事ただ一つのみしか確認できないのである。

三　管絃者ではない斉信

さらに斉信が管絃に堪能でなかったらしいことが、『十訓抄』(8)に記された逸話からも伺い知ることができる。

〈資料四〉『十訓抄』第一ノ三一

後一条院の御時、清暑堂の御神楽に、公任卿、拍子取るべきにてありけるに、期にのぞみて、斉信卿、上臈にて上に居られたりけるに、「管絃者にてあらねば、さだめてよも承伏せじ」と思ひて、笏をさしやりて、気色ばかりゆづる由をせられけるに、辞することもなくて、やがて拍子を取られけり。思はずにあへなくおぼえて、終始聞くに、失なくめでたし。

こと果てて「いつより、このことは御沙汰候ふぞ」といはれければ、「公事の道にて候へば、かたのごとく用意仕れり」とぞ答へられける。いみじかりけり。

定頼、「朝倉」うたはれけるは、この日なり。

この話は、斉信の怠りない普段の心構えを賞賛したものである。斉信は公任に遅れること四年、長徳二年（九九六）四月二十四日に従四位上参議として公卿に列席したが、このとき公任は正四位下参議で、序列としては斉信より五名上席であった。それが八年後の長保六年（一〇〇四）十月二十一日、斉信が松尾平野社行幸行事賞により従二位に叙せられたことで、権中納言ながら正三位中納言の公任を序列で越えた。これ以後、治安四年（一〇二四）十二月二日に公任が正二位権大納言で致仕するまで、斉信は公任の上席であり続ける。斉信は公任よりも一歳年少である。後年に六十歳を過ぎてから、長谷で出家した公任を斉信が訪ねて、互いの身の不幸を語り合って慰め合う様が『栄花物語』巻二七「ころものたま」に描かれているが、青壮年期の二人は競い合う仲であった。一条朝随一の芸達者でありこの時拍子を取る役であった公任は、自分よりも上位となった斉信に対するライバル意識も働いたのだろう。公任は若い頃から管絃・和歌・作文と各分野で才能を発揮し、「三舟の才」(9)と讃えられるほど自他ともに認める才人であった。この逸話で注目したい点は、「管絃者にてあらねば」という公任の思惑である。この文言がいみじくも指し示しているように、斉信は「音楽の心得のある人物ではない」と思われていた。その斉信が、形ばかりに拍子役を譲ろうとした公任に対し、「固辞するであろう」という大方の予想に反して譲られるまま引き受け、何と過失が無いばかりか「めでた」く拍子を取り終えてしまった。この顚末が公任をはじめ他の者たちにとって大変意外なことであったからこそ成立する説話である。

また『栄花物語』巻第二四「わかばえ」には、枇杷殿妍子の大饗における管絃の遊びの最中に、斉信が『和漢朗詠集』所収の漢詩を吟じる場面がある。

〈資料五〉『栄花物語』巻二四「わかばえ」

殿ばら今は御遊になりて、いみじうをかしきに、夜に入りたり。ものの音ども心ことなり。御土器に花か雪かの散り入りたるに、中宮大夫うち誦じ給ふ。「梅花帯雪飛琴上、柳色和煙入酒中」。また誰ぞの御声にて、御土器のしげければ、「一盞寒燈雲外夜、数盃温酎雪中春」など、御声どもをかしうてのたまふに、「なにか、今日は万歳千秋をぞいふべき」など、宣ふもあり。さまざまをかしく乱れ給ふ。

斉信が折につけてその場に合った漢詩の一節を吟じることは『枕草子』においても散見されることであった。ここでは斉信の誦した一節に異論も出たようだが、いずれにせよこういう場面で斉信は漢詩の一節を誦し、それが話題になって書き記されると言う図式に変わりはない。管絃楽器の担当者ではなく、その場にふさわしいと思われる漢詩文を一節誦して場を盛り上げることこそ斉信の役であり、それは自他ともに認められていたのだろう。

つまり斉信は「管絃者」ではなかった。とすると『紫式部日記』と『栄花物語』に共通する話は、当時斉信が彰子の世話をする中宮大夫という職掌柄加わっていたと見られる類のもので、管絃の名手だから加わっていたとは言えないことになる。もちろん清暑堂の時のように、役職柄普段の用意は予め怠り無くしていたのだろうが。

なお『十訓抄』の記述では、この時公任息の定頼が「朝倉」をうたったとあり、それを長元九年（一〇三六）十一月十九日のことかとする『御遊抄』の考証もあるが、斉信は前年の長元八年三月に薨去しているのでここではその説に従わない。また長和五年（一〇一六）十一月十七日とみる説[10]もあるが、むしろ公任は斉信に序列を越された時、それに抗議して辞表を提出していることからも、長保六年に近い時の出来事と考えられると思う。

四　一条朝における管絃の担い手たち

では、前掲の『栄花物語』と『紫式部日記』に共通する記事における「宮の大夫」斉信以外のメンバーについて見てみよう。

まず「美濃の少将」源済政は『尊卑分脈』[11]によれば「絃管哥舞達者」とある。龍笛・和琴・郢曲・舞曲・蹴鞠の名手であった源時中の子で、自らも笛・鞠・郢曲・和琴・箏の名手として著名であった。

また「左の宰相中将」源経房は、『紫式部日記』最末尾で彰子所生の第二皇子敦良親王（のちの後朱雀天皇）の「御五十日」の祝いが催された寛弘七年（一〇一〇）正月十五日に、儀式後の管絃の遊びの時に笙の笛を担当している。

〈資料六〉『紫式部日記』

御あそびあり。殿上人は、この対のたつみにあたりたる廊にさぶらふ。地下はさだまれり。**景斉の朝臣**、**惟風の朝臣**、**行義**、**遠理**などやうの人々。うへに、**四条の大納言**拍子とり、**頭の弁**琵琶、琴は……（ママ）、**左の宰相の中将**笙の笛とぞ。双調の声にて安名尊、つぎに席田、此殿などうたふ。がくは鳥の破、急をあそぶ。外の座にも調子などを吹く。歌に拍子うちたがへてとがめらる。伊勢の海。**右の大臣**「和琴いとおもしろし」など聞きはやしたまふ。

藤原遠理は篳篥《ひちりき》の名手だから、この場面で「景斉の朝臣、惟風の朝臣、行義、遠理などやうの人々」といった地下人の管絃の名手や、殿上人の四条大納言（藤原公任）の拍子、頭の弁（源道方）の琵琶、（琴は誰が担当したか不明）といったメンバーの一員として、左の宰相の中将源経房は殿上人の揃った晴れの席の演奏で笙の笛を担当している。この経房は『枕草子』第七七段「御仏名のまたの日」で、正暦五年（九九四）もしくは翌長徳元年に清涼殿で催されたと考証される管絃の遊びにおいても、笙の笛を演奏している。

〈資料七〉『枕草子』第七七段

雨いたう降りて、つれづれなりとて、殿上人、上の御局に召して、御遊びあり。**道方の少納言**、琵琶、いとめでたし。**済政**、箏の琴、**行義**、笛、**経房の中将**、笙の笛など、おもしろし。

『紫式部日記』と『枕草子』の管絃の遊びの演奏担当者として共通している琵琶の源道方、笙の笛の源経房、笛の平行義、それに加えて源済政という顔ぶれから、源経房はやはり管絃の名手であったことがわかる。

藤原懐平と源憲定については、管見に入る限り管絃者としての記録を見出せないが、彼ら二人と藤原斉信以外のメンバー、すなわち源済政と源経房は、名実共に一条朝を代表する「管絃者」であったことになる。

五　「頭中将」とあることの疑問

このように考えてくると、当該章段における末尾の一文「『宣陽殿の一の棚に』といふ言ぐさは、頭中将こそし給ひしか」は、「管絃者」ではない「斉信」が口癖にしていたとするには、問題があるのではないか。

『校本枕冊子』[12]本文篇によると、当該部分の異文は能因本系の十三行古活字本のみ、一字分空白で「中将」とあるだけで、あとは三巻本系、能因本系ともに「頭の中将」もしくは「頭中将」とある。前田本と堺本系には当該章段はない。そして『枕草子』において「頭中将」が斉信以外を指すと考えられるのは、三巻本系では次の二箇所のみである。

一つは第一六五段「君達は」で「君達は、頭中将。頭弁。権中将。四位少将。蔵人弁。四位侍従。蔵人少納言。蔵人兵衛佐」とある。これは官職名を列挙した文脈において筆頭に挙げられているもので、具体的な人物を指したものではない。

いま一つは第一三六段「なほめでたきこと」である。臨時の祭をめぐる随想的章段において、「頭中将と言ひける人の、年ごとに舞人にて、めでたきものに思ひしみけるに、亡くなりて、上の社の橋の下にあなるを聞けば、ゆゆしう、ものをさしも思ひ入れじと思へど、なほこのめでたき事をこそ、さらにえ思ひ捨つまじけれ」とある。昔の「頭中将」で舞人を何度も勤めた人が、死後も魂が橋の下に留まっているという話を記したものであるが、該当しそうな「頭中将」を見出し得ず、しかもこの「頭中将」は能因本系本文では「良少将」、前田家本では「在五中将」とあるなど本文に問題があることから、外して考えたほうがよいだろう。(13)

それ以外の「頭中将」例は〈資料一〉で示したように、すべて斉信の官職呼称である。したがって当該箇所においても本文に「頭中将」とある限り、斉信を指すと考えざるを得ない。だが、前述したように斉信は「管絃者」ではないから、章段末尾に「『宜陽殿の一の棚に』といふ言ぐさは、頭中将こそし給ひしか」の文言をわざわざ書き記したところで、故殿道隆の形見の楽器のすぐれた価値を示す説得力に乏しい。では当該章段の「頭中将」をどう考えたらよいのだろうか。

当該本文に異文がないことが引っ掛かりはするものの「頭中将」とある本文自体に問題があるのではないか。すなわち「頭中将」とある「頭」字が、「左」字あるいは「右」字の誤りなのではないか。この「頭」・「左」・「右」の三字は、草書体漢字において、極めてよく似た字形となる。また三巻本系二類本と能因本系には「頭の中将」ではなく「の」を書かない「頭中将」とするものが多い。(14)「頭（の）中将」は、「左（の）中将」あるいは「右（の）中将」の字形転化ではないか。

六　「右中将」源経房か

林和比古氏の御論考「中将考」[15]は、跋文に記された『枕草子』の成立を考察するために、能因本系長跋に「権中将」、能因本系短跋及び三巻本系跋に「左中将」と記される経房の官職呼称を手掛かりにして、『権記』その他諸記録類を精査された実証的な御論考で、附録に「一条朝中将補任譜稿」を掲載されている。その表で「左中将」と「右中将」を永祚元年（九八九）から寛弘九年（一〇一二）まで編年で該当人物が考証されている。『近衛府補任』[16]と併せてみると、長徳元年（九九五）前後で『枕草子』に登場する男性貴族としては、斉信以外に、藤原実方、源宣方、藤原隆家、そして源経房の名を見出せる。実方は賀茂臨時祭の舞人として挿頭花の代わりに呉竹の枝を挿して満座の感嘆を得た逸話[17]が伝わるが、楽器についての名声を得た逸話は見当たらない。源宣方、藤原隆家も同様に管見に入るかぎり見出し得ない。

ところが、源経房は「管絃者」として名を挙げられる人物なのである。すでに〈資料五〉で示した『紫式部日記』最末尾の記述以外においても、『栄花物語』において「管絃者」としての活躍が確認できる。

〈資料八〉『栄花物語』巻十三「ゆふしで」

枇杷殿の宮には、故院の御笛を、宮の権大夫とあるは、源中納言に、「これが違ひたる所繕ひて」とて預けさせ給へりけるを、物の中より取り出でて「かうかう侍りしを、忘れて今まで参らせず侍りける」とて、御前に参らせ給て、やがて少しうち吹き鳴らし給ふを聞きて、命婦の乳母、

笛竹のこの世を長く別れにし君がかたみの声ぞ恋しき

この逸話は十三巻の巻末に位置し、寛仁元年（一〇一七）五月九日に崩御した三条院を偲ぶ話の一つである。故三条院が生前に愛用された笛の調律を源経房に依頼し預けていたものを、三条院没後に三条院中宮妍子のもとに持参し、その場で少し演奏して故人を偲んだという。経房は笛を預かって調律し、それを持参して吹き、命婦の乳母が亡き三条院を偲ぶ歌を詠んだ。松村博司氏はこの逸話の語釈で、経房について「音楽に堪能であったから、

笛の修理を頼まれたのであろう」[18]とされる。ちなみにこの和歌は後世の勅撰集である『玉葉和歌集』巻十七雑四の第二三六九番歌に枇杷皇太后宮御匣の詠歌として、第五句を「かなしき」の形で採られている。

経房の「近衛中将」としての経歴は、『近衛府補任』によれば「権右中将」が長徳二年（九六）七月二十一日から同四年十月二十三日まで。同日転任して「権左中将」となり、長保三年（一〇〇一）八月二十五日からは「蔵人頭」を兼任して「頭中将」になっている。寛弘二年（一〇〇五）六月十九日に参議に転任するが、引き続き「権左中将」を勤め、長和四年（一〇一五）二月十八日に権中納言に転任するまでの十五年にわたり「権左中将」であった。

『枕草子』における源経房の呼称は、次の四通りである。

①「右中将」（第一三七段「殿などのおはしまさで後」）

②「経房の中将」（第七七段「御仏名のまたの日」）

　同（第一三〇段「頭弁の職に参り給ひて」）

③「左中将経房の君」（第八〇段「里にまかでたるに」）

④「左中将、まだ伊勢の守と聞えし時」（跋文）

跋文の記述から、『枕草子』の流布に大きな関わりを持ったと見られる源経房が登場する章段は、正暦四年または五年と考証される第七七段（当時、経房は左近衛少将[19]）から伊勢守時代の長徳元年を経て、長徳二年と考証される第一三七段。長徳二、三年と考証される第八〇段。長徳三、四、長保元年と幅をもって考証される第一三〇段に登場する。笙の笛を奏した第七七段。里居中の清少納言を訪ねた跋文と第一三七段。斉信も知らされていなかった里居中の居場所を橘則光、源済政とともに予め知らせてもらっていたという第八〇段。清少納言が行成から褒められていたことを我が事のように喜び報告しにきた第一三〇段。これらの章段の記述から、清少納言とごく親しい関係にあったことがうかがえる。

清少納言とも親しく、「管絃者」でもあった源経房こそ、「宜陽殿の一の棚に」という「言ぐさ」を口癖にしていたとわざわざ記述されるのにふさわしい人物ではあるまいか。

まとめ

加藤磐斎『清少納言枕双紙抄』の標注に次の注釈がある。

〈資料九〉『清少納言枕双紙抄』

小野宮右府記云、長保一年（ママ）十一月十五日新宮之後出御南殿、同右大臣以下管絃人着御前草墪、次召書司、々々女儒取宇陀法師出自御障子戸置草墪前、又絲竹次々取出皆書司女官役之人、見前例、或書司女官取出和琴、已後次々絲竹近衛次将等執之賜。

この記事は現存『小右記』には見られないが、『源氏物語』古注では「藤の裏葉」巻の「宇陀法師」の注釈として次のように見える。定家『源氏物語奥入』[20]には「長保二年十一月十五日小野右府」の記述として、四辻善成『河海抄』[21]には「小野宮右大臣記、長保二年十一月十五日」の記述として見え、大日本古記録『小右記』は、十一巻「小右記逸文」[22]に「長保二年十一月」逸文として『河海抄』から採っている。注釈記述の文言からすれば、『河海抄』は『源氏物語奥入』を踏襲しているが、『源氏物語奥入』には大島本（第一次本）・定家自筆本（第二次本）ともに「見前例、或書司女官取出和琴、已後次々絲竹近衛次将等執之賜」の記述は見られない。おそらく加藤磐斎は『河海抄』の注釈を出典として、そのまま標注に掲げたのだろう。

この「近衛次将等」とは、近衛府の次将すなわち左右の近衛中将を指すから、磐斎の注によると「書司（ふみのつかさ）」の女官が「絲竹」すなわち管絃楽器を次々と取り出し、それを近衛中将たちがとって着座している管絃者たちに渡したということになろう。

正暦五年（九九四）から長徳三年（九九七）までの間に「中将」を勤めた男性貴族たちの顔ぶれは、藤原道信、斉信、正光、道綱、実方、隆家、源宣方、藤原頼親、源経房らである。近衛中将たちは管絃楽器にふれる機会があったが、書き手である清少納言が当該章段末尾の一文をわざわざ書き記すことの意味を考えると、「宜陽殿の一の棚に」と発言していた人物とは、管絃に明るいとは言えない藤原斉信ではなく、「管絃者」として認められていた源経房なのではあるまいか。本文の「頭（の）中将」が、「左（の）中将」あるいは「右（の）中将」の誤りではないかと見る仮説は、異文が十三行古活字本の一字分空白による「中将」しかない現存写本、刊本の状況からすると不利であることは否めない。しかし管絃楽器に詳しく、当該章段の主題に照らしてこの発言に重みを持たせる効果のある人物としては、「管絃者」たる源経房を想定するのがふさわしいと考えられるのである。

【注】

（1）松尾聰氏、永井和子氏校注・訳の新編日本古典文学全集『枕草子』（小学館　平成九年）頭注に「藤原斉信をさすか」とある。
（2）萩谷朴氏校注の新潮日本古典集成『枕草子』（新潮社　昭和五十二年）の当該頭注による。
（3）池田亀鑑氏著『全講枕草子』（至文堂　昭和五十二年）による。
（4）市川久氏編『蔵人補任』（続群書類従完成会　平成元年）による。
（5）『国史大辞典』第四巻（吉川弘文館　昭和五十八年）の「宜陽殿」項による。
（6）『栄花物語』本文は、松村博司氏著『栄花物語全注釈』（角川書店　昭和四十四―五十七年）による。
（7）『紫式部日記』本文は、中野幸一氏校注・訳の新編日本古典文学全集（小学館　平成六年）による。

（8）『十訓抄』本文は、浅見和彦氏校注・訳の新編日本古典文学全集（小学館　平成九年）による。
（9）『大鏡』頼忠伝の他、『袋草紙』『十訓抄』『古今著聞集』などに見える逸話。
（10）小島孝之氏・浅見和彦氏編『撰集抄』（桜楓社　昭和六十年）における巻八―九「四条大納言歌事」の頭注による。
（11）『尊卑分脈』第三巻（吉川弘文館　昭和五十八年）による。
（12）田中重太郎氏編著『校本枕冊子』上巻（古典文庫　昭和二十八年）による。
（13）萩谷朴氏は「藤」と「頭」との草体の相似による転化本文と見て「藤中将」とする説を、新潮日本古典集成『枕草子』と『枕草子解環』三（同朋舎　昭和五十七年）において展開される。
（14）三巻本系第一類本では高松宮本現国立歴史民俗博物館蔵本や刈谷市中央図書館蔵村上文庫本など。三巻本系第二類本では弥富破摩雄氏旧蔵現相愛大学相愛女子短期大学図書館蔵本や勧修寺家本など。また能因本系では三条西家旧蔵現学習院大学蔵本などが「頭中将」として「の」を入れない本文。
（15）林和比古氏著『枕草子の研究』（右文書院　昭和三十九年）所収。
（16）『近衛府補任』第一巻（続群書類従完成会　平成四年）による。
（17）『古事談』及び『十訓抄』に見られる逸話。
（18）『栄花物語全注釈』三の当該章段語釈による。
（19）刈谷市中央図書館蔵村上文庫本は、第七七段の当該本文を「つねまさの少将」としているのが注目される。
（20）『奥入』は池田亀鑑氏編著『源氏物語大成』第十三冊（中央公論社　平成元年普及版第三版）による。
（21）『河海抄』は天理図書館善本叢書（八木書店　昭和六十三年）による。
（22）大日本古記録『小右記』十一（岩波書店　平成四年）による。

第二節　場面を展開する右近内侍の役割

はじめに

『枕草子』に登場する右近内侍は、一条天皇付きの内裏の女房である。出自は未詳ながらも当時の男性貴族が記した日記では、藤原行成が記した『権記』、藤原道長が記した『御堂関白記』に見えるほか、源時明の私家集『時明集』の詞書にもその名が登場する。

『栄花物語』巻五「浦浦の別」にある記述によると、中宮定子が脩子内親王や敦康親王を出産した時に、右近内侍はその御湯殿に奉仕するなど、定子とも親しい間柄であったようだ。

『枕草子』では、第七段「上に候ふ御猫は」（以下「翁丸章段」とする）と第八三段「職の御曹司におはしますころ、西の廂に」（以下「雪山章段」とする）といった長編章段のほかに、第九六段「職におはしますころ、八月十余日の月明き夜」と第二二二段「細殿に便なき人なむ」の短編章段に右近内侍の名が記されている。日記的章段で合計四章段、六場面に登場しており、内裏の女房でありながら定子のもとによく出入りしていたことが確認できる。いずれの場面でも脇役としてその言動が記されるにすぎないのだが、右近内侍が登場することで、それらの場面が急展開している点は注目に値する。

本書は『枕草子』の章段内構成を分析するに当たり、書き手の清少納言が見聞した「出来事」を「書く内容」としてまとめ、順序立てて話を再構成する時、その展開と表現を有機的に絡み合わせて、結果として章段全体の構成が緊密になる様に話題の軸を設定し、それを中心に意図的に計算して書いていることを論証してきた。(1)

本節では、まず一条天皇の時代における右近内侍(2)の位置付けを考察する。次に『枕草子』において右近内侍が登場する四章段、六場面のすべてにおいて、書き手が右近内侍を登場人物として記述することによって、場面がどのように展開していったのか細かく分析する。そして最後に書き手が意図した、登場人物としての右近内侍の役割についてまとめてみたい。

一 右近内侍について―同時代の記録類から―

まずはじめに、一条天皇の時代の記録から右近内侍についての記述を確認しておきたい。蔵人頭右大弁の藤原行成は、『権記』(3)長保元年（九九九）七月二十一日条に「右近」の名を記している。

〈資料一〉『権記』長保元年七月二十一日条

廿一日、早朝参内、以交易絹支配女房、三位六疋、民部・大輔・衛門・宮内各五疋以上御乳母四人、進・兵衛・**右近**・源掌侍・靫負掌侍・前掌侍・少将掌侍・馬・左京・侍従・右京・駿河・武蔵・左衛門・左近・少納言・内膳・今十九人各四疋、中務・右近各三疋、女史命婦二疋、得選二人各二疋、上刀自一人一疋、

これは出羽国から進上された臨時交易の絹を、内裏の女房たちに支給したという記事である。蔵人頭藤原行成は「早朝参内、交易の絹を以て女房に支配す」として、以下具体的に配布した絹の分量と女房の名を記している。乳母の次に記される集団にその名が見える右近（掌侍《ないしのじょう》）は、進や兵衛らと共に四疋の絹を支給されている。

藤原道長は、『御堂関白記』(4)寛弘二年（一〇〇五）五月二日条に「掌侍（右）近」の名を記している。

〈資料二〉『御堂関白記』寛弘二年五月二日条

二日、己酉、参内、臨時御読経定僧名、御論議間候御前、亥時還出、令申別当云、入量能宿所盗人籠**前掌侍近**家、承宣旨可左右者、可検者、**右近**令申云、不候盗人と、尚尋求得之、検非違等参藏人所令申此由、賜勅禄。

「前掌侍近家」とは、続く「右近」の「右」字が脱落したものと見られるから、「前掌侍右近家」の意と見られる。あまり穏やかな記事ではなく、量能《かずよし》の宿所に入った強盗が右近内侍の家に籠城し、右近は「そんな者はいない」と答えていたのだが、結局、検非違使が検分して捕らえたという事件で、これ以上の詳細は不明である。なおこの記事から、右近は寛弘二年五月にはすでに掌侍の役職から引いていたことが確認できる。

次に、私家集や歴史物語に見える右近内侍の記述を確認したい。

『時明集』(5)では、詞書に「右近内侍」の名が確認できる。

〈資料三〉『時明集』

時明、讃岐の守など言ひし後は、ほくし（ママ）**右近内侍**に

1　よもすがらをやまぬ雨のあししげみ今朝の汀を思ひこそやれ

又

2　わびつつも逢坂山は越えにしをあやしく関にまどふ頃かな

右近内侍に、はやう

25　ひかげさす雲の上人ゆきずりのやまゐのころもいくへ重ねつ

源時明は文徳源氏で、大斎院選子に仕え歌人として名高い馬内侍や、『枕草子』の中で失敗談が笑いの対象と

して描かれた方弘の父である。永祚二年（九九〇）に皇太后宮大進として女院詮子に奉仕し、長徳元年（九九五）に讃岐守を任三年で辞したことが、藤原実資の『小右記』[6]長徳二年九月四日条に見える。『時明集』の第一番歌では、讃岐守任官後の源時明の贈歌詞書に「右近内侍に」とあり、二番歌とともに送ったらしい。また、第二五番歌は巻末歌である。右近内侍の返歌がないのが残念だが、讃岐守となってからなかなか逢いに行けなくなった時明が、右近内侍に対して未練を訴える贈歌となっている。

『栄花物語』[7]には、一条天皇の使者を務めて活躍する内裏の女房として、巻五「浦浦の別れ」に六箇所、巻六「かがやく藤壺」に一箇所と、あわせて七箇所に登場する。順に検証してみたい。

〈資料四〉『栄花物語』巻五「浦浦の別」長徳二年（九九六）

〔二〇〕一条天皇の思いやり

淑景舎は春宮より常に御消息絶えず。内（一条天皇）にはいみじく思せど、世の中に思しつつみて、ただ**右近内侍**して、忍びて御文などはありける。（中略）猶ふりがたく、この御中にはこの宮（定子）ぞすぐれさせ給へる。

長徳二年（九九六）夏の出来事で、「世の中に思しつつみて、ただ右近内侍して、忍びて御文などはありける」とあり、一条天皇が実家の二条北宮に里下がりしている定子のもとへ密かに文を送る使者を、右近内侍が勤めていたことを記した記事である。

また、定子が脩子内親王や敦康親王を出産した時の出来事を記した場面でも、右近内侍が一条天皇からの「仰せ言」によって指名された使者として登場していることに注目したい。

〈資料五〉『栄花物語』巻五「浦浦の別」

〔三〇〕脩子内親王誕生　長徳二年十二月

宮の御産の事も思し嘆かれけり。十二月の廿日の程に、わざとも悩ませ給はで、女御子（脩子）生まれさせ給へり。

（中略）御湯殿には内より仰せ言にて**右近内侍**ぞ参りたる。いとつつましく恐ろしき世なれども、上の仰せ言のかしこさに参りたるなりけり。（中略）御衣の色より始め、誰もうたてある御衣どもに、若宮《（脩子）》の物あえせさせ給はず、白くうつくしうおはしませば、**右近内侍**「あはれ、これを疾く内にご覧ぜさせ奉らばや」と聞えさす。

〔三二〕参内して一条天皇に奏上　長徳二年十二月

かくて**右近内侍**、七日が程過ぎて内に参れば、様々いみじう細かなる事どもをせさせ給へれば、「何《（右近）》を疎しと、かくは煩はしき事どもをせさせ給へるならむ。ただ**右近**をば睦まじうあなづらはしき方にてと、上の思しめしてせさせ給へる甲斐なく、いかでかくおどろおどろしき御事どもをば。問はせ給はんにも奏すべき方候はずなん」など啓して、返す返すかしこまりて、やがて内へ参りければ、上は忍びやかに召して、日頃の御有様こまかに問はせ給ふに、よろづさしましつついみじうあはれに奏すれば、御涙も浮かせ給ひて「げにさぞあらむかし」とおぼしめし続けさせ給ふ。若宮《（脩子）》の御うつくしさなど奏すれば、「かれを見ばやな。（中略）あひ見ん事のいつとなきこそ」など、あはれに語らはせ給ふ。「い《（右近）》みじう様々よろづせさせ給へるこそ、いとかたじけなく、かしこく候へ。えもいはぬ装束して給はせたれど、一日にとてなむ納めて候ふ」など奏すれば、「心ばへのおとなおとなしうあはれなる方は、誰かまさらむ。また人をあまた見ぬにやあらむ」など、いみじう御心ざしあるやうに仰せらる。

〔四〇〕懐妊した定子への使者　長保元年（九九九）

宮はかくて御心地苦しう思さるれば、せちに聞えさせ給て出でさせ給ひぬ。その程、弘徽殿《（義子）》、承香殿《（元子）》など、参りこみ給ふ。されど御心ざしの有様こよなげなり。内《（一条帝）》よりはよろづに様々のおぼつかなさを、御文ひまなし。大方にて日まぜなどの御使あり。**右近内侍**ぞ、さりげなき伝へ人にては候ひける。

〔四四〕敦康親王誕生　長保元年十一月

いみじき御願の験にや、いと平らかに男御子《（敦康）》生まれ給ひぬ。（中略）御湯殿に**右近内侍**、例の参る。

ここでは「右近内侍ぞ、さりげなき伝へ人にては候ひける」（〔四〇〕）として一条天皇からの使者として往来するほか、「御湯殿には内より仰せ言にて右近内侍ぞ参りたる」（〔三〇〕）あるいは「御湯殿に右近内侍、例の参る」（〔四四〕）とあることから、実際に出産の場面に立ち会って御湯殿に奉仕し、また産まれてきた若宮の様子を一条天皇に奏上する役目（〔三二〕）も果たしている。

さらに、長徳四年（九九八）に起きた右大臣藤原顕光の娘、承香殿女御元子の懐妊騒動とその顛末に対して、右近内侍は内裏にいる一条天皇から遣わされた密かな使者として奉仕している。

〈資料六〉『栄花物語』巻五・巻六

巻五「浦浦の別」

〔五一〕承香殿女御元子懐妊の顛末　長徳四年（九九八）六月

かの承香殿女御、御生が月も過ぎさせ給ひて、いとあやしく音もなければ、よろづにせさせ給へど、思しあまりて六月ばかりに太秦に参りて、御修法、薬師経の不断経など読ませ給ふ。

（中略）御気色有りて苦しうせさせ給へば、殿《（顕光）》しづ心なく思し騒ぎて、まづ内に**右近内侍**のもとに御消息遣はしなどせさせ給へば、御前に奏しなどして、「いかにいかに」など御使あり。

（中略・水のみ産む）内《（一条帝）》には聞こしめして「ともかくも物も仰せられでこそはあらめ。**右近**が物騒しう言ひて、から物狂はしうはからひて、あさましきわざにこそありけれ。ただなるにはこよなく劣りてもあるかな」とぞ、いとほしう思しめしける。

巻六「かがやく藤壺」

〔一八〕一条天皇、里邸の承香殿女御元子に文を送る。
内(一条帝)に、承香殿(元子)を人知れずおぼつかなく思ひ聞えさせ給ひて、わざとの使者には思しめしかけず、参る人もなければ、もとよりかの御心よせの**右近内侍**になむ、御文忍びやかに通はし給ふといふ事おのづから漏り聞ゆれば、殿(道長)はともかくもの給はせぬに、いとかしこき事に畏まり申して、内にも参らず。されば、殿(道長)の御前「**右近内侍**が参らぬこそあやしけれ。己を見じとてかうしたる」などの給はせけるしもぞ、なかなか「げになめう思しめしけり」など、人々思ひける。

定子に限らず、元子の懐妊と顚末を記した箇所にも、右近内侍の名が見える。巻五〔五一〕では、懐妊の兆しが見えた元子の様子を、父の顕光が右近内侍を通じて一条天皇に奏上している。この懐妊は想像妊娠に終わったらしく、以後実家に留まったまま内裏に戻ってこない元子を不憫に思った一条天皇は、密かに使者として右近内侍を遣わすが、その時に「かの御心よせの右近内侍」と記されている（巻六〔一八〕）ことは注目されよう。

以上、右近内侍が『栄花物語』に登場する全場面を検証すると、「内裏の女房」である右近内侍は、出産に関わる具体的な実務だけではなく、「御心よせの右近内侍」として一条天皇の意を相手方に密かに伝える使者としての役目まで、その名をわざわざ挙げられて担当していることが確認できる。『栄花物語』に描かれた右近内侍の人物像は、そのまま一条朝の女房たちにとっての共通理解でもあった[8]、と見てよいだろう。

二　『枕草子』長編章段の右近内侍①―翁丸章段―

これらのことを確認した上で、『枕草子』における右近内侍[9]について検証してみたい。

『枕草子』において、右近内侍は四章段、六場面に登場する[10]。いずれも日記的章段であり、長編章段の第七段「翁丸章段」と第八三段「雪山章段」に二場面ずつ、そして短編章段の第九六段「職におはしますころ、八月十余日の月明き夜」と第二二二段「細殿に便なき人なむ」にも記述が見られる。以下、順に考察してみたい。

第七段「翁丸章段」は、長保二年（一〇〇〇）三月中旬の一条院今内裏での出来事を記した長編の章段である。一条天皇の愛猫を追い回した犬の翁丸が、天皇から「この翁まろ、打ち調じて犬島へ遣はせ。ただ今」との勅勘を被る。その命令を受けた蔵人忠隆、なりなか、実房らが翁丸を打ち、陣の外に捨てたと聞いて、清少納言たちがこの犬に同情する場面である。

〈資料七〉第七段「翁丸章段」長保二年（一〇〇〇）三月

A　三、四日になりぬる昼つ方、犬いみじう鳴く声のすれば、何ぞの犬のかく久しう鳴くにかあらむと聞くに、よろづの犬とぶらひ見に行く。御厠人《みかはやうど》なる者走り来て「あないみじ。犬を蔵人二人して打ち給ふ。死ぬべし。犬を流させ給ひけるが、帰り参りたるとて、調じ給ふ」と言ふ。心憂のことや、翁丸なり。「忠隆、実房なんど打つ」と言へば、制しにやるほどに、からうじて鳴きやみ、「死にければ、陣の外に引き捨てつ」と言へば、あはれがりなどする夕つ方、いみじげに腫れ、あさましげなる犬の、わびしげなるが、わななきありけば、（清少納言）「翁丸か。このごろかかる犬やはありく」と言ふに、「翁丸」と言へど、聞きも入れず。「それ」とも言ひ、「あらず」とも、口々申せば、（定子）「右近ぞ見知りたる。呼べ」とて召せば、参りたり。（定子）「これは翁丸か」と見せさせ給ふ。（右近）「似ては侍れど、これはゆゆしげにこそ侍るめれ。また『翁丸か』とだに言へば、喜びてまうで来るものを、呼べど寄り来ず。あらぬなめり。それは『打ち殺して捨て侍りぬ』とこそ申しつれ。二人して打たむには、侍りなむや」など申せば、心憂がらせ給ふ。

この場面Aでは、当の犬が翁丸かどうかを判別するために、定子がわざわざ右近内侍を呼び出して判別させている。書き手の清少納言が翁丸を描写した「いみじげに腫れ、あさましげなる犬のわびしげなるが、わななきありけば」に対し、右近内侍の会話文で「これはゆゆしげにこそ侍るめれ」と受けていること、および『翁丸』

と言へど、聞きも入れず」に対し、右近内侍の会話文では『翁丸か』とだに言へば、喜びてまうで来るものを、呼べど寄り来ず」と受けていることに注目したい。

右近内侍は「あらぬなめり」（似てはいるが、違うように見える）と答え、その理由を二点あげている。

・「翁丸」と呼んでも、この犬は返事をしないこと。

・翁丸は撲殺されたはずで、蔵人二人が打ち調じたのだから、まずまちがいないこと。

これは冷静な判断であり、説得力があると同時に、翁丸に対する配慮も看取されよう。もしここで右近内侍が「翁丸だ」と判定すれば、この犬は再度打たれることになるはずである。したがってこれは「誤審」ではなく、この同情されている犬を救うための「機転」と見てよいだろう。ただし、定子はその発言を真に受けてがっかりしているけれども。

続いて翌朝の出来事にも右近内侍が登場する。

〈資料八〉第七段「翁丸章段」

B　暗うなりて、物食はせたれど食はねば、あらぬものに言ひなしてやみぬるつとめて、御けづり髪《ぐし》、御手水など参りて、御鏡を持たせさせ給ひて御覧ずれば、げに、犬の柱もとに居たるを見やりて、（清少納言）「あはれ昨日、翁丸をいみじうも打ちしかな。死にけむこそあはれなれ。何の身にこの度はなりぬなむ。いかにわびしき心地しけむ」とうち言ふに、この居たる犬のふるひわななきて、涙をただ落しに落すに、いとあさましきは、翁丸にこそはありけれ、昨夜《よべ》は隠れ忍びてあるなりけりと、あはれに添へて、をかしきこと限りなし。御鏡うち置きて、（清少納言）「さは翁丸か」と言ふに、ひれ伏して、いみじう鳴く。御前にもいみじうおち笑はせ給ふ。**右近内侍**召して、（定子）「かくなむ」と仰せらるれば、笑ひののしるを、上にも聞しめして、渡りおはしましたり。（一条天皇）「あさましう、犬なども、かかる心あるものなりけり」と、笑はせ給ふ。上の女房なども聞きて、参り集りて、呼ぶにも、今ぞ立ち動く。(清少納言)「なほのこの顔の腫れたる、物の手をせさせばや」と言へば、「つひにこれを言ひあらはしつること」など笑ふに、忠隆聞きて、台盤所の方より「さとにや侍らむ。かれ見侍らむ」と言ひたれば、(清少納言)「あなゆゆし。さらにさるものなし」と言はすれば、(忠隆)「さりとも、見つくる折も侍らむ。さのみも、え隠させ給はじ」と言ふ。

さて、かしこまり許されて、もとのやうになりにき。なほあはれがられて、ふるひ鳴き出でたりしこそ、世に知らず、をかしくあはれなりしか。人など人に言はれて泣きなどはすれ。

この場面Bにおいて注目したい点は二つある。一つは、右近内侍を通じて帝の奏聞に達し、一条天皇が定子のもとへ渡御するという具合に話が展開していること。あと一つは、昨夜の右近内侍の判断「あらぬなめり」は、翁丸を救うために的確だったということである。

「つひにこれを言ひあらはしつること」と笑った動作の主体は不明であるが、この表現から右近内侍は、昨夜「言ひあらはし」てはいなかったことが明らかにされる。翁丸の賢さ、すなわち「昨夜《よべ》は隠れ忍びてあるなりけり」という知恵と、清少納言たちの同情の言葉に感動して涙を流す「かかる心」が、皆の感心を買い、その結果勅勘が許されたという展開になったわけだが、それというのも昨夜検分した右近内侍が、だれもが納得する理由を挙げて「翁丸ではない」と判定し「言ひあらはしつること」をしなかったことで、この翁丸の「賢さ」を補完しなければ、このような大団円の展開には至らなかったはずである。本文では「笑ひののしる」(大声で笑う)としか描かれない右近内侍の反応だが、これは定子から「誤審」を指摘されたことに対する不満や照れ笑いではなく、昨夜の自分の判断によって翁丸が救われたことに対する安堵の笑いと見てよいだろう。

また、翁丸が撲殺されてしまっては、愛猫を愛でるあまり一時の感情で勅勘を出した一条天皇の器量にも傷がつく。翁丸が傷を負いながらも無事だったことで、一条天皇も救われているのである。

これらの点から、翁丸をめぐって右近内侍が果たした役割は、甚だ大きかったと見ることができよう。これは前に確認したように、『栄花物語』において、右近内侍が一条天皇の信頼を得て「かの御心よせの右近内侍」と記されていることとも通じると見てよいだろう。

三　『枕草子』長編章段の右近内侍②―雪山章段―

次に同じく長編章段の第八三段「雪山章段」を検証してみたい。

長徳四年（九九八）の冬、職の御曹司での出来事を記したもので、ここで行われた「不断の御読経」にまつわる「常陸の介」の話題と、「雪山作成」に続く「雪山はいつまであるか」という定子の問いから始まる残存期間の予想当て競争に熱中した顛末を、一条天皇の言動も交えて描き出した長編の章段である。右近内侍が登場する二場面とも内裏の女房としてその名が記述されるが、三巻本系本文ではすべて「左近の内侍」とある。[11]しかしこれは萩谷氏がすでに指摘[12]されたように、「古参の内裏女房」が「主上からのお使いで職曹司の中宮の御所に参向したのであろう」と見て、能因本系本文にある「右近の内侍」がもとの形とみてよいだろう。

まず場面Aでは、長徳四年冬十一月頃、職の御曹司で盛大に行われた不断の御読経の期間に現れた「なま老いたる女法師」（後に「常陸の介」と呼ばれるようになる人物）をめぐる話題に右近内侍が関心を寄せたことが記される。

〈資料九〉第八三段「雪山章段」

A　**右近内侍**の参りたるに、（定子）「かかる者をなむ、語らひつけて置きためる。すかして、常に来る事」とて、ありしやうなど、小兵衛といふ人にまねばせて、聞かせさせ給へば、（右近内侍）「かれ、いかで見侍らむ。必ず見せさせ給へ。御得意なななり。さらによも語らひ取らじ」など笑ふ。

その後、また尼なる片居《かたゐ》のいとあてやかなる出で来たるを、また呼び出でて物など問ふに、これはいと恥づかしげに思ひてあはれなれば、例の衣《きぬ》一つ賜はせたるを、伏し拝むは、されどよし、さてうち泣き喜びて去ぬるを、はやこの常陸の介は、来あひて見てけり。その後久しう見えねど、誰かは思ひ出でむ。

常陸の介は、女房たちから憎まれつつも興味と関心を引く存在として描かれ、職の御曹司によく姿を見せるようになる。定子は来訪した一条天皇付きの女房右近内侍に、近ごろの話題としてその顛末を話し、小兵衛という女房に常陸の介の舞や歌い方のまねをさせて披露している。

それを見た右近内侍は興味を示し、「必ず見たい。お得意さんを決して横取りするつもりはないから」と笑い興じる。続いて常陸の介と対照的な若い尼が登場し、みなの同情を買って衣を下賜されるが、それを常陸の介が見ていて、これ以後は来なくなったことが記されている。

この場面Aでは、右近内侍が登場することで、定子やその女房たちの、常陸の介に対する関心と評価が際立つことになる展開に注目したい。また女房たちの関心が、常陸の介とは対照的な行動（すなわち「これはいと恥づかしげに思ひてあはれなれば」「うち泣き喜びて去ぬる」）を取った若い尼へと移っていく話の展開から、常陸の介と若い尼との対比が明確になる効果を上げていると見られる。

次に示す場面Bでは、再びやってきた常陸の介の言動を右近内侍に連絡し、その返事にみなが興じている。

〈資料十〉第八三段「雪山章段」

B　つごもり方に、少し小さくなるやうなれど、なほいと高くてあるに、昼つ方、縁に人々出で居などしたるに、常陸の介出で来たり。「など、いと久しう見えざりつるに」と問へば、「何かは。心憂き事の侍りしかば」と言ふ。「何事ぞ」と問ふに、「なほかく思ひ侍りしなり」とて長やかに詠み出づ。「うらやまし足も引かれずわたつ海のいかなる人に物賜ふらむ」と言ふを、憎み笑ひて、人の目も見入れねば、雪の山に登り、かかづらひありきて去ぬる後に、**右近内侍**に「かくなむ」と言ひやりたれば、（右近内侍）「などか人添へては賜はせざりし。

かれがはしたなくて雪の山まで登りつたよひけむこそ、いとかなしけれ」とあるを、また笑ふ。

さて雪の山つれなくて、年も返りぬ。一日《ついたち》の日の夜、雪のいと多く降りたるを「うれしくもまた降り積みつるかな」と見るに、「これはあいなし。はじめの際を置きて、今のは掻き捨てよ」と仰せらる。

この場面は、十二月十日に降った大雪の時に作成した雪山に、晦日の昼ごろ常陸の介が来訪したので、久しく来なかった理由を問うと、皆に厚遇された「若い尼」への嫉妬を歌で披露し「うらやまし足も引かれずわたつ海のいかなる人に物賜ふらむ」と詠んで拗ねた、とある。この態度を不興に感じた女房たちが無視すると、常陸の介は雪山に登るなどうろついてから立ち去ったのだが、この時の様子を後で右近内侍に伝えると、「なぜこちら（内裏）に寄越してくれなかったのか。常陸の介が所在なく雪山を上り下りしていたことは気の毒だ」と返事が来たので、皆笑ったとある。続いて雪山は少し小さくなったものの、まだかなりの高さを残したまま年が明け、長保元年（九九九）正月一日の夜にまた降り積もった新雪は、定子の指示によって除去されたことが記される。そしてこの場面以後、常陸の介はもはや登場することはない。

ここで右近内侍が登場することによって[13]、常陸の介に対する評価が定子の女房たちと対比されて際立っていることに注目したい。女房たちの関心はすでに若い尼へと移っているが、その場に居合わせていない右近内侍は、相変わらず常陸の介への関心が高いままである。それを定子の女房たちは笑っている。つまり話の展開とともにその場にいて見ていた定子の女房たちと、その場にいなかった内裏の女房右近内侍との間で、常陸の介に対する関心の度合いが対比され、そのことによって差異が明確になっているのである。この役割を終えた右近内侍は当該章段ではこれ以後登場せず、常陸の介は話題から退場して出てこない。

さらに、右近内侍の文言「かれがはしたなくて雪の山まで登りつたよひけむこそ、いとかなしけれ」にも注目したい。この表現は『後撰和歌集』巻十四の第一〇六三番歌をふまえたものと見られるからである[14]。

〈資料十一〉『後撰和歌集』巻十四　恋六

女につかはしける　　　　　　　　源善《よし》の朝臣

1063　厭はれて帰り越路の白山は入らぬに迷ふ物にぞありける

この歌は、相手からすっかり嫌われてすごすごと帰ってきた越路の白山は、雪が降るとすっかり迷ってしまい山に入らないのにうろうろしてしまうものだ、の意である。当該章段で常陸の介が定子の女房たちからすっかり嫌われ見向きもされないまま「雪の山に登り、かかづらひありきて去ぬる」（雪山に登り、うろうろ歩き回って立ち去る）という表現と、それを聞いた右近内侍からの文言「雪山まで登りつたよひけむこそ、いとかなしけれ」（常陸の介は、雪山まで登ってさまよい歩いたらしいことは、ずいぶん気の毒なことですよ）という表現と対比させると、源善の歌の「厭はれて帰り越路の白山」と「迷ふ物にぞありける」という表現が、常陸の介の行動と心情に重なるものとして、『枕草子』当該本文の表現と関わりを持っていると見てよいだろう。

当該章段において清少納言は雪山の残存期間延長を「白山《しらやま》の観音、これ消えさせ給ふな」と祈り、そんな自分を「もの狂ほし」と記している。雪山を「白山《しらやま》」になぞらえて表現しているが、この「白山《しらやま》」とは越前国の歌枕(15)で今の石川・富山・福井・岐阜の各県にまたがる白山《はくさん》を指す。

ここで注目したい点は、右近内侍の文言として用いた本文の表現が『後撰和歌集』第一〇六三番歌をふまえたもので、それを想起させる効果を持ち、結果として職の御曹司の雪山を越路の白山と見立てることをさらに強調していることである。またそれによって当該章段の話の軸となっている「雪山がいつまであるか」という関心事と、話題の雪山の永続性を引き出す役割を持っていることにも注目したい(16)。つまり、書き手が右近内侍の文言として本文に用いた表現「かれがはしたなくて雪の山まで登りつたよひけむこそ」と評言「いとかなしけれ」が、その後の章段のプロット展開を方向付けているのである。

四　『枕草子』短編章段の右近内侍①—第九六段—

では、短編の二つの章段において、右近内侍はどのような役割を担っているのだろうか。まず第九六段「職におはしますころ、八月十余日の月明き夜」から考察したい。長徳三、四年ころの職の御曹司での出来事を記した章段の全文である。

〈資料十二〉『枕草子』第九六段

職におはしますころ、八月十余日の月明き夜、**右近内侍**に琵琶弾かせて、端近くおはします。これかれ物言ひ、笑ひなどするに、廂の柱に寄りかかりて物も言はで候へば、(定子)「など、かう音もせぬ。物言へ。さうざうしきに」と仰せらるれば、(清少納言)「ただ秋の月の心を見侍るなり」と申せば、(定子)「さも言ひつべし」と仰せらる。

職の御曹司で、八月十五夜近くの月が美しい頃、端近くに出てきて月を愛でている中宮定子の要請で、内裏から来ていた右近内侍が琵琶を演奏している。他の女房たちが談笑している中、清少納言は柱にもたれ無言のまま伺候していた。それを見た定子が清少納言に対し「何か話してくれないと、物寂しいではないか」と発言を促した時の返答が、「ただ秋の月の心を見侍るなり」であった。

池田亀鑑氏の説によれば、清少納言の発言「ただ秋の月の心を見侍るなり」は『白氏文集』(17)「琵琶行」の一節

曲終収撥當心畫。四絃一聲如裂帛。　曲終はりて撥を収め心に當たりて画し。四絃一聲帛を裂くが如し。

東船西舫悄無言。唯見江心秋月白。　東船西舫悄《しょう》として言無く。唯だ見る江心に秋月の白きを。

を直接引用したとする。清少納言が「物も言はで候へば」すなわち「無言」のままでいることに対し、中宮定子が「など、かう音もせぬ」と問い、その意図を尋ねると、「江心」を「月心」と変容させて「秋の月の心」すなわち「今の中宮の心」を拝察しているのですと答えたと見る説に従いたい。萩谷朴氏が追認している様に、これ

は皇后や中宮の唐名を「長秋宮」と呼称し、天皇を日に、皇后を月に喩えることから導き出される解釈であり、首肯されるべきものと見る。

当該章段の史実年時は、職の御曹司在住期間（長徳三年六月から長保元年八月九日）と本文にある「八月十余日の月明き夜」の記述から、長徳三年もしくは四年（九九八）の八月ということになる。[18]

萩谷氏は、関白道隆没後のつらかった長徳元、二年を経て、三年春には配所に下向していた伊周・隆家の罪科が許されて帰京し、十二月十三日には脩子に内親王宣下があるなどした状況から、当該章段をようやく明るさを取り戻した時期の「長徳四年秋」と考証され、「長徳四年の仲秋明月は、久しぶりに澄み切った中宮のご心境をそのままに現わすものであったといえよう。清少納言が『秋の月の心』といったのは、ただの名月の美しさを指したものではなく、中宮定子のご心中そのものを喩えたのである」と解釈される。定子を取り巻く状況の好転と「秋の月の心」を合わせ考えれば、すでに指摘[19]されているように、清少納言のこの発言は次に示す和歌を参考としたものと見ることができよう。

〈資料十三〉

①『後撰和歌集』巻六　秋中

（八月十五夜）　　　　よみ人しらず

326　月影は同じ光の秋の夜をわきて見ゆるは心なりけり

②『元輔集』[20]（前田家蔵本）

「八月十五夜」として

164　飽かずのみ思ほゆるをばいかがせむかくこそは見め秋の夜の月[21]

今宵の月がとりわけすばらしく見えるのは我が心のせいだ、と詠んだ『後撰和歌集』所収歌と、いくら見ても見飽きない今宵の月はこんな風に鑑賞したいものだ、と詠んだ父元輔の歌である。当該章段において清少納言は「秋の月の心」と表現することで、「秋の月を愛でる人の心」として中宮定子の心を推察し、同時に澄みきった名月の美しさ自体も愛でているのだろう。現段階では当該章段を長徳三年秋か四年秋かと断定するまでには至らないが、いずれにせよこの名月の美しさは心にしみるものであり、その感動を定子と清少納言は共有し、互いに確認しあったエピソードということになる。

この章段で注目したい点は、右近内侍による琵琶の演奏が契機となって、漢詩文の『白氏文集』「琵琶行」や『後撰和歌集』『元輔集』所収の和歌の発想をふまえた清少納言の言動につながっていくことである。つまり、プロットが展開していく契機として、右近内侍が琵琶を演奏する記事を位置付けることができる。さらに内裏の女房である右近内侍は、定子と清少納言との間で交わされたこのやりとりを、その場で見聞きしたこととして、内裏に戻った後、一条天皇にこの一件を報告したであろう。そこに書き手が右近内侍の名をわざわざ記すことの意味とその効果を確認することができる。

五　『枕草子』短編章段の右近内侍②—第二二二段—

最後に第二二二段「細殿に便なき人なむ」を考察してみたい。内裏の弘徽殿もしくは登華殿の細殿での出来事とその顚末を記した章段である。

〈資料十四〉第二二二段「細殿に便なき人なむ」

細殿に、便なき人なむ、暁に笠さして出でけると言ひ出でたるを、よく聞けば、わが上なりけり。地下《ぢげ》など言ひても、目やすく人に許さるばかりの人にもあらざなるを、「あやしの事や」と思ふほどに、上より御文持て来て、「返事ただ今」と仰せられたり。何事にかとて見れば、大笠のかたを描《か》きて、人は見えず、た(22)

だ手の限りをとらへさせて、下に「山の端明けし朝《あした》より」と書かせ給へり。

なほ、はかなき事にても、ただめでたくのみおぼえさせ給ふに、恥づかしく、心づきなき事は、いかでか御覧ぜられじと思ふに、かかるそら言の出でくる、苦しけれど、をかしくて、異《こと》紙に、雨をいみじう降らせて、下に「ならぬ名の立ちにけるかな、さてや、濡れ衣にはなり侍らむ」と啓したれば、**右近の内侍**などに語らせ給ひて、笑はせ給ひけり。

ここでは清少納言の恋の噂をめぐって、定子とのやりとりの顚末が描かれている。定子と清少納言との間で、絵と和歌の一節で構成された手紙がやりとりされたことを記し、定子からの手紙に対して別の紙で雨を降らせた絵の下に「ならぬ名の立ちにけるかな、さてや、濡れ衣にはなり侍らむ」と記して書き送った清少納言の返答を合わせると、この一連のやりとりは「三笠山山の端明けし朝より雨ならぬ名の立ちにけるかな」という連歌仕立てとなる。これは萩谷氏が指摘(23)された様に、藤原義孝の和歌「あやしくもわれ濡衣を着たるかな三笠の山を人に借られて」(『義孝集』(24)第一八番歌)をふまえての合作となっている。

この噂話と清少納言の回答を、定子は興味深い話題として居合わせた右近内侍に語り、笑っているのである。その後の展開は本文に書かれていないが、「右近の内侍など」とあることから、定子はこの一件を内裏の女房たちに話したわけで、この話題が一条天皇の耳にも伝わったということを読み手に暗示させるために、右近内侍がふさわしい人物だったのでわざわざその名を記したと見てよいだろう。

つまり右近内侍の名を掲示することで、この噂話が今後宮中で広がるだろうことを予測させていると見られる。これは先に確認した第九六段とまったく同じ効果を持つと言える。右近内侍は、短編章段でも話題を展開させる役目を負っていることになる。

まとめ

以上、右近内侍が登場する記述について詳細に分析してきた。最初に確認した様に『栄花物語』では一条天皇が后たちと密かに連絡を取り合う時に遣わされる内裏の女房として描かれている。一条天皇からそれだけ信頼されていた女房として描き出されていることになるが、『枕草子』においても、長編章段の第七段「翁丸章段」で見られた様に配慮のできる女房として描かれており、また第八三段「雪山章段」では、正月三日の内裏への急な入内をひかえた大事な時期に職の御曹司にやって来ていたり、また連絡を取り合っていたりしていることから、おそらくは右近内侍を通じて、職の御曹司にいる定子の入内をめぐる打ち合わせがなされていたと考えてよいだろう。こういった描かれない裏の事情も合わせて『枕草子』における右近内侍の名と役割は、当時かなりの重さを持っていたと考えられる。

また短編章段においても、右近内侍が登場する本文の表現とその後の展開という視点から検証すると、やはり右近内侍の言動は、プロットの展開を予測させるために重要な役割を持っていたことが明らかになった。

つまり右近内侍は、『枕草子』において脇役ではありながらも、書き手によって章段の場面展開に重要な役割を果たす登場人物として描き出されているのである。それは書き手が、右近内侍の果たしていた役割を見極めていて、右近内侍の名を本文に明記することの効果を十分に計算した上で意図的に記していたということになる。これは『枕草子』の章段構成における特徴の一つ、と指摘することができるだろう。

【注】

（1）本書第Ⅰ部第一章第一節の「『憚りなし』が指示する『論語』古注と基本軸」、第Ⅱ部第一章第一節の「積善寺供養章段の時間軸とモザイク的様相」、第Ⅱ部第二章第一節の「『鳥のそら音』章段における表現の重層性と論理」、第Ⅱ部第二章第四節の「積善寺供養章段における『申しなほす』の効果」など。

（2）「内侍」とは後宮十二司の一つで、長官が**尚侍**（ないしのかみ）二人で従三位相当。大臣の娘が任ぜられ、天皇の后になっていく者もいた。次官が**典侍**（ないしのすけ）四人で従四位相当。賢所の管理をする。公卿・殿上人の娘が任ぜられ、天皇の乳母も任ぜられた。**掌侍**（ないしのじょう）は四人で従五位相当。平安初期には権官二名を加えて六人。内侍の役目に「内侍宣」があり、勅旨を蔵人に伝達することがあった。和田秀松氏著・所功氏校訂『新訂　官職要解』（講談社学術文庫）によると「たんに内侍とばかり書いてあるのは、この掌侍のことである」とある。『禁秘抄』（『群書類従』第貳拾六輯「雑部」所収）によると、掌侍は「禁中ニテ殊重職ナリ。尤可下撰二其器量一補ス上。只ノ諸太夫ノ公ノ卿女。雖レ有レ例非二普通事一。納言孫ノ又同品様程ノ公卿ノ孫也。又侍臣ノ女也。生公達ノ女。又只ノ諸大夫ノ女。是殊父ナド不レ趁二諸家一者女也。但少々左道人交歟。尤可レ有二清撰一事也。雖レ不レ趁二諸家一、非二重代一者必不レ可レ補」とする。

（3）『権記』は、史料纂集（続群書類従完成会）による。

（4）『御堂関白記』は、大日本古記録（岩波書店）による。

（5）『時明集』は、冷泉家時雨亭叢書「平安私家集七」所収で、十一世紀末の書写と見られる冷泉家時雨亭文庫本『ときあきら』（朝日新聞社　平成十一年）による。この忠実な臨模本が霊元天皇宸筆の外題を持つ宮内庁書陵部蔵本（五〇一・三九七）で『新編国歌大観』第七巻私家集編Ⅲ（角川書店　平成元年）の底本である。

（6）同日条に「播磨守源時明〈非道理、讃岐任第三年辞退、今年當得替年、余定間陳此由〉とあり、県召除目で実資は反対したが、源時明に決定したとある。◇部分は小字二行書き。『小右記』は大日本古記録（岩波書店）による。

（7）『栄花物語』は、梅沢本（旧三条西家本）を底本とする松村博司氏著『栄花物語全注釈』二（角川書店　昭和六十二年第七版）による。

（8）河北騰氏は「『栄花物語』の成立と特色」（山中裕氏・久下裕利氏編著『栄花物語の新研究―歴史と物語を考える―』所収　新典社　平成十九年）において、「読んでくれるいわば読者の対象としては、作者と同程度の階層、つまり宮廷・後宮などの女房たち、又は「家の女房」＝女性の知識人たちの為に、と考えた。即ち、女の筆で、女たちの為に書く、ということが最も重要視された」とされる。河北氏は正編三十巻の作者は赤染衛門であろう、とする立場である。この延長線上で考えると、描かれた右近内侍の人物像は、作者も含めた一条朝の女房たちの共通理解であったことになる。

（9）『枕草子』三巻本系の勘物に右近内侍に関する記述は確認できない。以下、江戸時代以降の主な先行論を通観しておきたい。

・加藤磐斎『清少納言枕双紙抄』（延宝二年五月刊）第七段の標注に「右近　片野少将季縄が女と云説あり。妹と云説あり。系図下に注之」とある。

・武藤元信氏著『枕草紙通釋』（有朋堂　明治四十四年）第七段で「○右近　作者部類に『右近藤原季縄女』」とする。なお「○あらぬなめり」について「右近の心には翁丸としれども、蔵人に見認《ママ》められん事を恐れて、かくはいへるにや」と注釈されている点は首肯される。

・金子元臣氏著『枕草子評釈』（明治書院　増訂二八版　昭和十七年）第七段〔評〕「右近」で「右近少将藤原季縄女」とする。根拠の提示はなし。

これら「翁丸章段」の注で示された「右近少将藤原季縄女」は、醍醐天皇の皇后穏子に仕えた女房で、村上朝に活躍した人物であるため、『枕草子』とは時代が合致せず、別人とみるべきであろう。

・角田文衛氏「清少納言の生涯」『枕草子講座』一所収（有精堂　昭和五十年）で、右近を、清少納言以外の橘則光の妻とする。
・石田穣二氏『新版　枕草子』（角川ソフィア文庫　初版は昭和五十四年）翁丸章段の「右近内侍」について、脚注で「主上お付きのいわゆる上の女房。中宮の御信任も厚かったらしい」「内侍は内侍司の掌侍（ないしのじょう）の略」とする。
・萩谷朴氏『枕草子解環』一（同朋舎　昭和五十六年）第六段の語釈「右近」において、右近を清少納言以外の橘則光の妻の母（姑）とし、則光との間に光朝を設けた橘行平娘の母で行平室として、角田説を否定する。その根拠は、『小右記』寛仁三年（一〇一九）七月二十五日条の記事「**右近尼**〈陸奥守則光姑〉」と、『尊卑分脈』橘則光の男・光朝の「母行平女」を合わせた考証による。ちなみに『小右記』寛仁三年七月二十五日条は「**右近尼**〈陸奥守則光姑〉、許送薫香二筥〈銀々〉。加和哥、有返哥。使出納男与小禄〈単重〉」
・増田繁夫氏著『枕草子』（和泉古典叢書1　昭和六十二年）補注10　右近内侍と右近蔵人を識別。則光姑の右近尼は、小野宮家の女房から内裏の女房となった右近蔵人と見て、「両者の種姓は未詳」とする。
・津島昭宏氏は『枕草子大事典』（勉誠出版　平成十三年）の「右近の内侍」項目において、右近内侍の研究史を簡潔にまとめた上で「判然としない」とする。
(10)　能因本系本文においても、同じ箇所にすべて「右近内侍」とあり、異同は確認できない。なお能因本系本文は、三条西家旧蔵現学習院大学蔵本を底本とする根来司氏編著『新校本　枕草子』（笠間書院　平成三年）による。
(11)　杉山重行氏編著『三巻本枕草子本文集成』（笠間書院　平成十一年）による。
(12)　萩谷朴氏『枕草子解環』二（同朋舎　昭和五十七年）の当該章段〔語釈〕に「三巻本に『左近の内侍』とあるのは誤り、能因本によって改める。古参の内裏女房。主上からのお使いで職曹司の中宮御所へ参向したのであろう」とされる。同じく「右近内侍」が登場する第二二二段「細殿に便なき人なむ」における三巻本系の本文では、第二類本の弥富本・刈谷本・内閣文庫本が「左近の内侍」とするのに対し、陽明文庫本など第一類本系と前記三本以外の第二類本は「右近の内侍」とする。本節も萩谷説を支持して「右近の内侍」と見る立場をとる。

（13）三田村雅子氏は『枕草子　表現の論理』（有精堂　平成七年）所収の「〈ウチ〉と〈ソト〉―空間の変容―」において、定子や女房たちから顰蹙を買った常陸の介の行動を右近内侍に紹介することにふれて「常陸介を演じ直す他者の再演」ととらえ、「毒を抜き取られた再演によって、ウチなる世界に再び取り込まれていることに注目すべきであろう」とされる。本節とは論点を異にするが、清少納言が「その一件を面白おかしく語り直して右近内侍に報告している」とみる点と「清少納言の話芸による再演の形で、常陸介の行動は一層光彩を加えているようである」と解釈する点は、話題の再構成と対比による効果として通じるものがあろう。また萩谷氏は、新潮日本古典集成『枕草子』上の当該章段頭注で「雪の山をインドの雪山《せっせん》（ヒマラヤ）に擬し、常陸のすけの行為を、釈迦の雪山苦行にかけて、同情の意を表した。この右近内侍の大袈裟な物いいを、中宮の女房たちは『また笑ふ』のである」と注釈される。『大般涅槃経』巻十四に見える雪山童子半偈投身説話をふまえたと見る解釈である。当該章段末尾には、いよいよ二十日過ぎになって雪山を取りに行かせた使いの者が蓋だけを持ち帰ってきた法師の様だったとして、この説話をふまえたと見られる「身は投げつ」という表現が用いられていることと関わらせて考えれば、右近内侍の文言は、雪山をめぐるこの後の展開への伏線としても見ることができる。

（14）『後撰和歌集』は『新編国歌大観』第一巻勅撰集編（角川書店　昭和五十八年）による。『枕草子』で『後撰和歌集』所収歌をふまえた表現は他に五例確認できる。第三三段「小白河といふ所は」では、当時の三位中将道隆が「いと直き木をなむ押し折りためる」と発言し、第一一五五番歌「直き木に曲がれる枝もある物を毛を吹き疵を言ふがわりなさ」の初句の表現を用いて、中納言義懐が女車に返事を強いてもたついた様を揶揄し、一堂の笑いを誘っている。他にも第六五段「草の花は」、第二六〇段「関白殿、二月二十一日に」、第二七四段「成信の中将は」、第二七五段「常に文おこする人の」において、歌の一部を引いた表現が『後撰和歌集』所収歌を想起させるものとして、十分に機能している。

(15) 片桐洋一氏著『歌枕歌ことば辞典　増訂版』（笠間書院　平成十一年）に「『古今集』の躬恒の歌「消えはつる時しなければ越路なる白山の名は雪にぞありける」（羇旅）のように、雪がよまれることが圧倒的に多かった。また右の「消えはつる時しなければ」もそうだが、その雪は「あら玉の年をわたりてあるが上に降り積む雪の絶えぬ白山」（後撰集・冬・読人不知）「白山に降る白雪の去年《こぞ》の上に今年も積る恋もするかな」（古今六帖）などとよまれ、年を越しても消えないというイメージを持っていた」とある。

(16) 「白山」という歌語の持つイメージが『古今和歌六帖』所収歌の表現「去年の上に今年も積もる」（第六九四番歌）を受けて、雪山の年越しと新春に降った大雪へと話が展開していくことに効果的な役割を持つことについては、本書第Ⅱ部第一章第二節の「雪山章段における表現の対比と効果」を参照されたい。

(17) 『白氏文集』は岡村繁氏著の新釈漢文大系一一七『白氏文集』二下（明治書院　平成十九年）による。

(18) 赤間恵都子氏は『枕草子日記的章段の研究』（三省堂　平成二十一年）所収の「資料　日記的章段の年代考証一覧」において、当該章段を「職曹司在住時代」の「長徳三年か四年の秋」と考証されている。

(19) 武藤元信氏著『枕草紙通釋』（有朋堂　明治四十四年）の当該章段の語釈、萩谷朴氏校注の新潮日本古典集成『枕草子』上（新潮社　昭和五十二年）の頭注、石田穣二氏訳注『新版　枕草子』（角川ソフィア文庫）の脚注、松尾聰氏・永井和子氏校注訳の新編日本古典文学全集『枕草子』（小学館　平成九年）の頭注では『後撰和歌集』の和歌が、萩谷朴氏『枕草子解環』二（同朋舎　昭和五十七年）の語釈では『後撰和歌集』と『元輔集』の和歌が指摘されている。

(20) 『元輔集』は、後藤祥子氏著『元輔集注釈』（私家集注釈叢刊6・貴重本刊行会　平成十二年第二版）による。

(21) 当該歌は、第二句を「思ほえむをば」として後に『拾遺和歌集』巻三秋の第一七四番歌として撰集されている。詞書に「円融院御時、八月十五夜描ける所に」とあることから、内裏屛風歌であることがわかる。田島智子氏著『屛風歌の研究』資料編（和泉書院　平成十九年）によれば、永祚二年（九九〇）六月以前屏風か、と考証されている。

(22)「ゆるさる」について、三巻本系本文諸本で異文はないが、松尾聰氏・永井和子氏校注訳の新編日本古典文学全集『枕草子』（小学館　平成九年）の頭注で「人にゆるさるばかり」ではわかりにくい、と指摘される。能因本系本文では「人にゆるされぬばかり」とあり、諸注この本文に改めて解釈しているのに従う。

(23) 萩谷朴氏『枕草子解環』四（同朋舎　昭和五十八年）の当該章段〔語釈〕に詳細な分析がなされている。

(24) 当該歌は『拾遺和歌集』巻十八雑賀の第一一九一番歌として撰集されている。

第三節　初出仕時の体験と雪の日の来訪者をめぐる会話

はじめに

『枕草子』第一七七段「宮にはじめて参りたるころ」には、清少納言が定子のもとに初出仕したころのことが記されている。好奇心旺盛な清少納言は、新人女房としての不慣れな振る舞いと気恥ずかしさを強く感じながらも、宮仕えならではの体験を生き生きと描き出している。

雪の日に「大納言殿」（伊周）が定子を訪ねて来た時の会話を耳にした清少納言は、「これより何事かはまさらむ、物語にいみじう口にまかせて言ひたるに、違はざめりとおぼゆ」と、その感動を書き記している。平兼盛の和歌「山里は雪降り積みて道もなし今日来む人をあはれとは見む」をふまえた両人の会話に接し、そういうものが日常会話として成立していることに対する驚きと感動から、まるで物語世界の一コマの様だと評しているが、この三つ前の第一七四段「雪のいと高うはあらで」の中にも、この平兼盛の「山里は」の歌を思い起こしている箇所が見られる。一七四段は本文記述に史実年時を特定する材料が見当たらないので、いつの出来事か特定することは今のところ不可能だが、清少納言が「同じ心なる人二、三人ばかり」、つまり同僚女房で気の合う仲間たちと火桶を囲んで親しく話をし、訪ねてきた男性と気後れすることなく皆で語り明かしたことから、もはや新人ではなくなったころのある冬の夜の出来事になるだろう。雪の日の宵も過ぎた時分に、清少納言たちのいる所に沓音を立ててやってきた男性貴族が語ったその言葉を聞いて、『今日来む』などやうの筋をぞ言ふらむかし」とこの兼盛の和歌を連想しているのである。

従来この箇所の解釈は、清少納言の連想にある「今日来む」という一句のみに注目し、平兼盛の当該歌のみを示すだけで、清少納言はこの男性貴族の言葉を聞いて、なぜこの歌を思いおこしたのかについての明確な説明はされてこなかった。「『今日来む』などやうの筋」というのだから、当該歌だけではなくその他の歌などもいくつか思い当たるものがあったのだろう。しかしそれにはふれず、書き手の清少納言は、この状況のもとで平兼盛の当該歌を第一に思い起こして記している。本節では、描かれた〈場〉と表現に注目しながら考察してみたい。

一　定子と伊周の会話

まず、第一七七段「宮にはじめて参りたるころ」における「山里は雪降り積みて道もなし今日来む人をあはれとは見む」の和歌のふまえられ方について検討してみたい。当該章段は、清少納言が定子のもとに出仕したばかりのころを記したもので、「物の恥づかしき事の数知らず、涙も落ちぬべければ」という様に、出仕したばかりの新人女房だった自分は気後ればかりして涙がこぼれたと、書き記すことから始まる。昼間の出仕は恥ずかしくてできず、夜にばかり参上していたころの雪が降っていたある日、定子から「今日はなほ参れ。雪に曇りて、あらはにもあるまじ」と昼間の出仕を度々要請された清少納言は、同じ局の古参女房の説得もあり、とうとう拒み切れずに局から定子のもとへ参上した。その途中で目にした殿舎に雪の積もっている光景を「珍しうをかし」と評している。御前に参上してしばらくすると、権大納言伊周が定子を訪ねてやってきた。

〈資料一〉定子と伊周の会話

大納言殿の参り給へるなりけり。御直衣、指貫の紫の色、雪に映えていみじうをかし。柱もとに居給ひて、「昨日今日、物忌に侍りつれど、雪のいたく降り侍りつれば、おぼつかなさになむ」と申し給ふ。「『道もなし』と思ひつるにいかで」とぞ御答《いら》へある。うち笑ひ給ひて「『あはれと』もや御覧ずるとて」などのたまふ御有様ども、これより何事かはまさらむ、物語にいみじう口にまかせて言ひたるに、違はざめりとおぼゆ。

物忌ながら大雪を案じて登華殿まで訪ねて来てくれた兄伊周に対して、妹の定子は「『道もなし』と思ひつるにいかで」とねぎらい、それを受けて伊周は笑いながら「『あはれと』もや御覧ずるとて」と答える。このやりとりを聞いていた清少納言は「これより何事かはまさらむ」と感心したと記している。

清少納言が絶賛した伊周と定子の兄妹の会話には、それぞれ和歌をふまえた表現が用いられていた。すなわち定子の「道もなし」と伊周の「あはれと」という表現は、平兼盛の和歌をふまえたものである。

〈資料二〉『拾遺和歌集』巻四「冬」（第二五一番歌）

題知らず　平兼盛

251　山里は雪降り積みて道もなし今日来む人をあはれとは見む

この「山里は」の歌は、現存する『兼盛集』(1)では流布本系にも異本系にも見られないが、後に『拾遺和歌集』巻四冬部の第二五一番歌として「題知らず」で採られており、さらに後の鳥羽朝成立と目される藤原基俊撰の『新撰朗詠集』にも上巻「雪」の第三五六番歌として採られている。『拾遺和歌集』所収歌と『新撰朗詠集』所収歌との間に本文異同はない。

平兼盛は生年未詳で光孝天皇の末裔。天暦四年（九五〇）に臣籍に降りて平姓となった。歌人としての活躍は天徳四年（九六〇）の内裏歌合をはじめ、多くの歌合に参加し、寛和元年（九八五）の円融院子日御遊では和歌の題と序を献じている。とくに天徳歌合(2)において、兼盛は右方歌人として第二〇番に「忍ぶれど色に出でにけり我が恋は物や思ふと人の問ふまで」の歌を出詠し、左方歌人の壬生忠見の詠歌「恋すてふ我名はまだき立ちにけり人しれずこそ思ひそめしか」と合わせられたのであるが、どちらも秀歌で甲乙つけ難く、困った判者の左大臣藤原実頼は村上天皇が密かに兼盛の歌を吟じたことから、右方の兼盛の出詠歌を勝ちとしたという逸話を、藤原清輔が『袋草紙』(3)に記すなど、三十六歌仙の一人として正暦元年（九九〇）に没するまで活躍した著名な歌人である。定子や伊周、それに清少納言たちにとって、よく知る歌人の一人だったのだろう。

従来の解釈では、定子は雪の積もった登華殿を「山里」とみなして、当該歌の第三句を用いて「道もなし」と言い、これに対して伊周は自らを「今日来む人」になぞらえて、そんな自分を「あはれとは見む」と認めてくださいますかと受けて、笑いながら「あはれともや御覧ずる」と答えているとする。つまり兼盛の当該歌に絞って、この歌を軸として二人の会話は成立しているとする。

しかし、「道もなし」という表現自体はすでに『古今和歌集』にも見られる。

〈資料三〉『古今和歌集』巻六「冬」（第三二二番歌）

題知らず　　　　読み人知らず

322　わが宿は雪降りしきて道もなしふみ分けてとふ人しなければ

この『古今和歌集』所収歌と〈資料一〉『拾遺和歌集』の兼盛の当該歌は、雪に閉ざされて訪れる人がないという設定において類型的に同じものである。〈資料二〉『古今和歌集』の歌は、誰も訪れないので、私の所は雪が降り積もって道もなくなってしまったというものである。現代の『古今和歌集』の注釈書では、誰か見に来てほしいと解釈されるものもあるが(4)、古注では他の解釈も見られる。室町期に活躍した歌人冷泉持為が宝徳二年（一四五〇）に著した『冷泉持為注　古今抄』(5)では、当該歌について「道もなしとよみ切りて、人しなければ悲しきといふ心よみのこしたる哥なり。ふみ分てとふ人なき程に、わかやとは雪に道なしといふにはあらす」と注釈している。

この解釈によれば「訪れる人がいない悲しさ」を詠んだ歌ということになる。

後者の解釈に注目し、定子の発言『道もなし』と思ひつるにいかで」を〈資料二〉『古今和歌集』第三二二番歌をふまえたものと考えることはできないだろうか。すなわち雪の積もった日の「道もなし」という状況において、定子は「ふみ分けてとふ人しなければ」(悲しい)と思っていたところ、思いもかけず兄の伊周が訪ねてきてくれた。その伊周に対して「いかで」と驚いてみせることで、物忌にもかかわらずわざわざ訪ねてくれた兄をねぎらうとともに、感謝の気持ちを強調することになるのではないか。

一方、伊周はそれをさらに一歩進めて、雪を踏み分けて訪れる者が誰もいない時に私は貴女が気掛かりでやってきたのですよ、という同じモチーフで、さらに「道もなし」の表現を持つ〈資料一〉の平兼盛の和歌をふまえ、その第五句を用いて「あはれともや御覧ずるとて」(そんな私をあはれと思って下さいますか)とまで拡大して転用したのではないか。つまり伊周は、自分の発想にニヤリとして、同じ「道もなし」という表現を持ち、自分の行動について代弁し評価してくれている兼盛の和歌を表面に出し、このひねりを加えた会話に「うち笑」って「あはれともや御覧ずる」と答えたのではないか。これはかなりひねりを加えた会話ということになる。

この解釈に従えば、清少納言はこの二人の会話を聞いて、〈資料二〉の『古今和歌集』所収歌から〈資料三〉兼盛の歌へと、さりげなく展開していく兄妹のしゃれた会話をも含めて感心していることになろう。そしてこのように知的な会話が、日常世界に自分の眼前でさりげなく自然に繰り広げられたことに対し、まるで物語世界の一コマの様だと感心したのではないか。この光景は、定子のもとに出仕したばかりの清少納言にとって、かなり強烈な印象として残ったはずである。

二　雪の夜の来訪者と兼盛の歌の連想

初出仕のころを記した第一七七段の三つ前に位置する第一七四段「雪のいと高うはあらで」にも、この平兼盛の当該歌を連想している箇所が存在する。

雪がたいそう高くまで降り積もった日、夕暮れから気の合う同僚女房たちと火桶で暖をとりながら話に興じているうちに暗くなってきた。しかし白く反射する雪の光の美しさにますます話がはずむ。宵も過ぎたころ、沓音をたてながら一人の男性貴族が清少納言たちのもとを訪ねて語り明かす場面である。

〈資料四〉第一七四段

宵もや過ぎぬらむと思ふほどに、沓の音近う聞ゆれば、あやしと見出だしたるに、時々かやうの折におぼえなく見ゆる人なりけり。「今日の雪をいかにと思ひやり聞えながら何でふ事に障りて、その所に暮しつる」など言ふ。「今日来む」などやうの筋をぞ言ふらむかし。昼ありつる事どもなどうちはじめて、よろづの事を言ふ。円座ばかりさし出でたれど、片つ方の足は下ながらあるに、鐘の音なども聞ゆるまで、内にも外にもこの言ふ事は、飽かずぞおぼゆる。明け暗《く》れのほどに、帰るとて、「雪なにの山に満てり」と誦《ず》したるは、いとをかしきものなり。女の限りしては、さもえ居明かさざらましを、ただなるよりはをかしう、好きたる有様など、言ひ合はせたり。

宵も過ぎたころに沓音を近くに聞き、当初は「おや」といぶかって外を見ると、時々こういう風情のある折に不意に顔を見せる男性がやってきた。この男性の立ち居振る舞いは洗練され、漢詩文の教養も備えていると描かれているが、その挙動に対して「なりけり」「言ふ」「誦したる」と敬語も用いず、誰なのか特定する手掛かりがほとんどない。もともと明らかにする意図を書き手の清少納言は持っていなかったのだろうが、その時の男性の発言「今日の雪をいかにと思ひやり聞えながら、何でふ事に障りて、その所に暮しつる」を聞いて、清少納言は『今日来む』などやうの筋をぞ言ふらむかし」と記していることから、〈資料二〉の平兼盛の歌をまず連想していることがわかる。

したがって清少納言の解釈の論理によると、この時訪れた男性は清少納言たちに対し、雪が高く積もった中をこうしてやってきた自分を「あはれ」と見て欲しいと言いたいのだ、ということになる。

書き手の清少納言は、訪れた男性の意図をこのように推測しているわけだが、はたしてこの場面で〈資料二〉の兼盛歌を引き合いにした推測は、穏当と言えるのだろうか。

三　雪の日の訪問と和歌

この第一七四段の展開について細かく追ってみたい。訪れた男性が語った内容とは、今日のような大雪の日に清少納言たちの方ではどうしているのかと気にかけていたのだが、自分の方の別にどうということのない用事に追われているうちに日が暮れてこんな夜更けに訪れることになってしまった、ということである。これに対して清少納言は〈資料二〉の平兼盛の当該歌を連想し、その第四句の「今日来む」を明示して、あの歌などの「筋」を言いたいのだろうと推測しているのである。

当該章段において、清少納言はこの男性に対し「時々かやうの折に、おぼえなく見ゆる人なりけり」と記しているから、今日のように雪が降ったりなどした風情のある時に不意にやってきたりする人物、という印象をいだいているのである。この日も宵になってから突然予告もなくやってきた。しかも「円座ばかりさし出でたれど、片つ方の足は下ながらあるに」という姿で座っている。

この座り方は第七九段「返る年の二月二十余日」における藤原斉信の「狭き縁に、片つ方は下ながら、少し簾のもと近う寄り居給へる」と同様であり、これに対して清少納言は「まことに絵に描き、物語のめでたき事に言ひたる、これこそはとぞ見えたる」と絶賛しているから、第一七四段に記された雪の宵で男性の座っている姿に対しても、素敵だと評価していたと考えてよい。また会話に関しても、昼間にあったことからはじめて「よろづの事」を話し続け、飽きることなく明け方まで語り明かし、帰って行く時に「雪、なにの山に満てり」[6]と謝観の漢詩文の一節を吟じたことに対し、「いとをかしきものなり」と評価している。そして最後には、こうして男性が加わったことで、女同士だけの時とは一味ちがった素敵な会話が愉しめたことを確認しているのである。

清少納言が章段を執筆する際に話の構成を考えているという立場から見ると、その流れにおいて〈資料二〉の平兼盛の当該歌「あはれとは見む」は有機的に機能していると言える。またこの章段のその後の展開をみても、清少納言たちはこの訪問者を歓迎していることが確認できる。つまり、他に訪れてきた人物がいないため、この男性のみが「今日来む人」に該当することになり、それを迎えた側が訪問者を「あはれ」と見て歓待するというのは、この場面の流れとして決して不自然ではないからである。

だが訪問者である男性自身は、伊周の様に自らの所作を「あはれとは見む」になぞらえる意図はあったのか。伊周の様に昼間に物忌をおして参上するのならばともかく、宵になって不意に訪れた理由を「何でふ事に障りて、その所に暮しつる」と語ったにすぎないのではないか。物忌をおして参上した伊周に比べ、この訪問者が「何でふ事に障りて」昼間に来られなかった、と言うのは言い訳がましく、それを済ませてからやってきたのに「あはれとは見む」というのは、実のところ虫のよい願いであって、趣向としてはいささか劣るのではないか。

これを検証するために当時の共通理解であった和歌の趣向を実証的に分析してみた結果、むしろ他の可能性が指摘できる。

〈資料五〉『古今和歌集』巻六「冬」

①第三一五番歌
冬の歌とて詠める　源宗于朝臣
山里は冬ぞさびしさまさりける人目も草もかれぬと思へば
②第三二三番歌
冬の歌とて詠める　紀貫之
雪降れば冬ごもりせる草も木も春に知られぬ花ぞ咲きける
③第三二八番歌
寛平御時后宮の歌合の歌　壬生忠岑
白雪の降りてつもれる山里は住む人さへや思ひきゆらん
④第三三〇番歌
雪の降りけるをよみける　清原深養父
冬ながら空より花の散りくるは雲のあなたは春にやあるらむ
⑤第三三一番歌
雪の木に降りかかれりけるをよめる　貫之
冬ごもり思ひかけぬを木の間より花と見るまで雪ぞ降りける
⑥第三三七番歌
雪の降りけるを見て詠める　紀友則
雪降れば木毎に花ぞ咲きにけるいづれを梅とわきて折らまし

新井栄蔵氏は①の源宗于の詠歌について「詞書に『冬の歌』とするように古今和歌集の冬のイメージをこの歌

がよく示す」(7)と指摘される。また②の貫之の詠歌のように木々に積もった雪を花と見立てる表現は、『万葉集』や漢詩文にも見られる一般的なものであった。

この見立ては、木毎に積もった雪を梅の花と機智的に見立てた⑥の紀友則の歌と同様であり、また雪を花に見立てる同様の趣向ながらさらに進めて春を予感させる④の清原深養父の歌や、降る雪を散る花に見立てた⑤の貫之の歌などの表現が見られる。

当該章段においては『『今日来む』などやうの筋』とあるから、清少納言が推測したものの中に③の壬生忠岑の歌の様に「心配して気遣っていました」というものも含めて、これらの典型的な歌が思い起こされていたとも考えられよう。いやむしろこれらの歌の方が、その後の会話の中で話題に出る類のものではないだろうか。

しかし、書き手の清少納言は〈資料二〉の兼盛の歌を主として思い起こしている。このこだわりは、第一七七段に記している様に、自分が初出仕したころの強烈な印象によって呼び起こされているのではないか。

まとめ

清少納言自身にとって、雪はとても好きな素材であった。それは第二七四段「成信の中将は」において「雪こそめでたけれ」と言及していることからも確認できる。『枕草子』冒頭の第一段「春は曙」においても「冬はつとめて。雪の降りたるは言ふべきにもあらず」と記し、雪の日の朝がすばらしいのは言うまでもない、と言う。雪にまつわる有名な逸話として第二八〇段「雪のいと高う降りたるを」では、中宮定子からのわざわざの指名に『白氏文集』所収の「香爐峯の雪は簾を撥げて看る」をふまえた対応をして、面目をほどこしている。

注目すべきは第一一五段「あはれなるもの」において「また夜なども、すべて。山里の雪」と記していることである。石田穣二氏はこの「山里の雪」の脚注に「訪れる人も稀だからである」として『拾遺和歌集』から兼盛の当該歌「山里は雪降り積みて道もなし今日来む人をあはれとは見む」を「たとえば」として例示される。(8) 清少納言が「あはれなるもの」を書き記していく時、「山里の雪」を連想した理由の一つにこの平兼盛の和歌が挙げられるのなら、『枕草子』において平兼盛の当該歌にまつわる話は三章段に登場していることになる。

清少納言が雪を好んだのも、また雪の日の来訪者に対して「今日来む人」の歌を連想したのも、「あはれなるもの」として「山里の雪」を挙げるのも、自分が初出仕して間もない頃に体験して感動した一場面、すなわち、平兼盛の歌を軸として交わされた定子と伊周の素敵な会話を聞いて、まるで物語世界の様だと感心した時の強烈な印象が影響していると言えるのではないか。

それはとりもなおさず、清少納言にとって定子のもとに初出仕したころの出来事がかなり強烈なものであったことを示している証左になろう。その意味においても第一七七段「宮にはじめて参りたるころ」に記されている清少納言の感覚を細かく読み解いていくことは、その後の書き手としての清少納言の感性を考えていく上で重要になってくるはずである。

【注】

(1) 高橋正治氏著『兼盛集注釈』(貴重本刊行会　平成五年)による。
(2) 萩谷朴氏著『増補新訂　平安朝歌合大成』第二巻(同朋舎　平成七年十月)による。
(3) 藤岡忠美氏校注の新日本古典文学大系『袋草紙』(岩波書店　平成七年)による。
(4) 小沢正夫氏校注・訳の新編日本古典文学全集『古今和歌集』(小学館　平成六年)による。
(5) 広島大学蔵『冷泉持為注　古今抄』巻六冬歌の注による。当該本は広島平安文学研究会「翻刻　平安文学資料稿」

第三期第二巻『冷泉持為注　古今抄（広島大学蔵）』上（平成八年五月）に翻刻がある。
（6）本文に見える「雪、なにの山に満てり」という漢詩文の句は、後に『和漢朗詠集』に所収された巻上「冬」の「雪」第三七四番の白賦の一句「暁入梁王之苑　雪満群山　夜登庾公之楼　月明千里」の「雪満群山」をふまえたものと解釈する。
（7）小島憲之氏・新井栄蔵氏校注の新日本古典文学大系『古今和歌集』（岩波書店　平成元年）第三一五番歌の脚注による。
（8）石田穣二氏訳注『新版　枕草子』（角川ソフィア文庫）による。

第四節　〈海〉の写実的描写と幼少期の周防下り

はじめに

清少納言の父、清原元輔は『後撰和歌集』を編纂した「梨壺の五人」として著名であるが、『三十六人歌仙伝』[1]の経歴を見ると人生後半期に河内・周防・肥後の地方国司を経験し、八十三歳夏の永祚二年（九九〇）六月、赴任先の肥後国で死没していることがわかる。

延喜八年（九〇八）生まれの元輔は、記録から見る限り官途は遅い。天暦五年（九五一）正月に四十四歳で河内権少掾に補任されるのが初見で、その九ヶ月後に梨壺の撰和歌所の寄人に召されている。しかしながら『元輔集』[2]第十一番歌に「蔵人所まかりはなれて後、梨壺にて所のをのこども、雨のふるに酒たうべしついでに、ここにあひて侍るよしよみ侍る　いそのかみふりにし人にあふ時はうれしかりけり夏の夜の雨」とあることから、天暦五年十月以前に蔵人所に勤めていたことが確認できる。[3]

国司の職歴は、安和二年（九六九）十月に河内権守補任、天延二年（九七四）正月に周防守補任、寛和二年（九八六）正月に肥後守補任、そして永祚二年に赴任先の肥後国で客死する。清少納言は康保三年（九六六）ころの生まれと[4]推定されるから、元輔五十九歳、正月に大蔵少丞に補された年に相当する。清少納言の誕生後、元輔は齢六十を過ぎて河内・周防・肥後の国守を勤めたことになる。

ところで清少納言は、女房として仕えた体験をもとに『枕草子』をまとめたが、船や海にまつわる記述に関しては恐怖感を基底とした記述が散見する。しかもいわゆる物語類に見られる典型的な表現や、日記類に見られる描写とも異なっている。牛車で遠出するなどの小旅行は楽しさに弾んだ心地そのままに活き活きと描き出すから外出が苦手だったわけではないはずだが、なぜ清少納言は、それほどまでに海や船旅を怖がるのだろうか。その理由として、幼い清少納言が父元輔の国司赴任に同行した時に体験した船旅での出来事が大きく影響していると想定することができるのではないか。

元輔の赴任国で、京と現地の往還行程で海上航行するのは周防国と肥後国である。このうち肥後守に補任された寛和二年（九八六）には、清少納言はすでに橘則光と結婚して一子則長を設けていた上、六月十八日から二十一日まで小白河で行われた小一条右大将藤原済時主催の法華八講に参加したことが『枕草子』第三三段「小白河といふ所は」から確認できるので、父の肥後下向に同行したとは考えにくい。どうやら清少納言は、少女時代に父元輔が国司として赴任した周防国（現在の山口県東部）へ一緒について行ったことが想定できる。

当時西国へ行く道順は、難波津から船で瀬戸内海を行く海上交通が主だったから、幼少期の清少納言も船旅を経験したはずである。清少納言がこの船旅を経験したのは、天延二年（九七四）正月以後の往復路であったから、九歳から十二歳の時である。瀬戸内の海は外洋とは異なり比較的波が穏やかだが、清少納言は海に対する恐怖の感覚を細かく描写している。これはおそらく突然の嵐に遭遇するなど直接の恐怖体験があっての表現ではないかと考えられる。つまり海や船に対して恐怖を感じる根底に、清少納言が幼少期にこの船旅で経験した恐怖がトラウマとなっているのではないか。このことを『枕草子』に描かれた船旅や海に関する記述から考察してみたい。

一　清原元輔の周防国赴任の考証

清原元輔の周防守補任は、前掲の『三十六人歌仙伝』元輔項から確認できる。また下向していたことは元輔と親交のあった藤原仲文[5]の家集『仲文集』[6]第二三・二四番贈答歌の記述や、『元輔集』第一四一番歌の太宰大弐藤原国章《くにのり》[7]の贈歌の記述から確認できる。

〈資料一〉『仲文集』

同じ人、元輔周防に下れる道に、江泊《えとまり》といふ所にて言ひやる、仲文

23　江泊に我来たりとは知らねばや今まで君が見に来ざるらむ

返し、元輔

24　限りなきまばらを好む君なれば返りは見じにきたるなるらむ

言葉足らずで解釈しにくい贈答歌だが、片桐洋一氏が『藤原仲文集全釈』当該歌の「語釈」と「考説」で指摘された様に「同じ人」を仲文と解釈し、「同じ人（仲文）が、元輔が下っている周防へ行く途中の道に」とする説に従う。江泊《えどまり》は周防国佐波《さば》郡にある小さな湾で、ここまでやって来た仲文が、すでに周防守として赴任していた元輔に「私が江泊に来ていることをご存じないので、今まであなたは私に会いに来てくれないのか」という歌を贈った。それに対して元輔が「この上なく『まばら』[8]を好むあなたなので、『訪ねて行きたい』というあなたからの手紙に対する私（元輔）の返事をまだ見ぬうちに（見る前に）もう来たのだろうか」と答えた歌と見る。

妹尾好信氏の考証[9]によれば、元輔の「在任中、仲文は周防国に赴き、江泊にて元輔と贈答する。周防守任官の年元輔は六十六歳、仲文は五十二歳で、元輔は十四歳も年長であったが、この時のざっくばらんなやりとりを見ても、二人は相当親密な交友をしていたことがうかがわれる」とされる。この贈答歌から元輔は周防国に赴任し、

その近隣の江泊を仲文が訪ねたことが確認できる。
また後藤祥子氏は、周防国司の清原元輔と近隣の太宰府に大弐として赴任していた藤原国章との間に、元輔所持の「玉の帯」の貸与を示す歌があることに注目されて、興味深い解釈を提示されている。

〈資料二〉『元輔集』宮内庁書陵部蔵御所本三十六人集甲本

大弐国章が玉の帯を借りてまかりのぼりて、その帯また返しつかはししに

141 行く先のしのぶ草にもなるやとて露のかたみを置かんとぞ思ふ

『公卿補任』によれば、藤原国章は貞元二年（九七七）正月七日非参議従三位に叙されて公卿に列した。この時元輔は、一族に伝来（おそらく右大臣までのぼった夏野の物か）した「玉の帯」を親しい国章の必要に応じて貸与し、それが返却された時、自家にとって既に無用の「玉の帯」をなおも大事にすることに照れながら詠んだとされる解釈(10)に従いたい。国章の太宰府赴任は、これも『元輔集』所収歌から確認できる。

〈資料三〉『元輔集』冷泉家時雨亭文庫蔵本

国章の朝臣、大弐にはべりしに、景斉が罷るに、小一条の大将餞し侍りし所にて

269 待つらむを思ひやらずは草枕このたびはなほとまれとや言はまし

この歌を詠んだ元輔はすでに任果てて帰京しており、国章の三男景斉の太宰府下向に対し、小一条の大将藤原済時主催の宴で餞別の歌を贈っている。『公卿補任』によれば、国章は天元五年（九八二）三月五日に皇后宮権大夫に補任されるまで太宰大弐を勤め、花山天皇に代替わりした翌永観三年（寛和元年、九八五）六月二十三日に、非参議従三位で皇后宮権大夫のまま卒去している。

ところで『日本史総覧』(11)Ⅱ所収の「国司一覧」によれば、元輔前後の周防守補任者と在任記録は次の如く記載される。

〈資料四〉国司一覧（周防）

・藤原雅正　応和元年（九六一）十月六日見任（『江家次第』）

・清原元輔　天延二年（九七四）正月補任（『三十六人歌仙伝』）

　　　　　　天延二年（九七四）八月見任（『三十六人歌仙伝』）

・藤原義雅　天元四年（九八一）十二月二十七日補任（『小右記』天元五年二月二十一日条）

元輔の補任は天延二年（九七四）正月とわかるが、任期明けと帰京時期ははっきりしない。「清原元輔略年譜」(12)によれば、前述の餞別歌から天元元年（九七八）には帰京と推定される。『公卿補任』では天延四年（九七六）正月二十八日に源伊陟が周防権守補任とある。伊陟は参議補任の貞元二年（九七七）四月二十四日まで蔵人頭と左兵衛督を兼任していた。元輔はこの年まで周防赴任中と見てよい。

京都から周防国への行程は、『延喜式』(13)に次のように見える。

〈資料五〉『延喜式』巻二四「主計上」

　安芸国　行程上十四日、下七日、海路十八日。

　周防国　行程上十九日、下十日。

　長門国　行程上廿一日、下十一日、海路廿三日。

周防国への行程に「海路」は見えないが、周防国へは海路で「ほぼ二十一、二日間と考えてよかろう」(14)とされる萩谷氏の説に従う。幼い清少納言は、父と共に瀬戸内海の船旅(15)を経験したことになる。

二『枕草子』の記述からの考証

『枕草子』において「海」や「船旅」はどの様に描写されているのか。まず第一六段「海は」に注目したい。

〈資料六〉第一六段「海は」

海は水うみ。与謝《よさ》の海。かはふちの海。

「水うみ」は淡海でここでは琵琶湖を指すと考えられ、「与謝の海」は天橋立を有し歌枕でも有名な宮津湾を指す。「かはふちの海」は不明で、鎌倉中期の歌学書『八雲御抄』(16)巻五「名所部」にも「かはぶちの（清少納言抄）」とある。一方で能因本系（三条西家旧蔵の学習院大学蔵本）及び前田家本、堺本系の本文には「かはぐちの海」とある。今は不明とするほかないが、河（川）と関わる海という名から類推すると外海ではないだろう。とすると河口《かこう》の湖か、せいぜい湾内の海となって、波の穏やかな海ばかりの列挙となる。

「川を渡る」時の描写には、冴えを見せている。

〈資料七〉第二一六段「月のいと明きに」

月のいと明きに、川を渡れば、牛の歩むままに、水晶などの割れたるやうに水の散りたるこそをかしけれ。

川面の水が跳ねて散る様子を「水晶などの割れたる様」と捉えて「をかしけれ」と評し、牛車で川を渡る時に見つけた「美」を端的に描写している。また舟で淀を渡った時の描写には、古歌に詠まれた風景を思い合わせて興じている。

〈資料八〉第二一〇段「卯月のつごもり方に」

卯月のつごもり方に、初瀬に詣でて、淀の渡りといふものをせしかば、舟に車をかき据ゑて行くに、菖蒲、菰などの末短く見えしを、取らせたれば、いと長かりけり。菰積みたる舟のありくこそ、いみじうをかしかりしか。「高瀬の淀に」とは、これを詠みけるなめりと見えて。三日帰りしに、雨の少し降りしほど、菖蒲刈るとて、笠のいと小さきを着つつ、脛いと高き男、童などのあるも、屏風の絵に似て、いとをかし。

「淀の渡り」は現在の京都市伏見区淀町にあった舟渡りで、旧暦の四月末に長谷寺観音を参詣した清少納言が菖蒲や菰を積んだ舟と行き交い、随想を記している。「高瀬の淀に」は『古今和歌六帖』第六「草」第三八一〇番歌「菰枕高瀬の淀に刈る菰のかるとも我は知らで頼まむ」を指す。往路での歌枕の実地体験と帰路に見た菖蒲を刈る男と童の屏風絵の様な光景に対する評価を看取できる。

ところが、対象が「舟」となると、評価は一変する。

〈資料九〉第一五八段「頼もしげなきもの」

心短く、人忘れがちなる婿の、常に夜離れする。そら言する人の、さすがに人の事なし顔にて、大事うけたる。風早きに帆かけたる舟。七、八十ばかりなる人の、心地悪しうて日ごろになりたる。

永井和子氏はこの章段に「打ち消すことのできない不安感を持つもの」との端的な鑑賞を示される。[17] 当該章段はその「不安感」が文を追うごとに増幅していく構成となっている。後半部で転覆事故が心配な「風早きに帆かけたる舟」に続き、高齢者の長患いが挙げられ、生命に関わる不安にまで発展していく構成に注目したい。

もっとも舟で行くことの利便性は認めていたようである。

〈資料十〉第一六一段「遠くて近きもの」

極楽。舟の道。人の仲。

ここでは舟での道中を「思っていたほど遠くなくて近い」と感じている。その舟の速度については次のように捉えている。

〈資料十一〉第二四二段「ただ過ぎに過ぐるもの」

帆かけたる舟。人の齢。春、夏、秋、冬。

帆をあげた舟が通り過ぎていく様に対する感覚が見える。速度自体はゆっくりだが気が付くと過ぎ去っていて、いつの間にか過ぎていく歳や季節の移り変わりと同等と捉えるのである。

ただし、船旅にまつわることとなると、やはり評価は低い。

〈資料十二〉第二四〇段「言葉なめげなるもの」

宮のべの祭文読む人。舟漕ぐ者ども。雷鳴の陣の舎人。相撲。

言葉遣いに敏感な感性を持つ清少納言には、舟漕ぎたちの言葉遣いの荒さはきつかった。そして恐ろしい打聞話も書き留めている。(18)

〈資料十三〉第二八七段「右衛門尉なりける者の」

右衛門尉なりける者の、えせなる男親を持たりて、人の見るに面伏せなりと、苦しう思ひけるが、伊予国よりのぼるとて、波に落し入れけるを「人の心ばかりあさましかりける事なし」とあさましがるほどに、七月十五日、盆奉るとて急ぐを見給ひて、道命阿闍梨「わたつ海に親押し入れてこの主の盆する見るぞあはれなりける」と詠み給ひけむこそ、をかしけれ。

当該章段の主眼は、親を海に突き落とした男が盆供養をして親を救い上げることに対して「あはれなりける」と表現し、その矛盾や皮肉など多重性を込めて詠んだ道命阿闍梨の歌にあるのだろうが、瀬戸内海航海中の恐ろしい話を書き留めている点に注目したい。

三　「舟に乗る」こと―「うちとくまじきもの」の構成―

清少納言は「舟に乗る」ことに対しては第二八六段「うちとくまじきもの」の中で詳細に記述している。

〈資料十四〉第二八六段「うちとくまじきもの」

えせ者。さるは、よしと人に言はるる人よりもうらなくぞ見ゆる。

Ⅰ　船の路《みち》。日のいとうららかなるに、海の面のいみじうのどかに、浅緑の打ちたるを引き渡したるやうにて、いささか恐ろしきけしきもなきに、若き女などの、袙、袴など着たる、侍の者の若やかなるなど、櫨といふもの押して、歌をいみじう歌ひたるは、いとをかしう、やむごとなき人などにも見せ奉らまほしう思ひ行くに、風いたう吹き、海の面ただ悪しに悪しうなるに、物もおぼえず、泊るべき所に漕ぎ着くるほどに、舟に波のかけたる様など、片時にさばかりなごかりつる海とも見えずかし。

Ⅱ　思へば、舟に乗りてありく人ばかりあさましう、ゆゆしきものこそなけれ。よろしき深さなどにてだに、さるはかなき物に乗りて、漕ぎ出づべきにもあらぬや。まいてそこひも知らず、千尋などあらむよ。物をいと多く積み入れたれば、水際はただ一尺ばかりだになきに、下衆どもの、いささか恐ろしとも思はで走りありき、つゆ悪しうもせば沈みやせむと思ふを、大きなる松の木などの二、三尺にて丸《まろ》なる、五つ六つほうほうと投げ入れなどするこそいみじけれ。

Ⅲ　屋形といふものの方にて押す。されど、奥なるは頼もし。端に立てる者こそ目くるる心地すれ。早緒とつけて、櫨とかにすげたる物の弱げさよ。かれが絶えば、何にかならむ、ふと落ち入りなむを。それだに太くなどもあらず。

Ⅳ　わが乗りたるは、清げに造り、妻戸あけ、格子上げなどして、さ水とひとしうをりげになどあらねば、ただ家の小さきにてあり。小舟を見やるこそいみじけれ。遠きは、まことに笹の葉を作りてうち散らしたるにこそ、いとよう似たれ。泊まりたる所にて、舟ごとにともしたる火は、またいとをかしう見ゆ。

Ⅴ　はし舟とつけていみじう小さきに乗りて漕ぎありく、つとめてなど、いとあはれなり。「あとの白波(19)」はまことにこそ消えもて行け。よろしき人はなほ乗りてありくまじき事とこそおぼゆれ。徒歩路もまた恐ろしかなれど、それは、いかにもいかにも地に着きたれば、いと頼もし。

Ⅵ　海はなほいとゆゆしと思ふに、まいて海士《あま》のかづきしに入るは、憂きわざなり。

Ⅶ　腰に付きたる緒の絶えもしなば、いかにせむとならむ。男だにせましかば、さてもありぬべきを、女はなほおぼろけの心ならじ。舟に男は乗りて、歌などうち歌ひて、この栲縄を海に浮けてありく。危ふく後ろめたくはあらぬにやあらむ。のぼらむとて、その縄をなむ引くとか。まどひ繰り入るる様ぞことわりなるや。舟の端をおさへて放ちたる息などこそ、まことにただ見る人だに、しほたるるに、落し入れてただよひありく男は、目もあやにあさましかし。

当該章段の構成は、船で海を航海することの恐怖から、海に対する恐ろしさを明言し、やがて海士への同情に展開する。ここで注目されるべき点は、書き手の海に対する真に迫った恐怖感であろう。七つの部分に分けて、海に対する感覚を分析してみよう。

まずⅠの部分では、凪いだ海の色彩や様態の描写と、続く荒天時とが対比されている。そして、のどかな海の航海はよいが、天候が急変すると船に波がかかったりして停泊地まで航行するのに気が気でないと記し、荒れた海を航海する時の恐怖感を活き活きと再現させている。「凪いたう吹き、海の面ただ悪しに悪しうなる」「舟に波のかけたる様」などの表現は、まさに書き手の経験と観察眼から導き出されたものであろう。

Ⅱの部分では、「つゆ悪しうもせば沈みやせむと思ふ」とあり、沈没するのではないかと恐れると共に、そう言う自分とは対照的に、船のような「はかなき物」に乗り深い海へ漕ぎ出し、喫水線ぎりぎりまで荷物を満載して沈みそうなのも平気で、なお大きな松の木材を載せる船乗りたちの不思議さを列挙し、あきれるほど無気味で恐ろしい（よく平気でいられるものだ）と批評している。

Ⅲの部分では、舟端に立っている船乗りを見て、海に落ちそうで怖いと感じている。また櫨と早緒の描写もその細さと心細さが結びつけられ、視覚的な表現からも心細さを増幅させている。

Ⅳの部分では、自分の乗船した美しい屋形船の様を描写した後、対照的な小舟を見て不安定さを心配し、目を遠景に転じて沖の舟を笹の葉の様に見えると喩える。また停泊地に着くと安心したのか、舟ごとの灯火の様を「いとをかしう見ゆ」と鑑賞する余裕も見せる。

Ⅴの部分では、早朝に「はし舟」（後の艀か）が行き交う様を見て「いとあはれなり」と感じるが、航跡がすぐ消えてなくなるのを見て、歌語「あとの白波」を思う。これもⅣ同様に停泊中の安心感によるのだろう。古歌の実景を鑑賞できることを確認しながらも、なお「よろしき人はなほ乗りてありくまじき事とこそおぼゆれ」と端的に指摘し、歩く陸路も危険だが、地に足が着いているからまだ安全に思える、という見解も付加する。この部分がⅠに見える「いささか恐ろしきけしきもなきに、若き女などの、衵、袴など着たる、侍の者の若やかなるなど、櫨といふ物押して、歌をいみじう歌ひたるは、いとをかしう、やむごとなき人などにも見せ奉らまほしう思ひ行くに」と対比されていることは言を待たない。書き手の清少納言にとって、海上の船旅は勧められるものではなかったのである。

Ⅵの部分では、「海はなほいとゆゆしと思ふ」と述べ、海に対する大きな恐怖感を明言[20]している。続いて海士に転じ、そんな恐ろしい海に潜る海士はつらい仕事だろうと同情している。

Ⅶの部分では、海士の細い命綱に舟の早緒に寄せたものと同様の心配を述べた後、海士を潜らせて歌を口ずさむ男ののんきな様を「危うく後ろめたくはあらぬにや」と批判し、最後に海士の息継ぎの様子を「まことにただ見る人だに、しほたるる」と記し同情している。

これら一連の描写は、大変写実的であることに注目したい。これは次に検証するような文学作品その他の典型的な描写とは全く異なり、おそらく書き手の清少納言が実際に目にした光景ゆえに、微細な点まで描けているものと考えられよう。

四　他の作品に見る船旅の描写

『枕草子』に先行する文学作品及び同時代作品にも航海の描写は見える。『枕草子』における描写と比較することで、写実性を検証してみたい。『伊勢物語』には伊勢湾を横断する記述がある。

〈資料十五〉『伊勢物語』(21) 第七段

昔、男ありけり。京にありわびて東に行きけるに、伊勢、尾張のあはひの海づらを行くに、浪のいと白く立つを見て、

いとどしく過ぎゆく方の恋しきにうらやましくもかへる浪かな

となむ詠めりける。

当該歌は、波の返る様に都への思いを象徴させる表現として後世に大きな影響を及ぼした詠み方の一つであるが、『枕草子』における享受は認められない。

国司の船旅日記として著名な作品が、承平四年(九三四)十二月二十一日の土佐国府出発から翌年二月十六日の京到着まで紀貫之が帰京行程にそって記した『土佐日記』である。

〈資料十六〉『土佐日記』(22)

(十二月)廿二日　和泉の国までと、たひらかに願立つ。

(正月)元日　なほおなじ泊りなり。白散をあるもの、夜の間とて、舟屋形にさしはさめりければ、風に吹き馴らさせて海に入れて、え飲まずなりぬ。(大湊)

九日　(宇多の松原を行き過ぎて)山も海もみな暮れ、夜更けて西東も見えずして、天気のこと楫取の心に任せつ。男もならはぬはいとも心細し。まして女は舟底に頭をつきあてて音をのみぞ泣く。かく思へば

舟子楫取は舟歌歌ひて何とも思へらず。
十四日　暁より雨降れば、同じ所に泊まれり。（室津）
十六日　風波やまねばなほ同じ所に泊まれり。（室津）
十八日　なほ同じ所にあり。海荒ければ舟出ださず。
廿二日　今日海荒げにて、磯に雪ふり波の花咲けり。ある人の詠める
「浪とのみ一つに聞けど色見れば雪と花とにまがひけるかな」
廿五日　楫取らの「北風悪し」と言へば舟出ださず。「海賊追ひ来」といふこと絶えず聞ゆ。
（二月）一日　にはかに風波高ければ留まりぬ。（泉南の箱作沖）

書き手は屋形船に乗り、四国土佐から和泉国を経て難波に至る海洋の船旅日記を記している。その記述には、風や波がおさまらなければ何日も出航できないといった天候に左右される旅だったことや、夜の航海は女たちにとって船底に突っ伏して泣くほど恐ろしかったことが描かれる。また実景を歌に詠むケースも多数散見するが、帰京をはやる書き手の心が中心にあるという関心のずれもあるためか、『枕草子』と比較しても写実的な表現はあまり見られない。

一方、琵琶湖の船旅は、藤原道綱母が『蜻蛉日記』中巻に天禄元年（九七〇）七月二十日ごろの石山詣の道中、打出浜（滋賀県大津）から石山寺間の往復の様子を描写している。

〈資料十七〉『蜻蛉日記』(23)
（往路）関うち越えて打出の浜に死にかへりて至りければ、先立ちたりし人、舟に菰屋形引きて設けたり。ものもおぼえずはひ乗りたれば、はるばるとさし出だして行く。いと心地いとわびしくも苦しうもいみじうもの悲しう思ふことたぐひなし。

〔復路〕「明けぬ」と言ふなれば、やがて御堂よりおりぬ。まだいと暗けれど、湖の上、白く見え渡りて、さ言ふ言ふ、人二十人ばかりあるを、乗らむとする舟の差掛《さしかけ》のかたへばかりに見くだされたるぞいとあはれにあやしき。（中略・舟で出発）空を見れば、月はいと細くて、影は湖の面にうつりてあま風うち吹きて湖の面いと騒がしうさらさらと騒ぎたり。（中略）いかが崎、山吹の崎などいふ所々を見やりて、芦の中より漕ぎ行く。まだ物確かにも見えぬほどに、はるかなる楫の音して心細く歌ひ来る舟あり。（中略）瀬田の橋のもと行きかかるほどにぞ、ほのぼのと明け行く。千鳥うち翔《かけ》りつつ飛びちがふ。もののあはれに悲しきこと、さらに数なし。

穏やかな琵琶湖の船旅の美しい光景と心象風景とを描写している。陸路で体調を崩して、真菰草で編んだ席をかけた屋形船で漕ぎ出した箇所の展開は、『枕草子』と比較すると対照的である。菰を積んだ舟を見て『古今和歌六帖』第六帖「こも」所収の第三八一〇番歌「菰枕高瀬の淀に刈る菰のかるとも我は知らで頼まむ」を想起していながらも、『枕草子』第一一〇段「卯月のつごもり方に」では、歌枕「高瀬の淀」の実景を見たことを興じているが、道綱母は反対に当該歌の下句の「かるとも我は知らで頼まむ」の「刈る」と「離る」との懸詞から、兼家の不誠実と頼り甲斐のない我が身に思いを馳せて、一層のわびしさと苦しさを感じており、さらに帰路では千鳥を見て「もののあはれに悲しきこと」をしみじみと実感する。また船旅で目にした空の月を愛で、風が吹いても恐怖を感じることはなく、通り過ぎる歌枕「いかが崎」「山吹の崎」を鑑賞している。

荒れた海の描写は、『竹取物語』において庫持《くらもち》の皇子の作り話と大伴御行大納言の体験に見られる。

〈資料十八〉『竹取物語』(24)

I庫持の皇子

一昨々年《さをととし》の如月の十日ごろに、難波より船に乗りて海の中に出でて、（中略）ある時は浪荒れつつ海の底にも入りぬべく、ある時には風につけて知らぬ国に吹き寄せられて、鬼のやうなるもの出で来て、殺さむとしき。ある時には来し方行く末も知らず、海にまぎれむとしき。

Ⅱ大伴御行大納言

船に乗りて海ごとにありき給ふに、いと遠くて、筑紫の方の海に漕ぎ出で給ひぬ。いかがしけむ。疾き風吹きて、世界暗がりて船を吹きもてありく。いづれの方とも知らず、船を海中にまかり入りぬべく吹き廻して、浪は船に打ちかけつつ巻き入れ、雷は落ちかかるやうにひらめきかかるに、大納言は惑ひて「まだかかるわびしき目見ず。いかならむとするぞ」とのたまふ。（中略）三、四日吹きて、吹き返し寄せたり。浜を見れば、播磨の明石の浜なりけり。大納言、南海の浜に吹き寄せられたるにやあらむと思ひて、息づき臥し給へり。

荒れた海で恐ろしい目にあった様子を表現した部分である。Ⅰは庫持の皇子の虚言であるから平板な表現でも十分だが、Ⅱの大伴御行大納言は、実際に海に船出をして嵐に遭い難波しかけたという話の展開上、描写が写実性を帯びている。天候が急変して強風波浪に翻弄された恐怖の体験談として語られる点を勘案すれば、清少納言が『竹取物語』を読んでいた場合、影響を受けたに違いない。『枕草子』第二八六段のⅠには雷の記述はないが、「風いたう吹き、海の面ただ悪しに悪しうなるに、物もおぼえず」「舟に波のかけたる様」など類似描写もある。またⅤの「よろしき人はなほ乗りてありくまじき事とこそおぼゆれ」とあるのは、大伴御行大納言を念頭に置いての文言かもしれない。ただし『竹取物語』には、船頭の楫取以外の船乗りたちの様子は描かれていない。船旅全体の写実的描写としては、『枕草子』が多岐に渡っていると言えよう。

〈資料十九〉『源氏物語』(25)

『源氏物語』では、光源氏の須磨行と玉鬘の太宰府往還に、瀬戸内海の船旅の描写が描かれている。

Ⅰ「須磨」巻（光源氏の須磨行）

道すがら面影につと添ひて胸も塞がりながら御舟に乗り給ひぬ。日長き頃なれば追風さへ添ひて申の刻ばかりにかの浦に着き給ひぬ。かりそめの道にてもかかる旅をならひ給はぬ心地に、心細さもをかしさもめづらかなり。（中略）渚に寄る波のかつ返るを見給ひて「うらやましくも」とうち誦じ給へる様、さる世の古事なれどめづらしう聞きなされ、悲しとのみ御供の人々思へり。うち返り見給へるに、来し方の山は霞遥かにて、まことに三千里の外の心地するに、櫂の雫も耐え難し。

Ⅱ「須磨」巻（太宰大弐の上京）

その頃、大弐は上りける。いかめしく類広く娘がちにて所せかりければ、北の方は舟にて上る。浦づたひに逍遙しつつ来るに、外よりもおもしろきわたりなれば心とまるに、大将かくておはす、と聞けば、あいなう好いたる若き娘たちは、舟の中さへ恥づかしう心げさうせらる。

Ⅲ「松風」巻（明石君の上京）

舟にて忍びやかに、と定めたり。辰の刻に舟出し給ふ。昔人もあはれと言ひける浦の朝霧隔たりゆくままにいともの悲しくて、入道は心澄みはつまじく、あくがれながめゐたり。ここら年を経て今更に帰るも、なほ思ひ尽きせず、尼君は泣き給ふ。

Ⅳ「玉鬘」巻（玉鬘の筑紫行）

幼き心地に母君を忘れず、折々に「母の御もとへ行くか」と問ひ給ふにつけて涙絶ゆる時なく、娘どもも思ひこがるるを、舟路ゆゆしとかつは諌めけり。おもしろき所々を見つつ「心若うおはせしものを、かかる道をも見せ奉るものにもがな」「おはせましかば、我は下らざらまし」と京の方を思ひやらるるに、返る波もうらやましく心細きに、舟子どもの荒々しき声にて「うら悲しくも遠く来にけるかな」と歌ふを聞くままに、二人さし向ひて泣きけり。

Ⅴ「玉鬘」巻（筑紫からの逃避行）

いみじきことを思ひ構へて出で立つ。妹たちも年ごろ経ぬるよるべを棄ててこの御供に出で立つ。あてきといひしは、今は兵部の君といふぞ、添ひて夜逃げ出でて舟に乗りける。（中略）かく逃げぬるよし、おのづから言ひ出で伝へば、負けじ魂にて追ひ来なむと思ふに心も惑ひて、早舟といひて様ことになむ構へたりければ、思ふ方の風さへ進みて、危きまで走り上りぬ。響《ひびき》の灘もなだらかに過ぎぬ。「海賊の舟にやあらん、小さき舟の飛ぶやうにて来る」など言ふ者あり。海賊のひたぶるならむよりも、かの恐ろしき人の追ひ来るにやと思ふにせむ方なし。「うきことに胸のみ騒ぐ響きには響の灘もさはらざりけり」川尻といふ所近づきぬ、と言ふにぞ少し生き出づる心地する。例の舟子ども「唐泊より川尻おすほどには」と歌ふ声の情けなきもあはれに聞ゆ。豊後介、あはれになつかしう歌ひすさびて「いとかなしき妻子も忘れぬ」とて思へば、

これらの描写を写実性の観点から『枕草子』と比較してみたい。

Ⅰでは、寄せては返す波を見た光源氏が口ずさんだ「うらやましくも」に『伊勢物語』第七段所収の和歌が、「三千里の外」に『白氏文集』巻十三所収の七言絶句(26)「冬至楊梅館ニ至ル」が、「櫂の雫」に『伊勢物語』第五九段所収の和歌(27)と『古今和歌集』巻十七「雑上」第八六三番歌が引かれてはいるが、実景の写実的描写はない。

Ⅱでは、太宰府大弐が帰京の行程で船を利用していることが確認できるが、航海に関する写実性はない。

Ⅲでは、明石君とその母が明石入道に見送られ、京に帰った光源氏を追って上京する時に船を使用し、「浦の朝霧」に柿本人麻呂の歌との伝承をもつ『古今和歌集』巻九「羇旅」第四〇九番歌「ほのぼのと明石の浦の朝霧に島隠れ行く舟をしぞ思ふ」をふまえるものの、歌枕にまつわる歌の範疇を越えた写実性は認められない。

Ⅳは、玉鬘の乳母が太宰少弐として赴任する夫と共に、四歳の玉鬘を連れて船で九州へ行く場面である。Ⅰと

同様に『伊勢物語』第七段の所収歌をふまえた表現と、船乗りたちが荒々しい声で歌う舟歌が描かれるが、写実的描写はない。

Ⅴは、肥後国の豪族で太宰府の判官を勤める在地有力者「大夫監」の強引な求婚から玉鬘を守るため、乳母とその子供たち（豊後介・兵部の君）と共に筑紫から早舟で上京する場面で、海賊と大夫監の追手におびえる船旅が描かれる。「響の灘」という播磨国の歌枕が用いられ、また船乗りたちの舟歌に感興を促されるのはⅣと同じ方法だが、やはり写実性に乏しい。

物語の一場面で、話の焦点が海の描写にないとはいえ、『竹取物語』の様に航海中の海や船の様子にまったくふれられず、写実性に乏しいことは注目されよう。この現象は、知識による表現力の限界と、実体験に基づいて表現した写実性の差ではないか。

まとめ

以上の分析と考察から、第二八六段「うちとくまじきもの」の船旅と海に関する描写は、清少納言が実際に体験し目にしたことを基として構成されたものと見てよいのではないか。清少納言が目にし、読む機会もあったであろう先行の古物語や日記の描写と比較すると、その表現をほとんど享受しておらず、もっと実態に即した感覚で写実的に記していると考えざるを得ないからである。

『枕草子』の記述は、川の渡り、淀の渡り、また海上でも安穏な港の停泊地では、安心した筆致で新しい美の発見や歌に詠まれた実景を鑑賞する余裕があるにもかかわらず、海上航海となるとこれが一変している。しかもそれが「うちとくまじきもの」章段においては、その章段構成にも効果的に活かされている。

清少納言が長い船旅を経験したと考えられるのは、天延二年（九七四）に父清原元輔が周防国に赴任した時のみである。元輔は幼少期の娘（後の清少納言）を連れて瀬戸内海を船で周防国に向かい、任果ててのち帰京したものと見られる。そして当時まだ十歳前後の清少納言は、難波津から周防国までの瀬戸内海の往復を船で行き来した時に、おそらく天候の急変に遭遇して恐ろしい目にあったのだろう。この幼少期に体験した恐怖が、いわば「トラウマ」となって、海の船旅に恐ろしいイメージが伴い、それが『枕草子』に活き活きと写実的に記されているのではあるまいか。

【注】

（1）『三十六人歌仙伝』（『群書類従』第五輯所収）による。元輔は「従五位上行肥後守清原真人元輔（深養父孫。従五位下行下総守春光一男）」として項目が見え「天暦五年正月任河内権少掾。応和元年三月任少監物。（蔵人下）。二年正月任中監物。康和三年正月任大蔵少丞。四年十月任民部少丞。（卿《ママ》在衡卿申請）。十二月任大丞。安和二年九月廿一日叙従五位下。（省）。十月任河内権守。天延二年正月任周防守。八月兼鋳銭長官。天元三年三月十九日叙従五位下。（造薬師寺廊）。寛和二年正月任肥後守。永祚二年六月卒。（年八十三）」とある。和田秀松氏著、所功氏校訂の『新訂　官職要解』（講談社学術文庫　昭和五十八年）によれば「鋳銭司は銭貨鋳造のさい、臨時に置いた。鋳銭の場所も周防、長門、河内などであった。のちには鋳銭のこともなくなったので、ただ役名ばかり残っている」とある。

（2）『元輔集』は、後藤祥子氏著『元輔集注釈』（私家集注釈叢刊6・貴重本刊行会　平成十二年第二版）による。

（3）萩谷朴氏は「清少納言の父元輔の閲歴」（『國學院雑誌』昭和五十一年十二月号所収）において『三十六人歌仙伝』元輔項に「応和元年三月任少監物。（蔵人下）」とあることに注目されて、「『蔵人下』と割注のある意味が明らかでない」としながらも「天暦九年に河内権少掾を去ったとして、少監物に補する以前の天徳年間が蔵人所の下部であったことを意味するのであろう」と推定された。また後藤祥子氏は前掲注2『元輔集注釈』において、書陵部蔵甲本第八番歌「蔵人所にて、桜花のちるを、司たまはるべき年の春の司召にえたまはらでよみて侍る　桜こそ雪とちりけれ時雨つつ春ともしらで過ぐしけるかな」の補説に、「司召に漏れた嘆きを蔵人所で詠んでいる、ということは前年来蔵人所に出仕していたにほかなるまい」と指摘され、「解説」の「清原元輔　略年譜」天暦五年項に「これ以前、蔵人所衆か」との見解を示された。後藤氏はさらに『枕草子大事典』（勉誠出版　平成十三年）第二章「作者と作品Ⅰ　清少納言1　家系」において「元輔自身が学生の体験を持ったかどうかは明らかでないが、四四才で河内権少掾になるまで校書殿（蔵人所）にくすぶっていたことを考えると、三〇ころまで大学にあったと見てもおかしくはない」とされる。なお朱雀朝に六位蔵人、村上朝に五位蔵人、冷泉・円融朝の安和二年に蔵人頭を勤めた「元輔」は、時平孫・顕忠一男の「藤原元輔」で別人。『公卿補任』によると参議正四位下で天延三年（九七五）十月十七日に六十歳で卒、とあるから、逆算すると延喜十六年（九一六）生まれとなる。清原元輔の八歳年下だが、天慶、天暦、天徳年間に蔵人所に勤務しているので、両者は紛れやすい。

（4）『枕草子大事典』（勉誠出版　平成十三年）所収の「枕草子総合年表」による。

（5）藤原仲文は、信濃守公葛男で延喜二十二年（九二二）生。三十六歌仙の一人で、元輔・能宣・公任らと交流があった。公任撰『前十五番歌合』の作者に選入。正暦三年（九九二）二月七十一歳で没。

（6）片桐洋一氏他共著『藤原仲文集全釈』（私家集全釈叢書22　風間書房　平成十年）による。

（7）藤原国章は、延喜十九年（九一九）に参議元名の男として生。母は大納言藤原扶幹女。『拾遺和歌集』に四首撰集の勅撰集歌人。元輔とは家族ぐるみの交流があったことが『元輔集』から確認できる。寛和元年（九八五）六月二十三日、六十七歳で没。

（8）「まばら」はよく意味のわからない語で、木船重昭氏著『仲文集全釈』（笠間書院　昭和六十年）は「真腹＝真情」

とらえている。片桐氏は前掲注6の『仲文集』で『綜合日本民俗語彙』に「まばら、隠岐の船越で、バスすなわち縞鯛の子」とあることから、周防の「まばら」が仲文の好物だったと解釈された。「疎ら」では意味がとれないので、片桐氏の説に従う。

(9) 妹尾好信氏著『王朝和歌・日記文学試論』(新典社 平成十五年)第三章第二節「藤原仲文伝考」による。初出は『国語国文』昭和五十八年十一月号。

(10) 後藤祥子氏の解釈は、前掲注2『元輔集注釈』の第一四一番歌の語釈及び、前掲注4『枕草子大事典』第二章「作者と作品 Ⅰ清少納言 1家系 五元輔の沈倫」の記述による。

(11) 『日本史総覧』Ⅱ古代二・中世一(新人物往来社 昭和五十九年)の「国司一覧(周防)」による。

(12) 前掲注2『元輔集注釈』の解説部に所収。

(13) 『延喜式』は、新訂増補国史大系二六所収(吉川弘文館)による。

(14) 萩谷朴氏著『枕草子解環』五(同朋舎 昭和五十八年)の第二八六段「不安・船旅」による。

(15) 父元輔に同行したかどうかは諸説ある。金子元臣氏は『枕草子評釈』(明治書院 昭和十七年増訂二八版)の当該章段評において「同行したとしてもその頃は幼少な筈だから細かな印象は残るまい」とされ、後日の近郊への船逍遙時の印象と推定された。また前掲注4『枕草子大事典』の当該章段の解説も金子説を推す。

(16) 『八雲御抄』は久曽神昇氏編『日本歌学大系』別巻三(風間書房 昭和三十九年)による。

(17) 松尾聰氏・永井和子氏校注・訳の新編日本古典文学全集『枕草子』(小学館 平成九年)頭注の鑑賞による。

(18) 第二四四段「文言葉なめき人こそ」に「さし向ひても、なめきは、などかく言ふらむと、かたはらいたし」とある。

(19) 「あとの白波」は『古今和歌六帖』巻三「舟」に第一八二一番歌として見える「さみませい(沙弥満誓)」の和歌「世の中を何に喩へん朝ぼらけ漕ぎ行く舟の跡の白波」を指す。当該歌は他に『拾遺和歌集』巻二〇「哀傷」第一三に七番歌（題知らず）、『金玉集』「雑」第四九番歌、『和漢朗詠集』巻下「無常」第七九六番歌にも見えるが、もとは『万葉集』巻三に第三五四番歌として所収される「沙弥満誓歌一首　世間乎何物尓将譬　旦開　榜去師船之跡無如（よのなかを　なににたとへむ　あさびらき　こぎいにしふねの　あとなきがごと）である。

（20）ただし、能因本系本文には「海はなほいとゆゆし」の文は見えない。能因本系本文を伝える三条西家旧蔵学習院大学蔵本のみならず、富岡家旧蔵相愛大学・相愛女子短期大学図書館現蔵本を影印翻刻した柿谷雄三氏・山本和明氏編著『富岡家旧蔵　能因本枕草子』（和泉書院　平成十一年）にもみられない。もちろん江戸前期の刊本である『清少納言枕双紙抄』本文や『枕草子春曙抄』本文にもない。

（21）『伊勢物語』本文は、福井貞助校注訳の新編日本古典文学全集『伊勢物語』（小学館　平成六年）による。なお当該歌は『後撰和歌集』巻十九「羇旅」の第一三五二番歌に業平朝臣の歌として所収され、その詞書には「海面」ではなく「河を渡りけるに浪の立ちけるを見て」とある。河を渡る時の浪では、返るのが京の方向だけではないので、望郷としての効果は弱まる。

（22）『土佐日記』本文は、長谷川政春氏校注の新日本古典文学大系『土佐日記』（岩波書店　平成元年）による。

（23）『蜻蛉日記』本文は、川村裕子氏訳注の『蜻蛉日記』Ⅰ（角川ソフィア文庫　平成十五年）による。

（24）『竹取物語』本文は、室伏信助氏訳注の新版『竹取物語』（角川ソフィア文庫　平成十三年）による。

（25）『源氏物語』本文は、新編日本古典文学全集『源氏物語』二（小学館　平成七年）による。

（26）『白氏文集』の第二句に「三千里外遠行人」とある。

（27）『伊勢物語』第五九段に、東山のわび住まいで死ぬほどの病からどうにか生き返った男の歌として「わが上に露ぞ置くなる天の河とわたる船の櫂の雫か」とある。『古今和歌集』では巻十七雑上の冒頭に第八六三番歌「題知らず　よみ人しらず」として所収される。

第五節　清少納言の見た『古今和歌六帖』は寛文九年版本の祖本か

はじめに

『古今和歌六帖』は、『万葉集』から『後撰和歌集』頃までの重出歌を含む約四千五百首を二五項・五一七題に類別し、六帖にまとめた私撰集である。兼明親王や源順が編者に想定され、貞元年間から天元年間（九七六〜九八二）ころの成立とされる。歌を作る際の手引書として便利なまとめ方がなされており、類題和歌集の嚆矢と位置付けられている。その所収歌は『枕草子』『源氏物語』などにも影響を与え、『古今和歌六帖』以外に確認できない歌も相当数見られる。とくに作品の中の会話文や地の文で「歌ことば」として機能する表現として用いられ、〈場〉の展開や話題の転換に活用されている点がとくに注目される。[1] 後世に「六帖題」として題詠の手本にされたほか、その形態は鎌倉時代の寛元元、二年（一二四三〜四）に藤原為家などによって編纂された『新撰六帖題和歌』や、建長元、二年（一二四九〜五〇）に真観（葉室光俊）撰とみられる『現存和歌六帖』などにも影響を及ぼした。

写本系統では、昭和四十二年から四十四年にかけて宮内庁書陵部蔵の桂宮旧蔵本が図書寮叢刊から『古今和歌六帖』上下として刊行され、[2]『新編国歌大観』第二巻私撰集編の底本となった。また永青文庫本は、六帖末の奥書から文禄四年（一五九五）に富小路秀直が借り出した世尊寺行能（一二五五没）筆の禁裏本を細川幽斎が忠実に臨模し

た秘本であることが知られ、現存諸本の中では最古のものとして「永青文庫叢刊」から影印が刊行されている。(3)
江戸期の流布本としては、寛文九年（一六六九）に京都の書林、吉田四郎右衛門から「寛文九年版本」(4)が刊行され、『続国歌大観』の底本に用いられた。

図書寮叢刊の『古今和歌六帖』下巻巻末には写本・版本計十六本の関係を示した系統樹が示され、定家本・家長本と続いたあとに枝分かれしていく様を一覧することができる。(5)

『古今和歌六帖』本文は、鎌倉期に記された本奥書にすでに「有僻事」「しどけなきもの」と記され、混乱や誤脱があったとみられる箇所には、諸本とも書入による異文注記が随所に見られる。(6)

本節では『枕草子』に『古今和歌六帖』所収歌がどのように享受されているか、その有り様を分析し、書き手の清少納言が歌ことばの表現をコンテクストとしてどのように活かして章段を構成しているかを考察する。

一　享受の認定基準と検討

まずは『枕草子』がふまえた『古今和歌六帖』所収歌の認定基準について確認しておきたい。Ｉ「歌の表現をふまえた記述」が見られるケースとして、読み手や会話の相手に対して、その和歌をふまえたことが明確にわかる様に、本文中に視点となる表現を的確に提示しているものに限って認定したものは、私見で十八例を数えた。一方、Ⅱ「類聚的章段等で地名・動植物名として掲示されるのみ」のケースは、私見で三十六例を数えた。(7)

Ｉの例として、具体的に『枕草子』第三九段「鳥は」について確認してみたい。

〈資料一〉『枕草子』第三九段「鳥は」

水鳥、鴛鴦《をし》いとあはれなり。かたみにゐかはりて、羽の上の霜払ふらむほどなど。千鳥、いとをかし。

この部分が『古今和歌六帖』第三帖「をし」題の第一四七五番歌「羽の上の霜うち払ふ人もなしをしのひとり

ね今朝ぞかなしき」をふまえていることは、傍線を付した表現の共通性から確認できる。当該歌は桂宮本・永青文庫本の写本では第三句に「ともをなみィ」と傍書があるが、寛文九年版本も同じ本文で異同はない。

『古今和歌六帖』をふまえた例として著名な第一三七段「殿などのおはしまさで後」では、「山吹の花びら」二首と「言はで思ふぞ」「下行く水」の一首がふまえられていることが確認できる。

〈資料二〉『枕草子』第一三七段「殿などのおはしまさで後」

胸つぶれてとくあけたれば、紙にはものも書かせ給はず、山吹の花びらただ一重を包ませ給へり。それに「言はで思ふぞ」と書かせ給へる、いみじう、日ごろの絶え間嘆かれつる、皆なぐさめてうれしきに、長女もうちまもりて、「御前にはいかが、物の折ごとにおぼし出で聞えさせ給ふなるものを、誰もあやしき御長居とこそ侍るめれ。などかは参らせ給はぬ」と言ひて、「ここなる所に、あからさまに罷りて参らむ」と言ひて、去ぬる後、御返事書きて参らせむとするに、この歌の本さらに忘れたり。「いとあやし。同じ古言と言ひながら、知らぬ人やはある。ただここもとにおぼえながら、言ひ出でられねば、いかにぞや」など言ふを聞きて、前に居たるが、「『下行く水』とこそ申せ」と言ひたる。などかく忘れつるならむ、これに教へらるるも、をかし。

この場面で定子から届けられた「山吹の花びら」は、『古今和歌六帖』第六帖の「山ふき」題（第三五九六―三六一六番歌）の第三六一五番歌「名にしおへは八重山吹ぞうかりける隔て〻をれる君がつらさに」をふまえたものと認められる。ただし定子から贈られたのは「山吹の花びらただ一重」であった。

そして「言はで思ふぞ」の歌の本をど忘れして小さき童に「『下行く水』とこそ申せ」と教えてもらったのは、『古今和歌六帖』第五帖の「くちなし」題の第三五〇九番歌「山ふきの花色衣ぬしやたれ問へどこたへずくちなしにして」及び第五帖の「いはで思ふ」題の第二六四八番歌「心にはしたゆく水のわきかへりいはで思ふぞいふにまされる」であった。これらは引き歌の表現をうまく利用した上、「この歌の本、さらに忘れたり」と記していることから、『古今和歌六帖』所収の当該歌「心には」を念頭に置いて話題を展開している点が確認できる。

一方、IIの例として、『枕草子』第一一段「山は」を検討してみたい。

〈資料三〉『枕草子』第一一段「山は」

山は、小倉山。鹿背山。三笠山。このくれ山。いりたちの山。忘れずの山、末の松山、（中略）朝倉山、よそに見るぞをかしき。（中略）待ちかね山。たまさか山。耳なし山。

傍線を付した二つの山が、『古今和歌六帖』第二帖の「山」題に見える素材で、第八八六番歌「みちのくに阿武隈川のあなたにや人わすれずの山はさかしき」、あるいは第八七一番歌「つの国のまつかねやまの呼子鳥なくといまくといふ人もなし」として見えるが、山の名前が同じだからといって『古今和歌六帖』を見て書いた、とまでは確定できない。

ただし、この「山は」章段には興味深い点がある。点線を付した「朝倉山、よそに見るぞをかしき」の部分に注目すると、現存する『古今和歌六帖』に「朝倉山」歌は見えないが、『古今和歌六帖』を撰歌資料として冷泉為相の門弟藤原長清が延慶二年（一三〇九）に一応完成させ、正慶元年（一三三二）までに補訂して撰集した『夫木和歌抄』巻二〇雑二「山」では、「六帖」と出典を注記した上で、第八七六六番歌「昔見し人をぞ我はよそに見し朝倉山の雲居はるかに」をあげている。『新選和歌六帖』に当該歌が見えないことから、これは鎌倉時代に存在した『古今和歌六帖』の一伝本の姿を伝えていると見ることができよう。

また『枕草子』第三八段「花の木ならぬは」に見える「楝《あうち》の木。山橘。山梨の木」については、『古今和歌六帖』第六帖「やまなし」題の第四二六八番歌に「よの中をうしといひてもいづこにか身をばかくさん山なしの花」とあるが、「山梨の木」と「山梨の花」は異なるので、引用とは言いきれないと判断した。

以上、『枕草子』がふまえたと見られる『古今和歌六帖』所収歌を検証してきたが、Iの例の十八例中十七例については、桂宮本・永青文庫本・黒川本・寛文九年版本など諸本間での本文異同は認められなかった。

二　『枕草子』の「楠の木」

ところが一例だけ大きく異なる例が確認できる。第三八段「花の木ならぬは」における「楠の木」に関する記述をめぐる検証から、興味深い事象が想定できる。

〈資料四〉『枕草子』第三八段「花の木ならぬは」

花の木ならぬは、**楓**。**桂**。**五葉**。**たそばの木**。品なき心地すれど、花の木ども散り果てて、おしなべて緑になりにたる中に、時もわかず濃き紅葉の艶めきて、思ひもかけぬ青葉の中よりさし出でたる、めづらし。**まゆみ**、さらにも言はず。その物となけれど、**宿り木**といふ名、いとあはれなり。**榊**、臨時の祭の御神楽の折など、いとをかし。世に木どもこそあれ、神の御前の物と生ひはじめけむも、とりわきてをかし。**楠の木**は、木立おほかる所にもことにまじらひ立てらず。おどろおどろしき思ひやりなどうとましきを、千枝にわかれて恋する人のためしに言はれたるこそ誰かは数を知りて言ひはじめけむと思ふにをかしけれ。**檜《ひ》の木**、またけ近からぬ物なれど、「みつばよつばの殿づくり」もをかし。五月に雨の声をまなぶらむもあはれなり。**楓の木**の、ささやかなるにもえ出でたる、葉末の赤みて同じ方に広ごりたる葉の様、花もいとものはかなげに、虫などの枯れたるに似て、をかし。

あすは檜《ひ》の木、この世に近くも見え聞えず、御嶽《みたけ》に詣でて帰りたる人などの持て来める、枝さしなどは、いと手触れにくげに荒くましけれど、何の心ありて、あすは檜の木とつけけむ。味気なきかねごとなりや。誰の頼めたるにかと思ふに、聞かまほしくをかし。**ねずもちの木**、人並み並みになるべきにもあらねど、葉のいみじう細かに小さきが、をかしきなり。**楝《あふち》の木**。**山橘**。**山梨の木**。**椎の木**、**常磐木**はいづれもあるを、それしも、葉がへせぬためしに言はれたるもをかし

白樫といふものは、まいて深山木の中にもいとけ遠くて、三位二位のうへの衣染むる折ばかりこそ、葉をだに人の見るめれば、をかしき事、めでたき事にとり出づべくもあらねど、いづくともなく雪の降りおきたるに見まがへられ、須佐之男命、出雲国におはしける御事を思ひて、人麻呂が詠みたる歌などを思ふに、いみじくあはれなり。折につけても一ふしあはれともをかしとも聞きおきつるものは、草、木、鳥、虫もおろかにこそおぼえね。

譲り葉のいみじうさやかに艶めき、茎はいと赤くきらきらしく見えたるこそ、あやしけれどをかし。なべての月には見えぬものの、師走のつごもりのみ時めきて、亡き人の食物に敷くものにや、とあはれなるに、また齢を延ぶる歯固めの具にももて使ひためるは。いかなる世にか「紅葉せむ世や」と言ひたるも頼もし。**柏木**、いとをかし。葉守りの神のいますらむもかしこし。兵衛督、佐、尉などいふもをかし。姿なけれど、**すろの木**、唐めきて、わるき家の物とは見えず。

当該箇所における三巻本系と能因本系の本文は、所々に本文異同箇所が確認できるものの、「楠の木」の部分においては、能因本系本文に「思ひやりなど」の「など」がないこと、文末の「をかしけれ」の「けれ」がないことを除いて、同じ本文になっている。

〈資料五〉能因本系本文(8)第四七段「木は」

木は、**桂**。**五葉**。**柳**。**橘**。**そばの木**。はしたなき心地すれども、花の木どもの散り果てて、おしなべたる緑になりたる中に、時もわかず、濃き紅葉の艶めきて、思ひかけぬ青葉の中よりさし出でたる、めづらし。**まゆみ**、さらにも言はず。その物ともなけれど、**宿り木**といふ名、いとあはれなり。**榊**、臨時の祭、御神楽

の折など、いとをかし。世に木どもこそあれ、神の御前の物と言ひはじめけむも、とりわきをかし。楠の木は、木立おほかる所にもことにまじらひ立てらず。おどろおどろしき思ひやりうとましきを、千枝にわかれて、恋する人のためしに言はれたるぞ、誰かは数を知りて言ひはじめけむと思ふにをかし。

檜の木、人近からぬ物なれど「みつばよつばの殿づくり」もをかし。五月に雨の声まねぶらむも、いとをかし。楓の木、ささやかなるにも、もえ出でたる、木末の赤みて、同じ方にさし広ごりたる葉の様、花もいと物はかなげにて、虫などの枯れたるやうにてをかし。（以下略）

この「楠の木」についての『枕草子』の記述は、三巻本系本文にせよ能因本系本文にせよ、その表現から見て『古今和歌六帖』第二帖「森」題の第一〇四九番歌「いづみなるしのだのもりのくすの木のちえに別て物をこそ思へ」をふまえたものと確認できることは動かない。歌意は「和泉の国にある信太の森には、有名な楠の木があるが、その楠の木が繁って枝の数が千にもなるほど多くさし別れているように、人を恋していろいろと物思いをすることよ」と解釈した。当該歌は『古今和歌六帖』の諸本間で本文異同をめぐる問題を有し、先学による論考(9)もいくつかなされているが、『枕草子』当該章段の本文を資料に加えて考察すると興味深い事象が確認できる。

三　『古今和歌六帖』諸本の和歌本文

当該歌は、寛文九年版本及びそれを書写した黒川文庫本と、それ以外の写本伝本との間で、大きな本文異同が確認できる(10)。一首一行書で一面十一行書の寛文九年版本を、一面十七行書につめて書写したものが黒川本であるから、言い替えれば版本系と写本系で、歌本文に大きな異同があることになる。具体的に確認してみたい。

〈資料六〉桂宮本『古今和歌六帖』第二帖「もり」第一〇四九番歌

いつみなるしのたのもりのくすのはのちゝにわかれてものをこそ思へ

図書寮叢刊では「くすのはのちちにわかれて」と翻刻しているが、『新編国歌大観』第二巻私撰集編では「くすのはのちへ《ママ》にわかれて」としている。歴史的仮名遣いで「千枝」を表記すれば「ちえ」になるため、「ちへ」としているのは存疑である。また「ちゝに」の「ゝ」の部分は、「知」を字母とする「ち」から続き、次に「尓」を字母とする「に」続ける運筆で前後の文字との続きに躊躇したところが認められる。その結果、字母を「衣」とする「え」字と踊り字「ゝ」が大変紛らわしい字体で書かれている。

桂宮本の他に「くすのは」とする本は、永青文庫本・内閣文庫蔵「江雲渭樹」印本・御所本を確認した。永青文庫本は踊り字「ゝ」ではないものの運筆が右下に流れ、桂宮本と同じく「ちちに」か「ちえに」か判別の紛らわしい字体になっていることから、おそらく底本にした「禁裏御本」の本文がこのような形になっていたものと考えられよう。[11] 内閣文庫蔵「江雲渭樹」印本は「いつみなるしのたの森のくすのはのちゝにわかれて物をこそ思へ」とあり、御所本は「いつみなるしのたのもりのくすのはのちゝにわかれてものをこそ思へ」とあって、いずれも踊り字「ゝ」を用いた「ちゝに」となっている。

内閣文庫蔵「和学講談所」印本に至っては「いつみなるしのたの森の葛のはのちかにわかれて物をこそおもへ」とあり、「くすのは」の「くす」を「楠」ではなく「葛」と解釈して本文を漢字表記の「葛のはの」とし、また第四句「ちゝに」の部分は「可」を字母とする「か」で表記しているため、「ちかに」とも判読できる。

これらの写本に対して、寛文九年版本と版本写しの黒川文庫本では、次のような和歌本文となっている。

〈資料七〉寛文九年版本（宮城県図書館蔵　伊達文庫旧蔵）第二帖「森」第一〇四九番歌

いつみなるしのたのもりの**くすの木**のちえに別て物をこそ思へ

〈資料八〉黒川文庫本（ノートルダム清心女子大学附属図書館蔵）第二帖「森」第一〇四九番歌

いつみなるしのたのもりの**くすの木**のちえに別て物をこそ思へ

版本系では、このように「くすの木のちえに別て」の形で和歌本文を伝えていることが確認できるのである。

興味深いことに『夫木和歌抄』は、寛文九年版本・黒川本と同じ形の和歌本文を伝えている。

〈資料九〉永青文庫蔵『夫木和歌抄』巻二二「しのだのもり、篠田、信太、和泉」「森」題「六二」読人しらず第一〇〇九三番歌

いつみなるしのたのもりのくすの木のちえにわかれて物をこそおもへ

さらに注目されるのは、同じ「森」題で『古今和歌六帖』第二帖からとする出典注記「六二」を頭注に付している点である。この記載から鎌倉時代に『夫木和歌抄』を編纂した勝間田（藤原）長清（冷泉為相の弟子・遠江の豪族）が見た『古今和歌六帖』は「和泉なる信太の森の楠の木のちえにわかれてものをこそ思へ」の形であり、寛文九年版本・黒川本が伝える和歌本文と同じく「くすの木のちえにわかれて」であったことが確認できる。

また、『古今和歌六帖』の古態を伝える資料の一つに「古今和歌六帖切」と称される古筆切がある。『古筆学大成』第十六巻に所収された『古今和歌六帖』において「伝藤原行成筆」の一つとして当該歌を含む古筆切が紹介されており、小松茂美氏は藤原行成の真跡と比較された結果、この伝藤原行成筆「古今和歌六帖切」は「平安時代、十一世紀はじめにごく近接した時代の書写」と考察され、「成立後、わずか数十年後の書写本」と位置づけられている。(12) 当該歌は「図版六八」二首のひとつとして次のように掲出されている。（／は改行を示す）

〈資料十〉伝藤原行成筆「古今和歌六帖切」

いつみなるしのたのもりのくすのきはちゝ／にわかれてものをこそおもへ

きみこふと我こそむねをこからしのもりと／はなしにかけになりつゝ

当該古筆切で「くすのきはちゝにわかれて」の形になっている点が注目されよう。写本系本文が「くすのは」とするのと異なり、「くすのき」としている。小松氏は、字母「支」の「き」と字母「者」の「は」の類似から

生じた異同かとされる。また田辺俊一郎氏は当該古筆切を「伝行成筆切二」[13]として考察され、「下句並びに慣用という点から強いて類推するならば、『くすのはの』を本文とする『古今六帖』現存諸本が妥当と認定されようか」としながらも「享受論の立場から『ちえにわかれて』を尊重するならば、『くすのきは』若しくは『くすのきの』を妥当と認定すべきであり、特定が極めて困難であることを付言しておこう」とされ、「ちえにわかれて」なら「くすのき」となるはずという点については、片桐洋一氏のご教示によることを注記しておられる。

以上のことから、当該歌を平安時代の書写を伝えるとされる伝藤原行成筆「古今和歌六帖切」と、鎌倉時代に成立した『夫木和歌抄』の採録歌を資料としてたどっていった場合、「楠の木」が元の形であることは動かないものと思われる。しかし第三句が「ちえにわかれて」か「ち、にわかれて」なのかまでは判定ができない。だがここで『枕草子』本文に引用された本文と比較することによって、新たな事象が考察できるのではないか。この点について当該歌の内容と〈場〉の視点から、「信太の森」に注目して考察してみたい。

「信太の森」と「千枝」との関連は、『詞花和歌集』巻十「雑下」(歴博本・旧高松宮家本)の第三六五番歌に「題知らず」として増基法師「わが思ふことのしげさに比ぶれば信太の森の千枝はかずかは」が見られるほか、『狭衣物語』巻二上では「しのだの森の千枝は物にもあらずなり給ひにけり」とあり、『夜の寝覚』巻四では「しのだの森の千枝におとらぬ心ながらも」とあるから、「しのだの森」は歌枕として機能していたことになる。[14]

その「信太の森」が「葛」と関連することは、「葛の葉」と裏見(恨み)との縁語も含めて、和泉式部と赤染衛門との著名な贈答歌に見られ、『和泉式部集』『赤染衛門集』『続詞花和歌集』に所収されている。

〈資料十一〉『和泉式部集』

道貞去りて後、帥の宮に参りぬと聞きて、赤染衛門

364　うつろはでしばし信太の森をみよかへりもぞする葛のうら風

返し

365 秋風はすごく吹くとも葛の葉のうらみ顔には見えじとぞ思ふ

この贈答歌では、「信太の森」と「葛の葉」との関連が、「かへり」「うらみ」との縁語を通じて認められる。のちに安倍晴明の母の名が「葛の葉」姫という説話に発展していくことにもなるが、それはともかく、この贈答歌には「千枝にわかれて」または「ちゝにわかれて」という発想は認められない。田中直氏はこの贈答歌が共通認識を要請される〈場〉で詠まれていることから、「六帖歌の『楠』と『葛』とを混淆させて理解が歌人層のかなり広範囲に渉って流布されていた事情を予想させる」とし、「楠の木」が「その『おどろおどろしき』繁茂ぶりは和歌的な美意識からは異端な植物であった」がゆえに「歌語としてはついに未登記であった」ため、『古今和歌六帖』において「楠」が「葛」と誤解されるに至ったと推察され、「この六帖歌はやはり、日本在来種としては最大の大木に成長する楠の木の、千枝に枝わかれした大樹ぶりに恋情の繁さを重ねたものと解する方が自然なのではあるまいか」と指摘された。(15)『古今和歌六帖』第二帖から採ったと注記する『夫木和歌抄』巻二二第一〇〇九三番や、寛文九年版本・黒川文庫本『古今和歌六帖』第二帖の当該歌から導き出せるこの解釈は、『枕草子』本文に「楠の木」が「千枝に別れて」とする記述と発想を考え合わせることによって、より決定づけられるのではあるまいか。

四　清少納言の見た『古今和歌六帖』の本文

この点について『枕草子』研究の立場から検証してみたい。〈資料四〉に掲出したように『枕草子』当該章段の「白樫」に関する記述に注目すると、三巻本系は「深山木の中にもいとけ遠くて」「いづくともなく雪の降りおきたるに見まがへられ」とあり、能因本系は「深山木の中にもいとけ遠くて」「いつとなく雪の降りたるに見まがへられて」とある。いずれも『古今和歌六帖』第一帖「雪」題の第六八二番歌「あしびきの山路も知らず白樫の枝にも葉にも雪の降れゝば」をふまえた表現であることがわかる。この歌に関して、桂宮本・永青文庫本と寛文九年版本・黒川文庫本の本文に異同はない。当該章段の素材である「楠の木」と「白樫」は、明らかに『古今和歌六帖』所収歌をふまえて書かれている。

三巻本系『枕草子』の第三八段「花の木ならぬは」にせよ、能因本系『枕草子』の第四七段「木は」にせよ、「楠の木」について記していることは動かない。書き手の清少納言が、随想的章段として書き進めていく〈場〉において、その発想と論理をたどってみると、木立の多い所にとくに混じって立っているわけではなく、大木で枝が無数に分散して、葉もうっそうと茂る「楠の木」は、その様が「おどろおどろしき思ひやりなどうとましき」(うっそうと繁った様を想像してしまって気味が悪い)のだが、その反面「千枝にわかれて、恋する人のためし」と歌にも言われていること(当該歌の下句「千枝にわかれて物をこそ思へ」)は、誰が枝の数を数えて言い始めたのだろうか(「誰かは数を知りて言ひはじめけむ」)と思うとおもしろい(「をかしけれ」)と興じているのだから、当該箇所では〈場〉の論理として千の枝を指示する「千枝」である必然性がある。つまり『枕草子』における論理では、本文の通り「楠の木」は「千えにわかれて」の形でなければならない。

『古今和歌六帖』諸本の当該歌を比較して気が付くことは、版本系と写本系で、和歌本文にこれだけ異同があるにも関わらず、まったく異文注記がなされていないことである。黒川文庫本は門人の所有する書入の多い本を借りてきて校合していながら、「楠の木のちえに別て」の部分に傍書がない。同様に桂宮本・永青文庫本・内閣文庫の二本も同じく「くすのはのちゝに」の部分に傍書がない。これは版本系と写本系が交錯しなかったことを示していると見てよいだろう。その上で「千枝にわかれて、恋する人のためしに言はれたるこそ」という『枕草子』本文の表現が、寛文九年版本・黒川文庫本『古今和歌六帖』の伝える和歌本文「くすの木のちえに別て」と共通していることに注目する必要があろう。「葛の葉」が「千々」とする写本系『古今和歌六帖』の形とは別のものになるからである。

まとめ

『枕草子』当該章段の本文は、写本系の「くすのはのち、にわかれて」ではなく、また古筆切の伝える「くすのきはち、にわかれて」でもなく、寛文九年版本・黒川文庫本の伝える「くすの木のちえに別て」をふまえて書かれた表現であった。この事象と『夫木和歌抄』に出典資料として引かれたことでその片鱗を伝える鎌倉時代に存在した『古今和歌六帖』をあわせて考えていくと、寛文九年版本及びそれを写した黒川文庫本の和歌本文は、『枕草子』から『夫木和歌抄』の時代に存在し享受されてきた『古今和歌六帖』の古態を残していることになる。したがって清少納言が『枕草子』を執筆していた時に見た『古今和歌六帖』は、寛文九年版本の祖本に相当する本であったという想定ができるのではないか。

【注】

（1）小論「『古今和歌六帖』享受の方法―「言はで思ふ」歌を通してみた『枕草子』との位相―」（森一郎氏・岩佐美代子氏・坂本共展氏編『源氏物語の展望』第十輯所収　三弥井書店　平成二十三年九月）を参照されたい。

（2）宮内庁書陵部編の図書寮叢刊『古今和歌六帖』上下巻（上巻・本文篇　昭和四十二年／下巻・索引校異篇　昭和四十四年　養徳社）による。

（3）細川家永青文庫叢刊『古今和歌六帖』上下巻（上巻　昭和五十七年／下巻　昭和五十八年　汲古書院）による。

（4）宗政五十緒氏著『近世京都出版文化の研究』（同朋舎　昭和五十七年十二月）に、寛文九年版本の版元である「吉田四郎右衛門」についての詳しい研究がある。寛文ころ営業を始め、近世前期から幕末明治まで続いた京都の書林で、和歌や物語など古典文学を多く出版し、寛政頃の店主吉田元長は小沢蘆庵門下であったという。また井上隆明氏は日本書誌学大系76『改訂増補　近世書林板元總攬』（青裳堂書店　平成十年二月）で、吉田四郎右衛門を「吉田屋四郎右衛門尉」として挙げ、店主吉田元長は「再昌軒」「松寿亭」と号したという。井上和雄氏編『慶長以来書賈集覧』（高尾書店　昭和四十五年六月増訂版）によれば、吉田の項に「同　四郎衛門」と見え、所在地を「寛文—文政　京都椹木町通後二條通冨小路東入町に移れり」と示し、また延享二年版『京羽二重』に「禁裏御書物所」として紹介されることから、古典の版元として善本を入手し底本にすることも可能であった、と推察されている。寛文九年には『幽斎道之記』も刊行している。なお黒川文庫本蔵の寛文九年版本は、奥書に吉田四郎右衛門に併記される「栗山宇兵衛」が削除されているので後刷と思われる。

（5）田辺俊一郎氏は「『古今和歌六帖』本文攷・序説—〈『古今和歌六帖』切〉集成並びに本文批判試案—」『語学・文学』一〇六号所収（昭和六十年七月）において、さらに十二本を加えた現存伝本二十八本の奥書を調査分析された結果、「すべて現行系統樹に帰属し得ることを確認した」と指摘される。

（6）小論「『古今和歌六帖』写本の書入について—内閣文庫蔵「和学講談所印本」第四帖を中心に—」安田女子大学日本文学会編『安田文芸論叢—研究と資料—』第二輯所収（平成二十二年三月）などを参照されたい。

（7）Ⅱ「類聚的章段等で地名・動植物名として掲示されるのみ」のケースは『古今和歌六帖』を直接ふまえたものかどうか判定できないため、今回は考察対象から除外した。

（8）能因本系本文は、笠間文庫の松尾聰氏・永井和子氏訳注『枕草子』［能因本］（笠間書院　平成二十年）による。

（9）片桐洋一氏「信太の森の葛と楠」（『古今和歌集以後』笠間書院　平成十二年）による。初出は、新日本古典文学大系『竹田出雲・並木宗輔集』（岩波書店　平成三年三月）の月報に所収。

(10)小論「黒川文庫蔵『古今和歌六帖』写本の底本は寛文九年版本か―下冊の錯簡部分と貼紙の記述から―」『国語国文論集』第四十号所収（平成二十二年一月）、及び『古典籍研究ガイダンス―王朝文学を読むために』の「古今六帖」項（笠間書院　平成二十四年六月）を参照されたい。

(11)久保木秀夫氏「万治四年禁裏焼失本復元の可能性―書陵部御所本私家集に基づく―」（吉岡真之氏・小川剛生氏編著『禁裏本と古典学』所収　塙書房　平成二十一年三月）における資料目録で『古今和歌六帖』は確認できなかった。また藏中さやか氏は「続・定家小本和歌部をめぐって」『題詠に関する本文の研究　大江千里集・和歌一字抄』所収（おうふう　平成十二年一月）において、この歌が『小鑑』所収の伝行成筆本に見え、そこでは「くすのきはちゝにわかれて」となっていることから、「え」字と踊り字「ゝ」との誤写発生の可能性が大きいことを指摘されている。首肯されるべき卓見であろう。

(12)小松茂美氏著『古筆学大成』第十六巻（講談社　平成二年六月）による。なお「図版六八」として掲出される古筆切の所在は、森繁夫氏編『小鑑』（私家版　昭和二十年刊）所収と紹介されている。

(13)久曽神昇氏「私撰集と古写断簡の意義」『国語と国文学』（昭和四十六年四月号）において指摘された呼称で、久曽神氏も平安時代の書写とされている。

(14)片桐洋一氏著『歌枕歌ことば辞典　増訂版』（笠間書院　平成十一年）の「しのだのもり」項による。

(15)田中直氏「『楠』と『葛』―歌枕の一面―」『銀杏鳥歌』創刊号所収（昭和六十三年十二月）による。

【資料報告】

刈谷市中央図書館蔵村上文庫本『清少納言枕草子』について

はじめに

愛知県刈谷市の刈谷市中央図書館は、和書漢籍二万五千冊余に及ぶ村上文庫を所蔵していることで広く知られている。村上文庫は江戸時代後期の土井氏藩主時代の刈谷藩医村上忠順〈文化九年(一八一二)生、明治十七年(一八八四)没。享年七十三歳。字名は承卿。号は蓬廬〉を中心にして村上家のもとで筆写あるいは購入されたもので「千巻舎《ちまきのや》」に収集所蔵されていたものである。

収集された文庫は広いジャンルにわたり、なかでも文学関係、歴史地理関係が半数近くを占め、かつ貴重な資料が多く存する。(1)

その中に『枕草子』の貴重な写本、いわゆる「刈谷本枕草子」がある。古くは刈谷図書館蔵本、刈谷文庫本、刈谷本、近くは刈谷市立図書館蔵村上文庫『清少納言枕草子』(2)等と称されていたが、平成二年に刈谷市市制四十周年事業として刈谷市中央図書館が建設され、旧刈谷図書館は城町分館として存続、村上文庫は新築された刈谷市中央図書館に収蔵保管されていることから、本節では正確を期して「刈谷市中央図書館蔵村上文庫本」との呼称で用いることにした。平成七年度の盛夏にこの刈谷市中央図書館蔵村上文庫本『枕草子』を閲覧調査することができた。本節はその基礎報告である。

一　書誌

上冊・下冊の二冊本。各冊それぞれ表紙中央に「清少納言枕草紙上」「清少納言枕草紙下」という題箋がある。残念ながら中冊を欠いている。

江戸中期の書写本と見られる。書写者による奥書はない。縦二十七・二センチ。横十九・三センチ。袋綴。一面に十行書。一行はほぼ二十二、三字前後。和歌は改行して初句を二字下げにして書き出し、五句の終わりには本文を続けて書く。

表紙は紺色で布目菱織文様に唐草文様があわされたもの。右上に分類箋が添付されており「登1049　冊2門3甲四　號130（朱書）」（アラビア数字・漢数字はもとのまま）とある。

上冊は巻頭巻末にそれぞれ遊紙一枚（一丁表裏）を持ち、墨付は百三十五丁表まで。下冊は巻頭に遊紙二枚、巻末遊紙一枚を持ち、墨付は七十六丁表まで。下冊巻末には、跋文に続いて七十五丁表から裏の七行目にかけて、源経房と橘則季の勘物が記されている。そして一行分あけて「安貞二年三月　耄及愚翁　在判」と「正二位行権大納言藤原朝臣教秀」で終わるそれぞれの奥書が記されている。陽明文庫本などいわゆる三巻本系一類本に種別される諸本にはこの二つの奥書の間に「秀隆兵衛督大徳書之」で終わる奥書があるが、刈谷市中央図書館蔵村上文庫本には存在しないので、三巻本系二類本に種別されている。

二　上冊について

上冊は、巻頭巻末それぞれに遊紙一枚（一丁表裏）を持ち、その遊紙一丁裏の左下隅の綴じ目近くに「幡」字を二重丸で囲んだ朱印がある。

　上冊は墨付百三十五丁で、「春はあけぼの」の章段より始まり、「なぬかの日のわかなを」の章段（第一二六段）の途中の本文「いはすいさなとこれかれ見あはせてみゝな草となん」（百三十五丁表の五行目）まで記され、「いふと言ふ者のあれば」以下を欠く。六行目には「一本」として、本文より小文字で以下のように七行書き記されている。


「うしかひはおほきにてといふ次に／　oほうしはことすくなゝるおとこたにあまりつき〳〵しきはにくしされとそれは／さてもやあらん　o女はおほとかなるしたの心はともかくもあれうはへはこめかしき／はまつようたけにこそ見ゆれいみしきそらことを人にいひつけられなとしたれと／みち〳〵しくあらかひわきまへなとはせてたゝうちなきなとしてゐたれはみる人／をのつから心くるしうてことはるかし　o女のあそひはふるめかしけれともらんこ／けふせにすくろくはしらきへんつくもよし」


（注、〈o〉は朱丸印を、〈／〉は改行を表す）。

　この上冊が「みゝな草となん」で本文が終わり、「一本うしかひはおほきにてといふ次に」で始まる部分を持つのは、田中重太郎氏『校本枕冊子』[3]下巻の注記によれば、三巻本系第二類本に分類される弥富破摩雄氏旧蔵本（田中重太郎氏旧蔵本、相愛大学・相愛女子短期大学図書館現蔵本）をはじめ勧修寺家本・中邨秋香旧蔵本・伊達家旧蔵本・古梓堂文庫旧蔵本（大東急記念文庫現蔵本）・静嘉堂文庫蔵本があり、また内閣文庫蔵本ではこの部分が本文化しているという。

　ちなみに弥富破摩雄氏旧蔵本は田中氏同書によれば、中冊相当部分も備わった三冊本で、書写年代は「まづ江戸時代初期のものと思はれ」、一面十行に書く点や上巻下巻の冊の立て方や丁数などは、刈谷市中央図書館蔵村上文庫本と「ほとんど同じ」で「本文は勧修寺家本の上巻にもっともよく似て」いて「刈谷本が直ちにこの本に拠ったとも考へられない」が、「祖本的性質を持つてゐることは想像できる」と考察されている。

三　下冊について

下冊は、遊紙が巻頭二枚（二丁表裏）、巻末に一枚（一丁表裏）ある。墨付は七十六丁。「おほきにてよきもの」の章段（第二一七段）から始まり、六十六丁表に「まことにややかてはくたるといひたる人に」の章段（第二九八段）を全段記したのち、続く六十六丁裏に一行目「一本」とし、本文と同じ大きさの字で、二行目「きよしと見ゆるものの次に」として三行目「夜まさりする物」以下、「日影におとるもの」（以上六十六丁裏）、「きゝにくき物」「もしにかきてあるやうあらめと心えぬ物」「したの心かまへてわろくてきよけにみゆるもの」（以上六十七丁表）、「女のうはきは」「からきぬは」「もは」「かさみは」「おり物は」（以上六十七丁裏）、「あやのもんは」「うすやうしきしは」「すゝりのはこは」「ふては」「すみは」「かひは」「くしのはこは」「かゝみは」（以上六十八丁表）、「まきゑは」「火をけは」「夏のしつらひは」「たたみは」「ひらうけは」「松の木たちたかき所の」（以上六十八丁裏より）、「宮つかへ所は」「あれたる家のよもきふかくむくらはひたる庭に」「池ある所の五月なか雨の比」（以上七十一丁表より）、「はつせにまうてゝつほねにゐたりしに」（以上七十一丁裏より）、「女房のまいりまかてには」（以上七十二丁表より）、と続く。

注意すべきは七十三丁が本来の袋綴じで綴じ代となるべき部分が間違って背と腹を逆にして綴じられ、したがって見開きで七十二丁裏の次に本来の七十三丁裏が綴じ穴を左端にみせて現行「七十三丁表」として綴じられ、見た目白紙の見開き一頁をみせたあと、本来の七十三丁表が、綴じ穴を右端に見せながら現行「七十三丁裏」として綴じられていることである。なお、「　」は現行の様態での丁表裏を指す。七十二丁裏最終行「のふかき所におとしいれてえひきあけて牛かひの」の後に現行「七十三丁裏」一行目「はらたちけれはすさしてうたせさへしければ」が続けば、三巻本系諸本と同じ続きである。さらに三行目「又一本」として、以下本文より小文字にて十二行分書き付けているが、その続き具合を勘案すれば容易に看取できる。なお巻末に「一本」として小文字で書き付けているのは、上冊と同じ体裁である。

以下に、「又一本」として以下十二行にわたる書き付けの全文を示す。

「o霧は川きり　oいてゆはなゝくりのゆ、ありまのゆ、なすのゆ、つかさのゆ、とものゆ／　oたらにはあみたの大すそんせうたらにすいく鱈に千手たらに／　oときはさるねうし／　o下すたれはむらさきのすそこ、つきにはすわもよし／　oめもあやなる物もくゑのしやうのことのかさりたる七ほうのたうもくさうの仏のちいさき／　oめてたき物の人に名につきていふかひなくきこゆる梅、柳、さくら、かすみ、あふひ、かつら、／さうふ、きり、まゆみ、かえて、こはき、ゆき、松／　o見るかひなき物色くろくやせたるちこの／かさ出たる、ことなることなきおとこのいく所おほかるか物むつかりする、にくけなるむすめ／　oまつしけなる物あめのうしのやせたるひたゝれのわたうすき、あをにひのかりきぬ、／くろかゐのほねにきなるかみはりたるあふき、ねすみにくらはれたるゑふくろ／かうそめのきはみたるにあしきてをうすゝみにかきたる　oほいなき物あやのきぬのわろきみやたて人の中あしきこゝろとほうしに成たる人のさはなくてきよ／からぬ思ふ人のかくしするとくいのうへそしる冬の雪ふらぬ／」

（注、〈o〉は朱丸印を、〈／〉は改行を、〈、〉は読点を示すと思われる朱点を表す。朱点は後ろの部分になるほど付されなくなる傾向にある）

この部分は田中氏によると、弥富破摩雄氏旧蔵本、伊達家旧蔵本、古梓堂文庫旧蔵（大東急記念文庫）本、内閣文庫蔵本、静嘉堂文庫蔵本にもほぼ同文で見えるという。

この後に跋文が記されるが、それは本来七十三丁裏であるはずの現行「七十三丁表」から始まる。しかしながら綴じる部分を間違えているために、この頁は本来の一行目が綴じ目に縫い込まれてしまっていて、本文が九行となっている。綴じ目部分にかろうじて「このさうし」以下が見え、この頁の一行目（本来は二行目）に「すると思ひてつれ〳〵なるさとゐのほとにかき」と続いていたことがわかる。この事象は、書写後に綴じ直しが行なわれ、その際にこの七十三丁を背と腹を逆に綴じてしまったことによる単純な誤りであることを示す。

このことにより、幸いなことに本来は綴じ代《しろ》となって見えない部分が見え、現行「七十三丁表」の左端中に「四」と墨書があり、現行「七十三丁裏」右端中やや上に「下七十三」と墨書されているのが見える。

綴じ直しの際に、本来の綴じられ方から変わってしまったと見られる所が他にも見える。巻頭遊紙二枚の綴じ順である。巻頭遊紙一丁裏の左下隅に上冊同様、「幡」字を二重丸で囲んだ朱印がある。ところがこれが遊紙二丁表には朱肉が移らず、一枚めくった墨付一丁表の右下隅に、鏡に映った如くの、朱印の左右反対になった文字が認められるから、「幡」印を捺印したときには現行の遊紙二枚目は存在せず、それにより遊紙一丁裏の左下隅に捺印された「幡」字印は綴じ目をはさんだ見開きの墨付一丁表に直に接したため朱印が逆に写ったのだろう。したがってこの本は少なくとも捺印後、綴じ直しを行い、その際に本来の綴じ合わさり方と異なって、遊紙一丁表裏の次に墨付一丁が来ていたものの間に遊紙が一枚加わった形になったと考えられる。

もっともこの遊紙二枚目も虫損部分が遊紙一枚目と墨付一丁に重なるから、捺印前は遊紙一枚目と二枚目の綴じ順が現在と入れ替わって遊紙現行二枚目の次に遊紙現行一枚目があり、続いて墨付一丁という綴じ順になっていたのかもしれない。

いずれにせよ、捺印後に綴じ直しをおこない、その際本来の綴じ順を損なったことになる。

上冊下冊を通じて全体に、朱筆にて朱合点、朱丸点、朱点が付されている。朱丸点はいわゆる類聚章段といわれるものの冒頭に付され、朱合点はそれ以外のいわゆる日記的章段や随想的章段の冒頭に付されている。したがって上冊巻頭第一段の「春はあけぼの」は朱合点が付され、下冊巻頭の「おほきにてよきもの」は朱丸点が付されている。朱点は句点〈。〉のつもりで概ね付しているようである。朱筆にて濁点も付しているが、上冊墨付十九丁表の二行目「みなもおぼえぬことぞかし」までで、続く「むらかみの御時にせんえうてんの女御と聞えけるは」以下には認められない。同様に上冊巻頭から、行間に朱筆で「イ」として異本との校合も詳細に記しているが、これも墨付四丁表の六行目「ひろごりたるはうたてぞみゆる」の「は」と「う」の字間に小さく朱○点を記し、右行間（即ち五行目と六行目の行間）に前後に△印を示して、右に細く横線を引っ張り、その下に小文字で「△にくし花もちりたるのちは△」とあるのを最後に、以下には認められない。この朱○点から右に横線を行間まで引き、その下に朱筆にて異文を注記していることについては、後で詳述する。

なお、異文注記は墨付五丁裏「おなじことなれどもきゝ、みゝ、ことなるもの」の段の六行目「もじあまりたり」の「たり」の左に墨書にて○点を付し、右の行間に小文字にて墨書「たらぬこそをかしけれイ」としているのは、その性質が異なるものと考えられる。田中氏の『校本枕冊子』上巻の注によると、この墨書注記は刈谷市中央図書館蔵村上文庫本ときわめて近い関係にあると想定される弥富本や勧修寺本に同形態で認められるから、書写時に親本に既に記されていた異本注記をそのまま書き写したものと考えられよう。伊達文庫本の本文には「あまりたらぬこそおかしけれ」とあることも考え合わせれば、墨書にての異文注記は、同系等の三巻本系の異文であるらしい。墨付六丁表には、「大進なりまさ」についての勘物が墨書にて行間に記されている。これは三巻本系二類本に種別される諸本に見られるものである。

したがって、朱筆による書き込みと墨筆による書き込みとは、自ずからその性質が異なると言わねばならない。

四　上冊墨付一丁から四丁にかけての朱筆校合

上冊の墨付一丁表は「春はあけぼの」の章段で始まる。一丁裏の四行目まで続くこの段に、「イ」として記した朱筆の行間注記が、計二十一箇所見える。このいわゆる第一段について、翻刻して細かく検討してみたい。

（一丁表）

1 春はあけぼのやう〳〵しろく成行山ぎはす／

2 こしあかりてむらさきだちたる雲のほそく／

3 たなびきたる夏はよる月の頃はさら也やみも猶／

①イナシ ・・。 ②イナシ ・・・・ ツ・ツ ・・・・・・・

4 ほたる の多く 飛ちがひたる 又たゞ一二などほの／

・・・・・・・・・・・・・・・・・。 ③イの ④イさへ

5 かにうちひかりて行もおかし雨など。ふる もおか／

゛ ⑤イナシ⑥イはなやかに ⑦イぎは ⑧イく

6 し秋は夕暮ゆふ日の 。 さして山の端いとちかう／

゛ ツツツ⑨イナシ ン

7 なりたるにからすのね所へ行て三四二 三つ など／

⑩イナシ ⑪イゆく

8 とびいそ 。 ぐさへあはれなりまいて雁などの／

⑫イナシ

9 つらねたるがいとちいさくみゆるは いとおかし日入／

⑬イいとあはれなり冬は雪の降たるは△

ン　⑭イも
10 はて丶風の音むしのねなど ○ はたいふべきに あら／

（二丁裏）

⑮なんど　⑯イくー　⑰イナシ
1 ず霜　のいとしろきも又さらでもいとさむきに 火／

ン　⑱イゆ　⑲イすびつ
2 などいそぎおこしてすみもてわたるもいとつき〳〵／

⑳イも　○イぬるは
3 しひるに成てぬるくゆるびもていけは ○ 火おけの／

4 火のしろきはいがちになり ○ て わろし／

（注　カタカナ・ひらがな・濁点・点線については原本朱筆のまま。〈○〉印は原本に見える朱○点を示す。冒頭の行数と行間校合の番号は私に付した。）

この朱筆による校合は、田中氏が『校本枕冊子』上巻の「諸本解題」で「上巻のはじめの方すこしは春曙抄本文と朱で対校がしてある」と述べられたように、江戸時代の延宝二年（一六七四）に北村季吟によって著され刊行された『枕草子』の注釈書である『春曙抄』(4)であろうと見られる。

もとより『春曙抄』に記された『枕草子』本文は能因本系のものであるが、この朱筆の校合が『春曙抄』との対校によってなされたものであろう事は、次の五点によって明らかであろう。

Ⅰ　一丁表の八行目「まいて」を「まして」と異文注記していない点。能因本系諸本は三条西家旧蔵現学習院大学蔵本はじめ、富岡家旧蔵現相愛大学・相愛女子短期大学図書館蔵本、十行古活字本、十二行古活字本、十三行古活字本のいずれも「まして」とあり、慶安刊本は「まひて」とあるが、三巻本系諸本のように「まいて」とあるのは『春曙抄』だけである。ちなみに北村季吟と同時期の加藤磐斎による『枕草子』の注釈書『清少納言枕双紙抄』(5)（延宝二年五月刊、一名『万歳抄』）の本文も能因本系に類別されるものであるが、当該箇所は慶安刊本同様「まひて」とあり、異文注記はない。

Ⅱ　一丁表十行目本文に対する校合、すなわち⑬「イいとあはれなり冬は雪の降たるは△」について。この箇所は現在の三巻本系の校訂本文では「虫の音などはたいふべきにあらず。冬はつとめて。雪の降りたるはいふべきにもあらず」とされている。おそらく一行二十二、三字として書写していったどこかの段階において、「はたいふべきにあらず」と次の行にあった「はいふべきにもあらず」が目移りによって一行脱落したものであろう。三巻本系諸本では、弥富本に「冬はつとめて雪の降りたるはいふべきにもあらず」がない。また勧修寺本、中邨秋香本、伊達家本、古梓堂本にはあり、内閣文庫本には「つとめて」がない。

能因本系統では慶安刊本のみが「むしのねなといとあはれなり冬は雪のふりたるはいふへきにもあらす」とあり、「いとあはれなり」の本文を持ち、「つとめて」を欠く点が、当該箇所の朱筆校合と一致する。『春曙抄』においても「虫のねなどいとあはれなり冬は雪のふりたるはいふべきにもあらず」とあり、同じく一致している。『清少納言枕双紙抄』では「虫のねなど。いとあはれなり。冬は雪のふりたるははたいふべきにもあらず」（濁点、句読点は原本のまま）とあり、本文に「はた」がある点が異なっている。

Ⅲ　一丁裏一行目「霜の」の箇所で、二字の間に「なんど」があると朱筆で右に書き込んでいる校合⑮「なんど」。「など」の字間に「ン」を書き込んだ箇所は他にも一丁表七行目「三つなど」や、十行目「むしのねなど」、一丁裏二行目「などいそぎおこして」がある。「など」の字間に小文字で「ん」「ン」を入れた本文は『春曙抄』以外に見当らない。同時期刊行の『清少納言枕双紙抄』でも当該箇所すべてが「など」とあり、「ん」字は見られない。従って本文に「なんど」と朱筆校合をするには、『春曙抄』との対校によった可能性が極めて高いと考えられる。

Ⅳ　一丁裏一行目の「いとさむきに」の箇所で、「に」についての校合⑰「イナシ」とある。これは「いとさむき」という本文によって校合した結果の注記であるが、他の三巻本系諸本及び、前田家本、堺本系統諸本にいたるまで「いとさむきに」であり、能因本系統の古活字本（十行、十二行、十三行）及び慶安刊本の本文に「いとさむき」とある。『春曙抄』の本文は「いとさむき」とあり、「に」がない。『清少納言枕双紙抄』本文にも「に」はなく「いとさむき」とある。慶安刊本以外の能因本系統の本と校合したのであれば、「に」字に対して「イナシ」という朱筆校合が書き込まれるはずがない。したがって当該箇所は慶安刊本か、『春曙抄』か『清少納言枕双紙抄』を参照して校合したものと考えられる。

Ⅴ　一丁表六行目「山の端」の「端」に対する校合⑦「イぎは」について。能因本系諸本には並べて「山きは」とあり、『春曙抄』も「山ぎは」とあるが、『清少納言枕双紙抄』の本文には「山の端」の「端」字の右横に「ハ」と読み仮名がふられているだけで、「ぎは」の注記はない。

以上のことから、墨付一丁表一行目から一丁裏四行目までのいわゆる第一段の中で、刈谷市中央図書館蔵村上文庫本『枕草子』の朱筆校合とすべてにおいて適合するのは、北村季吟の『春曙抄』だけであることが確認できる。『春曙抄』と対校したのであれば、一丁裏一行目「霜のいと白きも」の「きも」字に対しての校合⑯「イくー」とする点や、同三行目「もていけは」の「い」字に対して校合⑱「イゆ」とする点、また同四行目「火のしろき」の「の」字に対して校合⑳「イも」としている点について、いずれも『春曙抄』と能因本系諸本共に見られる点であるけれども、『春曙抄』を見て対校したと推定できる消極的な傍証になり得る。

なお、続く墨付一丁裏五行目から四丁表までの部分について、『春曙抄』と対校した結果、朱筆校合と推定できるのは、以下の八点である。

一、墨付一丁裏十行目「七日雪まのわかなつみ」の「日雪」の字間に「ィは」と書き込み、「つみ」を「イナシ」と校合していること。「七日は雪まのわかな」という本文は、能因本系諸本には見られない。

二、墨付一丁裏十行目から二丁表一行目にかけて「あをやかにてれいは」の「に」の横に「イつみ出つゝ」としていること。

三、墨付二丁表三行目「見に行中御門の」の「中御」の字間に「イ乃」と書き込んでいること。

四、墨付二丁表四行目「ひきすぐる程」の「すぐる」の横に「イいるゝ」と書き込んでいること。

五、墨付二丁表七行目「とねりの弓どもとりて馬どもおどろ」の「とねりの弓どもとりて」を「イナシ」としていること。『春曙抄』には「馬どもをとりて」とあるから、「ろ」を「りて」と見過って、前の部分を「イナシ」としたか。

六、墨付二丁表十行目「九重をならすらん」の「を」の下に「かくたち」を書き込んでいること。

七、墨付三丁表十行目「えみたるに」の「に」を「イナシ」としていること。

八、墨付四丁表二行目「そうし給へけいし給へなど」の「けいし」について「イナシ」（能因本系）とも「けひし」（能因本系の慶安刊本）とも校合していないこと。

この中で、一・二・六の三点については、前田家本の本文とも一致するが、これは『春曙抄』本文の持つ性格と関わる問題であると考えられるので今は触れない。

以上のことから、刈谷市中央図書館蔵村上文庫本『枕草子』における上冊墨付四丁表までの朱筆による校合の書き込みは、やはり『春曙抄』と対校されたものと見て、間違いないものと思われる。

五　「幡」印について

上冊と下冊それぞれ巻頭遊紙一丁裏左下隅に、「幡」字を二重丸で囲んだ朱印が捺印されている。この蔵書印については、小野則秋氏が『日本の蔵書印』で「趣味の表れた蔵書印」[6]としてふれられ、巻頭第七図に「野口梅居の印」として朱印を紹介している。

この「幡」印については古く森銑三氏が『書誌学』第十一巻二号（特輯蔵書印号）所収の「丸に幡の字の蔵書印と広幡家本萬葉集」[7]の御論考で、佐佐木信綱氏がこの印を持つ『日本書紀』を広幡家旧蔵の「広幡本万葉集」として解説していることに対して反論された。森氏によれば「丸に幡の字の蔵書印は、尾張国琵琶島の野口道直号は梅居の使用するところのものばかりと思い込んでゐた」が、刈谷図書館蔵の寛文版『日本書紀』には「幡」の蔵印があり、「最初の所蔵者から数人を転々して道直の手に入るまでの経路が書入によって歴然としてをり、その間に道直を措いて幡の字の印の所蔵者に擬すべき人がない。依つてその印はどうしても道直のものでなくてはならぬといふ結論に到達したのであつた」と、自説の考察過程を振り返られ、更に「刈谷図書館の日本書記は、道直の蔵になる前に広幡家にあつたといふ事実はない」から、「幡の字の印はやはり道直のもので、広幡家のものではないことは確実である」と再度結論しておられる。

ちなみに小野則秋氏によれば、「現存の広幡家の旧蔵本には、何れも「広幡家文庫」・「広幡家蔵」の二種短冊形の蔵書印は見るが、この幡の字の蔵書印は見られぬ」とのことである。

『尾張著述家綜覧』[8]によれば、野口道直は天明五年（一七八五）ころの生まれ。通称は市兵衛。号は梅居・汲古堂・全花楼・継志軒・梅居軒芳旭居士。尾張枇杷島の青物問屋の主人で、文久三年（一八六三）に苗字を許された。編著に『尾張名所図会』・『梅居筆記』・『六国史撮記』などがあり、新続群書類従叢書編纂の計画をたてたという。

慶応元年（一八六五）三月十八日没。享年八十一歳。つまり村上忠順より三十歳ほど年長で、世代は上だが同時代に生きていた人物ということになる。

森銑三氏と小野則秋氏の見解に従って「幡」印を野口道直（梅居）の蔵書印と見て、興味深いのは野口道直の蔵書を村上忠順が自分の文庫の所蔵本として所持していたことである。この刈谷市中央図書館蔵村上文庫本『枕草子』には、「正二位行権大納言藤原朝臣教秀」で終わる奥書以降の書写に関する奥書がない。従って「幡」字の蔵書印を手掛かりとして、野口道直の蔵書であったと考えられるものが、何故に村上忠順の手にわたったのか不明である。

森銑三氏によれば「道直は、書物に直接書き入れることをあまりしないで、表紙裏などに附箋をしてゐる例が多かつたと思ふ」といわれる。とすると、刈谷市中央図書館蔵村上文庫本『枕草子』の上冊冒頭の書付一丁表から四丁表までの朱筆による『春曙抄』との校合は、村上忠順による可能性が強くなる。というのも刈谷市中央図書館所蔵の村上文庫には『蓬廬雑鈔』第四十四冊に『枕草子』の「こと〳〵なるもの」以下、十八の章段の抜き書きがあり（村上忠順は最後に『枕冊子』と記している）、榊原邦彦氏によれば、その本文は『春曙抄』の本文と同じであるからである。(9)

村上忠順は入手した「幡」字の蔵書印のある『枕草子』を、『春曙抄』と校合をはじめ、何らかの理由により、たった四丁表まで校合した所でそれ以降やめてしまったのではないかという推測が十分可能である。ちなみに、本文と朱筆の校合とは、「な」字の綴り等において明らかに別筆と認められる。

まとめ

以上、数点にわたり刈谷市中央図書館蔵村上文庫本『枕草子』についての報告を行った。『枕草子』の三巻本系二類本に種別される一写本としての問題だけに留まらず、「幡」字の蔵書印を持つことから、おそらく野口道直の蔵書であった『枕草子』を村上忠順が手に入れ、朱筆にて『春曙抄』と校合をしていたと見られる点、またそれと『蓬廬雑鈔』第四十四冊に『枕草子』の十八にわたる章段の抜き書きとの関係など、刈谷市中央図書館蔵村上文庫本『枕草子』の本自体の問題も存在することがわかった。野口道直のいた尾張枇杷島と村上忠順のいた刈谷とは地理的に近い位置関係にある。中京文化圏内における文化交流という視点に立った考察が必要であろう。

そういえば、『春曙抄』巻之一の序文で、「此草紙異本さま…あり」として挙げた中に、「承應二年の春。尾州より一本を得たり。上下二冊。其本紙ふるく手跡中古の筆躰なりき。其文意あざやかにて。所々に朱點をくはへ。且又人々の傳。官考などしるされたり。奥に異本両通かきくはへられ侍しは。此本多本を合せて用捨せられし事しられ侍り。其奥書云。『往來所持之愚本紛失年久更借出一兩之本令書寫之依無證本不散不審但管見之所及勘合舊記等註付時代年月等謬案歟　安貞二年三月　耄及愚翁在判』『文明乙未之仲夏廣橋亜槐送実相院准后本下之本末兩冊見示曰余書寫所希也厳命弗獲止馳禿毫彼舊本不及切句此新寫讀而欲容易故此拉之次加朱點畢　正二位行権大納言藤原朝臣教秀』此耄及愚翁誰人にや。勘物は此作にて。朱點は教秀卿と見ゆ。此奥書のさま證本と用侍らんにとがあるまじくや。」とある（注、『』は私に付した）。

もとより『春曙抄』本文として北村季吟が用いたものは、今日では能因本系に種別されるものの中でも末流本文といわれるが[10]、證本として用いたという尾張（尾州）から得た本は、その奥書から類推するに、現在の三巻本系第二類本に種別されるものであったらしい。刈谷市中央図書館蔵村上文庫本『枕草子』の奥書と詳細に比較すると、耄及愚翁在判の奥書において『春曙抄』が「往來所持之愚本」とあるのに対し、刈谷市中央図書館蔵村上文庫本『枕草子』では「往事所持之荒本」とあり、また教秀の奥書の部分において『春曙抄』が「弗獲止馳禿毫」「故此拉之」とあるのに対し、刈谷市中央図書館蔵村上文庫本『枕草子』では「弗獲點禿毫」「故此校之」とある。

このように異文が存在するから、直接の関係を考えるには難しいものの、北村季吟が尾張から手に入れた『枕草子』と、野口道直を経て村上忠順の所持となった刈谷市中央図書館蔵村上文庫本『枕草子』とは、同じ三巻本系第二類本に種別される本ということになる。この尾張を中心とした文化圏に存在した『枕草子』写本の影響を窺わせるものである。

刈谷市中央図書館蔵村上文庫本『枕草子』は、従来、弥富破摩雄氏旧蔵本との関係において、一面十行に書き、冊の立て方や丁数、奥書本文が殆ど一致し、かつ中冊を欠き、書写年代が下ると見られる点から、直接の書写関係とまでは言えないまでも、弥富破摩雄氏旧蔵本が「祖本的性質をもつてゐることは想像できる」とされ、影の薄い扱いがされてきたことは否めない。しかしながら弥富破摩雄氏旧蔵本とは異なった本文も存在し、朱筆校訂も独自のものであり、本文の優劣という視点からではなく、その独自性に対して文化史の面からももっと目を向けてよいのではないかと思われる。

また、第一段「春はあけぼの」の章段において、刈谷市中央図書館蔵村上文庫本『枕草子』の本文を読んだ限りでは、秋について記した続きに「霜のいとしろきも又さらでもいとさむきに」とあり、ここで晩秋から初冬の景に視点が移ったことが察せられるものの、「冬は」という本文自体はない。『春曙抄』による校合で、朱筆にて「冬は雪の降たるは」を補っているものの、「つとめて」がついに補われることがなかった。これは、この本における『枕草子』の「読み」の問題が大きく関わってこよう。「冬は」が本文に記されていないということや、また「冬はつとめて」と記されていないことは、この章段の解釈に大きな違いがある。

すなわち野口道直はもちろんのこと、村上忠順においても、現在なされる「春は曙、夏は夜、秋は夕暮、冬はつとめて」という時間帯の対比構造でこの章段を解釈をしてはいなかったことになってくる。本文に問題があるという従来の処理ではなく、このテクストでどう解釈していたのかという問題にも発展するだろう。今後の課題にしたい。

【注】

（1）刈谷市立刈谷図書館編集『村上文庫図書分類目録』（昭和五十三年）による。

（2）増田繁夫氏校注の和泉古典叢書1『枕草子』（和泉書院　昭和六十二年）による。増田氏はこの刈谷市中央図書館蔵村上文庫本を、第一段から第七五段「あぢきなきもの」までの底本にされた。

（3）田中重太郎氏編著『校本枕冊子』（古典文庫　上巻昭和二十八年・下巻昭和三十一年・附巻昭和三十二年）による。

（4）『枕草子春曙抄』の本文は「延寶二年甲寅七月十七日北村季吟書」の刊本奥書を有する青森県立図書館蔵工藤文庫本（国文学研究資料館マイクロ資料／請求番号二〇八―一五八―三）および、広島大学国文研究室蔵『枕草子春曙抄』（明治二十年刊、六冊本、大国二四四二）による。

（5）『清少納言枕双紙抄』の本文は、加藤磐斎古注釈集成2の複製本（新典社　昭和六十年）による。

（6）小野則秋氏著『日本の蔵書印』（臨川書店　昭和六十三年複製三版、初版は昭和二十九年）による。

（7）『書誌学』第十一巻第二号「特輯　蔵書印号」（昭和十三年八月）所収による。

（8）太田正弘氏編輯発行『尾張著述家綜覧』（昭和五十九年）による。

（9）榊原邦彦氏著『枕草子研究及び資料』（和泉書院　平成三年）による。

（10）田中重太郎氏著『枕冊子本文の研究』（初音書房　昭和三十五年）による。

【付記】本節をなすに当たり、貴重な蔵書の閲覧と一部翻刻の許可を下さった刈谷市中央図書館、並びに『春曙抄』の閲覧を許可下さった広島大学文学部国語学国文学研究室に対し、明記して厚くお礼申し上げます。

【収録論文と既発表論文との関係一覧】

本論文の各章ごとに、基礎となった論文の初出一覧を掲出する。体系化のため原題を変えたものについては、左側に＊以下で原題を示した。本書に収めるに当たり、その後に発表された諸氏の御論を追記したり、それらを参考にして若干の加筆を行ったが、基本的に論旨を変えることはしなかった。

第Ⅰ部　章段構成を支える漢詩文・和歌の表現と論理

第一章　漢詩文の表現を活かす章段構成

第一節　「憚りなし」が指示する『論語』古注と基本軸

＊『枕草子』「憚りなし」の指示する『論語』基本軸―行成との会話を支える『論語』古注と章段構想―

（稲賀敬二先生編著『論考　平安王朝の文学―一条朝の前と後―』平成十年十一月）

第二節　「この君にこそ」という発言と「空宅」の取りなし

＊「この君にこそ」という発言―典拠の「空宅」と清少納言―

（『国語と国文学』平成九年二月）

第三節　返りごととしての「草の庵を誰かたづねむ」

＊清少納言の返りごと―「草の庵をたれかたづねむ」をめぐって―

（『国文学攷』第一四三号　平成六年九月）

第四節　「香爐峯の雪いかならむ」への対応と展開

＊清少納言と「香爐峯の雪」―章段解釈と清少納言のイメージ―（『安田女子大学紀要』第二三号　平成七年三月）

第五節　「少し春ある心地こそすれ」の解釈と対応
＊『枕草子』「少し春ある心地こそすれ」の解釈と対応―『白氏文集』「南秦雪」の享受と変容の様相―
（『国文学攷』第二二二号　平成二十六年六月）

第二章　和歌の表現を活かす章段構成

第一節　「扇」から「くらげ」への展開と構成
＊「扇」から「くらげ」への展開と構成―清少納言の意図した章段構成と表現―
（『国語国文論集』第二八号　平成十年一月）

第二節　「ほととぎす」の歌ことば世界と創造への志向
＊清少納言と郭公詠　―郭公詠の伝統と創造の間の苦闘―
（『古代中世国文学』第六号　平成七年三月）

第三節　「ほととぎす」から「下蕨」への展開とねらい
＊「ほととぎす」から「下蕨」へ―清少納言の意図した非和歌的世界志向―
（『国語国文論集』第二六号　平成八年一月）

第四節　「円融院の御果ての年」章段における歌ことば「椎柴」の応用と展開
＊「円融院の御果ての年」と「椎柴」―『公任集』と『枕草子』から見る流行表現の諸相―
（『国語国文論集』第三一号　平成十三年一月）

第Ⅱ部　章段構成の方法と論理

第一章　主題を活かす章段構成の方法

第一節　積善寺供養章段の時間軸とモザイク的様相
＊『枕草子』積善寺供養章段の構成─時間軸の不統一とモザイク的様相─
（『国文学攷』第一八七号　平成十七年九月）
第二節　雪山章段における表現の対比と効果
＊書き下ろし
第三節　「いはで思ふ」歌からみた『古今和歌六帖』享受の様相
＊『古今和歌六帖』享受の方法─「言はで思ふ」歌を通してみた『枕草子』との位相─
（『源氏物語の展望』第十輯　平成二十三年九月）
第四節　「寝起きの顔」章段における一手法としての再構成
＊『枕草子』「寝起きの顔」章段の構成─日記的章段造形の一手法としての再構成─
（『国語国文論集』第二九号　平成十一年一月）
第五節　「芹摘みし」歌の異化作用と「めでたし」評
＊『枕草子』第二三〇段「一条の院をば」の章段構成─「めでたし」評と古歌「芹摘みし」の異化作用─
（『国語国文論集』第三六号　平成十八年一月）

第二章　表現の展開を活かす章段構成の論理

第一節　「鳥のそら音」章段における表現の重層性と論理
＊『枕草子』における表現の重層性─「鳥のそら音」章段における会話と構成から─
（『古代中世国文学』第二四号　平成二十年三月）

第二節　「なかなるをとめ」の表現意図と「ずれ」の様相
＊「なかなるをとめ」の表現意図―清少納言と定子の会話の軸と「ずれ」―
（『国語国文論集』第二七号　平成九年一月）
第三節　「六位の笏」と「辰巳」の隠し題とその論理
＊六位の笏と、辰巳から見た『枕草子』の章段構成―隠し題としての「西、東」の想定―
（『国語国文論集』第三四号　平成十六年一月）
第四節　積善寺供養章段における「申しなほす」の効果
＊清少納言の論理と役割―積善寺供養章段における「申しなほす」の効果―
（浜口俊裕・古瀬雅義編著『枕草子の新研究―作品の世界を考える』平成十八年五月）
第五節　「春は曙」章段における対比構成の変容
＊『枕草子』冒頭章段の構成―対比の変容に着目して―
（『安田女子大学紀要』第二六号　平成十年二月）
第三章　〈場〉を活かす章段構成の論理
第一節　「宜陽殿の一の棚に」と発言した「頭中将」は源経房か
＊「宜陽殿の一の棚に」と発言した「頭中将」考―管絃者としての源経房の想定―
（『安田女子大学紀要』第二七号　平成十一年二月）
第二節　場面を展開する右近内侍の役割
＊場面を展開する右近内侍―『枕草子』における登場人物の役割と展開―
（『国文学攷』第二〇二号　平成二十一年六月）

第三節　初出仕時の体験と雪の日の来訪者をめぐる会話
＊雪の日の来訪者から連想する和歌―清少納言の初出仕時の印象と影響―
（『安田女子大学紀要』第二五号　平成九年二月）
第四節　〈海〉の写実的描写と幼少期の周防下り
＊清少納言の周防下り―〈海〉の描写に見る恐れから―
（『安田女子大学紀要』第三三号　平成十七年二月）
第五節　清少納言の見た『古今和歌六帖』は寛文九年版本の祖本か
＊書き下ろし

資料報告

○　刈谷市中央図書館蔵村上文庫本『清少納言枕草子』について
（『安田女子大学紀要』第二四号　平成八年二月）

あとがき

『枕草子』は不思議な文学作品である。学校教育の「国語」では、『源氏物語』と並んで平安王朝文学を代表する古典作品として教えられる。「春は曙」章段や「うつくしきもの」章段は、四季などの対象物を描写する感性と視点を味わう「随筆」として教えられるが、随想的章段や類従的章段のほか日記的章段も相当の量がある。「香爐峯の雪」章段は漢詩文を活用し、臨機応変に対応する清少納言の才気煥発ぶりを学ぶ教材として扱われるが、和歌や漢詩文の共通知識を自在に駆使した文章は『源氏物語』と並びながらも評価にかなりの幅がある。

『枕草子』に興味を持ったのは、高校の古典の授業で「中納言参り給ひて」章段を学んだ時である。藤原隆家が姉定子に贈り物として用意した「扇」のすばらしさを自慢して「まだ見たこともないほどのすばらしい骨」と語った直後、清少納言が「それなら扇のではなくて、くらげの骨のようね」と口を挟んだところ、隆家が「自分が言ったことにしてしまおう」と笑った。この場面を習った時、そのおもしろさおかしさを理解できなかった。なぜ「くらげ」で笑いが取れるのか。骨のないものなら「くらげ」以外にもある。イカでもタコでもナマコでも構わないではないか。なぜここまで好評を博したのか。この問いは大学に進学してからの持ち越しとなった。

駒場東邦中学校では二年生で古典の授業が始まり、三年生からは坂本共展先生が授業を担当されて角川文庫で『平家物語』巻一「殿上の闇討」を通読した。武士の機転と処世の有り様を表現に注目しながら読んでいく授業はおもしろかった。高校の古典も坂本先生が担当されて、作品冒頭部を暗記する授業があった。『更級日記』は「あづま路の道の果てよりもなほ奥つ方に生ひ出でたる人」で始まる。「世の中に物語といふ物のあんなるを、いかで見ばやと思ひつつ」と心地よいリズムで展開する文章は共感できる内容で、王朝文学のイメージを増幅させ、これで古典の魅力にはまった。進路を決める時期になり、どこの大学にどの先生がおられるのか調べながら神田の古本屋街を散策し、専門書の雰囲気を楽しんでいた時に稲賀敬二先生著『源氏物語前後』と巡り会った。『源氏物語』の専門書が並ぶ八木書店の書架に白い小さな本が配架されていた映像は、昨日のことのように鮮明に覚えている。早速購入して読み始めた。まだ専門知識はないものの、本文の表現を根拠に時代背景と人物関係からミッシングリングを繋いでいく鮮やかな研究方法にすっかり魅了されて、稲賀先生に師事しようと決意した。

そして広島大学文学部国語学国文学専攻に進学し、稲賀先生を師匠として古典を学んだ。毎週火曜日の放課後に文学部棟二階の稲賀研究室で開かれていた平安文学研究会に参加して、古典輪読を通して国文研究室第二講座（古代中世国文学講座）所属の大学院の先輩から具体的な調べ方と分析方法を叩き込まれた。妹尾好信氏が博士課程後期の院生として研究会を牽引され、西本寮子氏が修士論文を執筆されていた時で、両先輩から国文研究室の書架に整然と並ぶ索引書の使い方から資料のまとめ方まで一から教わり、今日なおご教導いただいている。

このころ『新編国歌大観』の刊行が始まり、素材と表現がどのように享受されているか調べやすくなったので、「くらげ」を引いてみて驚いた。物語や日記では確認できなかった「くらげ」が、和歌の世界では平安中期から素材として使われ、しかも諧謔的な意味で用いられていたのである。そしてイカ、タコ、ナマコは出てこない。これで「謎は解けた」と思ったが、まだクイズの答えを見つけたに過ぎず、形にはならなかった。

稲賀先生の授業は二年生から始まり、独特の口調で語られる授業は楽しかった。二年前期の「古代文学概説」で登場人物の心情描写や相互のコミュニケーションの有り様を、表現の対応と展開から読みとることを学んだ。三年前期の「物語文学論」は、物語の流通機構という視点から授業を展開された。作品は書き手と読み手の相互補完によって成立するから、作品の理解には書き手と読み手の両面から考えることが必要になるという視点は、後に文学理論を勉強していく上で大いに助けられた。三年後期の「源氏物語演習」は、玉鬘巻から真木柱巻まで通読した。本文の表現と物語の展開が密接に絡み合う構成の有り様が明らかにされていく読解は印象的だった。

そして四年前期に「古代中世国文学演習Ⅱ」として「枕草子演習」が開講された。『枕草子』に登場する人物たちと清少納言との交流が描かれた日記的章段を取り上げ、中宮定子、関白道隆、頭弁行成、頭中将斉信、左中将源経房、橘則光たちとのやりとりが、どのような表現を用いて描かれているのかに注目して、漢詩文や和歌の知識と享受の有り様とその後の展開との関わりから、章段の長編化に向けた工夫という視点を学んだ。四年後期の「王朝文学人物誌」では、和歌資料と散文資料を活用して、人物像とその時代相を考える研究方法を習得した。

これらの授業から学んだことをふまえ「中納言参り給ひて」章段で「扇」の骨を「くらげ」に喩えた必然性とおもしろおかしさを論じたものが、本書第Ⅰ部第二章第一節「『扇』から『くらげ』への展開と構成」である。

清少納言は書き手として、読み手を意識した文章を書いている。「中納言参り給ひて」章段の分析を通して、書き手は当時の読み手との共通知識をベースにした表現を選択しながらプロットを展開させているという視点を掴んだ。読み手を誘導する「仕掛け」に興味を覚え、その有り様の解明を試みた論文を書いては稲賀先生のもとに伺うと、おもしろがって添削指導してくださった。それがうれしくて、表現がそれぞれ対応しながら展開していく章段構成の有り様を考察する論文をいくつも書き、本書にまとめることができたのである。

本書は、広島大学大学院文学研究科に提出した博士論文をもとに、新たに書き下ろした論文を加えてまとめたものである。刊行に至るまでに稲賀敬二先生、位藤邦生先生、竹村信治先生、坂本共展先生のご指導を賜った。稲賀先生とともに第二講座で教鞭を執られていた位藤邦生先生も博識で、とくに論理展開の整合性には厳しく、別の視点から熱心にご指導くださった。そして自分が国文研究室の助手として文学部の西条キャンパス移転業務に従事していた時も、安田女子大学日本文学科に転出した後も、研究の進展を絶えず気に掛けてくださり、博士論文の提出を強く薦め、主査教授としてご教導くださった。

広島大学大学院教育学研究科の竹村信治先生から、文学理論を応用する方法を学んだ。説話文学の研究方法を『枕草子』研究に応用した小論を差し上げてはご批正を賜った。博士論文では副査教授として審査を担当され、笠間書院の橋本孝編集長を紹介してくださったことで相川晋氏が編集に付き、研究が形になる道筋となった。

さらに駆け出しのころから学会その他で長くご教導くださった永井和子先生、後藤祥子先生、伊井春樹先生、工藤重矩先生、山崎正伸先生、中周子氏、岩坪健氏をはじめとする先学諸賢の先生方、そして同世代の研究者に厚く御礼申し上げる。古典研究会では、研究仲間から忌憚のないご意見を多く頂戴してきた。抜刷を差し上げるたびに寄せてくださったご批正と励ましの数々こそ、研究を進めていく上での原動力であった。

本書の原稿がようやく形になったころ、中学高校の恩師坂本共展先生から連絡があり、学会でお会いするたび薦められていた著書の刊行を、有り難くもご支援くださることになった。そこであらためて猿楽町の笠間書院を訪ね、池田圭子代表取締役社長にご挨拶申し上げて、橋本孝編集長、大久保康雄氏、相川晋氏と具体的に話を進めたところ、大久保氏が以後の編集を引き継いで担当されることになった。現在の大学を取り巻く環境は、授業以外の業務が間断なくしかも突然押し寄せてくる。自分にとって初めての単著刊行で遅れがちな校正作業を辛抱強く待ちながら、的確なアドバイスと激励をくださった笠間書院の編集部各位に、心から御礼申し上げる。

二〇一六年　九月

古瀬　雅義

【著者紹介】

古瀬雅義（ふるせ・まさよし）

専攻は、中古文学　　博士（文学・広島大学）

1963年　東京都に生まれる。

1987年　広島大学文学部文学科国語学国文学専攻卒業。

1989年　広島大学大学院文学研究科博士課程前期修了。

1991年　広島大学大学院文学研究科博士課程後期二年在学中途退学。

1991年から、広島大学文学部助手（国語学国文学研究室）。

1994年から、安田女子大学文学部専任講師、助教授、准教授を経て、

【現職】安田女子大学文学部教授。

【論著】『論考　平安王朝の文学――条朝の前と後―』共著（新典社　平成10年）、『枕草子大事典』共著（勉誠出版　平成13年）、『狭衣物語の新研究―頼通の時代を考える―』共著（新典社　平成15年）、『校本　和歌一字抄　附索引・資料』共著（風間書房　平成16年）、『枕草子の新研究―作品の世界を考える―』編著（新典社　平成18年）、『源氏物語の展望』第十輯　共著（三弥井書店　平成23年）、『古典籍研究ガイダンス』共著（笠間書院　平成24年）など。

枕草子《まくらのそうし》章段《しょうだん》構《こう》成《せい》論《ろん》

2016年10月31日　第1刷発行

著者　古瀬雅義

装幀　笠間書院装幀室

発行者　池田圭子

発行所　有限会社　**笠間書院**

東京都千代田区猿楽町2-2-3［〒101-0064］

電話　03-3295-1331　Fax　03-3294-0996

NDC分類914.3

ISBN978-4-305-70817-5　組版：ステラ　印刷・製本／モリモト印刷

（本文用紙：中性紙使用）

落丁・乱丁本はお取りかえいたします。

出版目録は上記住所までご請求下さい。

http://kasamashoin.jp

索　引

［人名・研究者名・書名・章段］

【凡例】

1．索引は、本書所載の人名・研究者名・書名・章段を対象としたものである。
2．配列は、現代仮名遣いで五十音順による。
3．人名は、「清少納言」と「定子」以外のすべての人物を取り上げた。
　男性は訓読み、女性・僧侶は音読みとした。
　基本的に姓名で掲出し、同一人物が複数の呼称を持つ場合は、別称を（　）で示した。
　物語の登場人物については、作品名を（　）で示した。
4．書名は、すべてを取り上げた。三巻本系・能因本系・前田家本・堺本系についてもそれぞれ示した。
　『枕草子』の注釈書については、注釈者または通称を（　）で示した。
5．章段は、新編日本古典文学全集『枕草子』の段数による。章段冒頭部分を示し、便宜を図った。

人名索引

研究者名索引

書名索引

章段索引